L'Héritage de Jeanne

UNE ÉDITION DU CLUB QUÉBEC LOISIRS INC.

Dépôt légal — Bibliothèque nationale du Québec, 2000
ISBN 2-89430-455-2
(publié précédemment sous ISBN 2-89431-211-3)

Imprimé au Canada

MARIO BERGERON

L'Héritage de Jeanne

À Lise

et Mireille.

PREMIÈRE PARTIE

LA CRISE VAINCUE

Août 1936
Comme je suis malchanceuse!
Comme je suis malchanceuse!

Simone Tremblay voit arriver le vicaire Brunelle à grands pas. Les longues enjambées font voler sa soutane, découvrant ainsi d'énormes souliers noirs. Dans la filée, des jeunes longent les murs et s'évadent discrètement vers la rue Sainte-Julie. Simone aurait le goût de les imiter. Elle a peur que le vicaire ne s'arrête précisément face à elle et ne se serve de son cas pour faire la morale aux autres qui n'auront pas osé partir. Mais pas cette fois! Surtout pas aujourd'hui! Simone demeure sur place, s'invente un faciès arrogant pour se donner un air de confiance. Pourquoi la choisirait-il, elle si grande, si femme, alors que d'autres, tout autour, paraissent tellement leurs quatorze et même leurs treize ans? Pourquoi elle, qui aura enfin l'âge requis demain?

Mais l'homme de robe fonce vers Simone, comme si la Providence le guidait avec exactitude vers la plus malchanceuse des adolescentes de Trois-Rivières. À cinq pas de Simone, le vicaire interrompt sa course, pose ses mains sur ses hanches et bat du pied. Puis, trois secondes plus tard, il se trouve nez à nez avec Simone. « Comme je suis malchanceuse! Comme je suis malchanceuse! » se dit-elle. Il lui fait la leçon, s'adressant à toutes, mais ne regardant que Simone. Elle avale sa salive, se redresse pour puiser un soupçon de courage au fond de son cœur. Avec une voix chevrotante, Simone lui dit qu'elle aura seize ans demain.

« Seize ans demain?

– Oui, monsieur le vicaire.

– Quelle grande fille! Mais si je comprends bien votre raisonnement, si demain vous fêtez vos seize ans, vous avez donc quinze ans aujourd'hui, à l'instant où je vous parle?

– Heu... oui, monsieur le vicaire.

– Il est interdit aux moins de seize ans, par la loi civile et nos évêques, de fréquenter ces lieux de perdition que sont les salles de cinéma!

– Ce n'est pas un lieu de perdition, monsieur le vicaire. Il y a deux beaux films d'amour, dont un avec Lisette Lanvin.

– Pardon? Et mademoiselle de quinze ans ose répondre à un serviteur du bon Dieu?

– Heu... c'est-à-dire que... heu... Comme je suis malchanceuse! Comme je suis malchanceuse!

– Venez avec moi au presbytère, mademoiselle Simone Tremblay l'impolie de quinze ans! »

Simone baisse la tête et suit le prêtre, croisant une dizaine de plus petites qu'elle, et qui auront la chance d'admirer Lisette Lanvin dans un film dont le titre même la fait rêver depuis deux jours : *Je vous aimerai toujours.* En complément de programme, il y a *Le prince des six jours,* ce qui n'est pas à dédaigner, surtout quand l'affiche de la salle du Cinéma de Paris promet « du charme, de la gaieté, de l'action et cinq nouvelles chansons! »

Au presbytère, Simone fait semblant d'écouter les sermons du jeune vicaire, tout en pensant à sa sœur Renée, de deux ans sa cadette, qui fréquente les salles de cinéma toutes les semaines. Simone n'y va presque jamais, de peur qu'une autorité ne la rejette à la rue. Il y a six mois, elle avait réussi à entrer au Cinéma de Paris, après avoir affronté, tremblotante et effrayée, la femme du guichet. Mais aujourd'hui, Simone n'a pu résister à *Je vous aimerai toujours,* aveu romantique correspondant à ses plus délicieux songes. Un jour, un beau garçon, un prince, un héros, lui fera une telle déclaration, les bras en croix, un genou au sol, la larme à l'œil, alors qu'un clair de lune enjolivera le ciel. À l'extérieur, les chômeurs de Trois-Rivières, sales et misérables, se noient dans cette cruelle crise économique qui n'en finit plus, alors que tout semble adopter les couleurs de la fatalité et du désespoir. Mais entre les murs du Cinéma de Paris, un bel homme roucoule à Lisette Lanvin : « Je vous aimerai toujours. » À moins que ce ne soit le contraire; les femmes françaises semblent avoir le droit de faire de tels aveux aux hommes.

Le cœur ébranlé par les réprimandes du vicaire, les genoux raidis par tant de temps à genoux sur un prie-Dieu à réciter des *Notre Père*, Simone passe devant la salle de cinéma en se marmonnant qu'elle est si malchanceuse. Entre ces murs, des filles beaucoup plus jeunes admirent Lisette Lanvin, qui est si jolie et romantique sur la publicité du journal, avec sa moue enfantine et ses cheveux blonds dressés comme une cathédrale.

En entrant au restaurant *Le Petit Train*, son patron et frère Maurice lui demande la raison de ce retour inattendu, elle qui l'avait tant prié de lui accorder ce samedi après-midi de congé pour voir le film. Simone ne répond pas, enfile son tablier et s'accoude contre le comptoir, les yeux dans le vide. Vers quatre heures, les fillettes sortant du Cinéma de Paris arrivent au *Petit Train* pour boire un verre de Coca-Cola en groupe et se raconter les plus belles scènes d'amour, avant de discuter des malheurs de Lisette. De retour chez elle, Simone se bouche les oreilles en entendant Renée décrire à son frère Gaston les meilleures séquences du film de cow-boys qu'elle a vu cet après-midi au Rialto.

« Patate que t'es pas vite sur tes patins, Simone! Choisir le Cinéma de Paris, à deux pas de l'église, un samedi après-midi! C'est courir au devant des problèmes! Viens au centre-ville voir les meilleurs films américains! Il n'y a pas de danger de se faire prendre et je connais les gérants! Ils sont tous mes amis!

— Ils m'énervent, tes films américains. Je ne comprends pas l'anglais.

— Pas besoin de comprendre quand tu peux voir Cary Grant ou Clark Gable! Les films français, c'est bon pour les vieux. »

Simone aurait le goût d'ignorer ses avis, tant elle est attristée par son propre drame, mais elle se laisse emporter par les rires et le dynamisme de la jeune fille. Leur joie est interrompue par un avertissement sévère de leur père Roméo, les oreilles rivées à l'appareil de radio du salon, écoutant les dernières informations de la campagne électorale de la province de Québec. Après avoir aidé sa mère à dresser la table pour le souper, Simone espionne Roméo. Il bouge la tête aux bons commentaires sur le candidat Duplessis, approuvant d'un coup de poing dans le vide chaque emphase de l'animateur. Simone n'a jamais vu son père ainsi, lui qui jurait, il n'y a pas deux mois, que la politique ne valait rien et ne l'intéressait pas. Depuis le début de la campagne, Roméo ne pense qu'au moment où ce Maurice Duplessis, député de Trois-Rivières, enverra les Libéraux corrompus au tapis. Simone ne croit pas en la sincérité de cet intérêt soudain pour la politique. Au début de l'année, Roméo a eu un sursaut de ferveur religieuse, suivi d'une mystérieuse et soudaine passion pour une collection de timbres, qui n'a duré que deux semaines. Simone pense surtout que son père se cherche une marotte échappatoire, pour masquer son désarroi face au silence des lettres de sa sœur Jeanne, exilée à Paris depuis 1930. Roméo s'inquiète nuit et jour du sort de cette sœur alcoolique, devenue mère célibataire et perdue dans un Paris hostile, depuis que son amie américaine, avec qui elle partageait un atroce péché contre nature, l'a quittée pour revenir en Amérique. Roméo se tourmente aussi pour Louise, son autre sœur, qui a subitement décidé de devenir religieuse, à la veille d'un mariage qu'elle avait pourtant souhaité toute sa vie. « Trois-Rivières est si triste », dit-il, ajoutant qu'une guerre catastrophique guette l'Europe, à cause d'un politicien allemand dont Simone a peine à prononcer le nom. Toutes les paroles de Roméo sont sombres et défaitistes, mais jamais il ne dit le prénom de Jeanne devant ses enfants. Cependant, chacun d'entre eux sait très bien qu'elle habite constamment son cœur. Ce soir-là, Roméo parcourt une autre fois tous les journaux qu'il a pourtant lus ce matin. Il répète, sans que personne le lui demande, que le candidat Duplessis est le sauveur de la nation et que lui seul sortira le Canada français du marasme de la crise économique, qui fait souffrir tant de braves gens depuis six ans.

Avant de monter se coucher, Simone embrasse son père, laissant ses mains s'attarder sur ses joues. Elle souhaite ainsi voir renaître un doux sourire et recevoir, en retour, ces petits baisers affectueux qui rendaient son enfance si tendre. Mais Roméo ne sourit pas à Simone, du Duplessis plein la bouche mais l'âme débordante de Jeanne. Après sa prière, récitée en pensant au bonheur perdu de son père, Simone se sent heureuse en sachant que demain, Roméo revivra avec joie lors de cette journée de son anniversaire de naissance. Elle est sa première fille, son premier enfant qu'il a vu grandir. Lors de l'arrivée de Maurice, l'aîné de la famille Tremblay, Roméo était à la guerre en Europe. L'enfance de Simone est débordante de cet amour immense que son père lui portait. Un événement aussi important qu'un anniversaire de naissance était un des grands moments de leur vie commune.

Ces doux souvenirs surgissent de la mémoire de Simone. Les beaux jours ensoleillés, et même l'odeur des gâteaux cuisinés par sa mère Céline, semblent soudainement si vivants dans l'imagination de Simone. Outre le fait que l'âge de seize ans lui permettra de voir librement Lisette Lanvin au Cinéma de Paris, Simone sait que ce chiffre représente la frontière l'approchant des fréquentations sérieuses en vue du beau rêve d'un grand mariage. Avant seize ans, ce sont des flirts, des amourettes, un apprentissage. Mais à seize ans, il ne peut s'agir que d'amour sérieux. Les garçons sourient avec ravissement devant les frimousses de ces grandes enfants de quatorze et quinze ans, mais quand ils aperçoivent une célibataire de seize ans, ils savent qu'ils doivent l'aborder en montrant leurs aspects matures et responsables. Seize ans mène avec assurance vers les vingt ans des jeunes Canadiennes françaises, l'âge idéal pour un mariage. Quel beau rêve! Chaque soir, Simone prie pour que cet itinéraire se réalise sans détour, bien qu'elle se dise qu'avec sa malchance naturelle, elle pourrait devenir une vieille fille de vingt et un ans, ou, horreur! de vingt-cinq ans.

Les enfants de Roméo ne sont pas tous beaux. Renée est aussi petite que Simone est trop grande. Maurice a hérité des considérables oreilles de son père et Gaston des rousseurs de sa mère. Le plus jeune, Christian, est très chétif et peureux. Seule Carole, neuf ans, est le joyau de ce troupeau de Tremblay. Simone a développé ses formes féminines très rapidement, si bien qu'aujourd'hui, on peut certes la confondre avec une femme dans la vingtaine. Cette situation lui a valu quelques problèmes avec des hommes malintentionnés. Mais jamais ils n'ont eu la possibilité de mettre à exécution leurs vils desseins, car Simone sait être prompte pour garder son honneur de jeune fille propre. L'homme qu'elle aimera sera... « Non! Non! » se dit-elle. Il ne faut pas rêvasser à cet amour. Il est préférable de penser à son anniversaire de naissance de demain.

Simone se plisse les yeux à trop sourire, méditant aux multiples allusions à son père au cours des derniers mois, dans le but qu'il lui offre ce cadeau tant espéré : une bicyclette! La première fois, Roméo l'avait accusée de retomber en enfance. Une bicyclette à seize ans! Mais Simone lui avait expliqué que les temps changent et que ce moyen de locomotion n'était plus réservé aux petits. Elle avait cité ces ouvrières de l'usine de textiles Wabasso, qui chaque jour pédalent pour se rendre à leur travail. Roméo n'en a pas parlé, mais Simone sait qu'il a capté le message et que, dès demain, une merveilleuse bécane enrubannée suivra le souper couronné par un délicieux gâteau au chocolat rehaussé de seize chandelles.

Comme Simone aime les fêtes! Ce peuple vibre pour les fêtes religieuses, civiles et familiales! Il y a les naissances, les mariages, les commémorations. Toutes sont notées dans le calepin intime de Simone, et à l'approche de chacun de ces événements, la jeune fille envoie des cartes de bons souhaits ou décore les fenêtres de la maison. Il n'y a pas longtemps, le gérant du Cinéma de Paris a été très étonné de voir Simone cogner à sa fenêtre pour lui remettre une carte soulignant le cinquième anniversaire de l'ouverture de sa salle, événement dont il ignorait l'existence.

Au matin, de violentes averses cognent à la fenêtre de la chambre. Renée ajoute du soleil à la déception de Simone en se jetant à son cou et en l'embrassant affectueusement pour lui souhaiter bonne fête. Quelques minutes plus tard, Carole frappe à leur porte pour remettre à Simone un agencement de fleurs de papier, auquel elle travaille secrètement depuis un mois. Puis suivent Gaston et Christian, avec un chant qu'ils désirent harmonieux, mais dont l'approximation et la gentillesse de l'intention touchent Simone. Cette chanson alerte Roméo, décoiffé, demandant la raison de ce remue-ménage matinal.

« C'est pour la fête de Simone, papa.
– La fête?
– Oui, son anniversaire de naissance. Elle a seize ans aujourd'hui.
– C'est... C'est vrai? »

L'air ébahi de Roméo trahit son souhait de bon anniversaire : il a oublié cette date importante. Simone pleure contre son oreiller, consolée par Renée et Carole, l'assurant qu'elle se trompe, que leur père blague. Mais, au déjeuner, l'absence de Roméo est criante de vérité; il vient de partir à la hâte pour trouver un quelconque cadeau dans un restaurant de coin de rue. Il revient à la course avec entre les mains un vilain petit sac de papier brun. Les enfants Tremblay et leur mère Céline le regardent méchamment, alors que Simone court vers sa chambre en gémissant.

« Je vais te payer un souper de princesse dans le restaurant le plus chic de Trois-Rivières, et après, nous irons au Cinéma de Paris, juste toi et moi, en amoureux. Il y a un beau film qui s'intitule *Je vous aimerai toujours*.
– Je ne veux pas aller au cinéma! C'est impardonnable, papa! Oublier ma fête! Moi qui suis ta première fille et qui viens d'avoir l'âge le plus important de ma jeunesse! Tu ne penses qu'à ta sœur Jeanne et tu oublies tes propres enfants!
– Simone, n'insulte pas ta tante Jeanne.
– Mais je ne l'insulte pas...
– Ta tante Jeanne est une femme de grand talent et une personne merveilleuse. Elle a été malchanceuse ces derniers temps, mais ce n'est pas de sa faute. Je vais y voir.
– Et moi? Je ne suis pas malchanceuse? Mon propre père oublie cette grande journée de ma vie, alors que tout le monde s'y prépare depuis des semaines! Jamais je ne te pardonnerai, papa! Jamais! »

Simone se fiche de la belle bicyclette que Roméo lui apporte avec une journée de retard. Elle remercie poliment et se sauve loin de lui, pédalant le long du boulevard du Carmel, reniflant encore sa peine du drame du dimanche. Partout sur les poteaux téléphoniques, Simone voit la tête de Maurice Duplessis, auquel son père pense plus qu'à elle. Simone regarde cet homme laid, voit soudainement sa tante Jeanne prendre sa place.

Quand Simone était petite, Jeanne habitait encore Trois-Rivières. La jeune fille se souvient principalement de sa beauté, de son étrange odeur mêlant le parfum et la fumée de cigarette. Simone sait surtout que son père couvait tout le temps sa sœur, même si la jeune tante cherchait parfois à se défaire de son emprise. Bien plus tard, Simone a réalisé les graves péchés pratiqués outrageusement par sa tante. La boisson faisait partie du pain quotidien de cette Jeanne exerçant l'étrange métier d'artiste peintre. Simone comprend que le devoir de son père est de veiller sur sa sœur, mais elle accepte mal qu'il en fasse une idée fixe. La tante Jeanne habite maintenant si loin, et à trente-quatre ans, elle n'est plus une petite fille réclamant la protection d'un grand frère. Le silence des lettres de Jeanne signifie, aux yeux de Simone, qu'elle prie son frère de la laisser faire sa vie dans son pays d'adoption.

Réfléchissant trop, Simone oublie le panneau de signalisation d'arrêt, si bien qu'elle vient près de heurter une automobile dont le conducteur sort son poing par la fenêtre en lui criant : « Fais donc attention, maudite grande folle! » Plus tard, Simone tente de rattraper d'autres jeunes cyclistes, et, dans son empressement, la roue avant se coince dans le grillage d'un puisard. Elle tombe et déchire ses bas, alors qu'au loin, les jeunes rient de l'incident. Avant d'arriver au *Petit Train,* Simone a eu le temps de se faire éclabousser par un chauffard et de s'étirer un nerf du cou, après avoir regardé trop vivement des deux côtés de la rue Saint-Maurice avant de traverser.

« Tu reviens de la guerre, ma sœur?

– Non, de la maison. Tu ne peux pas savoir tout ce qui

vient de m'arriver depuis quinze minutes. Comme je suis malchanceuse! Comme je suis malchanceuse!

– Mets ton tablier et travaille.

– Tu ne veux pas que je te raconte, Maurice?

– Le travail fait oublier tous les malheurs. »

Le restaurant *Le Petit Train,* situé face à la gare trifluvienne, est né de l'initiative du grand-père de Simone, Joseph Tremblay, qui l'a inauguré en septembre 1908. Par la suite, c'est surtout sa tante Louise qui s'en est occupée pendant plus d'une vingtaine d'années. Le restaurant déserté à cause de la crise économique, Simone venait remplacer sa tante, privée de son employée, afin qu'elle puisse un peu se changer les idées. Il y a peu de temps, Maurice est devenu le gérant du restaurant, racheté à Joseph par Roméo. Depuis, Simone n'a cessé d'y travailler, principalement en après-midi, touchant un petit salaire qui lui suffit pour ses distractions et l'achat de quelques pièces de son trousseau. De son côté, Renée y besogne le soir et apporte à Maurice quelques bonnes idées afin d'attirer la clientèle jeune de la paroisse Notre-Dame-des-sept-Allégresses. Simone se contente plutôt de faire le service aux tables, de préparer les repas légers et de tout tenir propre. Elle aime bien la liberté et le confort que lui procure l'idée de travailler avec son frère et sa sœur, n'ignorant pas que les filles de son âge, dans les usines ou les magasins, sont parfois injustement traitées par les patrons et les contremaîtres.

Le Petit Train est très vide par les après-midi d'été. Si Maurice a noté une légère reprise du chiffre d'affaires, la crise économique n'appelle toujours pas les Trifluviens à fréquenter un restaurant de quartier. Sa principale clientèle est celle des voyageurs de la gare qui descendent pour se désaltérer entre deux trains. Voici trois Anglais bien habillés, commandant dans leur langue, sans se demander si la jeune serveuse au bas déchiré comprend leur désir. French fries, Coke, hot-dog et hamburger forment le quatuor bilingue de base de tout bon restaurant d'Amérique du Nord, sans oublier steak, hot-chicken et tomato juice. Too bad pour le pâté chinois. Avec trois assiettes entre ses deux mains, Simone trébuche et laisse choir le dîner sur le veston d'un des Anglais qui se perd aussitôt en insultes pas du tout shakespeariennes. Pendant que Simone miaule « Excuse me », Maurice assure à ce client que la maison va lui payer un repas gratuit, alors qu'il réclame plutôt le nettoyage de son habit.

« T'en feras jamais d'autre!

– Ce n'est pas ma journée! Comme je suis malchanceuse! Comme je suis...

– Ça va! Ça va! J'ai compris! »

À six heures trente, de gros nuages sombres menacent le retour à la maison de Simone. L'adolescente pédale en regardant le ciel et se dit qu'elle va sûrement faire une crevaison. Enfin chez elle, trempée, Simone se cogne à son père qui parle encore de Duplessis, preuve qu'une lettre tant espérée de Jeanne n'a pas été livrée. La dernière, il y a six mois, avait fait l'objet d'un discours de trois heures. Jeanne avait eu la délicatesse de faire parvenir à son frère une photo d'elle-même avec son bébé Bérangère. Depuis, Roméo l'a accrochée près de la porte d'entrée, ne passe pas une journée sans la regarder, disant sans cesse aux siens que plus Jeanne vieillit, plus elle devient radieuse. Simone a surtout remarqué que sa tante a les yeux cernés et qu'elle a pris du poids. Roméo fait preuve d'un surprenant sursaut de sociabilité envers Simone, désireux de se faire pardonner le terrible oubli de son anniversaire de naissance. Il s'informe si elle aime sa bicyclette, si elle roule bien, si le siège n'est pas trop élevé.

Ce soir, la maman écoute son feuilleton radiophonique en compagnie de Gaston, pendant que Christian joue avec ses soldats de bois et que Carole parcourt un énorme bouquin. Roméo aussi lit, mais Simone remarque que ses yeux ne bougent pas. Dans un soupir, il regarde par la fenêtre, avant de sortir fouler l'asphalte encore humide de l'averse. Il s'excuse, prend son chapeau, regarde la photographie de Jeanne avant de s'en aller. Il ira par les rues du quartier, enfin seul et libre de penser à sa sœur, loin des bruits du salon. Simone décide de pédaler à sa poursuite, désireuse de lui changer les idées, de lui faire essayer la bicyclette, lui qui n'a jamais monté sur un tel engin de sa vie. Elle veut l'entendre rire et chasser ses inquiétudes, mais ne le trouve nulle part dans les environs. Et soudain, la crevaison crainte il y a quelques heures... Ce n'est qu'en rentrant chez elle que Simone se rend compte que Roméo a décroché la photographie de Jeanne. Quelque part à Trois-Rivières, un homme solitaire, assis sur un banc vert, le cœur en bouillie, regarde avec amour les yeux de sa sœur lointaine.

« Il va se rendre malade. Il faudrait le faire soigner, Renée.

– Pourquoi? Moi aussi j'aime tante Jeanne et je veux qu'elle revienne.

– Notre tante n'est plus une enfant, Renée.

– Je l'aime aussi fort que papa. Toi, tu ne l'aimes pas, ni maman. Personne ne nous comprend, papa et moi.

– Oh! je ne dis plus rien! Je veux oublier cette journée! »

Roméo se rend à son travail de bon matin. Sur son pupitre de journaliste, des papiers attendent d'être corrigés. Une heure plus tard, une mission l'envoie chez un cultivateur de Sainte-Marthe-du-Cap, inventeur, dit-on, d'un engrais miracle qu'il espère vendre à gros prix aux agronomes du gouvernement. Si Duplessis gagne l'élection, son projet trouvera sûrement preneur. Les deux hommes discutent avec enthousiasme de ce candidat providentiel, qui sera à Trois-Rivières dans deux jours. Son équipe lui prépare un triomphe que Roméo a bien hâte de célébrer. Simone aussi attend avec impatience cette journée de votation, pour être débarrassée de toute cette agitation. Elle veut surtout se cacher de ce jeu d'hommes, être éloignée de son père. Rien de mieux que de s'enfermer au Cinéma de Paris, maintenant qu'elle a l'âge pour y entrer en toute sécurité. Le premier film zigzague, la pellicule se coince et le son hoquette. Quand enfin Lisette Lanvin vit son histoire d'amour sous les yeux ravis de Simone, chaque baiser que son beau parleur s'apprête à lui donner disparaît en un soubresaut, sous le ciseau des censeurs, donnant ainsi l'occasion au public de huer très fort. Simone sait que ce qu'on ne voit pas est parfois si beau! Mais elle aurait tout de même aimé être témoin d'un baiser, un seul, suivi d'un « Je vous aimerai toujours » noyé sous une cascade de violons.

En sortant de la salle, Simone est attirée par le grand rassemblement de la cour du séminaire Saint-Joseph. Duplessis a gagné ses épaulettes et une centaine de retardataires transforment le lieu en une taverne. Simone sait qu'ils vont peut-être se présenter au *Petit Train* pour un café, ou pour continuer bruyamment leur fête. Elle s'y rend pour aider Renée et Maurice. Elle les trouve stupéfaits de voir, pour la première fois de leur vie, leur père Roméo totalement ivre, donnant de grandes claques dans le dos de tout le monde, chantant la gloire de Duplessis. Simone sait que demain, son père se retrouvera vide de toute campagne électorale, sans excuse pour masquer son inquiétude grandissante à l'endroit de Jeanne.

Septembre à novembre 1936
Je vous aimerai toujours

Simone se remet lentement de la foulure à une cheville qu'elle s'est infligée suite à une chute à bicyclette. Son immobilisme la rend mal à l'aise et inutile. Elle ne peut aider sa mère à l'entretien de la maison. Elle voit ses frères et sœurs préoccupés par des projets qui les exaltent. Soudain, Simone se sent ennuyante, n'ayant pas de passion à faire respirer. Elle a bien fabriqué quelques cartes de souhaits, mais elle a cessé en constatant que personne ne lui en a envoyé une de prompt rétablissement.

Renée, tout comme ses frères, collectionne les amitiés. Plus réservée, Simone n'a eu, au cours de sa vie, que des connaissances superficielles. À la petite école des religieuses, les élèves ne jouaient pas tellement avec elle. Simone, à cause de sa grandeur, a toujours eu l'air plus âgée que ses semblables, situation la rendant un peu à part. Avec les amoureux, tout est pire! Son physique fait fuir les garçons. Quel homme voudrait d'une femme aussi ou même plus grande que lui? Simone n'a jamais été embrassée, alors que déjà Renée a goûté à cette joie, qu'elle s'empresse de confier en mots sucrés à sa grande sœur.

Simone perd son temps avec des romans à cinq sous où des belles femmes, toujours distinguées, courageuses et cultivées, s'amourachent de beaux hommes cultivés, courageux et distingués, mais qui se révèlent, à la fin de l'histoire, de véritables vauriens qui font souffrir la pauvre héroïne. Avec un crayon, Simone tente de dessiner ce vilain. Elle essaie aussi d'écrire ses propres mélodrames romantiques. Peine perdue : Simone n'a pas de talent. Quand elle fredonne une chanson d'amour, elle imagine tous les chiens du quartier hurlant comme des loups. « Je suis si ordinaire », se dit-elle, en un soupir. Simone ne réussit même pas ses rêves, s'endormant juste au moment où un preux chevalier s'apprête à lui faire un baisemain. La nuit dernière, elle a rêvé de son beau mariage, suivi de la naissance d'un premier enfant, quand soudain, son mari s'est mis à boire pour oublier le chômage de la crise économique. Un autre rêve raté! Fatiguée de son roman et de son immobilité, Simone décide de sortir, malgré l'interdiction de sa mère. Ses béquilles sous le bras, elle attend l'autobus. Le véhicule trop plein démarre promptement, si bien que Simone tombe sur son derrière au milieu du plancher. Personne ne lui tend la main pour l'aider à se relever et aucun passager ne bouge pour lui laisser une place. Simone marche péniblement jusqu'au *Petit Train.* Elle aimerait tant travailler le soir, parce qu'il y a plus de jeunes et qu'avec un peu de chance, un bon garçon remarquerait que tout au sommet de cette grande fille, il y a de beaux yeux et des cheveux bruns si doux. Mais Maurice préfère confier cet horaire à Renée, qui attire plus la jeunesse avec sa joie de vivre.

Le juke-box fait aboyer les mélodies américaines en vogue, alors que, tout autour, Renée et ses amies dansent en frappant dans leurs mains. Tous les jeunes gens du coin désirent flirter avec la pétillante jeune Tremblay. En la regardant, Simone ne peut que se comparer à son ennuyeuse tante Louise devant vivre près de son enjouée sœur Jeanne. Simone tue le temps au *Petit Train,* comme une cliente. Elle choisit quelques chansons, partagées avec Renée. Une amie de celle-ci arrive avec sa collection de coupures de journaux, représentant les plus beaux acteurs de Hollywood. Simone s'amuse en entendant Renée commenter les qualités physiques de chacun d'entre eux. Soudain, Roméo ouvre la porte et marche d'un pas ferme vers Simone pour lui dire qu'il est très malveillant de désobéir à sa mère, lui rappeler que le médecin lui a ordonné de ne pas trop bouger, et, conséquemment, il la ramène à la maison, comme une enfant punie, à la vue de tout le monde.

Simone demeure sage entre sa mère Céline et sa radio, son père et ses journaux. Son esprit vagabonde toujours au *Petit Train,* où il y a de la bonne humeur, de la jeunesse, des garçons. Elle s'amusait. Pourquoi fallait-il que son père l'humilie en la traînant par la main et ajoute à l'insulte une interdiction de sortir d'une semaine, alors que Renée et Carole font à peu près n'importe quoi, n'importe quand, sans avoir à demander? N'en pouvant plus de se sentir si mal aimée, Simone se lève pour aller exercer son sport favori : pleurer dans son oreiller. Mais elle rate la première marche et tombe sur son pied endolori.

Le beau prince Roméo la prend dans ses bras pour la faire monter le long escalier doré, surmonté d'un lustre de cristal. En réalité, il la transporte comme un sac de farine, ouvre la porte avec son pied et la jette sur le lit en lui répétant de faire attention. Simone n'attend pas l'oreiller pour pleurer. Roméo se sent coupable d'indélicatesse, cherche à se faire pardonner en passant sa main dans les cheveux soyeux de la jeune fille, lui donne un gentil baiser sur le front, la regarde avec affection, avant de dire : « Tu as les mêmes beaux yeux que ma sœur Jeanne. » Il brise ainsi le charme, surtout que Simone sait très bien que ses yeux ne ressemblent pas du tout à ceux de sa tante. La suite est encore plus embêtante alors qu'il énumère une liste de reproches à propos des derniers jours, insistant sur sa conduite imprudente à bicyclette.

« Tu ne m'aimes pas, papa.

– Mais oui, je t'aime, ma grande.

– Ne m'appelle pas ma grande, je t'en prie...

– Pourquoi? Regarde ta tante Louise. Elle est grande, et pourtant elle avait trouvé un amoureux sincère, prêt à l'épouser, avant qu'elle ne prenne cette décision stupide de devenir religieuse.

– Elle l'a attendu trente ans, son amoureux.

– Tu as de très belles qualités, Simone. Ton tour viendra. Pourquoi te presser? Tu es encore si jeune.

– Tu ne m'aimes pas et personne ne m'aime. Comme je suis malchanceuse! Comme je suis malchanceuse!

– Cesse ces enfantillages et prépare-toi pour la nuit. Ta mère va monter t'aider. »

N'aurait-il pas pu répondre à son désarroi, volontairement mélodramatique, par un autre baiser sur le front en pensant cette fois à elle? Enfin seule dans son lit, Simone mouille son oreiller. Puis elle est prise de hoquet, somnole, s'endort et bousille un nouveau rêve. Après trois romans et treize séances de pleurs, Simone est persuadée que son pied ne sera pas guéri. Elle est certaine de cette fatalité en se rendant au bureau du médecin. Et si le hasard la libère de ses bandages, Simone a le pressentiment qu'en sortant, un inconnu va lui écraser l'autre pied, sans s'excuser, en lui hurlant de regarder où elle va. Mais même la joie d'être débarrassée de ses béquilles l'inquiète tout de même. Prudente, elle apprend à marcher à nouveau, longeant les vitrines des commerces de la rue des Forges, se cachant sous les auvents multicolores. Elle rate son autobus, après avoir manqué de quelques secondes un feu vert. Le ciel est resplendissant de chaleur pour un après-midi de fin de septembre. Non, il ne pleuvra pas. C'est impossible! Mais Simone se demande quand même si elle a été bien prudente de sortir sans parapluie.

La vitrine d'un grand magasin l'éblouit, alors qu'un élégant mannequin l'hypnotise avec sa superbe robe de mariée. Simone ferme les yeux pour mieux imaginer sa tête à la place de celle de cette femme de plâtre. Croyant à un beau présage, Simone entre pour regarder la robe de près, la toucher, demander des renseignements, mentir pour dire fièrement à la vendeuse qu'elle est fiancée et qu'elle va se marier dès l'an prochain. Contente de cette attention superficielle, Simone se dirige vers le comptoir-lunch, pour se rafraîchir et mieux continuer à rêver. Elle jette un coup d'œil à la clientèle formée essentiellement de femmes, si Simone ne tient pas compte de ce beau jeune homme, installé à l'extrémité. Il est accompagné d'un garçon de quatre ans, sans aucun doute son fils. Voilà l'idéal du futur mari : grand, le regard franc, fort, une voix profonde, des épaules comme un roc. Mais Simone a tout de même la sagesse de savoir que de tels jugements ne peuvent représenter un amour complet. Le caractère, trop souvent, ne correspond pas au physique. Son homme honnête, intelligent, respectueux et affectueux sera peut-être un faible avec des grandes oreilles et un surplus de graisse au niveau du ventre. Mais il n'y a pas de mal à rêver à l'être parfait combinant les deux catégories d'exigences. Le beau garçon jette un vingt-cinq sous sur le comptoir, tout en accrochant son verre de jus à demi plein qui se vide à toute vitesse pour aller souiller le coude de la blouse d'une voisine. Ainsi Simone a-t-elle une révélation quand, en guise d'excuse, le garçon dit : « Comme je suis malchanceux! Comme je suis malchanceux! »

Alors la jeune fille entre chez elle avec l'impression d'être amoureuse de ce garçon dont elle ne connaît ni le nom ni la condition sociale. Elle s'en veut de ne pas avoir regardé s'il portait une alliance au doigt. Peut-être reviendra-t-il prendre un autre rafraîchissement au même comptoir? Après trois visites de vérification, ce hasard ne se produit pas. Le rêve a été doux, puis Simone le juge idiot, du moins jusqu'à ce que, tel un mirage, le garçon pousse la porte du *Petit Train,* accroche une chaise avec ses pieds, tombe à pleines mains sur le rebord du comptoir où Simone, rougissante, recule d'un pas en voyant cette longue masse aboutir si près de son visage. Il balbutie sa demande d'emploi. Simone, hésitante, répète la consigne de Maurice à l'effet qu'il n'engage personne dans son restaurant familial.

« Comme je suis malchanceux! Il n'y a pas d'ouvrage à Trois-Rivières. Le frère de mon père disait le contraire. Nous sommes déménagés pour rien. Mais je me dis qu'après la pluie, le soleil vient toujours.

– Oui.

– Merci quand même. Bon après-midi. »

Elle l'avait à sa portée. Elle aurait pu le retenir et lui offrir un verre d'eau. Mais Simone s'est contentée d'un timide « Oui ». Peut-être l'a-t-il remarquée? Peut-être reviendra-t-il au *Petit Train* pour la voir, faire connaissance? Mais les après-midi suivants voient les mêmes flâneurs du quartier et les voyageurs anonymes défiler au restaurant. Et pourquoi un si beau garçon se préoccuperait d'elle? Avec un physique semblable, toutes les filles de sa paroisse doivent roucouler devant sa porte. Les beaux garçons vont avec les jolies filles; les laids avec les affreuses et les adolescentes ordinaires comme Simone n'attirent que leurs semblables. Approfondissant cette pensée, Simone ne peut s'empêcher de glorifier le point commun les rassemblant : il est un merveilleux malchanceux. Elle confie ce secret à Renée, avant le coucher. Dès le lendemain, la jeune sœur de Simone mène son enquête : grand, regard perçant, cheveux blonds en broussaille, chômeur, malchanceux, vient de déménager, demeure chez son oncle.

« François Bélanger, 981, rue Sainte-Cécile. Il a dix-neuf ans, est célibataire, sans métier et est arrivé de Plessisville avec sa famille il y a trois semaines, dans le but de travailler dans nos usines. Il paraît que les affaires vont mieux dans nos industries.

– Renée, qu'as-tu fait là?

– Je n'ai pas le numéro de téléphone, car ils ne sont pas abonnés.

– Pourquoi fais-tu tout ça?

– Tu l'aimes, cette grande patate? Ben, vas-y, ma sœur, fonce dessus! Il est à toi!

– Surveille tes expressions! Et je ne t'ai rien demandé de semblable!

– Je suis la grande détective de Trois-Rivières, meilleure que ceux des films de Hollywood. Pourquoi n'es-tu pas contente, patate? »

Simone a honte de penser à tous ces jeunes gens que Renée a interrogés pour obtenir ces renseignements. Pour qui va-t-on la prendre? Une courailleuse? Une intrigante? Ceci n'empêche pas Simone d'être heureuse de savoir qu'il porte le prénom de François. C'est joli, harmonieux, si doux. C'est un prénom bien de son temps, si différent de tous ces Elzéar, Amédée ou Télésphore qui embarrassent tant de jeunes hommes. Simone et François, dessine-t-elle dans un cœur de papier, qu'elle déchire aussitôt en rougissant. Elle le remplace par une marguerite aux multiples pétales et commence à les découper avec des ciseaux, chantant « Il m'aime » et « Il ne m'aime pas ». Bien sûr, Simone ne complète pas cette tâche, sachant que sa malchance la fera arrêter sur un « Il ne m'aime pas ». De toute façon, il ne peut l'aimer. Il ne l'a probablement même pas remarquée. Simone a prié dans le but de le voir apparaître en après-midi au *Petit Train.* Elle a visité à quelques reprises le casse-croûte du magasin de la rue des Forges et parcouru plusieurs fois la rue Sainte-Cécile, sans que François se manifeste. Bref, il ne l'aime pas.

Le quotidien reprend la route habituelle de la vie de Simone : travail, pleurs, malchance et ennui. Sans oublier ce drame inqualifiable d'avoir seize ans et d'être toujours intacte de l'affection d'un garçon. Mais soudain, comme dans les romans d'amour tant appréciés par Simone, le hasard les fait cogner l'un sur l'autre à la sortie d'un film au Cinéma de Paris. Il dit : « Je m'excuse, Simone. » Est-ce que ce petit monstre de Renée a vendu la mèche? Où a-t-elle enquêté pour connaître le prénom de ce garçon?

« Je ne suis pas chanceux. Je me cogne tout le temps. Je fais attention, pourtant. Mais demain sera une meilleure journée.

– Oui.

– C'était un beau film, n'est-ce pas?

– Oui. »

Deux brefs « Oui » de trop. Il s'éloigne sans la regarder. Simone peste contre elle-même. Mais il se tourne vers elle, accrochant de son coude le sac à main d'une cliente. En se penchant pour le ramasser, le garçon cogne par inadvertance une autre femme. Il se frotte les mains, replace ses cheveux et avance à pas fermes vers Simone. Elle avale sa salive, intimidée par la beauté de François.

« Peut-être qu'on pourrait prendre une limonade et parler du film?

– Oh oui. »

François et Simone se retrouvent loin du *Petit Train,* où Renée et ses amies riraient sans doute de ce rendez-vous. Au restaurant Christo, François parle sans cesse, termine souvent ses phrases par un proverbe populaire, prouvant ainsi à

Simone qu'il regorge de culture. Elle est l'objet d'un véritable interrogatoire. Le prénom de Simone fait bien de chez nous et le nom de Tremblay est on ne peut plus canadien-français, tout comme son Bélanger. Rassuré sur l'ethnie et la religion de Simone, François parle en bien des films français, révélant par ricochet son mépris pour les productions américaines et pour tout ce qui vient de ce pays ou d'Angleterre. L'Anglais est l'ennemi, ainsi que les communistes. Il est temps, dit-il fermement, que les Canadiens français se prennent en main. Il cite pendant une demi-heure le chanoine Lionel Groulx. Simone se dit que cet homme est sûrement très bien, puisqu'il est un prêtre. « Ce sont les Anglais qui ont provoqué la crise », ajoute-t-il. François, homme de principe, ne travaille pas pour eux. Son père ouvrier a passé trente ans dans une usine anglaise, ce qui lui a fait perdre la pureté de sa langue, son ouïe, ses poumons et trois doigts.

François l'entretient longuement de sa famille. « Une famille canadienne-française normale », assure-t-il. « Nous sommes neuf garçons et une fille. » Simone ose une blague, lui disant que ce nombre de garçons est idéal pour former une équipe de baseball. Mais François s'offusque, car le baseball est un sport américain qui sert à rendre protestant le peuple de la Vallée du Saint-Laurent. Simone ne comprend pas trop comment un sport pourrait atteindre cet objectif, mais elle se dit que François a sûrement raison. Il parle ensuite de chacun de ses frères, ignore la sœur. Une heure plus tard, François confie que dans le logement de cinq pièces de son oncle, ils sont vingt-trois enfants, quatre adultes, deux chiens et une grand-mère impotente. Mais tout ceci, bien sûr, est de la faute des Anglais.

« On est pauvres, mais libres. Avec notre langue, notre foi en Notre-Seigneur, on va s'en sortir. L'argent ne fait pas le bonheur.

– Oui.

– Bon! Je vais rentrer. Il se fait tard. Ce fut une conversation très agréable. J'ai tant parlé! Le silence est d'or, mais la parole est d'argent.

– Oui. »

Il ne s'offre pas pour aller la reconduire chez elle. Un oubli, peut-être. Simone marche vers *Le Petit Train*, saoulée par cette grande volubilité de François, qui cache sans doute une grande timidité. Simone n'a pas entendu la moitié de tout ce qu'il a raconté, se perdant dans le beau rêve de l'espoir de ses lèvres et de passer ses mains dans sa chevelure de petit saint Jean-Baptiste. Quand Simone rejoint Renée au restaurant, elle a de nouveau treize ans, sautillant vers les bras de sa sœur pour lui dire rapidement que, pour une fois, elle n'a pas été malchanceuse, que François est très gentil et qu'il connaissait son prénom.

« Tu lui as laissé notre numéro de téléphone?
— Non.
— Notre adresse?
— Non.
— Patate que t'es pas éveillée, Simone! »

Le bonheur règne chez les Tremblay, alors que Roméo a reçu une nouvelle lettre de Jeanne, l'assurant qu'elle et l'enfant vont très bien. Il n'a surtout pas le goût d'analyser son contenu, comme se propose de le faire Carole. Mais, au fond, pour Roméo, que Jeanne se porte bien ne suffit pas; il faudrait qu'elle aille très très très très bien, qu'elle traverse l'Atlantique pour venir le lui chuchoter à l'oreille. Quoi qu'il en soit, Roméo atteint un grand bonheur à respirer l'odeur de la lettre de Jeanne. Simone juge que son père est dans de bonnes dispositions pour lui avouer qu'elle est enfin amoureuse. Roméo répond avec enthousiasme à cette annonce de sa fille. Les détails que Simone raconte à ses parents les enchantent cependant un peu moins.

« C'est un malchanceux, un vrai de vrai. Mais il va finir par trouver un emploi, car il y a toujours du soleil après la pluie.
— Comme c'est original ce que tu me dis là.
— Et c'est un vrai patriote, de plus! Savais-tu que c'est à cause des Anglais s'il y a une crise économique?

– Quand ça va mal, c'est toujours la faute de quelqu'un d'autre.

– Imagine, papa! Dès son arrivée à Trois-Rivières, il s'est tout de suite inscrit à la Ligue du Sacré-Cœur. Et dès qu'il travaillera, il fera partie des J.O.C. Deux de ses petits frères sont dans les scouts. François est un très bon catholique, ce qui est très important pour la survivance de la race dans la Vallée du Saint-Laurent. Il n'est pas un voyou, papa.

– Sûrement pas, Simone. Je suis très heureux pour toi. Tu me le présenteras et je serai ravi de lui serrer la main.

– C'est que... je ne sais pas si je vais le revoir. On ne s'est pas donné rendez-vous. Mais je l'aime!

– Un vrai film américain, ce que tu me racontes là, Simone.

– Ah non! Car les films américains ne servent qu'à nous faire perdre notre foi. Tu comprends?

– À vrai dire, pas tout à fait.

– C'est Lionel Groulx qui l'a dit. Il est un chanoine et le sauveur de la nation. »

Simone se parfume pour se rendre au travail. Maurice juge qu'elle en a tant mis que le goût de ses frites pourrait devenir douteux. Comme le beau François ne vient pas, le lendemain, Simone change sa coiffure, essayant de ressembler à Danielle Darrieux, l'actrice qu'il a tant aimée dans le film du Cinéma de Paris. Elle sera sa Danielle et il deviendra son Charles Boyer. Deux jours plus tard, Simone se présente au *Petit Train* avec un livre de proverbes qu'elle apprend par cœur, ce qui permettra de plaire à François et donnera à son vocabulaire un peu plus de consistance que les « Oui » qu'elle n'a pas cessé de lui répéter au cours de cette extraordinaire fin de soirée en tête à tête. Simone ne passe pas une minute sans y penser. Elle y rêve, tout en pleurant. Mais la nature malchanceuse semble avoir repris le dessus dans le destin de l'adolescente. Sentant une trahison de François et la tristesse de sa sœur, Renée ne se gêne pas et va cogner à la porte de la famille Bélanger. Sur le point de faire son compte rendu, Renée se voit grondée par Simone qui lui reproche l'impolitesse d'une telle démarche. Renée ne sourcille pas, connaissant très bien sa grande sœur, qui gigote quelques heures, rongée par la curiosité.

« Qu'est-ce qu'il a dit?

– Patate! Je n'ai plus tort, maintenant?

– Je veux savoir, même si je pense toujours que tu n'aurais pas dû faire ça.

– Décide-toi.

– Dis-le, Renée!

– Ça va te coûter vingt-cinq sous.

– Renée...

– Patate, si je ne peux plus faire d'affaires pour m'enrichir, moi! Il n'est pas là! C'est tout. Il a eu un contrat de peinture dans un hôtel du coin de Nicolet.

– Oh! il est peintre?

– Sûrement pas comme tante Jeanne. »

Il viendra! Il viendra! Simone prie pour se donner du courage. Mais la montagne russe de ses sentiments vogue entre l'optimisme et le découragement, comme les pétales de sa marguerite de papier. Viendra. Viendra pas. Viendra. Viendra pas. Enfin, après trop de nuits d'insomnie et de larmes de désespoir, Simone voit arriver François au début de novembre.

« J'ai travaillé pour aider ma famille, comme l'exigent les commandements de Dieu. C'est mon devoir de catholique canadien-français. J'ai gagné pas mal, mais il ne faut pas ambitionner sur le pain bénit.

– C'est vrai. Surtout quand l'homme propose et que Dieu dispose.

– Pardon?

– Oh... rien... rien...

– Mais mon père m'a laissé deux dollars. Alors, je me suis dit qu'on pourrait aller au Cinéma de Paris. Il y a un beau film avec Pierre Brasseur et Renée Saint-Cyr. Après, nous irons prendre une limonade chez Christo. J'ai bien aimé jaser avec toi, si je peux me permettre de le dire. Je vais te payer l'entrée. Il vaut mieux donner que recevoir.

– Oui.

– Oui quoi?

– J'accepte.

– J'irai te chercher. Sois prête pour six heures. Il faut arriver tôt à la salle. Premier arrivé, premier servi. »

Roméo attend à la fenêtre pour voir cette perle rare qui donne des ailes à son aînée. Hors les flirts enfantins de Renée, c'est la première fois qu'un garçon sort de façon officielle une de ses filles. Sans l'avouer à Simone, Roméo a un peu de méfiance à l'endroit de ce garçon qu'il n'a pourtant jamais rencontré. Ce que Simone en dit, le patriotisme à la Lionel Groulx, le catholique exemplaire, le mangeur d'Anglais, tout ceci n'inspire rien de bon à Roméo. Il aperçoit ce grand garçon avec un large chapeau, passant deux fois devant la maison, regardant une adresse sur la languette de son paquet de cigarettes. Quand il le voit se cogner les pieds sur le bord du trottoir, Roméo est persuadé qu'il s'agit du bon homme. Le père de famille a à peine ouvert la porte que François tend une solide main, un sourire trop large et étincelant sur son visage rougissant.

« Bonjour, monsieur Tremblay. Je suis François Bélanger, de Plessisville. Je viens chercher votre fille Simone pour aller au cinéma. Elle est vraiment gentille. En osant l'inviter, je me suis dit que la chance sourit aux audacieux.

– Vraiment?

– Simone m'a dit que vous êtes écrivain et journaliste. Quels beaux métiers! Notre race a besoin d'hommes de lettres. Les Lionel Groulx, Édouard Montpetit, Nérée Beauchemin, voilà des hommes dont le métier glorifie le génie du Canada français.

– Il n'y a pas de sots métiers, n'est-ce pas?

– C'est justement ce que j'allais dire, monsieur Tremblay. »

Roméo se sent soudainement honteux de sa méfiance

envers ce jeune homme. Il se souvient qu'aux premiers temps de ses propres fréquentations, le père de sa Céline avait aussi été craintif à son endroit, et que, par la suite, ils étaient devenus d'excellents amis. L'idéal du cavalier possédant toutes les qualités et les réussites sociales est une illusion égoïste, dans un monde où l'achat de nourriture pour la journée représente souvent la simple réalité. Simone a raconté à son père l'histoire de ces deux familles s'entassant à plus de vingt dans un petit loyer du quartier ouvrier de Sainte-Cécile. Elle lui a aussi parlé du sérieux de François à chercher un emploi, même s'il a, par principe, éliminé toutes les entreprises anglaises. Le deux dollars laissé par le père à son garçon est synonyme d'une véritable fortune. Le reste de la paie de François va aider les familles à se nourrir pour quelques jours. Avec ce miraculeux deux dollars, François va sortir une fille respectable et peut-être lui payer une pointe de tarte. Le bonheur est fait de petites choses quand on a grandi dans la privation.

Mais le Cinéma de Paris, ainsi que les trois autres salles de la ville, ne dérougit pas chaque soir. Les films sont un loisir à bon marché, permettant la douce évasion dont les pauvres affligés de la crise ont tant besoin. Pour aussi peu que vingt-cinq sous, les ouvriers chômeurs sont traités aux petits oignons, salués avec respect par un placier impeccablement habillé, les conduisant avec des courbettes jusqu'à leur siège. Que trois précieuses heures de joie, de rires, de beauté, avant de retourner à la grisaille de la vaine recherche d'un travail. Pour François et Simone, voilà une grande sortie, et le port de leurs plus beaux vêtements est de mise. À la lueur du faisceau lumineux, Simone regarde le beau visage franc de son cavalier. Elle aime le voir sourire et exprimer tous ces sentiments provoqués par Pierre Brasseur et Renée Saint-Cyr.

La soirée est trop courte. En sortant, François parle de long en large du film, de la survie de la langue au Canada français grâce à la bienheureuse venue de toutes ces belles productions du pays de ses valeureux ancêtres. Au restaurant Christo, François ne s'essouffle pas de continuer à vanter le talent bleu-blanc-rouge. Simone sait maintenant très bien que tous ces mots vains cachent une certaine timidité. Quand il croise les beaux yeux de Simone, François cesse soudainement son bavardage, avant de confier, dans un soupir :

« Je n'ai pas tellement d'amis ici. Je m'ennuie de ma ville. Mais c'était mon devoir d'obéir à mon père et de le suivre à Trois-Rivières. On choisit ses amis, mais pas ses parents.

– Tu me demandes d'être amie avec toi?

– C'est un peu ça. Et puis, je te trouve bien belle.

– C'est vrai?

– Oui. Je pense que je t'aime. Mais je ne devrais pas dire ça. Je suis si malchanceux en amour. Mais je l'ai dit et je le pense. Cœur amoureux soupire pour deux.

– Oh! c'est si gênant! Je ne sais pas quoi répondre...

– M'aimes-tu un peu, toi aussi?

– Je... Je vous aimerai toujours.

– Vous? Pourquoi me dis-tu vous?

– Je dois le dire de cette façon.

– Tu verras, nous serons heureux, ma chérie. »

Décembre 1936 à février 1937
Pour la vie, je te le jure!

Simone est persuadée qu'elle ne sait pas embrasser et que son inexpérience doit la rendre ridicule aux yeux de François. Avec sa beauté physique, sa grande culture - malgré ses courtes études - et avec son charme de beau parleur, François a certes eu d'autres amoureuses avant Simone. Comme il n'a rien à lui cacher, François lui a raconté quelques-unes de ses conquêtes à Plessisville, l'assurant, la bouche en cœur, qu'aucune de ces filles ne se compare à elle. Comment embrasser avec amour pour plaire à son homme, tout en restant une bonne fille propre? Simone ne connaît pas la réponse à ce mystère et ne trouve personne à qui en parler, surtout pas à sa jeune sœur Renée, de crainte de lui donner un mauvais exemple. Dans les films, les Français embrassent avec tant de passion qu'à chaque occasion, la scène est coupée. Les Américains embrassent sûrement avec plus de respect, car Renée assure Simone que les films de l'Oncle Sam sont beaucoup moins censurés. Mais est-ce que ces actrices peuvent servir de guides? Après tout, les films ne sont que des suites de trucages. Probablement que ces couples sur les grands écrans font semblant, comme de bons comédiens. Les lèvres se frottent, se posent les unes sur les autres, alors que dans la réalité, les dents se cognent et François a épouvantablement surpris Simone en cherchant à atteindre sa langue avec la sienne. Simone se demande si elle a trouvé cette audace agréable. Elle sait surtout que ce n'est probablement pas hygiénique. Mais un tel baiser n'est sûrement pas un péché, car François, si catholique, n'aurait jamais osé défier les lois de Dieu. Est-ce que Roméo fait une telle chose à Céline? Simone n'a jamais vu son père confondre sa mère avec une sucette.

François prend les mains de Simone, pose sa tête contre

ses épaules en lui soupirant, comme une révélation, que les amoureux sont seuls au monde. Ce n'est pas réellement son cas, car des amis - ces étrangers de Trois-Rivières, comme il dit - se sont vite agglutinés près de lui. François est de commerce agréable et sait plaire autant aux garçons qu'aux filles. Simone profite de l'arrivée de ces nouvelles connaissances, même si elle n'aime pas que François roucoule de naïfs compliments aux autres filles, « juste pour m'amuser, ma chérie ».

Simone tente de lui faire aimer Trois-Rivières. « Une ville sans rue Principale, ce n'est pas une vraie ville! » juge-t-il. Elle n'apprécie pas le mépris évident qu'il porte à son lieu d'adoption. « C'est une ville vendue aux Anglais. Et t'as vu de quelle façon ils nous traitent, les Anglais, dans leurs grandes usines? Ils s'en mettent plein les poches à nos dépens en se servant de la crise économique comme prétexte. Quand on est valet, on est pas roi! » François connaît tout de la politique de la province de Québec. Si Maurice Duplessis est assurément un sauveur, le vrai maître de la nation, celui qui devrait devenir non pas premier ministre mais bel et bien roi, n'est nul autre que le chanoine Lionel Groulx. François a lu tous ses livres et ses articles. Il a aussi parcouru les romans de Roméo, qui l'ont beaucoup impressionné. Lui-même prétend écrire de la poésie, des histoires courtes. Mais il préfère les garder secrètes, puisque trop intimes. Même Simone n'a pas le droit de les voir.

À quelques reprises, Simone s'est rendue chez son amoureux, sans trop s'attarder. Ce logement est infernal, avec ces deux immenses familles réunies dans une pauvreté chagrinante. Même si François prétend que l'union fait la force, il avoue que la nuit venue, il a du mal à dormir avec sept autres garçons dans sa chambre, « dont deux qui ronflent, un qui parle dans son sommeil, deux qui pètent et le reste qui pue des pieds ». En comparaison, la maison de Simone est pour lui un véritable palais. D'ailleurs, François y prend ses aises, cognant à peine avant d'entrer, renversant Renée pour lui taper le bas du dos, boxant avec Gaston, pourtant tranquille dans son coin à lire ses bandes dessinées, et fonçant comme un express vers Carole pour lui administrer un gros bec dans le cou. Il va sur la galerie arrière, ouvre la glacière et se sert un verre de lait, sans demander la permission à la mère de Simone. Roméo ne tient pas trop compte de ces gestes déplacés, car, dès ses premières visites, François a complimenté les peintures de Jeanne, que Roméo conserve dans son bureau de travail. Il a dit à Roméo que Jeanne était une belle femme, tout en lui posant cent questions sur cette artiste peintre obligée de s'exiler, car, prétend-il, « les grands artistes canadiens-français sont éclipsés par les Américains et les Anglais. Nul n'est prophète dans son pays ». Ensuite, François lui a posé autant de questions à propos de ses romans. Pour Roméo, il est maintenant certain que l'amoureux de Simone est le bienvenu en tout temps sous son toit.

Heureuse de partager son bonheur avec son père, Simone fait quelques sorties en tête à tête avec Roméo, comme au bon temps de l'enfance. Être en présence de la jeunesse de sa fille lui rappelle les jours de fréquentation avec Céline, à laquelle Simone ressemble beaucoup. Les enfants de Roméo forment une famille avec des caractères découlant du sien et de celui de Céline. Maurice, tout comme Renée, tient de son père. Gaston, Christian et Simone, plus calmes et près des normes sociales et religieuses, sont la fierté de Céline. Et la petite Carole, comme la Jeanne de l'enfance de Roméo, règne sur son propre monde intellectuel. À neuf ans, cette enfant a déjà trois années académiques d'avance sur les autres écolières. Elle possède une capacité d'apprentissage, de compréhension et de mémorisation hors du commun. François est impressionné de l'entendre parler latin. Pour compléter le tableau de la famille Tremblay, le grand-père paternel, Joseph, habite leur grande maison du premier coteau, dans la paroisse Saint-Sacrement. Le patriarche, âgé de soixante-six ans, est solide comme un piquet, bien que son esprit défaille et le fasse souvent basculer dans le monde du passé.

« Le meilleur patron, mon garçon, c'est toujours soi-même. Toute ma vie, avec mes commerces, j'ai toujours été mon seul patron.

– Des patrons canadiens-français, voilà ce qu'il nous faut pour notre reconquête économique, grand-père

Tremblay! Ce n'est pas vrai que nous sommes nés pour un petit pain.

— Bravo, Adrien! Tu vas donc laisser tomber ton emploi à la manufacture de chaussures et venir travailler à mon futur restaurant moderne.

— Pardon, monsieur Tremblay? Qui est Adrien?

— Allons, mon gars! Tu ne te souviens plus de ton nom? »

François écarquille les yeux, méfiant, se demandant de quelle étrange maladie souffre le vieillard. Mais il finit par le trouver tout de même attachant. Cette famille Tremblay, hors de l'ordinaire, séduit tellement François qu'il a décidé, poliment, de tourner le dos à une partie de la sienne, en route vers Plessisville pour le temps des fêtes. Roméo a invité François à partager le repas de Noël. Se plaisant tant en compagnie de Simone, François n'a d'autre choix que d'accepter une offre si sincère. De toutes les fêtes que Simone vénère, Noël est sa favorite. C'est avec patience et amour qu'elle fabrique des cartes de souhaits, qu'elle va distribuer à la parenté Tremblay et Sicotte.

« Je ne suis pas bonne en dessin, mais les cartes des grands magasins sont hors de prix et si peu personnelles. C'est l'intention qui compte avant tout.

— Ta tante Jeanne dessinait très bien, ma chérie.

— Oui.

— Je comprends ton père d'être fier d'elle. Mais... qu'est-ce que c'est, ma chérie?

— Un père Noël.

— Tu ne vas pas donner ce dessin à des enfants de ta parenté?

— C'est le père Noël, que je dessine le mieux. Il est si drôle! Il est rond, avec une belle grande barbe et ses joues rouges. Il est beau, n'est-ce pas?

— Le père Noël est un produit américain protestant, envoyé au Canada français pour nous faire perdre notre foi et notre langue, pour nous faire oublier le véritable esprit catholique de Noël. Nous avons nos traditions, nos paysages, notre religion. Voilà ce qu'il faut montrer à nos enfants pour les rendre fiers de nous-mêmes. Pas ce père Noël vendeur de Coca-Cola, ma chérie. »

François déchire la carte, et Simone a une brève réaction de protection pour son œuvre. Peinée, elle baisse les paupières. François, plus doucement, lui explique le bon sens. Comme elle ne veut pas lui déplaire, Simone détruit les autres, une à une, devant lui, comme il l'a demandé. Il la récompense d'un baiser.

« Je vais faire des bonshommes de neige, pour les remplacer.

– Oui, ma chérie! Voilà qui est bien de chez nous! Dis? Tu ne voudrais pas me préparer un de tes sandwichs? Ils sont si bons. J'ai un petit creux. L'appétit vient en mangeant. »

Maurice prétend que François est un pique-assiette, passant ses après-midi au *Petit Train* sous prétexte d'être l'amoureux de Simone, alors qu'en réalité, il désire surtout boire et manger gratuitement. Simone et Maurice en sont venus aux mots, à ce propos. Elle l'a accusé de ne pas être charitable, de ne pas comprendre le malheur de la pauvreté d'une famille terrassée par la crise économique organisée par les Anglais, afin que les Canadiens français perdent leur foi et leur langue. Depuis, à l'insu de François, Simone dépose dans le tiroir-caisse le prix des collations de François, à même sa maigre paie.

Le bonhomme de neige blanc sur fond de carte blanche est moins attrayant que le père Noël rouge. Mais Simone se dit que les arguments de François sont logiques, même si elle aime bien le gros bonhomme du pôle Nord. Pour les enfants trifluviens, depuis quelques années, le grand événement de l'hiver est la fête organisée par le magasin Fortin, alors que le père Noël défile dans les rues de la ville en lançant des sacs de bonbons. Simone adore cette grande manifestation de joie. Elle en parle à François, pendant qu'il mâche son second sandwich.

« Est-ce que tu vas empêcher tes petits frères de voir la parade?

– Non. Je ne suis pas père de famille. Mais mes frères sont habitués aux Noëls catholiques de Plessisville. Je peux sans doute tenter de leur expliquer, mais sûrement pas les en empêcher. Ils sont petits et comprennent moins le bon sens. Plus tard, ils verront mieux que tout ce qui brille n'est pas d'or. »

François parti, Simone dessine un père Noël, puis le chiffonne aussitôt. Elle place les cartes dans ses enveloppes, qu'elle ira porter elle-même dans les familles de ses cousins et de ses grands-oncles. Simone commence sa tournée ce soir, fièrement accompagnée par son amoureux. C'est avec une immense joie qu'elle présente François. Les parents, ravis de cette visite annuelle de la fille de Roméo, offrent du thé et de la limonade. Le sourire sincère de Simone touche François, constatant avec ravissement que l'élue de son cœur comprend le véritable sens de Noël et de toutes les fêtes religieuses. À la fin de chaque visite, il lui fait cadeau d'un chaud baiser, pour faire oublier le froid de l'hiver. François trouve tragique que Simone n'ait plus d'oncle et qu'elle ne puisse visiter ses tantes, l'une, Jeanne, résidant à Paris, et l'autre, Louise, étant en noviciat au couvent des Ursulines.

« C'est pour envoyer à tante Jeanne, papa. Crois-tu que ma carte arrivera à temps en France?

– Comme tu es gentille, ma grande! Habituellement, tu ne penses pas tellement à ta tante.

– François m'a fait réaliser la grande importance d'avoir une tante du côté paternel. Peut-être qu'on pourra voir tante Louise au parloir du couvent, mais Jeanne est maintenant la seule tante à qui je peux communiquer le bon esprit catholique du temps des fêtes de la nation canadienne-française.

– Elle va sans doute la recevoir au mois de janvier, mais je suis certain qu'elle sera ravie.

– Dans ce cas, j'ai aussi des cartes du premier de l'an et des Rois. François les a signées.

– Comme il est gentil, François. Un vrai bon garçon. Je suis heureux pour toi.

– Oh! merci, papa! J'ai tellement l'impression que maman et les autres ne l'aiment pas! »

L'affection retrouvée de son père fait en sorte que Simone se sent solidaire des inquiétudes de Roméo pour Jeanne. Simone n'a pas agi en bonne catholique en pensant que sa tante paie pour ses péchés et qu'à son âge, elle doit assumer ses responsabilités, sans se faire couver par son frère. Content, Roméo confie le secret de la dernière lettre écrite à Jeanne. Il lui donne des conseils, l'assure qu'elle a toutes ses prières et ses pensées, lui demande de lutter pour ne pas se laisser tenter par sa faiblesse pour l'alcool, maintenant qu'elle doit s'occuper d'un bébé. Puis Roméo lui raconte son amour pour Trois-Rivières, qu'il voit toujours ensoleillée, disant que si un jour Jeanne désire revenir dans sa ville natale, l'enfant et elle seraient accueillies comme des reines. Quels beaux mots, si bien agencés, décorés d'adjectifs qualificatifs et de verbes choisis comme des fruits juteux! François a vanté à Simone le grand talent d'écrivain de Roméo. Avant, elle lui reprochait, en pensée, de trop s'enfermer dans son bureau pour écrire, au lieu de s'occuper d'elle. Tout est tellement mieux, depuis que François rayonne sur la vie de Simone. En serrant son père contre elle, l'adolescente répète à Roméo son grand bonheur d'être enfin amoureuse. Recevant cette sincérité de sa fille, Roméo sent un grand vent d'optimisme et de paix le bercer, surtout après sa première visite à sa sœur Louise. Il lui parlait derrière un tout petit carreau sévèrement quadrillé de métal. Roméo a senti sa sœur aînée animée par une étrange douceur qu'il n'aurait jamais pu imaginer chez elle, habituellement si prompte. Ce sera un joyeux Noël, le plus beau, et Roméo sait que Jeanne répondra avec autant de cœur à sa dernière lettre et qu'elle reviendra à Trois-Rivières en 1937.

Depuis 1934, Roméo et sa famille transforment une partie de leurs célébrations en un don de soi. Les enfants sont invités à préparer des petits cadeaux, à cuire des confitures ou à faire une quête chez leurs amis de l'école, afin de rendre heureuse une famille dans le besoin. Roméo a l'habitude de mener une enquête discrète, car les pauvres sont souvent animés d'une grande fierté et perçoivent la générosité comme un acte de pitié, un prétexte pour les riches désirant se donner bonne conscience. Quand Roméo semble avoir trouvé des candidats idéaux, il va cogner à leur porte, suivi de Céline et des enfants, pour donner ces présents, sans rien demander en échange. De retour à la maison, il n'y a ni danses ni chansons. Roméo offre à sa progéniture des petits cadeaux, sachant qu'ils n'ont pas besoin des artifices commerciaux des vitrines des grands magasins, surtout après avoir pleinement goûté à ce sentiment de générosité par abnégation de soi. L'échange terminé, ils parlent chacun leur tour de ce qu'ils aiment, se confiant des secrets, s'intéressant aux confessions de leurs frères et sœurs. Par la suite, ils se préparent pour la messe de minuit, et, au retour, un léger goûter est partagé, avant le coucher. François n'a jamais rien vécu de si beau à Noël! Qu'il soit invité par Roméo à ce cérémonial si particulier aux Tremblay lui a fait honneur. Il a réalisé sa grande chance d'être amoureux de Simone. D'ailleurs, le temps venu de se confier, c'est avec bonne foi qu'il a avoué son sentiment d'amour, tout en tenant les mains de Simone. Dès lors, Christian, Gaston, Carole, Maurice, Renée et leur mère Céline, sans oublier le grand-père Joseph, ont perçu François différemment, oubliant ses longs discours exagérés contre les Anglais et son sans-gêne agaçant.

La journée de Noël est plus contemporaine que le souhait de traditionalisme de François. Si les parents invités vont sûrement accepter une partie de cartes, comme de bons paysans, le reste de la famille Tremblay s'amusera certes de voir Renée danser sur du jazz américain. François serre la main à ceux et celles qu'il ne connaît pas, indiquant son lieu d'origine et la raison de sa présence dans cette maison. On remarque vite ce solide gaillard au physique de bûcheron, alors qu'au salon, Renée tente d'imiter le chanteur Bing Crosby, accompagnée par la trompette de Gaston. Après deux heures de disques et de radio, François s'ennuie de l'accordéon et du violon de sa parenté. Même le patriarche Joseph se réjouit de ces modernités, lui qui doit pourtant connaître quelques bonnes vieilles chansons folkloriques, héritage de son propre père. Quand François, au milieu du salon, réclame le silence pour présenter sa chanson typiquement canadienne-française, tous les invités basculent quarante ans plus tôt. On tape dans les mains et on répond aux bons endroits, comme dans une veillée de l'ancien temps.

Roméo rapplique avec ses disques de La Bolduc, mais même cette bonne Gaspésienne déçoit François, car elle chante trop l'actualité. Mais la ritournelle de donner la chance au nouveau gouvernement fait naître une vive discussion politique, même si tout le monde est d'accord sur les mérites de Duplessis. Un peu grisé par la bière, François cogne sur la table pour dire que Duplessis ne fera pas de miracle, tant qu'il y aura des Anglais dans la province de Québec. « Regardez en Allemagne, clame-t-il, attirant soudainement l'attention. Leur chef a une poigne de fer! C'est un vrai nationaliste! Il n'y a pas d'étrangers, en Allemagne! C'est une race pure, comme devrait l'être celle du Canada français, comme celle dont nous parle notre maître Lionel Groulx! Ils n'ont pas de crise économique, en Allemagne! Tout le monde travaille! Pas de Juifs, pas d'Anglais, pas de communistes, pas de syndicats! La fin justifie les moyens! » En entendant ces propos, Roméo se sent bouillir de colère, lui qui a combattu les Boches pendant la grande guerre de 1914 et qui y a perdu un frère, lui qui est si inquiet de voir ces fous furieux de fascistes être à la tête de l'Italie et de l'Allemagne. Tous ces gens menacent la France et sa sœur Jeanne.

« Ne dis plus jamais une telle chose sous mon toit, François!

— Pourquoi, monsieur Tremblay? Ne me dites pas que vous êtes pour les Juifs et les Anglais?

— Je suis contre le mépris des hommes envers leurs prochains! Je suis contre l'aveuglement des dictateurs qui vont nous mener vers une autre catastrophe!

— Ah non, monsieur Tremblay! Je m'excuse de vous contredire, mais Hitler et Mussolini doivent nous servir de modèles et Duplessis devrait les imiter. Tous les chemins mènent à Rome, et à Berlin aussi.

– Dehors, François Bélanger! Et ne remets jamais les pieds dans ma maison, petit voyou! Et je te défends de revoir ma fille!

– Pardon? »

Jamais les enfants de Roméo n'ont vu leur père autant en colère. Une grande partie des invités croient que ces chefs européens vont faire basculer le Canada vers une autre guerre. Les propos de François n'ont reçu aucune approbation. De héros la veille, François devient zéro aujourd'hui. Simone court vers sa chambre en pleurant et le réveillon semble foutu. Elle continue de pleurer tout le reste de l'année. Quand François a tenté, un peu avant le jour de l'an, d'aller la voir au *Petit Train,* Maurice lui a violemment bloqué l'entrée. François a aussi essayé de s'expliquer avec Roméo. Celui-ci n'écoute pas les plaintes d'amour de Simone. Leur belle entente des derniers mois disparaît et leurs bouderies réciproques ont une influence négative sur le reste de la famille. Simone sent que même sa mère est contre elle, surtout après lui avoir dit que François a toujours raison, même à propos des Juifs et des Anglais.

« Mais je l'aime, Renée! Je l'aime! Je n'avais jamais aimé de ma vie et papa m'empêche d'être heureuse! Comme je suis malchanceuse! Comme je suis malchanceuse!

– Es-tu sérieusement d'accord avec lui?

– Oh, moi, la politique, tu sais! Ce n'est pas l'affaire des filles. J'ai dit que j'étais d'accord parce que François a souvent raison, que tout ce qu'il m'a expliqué est logique et que ça vient en partie d'un chanoine.

– Il ne faut plus de guerre, Simone. Plus jamais! S'il y a une guerre provoquée par ces deux affreux que François aime tant, l'Angleterre va être impliquée et nous aussi. Tu voudrais que ton amoureux aille se faire tuer en Europe pour cette espèce de moustachu qui tue même les Allemands qui ne sont pas d'accord avec lui?

– C'est vrai, ce que tu me dis là?

– Patate, oui! J'ai une amie qui est très forte en politique et elle m'a tout expliqué ça.

– Non, je ne veux pas de guerre...

– Je vais t'aider, Simone.

– Merci, Renée. Mais tu comprends que ce n'est pas honnête d'être amoureuse en cachette de papa. Et puis, François aime sincèrement notre famille. Il était un peu saoul, tu sais. Mais ceci, notre père ne veut même pas le reconnaître! »

La nouvelle année commence par un rendez-vous clandestin organisé par Renée et auquel François ne voulait pas participer. Il est prêt à désobéir à son père et à retourner vivre à Plessisville, loin de cette Trois-Rivières ne lui apportant que du malheur et qui lui enlève son amoureuse au père ne comprenant rien au simple bon sens. Simone et François ne savent pas quoi se dire, ne peuvent se regarder dans les yeux sans baisser les paupières. Mais aussitôt Renée éloignée, ils s'embrassent avec empressement, tout en pleurant comme des enfants. Renée soupire, jette un coup d'œil furtif en se disant : « Patate que c'est romantique! » Les amoureux retrouvés, Renée travaille à amadouer Roméo, principalement en lui parlant sans cesse de Jeanne. Gonflé par les bons mots de sa fille, Roméo est, selon Renée, prêt à entendre les raisons du cœur de Simone et les excuses de François. La rencontre est organisée peu avant l'Épiphanie. François sent une grande froideur dans la main de Roméo. La permission de fréquenter Simone à nouveau accordée, François a tout de même encore l'impression de voir sa blonde en cachette. À la maison, Simone ne parle pas tellement à son père, replongé dans son mutisme et pensant constamment à Jeanne. De temps à autre, Roméo explique à Simone une nouvelle fraîche venue d'Allemagne, en insistant sur les dangers qui guettent le monde entier. Le père de famille veut entendre sa fille lui dire qu'il a raison, alors que, le matin même, François a de nouveau expliqué à Simone que les Anglais sont des persécuteurs de catholiques et les Juifs des fourbes voleurs d'emplois. Et qui sentent l'ail. Simone se fiche de tout ceci; elle ne désire que vivre sur les promesses de son cœur débordant d'amour, loin des tourments du monde. Elle voudrait de nouveau être en octobre dernier, revivre cet instant extraordinaire du premier baiser, comme si rien d'autre n'existait. Toujours inquiète, Simone prépare ses cartes de la Saint-Valentin, en se demandant si son père va lui en faire parvenir une, comme il a pris l'habitude de faire pour chacune de ses filles. François, toujours sans argent et sans emploi, a sculpté un cœur de bois, en vue de fabriquer une belle médaille à Simone.

« Un jour, j'aurai de l'argent et je t'achèterai une chaîne en or, ma chérie.

– Pas besoin d'or, François. C'est le plus beau cadeau de toute ma vie!

– Il vaut mieux souffrir d'avoir aimé que de souffrir de ne jamais avoir aimé.

– C'est pour la vie, François! Pour la vie, je te le jure! »

Mars à août 1937
C'est pour notre mariage

Quand le pape Pie XI dénonce, par une encyclique, le régime nazi de l'Allemagne, François finit par admettre qu'il a eu tort de dire du bien des mesures prises par ce pays. Si le Saint-Père est contre, François doit se soumettre à la raison de ce représentant de Dieu. Mais l'encyclique ne l'empêche pas de détester les Anglais! Roméo ne s'en fait plus trop avec ces sorties tapageuses, sachant que des centaines de Canadiens français méprisent les anglophones et que ces sentiments ne vont jamais bien loin, et ne dépassent pas une conversation de salon ou de taverne.

Sermonné par sa femme Céline parce que son attitude nuit au climat familial, Roméo dépose les armes et permet à François de revenir fréquenter Simone dans sa maison. Roméo et le jeune Bélanger se font des courbettes pendant une demi-heure, avant que l'un ne retourne à sa bibliothèque et que l'autre ne s'en aille vers sa belle au salon. Carole les chaperonne, sous l'œil agacé de Simone. L'enfant n'aime pas voir ce fasciste prendre les mains de sa sœur. Pour Carole, le chanoine Lionel Groulx, idéalisé par François, est aussi un fasciste. C'est par défi que Carole, croisant les bras, s'installe entre les amoureux.

« Va donc jouer à la poupée, comme les filles de ton âge, au lieu de sans cesse nous embêter avec tes démonstrations de savante qui ne comprend rien à la vie et aux vrais sentiments!

– Je vais le dire à papa que tu m'as insultée!

– Enfin, ma sœur parle comme une véritable enfant! »

Carole s'envole à toutes jambes en criant « Maman! » alors que François avale sa gomme en demandant : « Elle lit Lionel

Groulx? À dix ans? » Carole lit aussi Voltaire. Et Charles Dickens. En anglais. La petite revient avec une poupée qu'elle fait balancer sur ses genoux en chantant *La Poulette grise*. Elle est relayée par Gaston qui joue du piano sans regarder le clavier. Quand sa ronde est terminée, Simone n'a pas le temps de voir arriver Christian. Elle a deviné que ce chenapan et les deux autres ont suivi les ordres de son père. Elle tend la main à François pour l'inviter à prendre l'air. Une fois dehors, François glisse sur un bout de glace, et, en cherchant à l'aider, Simone tombe à son tour. Le couple, sur le plancher gelé des vaches, rit de cette petite malchance et en profite pour s'embrasser, quand soudain, Renée cogne à la fenêtre du salon pour les gronder moqueusement avec son majeur.

« Elle est vraiment spéciale, ta famille, ma chérie.

– Il n'y a que moi de normale.

– Ce n'est pas gentil de dire ça. Je te l'interdis. N'oublie pas que qui s'assemble se ressemble. Tu vas voir, peu à peu, ils vont finir par m'accepter à nouveau. Pour l'instant, faute avouée est à moitié pardonnée, mais bientôt nous serons enfin amis. Chaque oiseau finit toujours par trouver son nid. »

Il y a un mois, François a travaillé dans l'entrepôt d'un magasin, mais une malchance lui a fait échapper une tablette de pots de peinture. Dans leur chute, ils se sont tous ouverts et un plein gallon est tombé, du mauvais côté, dans une boîte de clous. François, après avoir nettoyé le plancher, a lavé les clous un à un. Le soir même, il était congédié. Simone, pour sa part, s'est coupé profondément un pouce en tranchant une tomate. En perdant connaissance, elle s'est assommée sur le rebord de l'évier. François avait tenté de lui téléphoner pour lui souhaiter un prompt rétablissement, mais Roméo raccrochait tout de suite le récepteur. Et il semble que sa carte de bonne guérison a abouti à une mauvaise adresse.

« Il faut que je travaille! Mais je suis si malchanceux! Si je deviens ami avec ton père, peut-être me trouvera-t-il un emploi. Il connaît tout le monde dans ta ville. Deux têtes valent mieux qu'une.

– Ton tour viendra, François. Avec de la patience, on vient à bout de tout.

– Et tout arrive à point à qui sait attendre. »

Les amoureux sourient avant de se donner un baiser trop prolongé qui se termine par une chute commune, parce qu'ils viennent de mettre le pied sur une branche cassée traînant sur le pavé. Simone se dit qu'il n'y a pas de doute, cet extraordinaire malchanceux est vraiment son homme, son futur mari. Pourquoi veut-il tant travailler? se demande-t-elle. Au nombre d'hommes à la maison, les deux familles Bélanger arrivent à se nourrir et à se chauffer chaque semaine. Même certains petits frères de François ont de l'ouvrage. Simone rêve que son amoureux désire coûte que coûte un emploi dans le but d'économiser pour un mariage. Il ne lui en a pas parlé encore. Après tout, ils ne se fréquentent que depuis six mois. Mais Simone regarde les robes de mariées des vitrines avec des yeux plus envieux.

Habile manuellement, fort et débrouillard, François fera son chemin dans la vie. Simone devine que son amour devra en premier lieu travailler pour un patron, qui reconnaîtra rapidement ses qualités d'homme consciencieux. Ainsi, François gravira un à un les échelons vers un poste de responsabilité. Plus tard, il sera lui-même patron. Lorsqu'ils seront mariés, le couple habitera d'abord un modeste logement ouvrier, puis, la situation s'améliorant, ils songeront à une humble maisonnette, afin que leurs nombreux enfants profitent du confort essentiel à tout bon développement de qualités humaines et catholiques. Pour débuter, Simone et François auront quatre enfants. Deux du même sexe, de préférence. Les petits apprendront beaucoup au contact de leur père et Simone sera fière d'enseigner à ses fillettes les bons trucs pour cuisiner et bien entretenir une maison, tout comme sa mère Céline le lui a enseigné, elle-même ayant reçu ce précieux héritage de grand-maman Sicotte. Dans l'esprit de Simone, cet idéal légitime est trifluvien. S'il y rêve, François le situe sans doute à Plessisville. Simone essaie, d'heure en heure, de lui faire aimer Trois-Rivières, tout comme Roméo a appris à ses enfants les grandeurs de leur petite patrie.

Les beaux rêves sont si merveilleux! Pourquoi s'en priver? Le rêve est si confortable, sécurisant, permet à chaque journée de devenir ensoleillée. Pour y accéder, François doit travailler. À chaque client bien habillé passant par *Le Petit Train,* Simone vante les qualités de son amoureux. Ils ne répondent pas. Ces petits patrons savent que les rues de Trois-Rivières regorgent de ces travailleurs toujours extraordinaires et qui sont laissés à la flânerie. Ceux qui sont majeurs ont droit de donner de leur temps à la municipalité pour quelques bons de secours direct leur permettant de se procurer un peu de nourriture.

François aura bientôt vingt ans. Quand la crise économique a débuté, il n'était qu'un tout jeune homme sortant à peine de l'enfance, bien qu'il eût déjà besogné deux années dans une manufacture de sa ville natale. Quel gaspillage de temps que de savoir tous ces adolescents, en pleine santé, condamnés à l'oisiveté à cause d'une crise à laquelle ils ne comprennent rien. « Le travail, c'est la santé », de philosopher François, même si son père et son oncle sont blessés par tant d'heures interminables passées dans les usines des Anglais. Quand François a la chance unique de travailler un peu, il se sent valorisé, revigoré, si bien dans sa peau. Et quand le contrat se termine, ses humeurs vont dans le sens contraire. Deux semaines plus tard, il songe à ce récent emploi comme à une belle époque de sa vie.

« J'ai trouvé de l'ouvrage, ma chérie.

– C'est magnifique, François! Où?

– Dans un grand magasin. Je vais réparer des bicyclettes. Si je fais bien, ils pourront plus tard m'engager comme homme d'entrepôt, ou même comme vendeur! Tu me vois, en bel habit, souhaitant la bienvenue à la clientèle? Petit à petit, l'oiseau fait son nid.

– Comme je suis contente! Tellement contente!

– Donne-moi un baiser, dans ce cas, ma chérie. »

Maurice déteste surprendre Simone à embrasser François quand elle est de service au restaurant. Il juge que ces échanges sont déplacés dans un lieu public, d'autant plus que l'amoureux de sa sœur semble mettre trop de vigueur dans ce geste que des fréquentations encore fraîches ne devraient pas permettre. Conscient du danger de l'intimité de ces étreintes, Maurice a fait des recommandations de grand frère à Simone, mais celle-ci s'est offusquée, croyant qu'il la prenait pour une mauvaise fille. Maurice toussote une fois, deux fois, trois, quatre, mais ses avertissements ne freinent pas l'ardeur de François, bien que Simone ait cherché à se dégager dès le premier signe de son frère. Terminant son baiser, François, tout en tapotant les reins de Simone, dit à Maurice que ça valait le coup, pour bien fêter l'arrivée de cet emploi.

« C'est en après-midi, j'espère? Tu pourras laisser ma sœur faire son propre travail.

– Comme vous êtes bêtes, vous autres, les gens de Trois-Rivières! À Plessisville, la population sait mieux vivre. Et n'oublie pas, Maurice Tremblay, que qui sème le vent récolte la tempête.

– C'est ça! C'est ça! Et les meilleurs chemins sont toujours les plus courts », de conclure Maurice, en indiquant la porte.

François serre les poings devant le plus entêté des Tremblay, mais il est retenu par Simone qui le reconduit vers la sortie et lui laisse un autre interminable baiser. Maurice regarde sa montre. Simone sort pour observer son amoureux s'éloigner, lui envoyant la main comme une fillette, jusqu'à ce qu'il disparaisse entièrement de sa vue.

« Simone, viens ici, on va se parler!

– Va au diable! Je ne t'écoute plus! Tu n'es plus mon frère! Tu ne comprends rien au véritable amour! Comme je suis malchanceuse! Comme je suis malchanceuse! »

Le soir même, François conseille à sa blonde de quitter *Le Petit Train*. Avec un salaire de trois dollars par semaine, il juge que Maurice exploite la faiblesse de Simone. Qu'il y ait une crise économique n'excuse rien, prétend-il. Le garçon lui propose de se faire engager par l'usine de textiles Wabasso, la seule de Trois-Rivières à augmenter ses effectifs grâce à des filles de l'âge de Simone.

« Tu triplerais ton salaire, ma chérie.

– *Le Petit Train* est une entreprise familiale, François. Il vient de mon grand-père Joseph, de ma tante Louise, mon père en est le propriétaire, mon frère le gérant et ma sœur Renée est aussi employée. Je sais que Maurice ne nous donne pas beaucoup d'argent, mais ce n'est pas de sa faute. Puis, on a le droit de garder les pourboires. Selon les semaines, je peux gagner jusqu'à deux dollars de plus. Et je suis quand même assez libre, avec Maurice.

– Tu ne me crois pas quand je te dis que la Wabasso paie mieux?

– Mais c'est une usine d'Anglais, François. Ceux-là mêmes qui ont mis les Canadiens français dans la crise économique pour qu'on perde notre langue et notre foi.

– Je t'ordonne d'aller t'y faire engager. Maintenant que j'ai un emploi, combiné à ton salaire à l'usine, nous pourrions faire plus d'économies et... sait-on jamais? Qui va lentement va sûrement.

– Un... un... Je n'ose pas le dire, François...

– Mais oui, ma chérie! Un mariage! Je t'aime tellement, ma jolie Simone! L'amour fait le bonheur!

– François! C'est le plus grand jour de ma vie!

– Je ne voudrais pas qu'on vive dans la misère aux premiers jours de notre mariage. Il faut économiser pour s'y préparer comme il faut. Avoir un minimum de confort est une façon idéale de débuter une longue vie dans ce beau sacrement de notre religion. C'est pour cette raison que je désire tant travailler et que je pense que tu devrais te faire engager par la Wabasso. L'argent ne pousse pas dans les arbres. »

Les semaines suivantes, Simone vit sur un nuage. Après tant d'années de malchance, voilà que le destin lui semble enfin favorable. Elle garde le secret de cette presque demande en mariage, sachant que ses parents l'empêcheraient sans doute de rencontrer François. Celui-ci a la prudence et la sagesse de rappeler à Simone qu'il s'agit d'un projet d'avenir, que deux ou trois années peuvent se passer avant le grand jour. Mais il n'y a surtout pas de mal à se préparer tout de suite. Les baisers passionnés de François prouvent à Simone le sérieux de ses intentions.

Mais se faire engager par cette usine de textiles ne lui sourit guère. Malgré son physique grand format, Simone est assez douillette. Elle connaît des filles de son âge travaillant à la Wabasso, et les entendre parler de la chaleur du lieu et des fibres de coton qu'elles respirent, de la poussière, du bruit incessant et des cris des contremaîtres anglais n'est pas une invitation à quitter le confort du *Petit Train*. Mais François, peu satisfait de son hésitation, réussit à la convaincre qu'il s'agit d'un sacrifice à faire en vue de leur mariage. François, de son côté, se débrouille assez bien comme réparateur de bicyclettes. Du moins jusqu'au moment où, en voulant réparer une tablette, celle-ci lui tombe sur le crâne, entraînant dans sa chute une dizaine de bécanes neuves qui s'entrechoquent et se brisent. Et c'est ainsi que François devient à nouveau chômeur.

« Je ne suis pas chanceux! Je ne suis pas chanceux!

– Mon pauvre François... comme tu es malchanceux!

– Tout allait si bien! Et voilà que ce mauvais sort revient! Mais je me dis que Dieu frappe d'une main et récompense de l'autre. »

Alors que le couple s'apitoie sur son sort, Renée secoue François en lui disant que s'il est si bon réparateur de bicyclettes, il n'a qu'à travailler à son compte. Il possède les outils nécessaires et un coin de cour où il pourrait recevoir sa clientèle. Conséquemment, François, Simone et Renée passent quelques soirées à écrire la bonne adresse sur des papiers, distribués aux midinettes de la Wabasso, le royaume trifluvien des cyclistes féminines.

« Elle est vraiment formidable, ta petite sœur, ma chérie.

– Oui. Elle a toujours beaucoup d'idées. Renée a du caractère. Elle tient de mon père.

– Mais malchanceux comme je suis... Advienne que pourra! »

Les commerces improvisés de fond de cour fleurissent en ville depuis le début de la crise. On ne compte plus les experts en électricité, en plomberie, en réparations de toutes sortes, dont les raisons sociales sont indiquées maladroitement sur des bouts de carton, cloués sur les rampes d'escalier ou les galeries des maisons des quartiers ouvriers. Ces apprentis demandent très peu pour leur travail, si peu que les véritables professionnels se sont plaints à la municipalité. Ainsi, la clandestinité est maintenant de mise dans ce genre d'entreprise d'infortune, et permet aux hommes d'aider un peu leurs familles. Pendant quatre jours, il ne vient personne dans la cour de François. Le jeune homme a l'impression de perdre un temps précieux qu'il pourrait utiliser à se chercher un véritable emploi. Sa première volontaire arrive pour faire réparer un maillon de chaîne. Elle regarde François travailler avec attention, admire ses gros biceps et sa chevelure de dieu grec. Les jours suivants, la clientèle abonde, même si les réparations sont bien futiles. L'excuse d'être seule dans une cour avec un beau garçon vaut bien quelques sous. François prend note d'une crevaison vraiment douteuse, comme si la fille avait volontairement enfoncé un clou dans sa chambre à air. Simone fait mine de jalousie en entendant un groupe d'ouvrières parler odieusement de cet adonis réparateur de bicyclettes de la rue Sainte-Cécile. Simone va vite le rejoindre pour mener son enquête, mais François accueille mal son accusation, signe d'un doute sur son amour. Mais comme il a bon cœur, François déchire l'écriteau sous les yeux de Simone, disant que ce n'est pas avec une paie d'un dollar et quelques sous qu'il pourra économiser pour leur mariage, surtout qu'il doit toujours continuer à aider financièrement sa famille. La jeune Renée n'est pas contente de cet abandon rapide, après tous les efforts déployés pour aider l'amoureux de sa sœur.

François tente de devenir le commissionnaire des commerçants de la rue Saint-Maurice. « Un service en attire un autre », prétend-il. Le garçon parcourt la rue de long en large, jetant un sale œil aux compétiteurs, se rendant au bureau de poste pour l'un et lavant les vitrines pour un autre. C'est d'ailleurs en cassant une fenêtre avec l'extrémité de son balai que François a peu à peu perdu la confiance de ces hommes. Des chômeurs pour faire des commissions, il y en a par douzaines, et certains ne demandent que dix sous par journée.

Roméo, influencé par les éloges de Simone à propos de la grande détermination de François, trouve au jeune homme un emploi idéal : gardien de nuit dans un entrepôt, à Louiseville, petite municipalité à quelques milles de Trois-Rivières. Simone ne sait pas si son père cherche surtout à éloigner François d'elle. Mais le garçon, très heureux, met le cap sur cette ville mauricienne. Aussitôt, Simone va prier à l'église paroissiale pour demander à Dieu de donner un peu de chance à François, craignant surtout qu'au premier soir, un malfaiteur n'entre dans son entrepôt pour l'assommer et partir avec des marchandises. Simone passe ses semaines à s'ennuyer. L'été s'annonce si beau et l'adolescente songe aux bons moments qu'elle n'aura pas avec François. Baignades, promenades en vélo à la campagne, jolis soirs de perte de temps à la terrasse Turcotte, ou divertissement au village forain de l'exposition agricole annuelle. Mais François revient plus tôt que prévu de Louiseville. Avec une très grosse bosse sur la tête. Simone caresse la blessure, alors que Roméo se dit que ce garçon est une véritable catastrophe vivante. Il reconnaît, cependant, que François fait preuve d'une grande volonté pour se trouver du travail, alors que tant d'autres jeunes ont abandonné même l'espoir.

« Mon tour viendra, monsieur Tremblay. Le soleil brille pour tout le monde.

– Comment peux-tu provoquer des accidents à chaque fois que tu touches quelque chose?

– Je ne suis pas chanceux. Mais je me dis que qui veut peut. D'ailleurs, et je vous le confie avec respect, c'est un peu faux ce que vous me dites. J'ai rencontré Simone et c'est loin d'être une infortune pour moi. Malchanceux aux cartes, chanceux en amour.

– C'est toi qui lui as mis en tête de travailler à la Wabasso?

– Moi? Non, monsieur Tremblay. Simone veut travailler au textile? C'est une bonne idée. Ils engagent souvent des filles. Ils ne veulent pas d'hommes. Autant en emporte le vent.

– L'erreur est humaine, n'est-ce pas? »

Roméo se souvient qu'étant jeune, son défunt frère Adrien avait refusé de s'impliquer dans les commerces de leur père Joseph. Adrien préférait le travail en usine. Roméo se rappelle aussi que son frère, orgueilleux, laissait croire à Joseph qu'il adorait sa manufacture de chaussures et, par la suite, la Wabasso naissante. Comme Roméo sait que l'histoire se répète souvent, il ne monte pas le ton quand Simone lui exprime son désir de devenir employée de la Wabasso. Ses frères, ses sœurs et sa mère la traitent plutôt de folle de vouloir quitter *Le Petit Train* pour cette usine infernale. Au lieu d'être satisfaite de l'attitude de son père, Simone aurait préféré qu'il lui ordonne de ne pas se présenter à l'usine. « Comme je suis malchanceuse! Comme je suis malchanceuse! Mon père ne me chicane même pas! » Simone se dit qu'avec sa déveine naturelle, on va probablement refuser de la prendre. Mais un homme, après lui avoir posé quelques questions, lui tend le formulaire d'inscription en lui ordonnant d'être à temps demain matin, à sept heures trente.

« T'es complètement patate! Ne viens pas me faire croire que tu veux vraiment travailler dans cette fournaise bruyante en plein mois de juillet!

– Tu as raison, Renée. Je ne veux pas. Mais c'est mon devoir de le faire, en pensant à mon avenir. »

Simone confie le grand secret à sa jeune sœur. Renée saute de joie à l'annonce d'un futur projet de mariage. L'aveu ne l'empêche pas de toujours mettre en doute cette décision concernant l'usine. Renée envie Simone d'avoir cette chance d'être amoureuse. Simone l'enlace, l'assurant que son tour viendra. En route vers la Wabasso, Simone a de la difficulté ses deux chênes dans une cour verte et fleurie, ces filles prendraient sûrement Simone en chasse, disant qu'elle vole l'emploi d'une des leurs. Mais Simone a du mal à se rendre jusque chez elle. L'adolescente délaisse sa bécane, marche doucement à ses côtés, tout en entendant encore le grondement des machines à tisser. Venant près de s'évanouir, elle s'assoit sur un banc, enlève ses chaussures et se frotte le dessous des pieds. Elle se redresse, se disant que ses parents ne doivent pas se rendre compte qu'elle est très fatiguée, qu'elle a souffert un véritable martyre. Simone ne sait pas qu'elle répète la même attitude que son oncle Adrien, au début des années 1910; il était rentré à la maison en affirmant à son père Joseph qu'il venait de passer une merveilleuse journée à la Wabasso. Mais Roméo se souvient de son frère et sait très bien que sa fille fait de même.

Le silence de Roméo, ne demandant aucune nouvelle, met Simone en colère. Se moque-t-il d'elle? Le père sait surtout que sa fille ne se rend pas compte qu'elle a été élevée sur du duvet, que le monde est fait de différentes réalités. Roméo croit que cette expérience, peu importe sa durée, enrichira son aînée, la rendra plus mature et plus attentive à ses semblables. Au bout de ce chemin tortueux, Simone retournera au *Petit Train*, suppliant Maurice de lui redonner son poste, qu'il vient de confier à une jeune cousine de sa femme Micheline.

« Puis, ma chérie?

— C'est très difficile, François. Très, très difficile.

— Tu n'es pas habituée. Après une semaine, tout ira. Je te le confirme. Une personne avertie en vaut deux.

— Je ne sais pas si je vais être capable...

— Allons, ma chérie! Un peu de courage! Il y a tant de filles qui le font. Pourquoi serais-tu différente des autres? N'oublie pas qu'il n'y a pas de rose sans épines. »

Après six jours, Simone est toujours à son poste. Roméo est étonné qu'elle ne se soit pas évanouie ou qu'elle n'ait pas déchiré sa robe contre un clou, qu'elle ne se soit pas coincé un membre dans une machine. Simone pense la à croire qu'elle s'en va joindre la misérable faune des travailleuses du textile. Elle croise d'autres cyclistes qui chialent déjà contre les prochaines heures. Elles disent qu'avec une telle canicule, l'humidité sera intolérable à l'intérieur. Simone gare sa bicyclette près des autres. Des filles la regardent aussitôt avec étonnement. Elles se demandent ce que la serveuse du *Petit Train* s'en va faire à la Wabasso. Dès son entrée, Simone sent tout de suite l'air étouffant de ce lieu sinistre à la lumière artificielle étrange qui lui fait mal aux yeux. Elle se présente à son contremaître, pour qu'il lui explique sa tâche. L'homme à la voix puissante, sans doute amplifiée par tant d'années à vivre dans le voisinage de ces machines, lui fait signe de le suivre. Il tend la main vers une machine à filer, lui indique très brièvement ce qu'elle doit faire et s'en va sans saluer.

Simone regarde cette monstrueuse reproduction des métiers à tisser des arrière-grands-mères canadiennes-françaises. Une voisine lui répète doucement la façon de procéder, puis se croise les bras en attendant le sifflet de huit heures. Après soixante minutes à répéter le même geste, Simone est prise d'une démangeaison, qu'elle chasse par un coup de tête. Après deux heures, ses pieds semblent enfler. À l'heure suivante, elle a le goût de pleurer et de se sauver à toutes jambes vers son tablier de cuisinière. Mais, par la suite, Simone ne pense plus, devenue un automate industriel, comme ses consœurs. Pendant la pause du dîner, elle se sent dégonfler, renverse la tête en soupirant douloureusement; ce geste provoque une moquerie de la part de deux femmes qui partagent leur maigre repas. « Tu ne sais pas travailler, la jeune? T'es pas habituée à l'ouvrage dur? T'inquiète pas, après cinq ans, ça se fait sans y réfléchir. » Simone pense surtout qu'elle sent mauvais, que sa transpiration la rend sale et honteuse.

À la fin de cette journée interminable, Simone se traîne les pieds jusqu'à sa bicyclette. Elle ne comprend pas comment les autres filles peuvent rire et s'amuser en évoquant la soirée de plaisir qu'elles se promettent. Elles se dirigent vers leurs quartiers ouvriers, vers ces maisons impersonnelles où le soleil n'entre jamais. Si elles voyaient Simone pédaler vers le premier coteau et cette grosse habitation bourgeoise, avec ses deux chênes dans une cour verte et fleurie, ces filles prendraient sûrement Simone en chasse, disant qu'elle vole l'emploi d'une des leurs. Mais Simone a du mal à se rendre jusque chez elle. L'adolescente délaisse sa bécane, marche doucement à ses côtés, tout en entendant encore le grondement des machines à tisser. Venant près de s'évanouir, elle s'assoit sur un banc, enlève ses chaussures et se frotte le dessous des pieds. Elle se redresse, se disant que ses parents ne doivent pas se rendre compte qu'elle est très fatiguée, qu'elle a souffert un véritable martyre. Simone ne sait pas qu'elle répète la même attitude que son oncle Adrien, au début des années 1910; il était rentré à la maison en affirmant à son père Joseph qu'il venait de passer une merveilleuse journée à la Wabasso. Mais Roméo se souvient de son frère et sait très bien que sa fille fait de même.

Le silence de Roméo, ne demandant aucune nouvelle, met Simone en colère. Se moque-t-il d'elle? Le père sait surtout que sa fille ne se rend pas compte qu'elle a été élevée sur du duvet, que le monde est fait de différentes réalités. Roméo croit que cette expérience, peu importe sa durée, enrichira son aînée, la rendra plus mature et plus attentive à ses semblables. Au bout de ce chemin tortueux, Simone retournera au *Petit Train*, suppliant Maurice de lui redonner son poste, qu'il vient de confier à une jeune cousine de sa femme Micheline.

« Puis, ma chérie?

– C'est très difficile, François. Très, très difficile.

– Tu n'es pas habituée. Après une semaine, tout ira. Je te le confirme. Une personne avertie en vaut deux.

– Je ne sais pas si je vais être capable...

– Allons, ma chérie! Un peu de courage! Il y a tant de filles qui le font. Pourquoi serais-tu différente des autres? N'oublie pas qu'il n'y a pas de rose sans épines. »

Après six jours, Simone est toujours à son poste. Roméo est étonné qu'elle ne se soit pas évanouie ou qu'elle n'ait pas déchiré sa robe contre un clou, qu'elle ne se soit pas coincé un membre dans une machine. Simone pense la à croire qu'elle s'en va joindre la misérable faune des travailleuses du textile. Elle croise d'autres cyclistes qui chialent déjà contre les prochaines heures. Elles disent qu'avec une telle canicule, l'humidité sera intolérable à l'intérieur. Simone gare sa bicyclette près des autres. Des filles la regardent aussitôt avec étonnement. Elles se demandent ce que la serveuse du *Petit Train* s'en va faire à la Wabasso. Dès son entrée, Simone sent tout de suite l'air étouffant de ce lieu sinistre à la lumière artificielle étrange qui lui fait mal aux yeux. Elle se présente à son contremaître, pour qu'il lui explique sa tâche. L'homme à la voix puissante, sans doute amplifiée par tant d'années à vivre dans le voisinage de ces machines, lui fait signe de le suivre. Il tend la main vers une machine à filer, lui indique très brièvement ce qu'elle doit faire et s'en va sans saluer.

Simone regarde cette monstrueuse reproduction des métiers à tisser des arrière-grands-mères canadiennes-françaises. Une voisine lui répète doucement la façon de procéder, puis se croise les bras en attendant le sifflet de huit heures. Après soixante minutes à répéter le même geste, Simone est prise d'une démangeaison, qu'elle chasse par un coup de tête. Après deux heures, ses pieds semblent enfler. À l'heure suivante, elle a le goût de pleurer et de se sauver à toutes jambes vers son tablier de cuisinière. Mais, par la suite, Simone ne pense plus, devenue un automate industriel, comme ses consœurs. Pendant la pause du dîner, elle se sent dégonfler, renverse la tête en soupirant douloureusement; ce geste provoque une moquerie de la part de deux femmes qui partagent leur maigre repas. « Tu ne sais pas travailler, la jeune? T'es pas habituée à l'ouvrage dur? T'inquiète pas, après cinq ans, ça se fait sans y réfléchir. » Simone pense surtout qu'elle sent mauvais, que sa transpiration la rend sale et honteuse.

À la fin de cette journée interminable, Simone se traîne les pieds jusqu'à sa bicyclette. Elle ne comprend pas comment les autres filles peuvent rire et s'amuser en évoquant la soirée de plaisir qu'elles se promettent. Elles se dirigent vers leurs quartiers ouvriers, vers ces maisons impersonnelles où le soleil n'entre jamais. Si elles voyaient Simone pédaler vers le premier coteau et cette grosse habitation bourgeoise, avec même chose. « Comme je suis malchanceuse! Comme je suis malchanceuse! Voilà que la malchance me quitte juste au moment où j'en ai le plus besoin! » Simone craint surtout pour ses doigts, sachant qu'un moment d'inattention peut souvent être fatal. Elle voit tant d'ouvriers, hommes et femmes, avec des doigts manquants.

La première paie la satisfait. C'est beaucoup plus qu'au *Petit Train*, mais si peu pour tant d'efforts. En voyant les billets, François est très content. Il lui demande de lui laisser quatre dollars par semaine pour la caisse commune de leur futur mariage. Quand il sera majeur, François ouvrira un compte à une Caisse populaire Desjardins – « Une entreprise canadienne-française » – et il pourra y faire fructifier leurs économies. Simone est ravie par cette idée, calculant qu'elle pourra ainsi donner seize dollars par mois à François. Jamais elle n'aurait pu épargner autant avec son travail au restaurant.

« C'est avec des sous qu'on fait des piastres.
– C'est vrai.
– Tu as confiance en moi, ma chérie?
– Oh oui! Bien sûr, François!
– Quand la manne passe, il faut la prendre. »

À la deuxième paie, François a quelques dollars bien à lui et récompense son ouvrière en lui payant une crème glacée et une balade en chaloupe sur le fleuve Saint-Laurent, le tout couronné par la promesse d'une soirée au Cinéma de Paris. Jamais dimanche n'a été aussi beau et reposant pour Simone. Un léger vent décoiffe François et ses larges épaules dénudées impressionnent la jeune fille. Prisonnière de la petite embarcation, isolée au milieu du cours d'eau, Simone s'abandonne aux baisers coquins de son amoureux. En retournant à la rive, il lui offre une bière d'épinette et un cornet de frites.

Ce paradis est suivi par l'enfer de la Wabasso. Cette chaleur! Ce bruit! Cette monotonie! Et comme si Simone n'en avait pas assez, voilà que des consœurs du département lui font la vie dure, elle, la fille d'un journaliste et d'un écrivain.

Une riche jouant à être pauvre et qui a vécu sur du velours tout le temps de la crise, alors qu'elles suaient près de cinquante heures par semaine pour un salaire minable qu'elles devaient donner à leur père, condamné aux bons de secours direct. Simone ignore leurs déplaisantes insultes, leurs moqueries à propos de sa grande taille, et ce vilain surnom de « crosseuse » qu'on donne aux débutantes devant sans cesse enrouler le coton sur des tiges. Elle se dit que la souffrance fait partie de l'existence de celles de son sexe, répétant ainsi les convictions profondes de François. « Ma mère a souffert toute sa vie à travailler pour ses dix enfants, sans compter qu'elle en a perdu cinq. Mais elle a fait son devoir de catholique, comme toutes ces héroïnes canadiennes-françaises dont nos bons prêtres chantent les louanges. Te fâcher contre ces filles ne t'apporte rien. Laisse-les parler. On n'attire pas les mouches avec du vinaigre. » Chaque soir, Simone rentre chez elle toujours aussi éreintée le long du trajet, mais souriante et de bonne humeur devant ses parents, ses frères et sœurs. Elle leur affirme qu'elle goûte pleinement cette nouvelle vie extraordinaire.

« Entre autres, tu apprends le véritable sens du mot repos.

– Oui.

– Ah tiens? Tu es donc fatiguée, en revenant de l'usine?

– Non.

– Et François? Il se cherche du travail, pendant que tu te casses les reins devant ta machine à tisser? Je l'ai vu sortir d'une taverne, pas plus tard qu'hier. Après tes gâteries de la fin de semaine dernière, je trouve que ton amoureux a bien de l'argent pour un chômeur.

– Que vas-tu insinuer, papa? Quelles horribles accusations!

– Simone, je suis ton père et je t'ordonne de ne pas donner un sou à ce garçon.

– Jamais de la vie! C'est pour notre mariage!

– Pardon?

– Oh... je viens de trop parler! Comme je suis malchanceuse! Comme je suis malchanceuse! »

Si Simone veut jouer le rôle de la classe ouvrière, Roméo lui donne le même ordre que la plupart des pères de famille : tu me confies ton avoir, je te laisse deux dollars pour tes petites dépenses et tu retournes à l'usine gagner une autre paie. Roméo lui promet de tenir une comptabilité de tout cet argent, qu'il lui rendra le jour de son mariage. Simone obéit, n'osant pas clamer son désaccord. Mais le grand livre de Roméo ne peut révéler que Simone fait cadeau de son argent de poche à François en vue du grand jour qui la fait tant rêver.

« Au fond, c'est une double économie. C'est encore mieux.

– Je comprends, ma chérie.

– Je n'ai pas besoin d'argent, quand j'ai ton amour.

– Les bons comptes font les bons amis. »

Septembre à décembre 1937
Maurice ne me laissera pas tomber

Petit à petit, les usines trifluviennes recommencent à ronronner avec plus de régularité. Simone a appris de source sûre que la Wabasso allait prendre une douzaine d'hommes comme réparateurs. Mais la nouvelle ne fait pas sourciller François, qui refuse toujours de travailler pour les Anglais. Un homme qui respecte tant ses principes ne peut que susciter l'admiration de Simone. Le couple a fêté le premier anniversaire de ce baiser unissant leurs destinées dans ce grand amour, ce bel amour encore plus profond que celui des films français. Roméo, bon prince, a invité François à souper pour souligner l'événement. François a accepté, même s'il trouve son futur beau-père un peu radin de tant contrôler le salaire de sa fille.

« Papa m'apprend l'économie en vue de mon mariage.

– C'est ce que je veux faire aussi. Tu n'as pas confiance en moi, ma chérie?

– Père et mère tu honoreras, afin de vivre longuement.

– Ne mêle pas notre sainte religion à une affaire purement monétaire. Il ne faut jamais courir deux lièvres à la fois.

– Tu sais que je te fais confiance, François. Et que par charité chrétienne, je te donne presque tout mon argent de poche pour que tu économises et que tu remplisses ton devoir d'aider ta famille. Ce que mon père me fait économiser sera entièrement pour toi, tu le sais bien. »

Comme toute bonne fille canadienne-française, Simone accumule, depuis la fin de l'enfance, divers objets utilitaires en vue de son mariage. Son trousseau est déjà bien garni de vêtements pour bébés, d'ustensiles de cuisine, de couvertures.

À ses dix-sept ans, en août dernier, son père lui a fait cadeau d'un livre de Lionel Groulx, croyant que cette découverte de l'idole de François lui ferait plaisir. Simone a beaucoup plus apprécié le cadeau de sa mère : une poêle à frire. Et elle a bien aimé la délicatesse de Renée qui lui a offert un magnifique ouvre-boîtes. La petite sœur Carole a lu l'ouvrage de Groulx en deux après-midi, prête à se lancer dans une discussion idéologique avec Simone, mais celle-ci était trop occupée à bien placer tous ses nouveaux articles dans son trousseau.

À douze ans, après une enfance enrobée des bons conseils de sa mère, Simone avait eu la grande chance de préparer un repas complet aux siens. Le potage, les légumes, la viande, le gâteau, la décoration de la table : tout était signé Simone Tremblay. Comme elle était nerveuse! Tout le monde dégustait le potage, alors que Simone, droite comme un point d'exclamation, attendait les commentaires. « Trop salé », avait dit Gaston, brisant le cœur de sa sœur. Le bouilli de légumes, avec cubes de bœuf, avait provoqué une unanimité sur les faciès des dégustateurs : quelque chose clochait. « La viande est trop dure et les légumes trop mous, surtout les patates », avait renchéri Renée, approuvée de la tête par Maurice. Simone s'était sauvée vers sa chambre en pleurant. Pour lui faire plaisir, tous les Tremblay avaient dévoré le gâteau, même s'il n'était pas très cuit.

Depuis, Simone a eu de multiples occasions de se venger. Même que sa mère adore prendre un congé en confiant ses chaudrons à son aînée. Et plus personne ne se plaint, surtout pas François qui ne rate pas une occasion de complimenter ses dons de cuisinière : « Tu es une femme parfaite, ma chérie. Une bonne épouse prend toujours son homme par le ventre. » Simone sait aussi coudre et tricoter. D'un bon ordre, elle manie le plumeau, le balai et le chiffon comme une championne. En voyant ses sœurs Carole et Renée vouloir devenir respectivement médecin et actrice attitrée de Cary Grant, Simone se demande quel temps elles ont à perdre à de telles chimères, alors que depuis toujours, la religion leur a tracé le bon chemin, celui qui a fait la force des femmes canadiennes-françaises. Parfois, afin d'être rassurée, Simone demande à Roméo si elle est bien normale.

Simone n'aime pas entendre les jeunes mariées, employées à la Wabasso, se plaindre de leur matrimoniat, servir sans cesse la rengaine que ce n'est pas comme dans leur rêve de jeunesse. Justement, de penser Simone : elles ont trop rêvé, au lieu de bien se préparer à leur vraie vie de femme. De plus, de longues fréquentations, comme celles qu'elle veut avoir avec François, sont souvent gage du bonheur, de la certitude que le « Oui » prononcé devant Dieu en est un de maturité, et non un coup de tête romantique. Quand un mariage est annoncé en chaire, Simone et François prennent les dates en note et vont devant l'église pour surveiller discrètement l'entrée ou la sortie du couple. Ensuite, ils en discutent. Simone est heureuse de savoir que son amoureux considère avec tant de sérieux le sacrement de mariage. Il a assuré Simone qu'il a récemment demandé audience à son confesseur pour parler de l'implication spirituelle de l'acte de mariage. Ceci ne l'empêche pas de rappeler à Simone l'importance de l'aspect matériel du grand projet.

« Ça va si mal. Je suis si malchanceux. Plus ça va, plus il n'y a rien pour moi dans cette ville propriété des Anglais et des Juifs. Pourrais-tu me prêter deux dollars, ma chérie? Pas pour notre épargne, mais pour moi, personnellement.

– Oh! mais je ne te les prête pas, François! Je te les donne!

– Non, non, ma chérie. Je l'emprunte. Les bons comptes font les bons amis. »

François a travaillé de gauche à droite depuis les derniers mois. Comme tout jeune, l'impossibilité de dénicher un emploi stable le fait passer de l'optimisme au pessimisme. Aider François, qui cherche tant, n'est que le devoir de Simone. Par la douceur, elle tente de le convaincre de la chance unique offerte par la Wabasso à propos de ces douze hommes à engager, mais, en guise de réponse, elle a droit à un discours incessant mêlant les propos de Lionel Groulx à ceux du premier ministre Maurice Duplessis.

« Parce que je t'aime, ma chérie, je veux bien faire une concession et accepter de travailler un petit bout de temps pour la race étrangère. Pour te prouver que je n'ai pas mauvais cœur, comme tu le penses.

– Non, François! Je ne pense pas ça! Jamais de la vie! Je t'assure!

– Tu comprends, si on veut finir par habiter notre Laurentie, notre État français sur le bord du Saint-Laurent, c'est aux nôtres qu'il faut prêter notre force de travail. Pas aux Anglais. Mais pour te faire plaisir, je peux bien le faire. Une fois n'est pas coutume.

– François, tu me sembles fâché... Je suis peinée... J'ai mal agi... Pardonne-moi...

– J'irai en janvier prochain. Mais je te jure que d'ici ce temps, j'aurai trouvé de l'ouvrage chez un compatriote. Tiens! Je commence une recherche intensive dès cet après-midi! Il ne faut pas remettre à plus tard ce qu'on peut faire aujourd'hui. »

Fatigué de voir François venir souper si souvent à la maison, exaspéré par ce curieux mélange de désinvolture et de détermination face au travail, Roméo fait des pieds et des mains pour le faire engager à l'imprimerie du journal *Le Nouvelliste*. Roméo se redresse en entendant son hésitation, que François efface aussitôt par de vibrantes poignées de main et des remerciements impromptus. Homme à tout faire, commissionnaire, balayeur, réparateur, François fait du zèle chaque jour de la semaine à l'imprimerie. Roméo est surpris par son ardeur, espérant peut-être le prendre en flagrant délit de lambinage. Il ne sait vraiment plus quoi penser de ce garçon qui rend sa Simone aveugle dans son amour, comme la première des sottes. Allant reconduire François chez lui à la fin d'une journée, Roméo accepte de monter, sous l'insistance du garçon, afin qu'il lui présente ses parents et son oncle. Ceux-ci se montrent chaleureux et bénissent Roméo d'avoir aussi bien élevé Simone et trouvé cet emploi à François. Les jeunes frères du garçon gagnent quelques sous à nettoyer des écuries, les plus grands alternent entre des emplois temporaires et les bons de secours direct.

Le père de François, aux yeux de Roméo, a tout de l'homme de cinquante ans entièrement rongé et détruit par plus de trente ans de travail incessant dans les usines. Mais ces bonnes gens, vivant à la limite de l'extrême pauvreté, prouvent leur reconnaissance en suggérant à Roméo de partager leur souper. La politesse l'oblige à trouver une excuse pour refuser, mais la bienséance conseille à Roméo d'accepter l'invitation du dimanche. Après tout, Céline et lui ne connaissent même pas la famille de l'amoureux de leur Simone.

Chaque journée dominicale canadienne-française débute par une messe. Alors que Simone, sa mère, Christian, Gaston et Renée répètent les prières d'usage, Roméo se passionne surtout pour les sermons des prêtres, aimant en discuter avec Carole. Le patriarche Joseph Tremblay, de son côté, est parfois d'une ferveur religieuse à toute épreuve, et, la semaine suivante, il somnole tout au long de la cérémonie. Il y a un mois, il a embarrassé sa famille en criant « Menteur! » en plein milieu d'un sermon.

Cette semaine, Céline et Roméo accompagneront les Bélanger, avec Simone et Carole, à l'église paroissiale de Sainte-Cécile. Roméo a souvent entendu parler de ces chômeurs ayant perdu la foi, après tant d'années de misère et de privations. À l'opposé, la crise économique a fait croître la confiance en Dieu, la seule véritable échappatoire aux misères terrestres du monde industriel. L'église Sainte-Cécile est pleine et les Bélanger occupent deux bancs à eux seuls. Ils sont la fierté du curé : les nombreux hommes désirent marier des femmes qui donneront naissance à une multitude d'enfants. Quand la famille de Plessisville a été chassée de son logis, le frère de Trois-Rivières a ouvert sa porte, même si lui-même vivait dans la misère. Chaque dimanche ils assistent à la messe, aux vêpres, font partie des œuvres paroissiales, participent aux processions et donnent à la quête. Le prêtre ne peut imaginer plus belle race canadienne-française que ces Bélanger. François donne l'exemple, se confesse avec régularité, parle à cœur ouvert avec le vicaire de son avenir de mari et porte toujours une médaille bénite à son cou et une image du Sacré-Cœur dans son porte-monnaie.

« C'est la langue française et notre religion qui nous ont permis de survivre dans cette mer d'Anglais, monsieur Tremblay. Si nous perdons l'un ou l'autre, ils feront de nous des protestants, des Anglais, peut-être même des communistes athées! Ce qu'on fait aux pauvres, on le fait aussi à Dieu, monsieur Tremblay. Les Anglais vont s'en rendre compte le jour du Jugement dernier.

– François, je pense que ce n'est pas bien de t'emporter sur le perron de l'église. Dieu qui t'entend ne prêche sûrement pas l'intolérance.

– C'est vrai. Je m'excuse, monsieur Tremblay. Et je m'en confesserai. Mais la crise, ce cadeau empoisonné des Anglais, Dieu saura la juger!

– François...

– Excusez-moi encore. »

Les Bélanger sont vêtus de leurs pauvres vieux habits. Ils trempent leurs doigts dans l'eau bénite, s'agenouillent sur le prie-Dieu et commencent tout de suite leurs prières, sans qu'on leur demande. Roméo remarque que Simone fait preuve d'une foi amplifiée par sa rencontre avec François. Quand Roméo lui souffle à l'oreille qu'il va prier pour qu'elle sorte de la Wabasso, Simone prend, quelques secondes, un air offusqué, rappelant à son père ces airs de sainte nitouche si particuliers à sa sœur Louise. François est attentif à chaque étape du déroulement de la messe. Mais il devient distrait quelques secondes en se rendant compte que la jeune Carole prend des notes dans un calepin, pendant le sermon. Cette fillette lui fait peur, avec ses attitudes de notaire de quarante ans.

« Qu'as-tu pensé du sermon, François?

– C'était très beau.

– Le contenu pastoral m'est apparu adéquat, dans la foulée de la doctrine sociale de l'Église, si particulière à notre époque et à la vie urbaine. Mais je crois que l'aspect philosophique était larmoyant. La crise économique influence trop la rhétorique de nos prêtres. Celui-ci nageait en plein mélodrame. J'en parlerai avec ma sœur enseignante en théologie. C'est une femme très ouverte à la jeunesse. C'est dans ce but que j'ai pris des notes.

– Les paroles s'envolent mais les écrits restent.

– Précisément.

– Tu ne joues vraiment jamais à la poupée?

– Je n'ai pas le temps, avec mes études et mes lectures. »

Carole ne peut rater cette occasion unique de se retrouver dans une famille pauvre, touchée par la crise économique, même si depuis toujours François l'énerve. Elle pourra prendre d'autres notes et faire une réflexion sur la relation entre l'économie, le niveau d'instruction et la culture populaire. Carole visite le loyer, furetant de gauche à droite. Les chambres ressemblent à des carrés recouverts de matelas, jetés à même le sol, alors que des boîtes de bois servent de commodes. Hors les deux mères de famille et la grand-mère impotente, il n'y a qu'une autre fille dans cette maison. Carole se demande si l'unique sœur de François, à peu près de son âge, n'aura pas tendance à se masculiniser au contact de ses neuf frères et de ses cousins. D'ailleurs, elle n'a comme seul jouet qu'un camion et passe le reste de son temps à dessiner des paysages campagnards. « Psychologiquement intéressant, ce cas de la petite fille urbaine cherchant une échappatoire à sa condition en dessinant des images d'un autre monde que le sien », se dit-elle, en noircissant son calepin.

« Ils sont beaux, mes dessins, hein?

– Oui. Surtout les arbres.

– As-tu des poupées, chez vous?

– J'en ai une, installée comme décoration sur mon pupitre de travail.

– Elle s'appelle comment?

– Poupée.

– Ce n'est pas un bien beau nom... Et qu'est-ce que tu veux faire, quand tu seras grande?

– Devenir médecin. Ou biologiste. Ou enseignante.

– Oui? Moi aussi, je veux devenir une enseignante!

– J'aimerais bien devenir professeur de philosophie à une université de Londres. Ou peut-être à Paris. »

Simone tire Carole par la main et lui marmonne entre les dents de cesser de faire sa snob prétentieuse. Conséquemment, pour se moquer de l'ordre de sa grande sœur, Carole trotte jusqu'à la cuisine, fait une révérence aux deux mères, leur dit qu'elle veut les aider. Les hommes, eux, sont installés dans la cour, loin des fourneaux. Ils créent leur propre chaleur en fumant sans arrêt la pipe et la cigarette. Ils parlent des sujets les unissant : la politique, le travail, la crise et les sports.

L'heure du dîner venue, les Tremblay sont les rois de la table de la cuisine, qui n'est en réalité que deux grandes planches déposées sur quatre chevalets. Les enfants ont la permission de dîner sur la galerie arrière, avec une vue sur un hangar bosselé et rouillé. Ils semblent impressionnés par la présence de Carole, qui ne cesse d'enquêter sur les objectifs de vie de chacun des garçons. Leurs ambitions sont à la mesure de leur milieu culturel, de penser Carole. Ils désirent travailler en usine. Un petit de onze ans, sans doute pour séduire Carole, lui répond : « Quand je serai grand, je ne sais pas ce que je vais faire. Mais je sais ce que je ne voudrai pas être : chômeur. » Carole écrit tout de suite. Celui qui a huit ans, très pieux, désire devenir prêtre. C'est, pour les Bélanger, une grande question d'honneur, de protection divine. Chaque famille doit fournir à sa sainte religion un garçon ou une fille. Or, cet Eugène connaît profondément sa destinée, s'y prépare en priant chaque jour pour que la crise se termine. Économiser pour des études classiques dans un séminaire est bien difficile, mais les Bélanger déposent, chaque semaine, quelques sous dans la tirelire de l'avenir sacré d'Eugène.

La soupe est peu consistante, avec ses quelques légumes timides. Roméo comprend la situation, n'en fait surtout pas mention, sachant que les parents de François ont peut-être mangé plus maigre en semaine dans le but d'offrir ce dîner aux Tremblay. Face à cette dure réalité, Roméo se sent parfois honteux d'avoir gardé son emploi pendant toute la crise, d'avoir touché deux augmentations de salaire, sans oublier les chèques de la vente de ses romans. Plus que souvent agacé par cette manie du proverbe de François, Roméo se dit tout de même : « Heureux les pauvres, car ils verront Dieu. » Le père de François prend Roméo par le cou pour lui vanter les grandes qualités de Simone. Roméo se pense face à un juge de concours agricole, flattant les bons aspects de sa vache. Mais, au fond, que dire d'autre du chemin tout tracé de Simone? Celui de la femme mariée, mère de famille? De la bonne cuisinière, de celle qui sait coudre et soigner? François mûrira. La jeunesse est une excuse à ses écarts et sa façon de percevoir Simone, la religion catholique, la province de Québec, et le monde du travail est le pur fruit de l'univers dans lequel il baigne depuis son enfance. Dans dix ou quinze ans, François verra mieux la bonté de cœur de Simone, sa patience, son altruisme. Dans cette grande famille urbaine, avec toujours ses relents de racines paysannes protégées par la foi et le nationalisme de survivance, la femme est avant tout le don du Divin pour perpétuer la race, pour consoler, aimer et sans doute souffrir. Avec tant de garçons, les jeunes filles qui entrent dans le cercle des Bélanger sont considérées avec un grand égard. L'amoureuse du frère aîné de François a parlé à Simone de cette impression. Roméo voit la mère Bélanger sourire affectueusement à Simone, pour la remercier d'avoir si bien lavé la vaisselle.

« Veux-tu vraiment me faire plaisir, François?

– Tout ce que vous voudrez, monsieur Tremblay.

– Dis à Simone de quitter la Wabasso et de retourner au *Petit Train.* Elle ne veut pas m'écouter quand je lui en parle.

– Simone n'obéit pas à son père? C'est contre les commandements de Dieu. Je vais y voir. La femme doit obéissance à son père, et plus tard à son mari. Qui prend mari prend pays.

– Heu... oui.

– Mais vous savez, monsieur Tremblay, Simone aime travailler à la Wabasso. Elle me le dit souvent. C'est sa décision.

— Et c'est très vilain de mentir.

— Non, monsieur Tremblay. Je ne mens pas. Toute vérité est bonne à dire. »

« Non! » grogne-t-elle à Roméo, en tournant les talons, mettant fin à un dialogue qui ne débute jamais. Simone se cache dans sa chambre, pour pleurer, lire ses romans à cinq sous et rêver à son mariage. Elle déteste la Wabasso. Chaque journée est un flot de souffrances, dans la fureur de l'usine et sous les moqueries méchantes de ses consœurs s'en prenant sans cesse à cette « fille de riche » qui joue à être de la classe ouvrière. Déjà que les plus jeunes la trouvaient terne au *Petit Train* en après-midi, alors que le soir, l'enjouée jeune sœur Renée plaît à toutes avec ses rires, son amour des films américains et les disques de jazz qu'elle fait tourner au jukebox, sans qu'elles aient à débourser un sou. Simone n'est pas des leurs. Elle est une jeune très vieille, qui semble refuser les joies de la vie en ville. Se marier, d'accord! Mais pas avant d'avoir épuisé sa vie de jeune fille. Or, Simone ne semble respirer que pour son grand jour. Pour les ouvrières de la Wabasso, Simone apparaît comme une paysanne, héritière de ce passé à la campagne que beaucoup d'entre elles renient, après avoir été envoyées à la ville par leur père de famille afin de gagner de l'argent à l'usine de textiles. Elles vont par les rues en riant fort, s'extasient devant les robes des grandes vitrines et se pâment devant cet acteur américain sur les affiches du Capitol ou de l'Impérial. Elles sont sages le temps d'une messe, d'une rencontre avec un prêtre ou une religieuse, mais, cet instant passé, elles ne se privent surtout pas des plaisirs de la ville, de danser, d'accepter sans enquêter l'invitation d'un soir d'un garçon inconnu. La ville leur donne l'illusion d'une seconde naissance, loin des soirs sans fin à la maison de la terre paternelle. Mais Simone semble avoir cette mentalité de fond de rang campagnard.

L'été dernier, Simone étouffait sous l'humidité de l'usine, terminant chaque journée de travail les cheveux luisant de sueur, malgré le foulard porté pour les protéger. Les saisons ont passé et Simone sort toujours humide de la Wabasso, comme si la température de l'usine était celle d'un étrange pays où le soleil n'entre jamais, pas plus que le vent ou la pluie. Il y a aussi la loi des contremaîtres, « ces vendus aux Anglais », qui épient de tous les angles à la fois, parlent dur, mal, impoliment, comme si s'en prendre à une ouvrière était la seule façon de se soulager d'un mauvais repas ou d'une nuit d'insomnie. Et, de temps à autre, prendre la fille par les épaules, la taille, lui guider les mains est une excuse pour sentir le parfum de la chair tendre, souvent plus frais que celui de l'épouse fanée par une vingtaine d'années de travaux ménagers. Simone, avec sa grandeur, son buste pointu et ses jambes de vedette de cinéma américain, est le sujet idéal pour terminer ce processus par une solide claque sur les fesses, à laquelle Simone, ou quiconque, ne peut répliquer, car dans la rue, vingt autres filles attendent pour prendre sa place.

« Il a fait ça?

– Oui.

– Bâtard d'Anglais! Ça ne se passera pas comme ça! Quand tu craches en l'air, ça te retombe sur le nez!

– Ce n'est pas si grave, François. Ça fait partie de la vie des femmes. Je t'en parle pour te demander conseil.

– Il va y goûter! À la guerre comme à la guerre!

– Non, François. La colère est mauvaise con...

– Le bâtard d'Anglais! »

François parle beaucoup de vengeance, mais n'agit pas. D'abord contente de cette situation, jugée flatteuse, Simone en arrive à penser que son honneur préoccupe peu son amoureux. Quatre jours plus tard, le même contremaître répète son geste, et, en fin d'après-midi, Simone s'évanouit en voyant passer près d'elle une fille à la main ensanglantée. Tout à coup, son orgueil s'envole et elle dit à son miroir jusqu'à quel point elle a horreur de la Wabasso. Elle pourra économiser pour son mariage avec tout autre travail, au *Petit Train,* de préférence. La meilleure façon de se débarrasser de ce boulet, et d'avoir la preuve véritable de l'amour de François, est d'insister un peu sur le deuxième coup en zone interdite, y ajouter des larmes, des baisers, des yeux doux. Comme dans un film de Hollywood, François entre à l'usine, suivi de Simone, pointant du doigt le coupable. François s'élance gauchement. Le contremaître voit venir le coup, arrête l'agresseur comme s'il était un petit garçon, lui serre les bras et le conduit à la rue. En furie, François pénètre par une autre porte, alors que Simone l'attend en polissant ses ongles. Décoiffé, hors de souffle, la lèvre fendue, François assure qu'il a assommé « le bâtard d'Anglais persécuteur de Canadiens français catholiques ». Son état laisse deviner le contraire, mais Simone est heureuse de soigner son preux chevalier.

« Mais tu n'as plus d'emploi. Les Anglais, ces sans-cœur, vont te mettre à la porte.

– On a quand même économisé beaucoup, surtout avec l'aide de mon père. Mon frère Maurice m'a assuré que les clients recommencent à venir au *Petit Train*. Ainsi, il pourra augmenter mon salaire.

– Oui, peut-être. Et de toute façon, je travaille, maintenant. Tu vas voir qu'à notre mariage, je ne te laisserai pas dans la misère. Il nous reste deux années ou trois pour encore économiser. Le temps, c'est de l'argent. »

Un peu avant Noël, François se donne un tour de rein en déplaçant une caisse de bouteilles d'encre. Sous le choc, il laisse tomber la caisse sur ses pieds, et le contenu de la plupart des bouteilles se vide sur le plancher. Ainsi se termine l'aventure de François Bélanger à l'imprimerie du journal *Le Nouvelliste*.

Simone lui prépare un sandwich, sous l'œil inquisiteur de Maurice. François grogne qu'il n'est pas chanceux, ignorant le fumet du casse-croûte offert par son amoureuse. Elle lui fait un beau sourire, pour tenter de lui en arracher un semblable. Ils s'embrassent, se tiennent les mains, et, s'avançant pour lui donner un autre bec sucré, François accroche du coude l'assiette qui va se casser derrière le comptoir, aux pieds de Simone. Les deux éclatent de rire. Maurice lance le balai à sa sœur.

« T'as vraiment rien d'autre à faire, François Bélanger,

que de venir embrasser mon employée et tout casser dans mon restaurant?

– Non, je n'ai rien d'autre à faire. Voir ta sœur est le plus beau spectacle imaginable. Je viens de décider de passer tout mon temps ici pour mieux la regarder. Qui va à la chasse perd sa place.

– C'est ça! C'est ça! Et un malheur en attire un autre!

– Mais ne désespère pas. Je partirai peut-être avant le temps, car pour ce qui est de l'ouvrage, Maurice ne me laissera pas tomber.

– Moi?

– Maurice Duplessis! Il n'y a qu'un seul Maurice dans la province de Québec! T'as vu ce qu'il va faire pour nous? Il faut semer pour récolter, et Maurice est le roi des jardiniers! »

Les grandes discussions, chez les chômeurs de Trois-Rivières, concernent uniquement cet immense projet mis sur pied par le premier ministre Duplessis et les autorités municipales, dans le but de faire travailler tous les sans-emploi. Sur les chantiers de ces gigantesques travaux publics, les chômeurs seront d'abord payés en bons de secours direct, mais la rumeur la plus persistante veut que ce système cruel disparaisse bientôt et que les participants soient récompensés en argent sonnant. Roméo, connaissant bien les conseillers municipaux, a fait en sorte que François et deux de ses frères fassent partie du premier groupe qui prendra possession du grand terrain, sur le deuxième coteau, pour démolir les bâtiments défraîchis afin de les remplacer par des neufs. Il y aura une aréna, un stade de baseball, une piscine, un édifice pour des expositions. Il est aussi question d'aménager un immense parc moderne, à l'autre bout du quartier Saint-Philippe.

En constatant l'hésitation de François, Roméo réplique avec un visage furieux, et Simone lui prend amoureusement le bras. François oublie vite son principe qu'œuvrer à la construction d'un stade destiné à la pratique d'un sport américain est une façon de servir l'Anglais. « Je ne te demande pas de jouer au baseball ou même d'aller voir les joutes. Je te demande, Maurice Duplessis te demande, de bâtir un stade! »

Se sentant galvanisé par cette allusion au grand chef de la province, François s'empresse de serrer la main de Roméo et d'échafauder de beaux projets avec Simone. Si les ouvriers travaillent enfin chaque jour, s'ils sont payés en conséquence, peut-être reviendront-ils manger au *Petit Train.* Peut-être que la crise va être enfin vaincue. Mais il y a tant de « peut-être » ornant cette décennie interminable. Mais il semble que cette fois...

Janvier à juin 1938
Pitié, papa! Je suis ta fille!

Au début de la nouvelle année, cinq cents chômeurs débutent les grands travaux au terrain du Parc de l'exposition. Un mois plus tard, ce nombre double. Jusqu'à présent, François ne s'est pas encore assommé contre un camion, ni frappé les doigts avec un marteau et ne s'est pas fait attaquer par une poche de ciment. Sur le chantier, les hommes travaillent dans le froid, se construisant une grande chaleur humaine que chacun d'eux communique à son voisin. Ils démolissent les anciens édifices planche par planche, afin que tout le monde ait du travail pour des semaines. François transporte du vieux bois pourri jusqu'à un camion, et même s'il répète inlassablement le même geste, il est très heureux de cette situation. Au milieu de février, les autorités annoncent la nouvelle que tout le monde espérait : il n'y aura plus de secours direct. François touchera douze dollars par semaine. Il n'a jamais autant gagné d'argent de sa vie! Il élabore son budget, donnant la moitié de la somme à ses parents, économisant quatre dollars pour son mariage, et gardant le reste comme argent de poche. Chaque soir, il passe par la maison de Roméo pour se désaltérer et prendre une douche. Simone lui ouvre la porte, l'embrasse et l'aide à enlever son manteau. Il aime ces gestes de son amoureuse, prélude à une bonne habitude de leur vie de couple marié. De son côté, Simone obtient l'augmentation de salaire désirée, proportionnelle à la reprise économique du *Petit Train*. Elle laisse un dollar à son père pour qu'il le dépose dans un compte à la banque réservé aux mariages de ses filles. Puis Simone garde ses quelques sous de pourboire, et donne charitablement le reste à François. Il lui propose de tenir un livre de comptes, comme Roméo, mais Simone l'assure qu'elle a une entière confiance en lui, situation qui ravit le garçon.

« T'as une nouvelle cravate, François?

— Oui! Elle est belle, n'est-ce pas, ma chérie? Et regarde mes souliers! Neufs aussi! Ainsi, quand tu sortiras avec moi, tu seras fière. Les gens diront que Simone Tremblay fréquente un monsieur, pas un chômeur! Ce n'est pas le plumage qui fait l'oiseau, mais quand même, c'est si bon de se sentir brillant comme un sou neuf!

— Où as-tu pris l'argent pour ces vêtements?

— Tu sais, les soirs où je ne t'ai pas vue, la semaine dernière? Eh bien, j'ai fait des travaux de plomberie pour des riches.

— C'est vrai?

— Tu ne me crois pas, ma chérie?

— Oh oui! Bien sûr, François! »

François surprend Simone par une invitation au Cinéma de Paris, où un des films met en vedette le séduisant Jean Gabin et la distinguée Gaby Morlay, que Simone adore. Après avoir tenu les mains de Simone tout le long du spectacle, François la convie à manger une frite chez Christo, où il la déride en imitant Gabin. Cette soirée princière se termine par un très long baiser, si interminable que Simone se demande s'il est péché. Mais après une promesse de mariage et des fréquentations de plus de deux ans, Simone se dit qu'une faute de ce genre ne mérite sans doute pas une confession.

Depuis le premier jour, Simone sent monter en elle les affres du péché de tentation, l'effrayant d'autant plus que celui de François semble parfois physiquement plus évident. Pourquoi n'enseignent-ils pas ces faits concrets, dans le petit catéchisme? Si sa mère Céline lui a parlé de ce péché, avec des termes symboliques, Roméo a vraiment effrayé Simone par un mot insoupçonné : désir. S'il n'a pas été question d'abeilles butinant des fleurs, cette image enfantine, employée par sa mère, a semblé plus claire que l'expression effroyable de son père. Elle a jugé Roméo très osé de penser qu'elle pouvait désirer s'abandonner à une telle tentation. Simone est aussi propre que toute bonne fille catholique de cette province doit l'être. François l'est tout autant, même si parfois, dans ses baisers, il y a plus d'abeilles que de romantisme cinématographique. Il arrive alors à Simone de songer à sa tante Jeanne, qui a eu cette petite fille hors mariage. Renée lui a aussi expliqué que la tante s'était rendue coupable d'un étrange sacrilège contre la nature. Mais quel genre de monstre est donc tante Jeanne? Simone comprend alors un peu mieux le... désir de Roméo de la protéger. Lui permettre de vivre dans un milieu plus catholique que celui de la lointaine France, ces païens qui ont chassé les religieux des écoles, lui donnerait une meilleure chance de gagner son ciel.

En novembre dernier, Roméo a eu un mal fou à déchiffrer la dernière lettre de Jeanne, tant sa calligraphie, déjà peu ordonnée, ressemblait à un long trait, entrecoupé de soubresauts imprécis. Et elle n'a pris que la moitié d'une page, alors qu'à tous les mois, Roméo lui tartine des dizaines de feuilles. Carole, complice de Renée, a fouillé dans le bureau de son père pour trouver les sept dernières lettres de Jeanne, réparties sur presque quatre années. « C'est péché, ce que vous faites! » avait dit Simone. Les deux sœurs ont ignoré la remarque de leur aînée. Carole a conclu, en comparant l'écriture et le contenu évasif des lettres, que la tante Jeanne va probablement très mal, et qu'elle ment beaucoup à son frère, avec sa multitude de clichés vides de sens.

Roméo ne fait lire ces envois à personne, les résumant à sa façon, même si sa tête faussement joyeuse ne laisse aucun doute sur ses grandes inquiétudes. Il raconte aux siens que Jeanne est enfin devenue sobre, qu'elle travaille sérieusement à une série de peintures importantes, en vue d'une exposition, que la petite Bérangère lui a sauvé la vie, que le peuple de France ne pense pas à la persécuter à cause de son amour sacrilège. Roméo, dans un soupir, souligne enfin que Jeanne s'ennuie de Trois-Rivières. Il raconte ces bonnes nouvelles avec une tête d'enterrement. Des enfants de Roméo, seule Renée semble s'inquiéter du sort de Jeanne. Elle lui écrit même des lettres, toujours sans réponse, même si la jeune fille a bricolé gauchement une enveloppe venant de Paris, sans doute écrite par une de ses nombreuses amies. Les autres jeunes Tremblay ont surtout de la compassion pour cette tante ne faisant rien comme tout le monde et qui a plongé dans tous les interdits contre lesquels les religieux de la province de Québec brandissent le spectre de l'enfer éternel.

Simone voudrait sincèrement voir son père aussi heureux qu'elle. La jeune fille sait qu'un peu de son bon cœur dessèche de jour en jour, loin de Jeanne. L'an dernier, Roméo a évoqué l'idée d'aller chercher sa sœur. Pour la première fois, les enfants Tremblay ont vu leurs parents se chamailler verbalement. Roméo avait parlé comme si rien d'autre que Jeanne n'existait, comme si ses enfants avaient peu d'importance dans sa vie, faisant même passer son mariage avec Céline au second plan. Sentant sa faute, Roméo s'était excusé maladroitement. Depuis, son mutisme devient de plus en plus évident. Il n'écrit plus de romans, sort peu et rien ne semble l'intéresser. La situation empire depuis la récente nouvelle de l'annexion de l'Autriche par les nazis allemands. Leur chef Hitler est un guerrier sanguinaire, un raciste plein d'une haine féroce, un dictateur inqualifiable, un forcené, et l'Autriche n'est que le premier pion sur son grand échiquier européen. Si les troupes de choc d'Hitler décident de viser la France, il est certain qu'une marginale comme Jeanne Tremblay ne fera pas partie des idées insensées de la race supérieure, telles que décrites par Hitler. La guerre! La guerre s'annonce peut-être! Mais laquelle? Celle de la lointaine Europe? Si tel est le cas, la colonie britannique du Canada prêtera main-forte à la Couronne, comme en 1914! Les Trifluviens ne s'y retrouvent pas trop dans ces histoires, mêlant une admiration absurde pour Hitler, à cause de son pays sans crise économique, à leur crainte des étrangers et des communistes. Mais seul le mot « guerre » réussit à faire frémir les plus vieux. « Quand? » demandent les jeunes, un sourire aux lèvres. Mais un bon catholique comme François ne prend pas les armes, surtout quand il est habité par la grande paix d'aimer Simone. Ses discours admiratifs pour Hitler, à la Noël de 1936, lui font aujourd'hui honte, surtout quand Maurice et Carole semblent encore lui en vouloir. Mais s'armer pour protéger la royauté des Anglais persécuteurs de Canadiens français lui fait tenir un discours à faire dresser les cheveux sur la tête.

François travaille enfin! À chaque jour, comme un homme, un vrai! Et pour Duplessis, s'il vous plaît! Et Trois-Rivières, doucement, se remet peu à peu de ses dures années. François entend parler que les grandes usines américaines de pâtes et papiers ont recommencé à engager. Bien sûr, il n'est pas question de travailler pour ces ennemis de sa foi, mais si la prospérité revient enfin, les commerces et manufactures canadiennes-françaises vont suivre la même courbe, et François pourra finalement obtenir un véritable emploi. Sa famille aura un logement décent bien à elle, mangera à sa faim, son père retrouvera sa dignité. Et quand François se mariera avec Simone, il pourra la faire vivre comme une vraie dame, la gardant au chaud, lui fournissant trois repas par jour, dans un environnement sain où leurs enfants pourront grandir en paix. Quand le premier petit arrivera, François n'aura pas à contracter de dettes pour payer le médecin. Tout ça à cause de Duplessis! Et un peu à cause de Roméo, qui l'a si souvent aidé, même si le père de Simone ne semble pas l'admirer outre mesure. De le voir si boudeur, si silencieux, affecte François.

« Allez la chercher, monsieur Tremblay.

– La chercher?

– Votre sœur Jeanne. La France est toujours libre. Avant que la guerre ne se déclare, moi j'irais la chercher. C'est votre devoir familial de bon catholique, du seul homme survivant de votre famille. Vous avez perdu deux frères et votre mère, votre père Joseph est souvent malade et votre sœur Louise deviendra une sainte servante de Dieu. Il ne vous reste que votre sœur Jeanne. Si elle a péché, je sais que vous avez assez de cœur pour lui pardonner. Jésus lui-même a pardonné à Marie-Madeleine. Ne faites pas en sorte que sa pauvre petite fille devienne une orpheline perdue en France. Allez la chercher.

– Tu... tu crois vraiment que c'est une bonne idée?

– Tout ce qui traîne se salit.

– Merci, François! Tu es un brave jeune homme!

– La province de Québec est son pays. Les déracinés, les exilés deviennent toujours des âmes perdues, comme tous nos frères canadiens-français partis aux États-Unis dans les manufactures de coton, qui ne savent plus parler leur langue et pratiquent une autre religion que celle de leurs ancêtres. L'herbe n'est jamais plus verte chez le voisin. C'est chez nous qu'on est le mieux. Jamais ailleurs.

– Merci, François! Merci beaucoup! »

En conséquence de cet aveu d'encouragement de François, Simone cherche à appuyer son père dans ce projet. Au fond, se dit-elle, tout irait mieux si Roméo avait Jeanne près d'elle. La question serait une fois pour toutes réglée. Confiant suite à ces deux confidences, Roméo prend la plume pour expliquer à Jeanne que sa place est près de lui, à Trois-Rivières, loin du danger européen. Apprenant la nouvelle de cette lettre, Céline s'oppose encore à Roméo, par des mots que Simone juge comme ceux d'une amoureuse jalouse parce que son mari veut ressusciter une vieille histoire de cœur. Maurice dit impoliment à son père qu'il aurait tort de se jeter dans la gueule du loup européen et que tante Jeanne n'a attiré que des ennuis, que son seul désir avait toujours été de vivre en France et qu'elle répond vaguement à ses lettres pour la simple raison qu'elle est heureuse à Paris, avec ses artistes. Roméo se fâche, pourfend son Maurice de mots horribles. Mais la lettre est envoyée. Roméo la fait suivre de deux envois à peu près similaires, de peur que l'une d'entre elles ne se perde en chemin. Il attend l'enveloppe de retour, même si son envoi n'a probablement pas encore traversé l'Atlantique.

« Et si elle ne répond pas?

– Si elle ne répond pas, c'est que je n'aurai pas su utiliser les bons arguments. Alors, je recommencerai. Et si Jeanne ne donne pas encore suite, je me passerai de son opinion et j'irai la chercher, Hitler ou pas! Et ceci malgré toi, malgré Maurice, ta mère et toute la parenté! Malgré Dieu et le diable, j'irai la chercher!

– Papa! Ne parle pas comme ça! Tu me fais vraiment peur! »

À quoi bon avoir servi à l'appuyer, à le réconforter? Roméo devient plus invivable que jamais. Il a demandé à

Renée de guetter chaque jour la venue du facteur, craignant que Céline n'intercepte la lettre de Jeanne pour la déchirer. Renée a beau être l'admiratrice par excellence de sa tante Jeanne, elle n'aime pas voir ses parents se battre pour des sentiments qui la dépassent. On dirait que Roméo vit une crise de plus en plus aiguë chaque jour. Constatant cela, Simone reprend son opinion la plus convaincue : qu'elle demeure en Europe, la tante! Si elle revient, Jeanne va gâcher la vie de tout le monde. En l'entendant, François l'accuse d'être une bien mauvaise catholique et Simone, furieuse, lui tire la langue en lui ordonnant de ne pas se mêler des affaires de sa famille.

***

« Il m'a quittée, Renée! Je n'étais rien à ses yeux! Et moi qui ai tant souffert pour lui, qui l'ai aidé en lui donnant presque tout mon argent!

– T'as fait ça? Patate! T'es folle, ma sœur!

– Ne ris pas de moi! Tu ne connais rien à l'amour!

– Peut-être que je n'y connais rien, mais l'esclavage, je sais ce que c'est.

– Tout ça est de ma faute! Je l'ai contredit! Il appuyait et encourageait papa, et moi, je lui ai crié qu'il avait tort! C'est de ma faute! Comme je suis malchanceuse! Comme je suis malchanceuse! »

Roméo devrait être content de cette rupture, mais il se dit un peu déçu du départ de François, qui, malgré ses défauts, était un garçon de cœur comprenant le simple bon sens. Il demande à Simone ce qu'elle a fait à François pour provoquer une telle colère. Brièvement, il pense mener une enquête pour savoir s'il ne s'agit que d'une petite escarmouche d'amoureux, mais Roméo oublie rapidement cette idée, trop occupé à attendre le facteur. Renée, fatiguée d'entendre pleurer Simone, jure de réunir les amoureux. Mais en constatant que François a décidé de remplacer immédiatement Simone par la première venue – qui ressemble d'ailleurs à une première venue – elle demande plutôt à son père la permission de partager la chambre de Carole, afin de se reposer des lamentations de Simone.

« Ce garçon avait peu d'envergure. Il n'était pas fait pour notre sœur.

– Mais Simone aussi manque d'envergure. Qui s'assemble se ressemble.

– Je suis fatiguée d'entendre tous ces proverbes idiots!

– Tu n'as pas d'encyclopédie à apprendre par cœur au lieu de me casser les oreilles, espèce de petite patate frite?

– Je t'avertis que je dors avec les fenêtres fermées! Je déteste le vent, porteur de bactéries industrielles. »

De leur chambre, Carole et Renée entendent Simone hurler ses pleurs, comme une chatte à qui on enlève ses petits. Le second cri est si fort que Roméo se lève, ouvre la porte et lui lance : « T'as fini de te lamenter, maudite énervante? » Les deux sœurs l'entendent fermer la porte avec violence et se diriger à pas décidés vers son lit.

« Ce n'est pas très gentil de sa part...

– Non, vraiment pas. Pauvre Simone...

– C'est de la faute de tante Jeanne.

– Patate! Comment peux-tu dire ça? Il y a un océan entre nous! Allons consoler Simone au lieu de chercher des bagarres d'oreillers. Je te ferai avaler la mienne la nuit prochaine, espèce de petit singe savant. »

Simone rejette ses sœurs. Elle n'a plus de père, de mère, de frères, de sœurs. Il n'y a plus de monde sans François. Que reste-t-il de la vie? Le matin, elle ne remarque même pas l'affection de Carole et Renée, qui se sont endormies près d'elle. Simone déjeune en évitant de regarder Roméo. Pendant qu'elle aide sa mère à faire le repassage, elle s'enfuit soudainement en pleurant, oubliant le fer chaud sur le plus beau veston de son père. En se rendant au travail à bicyclette, elle frappe un enfant qui surgit d'une entrée, et, le consolant, elle se met à verser des larmes autant que lui. Il la gifle et lui crie de vilains noms. Simone remonte sur son engin, certaine de faire une fausse manœuvre et d'entrer en collision avec un autobus. Au lieu de cela, elle se contente d'une crevaison. Comment oser travailler, quand plus rien ne la retient à la vie? La voilà dans la lune, devant le poêle, alors qu'une boulette de bœuf n'en finit plus de cuire d'un seul côté, provoquant un bruyant nuage de fumée qui alerte Maurice.

« Fais donc attention, Simone!

– Toi non plus tu ne m'aimes pas!

– Quoi?

– Comme je suis malchanceuse! Comme je suis malchanceuse! »

En fait de malchance, c'est plutôt Maurice qui s'y frotte, quand Simone se sauve en courant, après avoir lancé son tablier par terre et trébuché contre une table garnie. En pleine ruée de la clientèle de l'heure du dîner, ce n'est pas un très bon temps pour perdre sa cuisinière. Simone court vers le couvent des ursulines, avec la folle envie de parler à sa tante Louise. « J'ai la vocation, maintenant! J'ai la vocation! Je veux devenir une sœur! » pleure-t-elle en vain à la porte verrouillée, surveillée à la fenêtre par une religieuse sans doute heureuse d'être cloîtrée, au lieu de vivre dans ce monde fou de l'extérieur. Un prêtre intervient et va reconduire Simone à la rue, alors qu'elle brame sans cesse sa soudaine illumination de l'appel du Divin.

« Simone est là?

– Ah! te voilà, toi! Non, elle n'est pas ici!

– Où est-elle?

– Je ne sais pas, mais si tu la trouves, tu me la ramènes immédiatement! Je ne la paie pas pour flâner dans les rues, alors qu'il y a les légumes à préparer pour le souper.

– Si elle revient, dis-lui que je regrette et que je l'aime. Oui, je l'aime! Je l'aime! Je l'aime! Je l'aime!

– Je lui dirai, je lui dirai, je lui dirai.

– Comme t'es bête, Maurice Tremblay! Tu ne penses qu'à ton restaurant et jamais à l'amour! Tu sauras qu'on ne peut empêcher un cœur d'aimer!

– C'est ça, et un torchon trouve toujours sa guenille. Et

n'accroche pas toutes mes tables en sortant, François Bélanger! »

François s'empare de la bicyclette de Simone pour ratisser tout Trois-Rivières. Mettant trop de vigueur au coin des rues, il casse les freins, puis tord le guidon en voulant éviter un piéton. En apercevant Simone, les mains cachant son visage, assise sur un banc du parc Champlain, François laisse tomber la bicyclette au milieu de la rue Royale, pour courir vers sa belle. Un camionneur, en tournant la rue, ne peut éviter la bécane.

« Je t'aime! Je t'aime! Je t'aime! Pardonne-moi! Je ne peux pas vivre sans toi! Tu es toute ma vie!

– François! François!

– Ma chérie! Jamais plus je ne te quitterai! J'ai été aveuglé par la colère! Et seul l'amour rend aveugle!

– François! François! Comme je suis heureuse! J'ai tant souffert loin de toi!

– Ne me quitte pas! Ne me quitte pas! Tu es le soleil de ma vie!

– François! François! »

Le camionneur, à la musculature herculéenne, n'en pouvant plus d'entendre ce dialogue de mauvais film, tire François par la chemise, lui montre la bicyclette meurtrie et rompt le charme romantique par : « Mon maudit jeune fou! T'as brisé mon truck, et je ne le paierai pas, ton baptême de bicyque! Mais tu vas payer pour la bosse sur mon truck! » Main dans la main, les deux autres tenant le cadavre de la bicyclette, Simone et François marchent sur des nuages. Après le baiser de la réconciliation, il se dirige vers le chantier du terrain de l'exposition et elle rejoint *Le Petit Train*, où Maurice l'accueille avec encore moins de politesse que le camionneur.

« Regarde! Il a tout démoli ta belle bicyclette!

– Que m'importe la bicyclette puisqu'il m'aime et ne peut vivre sans moi!

– Va à la cuisine et lave la vaisselle! Et tu nettoieras les tables avant de préparer les légumes pour le souper! Et récure les chaudrons comme il faut!

– Tu n'es donc pas content pour moi? Tu n'es donc jamais romantique envers les femmes?

– Au contraire! Je viens de te préparer à ta vie de femme mariée! Et dépêche-toi! »

François s'enrobe de politesse, pour faire des excuses à chaque membre de la famille Tremblay, qui ne réclame pourtant rien de semblable. Roméo, de bon cœur, l'invite à souper. Tout en se servant une seconde platée de pommes de terre, François demande à Roméo la permission de se fiancer avec Simone, projet dont il ne l'avait même pas informée. Simone s'étouffe dans son verre d'eau, saute au cou de François et monte vers sa chambre en pleurant.

« Je voulais lui faire une surprise. Pourquoi pleure-t-elle?

– Elle pleure tout le temps. Tu n'as pas remarqué?

– C'est-à-dire... bon! Qu'est-ce que vous en pensez, monsieur Tremblay? C'est certain qu'actuellement, je ne peux pas faire vivre Simone, avec le petit salaire du chantier. Mais avec Dieu, Lionel Groulx et Duplessis de mon côté, vous allez voir que je vais bientôt travailler dans une manufacture ou une usine afin de beaucoup économiser. D'ailleurs, j'ai déjà un peu commencé, il n'y a pas longtemps. Je ne suis peut-être pas un prince de château, un homme plein d'instruction, mais c'est dans les petits pots qu'on trouve les meilleurs onguents.

– Je vais terminer mon souper et on en reparlera.

– D'accord. Puis-je avoir encore de vos excellentes tomates, madame Tremblay? »

François vend sa salade à Roméo et Céline, écoutant silencieusement, sans manifester aucune émotion. À la cuisine, Simone tend l'oreille en gigotant des pieds. Quand elle entend son père dire qu'il ne peut pas prendre une décision tout de suite, qu'il doit réfléchir, Simone retourne à sa chambre en laissant une traînée de larmes derrière ses pas.

« Tu ne m'aimes pas!
– Mais oui, je t'aime, ma grande.
– Tu as toujours préféré Renée et Carole. Elle est drôle, elle est savante et moi, je ne suis rien!
– En voilà une histoire!
– Si tu m'aimais, tu comprendrais mon amour! Tu ne penses qu'à Jeanne! Toujours Jeanne!
– Simone, je ne t'ai pas parlé de ta tante. C'est toi qui la mentionnes.
– Comme je suis malchanceuse! Comme je suis malchanceuse! »

Comme des fiançailles ne sont que des promesses de mariage, comme le jeune couple semble sérieux dans son désir d'économiser au lieu de se lancer tout de suite dans la grande aventure sacrée les yeux fermés, comme l'amour entre Simone et François leur semble sincère, Roméo et Céline acceptent, trois jours plus tard, la proposition du garçon. Simone fait un bref sourire, en reniflant encore.

« Tu vois que je t'aime? Que je pense à toi?
– Tu ne m'aimes pas assez!
– Là, franchement, Simone, tu exagères. »

Parce que Simone aime tant les fêtes, la date de la Saint-Jean-Baptiste est choisie pour la cérémonie de fiançailles. Cette journée correspond, cette année, à la tenue d'un grand congrès eucharistique, à Québec. Pour François, cette coïncidence ne peut qu'attirer des bénédictions. À ce propos, afin de remercier le Seigneur pour cette acceptation de Roméo et Céline, le jeune couple participe à la procession et à tous les événements fastidieux entourant la Fête-Dieu. La piété et la ferveur de ce peuple trifluvien transportent François et Simone dans un élan d'optimisme. Les ouvriers aux mains fatiguées par tant de labeur, au grand chantier du terrain de l'exposition, joignent la procession avec autant de bonheur que les jeunes amoureux. Il n'y a rien comme le travail pour faire exploser la gratitude religieuse dans une pétarade de bons sentiments face à l'avenir. Simone en profite pour prier pour son père.

Roméo ne s'implique pas beaucoup dans l'organisation des fiançailles. Céline, Carole et Renée travaillent à cuisiner et à décorer pour tous ces Bélanger. Simone est tellement nerveuse qu'elle craint d'imaginer son état le jour de son mariage. Le grand moment enfin arrivé, il pleut abondamment. Mais cette fois, Simone ne parle pas de malchance. Par contre, elle y songe beaucoup en voyant Roméo guetter, comme à tous les jours, l'arrivée du facteur. Et il fallait que la lettre tant espérée arrive précisément en cette journée. Renée sautille vers les bras de son père pour regarder l'enveloppe, mais Roméo se défait de son emprise. Il lit rapidement, chiffonne le papier qu'il cache dans sa poche, s'enfuit à une vitesse si folle que les Tremblay devinent que le contenu n'est sûrement pas conforme aux souhaits de Roméo. Simone poursuit son père jusqu'à son bureau, où il s'est enfermé à clef. Elle se lamente à la porte, suppliant Roméo de ne pas gâcher un des plus beaux moments de sa vie. Elle n'obtient pas de réponse, pas plus que Carole, Renée, Gaston, Christian, Maurice et Céline. Même le vieux Joseph ne peut arriver à raisonner son fils. On décide de taire l'incident et de vite retrouver les invités. Les Bélanger se demandent où est passé le père de la fiancée.

« Papa! Papa! Je t'en supplie! Le temps de dîner arrive! Je vais me fiancer! Il faut que tu sois là! Tu dois être parmi nous! Pitié, papa! Je suis ta fille! » Roméo ouvre promptement, ajuste sa cravate et descend rapidement, sans se préoccuper de Simone. Elle entre prudemment dans la pièce, véritable sanctuaire rempli de photographies et de peintures de Jeanne. Sur le grand bureau, près de la fenêtre, Simone aperçoit le papier violet, cause de tout cet émoi. Même si elle sait que son geste est mal, rien ne peut empêcher Simone de regarder la lettre. Le message est très bref : « Je suis heureuse ici avec ma fille et mes amies! Laisse-moi donc enfin tranquille! Jamais je ne retournerai à Trois-Rivières! »

Juillet et août 1938
Pardonne-moi, François

François pense aux enfants qu'il aura. Aussi nombreux que Dieu le désirera. Avec l'opinion de Simone, il dresse soigneusement une liste de ses prénoms favoris : Antoine, Joseph, Lionel, Charles, Jacqueline, Pierrette, Michelle et Andrée. Sans oublier celui du premier : François fils. Il est prêt à augmenter le nombre jusqu'à vingt, quand Simone l'arrête en riant. « C'est vrai, ma chérie! Il ne faut pas exagérer. Pour l'instant, on a des prénoms pour les dix premières années. Après, on verra. Il ne faut pas mettre la charrue avant les bœufs. »

François y songe d'autant plus que le hasard fait de lui l'ouvrier qui tient le boyau vers la piscine pour enfants, construite par les chômeurs trifluviens. Soudain, une pression le fait sursauter et l'eau jaillit, alors que ses confrères applaudissent. François dépose le boyau dans le fond, garde ses mains sur ses hanches, regarde cette eau, puis ferme les yeux en pensant aux cris de joie de François fils, venant se baigner par un chaud samedi de juillet. Il dira à son aîné : « Petit, c'est ton papa qui a aidé à construire cette belle piscine que tu aimes tant. Nous avons travaillé dur et pour bien peu d'argent, mais nous étions contents de le faire, nous qui ne pouvions trouver d'emploi lors de cette époque cruelle, laissant tant de braves ouvriers dans l'oisiveté. L'oisiveté est la mère de tous les vices. » Depuis le printemps, tous les citoyens de Trois-Rivières viennent visiter le chantier, étonnés et ravis en apercevant tous ces beaux édifices modernes surgir des mains de ces hommes. Il y a deux ans, ces gens regardaient les chômeurs avec dédain et mépris. Maintenant, on les remercie avec tous les honneurs dus aux hommes de qualité et de courage.

Les usines de pâtes et papiers ont engagé certains travailleurs des chantiers, car, de plus en plus, les affaires recommencent à garnir leurs coffres. Mais François sent que son devoir le plus élevé est de rester le plus longtemps possible au chantier, ne serait-ce que par reconnaissance à monsieur Duplessis. François a découvert mieux que jamais la grande ardeur de son peuple. Le chantier est un modèle du génie canadien-français. Qui sait si des hommes d'affaires ne s'en inspireront pas pour lancer de grandes manufactures, de grosses usines et des commerces à large surface? François a aussi appris à aimer Trois-Rivières grâce à ce travail. La cité de Laviolette lui a apporté Simone et ce chantier. Pourquoi insister à penser à Plessisville? « Le temps passé ne revient pas », dit-il, en serrant affectueusement Simone entre ses bras.

François tend la main vers deux édifices en construction, là où se trouvaient jadis des bâtiments vétustes. Il parle en bien du Colisée, alors que Simone regarde les murs géants du futur stade de baseball. Des arbres seront plantés le long du boulevard du Carmel et du chemin des Forges, de la verdure embellira l'emplacement actuellement poussiéreux. Cette terre, amoncelée un peu partout, sera transportée vers l'ouest de la ville pour niveler un immense terrain en vue de créer un magnifique parc. François y est affecté pour construire une autre piscine.

« Ce sera si beau!

– Plus que beau, ma chérie! C'est important! C'est la preuve que l'esprit de coopératisme, tel que prêché par nos saints prêtres, fonctionne merveilleusement grâce à notre détermination! Tout ce bel aménagement sera pour nous, nos enfants et leurs petits! Et à jamais, les gens de Trois-Rivières diront que c'est grâce aux chômeurs de la fin des années 1930, mis dans la misère par les Anglais, que ce merveilleux emplacement moderne existe! Grâce à nous, Canadiens français, sans l'aide des Américains, des Anglais ou d'Ottawa! Il est fini le temps des servitudes! Les jours se suivent, mais ne se ressemblent pas.

– Tu parles comme mon grand-père Joseph et son modernisme!

— Sois sérieuse, ma chérie. Le moment est grave. C'est mon cœur et ma raison qui te parlent. Regarde cet édifice non terminé... Ce qui commence bien finit bien. Et tous ces fiers Canadiens français que j'ai pu connaître ici!

— C'est dans le besoin qu'on reconnaît ses vrais amis.

— Tu m'enlèves les mots de la bouche, ma chérie! »

Simone et François vont regarder les vitrines des magasins du centre-ville. Tous ces biens seront bientôt à leur portée. Ensuite, ils se rendent voir les maisons ouvrières du quartier Saint-Sacrement, qui, selon François, sont beaucoup plus chaudes et solides que celles de la basse-ville. Le périple se termine par une visite à l'église. Le bonheur est beau et tranquille.

« Mais je ne suis pas heureuse, François...

— Pas heureuse? Comment peux-tu, ma chérie?

— À cause de mon père... Ma sœur Carole dit qu'il se rend malade à cause de cette histoire avec sa sœur Jeanne.

— Tu connais ton devoir dicté par les commandements de Dieu. Mais moi, je pense toujours qu'il devrait aller la chercher. Cet Hitler est dangereux. Mieux vaut tard que jamais. »

Les enfants Tremblay attendent tous avec joie les vacances estivales de leur père, sachant que Roméo les fera voyager vers des paysages enchanteurs ou vers les bruits joyeux des manèges mécaniques du parc Belmont, de Montréal. Le petit Christian, à huit ans, comprend encore moins que les autres l'incroyable faux bond que Roméo vient de faire subir aux siens, comme un affront, une insulte à ces enfants qui l'aiment tant. Céline ne trouve qu'un mot sur son bureau : « Je suis parti. J'ai besoin de changer d'air. Je reviendrai cette semaine. » Pas une explication de plus, pas un adieu, ni de lieu de destination. Céline plie le billet et tempère la colère de sa progéniture, en disant qu'il faut faire confiance à leur père. Roméo réapparaît trois jours plus tard, les vêtements salis, une barbe piquante barbouillant un visage sombre. Aucune excuse ou justification ne vient consoler les enfants. Il ose même répondre : « Je suis libre » en regardant sèchement Simone.

Seul Christian, incapable de s'endormir, a droit à l'exclusivité du récit du voyage mystérieux de son père. Roméo le lui a présenté comme une fable d'un quêteux, sans attache, qui part à toute heure et s'en va vers les grands chemins, là où le vent le mène. Roméo a ajouté qu'il a rencontré des gens voyageant vers la Gaspésie. Il a fait un bout de route avec eux, leur disant tout de la Trois-Rivières d'autrefois, où vivait un petit garçon qui marchait de long en large de la rue Bureau en poussant le landau de sa sœur, un joli bébé aux cheveux noirs. Roméo ne pourrait pas raconter cette histoire à ses autres enfants, mais Christian, enchanté, s'est endormi le pouce dans sa bouche, rêvant à un quêteux à barbe blanche, à ce petit garçon au grand cœur et à ce bébé fille.

Sentant tout de même qu'il doit un pardon à sa famille, Roméo les emmène tous en train jusqu'à Québec, pour regarder ces vieilles maisons de l'époque de la Nouvelle-France. Mais Simone n'est pas dupe de cette « activité-excuse » de son père : le cœur n'y est pas. Roméo demeure derrière eux, les mains dans ses poches, l'esprit ensanglanté par les mots cruels de la lettre de Jeanne. Simone voudrait partager avec lui ce sentiment de désarroi, semblable à celui qu'elle a connu quand François l'a brièvement quittée, au début de l'été. Mais Roméo refuse d'en parler avec sa fille. Il insiste pour dire que Jeanne est heureuse en France et qu'il est bien maladroit de sa part de vouloir diriger sa vie.

Les Tremblay chantent sur le train du retour. Carole embête tout le monde avec ses théories sur la véritable signification de la bataille des plaines d'Abraham, où les Français avaient perdu leur colonie aux mains de leurs ennemis anglais. Gaston amuse sa mère en assurant à Christian qu'il a réussi à faire bouger un de ces soldats de la Gendarmerie canadienne, si réputés pour se changer en statues afin d'accomplir leur devoir de gardes. Renée mène plus de tapage que tout le monde, parlant plus du contenu du juke-box du restaurant où ils ont soupé que du but éducatif de cette visite. Roméo demeure à la fenêtre, souriant mollement à la joie des siens. Peut-être vient-il de terminer les plus belles vacances de sa vie lors des jours précédents. Sans épouse, sans travail, sans enfants, sans maison ni responsabilités, peut-être même sans nom et sûrement sans destination, enfin seul avec le souvenir de Jeanne.

« Notre père vit une grosse crise psychologique, Simone.

– Toi et tes grands mots auxquels tu ne comprends rien!

– Il vit une crise.

– Les crises, au Canada français, on les vainc avec courage et foi!

– Tu refuses de voir la vérité?

– T'es pas gentille de prétendre que papa est fou, Carole!

– Je n'ai pas dit une telle chose.

– Tante Jeanne lui a écrit qu'elle est heureuse à Paris. Il devrait être satisfait, non?

– Tu sais bien que cette femme ment comme elle respire. L'analyse du contenu de ses dernières lettres pue l'hypocrisie.

– Comme c'est vilain de lire le courrier de papa! J'ai bien envie de te dénoncer pour qu'il te donne la fessée que tu mérites! Un bon coup de pied au derrière ne fait jamais de mal aux enfants.

– Et c'est dans une telle perspective pédagogique que tu veux te marier et élever une famille?

– Qu'est-ce que tu veux à la fin, Carole?

– Il faudrait faire soigner papa par un psychiatre.

– Et toi aussi en même temps.

– Tout le monde se moque de mon jugement! Tout ceci à cause de mon âge! Je vais bientôt avoir douze ans et je serai une femme! Ma culture et mon instruction me permettent de bien juger la situation de notre père.

– Tourne-toi, c'est moi qui vais te donner la fessée! Montre ton derrière rose! Allez!

– Comme je suis malchanceuse! Comme je suis malchanceuse! »

Roméo retourne à son travail sans grand enthousiasme, surtout quand on lui demande de consulter des articles de journaux anglais pour obtenir des nouvelles de la situation de poudrière en Europe. En Allemagne, les Juifs sont dépourvus de tous leurs droits et doivent faire face à la violence fanatisée de la jeunesse endoctrinée par l'idéologie de haine de leur chef. Comme l'histoire se répète toujours, ceci ne laisse présager rien de bon pour la paix si chèrement acquise lors de la grande guerre de 1914, à laquelle il avait participé.

Roméo n'a pas combattu très longtemps. Juste ce qu'il faut pour ramasser quelques cadavres tachés de vermine, de boue et de sang, et de recevoir une balle dans le bras gauche, partiellement paralysé depuis. Roméo se souvient avec une mémoire si fraîche de sa seule permission de soldat en sol de France. Avec quelques camarades, il s'était rendu dans un village frontalier. Il y avait rencontré une jeune fille du prénom de Madeleine et c'est avec une émotion toujours vive qu'il se souvient de la peur de cette fille et de sa famille de voir les Allemands venir ravager leur ferme, détruire leur village et faire des prisonniers. Et si Hitler et ses barbares donnent une frousse semblable à Jeanne? Dans un mois? Six mois? Une année? Pourquoi Roméo tarde-t-il à se rendre en France? Pourquoi ne fait-il pas son devoir de protecteur, malgré le refus aveugle et inconscient de Jeanne, malgré les protestations de Céline? Ces pensées empêchent Roméo de dormir. Son patron, peu satisfait de ses articles, l'envoie sur le terrain pour signer un de ces textes dont il a le secret et qui font la joie des Trifluviens depuis plus de quinze ans. Ces écrits sur les petites gens, leur bonheur, à propos de ces agriculteurs heureux, de ces familles ouvrières courageuses ou sur un homme fabriquant des châteaux avec des allumettes.

Quand la piscine du terrain de l'exposition ouvre enfin, Roméo doit aller interroger des enfants et broder un bel article plein de sentiments, avec sa belle plume d'écrivain. Les garçons lui donnent mal à la tête et un de ces espiègles l'éclabousse. La journée de baignade des fillettes venue, Roméo les trouve tout autant criardes que leurs camarades, mais quand même un peu plus attendrissantes. Son regard cherche une petite fille qui sera le sosie de Jeanne. Roméo signe l'article demandé, mais son patron lui reproche de manquer d'imagination, de ne pas y avoir assez travaillé. Il lui donne une autre chance en lui ordonnant de suivre pas à pas un ouvrier des grands chantiers. La chaleur est suffocante. L'ouvrier remplit de sable sa charrette et va la vider dans un camion, recommence jusqu'à ce que le gros véhicule soit plein. À la fin de cette tâche, l'ouvrier s'assoit avec ses compagnons à l'arrière, tandis que Roméo prend place aux côtés du chauffeur. Celui-ci lui casse la tête en demandant sans cesse s'il y aura une photographie de lui dans le journal. Arrivé à l'emplacement du futur parc Saint-Phillippe, l'ouvrier répète le processus. Après, ils se réunissent et grillent des cigarettes en s'épongeant le front. Il y aura des centaines de chargements semblables, afin de hausser le terrain de trois pieds. Roméo va rejoindre François, construisant sa piscine, près du boulevard Royal.

« Tu ne t'es pas encore cogné les doigts entre deux briques? Tu n'es pas tombé tête première dans le ciment?

– Non, monsieur Tremblay. C'est terminé, ce temps-là! Quand on travaille avec passion, on ne peut pas faire d'erreur. Je deviens bon avec la maçonnerie. Ce pourrait être mon vrai métier. Chacun son métier et les vaches seront bien gardées.

– J'étais certain que tu allais dire ça.

– C'est en forgeant qu'on devient forgeron et c'est en maçonnant qu'on devient maçon.

– Et c'est en pelletant qu'on devient Pelletier.

– Ah! Ah! Vous êtes drôle, monsieur Tremblay! »

L'ouvrier fait signe à Roméo d'approcher du camion vidé. Il retourne au terrain de l'exposition pour l'emplir à nouveau. Que peut dire Roméo sur cet homme? Il y a une dizaine d'années, Roméo aurait tiré une belle histoire de son expérience ennuyeuse. Roméo inventait les plus beaux récits, après avoir entendu les âneries du premier Jean-Baptiste venu. Aujourd'hui, Roméo n'écrira que les phrases que son patron veut entendre. Mais comment faire l'apologie de la dignité humaine, enfin retrouvée grâce au travail, alors que le monde entier s'apprête à plonger encore dans la destruction? Ces ouvriers ne savent pas trop qui est Hitler, pas plus qu'ils ne connaissent ce Duplessis qu'ils glorifient, et que Roméo juge de plus en plus mauvais comme premier ministre. Pour Roméo, Duplessis ressemble à un maire de village, avec parfois des airs dictatoriaux qui le font frémir, comme dans le cas de sa loi du cadenas de l'an dernier, permettant de fermer tout endroit soupçonné de servir à des réunions de communistes.

Quand Roméo retourne chez lui, Christian pleure parce qu'un voisin lui a lancé du sable, six heures plus tôt. Roméo le console en le serrant fort et en lui promettant une crème glacée et un conte. Mais les nouvelles de Simone, de Renée et de Gaston l'indiffèrent. Roméo agit envers Christian comme il le faisait au temps de la petite enfance de Simone. Serait-il seulement un père pour jeunes enfants?

« I want to talk with you, father. It's about some history books I want to buy for september.

– Carole, je n'ai pas le goût de parler anglais.

– C'est dans le but de m'exercer, papa. Habituellement, tu aimes quand je te fais la conversation anglaise.

– Laisse-moi tranquille. Va aider ta mère.

– And perhaps we can talk about your sister and...

– Go to hell!

– Ah ça, ce n'est vraiment pas gentil... »

Christian fait une grimace à Carole, alors que Roméo s'empresse de le tirer par la main. Il le grimpe sur ses épaules et galope autour de la maison. Ensuite, comme promis, il va jusqu'au centre-ville acheter une crème glacée. Christian attend son conte avec des animaux parlants qui viennent toujours au secours de ce gentil garçon et de ce bébé fille. Fâchée par l'attitude de son père envers Carole, Simone accompagne Renée au *Petit Train*, où François la rejoindra. Avec une douzaine de ses amies, Renée parle avec insouciance des vedettes de cinéma et d'orchestres de jazz américain. Quand François arrive et prend Simone par la main, ces adolescentes soupirent à l'unisson en observant tant de romantisme.

« Je me suis fait un de ces tours de reins au chantier, aujourd'hui. Je n'ai pas fait attention en me penchant. Je devrais pourtant savoir qu'il vaut mieux prévenir que guérir.

– Mon pauvre François...

– On va rester tranquilles. Tu veux veiller avec ma famille sur la galerie, ma chérie?

– Tout ce que tu voudras. »

Veiller sur la galerie est le sport favori des Trifluviens fauchés. Des familles entières s'y entassent, jouent aux cartes, s'interpellent criardement, sifflent les chiens et les femmes passant sur le trottoir, parlent de tout et surtout de rien, ou écoutent *La Pension Velder* à la radio. Cette ambiance chaleureuse peut cependant tourner à la chamaille selon l'humeur de chacun. Mais ces épreuves sont souvent oubliées dès le lendemain. Ce soir est doux. Les blessures de travail de la journée s'oublient quand la température ordonne la détente. Tout près, on entend le ronronnement de l'usine de pâtes et papiers C.I.P., appelant les chômeurs à se questionner. Pourquoi ne travaillent-ils pas, alors que cette usine n'a pas cessé ses activités pendant toute la crise, au contraire de leurs concurrents? François répète à son grand frère sa théorie voulant que les Anglais s'enrichissent aux dépens des ouvriers canadiens-français catholiques, sous prétexte des temps difficiles des dernières années. Simone le calme en tirant légèrement sur la manche de sa chemise.

Malgré le bon temps, les amoureux ne sont pas seuls au monde, au milieu de tous ces hommes Bélanger. Après une douce balade le long de la rue Sainte-Cécile, François veut montrer à Simone l'appareil de radio qu'il a trouvé dans une poubelle de maison riche et qu'il tente de réparer au profit de sa famille. « Je n'y comprends rien, mais j'ai trouvé un livre sur le sujet à la bibliothèque du quartier. Ça m'aide un peu. On apprend à tout âge. » Quel grand rêve pour les Bélanger de posséder leur propre appareil de radio! Les voisins d'en bas en ont un et reçoivent chaque soir parents et amis pour écouter une causerie sur le Sacré-Cœur ou cette délicieuse pension de la veuve Velder. Pour les Bélanger, la radio est toujours sujet d'émerveillement. Le père de François a fait brûler des lampions pour que son fils réussisse cette réparation complexe. François prend à sa base le lourd meuble, le repose aussitôt, grimaçant et se tenant les reins.

« Comme tu fais pitié, François! Ton pauvre dos! Quand on est ouvrier, il faut prendre soin de son dos.

– Je sais, je sais, ma chérie. Charité bien ordonnée commence par soi-même. Ma mère a de l'huile de lampe dans sa cuisine. Je vais lui demander de me frotter, avant de me mettre au lit.

– Il faut toujours veiller à sa santé.

– Il vaut mieux être pauvre et en santé que riche et malade.

– Veux-tu que je te frictionne?

– Toi?

– Bien sûr! Je connais tout des soins, pour les petits comme les grands. Ma mère m'a enseigné. Une bonne épouse doit savoir tout faire : cuisiner, entretenir, coudre et soigner.

– Je suis fier de toi, ma chérie. Tu seras la plus merveilleuse épouse du monde. Allez! Au travail! À tout Seigneur, tout honneur! »

Comme remède, Simone préférerait un bon onguent, recommandé par un pharmacien qualifié. Mais elle sait qu'une famille d'aussi modeste revenu que celle des Bélanger doit avoir recours à des procédés plus traditionnels, et surtout plus économiques. François revient au hangar en se tenant les reins, sa bouteille d'huile tendue à Simone. Il enlève sa chemise dans la demi-pénombre, offrant sa musculature à la vue de son amoureuse. Simone applique doucement une couche, dont la froideur fait rire François. En tâtant avec ses pouces, elle cherche à repérer l'endroit le plus sensible. Le point trouvé, elle frotte avec vigueur. Il sursaute de surprise.

« Ta mère t'a montré ça?

– Oui. Si on veut que la chaleur pénètre, il ne faut pas y aller avec le dos de la cuiller.

– Tu as raison, ma chérie. Il n'y a pas de fumée sans feu. »

Peu à peu, François sent une grande chaleur le soulager. Constatant que la pommade commence à faire effet, Simone frotte plus délicatement. Il soupire de soulagement.

« Tu es très bonne, ma chérie. Je me sens beaucoup mieux.

– Ça m'a fait plaisir.

– On s'embrasse? »

Il y a tant de gens, chez lui comme chez elle, et l'intimité d'un couple ne peut se manifester dans les rues ou dans les salles de cinéma, même si certains mal élevés ne se gênent pas pour profiter de l'obscurité de ces lieux. Et François sait l'embrasser avec un si profond amour. Simone sent contre elle la poitrine dénudée de François, alors que sa respiration devient haletante. Dans un soupir, elle le décoiffe et plante ses ongles dans ses épaules, percevant contre elle, malgré elle, la transe pécheresse du garçon. Le long baiser terminé n'a pas le temps d'agoniser qu'un « Je t'aime » râlé en fait naître un nouveau, plus profond, plus chaud. Simone sent ses jambes devenir molles, et François, pour reprendre son souffle, lui chuchote à l'oreille des « Je t'aimerai toujours » avant de retourner à ses lèvres brûlantes. Il serre la taille de Simone et ses mains se posent sur les fesses de son amoureuse, geste la faisant sursauter, alors qu'il plonge avec plus de gourmandise dans sa bouche. Il renverse la tête de l'adolescente, mêlant ses cheveux d'une main rebelle, tandis qu'il descend de plus en plus ses doigts pour atteindre l'ourlet de la robe, qu'il retrousse rapidement pour faire glisser un pouce à la source du bas de soie. Un toucher, pressé et fébrile, frôle le rebord du sous-vêtement, puis il tire avec vigueur, pendant que Simone harponne avec fougue le dos de François, pleurant son amour en de courts aveux interrompus par d'autres baisers. Elle sent l'insistance pressée de François près de son ventre, quand, tout à coup, il guide la main de son amoureuse vers le bas de son dos, et, d'un geste sec, fait baisser son pantalon. Simone arrondit les yeux, et sa bouche ouverte n'arrive pas à exprimer son soudain effroi. François s'empare du haut de la robe, qu'il anéantit avec violence. Le cœur de Simone hurle « Non! » alors que ses lèvres murmurent « Oui », tandis qu'il répète, tel un leitmotiv, ses « Je t'aime » teintés de sanglots désespérés.

Cette chaleur, si souvent devinée et jamais confessée, sans crier gare, lui déchire le corps en une pression inouïe. Elle laisse s'envoler un petit cri vite étouffé par la bouche de François reconquérant guerrièrement ses lèvres. Simone sent ce mal atroce une fois, deux fois, trois, quatre, tant de fois, se transformant en une sensation hors de ce monde. Elle renverse la tête, alors que les mains de François libèrent les seins généreux de leur prison, vite reconquis par les paumes douces du garçon. Tout l'être de Simone n'en peut plus de basculer dans ce précipice amoureux. Une plus forte insistance fait crier Simone, mais les mains de François quittent les monts aux faîtes pointus pour se précipiter sur sa bouche, et, soudainement, si soudainement, Simone sent son corps reculer et elle tombe sur un vieux divan, alors qu'il se retrouve sur le plancher, s'emparant à toute vitesse de son pantalon. Simone cache sa poitrine, pendant que sa tête, transformée en girouette, cherche sa robe. Elle l'enfile, alors qu'il s'est installé sur une chaise, le front entre les mains. Elle approche, titubante, ivre, pose ses doigts contre son dos, puis embrasse délicatement la peau humide de sueur. Simone renifle comme une fillette, alors qu'à sa grande surprise, François se dégage promptement de son emprise. À genoux face à lui, Simone regarde son visage, qu'il cache de nouveau, balançant la tête dans un mouvement négatif de plus en plus rapide.

« C'est épouvantable! C'est épouvantable, Simone! Qu'est-ce que tu m'as fait faire là?

– Je... je ne sais pas...

– Mais oui, tu le sais! C'est comme ça que tout a commencé, au paradis terrestre! C'est Ève qui a tendu la pomme à Adam! Et depuis toujours, nos guides, nos enseignants, nos saints hommes nous mettent en garde contre cette pomme! Et toi, toi que j'aime tant, que je désire de tout mon cœur comme mon épouse honnête et propre, comme la future mère de mes enfants, toi, tu... tu... tu m'as tendu la pomme! Pourquoi m'as-tu fait faire ça, Simone?

— Je... je... Pardonne-moi, François.

— J'ai honte! J'ai si honte de ce grand péché que tu m'as fait faire! Va-t'en!

— François, mon amour...

— Va-t'en!

— Tu... tu ne veux plus de moi?

— Laisse-moi! »

François se met à pleurer à chaudes larmes. Simone approche pour le consoler, mais il la chasse comme un ange pousse un démon. Le cœur bouleversé, le corps encore chaud, le bas du ventre meurtri, Simone sort du hangar et descend prudemment l'escalier de bois, se tenant solidement à la rampe. Chacun de ses pas sur les marches lui rappelle le balancement régulier qui vient de faire d'elle la plus répugnante pécheresse. Sur la terre ferme, Simone ne sait plus comment marcher. En longeant le mur de la maison, elle atteint le trottoir, où la terreur s'empare d'elle lorsqu'elle entend les parents et les frères de François rire sur leur galerie. Elle se sauve rapidement, puis, les mains sur son ventre, le dos légèrement courbé, Simone traîne les pieds et pleure abondamment, se répète sans cesse : « Comme je suis malchanceuse! Comme je suis malchanceuse! » À l'extrémité de la rue Sainte-Cécile, elle croise un jeune couple qui se tient délicatement par les mains. Elle le dévisage avec effroi, sachant qu'elle ne pourra plus être comme cette fille amoureuse de ce garçon, si jamais par miracle François a assez de bonté pour encore la fréquenter. Au coin de Saint-Maurice, Simone sursaute face à l'imposante église Notre-Dame-des-sept-Allégresses. « Oh! mon Dieu! » gémit-elle, effrayée. Elle s'apprête à faire un signe de croix, mais ses mains tombent lourdement près de son bassin, lieu maudit de son péché qui fait d'elle une damnée du Seigneur. Elle tente en vain de répéter le signe de croix, mais Simone sent que Lucifer l'a conquise. Après quelques pas à reculons, Simone se retourne vivement et court vers une rue parallèle. Elle ne veut pas provoquer la colère du Tout-Puissant en passant devant sa maison.

Les gens sur les galeries terminent la soirée et leur joie transperce les oreilles de Simone. Elle sent que tout le monde la regarde, la pointe du doigt, témoins du mal qu'elle vient de faire. Simone s'immobilise sur le trottoir et songe à sa démarche. Elle tente de la rendre comme avant. Simone fait un long détour pour ne pas passer devant la cathédrale. Au centre-ville, des jeunes sortent des salles de cinéma et attendent l'autobus. Simone tourne la tête vers une vitrine, honteuse de leur faire face. Dans le véhicule, elle se met à pleurer bruyamment et alerte ainsi le chauffeur qui croit que cette cliente vient de se blesser. Simone ne le laisse pas approcher, s'élance vers la porte arrière, trébuche dans sa course. Elle voit tous les passagers qui la regardent et pensent qu'elle est une sorcière, une hérétique qui a poussé le plus pur et le plus catholique des garçons de Trois-Rivières à transgresser les saintes lois qui ont fait de ce peuple canadien-français ce qu'il est. Simone prend un temps fou pour se rendre chez elle et s'arrête constamment, touchant son ventre et ses jambes, prise par l'envie de vomir. Elle entend le démon lui chuchoter des félicitations. Le hasard la fait arriver face à la maison en même temps que Renée, de retour de son travail au *Petit Train*. Elle danse un jazz imaginaire et siffle une mélodie de Benny Goodman.

« Patate... Quelle tête d'enterrement tu as... Qu'est-ce que t'as fait?

– Tu le sais, ce que j'ai fait!

– Ah non, je ne le sais pas. Encore un grave péché, sans doute?

– Renée, ne retourne pas le fer dans la plaie!

– Hé, patate! C'est sérieux! As-tu eu un accident? Tu veux que je réveille papa et maman?

– Non, surtout pas! Ne me regarde pas! Ne me touche pas! »

Renée tente de s'endormir sous les reniflements et les pleurs de Simone, aussi réguliers que le tic-tac de leur réveille-matin. Tout à coup, Simone est effrayée par l'idée de partager sa chambre avec une jeune fille qui aura bientôt dix-sept ans. Demain, elle demandera la permission à Roméo de coucher au grenier, là où jadis sa tante Jeanne, cette autre grande pécheresse, dormait et travaillait à ses peintures. Pour l'instant, le plus bel exemple à donner est de quitter immédiatement cette chambre. Simone s'empare de son oreiller et d'une couverture avant de s'enfuir. Renée soupire : « Patate... enfin! » Simone s'installe au salon, loin des chambres de tout le monde.

Soudain, pour la première fois, Simone pense à la possibilité qu'un bébé naisse de son impureté. Quelle honte pour sa famille! Quel pitoyable exemple pour ses jeunes sœurs! Et est-ce que François voudra devenir le père d'un enfant conçu hors des liens sacrés du mariage, comme s'il n'avait été qu'un voyou succombant aux charmes gratuits d'une fille de port ou d'hôtel? Et s'il accepte de vivre ainsi couvert de honte, pourra-t-il l'aimer comme avant? Sera-t-elle rejetée par les Bélanger? Et ce petit être, marqué pour la vie, pourra-t-il grandir en paix? Simone se lève comme une sauterelle et se précipite vers la salle de bain, tout en se cognant les orteils contre la berçante de sa mère. Elle ferme à clef, demeure dans l'obscurité et savonne vigoureusement cet antre taché de son corps, lui faisant si honte et si mal. Hors de souffle, Simone vomit enfin. Puis elle se relève, les yeux exorbités, sachant que les premiers symptômes d'une femme enceinte sont les vomissements. Elle saisit son ventre avec ses mains crispées et braille un « Non » ressemblant à un mugissement. Affolée, elle monte à sa chambre et s'accapare de son chapelet. Lui brûlera-t-il les doigts? Comment peut-elle toucher ce symbole divin? Simone se sent trop sale pour oser le prendre. Elle retourne vite au divan du salon et continue à pleurer. Elle n'entend pas venir son père. Quand il allume la lampe, elle sursaute et crie, se cache le visage dans son oreiller. Roméo approche et pose la main sur ses épaules.

« Qu'est-ce que tu as, ma grande? Tu es malade?

– Non, je n'ai rien. Je n'ai rien.

– Qu'est-ce qu'il t'a encore fait, ton François?

– Rien, rien.

– Allons, Simone. Parlons comme des amis. Tu as pleuré, je le vois trop bien.

– Toi aussi, tu as pleuré...

– Oui. En silence et en cachette, puisque personne ne veut faire l'effort de me comprendre.

– Moi, je te comprends, papa. Et tante Jeanne, je la comprends, maintenant.

– Qu'est-ce que tu as, Simone? Que caches-tu? Pourquoi ces pleurs et ce va-et-vient que tu fais depuis tantôt?

– C'est... c'est la nature. Ça me fait plus mal que d'habitude. Peut-être que je suis malade...

– Ah! voilà! C'est si simple à dire. Tu en parleras à ta mère.

– Non, non, ça va passer...

– Regarde-moi ces grosses larmes qui ne te rendent pas jolie...

– Pleure avec moi, papa.

– Pardon?

– Pleurons ensemble. J'ai besoin de pleurer sur ton épaule et tu as besoin de la mienne pour ne plus pleurer en cachette. »

Août 1938 à janvier 1939
Et si tout à coup c'est Lucifer qui te fait parler?

Simone a la forte impression que tout le monde la regarde et devine son péché impardonnable. C'est pourquoi elle évite de parler à sa mère, à ses frères et sœurs, mais veut bien de la présence de Roméo. Au restaurant, Maurice trouve sa sœur très étrange, surtout avec les clients trifluviens. La pire catastrophe est que François ne se manifeste pas. Elle craint un second cataclysme le dimanche matin suivant. Dieu est-il si bon pour lui permettre de fouler le sol d'une de ses églises? Depuis le soir fatidique, Simone a tant prié, sentant en tout temps la froideur du chapelet entre ses mains chaudes et tremblantes, signes d'une renonciation de la part du Seigneur.

Simone est pâle et étourdie en entrant dans l'église. Certains paroissiens la regardent, jugeant que l'aînée de Roméo Tremblay paraît malade. Deux femmes pointent discrètement Simone du doigt en chuchotant, gestes trop révélateurs pour le pauvre cœur perdu de la jeune fille. Elle prie avec davantage de ferveur. Le curé, dans son sermon, parle avec sa voix puissante des dangers de la chair guettant la jeunesse dans une ville industrielle aux valeurs catholiques faussées par les loisirs étrangers, tels la danse et les films, invitations de Lucifer à la luxure. Simone ne peut pas endurer une telle souffrance face à l'allusion plus que claire du prêtre! Voilà qu'il se sert d'elle pour sermonner ses jeunes paroissiennes! Simone se sauve en pleurant.

« Mais vas-tu finir par cesser de mentir et me dire ce qui te tracasse depuis quatre jours?

– Je n'ai rien, papa. Rien.

– Mentir sur le perron de l'église! Tu n'as pas honte, ma grande?

– Laisse-moi donc enfin tranquille!
– Ça, je suis habitué qu'on me le dise...
– Oh, papa! Je m'excuse, je n'ai pas pensé...
– Dis-moi ce que tu as! Je t'ai confié tout ce qui me tracasse à propos de ma sœur Jeanne, je t'ai ouvert mon cœur, comme tu me l'as demandé. À ton tour, maintenant.
– Je n'ai rien!
– Et voilà que ça recommence... »

Roméo se doute qu'il y a du François là-dessous. Il pense que le garçon a peut-être rompu leurs fiançailles pour une peccadille, comme lors de leur courte rupture de juin. Il croit aussi que ce beau jeune homme a peut-être embrassé une autre, car il y a tant d'adolescentes qui vont perdre leur temps à regarder travailler les ouvriers des grands chantiers. Secrètement, Roméo se rend chez François, où la famille entière est en adoration devant l'appareil de radio qu'il a réussi à réparer. Le père indique que François est parti pêcher la barbotte avec un de ses frères dans la rivière Saint-Maurice. Roméo poursuit sa marche de santé entre les deux ponts, parcourant l'île Saint-Christophe, où les travailleurs des usines profitent de ce bel après-midi de congé pour taquiner le poisson. Roméo ne trouve pas François, visite à nouveau les Bélanger sur le chemin du retour. Peiné de l'insuccès de ses démarches, Roméo s'en retourne chez lui quand, soudain, l'idée de la vérité frappe son imagination. Pour une personne aussi croyante que sa fille, ceci pourrait être un drame effroyable. Réfléchissant aux conséquences, Roméo ne voit pas arriver les frères Bélanger, tenant fièrement quelques prises dans un sac de papier kraft. Il sursaute quand François le salue.

« J'ai quelque chose à te dire, François.
– Demandez et vous recevrez.
– Pourquoi n'as-tu pas vu Simone au cours des derniers jours?
– J'ai eu un grand mal de dos, monsieur Tremblay. Puis j'ai passé beaucoup de temps à réparer un appareil de radio. Et pour être franc et surtout ne pas vous mentir, on a décidé

de prendre un petit congé, Simone et moi. Pour vivre un peu notre vie de garçon et de fille. Vous savez, je me fais beaucoup d'amis sur les chantiers et les gars veulent que je joue aux fers avec eux, qu'on se paie une petite partie de cartes. De son côté, elle peut sortir avec ses sœurs, ses amies. Ce n'est pas mauvais. Dans la vie, il vaut mieux regarder des deux côtés de la médaille.

– Tu ne me mens pas, François. Tu n'oserais pas me mentir un dimanche, à moi, le père de ta fiancée.

– Non, monsieur Tremblay. Juré craché.

– Toi qui aimes tant les proverbes, François, en voici un qui devrait te faire réfléchir : ce n'est pas à un vieux singe qu'on apprend à faire des grimaces.

– Hein?

– Tu m'as bien compris! Si tu as fait du mal à ma fille, tu vas avoir de mes nouvelles! »

À la maison, l'absence de Roméo a surtout été remarquée par Simone. Les autres croient qu'il est parti dans un coin paisible pour rêver à Jeanne. Simone, déjà nerveuse et irritable, tourne en rond, s'éloignant quand Renée et Carole tentent de l'approcher. Aussitôt Roméo rentré, elle se précipite vers son père, le prend par le bras pour lui poser des questions en secret.

« Oui, je me suis rendu voir François.

– Qu'est-ce qu'il a dit?

– Qu'il viendrait te chercher ce soir pour aller voir un film de Fernandel au Cinéma de Paris.

– C'est vrai? Il a dit ça? Comme je suis heureuse!

– T'as pas beaucoup vécu ta vie de fille, cette semaine...

– Quoi? »

François se présente après le souper des Tremblay, salue tout le monde, mais regarde à peine Simone. Il a donné ce rendez-vous par Roméo interposé pour faire fondre les soupçons du père de famille. Mais en revoyant Simone, avec sa plus belle robe, son cœur l'emporte sur sa raison. Après trois coins de rue, il consent à lui prendre la main. Simone s'accroche à son bras, avec le goût de pleurer, mais est incapable de lui dire quoi que ce soit.

« Il est si drôle, Fernandel. C'est mon comique favori, avec Bach et Georges Milton. Plus il y a de fous, plus on rit.

– Oui, il est si amusant. Tu te souviens, ce printemps, quand on l'a vu dans *Ignace*? »

François se frappe les cuisses et entonne tout de suite la chanson de l'acteur : *Ignace, Ignace, c'est un petit petit nom charmant. Ignace, Ignace, qui me vient tout droit de mes parents.* Simone rit et chante avec lui. Il évoque les scènes amusantes de la caserne militaire où Fernandel cassait tout, sans le vouloir, bien sûr. Puis, le couple parle de Danielle Darrieux et de Michel Simon.

« Mon film favori, c'est *Je vous aimerai toujours,* avec Lisette Lanvin. Peu après l'avoir vu, je t'avais rencontré et tu m'avais fait le même aveu. Y crois-tu toujours, François, malgré ma très grande faute?

– *Angèle* est mon film préféré. D'ailleurs, l'actrice qui tenait le rôle d'Angèle joue dans le film de Fernandel, ce soir. En première partie, il y a un film sur le malade imaginaire, du grand théâtre de l'époque des rois de France. Je ne sais pas s'ils vont passer bientôt un film avec Edwige Feuillère. Elle est si bonne. Tu ne penses pas?

– Oui. Si tu l'aimes, je l'aime aussi. Il y a sûrement un de ses films qui viendra dans les prochaines semaines.

– Qui vivra verra. »

Dans la filée, Simone mordille ses lèvres en attendant que les portes ouvrent. Une voisine du quartier la dévisage de haut en bas; elle examine sans doute sa robe. Mais Simone sent que celle-là sait aussi, surtout après le sermon de monsieur le curé, ce matin. Pendant ce temps, François rigole avec deux compagnons de travail et les invite à regarder le film avec Simone et lui. Elle sent des larmes lui nouer la gorge quand François préfère s'asseoir aux côtés d'un de ses amis, la coinçant entre une grosse femme sentant le mauvais parfum et son autre copain, dont l'odeur aurait besoin de parfum.

Une partie du public boude le pièce filmée de Molière, bâillant, parlant, sifflant, réclamant Fernandel, alors que l'autre moitié demande le silence à grands cris. Simone n'écoute et ne regarde pas. Elle sait maintenant que François la méprise. Cette invitation était sans doute le résultat d'une stratégie de Roméo qui tentait de les rapprocher. Fernandel fait à peine sourire l'auditoire. Pour une rare fois, le comique joue un vilain, aiguiseur de couteaux de son métier, récupérant à son compte une pauvre fille qu'il fait travailler comme une bête. Égarés dans l'arrière-pays provençal, le couple trouve un village fantôme, où habite le seul survivant de ce lieu jadis prospère. La fille quitte Fernandel au profit de cet homme. Elle représente pour lui l'espoir, le renouveau, la fécondité, qualités associées, dans son esprit, à la résurrection de son village, aux moissons à venir et à un enfant qu'il espère, afin de rendre gai ce triste lieu. Malgré les coupures dans la pellicule, accueillies par des huées d'exaspération, Simone devine les scènes pécheresses de cette misérable fille, qui s'est donnée à deux hommes, hors mariage. Touchée par ce drame, Simone espère que François verra en cette fable la force de l'amour véritable, la promesse d'un avenir enchanteur, malgré les fautes contre la religion de cette fille courageuse et bonne. Mais François retient surtout de cette projection que Fernandel n'était pas drôle, qu'on ne l'a pas vu assez souvent. Il en parle avec ses deux amis, et cette conversation bifurque vers les travaux des chantiers. Pendant ce temps, Simone demeure silencieuse devant son verre de limonade. François va reconduire ses camarades jusqu'à leurs portes, étire le temps dans l'espoir que Simone se décide à partir seule.

« Au fond, il n'est pas si mauvais, ce film. À cheval donné, on ne regarde pas la bride.

— C'est une fille très brave, malgré ses péchés. Et l'homme, la terre et le village renaissent grâce à elle.

— Oui, mais par contre...

— François! Cesse de me parler de ce film!

– Quoi? Tu me donnes des ordres, maintenant?
– Dis-moi quelque chose! Arrête de me faire souffrir! Je t'aime tant, François! »

Simone se lance entre ses bras. Il recule un peu, mais à l'odeur de ses cheveux, au toucher de ses mains, François cède et tente de la consoler, du bout des doigts.

« Nous sommes fiancés, François.
– Oui.
– On l'est toujours. Tu as promis de me marier, devant ma famille et la tienne.
– Oui.
– Parle-moi! Dis-moi n'importe quoi! Je sais que tu y as pensé toute la semaine!
– As-tu songé à ta faute, Simone?
– Tout le temps! Et j'ai prié! Prié si fort!
– Bien sûr que je veux de toi, Simone. Mais notre futur mariage est maintenant souillé aux yeux de Dieu. Je dois apprendre à te pardonner. On est toujours puni par où on a péché.
– Ne dis pas une telle chose!
– Je me suis inscrit à une retraite fermée, pour le début de septembre. D'ici ce temps, j'aimerais qu'on se voie moins souvent. Parce que je t'aime et que je te respecte, je veux te donner une chance de te rendre compte comme il faut de ta faute. Moi, j'ai besoin de la clairvoyance d'un prêtre. Je t'assure que mes sentiments pour toi ont peu changé. Mais seulement, ce n'est plus comme avant. Réfléchis bien, Simone. C'est très grave ce que tu m'as fait faire. On ne peut retourner dans le passé, ni faire semblant que ce n'est pas arrivé. Ce n'est que par notre religion que tu pourras être sauvée. D'ailleurs, tu devrais toi aussi participer à une retraite fermée. Aide-toi et le ciel t'aidera.
– Je n'ai pas le temps. Je travaille. Et toi aussi. Tu laisserais ton emploi au chantier pour participer à une retraite fermée? Et les économies pour notre mariage?
– L'argent passe au second plan, dans une situation aussi urgente. Ce que tu viens de me dire là est l'œuvre du démon qui t'habite maintenant.

– Oh, François! Tu sais bien que ce n'est pas vrai!

– Voilà deux fois en une minute que tu me contredis. Le démon, Simone! Le démon! Il est là, en toi! Mais je veux t'aider! Promets-moi d'aller à la messe tous les matins, de te confesser deux fois par jour, de faire brûler des lampions, de prier avec foi!

– Oui, je te le promets.

– On se reverra dimanche prochain. Nous irons à la messe ensemble. Je suis certain que ça va t'aider. Je dois faire un examen de conscience. Et tu dois en faire chaque jour! Mais il vaut mieux laisser passer sept jours. Il ne faut pas mettre le doigt entre l'arbre et l'écorce.

– Je te promets tout ce que tu voudras, François.

– Je vais te reconduire chez toi.

– Tu ne m'embrasses pas?

– Simone... sois sérieuse. T'embrasser serait faire triompher le diable... »

Simone se cache bien de penser que François est parfois trop catholique. Par certains aspects, il lui rappelle sa tante Louise, la future ursuline. François l'imitera-t-elle en devenant frère? Mais Simone est trop contente de savoir qu'il l'aime encore pour trop réfléchir à cette question. À la maison, Roméo attend son retour, persuadé qu'elle va encore pleurer en courant vers sa chambre. Le père de famille a songé à cette question de la « petite avance sur le mariage » que Simone et François ont sans doute prise, comme il arrive parfois à des jeunes trop amoureux. Il a trouvé des arguments pour la convaincre que si la religion condamne cet acte, en réalité, le péché n'est pas si grave quand l'amour fait trop battre les cœurs, bien qu'il ne faille pas en prendre habitude. Mais Simone entre en sifflant un air, le pas léger. Elle fait un saut de chat en voyant son père au salon. Elle s'empresse de lui avouer que Fernandel n'est pas très drôle, mais que le film raconte quand même une histoire touchante sur une pauvre fille. Simone bâille exagérément, en étirant les bras, s'excuse et monte tout de suite vers son lit, laissant Roméo pantois, ses beaux arguments trop bien préparés fondent comme un hiver en été.

Simone fait un peu d'insomnie en réfléchissant aux conseils de François. Elle sera au rendez-vous de la messe de dimanche prochain, ira certes à chaque cérémonie du matin, mais ne s'usera ni les genoux ni les mains sur un prie-Dieu et un chapelet. Le lendemain, Simone sent même que les gens cessent de la regarder. Au *Petit Train,* Maurice la trouve moins nerveuse, plus naturelle, et sans aucun doute plus aimable envers la clientèle de Trois-Rivières. Le mardi passe de façon aussi insouciante. Mais le mercredi soir, Simone a l'horrible pressentiment que d'ignorer les conseils catholiques de son amoureux est peut-être le signe de sa damnation et de la joie de Lucifer. Elle pense de nouveau à la venue du petit bâtard qui pourrait la salir jusqu'à sa mort et lui fermer les portes du ciel, tout en jetant la honte sur ses frères et sœurs nés dans l'honnêteté du mariage.

« Patate que tu m'énerves avec tes larmes! Je vais définitivement demander à Carole de partager sa chambre!

– Comme je suis malchanceuse! Comme je suis malchanceuse!

– Qu'est-ce que tu as, encore?

– Renée! Le démon habite en moi!

– C'est vrai? Combien tu lui demandes d'argent pour la location mensuelle?

– Ne t'approche pas! Je pourrais te contaminer!

– Tu es complètement patate... »

L'oreiller transporté par Simone amortit sa chute dans l'escalier et ne réveille ainsi personne. La jeune fille peut ainsi s'installer en toute paix sur le divan du salon. Elle commence à peine à s'endormir, après plus d'une heure de lamentations discrètes, quand, tel un coup de tonnerre, une révélation la fait sursauter : elle ne s'est pas confessée depuis son délit! Simone remonte à sa chambre à toute vitesse, arrache ses vêtements des cintres de la penderie, sort de la maison sur le bout des orteils et braille tout au long du chemin la menant vers l'église paroissiale. Elle voulait d'abord se rendre dans un autre quartier, honteuse d'affronter le redoutable curé de Saint-Sacrement, mais il vaut mieux parler à son propre pasteur qu'à un étranger. En attendant le lever du soleil et l'ouverture des grandes portes, Simone s'agenouille sur le ciment du perron et ne cesse de prier. Elle se relève quand arrivent les vieilles filles du quartier, la regardant du coin des yeux comme l'atroce pécheresse qu'elles devinent si bien. Polie, Simone les laisse passer. Elle se sent étourdie quand arrive son tour d'entrer dans le confessionnal.

Le curé chuchote les formules d'usage et demande à Simone de lui confier ses péchés. L'hésitation sanglotante de Simone n'émeut pas le prêtre, provoque une légère impatience dans le ton. Simone pense alors aux vieilles filles qui attendent à l'extérieur; si Simone tarde trop, ceci signifiera, pour elles, que l'aînée de Roméo Tremblay a commis de très graves fautes. Voilà pourquoi Simone avoue tout d'un seul trait, incapable de s'interrompre. Le silence du prêtre l'embarrasse énormément et Simone fait un effort surhumain pour ne pas pleurer de nouveau. Il s'avère que François a eu raison : caresser le dos dénudé d'un célibataire, dans un hangar sombre, loin de la surveillance parentale, n'est rien de moins qu'un signe très clair du démon invitant l'homme à la luxure. La femme porte les maux de toute tentation, les Écritures le disent si bien. La faute est très grave et le futur mariage est souillé. Tout comme François le lui a dit! Mais Dieu est bon et sait pardonner aux fidèles sincères. La pénitence pour obtenir son indulgence est cependant colossale. Simone sort la tête basse, puis se cogne contre son père qui tape du pied, avouant à voix forte qu'il en a plein le dos.

« On t'a cherchée partout! Tu pars sans laisser de message! Ta mère est morte d'inquiétude et Renée fait une crise de culpabilité!

– Papa! Pas si fort! Nous sommes dans une église!
– À la maison! Et tout de suite!
– Je dois faire ma pénitence.
– Dépêche-toi!
– Tout de même, papa!
– Comme tu me fais penser à ma sœur Louise... Mais

tu es plus jeune et moderne qu'elle et il y a des choses qu'on va se raconter dans le blanc des yeux, toi, moi, François et ses parents!

– Comme je suis malchanceuse! Comme je suis malchanceuse! »

Les circonstances ne se prêtent pas aux confidences de cœur quand Simone retourne enfin chez elle. La jeune fille ne trouve d'autre excuse à sa fugue qu'une soudaine nuit d'insomnie, le goût de prendre l'air et en profiter pour assister à la première messe de la journée. Mais personne ne la croit. Même le jeune Christian sait parfaitement que sa grande sœur ne va pas bien et fait des cachotteries.

« Papa, je te téléphone pour t'informer que Simone est complètement bizarre et a décidé de jeûner. Elle ne veut pas préparer les repas des clients.

– Dis-lui que c'est péché de ne pas faire son devoir d'employée, Maurice.

– Tu crois que ça va fonctionner? »

Roméo n'a pas à chercher longtemps sa fille, quand elle ne revient pas de son travail. Il se rend à la plus proche église, la tire par la main, insiste quand elle s'agrippe à un banc.

« Ce qui est défini comme péché est dicté par la doctrine de l'Église. La vie, c'est autre chose, Simone. Et l'amour et la nature aussi. Mais puisqu'il faut absolument te parler en terme de péchés, inévitablement celui qui te brouille l'esprit se fait à deux et tu n'as pas à te sentir coupable de façon aussi malsaine, alors que François siffle au travail, comme je l'ai vu ce matin, souriant et m'envoyant la main.

– Je ne comprends rien à ce que tu me dis, papa.

– Mais si, tu comprends! Tu n'es pas une imbécile et moi non plus! »

Simone incline la tête pour mieux essuyer une larme avec le revers de sa main droite, que Roméo saisit pour l'embrasser. Il lui parle d'amour, de la beauté de l'acte d'intimité partagée, donnant naissance à des enfants conçus dans le respect. Il fait sursauter Simone d'effroi en associant même le plaisir à ce dont il ne faut jamais parler. Même sa mère n'a jamais osé lui en glisser un mot. Après ses allusions au désir, le voilà qui l'entretient de plaisir. Effrayée, l'adolescente se demande quel genre de père elle a.

« Pourquoi me dis-tu tout ça?

— Parce que si on ne règle pas cette question tout de suite, tu vas passer le reste de ta vie comme une malheureuse. Ce n'est pas vrai que les femmes sont nées pour souffrir, Simone. C'est entièrement faux. Si l'Église et la société veulent tout rendre malsain, c'est sans doute leur affaire. Mais je ne veux pas que mes enfants soient les victimes de ces machinations de la tristesse.

— Papa, c'est épouvantable ce que tu dis! Tu mets en doute les enseignements de Notre-Seigneur!

— Notre-Seigneur est le père de tous les hommes et de toutes les femmes et il a la bonté de ne pas désirer les voir souffrir. C'est pourquoi il a inventé le pardon. Pourquoi François siffle et toi tu pleures? Je dois le savoir. Raconte-moi tout ce qui est arrivé, tout ce qui te rend si malheureuse. Je suis ton père, ton ami, ton confident.

— Tu m'accuses d'être une fille perdue, papa! Une mauvaise fille! Une fille de rien!

— Mais non, je ne t'accuse de rien, Simone. Je te parle à cœur ouvert, comme je veux que tu le fasses.

— Je n'ai rien fait, papa!

— Ah! voilà un bon point! Si tu n'as rien fait, c'est François qui a alors fait quelque chose qui te déplaît?

— Et si tout à coup c'est Lucifer qui te fait parler?

— Bon! Voilà autre chose... »

Parfois, Simone préférerait s'appeler Sicotte, du nom de famille de sa mère. Les Tremblay sont si libertins. Le grand-père Joseph a souvent tendance à rejeter violemment l'Église et son autorité. Et Simone sait très bien que sa tante Jeanne ne pratiquait pas son culte et qu'elle souffre aujourd'hui de tous les péchés dans lesquels elle s'est vautrée au cours des années 1920. Dans son exil, elle a trouvé le moyen d'avoir un enfant bâtard. Que Roméo lui fasse ces aveux, ces confidences, désire connaître le récit de sa faute est une preuve que son père, malgré ses bontés, n'est pas exempt de tout soupçon, qu'il tient de Joseph et de Jeanne. « Papa ne comprend rien aux jeunes d'aujourd'hui », dit-elle, sachant que François a raison de vouloir qu'elle invoque avec foi le pardon du Seigneur. L'Église, les Écritures, les saints prêtres, le catéchisme, et surtout la leçon à tirer de la tragédie d'Adam et Ève lui prouvent que François a deux fois raison : c'est elle et personne d'autre qui a attiré son amoureux vers le péché d'impureté.

Devant le silence de sa fille, son obstination à refuser d'ouvrir son cœur, Roméo juge que le bon moment n'est pas venu. Il pense en parler à Céline, car une femme, envers sa fille, trouvera sans doute des mots plus justes. Mais Roméo sait que Simone interpréterait cette démarche comme une trahison. Pour gagner sa confiance, Roméo se propose d'être doux et gentil. Peu à peu, Simone se sentira mieux et aura foi en lui. Il pourra alors l'aider à soulager son malaise et lui fera comprendre qu'il n'y a rien de profondément mal à avoir commis ce geste d'intimité.

« J'ai fait tout ce que tu m'as demandé, François.

– C'est la seule solution, ma chérie.

– Je me sens un peu mieux.

– On verra plus clair dans tout ceci après ma retraite fermée. Il faut de la patience. À force de taper sur un clou, on finit par l'enfoncer. »

François ne se sent pas à l'aise à la messe avec Simone à ses côtés. Il observe du coin de l'œil les jeunes couples en fréquentation, ceux qui viennent de se marier, certains avec des bébés ou des jeunes enfants. Le garçon se dit qu'il ne pourra jamais réellement vivre une situation semblable, maintenant que Simone l'a entraîné à commettre ce grave péché. L'après-midi, en se promenant avec elle dans un parc, François a un soudain goût de l'embrasser. Il s'ennuie de sa douceur, de sa chaleur, de son odeur. Mais si tout à coup Simone lui ment à propos de cette paix qu'elle commence à ressentir? Et si Dieu ne lui a pas pardonné? Simone pourrait être tentée de recommencer. Et qui sait? Maintenant que le diable l'a conquise, elle pourrait pécher avec un autre que lui. Simone comprend ses doutes. Ils décident de ne plus se voir jusqu'au départ du jeune homme pour sa retraite fermée. Cette absence permettra à Simone de prier avec plus de calme, loin des tourments que la fréquentation de François pourrait faire renaître. Il lui jure de l'aimer toujours, mais, après cet aveu, l'arrête de la main quand une pulsion sauvage et primitive la pousse vers ses bras. Chaque soir, Simone revient à la maison en disant à Roméo qu'elle vient de passer une belle soirée avec François au parc Champlain, à la terrasse Turcotte, au Cinéma de Paris. Le père sent, en effet, que sa fille semble mieux se porter. En réalité, Simone s'enferme dans toutes les églises de la ville pour prier, déjà honteuse de tant mentir à Roméo.

« J'ai appris que François a quitté le chantier du parc Saint-Philippe.

– Oui. Il est parti en retraite fermée.

– Pourquoi? Tout allait bien pour lui. Il devenait un excellent maçon.

– Tout catholique doit participer à une retraite fermée pour le salut de son âme. D'ailleurs, je vais l'imiter.

– Et vos économies pour votre mariage?

– Chaque chose en son temps, papa. »

Le sacrifice est une saine solution pour grandir l'âme, éclairer les sentiments. Il faut s'assurer qu'ils sont véritables et qu'ils pourront s'épanouir sainement dans le mariage, malgré la terrifiante faute de la femme. François a promis à son confesseur de la retraite fermée de ne pas toucher à Simone pendant une année. S'il résiste à l'envie, si elle l'imite et n'est pas tentée de faire fructifier sa tache chez un autre, alors cet amour sera lavé de tout soupçon et saura se manifester divinement dans le sacrement de mariage. Voilà la seule solution proposée par la réflexion de François et les bons conseils du prêtre. Roméo ne remarque rien de particulier au cours de l'automne, sinon que Simone a été très tranquille. Elle a même un visage serein et ne passe plus son temps à pleurer pour tout et rien. Quand François vient souper à la maison, il se montre aimable envers tout le monde. Le jeune couple se regarde avec tendresse et affection.

En novembre, François oublie ses grands principes et accepte de travailler pour les Anglais, à l'usine de pâtes et papiers de la Wayagamack. Les patrons ont pris bonne note des ouvriers vaillants qui se sont illustrés aux grands chantiers de Duplessis. Cette décision laisse entrevoir à Roméo qu'il pourrait peut-être marier sa fille en 1939. François invite Simone au Cinéma de Paris pour fêter l'événement. Après, au restaurant Christo, ils parlent de grands projets, sans prononcer le mot amour, sans évoquer la soirée fatidique d'août dernier qui les a plongés dans cet abîme démoniaque. Lentement, un nouvel amour naît, sans déclarations émotives, sans gestes déplacés, sans rien de scabreux.

Ce n'est qu'à Noël que Roméo remarque que Simone et François ne se touchent pas. Le cas est plus flagrant à la fête du premier de l'an, quand François refuse de donner à Simone le simple baiser de bonne année. Seule la confidente Renée sait que Simone n'a à peu près pas cessé de pleurer depuis la fin de l'été. Roméo voulait débuter la nouvelle année sur un bon pied, mais il a eu surtout le goût de courir jusque chez François, l'empoigner par le cou et le frapper comme un sac de sable.

Janvier à mai 1939
De la moutarde dans le hot-dog de ma vie

Roméo garde un souvenir blessé, mais tout de même heureux, de cette même époque il y a vingt ans. La Grande Guerre était terminée mais avait emporté pour l'éternité son frère Adrien, dont il s'ennuie encore. L'épidémie de la grippe espagnole avait fauché sa mère et son jeune frère Roger; ces deux décès avaient terrassé son père Joseph. Roméo croit que les maladies de mémoire dont souffre aujourd'hui le vieillard sont une conséquence de ces drames.

À l'opposé de ces souffrances, Roméo était enfin libre de vivre avec Céline, épousée en 1914, peu avant son départ pour cette guerre cruelle. De retour chez lui, en 1915, suite à sa blessure au combat, Roméo avait passé le reste du conflit à se faire soigner, puis à courir les grands chemins, tel un vagabond, un quêteux, afin de cacher les conscrits. Il n'avait presque pas cohabité avec sa Céline, ayant peu vu grandir son fils Maurice. Enfin près de son épouse et de son garçon, Roméo en avait profité pour réaffirmer son grand amour pour Céline en déposant confortablement dans son doux nid le germe qui deviendrait Simone, au cours de l'été 1920. Roméo aimait mettre ses mains sur le ventre de sa femme pour sentir le bébé. Il désirait alors profondément que cet enfant soit une fille, d'une part pour compléter le couple avec Maurice, et d'autre part parce qu'il a toujours été attaché aux petites filles, en souvenir de sa propre enfance aux côtés de Jeanne.

C'était la paix, il y a vingt ans. Une paix si douce, si cruellement acquise au prix de nombreux sacrifices humains inutiles. Et voilà que ces fascistes européens veulent recommencer, menaçant peut-être ses garçons Gaston et Christian, son futur gendre François. Après l'Autriche, Hitler a annexé la Tchécoslovaquie, dont la résistance ne fera pas le poids devant la puissance militaire nazie. En Allemagne, les Juifs, dépossédés de tout, sont sujets à de sauvages attaques de la part d'une population endoctrinée par la haine de ce fou furieux. Des assassinats ont lieu au nom de la philosophie d'Hitler. Les enfants juifs n'ont plus le droit de fréquenter l'école, les adultes professionnels, médecins ou grands hommes de science, ne peuvent plus exercer leurs nobles métiers. Et voilà qu'Hitler veut les évacuer complètement du sol allemand et de ses territoires conquis. Tout ceci pendant que les fanatiques de Mussolini s'apprêtent, il n'y a aucun doute, à piller quelques contrées au nom de leur idéologie d'intolérance. Or, la France est si proche de tous ces pays...

Si Jeanne a répondu très brièvement, depuis juin dernier, aux lettres répétées de Roméo, il vient de recevoir une missive qu'il n'attendait vraiment pas. La voisine de Jeanne écrit à Roméo pour lui demander de l'aide financière parce que Jeanne, malade et plus que souvent ivre, n'arrive pas à nourrir convenablement sa fille Bérangère, dont cette voisine s'occupe très souvent. Dès cet instant, la décision de Roméo est irrévocable : il doit se rendre à Paris chercher Jeanne et l'enfant! À l'image de ce monde prêt à exploser, la sœur de Roméo a connu la prospérité, l'insouciance, la crise, la déchéance et s'apprête à s'enliser dans l'éternité, à cause d'une guerre que Roméo imagine, avec frissons, plus dévastatrice que celle qui a apporté tant de malheurs aux siens.

Avec en tête les meilleures raisons du monde, Roméo explique à sa famille son devoir de grand frère qu'il accomplira, malgré l'opposition dont il a été l'objet depuis quelques années. Mais face aux protestations à peine polies de Céline, les arguments de Maurice et même du jeune Gaston, Roméo se sent encore contraint de choisir entre sa famille et sa sœur. De plus, Christian, son plus jeune, est de nouveau malade et a besoin de la présence de son père. Ainsi, les jours suivants, quand Simone descend se coucher sur le divan, elle croise souvent son père, aussi démoralisé et vide qu'elle.

« Et toi? Tu n'en penses rien?

– Je pense que s'il y a une si grande menace de guerre,

tu serais un peu fou de nous abandonner pour te rendre là-bas. Envoie de l'argent et demande-lui de venir. C'est plus simple.

– Je dois aller la chercher! Je dois lui toucher, la prendre dans mes bras, la consoler avec autant de force que tu refuses de toucher François!

– Mais que vas-tu inventer là?

– Cette crise platonique doit cesser, Simone. Tu te rends malheureuse! François, je l'aime bien, mais je commence à croire qu'il rend ta vie misérable. Tu es encore jeune et belle, et je suis certain que d'autres garçons, un peu plus sains d'esprit, pourraient te plaire.

– Papa! C'est cruel et impardonnable ce que tu me dis là! Tu ne comprends rien! Tu ne m'aimes pas! Je l'ai toujours su! Tu n'aimes que ta sœur! Et après ces paroles affreuses que tu viens de me dire, tu... tu... je ne t'aime plus! »

Simone monte à sa chambre d'un pas ferme et descend aussitôt, en ratant trois marches, se cogne contre la porte d'entrée et dit adieu pour toujours à son père. Roméo regarde par la fenêtre, pour la voir se relever, après avoir glissé sur une plaque de glace. Avec cette température verglaçante, en ce début de nuit, avec le peu d'argent qu'elle a dans son sac à main, Roméo sait que l'adieu éternel de Simone se terminera demain matin. Il téléphone chez Maurice pour lui signaler que Simone va probablement arriver au *Petit Train*, transie, dans quinze minutes. Roméo demeure au salon, se sentant coupable d'une grande bourde, se convainquant qu'il a peut-être agi maladroitement avec Simone. Mais si la méthode n'a pas été parfaite, il persiste à croire à la véracité du fond : François rend la vie de Simone impossible. Au matin, il appelle Maurice pour lui demander si Simone a bien dormi. Il assure son père qu'elle est partie très tôt pour la première messe de la journée. Roméo se rase, fait sa toilette, déjeune au cœur du silence imposé par le regard de Céline, va embrasser Christian en lui disant de bien se soigner, puis part vers son travail, le cœur de plus en plus vide face à son métier.

Ce matin, Roméo parle à son patron de la possibilité

d'un congé de deux mois pour ce voyage en Europe, lui promettant en retour une série d'articles sur le quotidien des Français, devant la menace d'une guerre. Ce n'est pas trop le bon temps, répond le patron, à cause de toute l'actualité déferlant sur Trois-Rivières et ses grands travaux des chantiers. Quand son supérieur lui demande la vraie raison de ce voyage, Roméo répond vaguement qu'il a le goût de changer d'air, sachant qu'il trouverait ridicule l'idée d'un homme de quarante-quatre ans s'en allant dans cette Europe menacée pour protéger sa sœur de trente-six ans. Tournant le fer dans la plaie, le patron ordonne à Roméo d'adapter quelques articles anglais, à propos de la situation européenne.

Que de mots vides, de formules prévisibles et de grisaille dans l'écriture de Roméo! Son dernier roman, de 1935, présentait déjà cette lourdeur de l'âme. Depuis, il n'a pas composé une ligne, ses seules créations étant des contes pour enfants qu'il offre à Christian pour l'endormir et le consoler. En début d'après-midi, Roméo passe par *Le Petit Train* pour offrir des excuses à Simone, mais celle-ci va se réfugier dans la cuisine quand elle le voit pousser la porte d'entrée. S'il fait un pas de plus, Simone va peut-être le menacer avec une fourchette. Ce qui reste de mieux à faire est sans aucun doute de parler d'homme à homme avec le coupable. Pour tenter cette approche, Roméo profite de la chance de voir François cloué au lit, après avoir échappé un coffre à outils sur son pied gauche. Mais, de toute évidence, Simone avait profité de sa matinée pour le visiter et lui avouer que son père désire qu'il la quitte.

« Je l'aime, votre fille, monsieur Tremblay! Je l'aime plus que moi-même! Jamais je ne la quitterai! Nous sommes faits l'un pour l'autre! Elle est ma fiancée et je vais me marier avec elle aussitôt que ma situation financière le permettra.

– Comme c'est romantique...

– Si vous aviez passé la crise à manger de la soupe claire et à partager un logement de cinq pièces avec plus de vingt personnes, vous sauriez que les finances sont aussi importantes que l'amour! Rien ne sert de courir, il faut partir à point.

– Si tu aimes tant Simone, embrasse-la! Passe tes mains dans ses cheveux! Donne-lui un bec dans le cou! Prends-la par la taille!

– Mon amour pour Simone est pur, monsieur Tremblay.

– Et ma fille est impure?

– Oui! Non! Non, je veux dire non! Vous me faites dire n'importe quoi!

– Si tu n'embrasses pas ma fille, je vais te casser l'autre pied!

– Quel genre de père êtes-vous donc?

– Et quel genre d'amoureux es-tu?

– Cœur content soupire souvent. »

Comme pour chaque fête, Simone dessine des cartes. La Saint-Valentin de cette année sera-t-elle aigre-douce pour elle? Est-ce que François poussera son sacrifice à ne pas lui faire de cadeaux en cette célébration des amoureux? Simone découpe des cœurs de carton rouge, dessine des chérubins tendant leurs arcs vers garçons et filles. Elle y ajoute des souhaits où l'amour rime avec toujours. Elle envoie des cartes même à ceux et celles qui ne sont pas amoureux.

Au Cinéma de Paris, François et Simone vont voir Annabella et Danielle Darrieux dans deux drames d'amour, alors qu'on annonce pour la fin de semaine prochaine le premier long métrage de la chanteuse Lys Gauty, dont Simone aime tant les mélodies langoureuses. Valentin gazouille entre les murs de l'édifice de la rue Saint-Maurice. Simone voit, à ses côtés, un garçon profitant de l'obscurité pour prendre les mains de sa compagne. Loin de protester, elle soupire, alors que les violons bouleversent le cœur de Danielle Darrieux. Ils se diront sans doute « Je t'aime » à la fin du film, si jamais le garçon n'a pas osé, en faisant semblant de bâiller, passer son bras autour du cou de l'espérée. Peut-être qu'ils s'embrasseront comme dans le film. Le baiser sera-t-il bref, très doux, passionné? Elle verra de près l'épiderme du prétendant, constatera qu'il a un minuscule grain de beauté près de l'œil droit. Simone n'en peut plus des tragédies que doit endurer Danielle Darrieux, de l'injustice qui lui est faite. Elle sort de son sac à main un mouchoir, le plie sur le bout des ongles pour essuyer, à petits coups, des larmes discrètes. Il y a un an, François l'aurait prise par le cou en lui disant : « Ne pleure pas, je suis là, ma chérie. » Maintenant, il garde ses mains bien jointes sur son ventre. En voyant tous ces couples de la salle oser un geste affectueux, Simone se sent idiote de savoir que son fiancé, son véritable fiancé, continue sa croisade de pureté le jour de la Saint-Valentin. Mais Simone sait aussi que si elle succombe, se lance vers ses bras en lui tendant les lèvres, François interprétera ce geste comme un signe du démon le faisant trahir sa promesse à Dieu.

« Quels beaux films d'amour!

– Oh oui...

– Peut-être qu'on devrait abuser et venir entendre et voir Lys Gauty samedi.

– Oh oui!

– Bon! La question est réglée! On se paie un casse-croûte au *Petit Train*? L'amour, ça creuse l'appétit, et où il y a de la gêne, il n'y a pas de plaisir. »

En entrant au restaurant, le juke-box agace François en faisant entendre des airs américains, alors que deux amies de Renée dansent comme dans une comédie musicale de Hollywood. François fait un geste d'impatience, fatigué d'essayer de convaincre ces jeunes du danger de perdre leur langue et leur foi en écoutant du jazz et des crooners, en se pâmant devant tous ces films américains au Capitol. Simone regarde d'un mauvais œil une grande copine de Renée, l'ayant déjà surprise dans un autobus à parler de François et elle comme d'un couple de scrupuleux endurcis. En réalité, voilà peut-être ce qu'ils sont devenus. Mais Simone n'avait pas aimé le ton moqueur de cette fille élancée aux cheveux ondulés. Bref, le sérieux de leur amour, de leur but de mariage, de leur attitude trop sage les rend vieux aux yeux de ces adolescentes bruyantes, qui n'ont pourtant que deux ou trois années de moins que Simone.

Frivole, audacieuse et débordante d'idées, Renée ne semble penser qu'à s'amuser, même avec les garçons. La voilà amoureuse, prétend-elle. L'aventure dure depuis trois semaines, et si Renée parle abondamment de ce chevalier à Simone, personne dans la famille Tremblay ne l'a encore rencontré. Ce ne sont pas des fréquentations très sérieuses, de se dire Simone, tout en conseillant sa jeune sœur pour que ce flirt demeure convenable. Renée se dit folle d'amour pour ce Peter, parce qu'il ressemble à Cary Grant, raison suffisante pour faire battre son cœur. Simone, la seule à l'avoir vu, persiste à l'appeler Pierre, bien que Renée insiste pour le nommer en Anglais, car ça fait plus cinéma. Et si tout à coup le Lionel Groulx de François a raison? Que les Canadiens français perdent leur langue et leur religion à tant aimer les Américains? François a toujours raison. Voilà pourquoi Simone est heureuse, ce soir, de voir Renée avec son jeune amoureux. François pourra le juger, donner son opinion à Simone, qui s'empressera d'en parler à Renée. Des conseils de grande sœur ne se refusent pas.

« Frank, voici Peter, mon *darling*. Il est beau en patate, hein?

– Je suis François Bélanger, jeune homme. Et tu es... Pierre?

– Peter! Peter Roberge!

– Tu n'es pas fier d'être canadien-français? Il faut se méfier des Anglais. Qui s'y frotte s'y pique.

– Se méfier des Anglais? Ils font de bien meilleures *motion pictures* et leurs orchestres sont tellement swing. Pas vrai, *sweetheart* Renée?

– That's right in potato, Peter! »

François, après quinze minutes en compagnie du garçon, est catégorique : ce Pierre est un mauvais exemple pour Renée. Il est un aventurier cherchant à profiter de la naïveté de la sœur de sa fiancée. Le devoir de Simone est de la prévenir du danger. Simone écoute religieusement les recommandations de François, admirative devant sa sagesse et ayant tellement le goût de se jeter dans ses bras pour le remercier. Évidemment, avant le coucher, Renée trouve bien ridicules les propos de Simone. Elle lui reproche de ne pas avoir sa propre opinion, de répéter tout ce que François lui dit. Renée effraie sa sœur en lui décrivant en détail la façon dont Peter l'embrasse. Simone est surtout étonnée de se rendre compte que les baisers de cet amoureux sont beaucoup plus sobres que ceux que François lui prodiguait.

« Ne le laisse surtout pas te toucher.
– Me toucher?
– Tu sais ce que je veux dire.
– Pour quel genre de fille me prends-tu? S'il ose, je vais lui transformer le nez en grosse patate! »

Peter est présenté à la famille Tremblay le dimanche suivant la Saint-Valentin. Il entre à la maison en riant, administre une amicale tape dans le dos de Roméo et embrasse Céline, alors que Renée sautille autour de lui en joignant les mains. Il offre à Renée une boîte de chocolats en forme de cœur, puis donne des fleurs à Céline. Renée se fait lever de terre par lui afin qu'elle puisse atteindre ses lèvres. Roméo trouve cette scène amusante. François n'apporte ni fleurs ni chocolat à Simone, comme il avait l'habitude de faire. Il donne comme excuse que la Saint-Valentin est une fête païenne et américanisée, une simple occasion pour vendre des produits dont les véritables amoureux n'ont pas besoin pour exprimer sainement leurs véritables sentiments. Roméo fait cadeau de fleurs à Céline et à chacune de ses filles. Pendant le souper, entre deux bouchées, Peter bécote Renée, qui répond par des ricanements à répétition, comme une Betty Boop trifluvienne. François trouve ceci très vulgaire et note vite la joie trop amusée de la jeune Carole. Il pense alors que le péché d'Ève de Simone est peut-être typique des filles de cette famille au père si libertin. Bientôt, Carole et Renée feront pécher un brave garçon. Au salon, Peter amuse la galerie en imitant Bing Crosby. Il chante des « I love you » en tenant Céline par la main. Roméo, de bonne humeur à cause de ce bouffon, siffle un vieil air romantique en prenant Simone par la taille. Il termine sa roucoulade par un bécot sur les lèvres de sa fille, ces gestes se voulant, bien sûr, un clin d'œil à François. Celui-ci apprécie vraiment peu les propos et les attitudes du père de Simone, depuis quelque temps.

Il est un mauvais père. Si Simone l'a fait fléchir, c'est que Roméo n'a probablement pas su l'élever comme il faut. Quand il sera marié avec Simone, François saura redresser cette situation pour que ces mauvais exemples ne se propagent pas chez leurs propres enfants.

« Si je ne t'ai rien acheté, ce n'est pas parce que je ne t'aime pas, ma chérie. En réalité, chaque journée est une Saint-Valentin pour moi. Et puis, il vaut mieux économiser pour notre mariage que de dépenser en futilités. Du chocolat, tu peux en manger tous les jours au *Petit Train* et il y a des fleurs partout dans la cour de ta maison. Je suis désolé, car je sais comme tu aimes les fêtes. Mais on ne peut pas plaire à tout le monde et à son père en même temps.

– Oui, je comprends. Tu as raison, François.

– Mais comme cadeau, je te répète que je t'aime, que je t'aimerai toujours avec tout mon cœur, ma chérie.

– Oh! François...

– Quand ma pénitence sera terminée, quand ton horrible faute sera vraiment purgée et pardonnée par Dieu, comme recommandé par le saint prédicateur de ma retraite fermée, tu verras que notre baiser sera bien plus beau, plus sincère que tous ceux que je t'ai donnés avant. La loi de Dieu, c'est la loi de Dieu.

– Oui, c'est vrai. Merci, François.

– Et soit dit en passant, je te conseille de parler très sérieusement à Renée à propos de ce gigolo vendu aux Anglais. C'est ton devoir de catholique et de sœur aînée, puisque ton père ne le fait pas. Un bon avertissement en vaut deux.

– Mon père? Tu penses que mon père nous élève mal?

– Ton père ne pense qu'à sa sœur Jeanne et à lui-même, tu le sais très bien, ma chérie.

– François! Je ne te permets pas de juger mon père!

– Comment? Tu te mets en colère? N'ai-je pas toujours raison?

– Oui... Excuse-moi, François... »

Simone monte se coucher en boudant un peu : même si

François a raison, il n'est pas très gentil d'insulter Roméo. Dans la chambre, Renée flotte en dansant avec une vieille poupée; elle lui chante l'amour et toutes ses couleurs. Son bonheur, sans doute superficiel, fait sourire Simone. Elle aurait aimé que François la lève de terre pour l'embrasser. Et après tout, elle sait que Renée, haute comme trois pommes, n'a pas toujours eu beaucoup de succès avec Cupidon. Quand Simone traverse dans son lit, Renée lui lance : « Ne viens pas encore me faire la morale! » Simone trouve cette remarque blessante. Se rendant compte de sa gaffe, Renée donne un baiser sur la joue de sa sœur. Simone est enchantée par ce geste affectueux.

« C'était drôle, quand vous vous êtes frotté le nez. Qu'est-ce que c'est, ce geste? Tu as vu ça au cinéma?

– C'est un baiser esquimau.

– C'est vrai? Les Esquimaux s'embrassent avec le nez? Qu'est-ce que ça fait?

– Ça chatouille et c'est rigolo.

– Et quand Pierre t'embrasse pour vrai? Raconte-moi encore comme c'est doux!

– Patate! Hier, tu me mettais en garde!

– Je veux savoir, Renée! »

Les discours romantiques des deux sœurs sont interrompus par les pas rapides de Roméo qui descendent jusqu'au salon. Simone n'a plus le goût de pleurer en duo avec lui. Elle sait très bien que sous le prétexte de la Saint-Valentin, Roméo a probablement encore parlé de Jeanne à sa mère et que celle-ci s'est fâchée.

« Il l'aime, tu sais. Plus qu'un frère aime sa sœur. Et tu te souviens comme elle l'aimait? C'était si beau de les voir ensemble! Il faut que papa aille la chercher! J'ai si peur de cette guerre... Si elle nous enlevait tous nos garçons, nos futurs maris? Si elle nous faisait perdre notre tante Jeanne?

– Tante Jeanne n'a toujours apporté que des problèmes à notre famille.

– Non, Simone! C'est une femme extraordinaire! Quel

culot, quelle soif de vivre, quel talent de peintre! C'est parce que Jeanne n'est pas comme tout le monde qu'elle fait peur. Elle nous est supérieure en tous points.

– Arrête d'exagérer.

– Papa est malheureux loin d'elle. Et je sais que le contraire est vrai. La crise économique est finie, Simone. Beaucoup de gens ont recommencé à travailler. On reçoit plus de clients au *Petit Train* et François s'est trouvé un emploi. Plus de crise! La seule qui continue est celle de papa au sujet de Jeanne. Sans oublier la tienne.

– La mienne? Je ne suis pas en crise!

– Quand on aime comme tu aimes, on embrasse, on étreint. Je ne sais pas pourquoi tu fais tout ceci, mais je suis certaine que ça vient de lui.

– Je ne fais rien, Renée.

– Patate! Cesse de me prendre pour une idiote! »

Simone ne sait trop pourquoi elle raconte le terrible secret à sa jeune sœur. Peut-être qu'après toutes ces années à partager cette chambre, Simone et Renée sont plus de véritables confidentes que des sœurs. Renée est ébranlée par l'aveu. Elle sait que ces choses ne se font pas hors mariage, qu'ils ne sont pas dignes d'un grand amour. Mais elle n'en fait pas la remarque à Simone, de peur de la blesser davantage.

« Mais c'est lui qui a tout fait. Pas toi.

– Ce sont les femmes qui portent la tentation.

– Patate! On croirait entendre tante Louise et ses sermons de vieille fille! Non, ce n'est pas toi! C'est lui!

– Et pourquoi je ne l'ai pas arrêté immédiatement, comme toute bonne fille se doit de le faire, sinon que le mal en moi me poussait à l'encourager à continuer?

– Cesse de parler ainsi, tu me fais peur!

– J'ai si honte de t'avouer tout ça... Moi qui suis maintenant si sale et qui partage ta chambre. Quel mauvais exemple je te donne!

– Mais c'est épouvantable de t'entendre, Simone! Ce n'est pas toi! C'est lui! Et il est un patate d'imbécile de te priver d'un simple baiser, par mortification morbide!

– Pourquoi je t'ai parlé de tout ça... Comme je suis malchanceuse! Comme je suis malchanceuse! Jure-moi que ce sera un secret, Renée.

– Je te le jure. C'est certain qu'il ne faut pas l'ébruiter. Mais je te jure aussi que je vais te casser ta patate de tête chaque soir pour te convaincre que tu n'as rien fait et que François te traite injustement!

– Non, Renée. Jamais. François a raison. »

Le long hiver se termine. Le printemps, ses bourrasques et ses promesses, arrive au cœur de la grande peine d'amour de dix minutes de Renée. Elle a quitté Peter suite à une grave dispute : il prétendait que Fred Astaire ne sait pas danser. Simone a ri comme une folle de l'anecdote, assommant Renée avec son oreiller, sautant sur le lit comme une gamine, vite imitée par Renée, étouffée d'un fou rire continuel. Le printemps fait aussi sortir les couples et les rend plus attrayants que jamais. Et Simone, maintenant endoctrinée par les séances répétées de Renée, commence à trouver les odeurs de sainteté de François bien énervantes. Simone pousse l'audace jusqu'à se rendre en discuter avec un jeune vicaire, ne lui avouant seulement que le conseil donné à François par ce prêtre de la retraite fermée : un amour devient plus propre, en attendant le mariage, quand le garçon et la fille ne se touchent pas. Ce vicaire dit à Simone que c'est là un principe très exagéré, trop radical, qu'un amour sans saine affection, dans le bon sens des convenances catholiques, est comme un hot-dog sans moutarde.

« Je vais mettre de la moutarde dans le hot-dog de ma vie, Renée.

– Quoi?

– La vie est un hot-dog. Non assaisonné, il est un peu fade, sec, et donne des brûlements d'estomac.

– Je pense plutôt que la vie est comme une patate frite sans sel.

– Si tu préfères. »

À la première occasion, quand Simone tend la main vers

François, il recule comme un diable devant une fontaine d'eau bénite. Et il recommence immédiatement à lui tenir un discours lui indiquant que le Malin triomphe du Bien, par ce geste qui brise une promesse faite à Dieu. Simone l'écoute distraitement, en penchant la tête, et, doucement, sa détermination fond devant la logique des arguments de François. Il conclut qu'ils devraient éviter de se voir pendant un mois pour effacer cette tentation satanique. Simone va réfléchir à l'église, passe la semaine suivante à prier, n'écoutant pas les conseils de Renée, croyant même que le diable a infiltré le cœur de sa jeune sœur pour essayer de la faire succomber. Et le vicaire, dans cette histoire? Simone l'avait oublié. Quand il surgit de ses souvenirs, Simone sursaute et pense à nouveau moutarde. Un midi, au *Petit Train,* Simone fait exprès pour servir un hot-dog sans assaisonnement. Le client croque, puis cesse tout de suite de mâcher et claque des doigts vers Simone pour lui signaler son oubli.

« Je m'excuse, monsieur. Je suis étourdie.

– Ce n'est pas grave. Vous me mettez de la moutarde, puis des oignons.

– C'est bien meilleur ainsi. C'est comme la vie. »

Revigorée par ce retour de la confiance, Simone se dit qu'elle pourrait la perdre dès qu'elle reverra François. Les jours défilent sur le calendrier, lui prouvant avant tout jusqu'à quel point elle aime François; mais elle ne pourra vivre tout ce temps près de lui en étant si soumise. François a des idées du siècle précédent, se dit-elle.

Son optimisme revenu, Simone doit vivre confrontée aux humeurs massacrantes de son père. Renée lui a avoué que Roméo s'est rendu voir François à nouveau pour qu'il cesse ces enfantillages. Simone est touchée par l'attention que son papa lui porte. Le père de famille se sent encore gêné par cette proposition de chercher un garçon un peu plus sain d'esprit. Un soir, sans que Simone y réfléchisse, les circonstances l'y emmenant, elle raconte tout à son père. Roméo est content d'avoir la confirmation de ses doutes. Comme Renée, il insiste pour signaler que Simone n'a rien fait, n'a pas à se sentir coupable et que si Ève vivait à Trois-Rivières en 1939, elle téléphonerait à Adam pour qu'ils se rendent danser le boogie woogie et voir un film américain, sans que Dieu le père s'en offusque.

« Toi, papa? Est-ce que tu as fait un tel péché avec maman lors de vos fréquentations?

– Non. Mais j'avais touché à quelques reprises son corsage. Céline n'avait pas eu peur. Elle s'était confessée à chaque occasion, mais revenait vite me voir pour que je l'embrasse et la prenne par la main.

– Maman s'est laissé faire...

– Mais oui. Et le soir de la nuit nuptiale, je peux t'assurer qu'elle avait autant hâte que moi. Après des fréquentations de plus de cinq ans, tu comprends... Te dire que la chose aurait pu arriver avant est tout à fait vrai. Mais, par respect, jamais je n'aurais accusé ta mère de m'avoir tenté. L'excuse de François est égoïste, Simone. Il s'en lave les mains et jette toute la faute sur toi, alors que c'est bel et bien lui qui a profité de cet instant dans le hangar. Un couple, Simone, doit partager, dans la souffrance comme dans le bonheur. Je ne suis pas supérieur à ta mère et elle n'est pas supérieure à moi.

– Je comprends, papa.

– Tu comprends vraiment?

– Oui. Ou il m'embrasse, ou je le quitte! Ou on partage, ou il entre chez les frères!

– Même chez les frères, François serait un peu démodé.

– Je n'ai pas honte, papa. François a tout fait pour que la honte me fasse perdre la raison. Mais je crois que c'est terminé. Si on veut continuer notre amour jusqu'à notre mariage, il faudra qu'il me respecte davantage, qu'on partage tout, sinon, je suis bien prête à souffrir d'une peine d'amour. Car je l'aime vraiment, cet idiot, papa.

– Je suis content que tu l'aimes. Tu es ma grande fille, le petit bébé que je désirais tant, voilà bientôt vingt ans. Et quand je mettais mon oreille sur le ventre de Céline, j'étais émerveillé en entendant cette petite Jeanne et... Excuse-moi, Simone... Ça m'a échappé...

– Va la chercher, papa! Et vite!

– Ta mère ne veut pas. Je ne veux pas déplaire à Céline. C'est ce que je veux dire par le partage, même dans la souffrance.

– Maman agit tout comme François en t'empêchant de partir! Et c'est mal! Va chercher tante Jeanne! Je le veux! Et Renée le désire aussi! Et laisse-nous deux semaines, et je te jure que c'est maman elle-même qui va te le demander, et tous ensemble, Renée, Carole, Christian, Gaston, Maurice, grand-père Joseph et moi, allons aider maman à préparer la chambre de tante Jeanne et de sa petite fille.

– Non, Simone... À quoi bon?

– On va mettre fin à toutes les crises! Si l'Europe veut se déchirer, personne d'entre nous ne veut souffrir des grands malheurs qui vont te torturer si les Allemands s'emparent de Paris et de tante Jeanne. Je n'ai plus honte de ce que François et moi avons fait! N'aie pas honte d'aimer ta sœur! Va la chercher! Mets un peu de moutarde dans le hot-dog de ta vie!

– Qu'est-ce que tu me racontes là?

– Papa, plus jamais je ne serai malchanceuse! Comme je suis chanceuse! Comme je suis chanceuse! »

Au début de mars, François se fait toucher par Simone en recevant un coup de poing dans le ventre. En se penchant, suite à cette agression surprise, il ne voit pas les mains de Simone foncer vers sa chevelure et ses lèvres attaquer les siennes. Après le choc initial, François conclut que le démon a vaincu. Simone se bouche les oreilles. En colère, il l'accroche violemment par la main pour lui demander de l'écouter. Mais Simone répond « Non! » comme jamais une semblable exclamation n'a été criée. Il entreprend sa crise pendant que Simone vient de vaincre la sienne. Quelques semaines plus tard, il revient sonner à la porte de Simone, lui prend les mains comme si jamais Dieu et le diable n'avaient existé.

« Je te dérange?

– Entre quand même.

— Tu fais du ménage?

— Gaston va maintenant coucher dans la chambre de Christian, et ma tante Jeanne et sa fille Bérangère vont prendre celle de Gaston. Maman et moi nettoyons tout comme il faut pour bien accueillir tante Jeanne.

— Oh! ton père va donc aller la chercher?

— Il le faut, François. Il le faut. Nous devons vivre heureux, maintenant que les temps difficiles sont terminés.

— Ta tante sera contente. Rien ne vaut la douceur d'un foyer.

— Grimpe dans l'échelle et va laver les fenêtres extérieures.

— Quoi? Tu me donnes des ordres, maintenant?

— Grimpe dans l'échelle et va laver les fenêtres extérieures.

— Ce que femme veut... »

Au quai de la gare de Trois-Rivières, Céline, le patriarche Joseph et les enfants Tremblay envoient la main à Roméo, tenu par chaque bras par Renée et Simone. Derrière, François regarde avec curiosité cette minuscule amie de Renée, surnommée Sousou. Dans le train, ces quatre jeunes n'ont pas le temps de placer un mot, noyés sous le fleuve de bonheur exprimé par Roméo. La veille, il a reçu une carte de France, avec la simple indication : « J'ai très peur, Roméo. Pas pour moi, mais pour Bérangère. Aide-nous, Roméo. J'ai besoin de toi. » Roméo a enfoui le message dans sa poche, sans le regarder une seconde fois. Il n'avait plus besoin de ces quelques mots pourtant si souhaités et rêvés. Au port de Montréal, où attend le grand paquebot, Simone et Renée embrassent leur père, lui souhaitent bonne chance et lui recommandent la prudence. En montant le long escalier, Roméo se retourne pour les regarder, essuie une larme en constatant qu'il a de bons enfants et se sent honteux de les avoir parfois négligés.

« Bon! On profite de cette visite dans notre métropole pour aller à l'Oratoire Saint-Joseph?

— Non. Renée et moi, on a décidé de dépenser dans les magasins de la rue Sainte-Catherine.

– Puis on ira voir le nouveau film de Cary Grant. Patate qu'il est beau! Pas vrai, Sousou?

– Oui, pour être beau, il est beau.

– Écoutez-moi une petite seconde, les filles. C'est bien épouvantable d'être à Montréal et de ne pas aller à l'Oratoire. Il faut battre le fer pendant qu'il est chaud.

– On ne fait pas toujours ce qu'on veut dans la vie, mon François. »

Simone tire la main de François, qui s'ancre fermement au sol. Elle rebondit entre ses bras. Il rit, lui prend la taille pour mieux la serrer contre lui et l'embrasser. Renée et Sousou, prises d'un soupir commun, se retournent pour ne pas violer leur intimité.

« Patate que c'est beau l'amour, Sousou!

– Ça, c'est vrai, Caractère! »

DEUXIÈME PARTIE

LA GUERRE PERDUE

Août 1939
Jeanne, tu te souviens de ma fille Renée?

Tante Jeanne va revenir! Je pourrai enfin la voir de près, la toucher, la dorloter. Nous irons au cinéma et partagerons nos secrets, comme les deux meilleures amies du monde. Nous écouterons du jazz. Je suis certaine que tante Jeanne doit aimer les nouvelles formations américaines. Papa prétend que tante Jeanne aura, avant tout, besoin d'aide. Je suis bien d'accord avec lui, mais je me garde de lui dire que je trouve qu'il exagère. Mon père m'a raconté des histoires sens dessus dessous à propos de Jeanne. Si elle a besoin d'une aide particulière, je la lui donnerai par mon amitié, mon admiration et mon amour. Moi seule saurai être aussi compréhensive à son endroit, car nous avons tant en commun, elle et moi.

Elle était la plus belle jeune fille des années vingt à Trois-Rivières. Elle avait tout ce que les autres n'osaient jamais toucher. Pétillante, audacieuse, aventurière, éprise de liberté et mordant à belles dents dans tout ce que son époque offrait de fantastique, de neuf, de moderne, de jeune. Tante Jeanne ressemblait à une vedette de Hollywood! Elle s'habillait et se maquillait mieux que quiconque. Elle était une flapper et je suis une jitterbug. Toutes deux vivons pour le jazz, le cinéma et pour toutes les couleurs éclatantes de la vie. Petits chapeaux ronds cachant le front et ne découvrant que ses grands yeux, long collier sur un décolleté prononcé, souliers plats, yeux charbonnés, beaucoup de rouge dessinant une bouche en cœur, robe légère, jupe d'écolière, cheveux à la garçonne avec sa frange bien droite au-dessus des yeux. Charleston! Jelly Roll Morton! Colleen Moore! F. Scott Fitzgerald! Jeanne était une flapper rayonnante dans la grisaille de Trois-Rivières. La plus belle de toutes les jeunes de son époque! Bien sûr, les temps et les modes ont changé. Je n'oserais jamais m'habiller comme la jeune Jeanne. Mais ses photographies me chantent sa joie de vivre, sa belle originalité et surtout sa liberté. Puis elle était peintre! Quelle douce exception! Jeanne vendait ses toiles à gros prix et en grande quantité. Papa me parle avec émotion du talent de portraitiste de Jeanne. Moi, je préfère ses toiles bizarres et celles représentant des scènes de vie des flappers. Nous en avons beaucoup à la maison. Mon père les garde comme des trésors et cherche à récupérer celles qu'elle a vendues. La sœur de mon père était une grande artiste. Probablement la meilleure de tout le Canada français!

À ma naissance, Jeanne avait dit à mon père qu'il fallait me baptiser Renée, en l'honneur d'une poétesse qu'elle admirait. S'il existe une partie de mon enfance dont je me souvienne avec une grande clarté, c'est bien la présence de Jeanne la flapper dans ma petite vie. Je ne me rappelle pas une poupée favorite ou une randonnée marquante en automobile : mon enfance, c'est Jeanne! Elle a un temps habité une partie de notre grenier, où papa lui avait emménagé un studio de peinture. Comme elle peignait le soir et jusque dans la nuit, elle se levait tardivement, alors que j'étais déjà à l'école. Elle s'en allait et pouvait être absente pendant trois jours. Je me souviens surtout de son odeur : parfum et maquillage. Jeanne était toujours belle. Elle me tapotait la tête, me faisait des grimaces, et, de temps à autre, m'offrait un jouet, ou une petite robe qu'elle avait trouvé « chou ». Le long escalier menant à son grenier m'apparaissait inaccessible, d'autant plus que mon père m'interdisait d'y grimper. Une fois, après de grands efforts, j'avais réussi à atteindre cette porte fermée à clef. En tirant fort sur la poignée, j'étais tombée et avais fait une culbute dans l'escalier. Papa avait ajouté à ma souffrance des réprimandes qui m'avaient fait pleurer. Apprenant mon malheur, Jeanne m'avait prise dans ses bras et nous étions montées. J'imaginais tant de merveilles et de trésors derrière cette porte! Mais il n'y avait rien d'autre qu'un petit lit, son chevalet près de la fenêtre, une commode et un miroir ovale. Le trésor, c'était Jeanne. Une fois, je me souviens si bien, j'avais accompagné mon père et Jeanne jusqu'à Québec, pour vendre des toiles. Je me faisais une fantaisie de ce voyage, mais tout le long du trajet, Jeanne ne m'avait presque pas parlé. Elle semblait de mauvaise humeur. Sentant que son attitude me rendait triste, sur le chemin du retour, elle m'avait prise dans ses bras pour chanter et me raconter des histoires sans pouvoir s'arrêter. Quel merveilleux souvenir! Même encore aujourd'hui, ce voyage me revient avec clarté en mémoire et je sens ses mains sur mon petit corps, je vois ses yeux si ronds, je hume son parfum et j'entends sa voix.

Ce que mes parents ne voulaient pas que je voie dans son grenier, c'étaient les bouteilles d'alcool. Car tante Jeanne consommait beaucoup. Mais ceci, c'est encore une exagération de mon père et des gens que j'ai rencontrés, et qui, vengeurs, ont dit que ma belle tante Jeanne était une ivrogne de la pire espèce. On dit aussi qu'elle pense aux femmes comme une épouse doit aimer son mari. Bon! Bon! D'accord, patate! J'avoue que ce n'est pas très reluisant, que c'est un passeport pour l'enfer éternel et que ce n'est pas bien vu socialement. Mais je lui pardonne tout, comme son frère Roméo – mon père – lui a pardonné. Elle avait une amie qui s'appelait Sweetie. Une Américaine qui jouait du piano au cinéma Impérial pour accompagner les films muets. Elle était une instrumentiste de grand talent et une jeune femme très amusante et jolie. Tante Jeanne avait emménagé chez elle et c'est ainsi que toutes ces horribles rumeurs sont nées. À la fin des années vingt, Sweetie est partie, jugeant insoutenable de vivre avec tante Jeanne. C'est un chapitre que je ne connais pas trop, car mon père demeure très discret sur ce sujet. Après quelques mois à Montréal, tante Jeanne était revenue chez nous et j'avais du mal à la reconnaître, car elle ne faisait plus rien et ne parlait pas. Puis, un jour, elle a reçu une lettre de Sweetie, qui s'était installée à Paris. Mon père avait payé à Jeanne un billet de bateau pour qu'elle puisse rejoindre son Américaine en France. C'est ainsi que tante Jeanne est disparue de ma vie.

Paris était la ville des grands artistes. Tante Jeanne s'était remise à la peinture, exposant même dans des galeries d'art de cette cité prestigieuse. Papa passait son temps à lui écrire. Moi aussi, je lui ai envoyé des lettres. Mais les réponses n'étaient pas aussi fréquentes que nos espoirs. Il ne me restait que ses toiles à regarder et ses vieux disques de jazz à écouter. C'est d'ailleurs grâce à ces disques que j'ai appris à aimer cette musique extraordinaire. Je grandissais à l'ombre du fantôme de tante Jeanne. On aurait dit que malgré son absence, elle était toujours parmi nous. Curieuse, j'avais mené plusieurs enquêtes, interrogeant des gens qui l'avaient connue. Tout le monde avait quelque chose à dire sur elle, en bien ou en mal. Surtout en mal. Mais ce n'était que de la jalousie! Je savais qu'elle valait mieux que tous ces gens frustrés par la situation que nous vivions dans les années trente à Trois-Rivières, avec la crise économique. À l'époque de Jeanne, tout le monde travaillait. L'argent ne manquait à personne. Le souvenir de Jeanne et de son temps prospère m'a permis de garder mon optimisme face à la vie et à la crise. Je la veux en belles couleurs, la vie! Ces couleurs des peintures de Jeanne, de ses sourires coquins sur les photographies. La vie doit être comme le martèlement fou de ses disques de jazz.

Lors des premières années suivant le départ de Jeanne, mon père me faisait lire ses lettres. Puis, peu à peu, il a commencé à les garder secrètes. Ma mère n'avait même pas le droit de les regarder. Je voyais papa devenir de plus en plus inquiet pour sa petite sœur. Ce n'est que deux ans plus tard que j'ai appris que Sweetie la pianiste l'avait quittée, brisant son cœur à nouveau. Jeanne s'était enfermée dans le chagrin. Elle a eu, suite à une triste aventure, une petite fille baptisée Bérangère. Face à ce péché, toute notre parenté disait à mon père de ne pas s'occuper d'elle, de la laisser tomber, qu'elle n'en valait pas la peine, qu'elle attirait le malheur. Balivernes et honte! J'étais la seule à appuyer papa, à aimer Jeanne autant qu'il l'adorait. Les rumeurs d'une guerre en Europe devenant de plus en plus persistantes, papa a décidé de partir chercher Jeanne en France. Il y a deux mois de cela. Ma mère se rongeait les ongles, inquiète de savoir papa dans ces pays menacés par les Allemands. Je ne sais pas tout ce qui s'est passé là-bas, ni pourquoi papa a mis tellement de temps à nous annoncer son retour avec Jeanne et Bérangère.

Si elle a du mal, je saurai la guérir! Jeanne est tout ce qu'il y a de beau dans ma vie! Si elle est triste, je la rendrai gaie! Dès son retour, je lui montrerai comme je l'aime! Quel accueil je lui ai préparé dans mon restaurant! Tout de suite, Jeanne se sentira désirée. Mes frères et sœurs ont promis à mon père de tout mettre en œuvre pour rendre Jeanne bien à l'aise. Mais moi qui l'aime davantage, j'ai mis tout mon cœur à rendre ce retour inoubliable. Je sais que mon restaurant, *Le Petit Train*, a une signification particulière pour tante Jeanne. C'est là qu'elle a rencontré Sweetie. Elle y a aussi grandi et travaillé, comme un peu tout le monde dans la famille Tremblay. Sous mes ordres, mes disciples ont tout décoré : ballons, banderoles et serpentins. Elles ont préparé un lunch. Je leur ai appris à aimer Jeanne, qui est pour elles une véritable légende. Mes douze disciples ont mis beaucoup de cœur à la préparation de cette fête surprise.

Le train de Québec est toujours à l'heure, mais je piétine sans cesse le plancher de la gare, regardant ma montre, vérifiant ma coiffure et mon maquillage. J'ai l'impression que ce train a un interminable retard, et maman, ma sœur Simone et mon frère Gaston ont du mal à calmer mon impatience. Le voilà enfin! Je ne peux contenir ma hâte et devance maman! Je vois descendre mon père avec la petite Bérangère dans ses bras et cherche à regarder par-dessus son épaule pour voir Jeanne. Je ne me rends pas compte qu'elle est devant papa. C'est... Cette grosse femme? Cette horrible grosse femme? Cette gigantesque poche de patates? Elle marche avec peine vers ma mère, qui lui donne un baiser sur les joues. Je sens mon cœur flancher. Cette grosse femme boursouflée aux yeux enfoncés, avec ses jambes ayant du mal à tenir dans des souliers trop petits et cette main veineuse qu'elle tend à Gaston...

« Jeanne, tu te souviens de ma fille Renée?
– Renée... oui... »

J'ai les yeux exorbités de désespoir. « Allons, Renée, dis bonjour à ta tante Jeanne. » Je balbutie. J'ai le goût de m'évanouir. Elle m'ignore et se remet à marcher. Bérangère pleure et Jeanne ne va même pas vers elle pour la consoler. Je me penche vers la petite et suis stupéfaite de revoir dans les yeux de cette enfant le regard de jeunesse de sa mère. Tante Jeanne approche et j'entends son souffle trop fort. Elle caresse le visage de sa fillette en ne disant rien. « On s'en va à la maison. Le voyage a été fatigant », d'ordonner mon père. Je l'accroche par le bras pour lui souffler à l'oreille qu'une réception attend tante Jeanne au *Petit Train.*

« On n'a pas le temps. Ta tante est fatiguée.

– Toutes mes amies sont là, papa. Et Maurice, Carole et Christian et même grand-père Joseph!

– Renée! Pourquoi t'as...? Va leur dire qu'on ne peut pas et qu'il n'y a pas de fête!

– Mais, papa...

– Obéis! »

J'ai le goût de pleurer en traversant la rue Champflour. J'annonce à mes frères et sœurs qu'il faut retourner à la maison. Mes disciples me regardent avec désarroi. Je sors et certaines d'entre elles me suivent. Je ne veux pas qu'elles voient tante Jeanne! Mais, tout à coup, la tante plante son regard vers le restaurant. Elle décide de traverser, sans regarder ni à droite ni à gauche, poursuivie par mon père. Mes disciples s'enlèvent de son chemin pour la laisser pousser la porte.

« Dis, Caractère? C'est donc ça, ta fameuse tante Jeanne?

– Toi, Mademoiselle Minou, tu la fermes! »

Mon père soupire, hausse les épaules en faisant signe à maman, Simone et Gaston d'entrer dans le restaurant. Jeanne est en train de marmonner quelque chose à grand-père Joseph, qui a, lui aussi, les yeux effrayés en voyant ce qu'est devenue sa petite fille.

« Est-ce que tu as étudié fort à l'école aujourd'hui, ma petite Jeanne?

– À... l'école?

– Oui. Les maîtresses ne t'ont pas frappé les doigts, j'espère?

– Non.

– Ton papa est content. Je te donnerai du gâteau après le souper. »

De retour à la maison, Jeanne ne cherche même pas à nous parler; elle demande mollement où est sa chambre; à deux portes de la mienne. Je l'ai entendue ronfler une partie de la nuit. Dans la soirée, papa nous a expliqué l'imminence de la guerre en Europe, une situation qui a compliqué leur départ. Mais il a attendu que les plus jeunes se couchent pour nous raconter ce qui est arrivé à sa sœur. Elle demeurait dans un loyer misérable qu'elle avait beaucoup de peine à payer. Une voisine prenait soin de Bérangère, désirait même l'adopter, car Jeanne était incapable de s'en occuper convenablement tant elle était ravagée par l'alcool. Elle était endettée et ses créanciers peu recommandables abusaient d'elle en guise de paiement. Jeanne était une clocharde ivrogne qui prenait plaisir à se détruire.

Le matin, les cris effrayés de Bérangère me sortent du lit. Elle ne réclame pas sa mère, mais hurle le nom de cette voisine parisienne. Et voilà que grand-père Joseph s'en mêle, confondant l'enfant avec Louise, sa première fille, sans oublier que mon petit frère Christian pleure aussi, parce qu'il a mal aux dents. Carole se plaint parce que Gaston a touché un de ses livres.

« Une charmante matinée, n'est-ce pas, daddy? Rien de mieux, après un long voyage, que de retrouver la douceur du foyer.

– Au lieu de faire de l'esprit, rends-toi utile et va la réveiller!

– La réveiller? La tante Jeanne?

– Tu rêvais de la revoir? Va la réveiller! »

J'entre dans la chambre et aperçois cette masse noyée sous ses couvertures. En approchant, je sens son odeur de transpiration et de pipi. A-t-elle uriné au lit, cette grosse patate bouillie? Je me penche et la regarde dormir la bouche ouverte, projetant une respiration chaude et puante entre ses dents jaunies. Je m'apprête à la secouer vigoureusement quand, soudain, j'aperçois sur son visage bouffi des traits de sa délicieuse jeunesse. Je lui cogne à l'épaule avec douceur. Elle se réveille en sursaut. « Mon père m'envoie vous réveiller. Votre petite fille fait une crise. » Elle ne me répond pas, repose sa grosse tête sur l'oreiller, prête à continuer sa nuit. Je la secoue avec plus de fermeté.

« Hé! tante Jeanne! C'est moi! La petite Renée!

– Fiche-moi la paix.

– Je vous regarde à l'instant, et je me dis que vous êtes tout un défi. Au fond, c'est intéressant, un défi. Dans une année, vous allez peser cent livres de moins et je vais vous faire danser le boogie woogie. Vous entendez ça? Il y a encore de la vie en vous. Je vais vous colorier.

– C'est ça et bonne nuit. »

Je m'élance et lui donne une claque sur les fesses. Elle se redresse et me regarde méchamment en me faisant signe de déguerpir. Elle descend dix minutes plus tard et se colle le nez à la fenêtre, sans s'occuper de personne. Je regarde mon père et lui jure que je vais reconstruire tante Jeanne. Je le jure.

Septembre et octobre 1939
Daddy, la guerre m'emmerde

Le premier ministre Mackenzie King vient d'annoncer que le Canada est en guerre contre l'Allemagne. La nouvelle ne semble surprendre personne, surtout pas mon père, bien qu'il ait tourné en rond pendant quelques heures, lui qui a participé à la grande guerre des années dix contre cette même Allemagne. Cette fois, ce pays est mené par Adolf Hitler, un demi-moustachu avec une tête de patate ratatinée. Conséquemment, je réunis mes disciples pour décider si nous sommes pour ou contre la guerre. La discussion est brève : nous sommes contre Hitler, car il est très laid, et nous ne voulons pas que nos futurs maris aillent se battre pour l'Angleterre, qui a volé la nation bâtie par nos valeureux ancêtres de France. *Je téléphone donc à Mackenzie King pour lui dire qu'il peut faire la guerre tant qu'il en a le goût, mais que mes disciples et moi demeurerons contre. « Voyons! Voyons, Caractère! Tu ne peux pas me faire un tel coup! » Pas de discussion, Mac! Notre décision est unanime et irrévocable. « Zut! Qu'est-ce que je vais devenir si je n'ai pas ton appui? »*

Comme moi, Divine a déjà perdu un oncle dans la guerre des années dix. Le mien, mon oncle, c'était Adrien, le frère de mon papa. Daddy en a été très affecté, ainsi que grand-père Joseph. Et puis, tout le monde sait qu'un oncle est très utile pour emprunter de l'argent. Comme je l'ai mentionné, mon père a participé à cette guerre et il a reçu une balle dans le bras gauche. Depuis, papa a bien du mal à se servir de ce bras. Vous imaginez si cette balle avait atteint son cœur? Je n'aurais jamais existé! Quelle horreur! Ceci dit, j'espère bien qu'Hitler va perdre, mais il ne faudra pas compter sur nos williams pour aller lui raser le reste de la moustache. Mac a dit qu'il ne fera pas appel à la conscription, une loi qui fait en sorte que le gouvernement vient chercher nos williams jusque dans nos salons pour les envoyer, fusil à la main, en Europe. Donc, il n'y a que des volontaires, synonyme du mot « imbéciles », qui iront tirer de la mitraillette. Autrefois, mon père s'était battu contre cette loi. Il avait écrit des articles dans un journal, dénonçant la façon dont l'armée canadienne traitait les soldats canadiens-français et toutes les cochonneries qu'ils subissaient quand ils allaient au front. Alors, papa avait dû se cacher dans les bois avec d'autres jeunes qui ne voulaient rien savoir de l'armée.

À la fin de ma soirée de travail au *Petit Train,* je me presse de rentrer à la maison pour annoncer à tante Jeanne que je suis contre la guerre. La question ne la passionne pas du tout. En fait, elle ne s'intéresse à rien, ne parle pas, et nous regarde avec un air de mépris insupportable. Mon père l'a emmenée voir un médecin de grand renom, car tante Jeanne a perdu l'habitude de les fréquenter. Il a dit qu'elle a le foie et les poumons dans un état critique. Pas besoin d'avoir des diplômes plein les murs pour émettre un tel diagnostic! Elle souffle, bave, renifle, étouffe, et, à l'occasion, elle fait les quatre à la fois. C'est bien désolant à voir! Puis elle nous a gratifiés d'une crise nocturne avec des hurlements déchirants, des halètements inquiétants, des vomissements incessants. Une nuit de cauchemar, encore plus effrayante que les films de Dracula et de Frankenstein.

Papa m'a conseillé de ne pas lui parler de son passé, de ne pas chercher à la contrarier. Ce n'est pas mon intention, tant son attitude me désole. Il n'y a pas moyen de lui arracher un sourire. Elle passe ses journées à ne rien faire, le nez collé à la fenêtre du salon. La seule personne avec qui tante Jeanne parle est son père, mon grand-papa Joseph. Il souffre de maladies de vieux et a perdu la notion du temps. Certains matins, on doit le surveiller, car il est prêt à sortir pour aller travailler au chantier, emploi qu'il a tenu pendant son adolescence. D'autres jours, il s'endimanche et dit à ma mère qu'il s'en va veiller chez ma grand-mère, morte il y a plus de vingt ans. Grand-père Joseph n'est pourtant pas dangereux. Il est même délicieusement amusant. Parfois, sans s'en rendre compte, il nous offre des pages d'histoire du temps révolu de son enfance. Mes disciples l'adorent et viennent le visiter souvent pour savoir en quelle année il vit ce jour-là. Il a, jusqu'ici, confondu Jeanne avec ma mère, sa femme, ses sœurs, une ancienne voisine du début du siècle, tout en la prenant pour elle-même à différentes époques de sa vie. Jeanne et grand-père Joseph parlent toujours ensemble, mais quand je m'approche, ils se taisent, puis recommencent quand je m'éloigne.

La petite Bérangère ne s'habitue pas à nous. Elle suit pas à pas sa mère et parle avec l'accent français. Jeanne ne s'occupe pas tellement d'elle et l'enfant ne semble pas souffrir de cette fâcheuse situation. Daddy a emmené Jeanne en balade en automobile. Aucune réaction. Rien! Tout comme s'il avait installé un mannequin de plâtre sur la banquette avant. Nous avons aussi tenté de lui faire redécouvrir Trois-Rivières. Elle s'en fichait. J'ai essayé la gaieté par des chansons, la danse, les grimaces et les imitations. J'ai eu l'air d'une imbécile s'agitant devant un gros ours en peluche. Tout ceci commence à m'affecter. Mes disciples décident de m'appuyer dans ma lutte pour redonner un peu de vie à tante Jeanne. À treize, nous aurons plus de chances! Et personne ne peut résister à mes disciples!

Nous sommes la jeunesse, la vivacité, la beauté et l'optimisme. Il y a bien quelques vieux qui s'énervent le poil des jambes en voyant que nous sommes des jitterbugs, mais leurs cris ne nous dérangent pas beaucoup, car nous savons que nous avons de bonnes âmes, prêtes à aider nos semblables, comme c'est arrivé souvent depuis que la bande s'est constituée il y a environ trois ans. Cela avait débuté avec Sousou, ma meilleure amie d'enfance. Peu à peu, d'autres myrnas se sont ajoutées à notre duo. Elles venaient de tous les coins de Trois-Rivières pour prendre un rafraîchissement au *Petit Train*. C'est ainsi que nous sommes devenues amies, avec la certitude que nous le serons jusqu'à la fin de nos jours. Nous avons beaucoup de points en commun : l'amour du cinéma, de la musique swing, des beaux williams et de tout ce qui est rapide. Nous portons toutes des surnoms afin de nous démarquer des filles ordinaires. Elles s'appellent Sousou, Love, Poupée, Gingerale, Divine, Foxtrot, Puce, Broadway, Woogie, Nylon, Chou et Mademoiselle Minou. Nous n'avons rien à envier aux jitterbugs américaines. Nous sommes fières de notre langage différent et de nos coutumes. Nous avons la chance de toutes travailler. Si une partie de nos salaires va pour aider nos parents, nous déposons chaque semaine vingt-cinq sous dans une tirelire servant à acheter des disques ou à voir tous les films des quatre salles de cinéma de la ville. Nous nous réunissons au *Petit Train* pour nous raconter le contenu des meilleures productions de Hollywood. Puis, nous écoutons et dansons sur les nouvelles pièces de nos artistes favoris, comme Benny Goodman, Artie Shaw, Duke Ellington, les Andrews Sisters ou Glenn Miller. Tous de grands orchestres de swing et de jazz! Je plains les pauvres humains osant vivre sans la présence de ces musiciens. J'ai beau me creuser la tête, je ne peux concevoir l'existence sans ces géants du swing. Mes disciples sont tellement populaires et aimées que beaucoup de myrnas désirent se joindre à notre groupe, mais je dois les refuser. Si, par contre, l'une d'entre nous se marie, peut-être que j'accepterai une nouvelle pour la remplacer, ceci après un examen minutieux de la candidate.

Il n'y a pas de williams chez mes disciples. C'est une affaire strictement féminine. Ils veulent tous nous fréquenter, à cause de notre prestige. Nous adorons les williams! On ne se gêne pas pour parler avec eux, sortir et danser, mais aucun ne sera admis à l'une de nos réunions. Chacune de nous désire se marier. C'est normal. Mais contrairement à d'autres myrnas, nous n'avons rien contre le fait de tomber amoureuses de différents garçons, sans pour autant passer pour de mauvaises filles. Se marier est un acte grave et sérieux. Pour rencontrer le bon william, il est plus que sage d'en connaître beaucoup avant l'âge fatidique de vingt et un ans. Nous aimons bien ceux qui dansent et vont souvent au cinéma. Ce sont des jitterbugs comme nous, et le swing nous unira pour la vie. Nous avons établi des contacts dans toutes les paroisses de la ville. Bien que les jeunes vicaires n'aiment pas nos danses, ils apprécient quand nous allons raconter des histoires aux enfants, quand nous organisons une collecte pour les pauvres ou lorsque nous présentons une petite pièce de théâtre aux vieillards du quartier. Nous sommes loin d'être mauvaises! S'il y a des langues sales qui nous traitent de jeunes perdues parce que nous vivons intensément notre époque et notre jeunesse, nous avons la conscience en paix en sachant que nous ne sommes pas oisives ou des traîneuses de rue.

J'ai tout expliqué cela à tante Jeanne, croyant que ma vie la fascinerait. Mais mon histoire l'a laissée de marbre. Broadway et Divine ont été les premières à lui rendre visite. Elles font partie de la troupe de théâtre des Compagnons de Notre-Dame. Je croyais que de rencontrer deux artistes ferait plaisir à Jeanne. Peine perdue! Puis Woogie est venue. Elle joue du piano et chante merveilleusement. Mais en la voyant s'installer devant le clavier familial, Jeanne s'est levée sans l'avoir entendue. La réaction a été meilleure avec Poupée. Elle lui a apporté un chien de chiffon, produit de son habile artisanat. Jeanne a accepté le chien, mais fermé ses oreilles à tout ce que Poupée lui a raconté.

Papa m'a demandé de cesser de prendre ma tante pour une bête de foire que j'expose à mes amies. Il n'a pas compris la bonté et l'intérêt des efforts de mes disciples! Ça lui arrive de ne rien comprendre. Il est très vieux, à quarante-cinq ans. Il est d'une autre génération et il lui arrive d'être complètement fermé à mes idées modernes. Mon père a gardé des habitudes de son temps. Il lit beaucoup et écrit. C'est un peu normal, car il est journaliste et écrivain. Moi, je préfère voir et toucher. Lire m'emmerde. J'utilise ce mot à son insu, car je sais que papa n'aimerait pas me l'entendre prononcer. C'est un des rares mots que tante Jeanne m'a dits. « Tu m'emmerdes, petite sotte! » Il me fait plaisir que tante Jeanne m'instruise du beau langage de Paris. Mais je ne l'emmerderai pas longtemps, croyez-moi! Un jour, Jeanne me sourira et applaudira mes disciples jitterbugs, car elles sont le reflet de sa propre jeunesse où elle était belle et dynamique. Mais pour l'instant, elle ressemble plutôt à un fauteuil. Je croyais la passionner quand je lui ai dit que mes disciples et moi allions combattre pour que les williams ne s'engagent pas dans l'armée. Au fond, que m'importe l'opinion de ce gros sac de patates! La guerre vient à peine d'être déclarée que mes disciples et moi parcourons la rue du Fleuve, car déjà des bateaux de guerre y sont amarrés pour accueillir les idiots qui ont le goût de se porter volontaires.

« Il n'y a pas d'ouvrage ici, mademoiselle. L'armée va me nourrir, me loger et me payer.

– Tu tiens tellement à aller te faire tuer dans un pays étranger?

– Ils ne m'auront pas.

– Ça n'arrive qu'aux autres, n'est-ce pas? Tu es le Randolph Scott du film de guerre? Celui qui sourit alors qu'apparaît à l'écran un *The end* triomphant?

– Hein? Quoi? Vous parlez bizarrement, mademoiselle. »

Nous nous promenons le plus discrètement possible. Si on levait le poing en agitant des écriteaux, la police nous chasserait. Et qui sait? Peut-être que ces soldats sur leurs bateaux nous enfermeraient à fond de cale. Nous préférons une action plus intime. Les williams s'aventurant dans ce secteur sont tous des jeunes chômeurs. Nous essayons de les convaincre que la vie et l'avenir ont une plus grande valeur que l'argent offert par l'armée. Mais beaucoup sont fermement décidés à s'enrôler. Nous laissons passer les gros, les maigres et ceux qui portent des lunettes, en sachant que l'armée n'en voudra pas. Je crois avoir réussi à en convaincre un. Love et Mademoiselle Minou me confirment que deux williams ont changé d'idée grâce à leurs interventions. Bravo! Mais la manœuvre tourne vite à la tragédie quand nous voyons arriver Foxtrot, pleurant toutes les larmes de son petit cœur, car son amoureux a décidé de se présenter, sans l'avoir consultée.

« Daddy, la guerre m'emmerde. Le william de Foxtrot a décidé de devenir un bang-bang-t'es-mort.

– Attends! Attends un peu, Renée! Qu'est-ce que tu viens de me dire? Peux-tu me répéter cette phrase au complet et lentement que j'en fasse l'analyse?

– Allons donc, daddy. Tu sais très bien que, pour nous, tous les garçons sont des williams et toutes les filles sont des myrnas.

– Le premier mot que tu as dit? À propos de la guerre?

– Emmerder? J'ai dit emmerder? Oups! Patate! Ça m'a échappé!

– Qui t'a enseigné un mot aussi vulgaire? Ce n'est ni moi ni ta mère.

– Non, c'est tante Jeanne. Ta sœur.

– Je ne veux plus jamais que tu prononces un tel mot dans notre maison, ni nulle part ailleurs.

– Jean Gabin l'utilise aussi, parfois.

– Interdiction totale! Tu peux dire le mot embêter, à la place.

– Daddy, la guerre m'embête parce que le william de Foxtrot a décidé de devenir un...

– C'est laquelle, celle-là?

– Fernande.

– Bon! On s'entend bien quand on parle comme des grandes personnes, non? Donc, l'ami de Fernande a décidé de...

– Ce n'est pas son ami. C'est son amoureux. Le william de sa vie. Du moins, depuis douze jours. Un danseur parfait. Est-ce qu'on doit laisser un danseur parfait s'enrôler pour jouer du pan-pan?

– Est-ce que je le connais? Son père lui a parlé? Son curé?

– Est-ce que je dois répondre aux trois questions à la fois? Je sais surtout qu'il s'est engagé sans en parler à Foxtrot, et ça, c'est dégueulasse!

– Renée!

– La tante Jeanne, de nouveau... »

Je sais que mon père, s'il le pouvait, se joindrait à mes disciples pour inciter les williams à ne pas devenir militaires. Depuis que Mac a annoncé qu'il fera la grimace à Hitler, papa a la bougeotte et fait des discours sans qu'on le sonne. Je sais qu'il a le meilleur argument pour sauver le danseur de Foxtrot : son bras en compote. Mais jamais je n'oserais demander à papa de s'exposer ainsi. Pendant que Foxtrot pleure tour à tour dans les bras de toutes, je reçois Gingerale dans les miens parce que son frère de vingt ans a décidé de s'engager, avec la bénédiction et la signature de son père, de sa mère et de toute la parenté.

« Je trouve que ça larmait un peu trop hier, Caractère.

– Ah! pour larmer, ça larmait, Sousou.

– Si tu permets, Caractère, j'ai une idée.

– Bien sûr que je peux te permettre, Sousou.

– Les meilleures larmes du monde sont celles d'une maman. »

Le dimanche suivant, nous nous éparpillons sur les perrons de toutes les églises de la ville afin de parler aux mères d'éventuels soldats. Nous avons entre les mains des statistiques de la guerre des années dix, révélant le nombre de jeunes Canadiens tués par les Allemands. Je ne sais pas trop ce que nos curés pensent de la question, mais notre devoir est de propager la paix prônée par le Christ, qui, habituellement, ne porte pas de mitrailleuse sur les images saintes. Le vicaire de Saint-Philippe m'a félicitée, mais m'a dit que notre évêque ne s'était pas encore prononcé sur la guerre.

Quant à Réal, le frère de Gingerale, nous l'avons vu entrer dans une taverne, parti noyer son chagrin parce que l'armée l'a refusé, les battements de son cœur ne correspondant pas aux normes militaires. Nous célébrons cette victoire en chantant les mélodies de nos disques favoris, quand soudain Gingerale se présente avec un air penaud. Elle dit que son père a humilié Réal et a maudit le bon Dieu de lui avoir donné six filles et un seul garçon. D'une famille très touchée par la crise économique, Gingerale est probablement la plus sensible de mes disciples, trouvant même le moyen de pleurer pendant les films comiques. L'honneur d'avoir un soldat dans la famille est une obsession pour le daddy de Gingerale. Elle dit que son père a prononcé des gros mots très blessants à l'endroit de tous ses enfants. Nous décidons d'aller attendre Réal à la sortie de cette taverne, afin de ne pas le laisser rentrer chez lui trop ivre.

« De quoi a-t-on l'air, Caractère? Neuf myrnas se promenant devant la porte d'une taverne!

– Tu as raison, Chou! J'entre le chercher!
– Caractère! T'es folle? »

La tante Jeanne ne se gênait pas, elle! Mais il est vrai qu'à son époque, les femmes avaient le droit de fréquenter les tavernes. Aussitôt la porte poussée, trente têtes d'hommes se retournent en sursautant. Le patron, un gros moustachu à demi chauve, s'avance et m'indique la sortie de son doigt autoritaire. Soudain, j'aperçois Réal, caché derrière une tablée de bouteilles de bière.

« C'est pour Réal Cormier, lui, là-bas, le frère de mon amie Gingerale. Il doit s'en aller d'ici. C'est pour son bien.
– Mademoiselle! Vous n'avez pas le droit d'être ici! Sortez immédiatement!
– Réal! Viens vite! Mes dix amies, toutes très jolies, t'attendent. »

Je ne sais pas pourquoi cette phrase provoque l'hilarité chez ces hommes. Quoi qu'il en soit, je me retrouve à la rue avec Réal toujours en dedans. *Mais je ne me laisse pas ainsi humilier devant mes disciples! J'entre avec fureur, envoie aux limbes le patron et fais taire les hommes d'un seul regard réprobateur. Je pointe du doigt Réal, qui a la sagesse de me suivre sans discuter.* Gingerale l'accompagne jusqu'à leur maison, deux heures plus tard, s'efforçant de ne pas le laisser se cogner la tête contre les poteaux. Il chiale, sacre, hurle et braille. Il a honte de ne pas avoir été accepté par l'armée. Il y en a beaucoup comme lui qui ont une vieille mentalité, monte en épingle l'héroïsme, la gloire, l'aventure, les décorations militaires. Tout ceci est excellent au cinéma. Mais il y a une réalité à ne pas ignorer : celle de l'héritage guère reluisant laissé par le conflit des années dix. « Mais tout ça, c'est du passé! Ça ne peut nous arriver, à nous! » disent-ils. Quelle déception d'entendre ce genre d'argument! Mais mes disciples apportent la bonne parole aux mères et aux jeunes williams. Je suis très fière d'elles et de leur zèle pour cette juste cause. Elles en parlent partout : au travail, dans la rue, dans les autobus, à l'église, dans les salles de cinéma. Partout! Nous sommes les soldats de la paix.

Au début du mois d'octobre, nous nous joignons aux quinze mille personnes qui marchent vers le sanctuaire du Cap-de-la-Madeleine pour demander à la Vierge la paix dans le monde. Pour nous, c'est avant tout une occasion de grand rassemblement nous donnant la chance de convaincre encore plus de personnes. Des ouvriers, des épouses, des fiancées, des vieillards, des adultes, mais trop peu de jeunes de notre âge participent à cette grande procession. Je suis aux côtés de mon père, qui a dénudé son bras gauche pour montrer à tout le monde sa blessure de guerre. Ma mère, près de lui, porte à son cou une photographie de notre oncle Adrien, mort au champ de déshonneur pendant une bataille de tranchées en 1918. Il y a aussi des femmes qui ont des photographies de frères, de maris, de fils, de cousins décédés. S'il y a une guerre à gagner, celle-ci est plus importante que celle de Mackenzie King et ce sera une victoire menée par les femmes. Quand elles auront convaincu tous les hommes de ne pas aller se battre en Europe, il aura l'air d'une patate fricassée, le Mac! Et j'ai à ma disposition les douze guerrières les plus vaillantes de Trois-Rivières!

Octobre 1939
La politique, c'est une chicane de ruelle.

Je n'ai pas le droit de voter. Et si je l'avais, je ne voterais pas, car je trouve tous les députés laids et vieux. Mais si Cary Grant posait sa candidature à une élection, je ferais tout pour qu'il devienne notre premier ministre. Une élection est pour moi une occasion de rire des jeux d'hommes. En apprenant la nouvelle élection provinciale, grand-père Joseph se met dans tous ses états en disant qu'il faut faire confiance à Honoré Mercier, mort il y a des siècles. Mon père frappe la table de la cuisine en hurlant que c'est Duplessis qu'il faut chasser. Je me souviens parfaitement que quatre années plus tôt, papa cognait la table avec autant de vigueur en jurant que Duplessis était le seul homme valable. Et dire que parfois il m'accuse d'être bizarre! Chasser Duplessis me semble une bonne idée, même s'il m'a déjà donné un cinq sous quand j'étais petite, alors que nous l'avions rencontré au terrain de l'Expo. Duplessis est plus laid que tous les autres. Mademoiselle Minou, qui est au courant de tout ce qui concerne la politique, m'explique pourquoi Duplessis doit perdre. Il est question de cadenas, ou de quelque chose de ce genre-là...

« *Hello, Maurice! C'est Caractère Tremblay, de Trois-Rivières.*

– *La fille de mon bon ami le journaliste Roméo Tremblay.*

– *Ne me coupe pas la parole, Mau! Mon père n'est pas ton ami! Je te téléphone pour te dire que mes disciples et moi, on ne te donne pas notre appui.*

– *C'est très fâcheux.*

– *Donc, je t'ordonne de démissionner.*

– *Je n'ai pas tellement le choix.*

– *Aucun autre, Mau!*

– *Bon, dans ce cas, c'est ce que je vais faire.*

– *Et qu'on ne te revoie plus, espèce de patate en cubes!* »

À la défense de Duplessis, je dois dire que depuis deux ans, il a fait travailler les chômeurs de Trois-Rivières. Ils ont construit une belle piscine sur le terrain de l'Expo, ainsi qu'un stade de baseball. François, l'amoureux de ma sœur Simone, y a travaillé avec joie et gagné la dignité que le chômage lui avait fait perdre. Ce n'est pas que mes disciples et moi aimons le baseball, mais ces rassemblements sont extraordinaires pour dénicher des beaux williams et aller danser le boogie woogie au *Petit Train.* Mais voilà qu'on parle de mettre des soldats sur le terrain de balle. J'espère qu'ils vont vendre des billets et qu'on pourra s'installer dans les estrades afin de les insulter. Après avoir subi le casse-tête du discours explicatif de Mademoiselle Minou, je dois faire mon deuil de notre appareil radio, car papa se l'accapare, passant son temps à aiguiller, à la recherche de nouvelles d'ordre politique. Pire! Mon père me propose de l'accompagner à une réunion des candidats, car, selon lui, je pourrais peut-être avoir le droit de voter si le candidat Godbout est élu.

« Merci quand même, daddy. Mais ça ne m'intéresse pas. Ils sont laids et vieux, ne ressemblent pas à Cary Grant et ne doivent même pas savoir qui est Benny Goodman.

– Allons, allons, Renée. Sois sérieuse. Te permettre de voter, c'est te reconnaître comme un véritable être humain.

– Je suis très émue.

– Qui a décidé de la guerre? Mackenzie King? Tu auras droit de voter au fédéral à ta majorité, dans trois ans. Par ton vote, tu pourras signifier à Mackenzie King que tu désapprouves ses décisions concernant la guerre. C'est important de voter et de connaître la politique. Et Duplessis, au provincial, nous devons nous en débarrasser.

– Mais... Duplessis? Ce n'est pas plutôt le municipal?

– Le provincial, Renée, le provincial...

– Pourtant, tu m'as souvent dit qu'il était de Trois-Rivières. Et il a fait construire le stade de baseball à Trois-Rivières.

– Est-ce que tu te moques de moi, Renée?

– Je pensais qu'il faisait les deux. »

Mademoiselle Minou prétend que lorsqu'une myrna se met à parler de politique, tous les hommes rient d'elle. Je suppose qu'en entrant dans la salle de réunion, ils vont tous nous pointer du doigt et se tenir les côtes, ces espèces de patates brunes! Mais papa me parle d'éducation politique et de toutes sortes de choses auxquelles je ne comprends rien. Me rendre à cette réunion en sa compagnie et avec Mademoiselle Minou est surtout une bonne occasion de rencontrer plusieurs williams à convaincre de ne pas se joindre à l'armée. Au fait, de quelle façon faut-il s'habiller pour une réunion politique? Doit-on mettre un chapeau, comme à la messe? Ou une robe du temps des fêtes? Faut-il se maquiller? Si oui, de quelle façon? Papa, qui se vante de tout savoir en politique, n'est même pas capable de répondre à ces questions graves! En entrant, Mademoiselle Minou et moi sommes d'abord frappées par l'épais nuage de fumée qui sent à la fois la cigarette, le gros cigare, le vieux tabac à pipe et le dessous de pied. Aussitôt, cent têtes d'hommes se tournent vers nous. *J'envoie la main en disant bonjour.* Mais nous ne sommes pas les seules femmes : il y en a derrière un comptoir de rafraîchissements. Je m'approche et elles lèvent le nez devant ma tenue de jitterbug.

« On fait la cuisine pour ces messieurs, mesdames?

– Ce sont des collations. Les profits vont à la caisse de notre futur député.

– Ah! voilà donc le rôle des femmes en politique! »

Papa me tire par la main pour me présenter à un personnage qui semble important. Du moins, c'est ce que je crois deviner en voyant la plus grosse dimension de son cigare. Mon père m'inonde de qualificatifs assez ronflants. À l'écouter, je suis l'avenir de la nation et le symbole du modernisme de la prochaine décennie. « Et je vais voter bientôt! » que je rajoute, pour faire mon intéressante. L'homme ricane et me salue. Je ne vois pas ce que j'ai dit de drôle...

« Est-ce que le bon est habillé en blanc et le méchant en noir, comme dans les westerns du Rialto?

– Caractère, ce n'est pas un débat entre deux candidats opposés, mais plutôt une réunion de libéraux. Il n'y a que des libéraux ici.

– Mais, Mademoiselle Minou, si tous ces hommes sont du même clan et qu'ils sont d'accord avec le candidat, pourquoi se réunissent-ils?

– Pour l'entendre.

– Patate que c'est compliqué! »

Le spectacle commence par un salut au drapeau et l'hymne national, comme au temps de la petite école. Ensuite, tout le monde s'assoit et s'allume une cigarette, comme pour mieux apprécier le discours. Un william se présente devant le microphone et offre la biographie de la vedette de la soirée. Lorsque le héros arrive, les hommes se lèvent et mordillent plus fort leurs cigarettes. Parfois l'auditoire rit, d'autres fois, il applaudit. Mais je ne sais pas trop bien pourquoi. Mademoiselle Minou les imite. De temps à autre, elle me donne un coup de coude et me présente ses dents. J'esquisse un sourire d'embarras. J'ai soudain le goût d'aller vers le restaurant, quand mon père me retient par le bras en insistant : « Écoute! Écoute! » Le candidat jongle avec les trémolos en bougeant sans cesse sa main droite, pendant que la gauche demeure dans la poche de son pantalon. Avec une grande habileté, je réussis à faire quelques pas vers l'arrière et à me dégager de Mademoiselle Minou et de mon père, quand soudain, le candidat s'écrie : « Les femmes auront le droit de voter au provincial et d'être des vraies citoyennes! Regardez! Il y en a parmi nous! Et des jeunes! » Je jure qu'il me pointe du doigt! Les hommes me regardent et je joins les mains sur mon bassin, pour avoir l'air plus fillette. « Des jeunes femmes qui auront leur mot à dire sur l'avenir de notre province! » Mademoiselle Minou me tire le bras gauche en levant son droit. Finalement, je réussis à déguerpir de son emprise pour me rendre au restaurant libéral boire un café libéral et manger un beignet libéral. J'ai le goût de demander à ces dames si le café de l'Union Nationale goûte autant l'eau de vaisselle que le leur. En me retournant, je tombe nez à nez avec un beau jeune william très grand.

« Tu n'as pas l'intention d'aller à la guerre, j'espère.
– À la guerre? Ça se peut, quand j'aurai l'âge.
– Il ne faut pas.
– Pourquoi?
– Parce que je te l'interdis. »

Je me trouve un coin paisible pour expliquer à ce william les dangers cruels qui le guettent s'il fait la bêtise de s'engager. Mais je crois qu'il est plus intéressé par mes jolis yeux. Voilà une occasion idéale pour fuir ce lieu infernal. Nous nous rendons donc au *Petit Train* pour danser et continuer à parler. À mon restaurant, cinq de mes disciples me demandent où j'étais passée. Inutile d'expliquer. Je jase longtemps avec cet André et je suis même prête à lui faire cadeau de quelques beaux coups de cils quand, une heure plus tard, Mademoiselle Minou arrive en trombe, suivie de mon père qui me désigne du doigt en me disant impoliment que j'ai eu tort de quitter la réunion.

« Il est contre Duplessis, ton candidat?
– Mais évidemment! Puisque c'est un libéral!
– Je ne comprends pas pourquoi tu t'es rendue l'entendre, alors.
– Peut-on les appuyer, Caractère? Les libéraux?
– Tu veux dire publiquement?
– Oui.
– Si cela ne t'enlève pas de temps pour ton devoir d'empêcher les williams d'aller faire pan-pan en Allemagne. Oui, tu peux prendre un engagement personnel envers ton candidat, Mademoiselle Minou.
– Merci, Caractère!
– Que veux-tu faire pour l'appuyer, au juste? Préparer des sandwichs ou du café? »

Pendant que Mademoiselle Minou se met à expliquer les discours du libéral à Love, Divine, Broadway, Puce et Chou, je vais rejoindre mon père, boudeur, assis sur un banc face au comptoir, ne regardant même pas la tasse de thé que mon frère Maurice a déposée sous son nez. De toute façon, il n'a pas le temps de boire, car un coup de fil de maman le ramène à la maison, où tante Jeanne vient de faire une autre crise d'hystérie. Je préfère demeurer au *Petit Train,* n'ayant pas le goût de voir mon père encore se ronger les sangs d'inquiétude pour sa sœur. Je demande à mon frère de coucher chez lui.

Je m'entends bien depuis toujours avec Maurice et sa femme Micheline. Ils ont deux enfants, baptisés Joseph et Céline, en l'honneur de ma mère et de mon grand-père. Ils habitent la maison en annexe au restaurant et qui est celle où mon père et tante Jeanne ont grandi. Grand-père Joseph a longtemps habité cette maison en compagnie de ma tante Louise, qui s'occupait du restaurant. Mais quand grand-père a commencé à perdre de plus en plus contact avec la réalité, il est venu habiter chez nous et Maurice a emménagé à sa place, peu après son mariage. J'aime bien la tradition Tremblay qui entoure ce restaurant et cette maison. Fondé par grand-père Joseph en 1908, *Le Petit Train* a été le premier restaurant de ce quartier alors presque désert. Avec le succès de l'usine de textiles Wabasso, le quartier s'est rapidement développé et est devenu une paroisse du nom de Notre-Dame-des-sept-Allégresses. Peu après l'ouverture du restaurant, grand-père a de nouveau fait figure de pionnier en lançant la première compagnie de taxi de Trois-Rivières. Il a laissé *Le Petit Train* à sa fille Louise. Cette tante était une vieille fille incroyablement scrupuleuse! Gamine, je prenais un grand plaisir à la taquiner, surtout en lui parlant de Jeanne, qu'elle n'aimait guère. Au début de la crise économique, ma tante Louise a fait de très grands sacrifices pour maintenir le restaurant ouvert. Au cœur d'un quartier ouvrier devenu paroisse de chômeurs, pas un Baptiste n'avait d'argent pour venir au restaurant.

Je m'amusais beaucoup à voir ma tante amoureuse d'un vieux garçon très catholique. Haut comme trois patates, cet homme, venu de Montréal et ridiculement prénommé Honoré, était aussi collet monté que tante Louise. C'était tordant de les voir s'aimer sur le bout des petits doigts! Aussi drôle qu'un film de Laurel & Hardy! Mais tante Louise, appuyée par mon père, a fait le premier geste radical de sa vie : retourner à l'école, alors qu'elle avait plus de quarante ans. Elle voulait devenir maîtresse d'école et ainsi réaliser le rêve de son enfance. Cette décision audacieuse de ma tante a poussé son amoureux Honoré à tout faire pour réaliser son propre rêve : devenir cultivateur. Justement, le gouvernement offrait aux chômeurs des terres agricoles dans le fond du Témiscamingue. Leur destin était tout tracé : ils allaient se marier et s'en aller en territoire de colonisation où elle ferait la petite école aux enfants, pendant qu'il cultiverait sa terre. Mais ma tante, influencée par les religieuses de l'École normale, a décidé de devenir bonne sœur. On n'a plus jamais revu Honoré... Depuis, tante Louise est toujours au couvent des ursulines d'où elle ne sort jamais, comme le veut cette congrégation. Elle a prononcé ses vœux perpétuels au début de l'année et porte maintenant le nom de sœur Marie-Sainte-Séverine. Elle enseigne l'art culinaire aux filles de l'École normale. Parfois, mon père va la voir et lui parle à voix basse dans un carré de confessionnal.

Bref, quand tante Louise a décidé de devenir nonne, mon père a acheté *Le Petit Train* à grand-père Joseph, pour le vendre aussitôt à Maurice. C'est depuis ce temps que j'y travaille. J'ai beaucoup amélioré le restaurant. Mon frère Maurice peut faire claquer ses bretelles en disant qu'il a relancé *Le Petit Train,* tout le monde sait que c'est moi qui suis à la source de cette résurrection. D'abord, j'ai fait entrer un juke-box, le premier de tout Trois-Rivières! Puis, j'ai rajeuni la décoration, ajoutant un peu de couleur, remplaçant les vieilles tables par des casiers et faisant tout pour attirer la jeunesse. J'ai perfectionné nos frites. Elles sont maintenant si bonnes que nous recevons souvent, la fin de semaine, des familles entières venant de Shawinigan Falls ou de Grand-Mère pour les déguster. J'ai beaucoup axé le menu sur les repas légers pour le ventre et généreux dans l'assiette. Et nous cuisinons tout nous-mêmes. Pas de biscuits sortant d'une manufacture ou de pain venant d'un boulanger. Nous faisons notre propre pain! Ah! le pain du *Petit Train!* Patate qu'il est bon! On le sent partout dans l'entourage du restaurant et les gens accourent pour y goûter! Le jour, nous recevons les voyageurs descendant du train, ainsi que des travailleurs des magasins de la rue Saint-Maurice, des employés de bureau et de l'hôpital Saint-Joseph, sans oublier les étudiants du grand séminaire. Mais le soir, tous les jeunes de Trois-Rivières s'y donnent rendez-vous. Le juke-box fait entendre les meilleurs airs de swing et on peut danser (même si le curé monte sur ses grands chevaux une fois par mois). Les williams rencontrent les myrnas et tout ce beau monde voudrait faire partie de mes disciples. Je projette aussi d'acheter un appareil de radio pour que les gens puissent venir à mon restaurant écouter les feuilletons populaires. J'ai aussi pensé projeter des films, mais ça, c'est une histoire un peu plus compliquée... Je ne pense pas que *Le Petit Train* fasse de gros profits, comme à l'époque où tante Jeanne le fréquentait. La crise est moins pire qu'il y a cinq ans, mais elle a tout de même laissé ses marques. Malgré tout Maurice vit confortablement et peut payer un honnête salaire à ma sœur Simone et à moi. Si les jeunes de nos soirées ne dépensent pas beaucoup en nourriture, je devine qu'en vieillissant, ils vont demeurer de fidèles clients du *Petit Train.*

J'adore être de service à mon restaurant! Je ne compte jamais les heures et ne maugrée jamais quand Maurice me fait travailler un peu plus sans me payer pour ce supplément. Ce n'est pas un travail dans le sens où Foxtrot, Gingerale et Nylon peinent cinquante heures par semaine dans leur Wabasso bruyante. Je suis heureuse de servir au *Petit Train,* parmi les gens de ma famille, à faire progresser un commerce qui a été important dans la vie de mes parents, de mes tantes et de mon grand-père. Simone, qui se consacre surtout aux heures de l'après-midi, apprécie aussi cet emploi, bien que, pour elle, le salaire passe avant tout. Elle a vingt et un ans et est solidement fiancée à François Bélanger. Les deux vivent dans la peur absolue de la conscription. D'abord victime de la crise économique, François travaille depuis peu à l'usine de pâtes et papiers Wayagamack. Il économise chaque sou gagné, tout comme Simone. Ils aimeraient bien se marier tout de suite, mais ils ne veulent pas débuter leur vie de couple dans la misère.

Je sais que parfois j'énerve Simone quand elle me voit

dépenser pour des films ou des disques au lieu de mettre ces sommes de côté en vue d'acheter des chaudrons. Mais je ne m'en fais pas. Nous sommes un peu comme ça, les Tremblay. Les uns ont hérité du caractère libertin de mon père et les autres se sont formés à l'esprit terre à terre de ma mère. Mon autre sœur, Carole, a douze ans. Pas question pour elle de se salir les mains dans l'eau de vaisselle du *Petit Train*! Elle est terrifiante, Carole! Première de classe de cette façon, c'est presque une maladie! Elle a fait deux années de l'élémentaire en même temps, à deux reprises, si bien qu'elle est aujourd'hui au couvent parmi des myrnas de quinze ans. Carole est du genre à commander son déjeuner en latin. Je pense qu'elle n'a jamais joué à la poupée, trop occupée à lire ses encyclopédies. À huit ans, elle tenait des conversations anglaises avec mon père. Carole veut aller à l'université. Avoir une sœur médecin ou avocat, ce ne sera pas banal!

J'ai un petit frère de neuf ans, Christian. Mais ce n'est qu'un petit frère. Et puis, il y a enfin Gaston. Depuis son enfance, j'ai pris sa vie en main et je veille à sa destinée que je désire glorieuse, parce que le bon Dieu lui a donné le plus grand talent du monde : musicien. Il a débuté au piano, mais quand j'ai constaté que cet instrument était un peu lourd à transporter, j'ai insisté auprès de papa pour que Gaston apprenne la trompette. Lui s'intéressait à la guitare, mais un tel instrument a peu d'importance dans un orchestre de swing, au contraire de la trompette. Je l'ai intéressé à la bonne musique, grâce aux disques hérités de tante Jeanne. Tous les jours, il s'enferme dans le garage pour répéter et s'il a le malheur d'arrêter, j'arrive en trombe pour lui dire de continuer. C'est pour son bien et il me remerciera plus tard. Une fois, je l'ai surpris à jouer un air de fanfare. Patate! Pourquoi jouer de la musique de parade militaire, alors qu'il peut élever son âme en interprétant du Benny Goodman? Mon intervention ne l'a pas empêché de se joindre à la fanfare de son école, l'Académie de La Salle. Gaston ira bientôt au conservatoire pour apprendre la musique classique. Quelle horreur! De la musique pleine de fils d'araignée, ne correspondant à rien de notre siècle et de notre jeunesse! Je ne sais pas tout ce que Gaston peut faire quand j'ai le dos tourné, mais avec moi dans les parages, il a avantage à exercer son swing! Vous savez le salaire que peut toucher un trompettiste de l'orchestre de Duke Ellington ou de Gene Krupa? Cent fois plus que les pelures de patates qui jouent du Beethoven pour des vieilles bourgeoises plissées! Et les marches militaires, il n'en est plus question depuis cet automne!

Souvent, Woogie vient à la maison pour jouer avec Gaston. Au lieu de s'amuser avec elle, de faire sauter les fusibles, il préfère se casser la tête devant des feuilles de partitions, alors que Woogie ne veut qu'essouffler les touches du piano. « La musique, c'est aussi fait pour s'amuser, Gaston! » de lui dire ma disciple. Il lui répond que cet art est aussi une science. Gaston manque d'instinct pour la musique. C'est un technicien. Mais avec son grand talent, il arrive à se faire pardonner, surtout quand il donne la chair de poule à mes disciples en jouant *Moonlight Serenade* de façon si éblouissante. Bien sûr, à quatorze ans, il est encore un peu jeune pour se joindre à l'orchestre de Glenn Miller ou penser à organiser sa propre formation. Mais quand il aura vingt ans, je prendrai sa carrière en main et je saurai le mener jusqu'au sommet. En attendant, il est de mon devoir de parfaire son éducation swing et de veiller au développement de son caractère. Le samedi, je le traîne jusqu'au *Petit Train,* où il joue nos airs favoris. Les jitterbugs sont émerveillés par son grand talent et je souhaite que leurs applaudissements aideront à faire comprendre à Gaston la nécessité d'être le meilleur trompettiste de Trois-Rivières, de la province de Québec, du Canada, de l'Amérique et du monde. Avoir de l'ambition est primordial pour les Tremblay. Malheureusement, Gaston semble en avoir moins que Carole ou moi. Il a un caractère un peu trop mou, surtout quand je ne suis pas là pour le discipliner. Mais je répète qu'il saura me remercier plus tard. Pour l'instant, il a tendance à maugréer un peu quand je lui donne des ordres. En attendant le grand jour où Gaston triomphera aux côtés de Glenn Miller, je profite de ma jeunesse débordante de joie de vivre, je m'occupe de mes disciples et je remplis mon cœur du désir de faire du bien à mes prochains.

Il est onze heures. Je viens de faire le bilan de notre journée au restaurant et de nettoyer les tables. Je monte me coucher dans la chambre jadis occupée par tante Jeanne. Elle est aujourd'hui l'univers de ma nièce Céline, en attendant que sa mère Micheline lui donne une autre petite sœur. Quand Céline n'était pas née, je venais souvent dans cette chambre, même à l'époque où tante Louise et grand-père habitaient encore la maison. Je m'y installais, fermais les yeux en imaginant tante Jeanne jeune et si belle, travaillant à ses peintures extraordinaires. Papa dit que c'est dans cette chambre que Jeanne a peint ses toiles les plus importantes. Et je l'imaginais rêvassant devant ses livres de poésie, se maquillant avec délicatesse pour une de ses sorties tumultueuses. Cette chambre où elle avait tant vécu me donnait ce goût de mieux la connaître, de l'avoir près de moi.

Mais maintenant qu'elle est parmi nous, j'ai un peu peur d'elle et de ses réactions incontrôlables. J'enrage de voir avec quelle indifférence elle traite sa petite fille Bérangère. Mais je vais travailler fort pour faire rejaillir la flamme au fond de ses yeux trop vides. Depuis le jour de son retour, Jeanne n'a jamais remis les pieds au *Petit Train*. D'ailleurs, elle ne sort presque pas de la maison. Si ma tante revenait au restaurant, je sais que de beaux souvenirs viendraient réjouir son âme. Elle réagirait comme grand-père Joseph, qui, lorsqu'il pousse la porte de mon restaurant, s'en croit toujours le propriétaire, comme en 1908. Il donne alors des ordres, jase avec les clients, fait les yeux doux à mes disciples et parle d'avenir dans « ce siècle du modernisme ». Tout le monde le trouve drôle et il reprend des forces pour dix jours. Quand grand-père broie du noir, papa l'emmène au *Petit Train* pour le raviver. Mon restaurant pourra-t-il faire le même effet sur tante Jeanne? Il y a deux jours, alors que j'étais absente, tante Jeanne a discuté pendant deux heures avec ma mère. Gaston m'a tout raconté. Elle lui parlait de Paris! Je croyais que c'était un bon signe, mais malheureusement, Jeanne est retombée dans son mutisme insolent.

Je me réveille aux cris de la petite Céline, alors que je rêve encore aux jours glorieux de la belle tante Jeanne. Ma belle-sœur Micheline prépare le déjeuner de Maurice, après quoi il ira lui-même cuisiner celui des clients du restaurant. Évidemment, comme je suis là ce matin, il me confie la tâche. Les gens arrivent : des personnes que je n'ai pas l'habitude de voir au *Petit Train.* Il n'y en a pas beaucoup, mais ce sont visiblement des habitués qui préfèrent nos œufs à ceux de nos concurrents. Chaque matin, ils doivent parler des mêmes sujets : la guerre, la crise, le sport et la politique.

« Tu restes, Renée?
– Je ne sais pas.
– Au moins pour la vaisselle.
– Patate! C'est certain, Maurice, que j'ai couché chez toi dans le seul but de laver la vaisselle du restaurant!
– J'en étais sûr. Tu es une brave petite sœur. »

Ah! les williams! Ils sont comme ça! Grand-père Joseph a passé près de trente ans dans ce restaurant et il n'a jamais nettoyé une seule assiette! Après la vaisselle, mon frère me retient pour le plancher. Je le fais briller comme jamais aucun Maurice ne saura le faire. Pendant ce temps, il prépare la liste des victuailles à acheter au marché aux denrées. Il me donne des ordres que je dois transmettre à ma sœur Simone pour l'heure du dîner. Je quitte mon restaurant à ce moment-là, car j'ai d'autres patates à fouetter.

Le vicaire de la paroisse Saint-Philippe désire me voir pour ses œuvres auprès des jeunes. *Il ne peut se passer de moi.* Il veut savoir si mes disciples et moi ne pourrions pas offrir un petit spectacle de chansons aux enfants des pauvres. Rien de plus facile! Il faut d'abord que je m'assure de la participation de Woogie, notre pianiste attitrée. Puis répéter nos chansons enfantines. Le plus difficile est de réunir toutes les disciples, car nos horaires de travail ne coïncident pas toujours avec l'heure de la représentation prévue par le vicaire. Par exemple, pour ce samedi, Broadway, notre comédienne, ne pourra se joindre à Divine pour notre sketch sur le lutin et la fée des bonbons. Je vais donc la remplacer.

« Toi?
– Oui, moi.

– Allons donc, Caractère! Tu te prends pour Maureen O'Hara? Tu me fais plutôt penser à Mae West, comme comédienne! »

Je n'aime pas qu'une disciple mette en doute mes talents d'actrice. Je devrais normalement punir Chou pour son impolitesse à mon endroit, mais je me sens trop de bonne humeur pour la priver de ses sorties au cinéma. Je ris de la blague, mais lui ordonne de ne plus jamais en faire une autre semblable. J'ai beau avoir des disciples qui font partie des Compagnons de Notre-Dame, aucune de ces deux-là n'a participé, comme moi, aux grands pageants historiques du tricentenaire de Trois-Rivières, en 1934. J'étais sur scène, avec mille personnes devant moi, avec mon beau costume de petite Indienne. Dix fois que je l'ai fait! J'ai joué devant 10 000 personnes! Broadway et Divine ne se sont jamais produites devant tant de gens avec leurs pièces de théâtre. Bien sûr, je n'ai pas passé l'audition pour être admise dans les Compagnons. J'avais la grippe, ce jour-là. Et puis, j'avais tant à faire à mon restaurant! Et avec toutes les responsabilités que me donnent mes disciples, je n'aurais pas eu le temps d'offrir de bonnes performances avec la troupe. Ça ne veut pas dire que je suis dépourvue de talent comme comédienne et chanteuse.

« Hello! Ici Cary Grant! C'est toi, Caractère?

– Oui, mon beau Cary. Qu'est-ce que je peux faire pour toi?

– C'est comme mes cinquante appels précédents...

– Ah... jouer dans ton prochain film?

– C'est ça! Tu dois absolument venir à Hollywood pour être la vedette féminine de mes films, Caractère.

– Je ne peux pas, Cary! Je suis très occupée avec la carrière de mon frère Gaston, et ma tante Jeanne est revenue d'Europe et je dois prendre soin d'elle.

– J'insiste beaucoup, Caractère.

– Cary! Ne sois pas si obstiné! Tu sais que j'ai aussi une mission à accomplir ici auprès de nos williams.

– Tu me brises encore le cœur, Caractère! »

Je connais tous les films. Encore plus que mes disciples, car je comprends presque tous les dialogues anglais. C'est facile, jouer la comédie! Je peux parler comme Cagney et crier comme Tarzan. Je peux être douce comme Olivia de Havilland et passionnée comme Joan Crawford. Souvent, mon miroir est ravi de me voir jouer la comédie. Alors, faire quelques grimaces et raconter le petit Chaperon rouge à deux douzaines de gamins de la paroisse Saint-Philippe est un jeu d'enfant pour moi. Vendredi soir, j'ai répété le numéro avec Divine. *Juste deux fois, parce qu'elle a été stupéfaite par mon talent. Elle m'a dit qu'elle allait supplier le directeur des Compagnons de Notre-Dame pour que je fasse partie de la troupe. Mais je lui ai répondu que la lutte contre l'armée était plus importante que ma carrière d'actrice.*

Le jour du spectacle, mon père vient me reconduire jusqu'à l'école Saint-Philippe. À ma grande surprise, tante Jeanne prend place dans l'automobile. Mais la balade ne l'emballe pas, du moins jusqu'à ce que papa se gare dans la rue Bureau. Elle cligne des paupières et hoche un petit peu la tête en voyant le lieu où grand-père Joseph les a élevés tous deux. Quand elle sourit, papa l'étreint et je deviens mal à l'aise, me sentant de trop dans leurs souvenirs. Cette image affectueuse m'encourage : tante Jeanne est encore humaine! Mais les deux refusent d'entrer voir mon spectacle. Deux heures plus tard, en sortant, j'ai la surprise d'apercevoir notre automobile stationnée au même endroit. Je pars à leur recherche en ces lieux que mon père m'a cent fois montrés : le parc du petit carré, le terrain de leur maison, l'ancien territoire de la commune. C'est en retournant à la voiture que je les aperçois sur la banquette arrière, se tenant les mains comme des amoureux. Le soir, papa refuse de me dévoiler ses secrets de l'après-midi. J'insiste de nouveau le lendemain, mais je n'en tire rien. Il se remet à parler de politique.

Les poteaux de téléphone de nos rues se transforment en cahiers à colorier pour grands enfants politiciens, chacun y affichant sa tête de patate au beurre et son slogan. Comme ils m'énervent! Ils me rendent la vie abominable depuis le début des élections! Impossible de faire un pas sans les voir! Et les entendre est une abomination! Quand Duplessis jacasse, on dirait qu'il mâche sa cravate et mon père a le goût de jeter notre appareil radio par la fenêtre. Quand c'est Godbout, papa se sent mieux. Mes disciples vivent des situations semblables dans leurs familles et nous sommes obligées de subir les allégories de Mademoiselle Minou, confondant Godbout avec Cary Grant. Les Trifluviens parlent de Duplessis comme de « leur Maurice », comme s'il était un cousin à qui on n'avait pas donné une vraie chance dans la vie. Quand on annonce sa venue à Trois-Rivières pour prononcer un discours, Mademoiselle Minou insiste pour que je l'accompagne à la réunion.

« Il me semblait que tu étais contre.
– Oui, je suis contre. Je le déteste par-dessus tout.
– Mais pourquoi veux-tu l'entendre, alors?
– Pour savoir jusqu'à quel point je le déteste. »

Quel héros! Quand Duplessis entre, on dirait que les gens acclament Clark Gable, Fred Astaire et Benny Goodman. Dans la salle, il y a des vieux fumeurs de pipe, des adultes mâcheurs de cigares et des jeunes adeptes de la cigarette. Puis il y a Mademoiselle Minou et moi. Pas même de bigotes pour vendre du café! Deux pauvres myrnas parmi trois cents hommes! Je viens de noter quelques williams avec des bérets militaires et je m'apprête à leur dire ma façon de penser quand Mademoiselle Minou me tire (encore!) par le bras. Voilà Duplessis qui fonce vers le microphone comme John Wayne sur un Indien. Il a vraiment une drôle de voix, encore plus patate rouge qu'à la radio. Soudain, Duplessis entretient ses admirateurs du danger de la conscription.

« Ah! tu vois?
– C'est un menteur. Oh! comme je le déteste! »

Mademoiselle Minou me parle encore du cadenas. Lui y va de son paragraphe à propos des communistes. Comme tout le monde le sait, les communistes courent les rues à Trois-Rivières. Il cause aussi de finance et de ses bons coups.

Puis de religion, d'agriculture et de la femme catholique, reine du foyer.

« T'entends ça, Caractère? Il nous prend pour des idiotes! Il parle de nos mères et de nos grands-mères! Pas de nous!

– Excuse-moi, Mademoiselle Minou, mais soudainement, j'ai envie de pipi.

– À ta place, en l'entendant, j'aurais plutôt envie de caca. »

En cherchant le lieu, je me cogne à un soldat que j'ai bien envie de cogner davantage, jusqu'à ce qu'un très grand william à l'allure étrange commence à lui crier des injures, croyant qu'il m'avait frappée.

« Hep! Toi!

– Qui? Moi?

– Oui. Où vas-tu?

– Au petit coin.

– C'est par là! Suis-moi!

– Tant que tu ne m'y suis pas. »

Il doit faire plus de six pieds et six pouces, ce william! Il porte une culotte qui semble avoir rétréci au lavage et il laisse ses cheveux trop longs lui chatouiller le front. Il a des bretelles de grand-père et une cravate ridiculement trop large. Quand je sors du cabinet, il me tend une cigarette qu'il allume avec un briquet dont l'énorme flamme me fait sursauter d'effroi.

« Je m'appelle Rocky. Et toi?

– Caractère Tremblay.

– C'est *hot.*

– Rocky, c'est pas le nom de James Cagney dans *Angels with dirty faces*?

– Oui! *Dame,* tu es *great*! *Take five*! »

Au diable Mademoiselle Minou et Duplessis! Ce william

long format est beaucoup plus beau et intéressant! Nous nous rendons vite au *Petit Train* pour faire connaissance. Foxtrot, Love, Gingerale et Sousou s'y trouvent avec quelques williams de leur ménagerie. Elles lèvent les yeux en me voyant avec ce géant. Mais je n'ai pas le goût de le partager. Je m'installe dans une case pour un tête-à-tête qui ne dure pas longtemps, car il se lève comme un piston quand le juke-box fait entendre *Sing sing sing* de saint Benny Goodman. Rocky se met à virevolter un swing incroyable, ses pieds dansant huit pas à la fois, alors que son corps demeure droit comme un cure-dent et que ses doigts soutiennent le rythme. Vite je me lance vers lui pour qu'il me fasse monter jusqu'au paradis du boogie woogie! Il me mène comme un Fred et je deviens sa Ginger, emportée dans son élan divin. Mes disciples nous regardent, étonnées et ravies, et décident de faire la queue pour avoir le droit de danser avec ce champion. Non! Il est à moi! Nous donnons une indigestion de cinq sous au juke-box et, malgré mon endurance que je croyais infinie, je dépose les armes après trente minutes de danse effrénée. Rocky m'a tuée et mes disciples meurent d'envie de subir le même doux sort.

Je m'approche du comptoir où mon frère Maurice est tout souriant en regardant ce grand william à l'allure étrange. Le swing incessant du juke-box attire les jeunes passants, et, de nouveau, *Le Petit Train* vit une soirée glorieuse à l'enseigne de la jeunesse. Mais Maurice est sévère : à dix heures, la musique doit cesser. Rocky vient me rejoindre, pas du tout fatigué, mais très décoiffé. Pendant que Maurice fait ses comptes, je bavarde avec Rocky, cherchant à savoir s'il n'est que de passage à Trois-Rivières. Je suis certaine qu'il n'est pas de la ville; avec cette grandeur, je l'aurais vu avant! Mais il me surprend en me disant qu'il est un Trifluvien. Sa famille avait quitté en 1933 en faveur d'un lot de colonisation au Témiscamingue. Comme il n'aimait pas la terre, il s'est présenté comme garçon à tout faire dans une mine de l'Abitibi, et, par la suite, il s'est rendu à Montréal suivre des cours afin de devenir spécialiste en réparation d'appareils de radio. Il est de retour à Trois-Rivières depuis quelques mois, ayant ouvert un petit atelier sur la rue Saint-Roch.

« Nous étions de la paroisse Sainte-Cécile. Ce restaurant, je le connais bien. Je venais parfois quand j'étais enfant.

– Patate! Tu me racontes tout ça... Tu dois être très vieux!

– J'ai vingt-trois ans. »

Il devait venir au *Petit Train* dans les années vingt. Peut-être se souvient-il de tante Jeanne? Mais je n'ai pas le goût de lui poser la question, tant je me plais à me perdre d'espoir dans son regard franc à la Cary Grant. En plus de danser comme un Astaire, il connaît tous les orchestres de swing, tous les films de Hollywood et déteste les soldats et la guerre. Oh! comme je l'aime! Et il n'a pas de bague au doigt! Un jitterbug comme moi! Mais il dit qu'il est plutôt un zoot. Je l'approuve de la tête en ne sachant pas au juste ce qu'il veut dire par ce mot. Se rendant compte de mon ignorance, il m'explique qu'un zoot est un jitterbug qui est contre les soldats. Ils ont les cheveux en brosse? Il porte les siens longs! Ils ont des pantalons larges? Le sien est étroit! « Il y en a beaucoup à Montréal. Il y en avait même avant la déclaration de la guerre. » Il existe même des myrnas zoots! J'en suis probablement une, bien que je ne sache pas quel uniforme porter pour le prouver. Je me sens comme Joan Crawford se faisant courtiser par Clark Gable. Il n'y a pas de paysage enchanteur, ni de cascades de violons, mais la pénombre de mon restaurant me suffit pour créer le climat romantique idéal. Il se met à siffler *Moonlight Serenade* et je fonds d'embarras. Il s'approche pour m'embrasser, mais mon devoir est de le repousser.

« Qu'est-ce qu'il y a, *honey*? Je ne te plais pas?

– Pas le premier soir. Je ne suis pas une fille comme ça.

– Regarde ce moment, Caractère, car il ne reviendra pas. Tu t'en souviendras toujours si tu refuses mon cœur. »

Et non seulement je refuse son cœur en forme de lèvres, mais il reçoit une gifle alors qu'il essaie de nouveau, malgré mon deuxième avertissement. « Bon! » dit-il avec fermeté, en reprenant son trop large chapeau. Il se lève et sort en me saluant moqueusement. Je reste là pendant une demi-heure à me demander si j'ai été idiote ou sage. Peut-être n'est-il qu'un rêve, ou un de ces aventuriers cherchant le déshonneur de braves myrnas plus jeunes que lui. Il doit être minuit quand je m'aperçois que mon carrosse s'est transformé en citrouille devant la porte du *Petit Train.* Je marche jusque chez moi en sanglotant. Comme je suis malchanceuse, en amour! Toutes mes disciples, sauf Sousou, ont toujours eu des amoureux réguliers et je ne récolte que des miettes ou des williams qui ne veulent pas me respecter! Ma vie sentimentale n'est qu'un long songe en vingt-quatre images secondes. Peut-être suis-je laide? Peut-être aussi que les williams ne veulent pas d'une myrna qui dirige tout? Ça doit leur faire peur. Ou suis-je trop petite? Oui! C'est ça! Lui si grand m'a sans doute jugée ridicule avec mes cinq pieds et un petit pouce timide. Il a dû se dire que je ne suis qu'une puce, que ma petitesse me rend vulnérable. Je me presse de retourner à la maison pour confier ma tristesse à mon oreiller. Alors que je fais attention pour ne pas réveiller papa-tu-parles-d'une-heure-pour-rentrer-ma-fille, la tante Jeanne me surprend dans la pénombre du salon. Je sursaute et le cœur me bat trop vite. J'allume la lampe pour la voir, cheveux ébouriffés, le visage en sueur, mais essayant de me sourire. Elle me fait signe d'approcher.

« Tu es bien belle, ce soir, Renée.
– Merci, tante Jeanne. »

Cette enfilade de sept mots est la plus longue qu'elle m'a dite depuis son retour. Jusqu'alors, les mots qu'elle m'adressait se limitaient à des murmures d'insultes parisiennes, du genre « Conasse » ou « Bouffiasse ». Après un effort surhumain, elle se lève et s'approche de moi. « Tu as dansé? C'est beau, la jeunesse. Et puis, le jazz que tu écoutes est bien meilleur que le mien. Tu as une belle robe. Ce rouge te va bien. Tu es contente de travailler au *Petit Train*? » Quelle amabilité! Mais je ne crois pas aux miracles. Du moins, pas tout de suite. Ses compliments sentent la flatterie hypocrite et ses grosses mains tremblent trop.

« Juste entre toi et moi, on peut avoir des secrets, n'est-ce pas? On a des points en commun. Tu sais, c'est moi qui ai choisi ton prénom quand tu es née.

– Qu'est-ce que vous voulez, ma tante?

– Pour être bien sincère avec toi, je dois dire que je ne me sens pas très bien, malgré les médicaments que ton père a la bonté de me procurer. Je me suis dit que tu pourrais aller m'acheter un petit flacon. Juste un petit.

– Jamais de la vie.

– Allons donc... Roméo n'en saurait rien. Ce serait un secret entre toi et moi.

– Je suis d'accord avec mon père quand il dit que l'ivrognerie se guérit en clinique ou avec de la privation. C'est la boisson qui vous a rendue grosse, laide et méchante, tante Jeanne. Et si vous croyez que je suis assez patate pour ajouter les gouttes d'alcool qui vont vous rendre encore plus grosse, laide et méchante, vous vous trompez en maudit, tante Jeanne. Oui, en maudit!

– Je ne suis pas une ivrogne! Je ne te permets pas de m'insulter!

– Mon plus grand désir est de vous voir guérir de votre mauvaise habitude, tante Jeanne. Et ce n'est pas en entretenant votre vice que je vais voir ce rêve se réaliser.

– Petite enfoirée! Tu vas me le payer! »

Elle continue de m'insulter, *mais ça ne me dérange pas du tout. Je sais que j'ai eu raison de lui parler sévèrement. Si je pleure en me couchant, ce n'est pas à cause de cette anecdote, mais bien en pensant au beau Rocky*. Puis je songe soudainement à tout ce que mon père a sacrifié pour tante Jeanne. Que serait-elle sans lui? Une clocharde dans les rues de Paris! Que serait devenue la pauvre petite Bérangère sans mon père? Une orpheline de plus! Et voilà que la tante Jeanne veut que je trahisse tous les sacrifices de papa pour la faire revenir ici, parmi les siens, dans son pays, parmi des gens ne voulant que l'aimer. Je n'ai pas le temps de me perdre longtemps dans ces pensées que des bruits violents me font sursauter. Je me cache davantage sous mes draps en entendant papa poursuivre tante Jeanne partout dans la maison. Furieuse, elle décide de tout casser. Je l'entends hurler. Puis ma mère qui se lève. Et le petit Christian criant : « Maman! Maman! » Et ma sœur Carole qui l'imite au masculin : « Papa! Papa! » Un peu plus et j'imagine Gaston se joignant au joyeux groupe pour jouer de la trompette. Je ne m'en mêle pas. Mais mon père entre à toute vitesse dans ma chambre en m'apostrophant : « Mais qu'est-ce que tu as dit à ma sœur? » Il protège son petit oiseau blessé. Il la couve, la chaperonne, la surveille. Parfois, on le dirait possédé d'un amour dangereux pour Jeanne.

« Je lui ai dit qu'elle était grosse, laide et méchante.

– Comme si elle n'avait que tes bêtises à entendre! Est-ce que je dois te montrer la politesse comme à une petite fille, Renée?

– Elle m'a traitée d'effoirée!

– Qu'est-ce que tu lui as fait?

– Bonne nuit, papa.

– Réponds-moi ou ça va aller mal! »

Je ne lui dis pas que tante Jeanne m'a approchée pour lui acheter de la boisson. Peut-être, en effet, que tante Jeanne a réussi à me faire garder « un secret entre nous ». Au matin, tout le monde a la tête de bois. La tante a encore le nez collé à la fenêtre du salon, avec grand-père Joseph fumant sa pipe près d'elle. Papa tourne d'impatience et j'aperçois ma mère prête à se fâcher. Je m'imagine mal arrivant dans ce gai décor pour leur dire que j'ai une peine d'amour. Je me rends au restaurant Christo, où mon amie Sousou travaille tous les matins. Comme il y a peu de clients, nous pouvons parler sans que son patron s'en aperçoive. Sousou semble d'excellente humeur et ne voit pas la tristesse sur mon visage.

« J'ai yeux ton grand william d'hier soir, il n'y a pas une heure. Il est venu manger. Savais-tu, Caractère, que nous sommes des zoots?

– Ce n'est pas mon william.

– Pourquoi? Il est idéal pour toi. Un bon parti, comme le dit ma mère-grand. Saute dessus!

– Comment, sauter dessus? Pour qui me prends-tu?

– Je veux dire, sauter sur l'occasion. Il m'a bouché de toi. C'est dans le sac, Caractère! Dis? Comment ça s'habille, une myrna zoot? »

Je passe, *par hasard*, devant la maison où habite Rocky. Il a loué un petit logement et installé sa boutique de réparateur à la place du salon. Cette patate frite n'a mis qu'un tout petit écriteau griffonné à la main pour annoncer son commerce. Comment espère-t-il se faire une clientèle avec des moyens publicitaires aussi discrets? Je ne sais pas ce qui me retient pour ne pas entrer, tout bousculer et lui enseigner l'art de vendre. *J'allais d'ailleurs le faire quand la pluie m'en a empêché, m'invitant à trouver un abri.* Le soir, il vient au *Petit Train* et je le traite comme un client normal. Pas question de danser avec lui. Devant mon refus, Rocky se tourne vers Broadway et Foxtrot, me révélant ainsi sa vraie nature. Hier, il voulait m'embrasser, et le lendemain, il en trouve d'autres. *Et je suppose que dans une heure, il va me roucouler qu'il n'aime que moi. Je connais la chanson.* Après ces cabrioles avec mes deux disciples, le voilà s'approchant de moi, se donnant en spectacle avec cet idiot de briquet lance-flammes. Qu'est-ce qu'il va encore me raconter?

« Désirez-vous un autre breuvage, monsieur?

– Pourquoi t'es venue tourner une partie de la matinée devant mon atelier?

– Quel atelier?

– Allons, allons, *dame,* tu sais ce que je veux dire.

– Je n'ai pas vu ta boutique, surtout avec le petit écriteau que tu as mis dans ta fenêtre. Personne ne peut la voir, de cette façon.

– Je m'excuse, je n'ai pas encore l'argent nécessaire pour me procurer une enseigne au néon.

– Patate! T'as pas besoin de ça! »

Il m'explique qu'il a dépensé toutes ses économies pour acheter son équipement de réparateur, qu'il projette de passer des petites annonces dans les journaux, qu'il a déjà quelques bons clients. Bla bla bla. Mon pauvre petit cœur de myrna! Le voilà à craquer pour ce gringalet au toupet trop long. Et je me revois hier à me perdre entre ses mains de danseur expert et je m'imagine de nouveau dans l'envoûtante pénombre de mon restaurant à écouter sa belle voix et à souhaiter le baiser que je lui ai refusé par pudeur. Voilà dix minutes qu'il me parle de je ne sais trop quoi. De son apprentissage de technicien dans un magasin de Montréal, je crois. Mais cela ne m'intéresse pas. Je regarde ses lèvres comme une Bette Davis devant un Humphrey Bogart. Je vois mes disciples parader derrière lui, me faisant des clins d'œil et des sourires crétins. Et me revoilà dans la pénombre du *Petit Train* à l'écouter encore et encore quand soudain il cesse, n'ayant plus rien à me raconter. Moi qui ai toujours l'habitude de regarder les gens en plein visage, je baisse les paupières comme une fillette de treize ans devant son premier espoir. En replaçant mes cheveux d'un geste invisible, j'ai le temps de lever les yeux pour le voir baisser les siens.

« J'ai connu ta tante Jeanne, tu sais.

– C'est Sousou qui t'a conseillé de me dire ça?

– Oui. Mais je l'ai connue quand même, ta tante. Quand tu as onze ans et que tu vois passer une fille avec des longs colliers sur un décolleté profond, coiffée comme une vedette des *motion pictures* et qui se mêle aux ouvrières de la Wabasso habillées de robes à deux sous, ce sont des visions dont un petit gars se souvient. Elle était très belle. Tu lui ressembles.

– Oh que c'est soupe aux patates! »

Un autre silence. Puis un autre. Et il s'excuse pour son attitude d'hier. Il me roucoule des compliments et je fonds sous sa sincérité ou son mensonge. Et je me lance comme une première venue vers ce que je lui ai refusé hier soir comme une imbécile de sainte nitouche.

« Daddy, je me suis fait un *sweet*. C'est un zoot.

– Renée, quand vas-tu cesser de parler aussi mal et de façon aussi incompréhensible?

– C'est mon style! Je suis une jitterbug! Je suis une zoot!

– Renée...

— Très cher père, il me fait honneur de vous annoncer qu'un jeune homme a conquis mon petit cœur rose.
— Tiens, tiens... Et quel est son nom?
— Rocky. »

Mon père me regarde en soupirant, dépassé par le caractère flamboyant de ma génération. Quand il lui arrive de me permettre d'organiser une soirée dansante, il m'humilie en reprenant sans cesse mes disciples sur leur langage personnalisé. Lui et son bon parler français! Et au fait, est-ce qu'ils parlent un si bon français, Gabin, Fernandel, Raimu et Bach? Papa m'interroge comme un George Raft devant E. G. Robinson. Qui est-il? D'où vient-il? Est-ce un bon petit gars? Que font ses parents? Mes réponses semblent le satisfaire, jusqu'à ce que je lui révèle l'âge de Rocky. Il est certain que, pour lui, un william de vingt-trois ans doit être sérieux et ne pas perdre son temps à danser le swing et à regarder des films de gangster, qu'il doit parler convenablement, être un bon Canadien français. Papa est très souvent méfiant envers nos amoureux. Je me souviens qu'il n'avait pas très bien accueilli le François de ma sœur Simone.

« Daddy, tu ne l'as même pas encore vu et tu le juges déjà.
— À cet âge, j'avais déjà des enfants.
— Il n'a pas été chanceux.
— Bon! D'accord! Invite-le à souper, que je fasse connaissance.
— Ça ne se fait pas.
— Comment, ça ne se fait pas?
— Que tu es démodé, daddy! »

Il ne m'en a pas parlé pendant les trois jours suivants, repris par son fanatisme politique. Je pensais pouvoir profiter en paix de la présence de mon *sweet,* mais cette grande patate sans sel se met à souhaiter tout haut la défaite de Duplessis. Le premier jour où je suis entrée dans sa boutique, il m'a demandé de me taire, car il écoutait les nouvelles de la campagne électorale à Radio-Canada. Penché sur son appareil, les poings crispés, les yeux exorbités, il m'a donné la meilleure idée du monde pour faire connaître son commerce. J'ai rassemblé mes disciples pour leur demander d'apporter des clochettes et des tambours, j'ai demandé à Gaston d'arriver avec sa trompette, et tous ensemble avons mené un tintamarre afin d'attirer les gens vers la boutique de Rocky. « Dites à vos mères, à vos pères, à vos frères et sœurs, à vos amis et voisins, dites à tout le monde que le soir de l'élection, vous pourrez écouter gratuitement les résultats grâce aux appareils radio de la boutique de réparation de Roland Gingras! » (Au fait, Roland Gingras est son nom, ce qui a peu d'intérêt quand on peut s'appeler Rocky.)

« Gratuit?

– Oui, monsieur! Totalement gratuit! Emmenez votre épouse!

– Pour quoi faire? »

Cependant, les profits du café, du Coca-Cola et des pointes de tarte, vendus ce soir-là, iront à la caisse du *Petit Train*. Quand même! Une élection donne soif et doit profiter à quelqu'un, non? Le moment venu, les gens accourent de partout! Les ouvriers de Trois-Rivières n'ont pas l'argent nécessaire pour s'acheter un appareil radio, et pour beaucoup d'entre eux, cet objet miraculeux représente toujours une boîte à merveilles. Il arrive même un homme avec une grand-mère très vieille qui « voulait entendre ça au moins une fois avant de mourir ». Malgré le froid, ces personnes restent massées dans la cour, très silencieux, écoutant les résultats. Mademoiselle Minou, calepin en main, transmet à vive voix les résultats aux citoyens installés dans la rue.

« T'es vraiment *hot*, Caractère!

– Demain, la moitié de la ville va connaître le nom de ton commerce. Et la semaine prochaine, je vais remplacer ta patate moisie d'écriteau par quelque chose de plus coloré. T'as pas songé à mettre ta table de travail devant ta fenêtre? Ainsi, tout le monde va te voir à l'œuvre et ils en parleront à d'autres personnes. Ou encore...

– Du calme, *dame*! Une chose à la fois! »

Je ne sais pas trop qui gagne la bataille électorale. Mademoiselle Minou arrive pour m'expliquer que Duplessis est en train de perdre tout en gagnant.

« Ça veut dire qu'on va être pris pour l'avoir comme député, mais qu'on va s'en débarrasser comme premier ministre.

– C'est impossible, ce que tu me racontes là.
– Mais oui, Caractère! C'est si simple!
– Patate que c'est ennuyeux, ta politique... »

Alors que tout ce micmac incompréhensible se précise, un électeur de Duplessis décide de bousculer un Godbout. Cinq secondes plus tard, ces grands enfants se poussent à qui mieux mieux dans le fond de la cour. Rocky se lance dans la mêlée comme un Tarzan vers une liane, décidé à donner un coup de poing à la Cagney – par inadvertance, bien sûr – avant de séparer les vilains. Mais les deux opposants semblent vouloir se déchiqueter. Rocky les prend par la peau du cou et les reconduit jusqu'à la rue. Le temps de revenir que deux autres ont pris le relais. Je ferme simplement le son de la radio et tout de suite cinquante têtes se tournent vers moi en hurlant leur insatisfaction. « Si vous voulez votre politique, pas de bataille dans la cour! » Ils deviennent alors sages comme des statues. Ah! cette emprise que j'ai sur eux, ce grand pouvoir au bout de mes doigts agitant un tout petit bouton! Mais à bien y penser, j'aurais dû les laisser continuer la bataille, car depuis le début de la campagne électorale, j'ai eu le temps de comprendre que la politique, c'est une chicane de ruelle. Ces hommes m'en donnent la preuve ce soir!

Novembre et décembre 1939
Le miracle du petit Jésus

Mes disciples sont d'accord pour devenir des zoots, aussitôt que Rocky nous explique de quelle façon il faut se vêtir. Nous gardons nos jupes de jitterbugs, tout en les raccourcissant de deux pouces. Le veston long, de couleur noire, est aussi recommandable. Le clou de l'attirail consiste à porter une chaînette en or – ou en toc! – à la cheville. Quelle soirée mémorable que celle où mes disciples se présentent avec leurs uniformes! Elles adorent cette allure, mais la plupart ont bien peur de la réaction de leurs mères, surtout en ce qui concerne la chaînette.

Papa prétend que Rocky a une mauvaise influence sur moi. Il est vrai que la première fois où mon *sweet* s'est présenté devant mon père, il portait son pantalon étroit et que sa longue mèche de cheveux lui cachait la moitié du front. Bizarrement, c'est à tante Jeanne que Rocky a fait la meilleure impression. Elle a dit qu'à Paris, dans les cafés d'intellectuels, beaucoup d'amateurs de jazz s'habillent ainsi. Tante Jeanne a aussi aimé mes vêtements zoots. Elle a bien réagi en voyant ma chaînette, me regardant longtemps les pieds, puis a laissé monter son regard vers mon visage, en posant sur le sien un sourire gênant. Quand elle avait la vingtaine, elle laissait descendre ses bas jusqu'au dessus du genou, comme toute bonne flapper se devait de le faire. Je devine qu'avec ma chaînette, je lui ai rappelé les audaces de sa propre jeunesse. Tante Jeanne s'est mise à sortir, d'abord doucement, puis plus longuement, clamant à mon père qu'elle s'était ennuyée de la belle neige de la province de Québec. Tout le monde dans ma famille s'est réjoui de ce réveil de la tante, jusqu'à ce que Sousou m'apprenne qu'elle l'a vue en boisson dans un autobus. Je ne sais pas pourquoi je n'en ai pas parlé à mon père.

Ce mardi, Maurice la voit passer devant *Le Petit Train* au moins cinq fois sans qu'elle s'arrête. Je sors pour la suivre discrètement, devinant qu'elle doit se rendre devant le loyer de la rue Sainte-Julie qu'elle a jadis partagé avec Sweetie, son amie américaine. Après s'y être attardée plusieurs minutes, elle continue son chemin lentement, puis à pas de tortue, jusqu'à ce qu'elle s'immobilise et tombe dans la neige. Je me lance à son secours, croyant qu'elle a une crise du cœur. Mais non! Elle s'est tout simplement endormie! Aussitôt réveillée, elle souffle comme une pompe, bougeant les mains sans arrêt, réclamant dans son délire le verre d'alcool qu'elle s'en allait probablement prendre avant son effondrement. Je lui enduis le front de neige pour la soulager de ses sueurs. Elle saisit ma main et la tire pour se redresser. Puis elle ouvre très grand les yeux, les ferme, soupire, se laisse choir. Je ne sais pas quoi lui dire. Mes encouragements, je le sais trop bien, ne servent à rien, ne provoquent qu'une indifférence blessante. Devant mon père, elle est comme une comédienne mimant le jeu d'aimer la vie alors qu'en réalité, l'existence la quitte à chaque instant. Est-ce dû au chagrin de cet amour péché pour l'Américaine, perdu à jamais? Papa prétend que ce n'est pas le cas, que son seul problème est le manque de boisson. Mais ses yeux trop beaux pour ce corps devenu si laid me crient qu'elle ne peut plus vivre sans cette fille.

« Est-ce que vous me trouvez belle, ma tante?
– Quoi?
– Suis-je belle? »

Sa tête fuit mon regard et son souffle court repart de plus belle. Elle se lève, nettoie son manteau du revers d'une main molle et marche de peine et de misère, en m'ignorant. « Je vais vous suivre, ma tante! Comme une espionne! Pas à pas! » Elle ne m'écoute pas et je marche lentement, alors qu'elle fait de grands efforts pénibles pour mettre un pied devant l'autre. Elle entre dans une taverne. J'attends à la porte, sachant que le serveur la déposera à la rue dans les plus brefs délais. Je m'approche, lui prends le bras. Elle se débarrasse vivement de mon emprise, comme on chasse une mouche collante.

« Je pense que vous ne voulez vraiment pas guérir, ma tante. Moi qui croyais que vous sortiez pour que le bon air frais vous fasse du bien.

– Veux-tu te la fermer, petite sotte?

– Tiens! Une phrase complète! Un miracle! Je vais faire brûler des lampions pour fêter ça!

– Tais-toi donc!

– Vous savez où vous rendre pour boire. Et je suis certaine que vous savez où ça va vous mener, tout en y prenant un grand plaisir.

– Ferme ton clapet!

– Je vais parler jusqu'à ce que vous soyez si exaspérée que vous allez lancer votre gros tas de graisse à pleine vapeur sur moi. Et je vais m'enlever et vous allez vous assommer contre un mur de brique.

– Va-t'en! Peste!

– Est-ce que je suis aussi belle que Sweetie? »

À cet appel, tante Jeanne se lance dans mes bras en pleurant, me demandant pardon pour toutes les méchancetés qu'elle m'a faites depuis son retour. Nous nous rendons au *Petit Train* prendre un thé. Nous avons une longue conversation sur le jazz, le cinéma et la jeunesse. Je dépose des sous dans le juke-box pour lui faire entendre un disque de Glenn Miller. Le rythme lui redonne des couleurs et elle se lève pour esquisser quelques pas. En la voyant faire, Maurice tape dans les mains et la félicite. Elle me promet que, bientôt, elle dansera mieux que moi. Nous repartons à la maison tout en continuant à parler gaiement.

Elle se lance vers moi et je n'ai pas le temps de l'éviter. Je suis par terre et elle me couvre de gifles enragées. Je demeure dans la neige et pleure en la regardant s'éloigner vers le premier bar qui acceptera de l'accueillir. Ma tristesse et ma désolation me donnent le goût de me rendre tout de suite au journal *Le Nouvelliste* pour avertir mon père que sa chère petite sœur d'amour m'a traitée comme du poisson pourri, moi qui ai eu la gentillesse de lui venir en aide. Je me précipite plutôt vers la boutique de Rocky qui m'apportera le réconfort dont j'ai tant besoin. Mais il n'a d'esprit que pour le grille-pain qu'il répare.

« Je travaille, *dame*!
– Je te parle, vieille patate! »

Lui qui voulait devenir un grand technicien de la radio, le voilà à faire « guidi guidi » à un vulgaire grille-pain!

« Tu comprends, j'ai ce lourd cas sur le cœur : ou je le dis à mon père, ou je continue ma lutte en solitaire. Mais quand je vois tante Jeanne dans cet état, j'ai l'impression d'être David devant Goliath, sauf que je n'ai même pas de caillou à mettre dans ma fronde.
– Caractère! Je travaille!
– Patate! Après tout ce que j'ai fait pour toi! Ingrat! Je t'ouvre mon cœur et tu préfères un grille-pain! »

Je retourne dans le froid, donnant des coups de pied dans le vide. Mais cette fois, je ne pleurerai pas! J'ai trop pleuré, ces temps derniers! On pourrait presque me confondre avec Carole Lombard, tant j'ai versé de larmes! Je vais plutôt être Katharine Hepburn et me battre! Me revoilà rue Saint-Maurice, bien décidée à sortir tante Jeanne de son bar. Mais elle est plutôt assise par terre, à la vue de tous les passants, une cigarette morte entre ses doigts jaunis.

« Les policiers vont vous ramasser, ma tante.
– Hein?
– Les gendarmes. Les flics. Les poulets.
– Encore toi? »

Je lui tire la main pour la redresser, mais elle bascule, si bien qu'en moins de deux, je l'ai par-dessus moi. Comme elle est lourde et sent mauvais! Je pousse et la remets sur pied. Je la soutiens du mieux que je peux, ce qui n'est pas si simple, car sa tête chavire comme un pendule d'horloge. Je réussis à la traîner jusqu'au *Petit Train*. Maurice me fait les gros yeux parce qu'il y a des clients et que la présence de tante Jeanne dans cet état ne donne pas bonne réputation au restaurant. D'un coup de tête, il m'indique la maison. Ma sœur Simone m'aide à la transporter.

« C'est épouvantable, Renée! Je vais téléphoner à papa.
– Je te l'interdis!
– Pourquoi?
– C'est ma guerre! À ma façon! »

Nous l'installons au salon, loin du regard des enfants de Maurice. Aussitôt assise, elle vomit sur le divan. Je lui nettoie le bec comme à un petit bébé, pendant que ma belle-sœur Micheline prépare un baril de café noir.

« Je sais ce qu'on va faire, ma tante! Je vais dire à Maurice que vous avez passé l'après-midi au *Petit Train* à jaser avec nous. Ainsi, mon père ne saura pas que vous vous êtes enivrée. Je suis certaine que Maurice va comprendre.
– Tu parles encore?
– Patate, ma tante! Je veux vous aider et vous protéger! »

Rien à faire! Au diable! Je téléphone à mon père pour lui dire de venir nous chercher à cinq heures. Je lui dis que tante Jeanne a bu, qu'elle a perdu les pédales et qu'elle a l'air de la pire vagabonde que l'on puisse imaginer. Je croyais qu'il allait lui faire la leçon, la gronder, basculer dans une colère pas trop sainte, mais il lui a juste ouvert les bras et la tante Jeanne s'est lancée contre lui sans dire un mot. Je ne soupe pas. J'ai trop le goût de bouder. Je me rends rapidement à mon travail pour éviter de faire des reproches à mon père. À sept heures et demie, Rocky arrive en claquant des doigts, tortillant le bassin et me disant : « Une danse avec ton chéri, *my darling*? » Comme réponse, il reçoit mon chiffon en plein visage.

« Danse avec ton grille-pain, espèce de pâté aux patates!
– Ah non! Toute ta *mob* va venir et je n'aurai qu'à en choisir une. Tu comprends, un *swing king* comme moi, elles ne peuvent refuser ça!
– Je te chasse, Rocky Gingras! Je ne veux pas te voir dans mon restaurant ce soir! »

Comme si je n'avais pas assez de malheurs à digérer, voilà qu'arrivent trois soldats, en congé de leur campement du terrain de l'Expo. Maurice m'a bien dit de servir tout le monde, car l'argent des soldats est aussi bon que celui des civils. Mais je fulmine en les voyant s'installer à mon comptoir.

« Quoi!
– Trois Cokes, bébé.
– C'est pour emporter, j'espère? »

L'un d'eux me fait tout de suite les beaux yeux, son béret bougeant sous la force de ses coups de sourcils. Soudain, je vois arriver Rocky derrière eux, suivi de Mademoiselle Minou et de Broadway. Mon *sweet* passe la flamme de son terrifiant briquet à un pouce du nez du flirteur.

« C'est à ma *dame* que tu parles, militaire.
– Ouais? Est-ce que c'est écrit dessus que c'est à toi, ce pichou? »

Son camarade de droite, probablement le futur chouchou de l'aumônier du régiment, s'interpose chrétiennement en disant : « Voyons! Voyons, les gars! Faut pas faire de chicanes entre gars du même âge! » Broadway et Mademoiselle Minou lui répondent par un « Gna! Gna! Gna! » ponctué de trois grimaces. Et pendant que ces bébites à patates regardent mes deux disciples, je rajoute une autre grimace dans leur dos. Voilà à nouveau le saint soldat qui recommence ses litanies : « Voyons! Voyons, les filles! On ne va quand même pas se chamailler! » Rocky l'asperge de fumée de cigarette en un geste à la Cagney. Le mufle qui m'avait flirté se redresse et se plante devant Rocky.

« Tu cherches la bagarre, zoot?
– Pas si dans les cinq prochaines secondes tu t'excuses poliment auprès de ma *dame* et si tu profites des cinq suivantes pour déguerpir d'ici avec tes deux *mugs.* »

Même si j'ai le goût d'applaudir mon chevalier et de le voir corriger cette pomme de terre, j'espère surtout qu'ils ne se battront pas dans mon restaurant. Mais mon *sweet,* si intelligent, a compris cela en deux secondes. Il traîne son soldat à la rue. Je reste à mon comptoir pendant que Mademoiselle Minou et Broadway se précipitent à la fenêtre pour voir le combat. Rocky rentre triomphant, tel un Gary Cooper ayant rossé une douzaine d'Arabes. Son veston n'est même pas froissé. Mes deux disciples clignent des paupières pour signifier leur admiration.

« Simple comme bonjour.

– Je vois.

– Quoi? T'es pas contente? En voilà trois qui ne viendront plus jamais salir ton restaurant.

– Oh! pour eux, ça va! Mais t'as pas pensé au reste du régiment!

– Aucun problème, *dame*! »

Cette journée n'en finit plus! D'autres williams arrivent avec Love, Foxtrot et Poupée, prêts à danser et à rire, alors que j'ai la tête et le cœur encore brumeux des événements de cet après-midi. Rocky parle aux williams comme un grand frère, essayant de les convaincre de se joindre à lui pour manger du soldat. Comme Rocky est très grand et costaud, tous sont d'accord, mais je ne suis pas certaine qu'ils sont prêts à se laisser pousser la mèche de cheveux et à porter des pantalons étroits. Rocky m'a raconté que lors de son séjour à Montréal, il faisait partie d'une bande de zoots et qu'ils avaient du plaisir à aller attendre les soldats à la sortie des salles de cinéma. Mais ici, il est seul, à part ma douzaine de myrnas. Ce n'est pas la même chose. Et puis, secrètement, je pense que faire des grimaces aux soldats, rire d'eux et leur crier des injures, c'est bien; se battre dans les rues, c'est moins édifiant.

« Tu sais, Rocky, ces soldats ont créé un vide dans les usines où ils travaillaient. Je n'avais pas d'ouvrage, et maintenant qu'ils sont dans l'armée, j'ai pris leur place au moulin de papier.

– Comme c'est joli ce que tu viens de me raconter, mon petit garçon!

– Ne te fâche pas! Je disais ça comme ça, moi... »

Mon *sweet* ne recrute aucun zoot parmi ces jeunes williams. Ils sont venus pour danser et conter fleurette à mes disciples, pas pour entendre les discours intimidants de Rocky. À la fermeture, il s'attarde et me fait les yeux doux en réclamant le *french kiss* que je lui refuse depuis le début de nos fréquentations.

« Mais ça fait un mois qu'on est ensemble, Caractère!

– Patate que les williams sont toujours pressés! Et pas romantiques!

– Allons donc, *sweetheart*...

– Ne t'approche pas!

– Mais je t'aime, *honey*!

– Quel grand cri du cœur! Et puis, aujourd'hui, j'ai eu une journée épouvantable, ce n'est pas le temps de me casser les pieds avec tes roucoulades. »

Rocky ne me prend même pas la main pour aller me reconduire chez moi. J'ai pourtant besoin d'un geste affectueux semblable. Il ne me parle pas, ne siffle pas (Rocky est un excellent siffleur). J'ai peur qu'il ne m'immobilise pour prendre ce que je lui refuse. Mais il ne se passe rien. Juste une promenade enrobée d'un très long silence.

« Bon, ben, salut, là...

– Tu ne m'embrasses pas?

– Décide-toi, Caractère!

– Donne-moi un baiser propre et respectueux.

– Mais, Caractère, un *french kiss* n'est pas un baiser sale! Tous les amoureux le font!

– Pas après juste un mois! Est-ce que tu vas passer tout ton temps à ne penser qu'à ça? Un baiser de cette envergure doit être partagé et, actuellement, il n'y a que toi qui le désire. »

Il garde ses mains dans les poches pour m'embrasser. Et il ne voit même pas le clair de lune et ne devine pas que j'entends des violons. Il s'éloigne la tête basse, comme un garçonnet privé de dessert. Je soupire, regarde la porte, en ayant peur que la tante Jeanne ne soit au salon. Je rentre sur le bout des orteils. Je marche sur du velours. Il n'y a rien. Je prie pour qu'elle ne fasse pas une crise nocturne. Comme j'ai besoin d'un doux sommeil!

Au matin, Jeanne reprend ses séances de conversations secrètes avec grand-père Joseph. Mais soudain, on entend ma tante lui dire des gros mots. Le pauvre vieux lui répond comme à une petite enfant avant de se mettre à pleurer. Ma mère fulmine à la cuisine pendant que papa va calmer grand-père Joseph. C'est facile de deviner que la tante Jeanne soutire de l'argent au vieillard pour aller boire. Et, évidemment, quand il y a une crise semblable le matin, la petite Bérangère se met à hurler en pleurant. Maison de fous! Je commence à me demander si la tante Jeanne ne brise pas notre unité familiale avec ses attitudes égoïstes. Moi qui ai toujours considéré ma mère si calme, je me surprends à la voir nerveuse depuis le retour de Jeanne. Peut-être que mon frère Maurice a raison quand il prétend qu'il vaudrait mieux faire enfermer tante Jeanne dans un hôpital. Ne comprenant rien aux recommandations de mon père, tante Jeanne le pousse et ouvre la porte pour sortir aussitôt. Je m'approche pour réconforter papa, mais il m'accueille par un « La ferme, toi! » que je n'apprécie pas du tout. Je prends le manteau de tante Jeanne, sors et me mets à sa poursuite.

« Diable! Pas encore toi?

– Allez vous saouler si vous le voulez, mais mettez au moins votre manteau. Vous risquez d'attraper une pneumonie. »

Elle m'arrache le vêtement des mains, le garde sous son bras et repart de plus belle. Je reste plantée sur le trottoir, ayant le goût de la bombarder de boules de neige. En m'approchant de la maison, j'entends les pleurs de Bérangère se mêlant aux cris de mes parents. Et le grand-père qui braille encore...

« Ça va passer, pépère Joseph. Et si on allait faire un petit tour, juste vous et moi? Un belle promenade à la terrasse Turcotte pour voir les bateaux?

– Je ne peux pas! Mon fils m'a volé mes sous pour que je ne puisse pas les donner à ma petite Jeanne qui veut s'acheter des bonbons en revenant de l'école! »

Mon grand-père Joseph a soixante-neuf ans, mais est un homme physiquement toujours très droit, solide et en pleine santé, sauf qu'il n'a plus le sens de la réalité. Le présent n'existe plus pour lui. Selon les journées, il croit qu'il a quinze ans, trente ou cinquante. Il lui arrive de vivre cinq ans plus tôt et d'évoquer une parole très précise que j'ai dite à telle heure de la journée pour reprendre le fil d'une conversation tenue il y a si longtemps. Grand-père Joseph est inoffensif, mais il serait risqué de le laisser se promener seul dans les rues. Il pourrait se perdre comme un enfant ou décider de prendre le train jusqu'à La Tuque pour aller se présenter au chantier de bûcherons où il travaillait il y a plus de quarante ans.

Mon père le décrit souvent comme un jeune homme qui était très orgueilleux, vantard et contre la religion. Depuis, il a beaucoup souffert : la mort de son fils Adrien à la guerre, le décès de sa femme et de son fils Roger pendant l'épidémie de la grippe espagnole et les frasques de tante Jeanne au cours des années vingt l'ont beaucoup touché, accélérant son isolement dans un monde d'autrefois où tout était beau. Il aime bien prendre l'air et j'adore sa compagnie, car on ne sait jamais ce qu'il va dire, ce qui peut arriver. Une fois, je lui avais pris le bras et il m'avait complètement confondu avec son épouse, au temps de leurs fréquentations. C'était joli comme tout. Il me disait « vous » et me tournait des compliments démodés qui arrivaient quand même à me faire rougir. Règle générale, grand-père Joseph parle à tout le monde qu'il rencontre. Aux plus vieux, il révèle le passé mieux qu'une photographie. Aux gens de son âge, il rappelle avec une précision maniaque des noms et des lieux oubliés. Mais bien des gens sont effrayés de l'entendre dire avec une grande fierté : « C'est le siècle du modernisme qui s'en vient! Bientôt, moi je vous le dis, il y aura de l'électricité partout dans les rues et les édifices de Trois-Rivières. Peut-être même dans les maisons privées! » Souvent, en apercevant une jolie fillette, il la confond avec Jeanne. Mais je ne l'ai jamais vu prendre un petit garçon pour mon père, comme si grand-père Joseph, à la manière de papa, avait eu une relation d'amour bien particulière avec Jeanne. Pour du plaisir assuré, il n'y a qu'à le faire monter dans un autobus. Il lève galamment son chapeau à toutes les femmes et dit bonjour aux hommes, propageant sans le savoir une traînée de sourires ravis. Aujourd'hui, je pense qu'il se situe près de 1907 et je suis persuadée qu'il ne se souvient même pas du drame de ce matin. Nous descendons dans la paroisse Saint-Philippe. Je sais que ce coin de notre ville le touche particulièrement, car il y est né et y a élevé ses enfants. En 1908, un grand incendie avait fait disparaître la presque totalité de Trois-Rivières et cette partie de notre ville n'avait pas été épargnée. Mais grand-père Joseph marche dans ces rues comme si rien ne s'était passé. En l'écoutant, j'ai l'impression que je pourrais voir surgir mon père, âgé de huit ans, poussant un carrosse où dort bébé Jeanne. Et par ces mots, je peux connaître mon défunt oncle Adrien et découvrir une tante Louise encore jeune fille.

Après cette visite, j'emmène grand-père jusqu'au restaurant Christo en sachant que Sousou lui fera encore un effet monstre. Sousou est folle de lui et il devient comme une patate nouvelle quand il la voit. Si elle ne se retenait pas, Sousou le demanderait en mariage! Grand-père aime beaucoup mes disciples. Se voir entouré de tant de jeunes myrnas lui donne des couleurs! Certain de son charme, il les noie sous des compliments radieux. Bien qu'il les voie depuis des années, il ne peut se souvenir de leurs noms, sauf dans le cas de Sousou. Comment oublier le regard de Sousou, avec ses grands yeux éblouis, si ronds, francs et envoûtants? Quand Sousou voit quelque chose qui la touche, elle arrondit encore plus les yeux, ce qui le rend semblable aux anciennes poupées de porcelaine du début du siècle. Sousou est la plus belle de mes disciples, mais aussi la plus fragile. Elle est si petite et maigre qu'on la confond parfois avec une naine.

« Mademoiselle Sousou, je vous salue avec tout mon cœur.
– Bonjour, pépère Tremblay. Vous prenez une jambe de santé avec Caractère? Heu! Je veux dire, avec Renée?
– Le temps est si charmant aujourd'hui, mais il est bien pâle si je le compare à votre beauté. »

Sousou rougit. Je souris. Tout le monde au comptoir le regarde discrètement en se disant : « Comme il est bien élevé, ce vieux! » Pendant que Sousou prépare le thé de grand-père Joseph, il a le temps de lever son chapeau devant deux femmes. Il faut avouer qu'il est plus intéressant à voir que ce matin, alors qu'il gémissait parce que sa fille Jeanne l'avait détroussé de ses quelques économies pour boire. Malgré que je ne veuille pas désobéir aux commandements de Dieu, je crois que papa a eu tort de décider de cacher son porte-monnaie.

« Il est à quel calendrier, aujourd'hui ? de me chuchoter Sousou.
– À peu près vers 1907.
– Ah! l'ancien Trois-Rivières... »

Oh non! Voilà un militaire! Pourquoi un kaki vient gâcher ce moment? Et je n'ai même pas eu le temps de mettre ma chaînette à ma cheville! Il salue Sousou en lui montrant ses vingt-quatre dents. Pourquoi les soldats croient-ils que leur uniforme de patates plaît à toutes les myrnas? Sousou lui demande sèchement ce qu'il désire, quand soudain grand-père Joseph l'aperçoit, se redresse, ouvre les bras en criant le nom de son Adrien.

« Heu... non, monsieur, vous vous trompez.
– Ça te va si bien, l'uniforme, mon gars! Toute la famille est bien fière de toi! Tu viens passer la fin de semaine à la maison? T'aurais dû écrire pour nous avertir! Maman t'aurait préparé une tourtière comme tu les aimes!
– Monsieur, je m'appelle Henri et je ne suis pas votre fils. »

J'ai le goût de me lever et de dire à ce malotru ma façon de penser! Mais c'est lui qui le fait, s'installant à l'autre bout du restaurant. En le voyant s'éloigner, grand-père Joseph devient confus et les événements de ce matin refont surface. Il se met alors à pleurer en accusant mon père de lui enlever son argent.

« Pépère! Pépère! Regardez! Sousou vous a préparé du bon thé. On va le prendre et ensuite on va aller voir Maurice au *Petit Train.*

– Mes deux garçons ne me respectent plus! Il y en a un qui m'enlève mon argent et l'autre se sauve quand je le rencontre! Il n'y a que ma petite fille Jeanne qui m'aime, et je ne peux même plus lui donner des sous pour qu'elle achète des bonbons!

– On va y aller tout de suite! Ça va vous faire du bien de marcher! »

La simple politesse aurait voulu que le soldat vienne s'excuser. Mais non! Cette purée de patate reste à l'écart, indifférent, ne faisant que confirmer le mépris que j'ai pour eux et leur œuvre de destruction. Je le sais d'autant plus qu'il arrive souvent à mon père de s'ennuyer de son frère Adrien, mort il y a plus de vingt ans lors de cette guerre cruelle et inutile qui a enlevé tant de braves williams à leurs mères et à leurs fiancées. Grand-père Joseph lui-même pleure souvent en pensant à Adrien. Et dire qu'il y en a qui sont si bêtes pour courir s'engager en rêvant qu'ils deviendront des Gary Cooper de la mitraillette! Je laisse une grosse grimace à ce soldat, en ayant le goût de lui demander son adresse pour que Rocky se rende le corriger ce soir. Je suis obligée de quitter Christo, alors que grand-père aurait été si content de passer une heure à dire des compliments à Sousou.

« Où va-t-on?

– Tu es fatigué? Veux-tu qu'on prenne l'autobus pour aller jusqu'au *Petit Train*?

– Allons à l'école Saint-François-Xavier. Ça va être bientôt l'heure de la récréation de Jeanne. »

Je sais qu'il ne se souvient plus de l'endroit où est située cette école et qu'en s'y présentant, il va confondre toutes les écolières avec Jeanne. Et de toute façon, dix minutes après cette demande, il l'a déjà oubliée. Mais je suis certaine qu'il risque de s'en souvenir avec précision dans trois ans! Il est si unique, mon grand-père Joseph! Nous marchons donc jusqu'au *Petit Train.* En approchant, il reconnaît tout de suite le restaurant et je sais qu'en y entrant, il agira comme s'il était toujours le patron. Mais au lieu de ce beau moment, je me frappe le nez à l'air boudeur de Maurice, qui me fait un signe de tête vers une case, d'où je vois dépasser les gros pieds de tante Jeanne. Grand-père, tout souriant, s'avance pour lui demander pourquoi elle n'est pas à l'école. Je vais plutôt enquêter auprès de Maurice.

« Elle est venue me quêter de l'argent.

– Je m'en doutais...

– Tu te rends compte? C'est la première fois qu'elle me parle et c'est pour me demander cinq dollars. Voilà une heure qu'elle traîne ici à fumer et à boire mon café. Pas moyen de lui parler et je n'ose pas la mettre à la porte. Après tout, c'est la sœur de papa. »

Et pourtant, à l'instant, j'entends Jeanne parler à voix basse avec grand-père. Je fais comme William Powell et m'installe à la case voisine pour essayer d'entendre ce qu'ils se racontent. Quelle surprise! La tante Jeanne est aimable, articulée et cohérente. Peut-être est-elle heureuse dans le monde d'autrefois de grand-père, dans ce passé où elle était une petite fille comblée. Ils échangent des propos avec gentillesse. Grand-père lui donne des conseils pour l'école et elle lui répond comme une enfant respectant son père. Le tout me donne l'espoir qui anime papa : tante Jeanne n'est peut-être pas aussi confuse qu'elle veut le laisser croire.

Mais les jours suivants, la bataille des grossièretés et des crises nocturnes recommence, accompagnée des pleurs de ma mère se mêlant à ceux de Bérangère. Et je ne vais pas trop bien parce que Rocky continue de me bouder en ne venant plus à mon restaurant. Et tout à coup qu'il va chercher chez une autre ce baiser que je lui refuse? Bizarrement, mes disciples agissent maladroitement à mon égard, comme si elles connaissaient le nom de cette fille perdue conquise par mon Rocky. De peine et de misère, je réussis à les réunir toutes les douze. « Je vous ordonne de me dire ce que vous me cachez! » Elles se regardent, embarrassées, jusqu'à ce que je répète mon ordre. Mademoiselle Minou se lève et fait : « Caractère, il y a une traîtresse parmi nous! » Je n'ai pas le temps de m'interroger que Nylon se tient debout et confesse : « C'est moi, la traîtresse! Il s'appelle Jean-Luc, il est très beau et gentil, c'est un soldat et j'en suis follement amoureuse, tas de jalouses! Point final, faites un trait. Salut! » Et elle se retire sans nous regarder. Ça fait mal. Très mal! Mal en patate! Les autres voient mon chagrin et m'entourent pour me consoler. Certaines d'entre elles le savaient depuis un bout de temps, mais n'osaient pas me l'avouer par crainte de ma réaction.

« Nous sommes un tout, un seul cœur dévoué à notre cause. Le mensonge et l'hypocrisie ne font pas partie de notre philosophie. Mais nous ne sommes pas méchantes. Nous devons pardonner à Nylon et...

— C'est bien ce que je me disais.

— Mademoiselle Minou, ne me coupe pas la parole, patate!

— Excusez-moi, chef.

— Nous devons lui pardonner sa faute, mais nous ne pourrons la tolérer parmi les disciples. Nous la plaignons d'être amoureuse d'un soldat, car nous savons toutes les souffrances qui l'attendent. »

J'ai le goût de me mettre à pleurer comme Bette Davis, mais en qualité de dirigeante des disciples, je dois contenir mon émotion. Oh! pourquoi, mais pourquoi elle? Pourquoi parmi tous les williams disponibles en ville, il fallait que Nylon offre son cœur à un futur boucher d'Allemands ou à une future boucherie allemande? Que de bons moments passés avec Nylon! Que de rires et de joie! Tant de plaisir qui ne pourra se renouveler à cause de sa bêtise! Il me revient en tête ces fêtes, ces soirées sans fin au *Petit Train,* tous ces films que nous avons vus en sa compagnie. Je la revois me pleurer un Joan Crawford ou rire un Marx brothers. Et Nylon était tellement convaincue de la noblesse de notre cause! Je parie que c'est en essayant de convaincre ce soldat que Nylon est devenue amoureuse de lui!

« Est-ce qu'on va pouvoir la voir quand même, Caractère? Ou lui dire bonjour?

— Bien sûr, Love. Mais discrètement, il va de soi.

— Est-ce que tu vas la remplacer? »

Ah, patate! Ces questions, ces interrogations! Cette lourde responsabilité sur mes frêles épaules! Que faire? Accorder à Nylon un mois de sursis pour qu'elle change d'idée? Lui donner une seconde chance? Non! Je dois être impitoyable! Elle connaît nos règles. Être faible à son endroit serait creuser une brèche aux autres et je perdrais toute mon autorité. La remplacer... Comme ce serait facile! *Combien de fois des dizaines de myrnas sont venues me voir, me suppliant de les accepter parmi mes disciples! Elles me nommaient tous les films, sifflaient les airs à la mode et dansaient sur place, pour m'impressionner. C'était souvent cruel de leur répondre négativement.* Ce ne serait pas juste de remplacer Nylon! Il faudrait que la candidate ait déjà des liens avec les autres. Ouvrir notre porte à une inconnue pourrait miner notre esprit de groupe, et, bien vite, toutes mes disciples présenteraient leur petite cousine ou la quatrième voisine pour les faire adhérer à notre association. Quelle lourdeur, que ces responsabilités!

« Qu'est-ce qu'on fait, Caractère?

— Tu veux me laisser respirer une seconde, Puce? »

Mademoiselle Minou me regarde malicieusement, avec son air de me dire qu'elle saurait quoi faire. Pauvres petites! Elles ne peuvent comprendre la souffrance qui m'habite! Je ne peux prendre une décision immédiate et irréfléchie. Je leur demande de me laisser méditer la question. Elles s'éloignent en silence. Enfin chez moi, je peux laisser libre cours à mes sentiments. Nylon! Oh, Nylon! Qu'as-tu fait de moi? Je mouille mon oreiller en toute tranquillité. De toute façon, je suis certaine que les onze autres font pareil. Les jours suivants, mes disciples mettent tout en leur pouvoir pour qu'on reste ensemble le plus longtemps possible. Broadway et Divine ont préparé un conte de Noël pour les petits pauvres, Woogie exerce des chansons enfantines et Poupée fabrique des animaux de chiffon pour donner aux œuvres de nos vicaires. Chou et Gingerale font cuire de délicieux bonbons à l'intention des gamins. Il est certain qu'avec nous, les jeunes déshérités de Trois-Rivières vont passer une belle fête de Noël.

Mon temps des fêtes ne s'annonce pas trop bien parce que Rocky m'a quittée. *Je n'ai pas pleuré.* Je voyais trop où il voulait en venir : ça commence par son baiser intime et ça finit par mon déshonneur. Pour moi, il y a des choses sacrées à conserver propres jusqu'au mariage. Rocky était sans doute trop vieux pour moi. Trop audacieux. Avec son air de vouloir toujours se battre, il aurait pu nous attirer des ennuis qui auraient terni la réputation impeccable de mes disciples. Évidemment, je perds un bon danseur, un causeur charmant, un fin connaisseur de swing et des films de Hollywood. *Mais tant pis!* Et je suis certaine qu'il trouvera une fille facile pour assouvir tous ses instincts. Et ce sera bien fait pour elle, car je sais qu'il partira dix minutes après pour en recruter une autre.

Pour ajouter à ma tristesse, j'ai croisé Nylon avec son soldat. La première fois, elle m'a à peine saluée. La deuxième, cette insolente a poussé l'audace jusqu'à venir avec lui au *Petit Train*! Elle venait danser! Sous nos yeux! Avec ce potato! Je ne sais pas pourquoi j'ai été incapable de dire quoi que ce soit. Mademoiselle Minou m'a remplacée, l'apostrophant d'un « On ne veut pas de toi ici » radical. Derrière elle, Love, Puce et Broadway l'ont appuyée. Nylon a tenté de servir quelques jabs du genre : « C'est un endroit public, ici! », mais ce sont mes disciples qui ont gagné le combat. J'ai eu l'impression de perdre la face en étant incapable de réagir à son intrusion. Il est certain que je devrai adopter des bonnes résolutions pour 1940. Je dois être plus forte! Ne pas me laisser dominer! Diriger mes disciples comme un vrai chef! Prendre des décisions plus rapidement! En fait, je dois devenir à nouveau celle que j'étais avant l'arrivée de Rocky et de tante Jeanne dans ma vie. Oh! la chère tante Jeanne! Je fais encore des cauchemars à vouloir l'aider et à me faire aimer d'elle!

Une semaine avant Noël, en me promenant rue Saint-Maurice, je vois un chauffeur d'autobus immobiliser son véhicule pour en sortir tante Jeanne. Elle tombe au milieu de la rue, comme une poche de patates. Elle décide de ne pas bouger. Je me lance vers elle, persuadée qu'une automobile allait la frapper. Je la prends par les bras et la traîne jusqu'au trottoir. Elle réagit en grommelant. Bien sûr, elle est ivre comme une douzaine de bûcherons! Quel mal je me donne à la relever! Une fois l'exploit accompli, elle me pousse, je tombe et la regarde tituber jusqu'à ce qu'elle frappe un poteau téléphonique. Bong! On aurait dit Laurel sans Hardy. J'ai le goût préhistorique de l'empoigner par les cheveux et de la traîner jusqu'au poste de police. Mais je réussis, avec grand mal, à l'emmener au *Petit Train,* où elle s'endort et ronfle, pendant que Maurice s'arrache les cheveux avec l'air de me dire de ne plus jamais la traîner au restaurant.

Les trois jours suivants, elle ne quitte pas sa chambre, car j'ai révélé à mon père l'origine de la grosse bosse qu'elle porte sur le front. Papa essaie de la gronder gentiment, alors que ma mère n'en revient pas de la mollesse de son mari à l'endroit de son incorrigible chère petite sœur! Maman lui réclame à grands cris que Jeanne quitte la maison pour suivre une cure, avec des vrais traitements et des médecins compétents pour s'occuper d'elle. Mais est-ce qu'une cure guérit le péché d'ivrognerie? Est-ce qu'un traitement médical ne ferait pas qu'effacer momentanément cette vilaine habitude? Et je suis la seule à penser que tante Jeanne déteste vivre sans son amie américaine. À quoi bon la faire soigner? À la fin du traitement, Jeanne recommencerait à boire. Encore et encore. Il n'y a pas de pilule contre son chagrin profond et son désespoir.

Mon petit frère Christian aide mes parents à décorer la maison en compagnie de Bérangère, excitée par tant de guirlandes et de lumières. Sans aucun doute qu'à Paris, sa mère n'embellissait pas son logis dans le temps des fêtes. Voilà pourquoi Bérangère nous surprend en réagissant avec tant de joie. C'est la première fois depuis son arrivée qu'elle a l'air heureuse. Bérangère s'est habituée à Christian, ainsi qu'aux enfants de Maurice, mais ses tentatives amicales avec d'autres fillettes du quartier n'ont pas été un succès. Bérangère est une petite Française, parle avec l'accent parisien et ne connaît rien des mœurs des bambins catholiques de notre Canada français. Pour les enfants de la paroisse, elle est avant tout une étrangère. Ma mère a du mal à se faire obéir par elle. Bérangère se tourne alors vers tante Jeanne, pour avoir l'approbation d'écouter maman. J'ai longtemps pensé que Jeanne n'aimait pas sa fille, jusqu'à ce que je la voie l'enlacer avec beaucoup d'affection. Papa a donné à Jeanne de l'argent pour qu'elle achète un cadeau de Noël à sa fille. J'aurais juré qu'elle irait le dépenser dans un bar, mais tante Jeanne est revenue à la maison avec un gros sac de chez Fortin. Grand-père Joseph s'éveille en nous voyant décorer la maison. Le vieux va tout de suite téléphoner à ses frères, tous décédés - il ne lui reste qu'une sœur - pour les inviter au réveillon. Et même si les gens au bout du fil se tuent à lui répéter qu'il s'agit d'un faux numéro, lui, tout content, a entendu la voix de ses frères.

« Est-ce que Jeanne va revenir de Paris pour passer le réveillon avec nous?

— Oui, pépère. Je suis certaine que tante Jeanne va être là.

— Dans ce cas, je devrais aller lui acheter une nouvelle poupée. »

Lors du souper de Noël, Jeanne vomit la moitié de son repas sur la table si bien préparée par ma mère. Une heure plus tard, elle hurle de douleur, pendant que ma mère pleure, que Bérangère braille, que mon père chiale et que grand-père Joseph fume doucement sa pipe en attendant au salon la venue de ses frères. Papa veut se passer de la messe de minuit pour veiller sur Jeanne, bourrée de pilules calmantes. Je ne sais pas pourquoi je m'offre pour le remplacer. Il est minuit passé et je suis seule dans le silence de la maison, attendant comme une menace l'instant où tante Jeanne recommencera sa crise. Je lis mes bandes dessinées et me tourne les pouces cent fois, quand je décide de briser ce silence trop menaçant en mettant un Glenn Miller sur le tourne-disque. Je fais voler mes souliers et danse un swing solitaire. Un « Baboom! » m'extirpe de ce bonheur et me rappelle à ma tâche de prendre soin de cette grosse patate pilée de tante Jeanne. Elle vient de rater la première marche et a dégringolé les vingt suivantes. Je la retrouve assise dans l'escalier, sa tête lourde sur ses épaules. Je lui passe un linge humide dans le visage. Elle donne un coup de tête pour se débarrasser de mon aide et je m'enlève vite de sa trajectoire, lançant ma serviette vivement au large, comme un joueur de baseball enragé par un point accordé. Je l'ignore et retourne au salon pour bouder. Soudain, elle apparaît, un verre de cola dans sa main droite et une cigarette dans la gauche. (Tante Jeanne fume à la chaîne, et, avec sa manie de s'évanouir et de s'endormir tout le temps, je suis certaine qu'elle va finir par mettre le feu à la maison.)

« Quoi? Qu'est-ce que vous voulez?
– La musique... mets la musique de tantôt... »

J'obéis, mais je n'ai pas le goût de danser, ni de pousser la sonorité à pleine capacité. À la fin du disque, elle m'en réclame un autre à trois reprises. Mais elle ne réagit pas. Elle reste plantée sur le plancher, à écouter sans même battre du pied. Pourtant! Combien de fois j'ai rêvé à ce moment où elle et moi partagerions notre amour pour le jazz. Lui faire découvrir Artie Shaw, à elle qui a déjà vu Jelly Roll Morton en spectacle! Après le dixième disque, elle se retourne et part vers sa chambre. Je reste étonnée par son attitude, me demandant ce que peut signifier tout ce manège. Je passe une partie de la nuit à y songer. Le lendemain matin, elle est encore malade. Et le jour suivant aussi. Au réveil, elle a l'habitude de vomir, de s'étouffer, de se noyer dans sa sueur, sans oublier toutes les fois qu'elle a fait pipi au lit. Une fois, une seule – Dieu merci! –, elle a fait la plus grosse besogne.

Maman proteste en douce, tandis que papa court de la salle de bain à la chambre de Jeanne. Je m'approche pour l'observer : quand mon père s'éloigne, elle se redresse et respire; quand il approche, elle se plaint de douleurs. Quelle horreur! Elle fait semblant d'être malade!

« C'est très détestable ce que vous venez de faire, tante Jeanne.
– Qu'est-ce que tu me veux encore?
– Vous n'êtes pas malade du tout! Vous faites paniquer mon père et pleurer ma mère.
– Va-t'en! Petite emmerdeuse! »

Au diable le contrôle et les belles promesses! Je me précipite vers elle, la prends par le collet tel un E. G. Robinson s'apprêtant à donner un gnon à Bogart! Elle est surprise par mon geste agressif. Je la laisse tomber pour aller dire à mon père que je vais m'occuper d'elle pendant qu'il ira rencontrer tante Louise au couvent des ursulines, comme prévu. Tante Louise? Tiens, tiens, tiens...

« Vous faites semblant d'être malade parce que vous ne voulez pas voir votre sœur Louise? C'est bien ça, tante Jeanne?
– Hein?
– Vous m'avez entendue.
– Est-ce que tu vas finir par me laisser tranquille, à la fin?
– Si vous saviez ce que j'ai pu la faire souffrir, la tante Louise, pendant toutes les années où vous étiez à Paris! Patate qu'elle a dû me trouver effroyable, la scrupuleuse tante Louise! Surtout quand son vieux garçon chômeur habitait le garage de grand-père Joseph! Je lui disais : "Est-ce que vous allez souvent au garage pour réparer la transmission d'Honoré, tante Louise?" Et comme elle détestait quand je parlais de vous en bien. Elle enrageait! Elle me disait que j'allais finir comme vous si je n'étais pas une bonne petite fille! »

Tante Jeanne se redresse et se met à écouter attentivement, comme une première communiante attendant un conte de fées. La haine entre ces deux sœurs a longtemps a été atténuée par mon père. Mais moi je sais jusqu'à quel point Jeanne et Louise se détestent! Elles étaient synonymes du blanc et du noir. L'une était belle, l'autre moche. Jeanne était joviale, sans gêne, faisait fi des conventions, alors que Louise était toujours de mauvais poil, conservatrice et plus catholique que douze couvents. Jeanne était une perle et Louise un chapelet. Inévitablement, chacune méprisait la mentalité de l'autre.

Je n'ai jamais détesté tante Louise. Elle m'amusait. Le petit monstre de onze ans que j'étais s'aiguisait l'imagination à l'agacer, à la contredire et à la piquer aux flancs avec le seul sujet qui pouvait la mettre hors d'elle-même : sa sœur Jeanne. Tout ceci n'était pas bien méchant, que des jeux d'enfant. Sauf que Louise tombait toujours dans mon panneau. Combien de fois a-t-elle reproché à mon père la façon dont il m'élevait? Combien de fois a-t-elle mis en garde ma mère contre le triste sort qui m'attendait? Moi, détester tante Louise? Du tout! Au contraire! Quel courage admirable elle a eu aux pires jours de la crise économique pour maintenir *Le Petit Train* sur ses rails. Elle se privait de manger pour garder le restaurant ouvert, tout en s'occupant de grand-père Joseph. Et quelle grande détermination de sa part de décider de retourner à l'école à plus de quarante ans, et quelle force de caractère de refuser son futur mari, qu'elle avait pourtant attendu toute sa vie, afin d'entrer en religion, après avoir découvert qu'elle avait la vocation. Je ne l'ai vue qu'une seule fois depuis son acceptation au couvent. J'avais été incapable de dire un seul mot à tante Louise, la trouvant étrange dans son uniforme de corbeau.

Je raconte à tante Jeanne le souvenir de ce souper familial où, pour la première fois, Louise nous avait annoncé qu'elle fréquentait « convenablement » ce vieux garçon Honoré, chose que nous savions depuis longtemps. Après sa déclaration, je lui avais demandé si Honoré l'embrassait avec la langue. Vous auriez dû voir sa tête! Patate! J'en ai encore des crampes de rire! Et puis, en 34, lors des fêtes du tricentenaire, j'avais pris l'habitude de me promener dans les rues de la ville dans mon beau costume d'Indienne, comme les organisateurs de la fête nous l'avaient recommandé. Louise trouvait scandaleux de me voir me balader « toute nue » devant les gens! Puis j'avais traîné une douzaine de scouts au *Petit Train,* tous charmés par mon costume, et j'avais donné à tante Louise mon appréciation personnelle sur leur art d'embrasser! Oh! sa tête! Drôle! Mais drôle en patate! Et puis la fois que...

Je parle et parle sans me rendre compte que le visage de tante Jeanne s'est éclairé. Souriante, elle me fait signe de continuer le récit de mes aventures d'espiègle. Quelques phrases plus tard, elle éclate de rire au dénouement de mon histoire. C'est le miracle du petit Jésus! Je vais tout de suite embrasser ma tante pour la remercier de ce réveil à la vie, de l'attention qu'elle me porte pour la première fois depuis son retour tant souhaité.

« Je vous aime, tante Jeanne. Je vous aime depuis que je suis toute petite.

— Mais oui, mais oui. Tout le monde m'aime. Roméo m'aime et mon père aussi et chacun veut mon bien. Raconte d'autres histoires. »

Je pense qu'elle ne serait jamais descendue sans mes récits. Ma mère demeure surprise en me voyant tenir Jeanne par le bras, toutes deux vêtues de nos plus belles robes. Jeanne me laisse pour jouer avec Bérangère, pendant que j'aide ma mère et Carole à la cuisine. La présence de ma petite sœur empêche ma mère de me poser des questions sur le miracle de Noël qu'elle vient de voir. Carole se fiche pas mal du sort de tante Jeanne. Pour elle, Christian et Gaston, Jeanne n'est qu'une vieille tante malade qu'il faut respecter parce qu'elle est la sœur de notre père. Elle ne représente rien d'autre pour Carole, et je vois parfois dans les yeux de ma sœur un peu de mépris pour cette ivrogne irresponsable. Par contre, pour Carole, la visite à tante Louise est un grand événement. Quand Carole était petite, Louise ne cachait pas sa préférence à son endroit, la gavant de crucifix, de chapelets et d'images saintes. Je suis certaine que si Carole n'avait pas décidé d'aller à l'université, elle deviendrait une nonne comme sa chère tante Louise.

« J'ai si hâte de la voir, Renée!
– Je le sais, ma petite patate douce.
– Tu ne réalises pas, Renée? Notre premier Noël avec une religieuse dans notre famille!
– Tu as fini de m'appeler Renée? »

Nous partons après la vaisselle. Tante Jeanne feint d'être à nouveau malade pour éviter cette sortie, mais je lui fais un clin d'œil complice. Elle accepte de nous suivre. Nous entrons à pas feutrés au parloir. Ma mère et papa se présentent en premier devant sa grille. Jeanne regarde derrière elle, alors que Bérangère tournoie sur ses pieds, pressée d'aller s'amuser avec ses jouets reçus la veille. Grand-père Joseph garde les bras croisés, indifférent face à cette rencontre.

« Vous n'êtes pas content de voir votre fille Louise, grand-père? Quel honneur pour notre famille d'avoir une sainte religieuse!
– Qui, ma petite Carole?
– Louise. Votre fille.
– Celle qui a vendu mes taxis sans m'en parler?
– Oui, celle-là. Vous vous souvenez? On en parle depuis dix jours. Elle est en religion, maintenant. Elle s'appelle sœur Marie-Sainte-Séverine.
– Je suis contre. »

En l'entendant passer cette remarque, Jeanne étouffe un rire en mettant sa main devant sa bouche. J'ai le goût de l'imiter. Grand-père Joseph avance, en compagnie de Carole. J'ai envie de me cacher en voyant Carole s'agenouiller devant elle et faire un signe de croix. J'entends Louise lui dire : « Tu as beaucoup grandi », comme elle l'a avoué à Gaston et à Christian.

« Je ne veux pas la voir.
– Allons, ma tante, faites-moi plaisir.
– Et pourquoi je te ferais plaisir? »

L'inévitable se produit quelques minutes plus tard : les

deux sœurs ennemies se font face pour la première fois depuis dix ans. Elles gardent un silence embarrassé. Je constate que Louise doit penser la même chose que Jeanne, se disant que cette personne devant elle est parfaitement ridicule.

« Je suis contente de te voir, Jeanne. J'ai beaucoup prié pour toi.

– Ça fait partie de ton nouveau boulot, n'est-ce pas?

– Mon quoi? »

Papa s'interpose, disant à Louise que Jeanne a rapporté de France des expressions qui nous sont étrangères. Il traduit le mot « boulot » par « devoir ». Louise sourit en hochant la tête. Puis, elle me regarde en disant que j'ai grandi. « C'est normal, ma tante. En vieillissant, c'est rare qu'on rétrécie. » Elle me demande des nouvelles du *Petit Train* et de Maurice, resté près de sa femme et de ses enfants. « Il a grandi, lui aussi. » Tante Louise rit brièvement, de ce rire stupide que seules les religieuses peuvent pondre. Je suis sûre qu'à l'école des sœurs, elle suit un cours intitulé « Comment rire comme une nonne » et que tante Louise doit être championne.

« Et voici ta fille, Jeanne.

– Oui. Bérangère.

– C'est un joli prénom. »

Bérangère, intimidée, remonte l'ourlet de sa robe par inadvertance, ce qui fait encore ricaner tante Louise comme une sœur. L'enfant ne sait pas qui est cette personne et ne le croirait sûrement pas si on lui répétait cent fois qu'elle est la sœur de sa mère. Bérangère mordille sa lèvre supérieure, regardant partout, sauf vers Louise. Ma tante Louise semble bien dans sa peau, en paix avec elle-même. Nous qui sommes si habitués de la voir orgueilleuse et colérique, cela fait un effet curieux de la savoir heureuse dans sa nouvelle vie. Jeanne l'examine sans cesse, alors que Carole a pris le relais pour lui parler en latin. Soudain, tante Louise tend un doigt vers son carreau, invitant Jeanne du regard. Elles se touchent du bout des doigts. Jeanne rit brièvement, se retourne et entraîne Bérangère vers la porte de sortie.

Le soir, tante Jeanne aide maman et Carole à essuyer la vaisselle. Par la suite, elle demeure sage et aimable envers la parenté qui nous rend visite. Elle ne donne aucun signe de sa maladie d'alcoolique. Je la vois même sourire! Est-ce que le bonheur très évident de tante Louise lui a fait cet effet? Je crois que Dieu a permis que cette soirée se déroule sous le signe du bonheur. Ce Noël 1939 me donne l'espoir des jours meilleurs entre Jeanne et moi. La tante Louise a-t-elle été l'ange envoyé par le Saint des Saints pour nous faire croire, à papa et à moi, que Jeanne pourrait guérir et vivre dans la joie parmi nous?

« Salut, Dieu. C'est Caractère Tremblay.

– Je le savais.

– Ton william est là?

– Jésus? Tu sais bien qu'il a beaucoup d'ouvrage sur la terre à cause de son anniversaire de naissance. Que puis-je faire pour toi, Caractère?

– Tu le sais.

– Oui, bien sûr. J'accepte tes remerciements.

– Et l'avenir? T'as quelque chose à me dire sur l'avenir? Quel sera le destin de Jeanne? Vais-je réussir à la rendre heureuse?

– Je sais tout ça.

– Je sais que tu sais tout! Alors? Est-ce que je peux savoir?

– Caractère, l'avenir est comme le prochain film de Cary Grant : encore plus merveilleux quand il se présente pour la première fois devant tes yeux.

– C'est une patate de bonne réponse, Dieu. Merci. Et bonne année, hein! »

Janvier et février 1940
Et dire que mon père prétend que tous les films d'aujourd'hui ne veulent rien dire

Ce n'est pas intéressant de débuter une nouvelle décennie en sachant que sur le vieux continent des jeunes williams vont se faire déchiqueter à cause d'un mauvais bouffon décoré d'une demi-moustache. La guerre est partout : dans la rue, les magasins, les restaurants et les autobus. Si beaucoup de gens m'effraient avec leur fibre patriotique pleine de formules et de clichés, d'autres m'enchantent par leur dénonciation de cette bêtise humaine, se référant souvent à la guerre de 1914. Mais un client du *Petit Train* me glace complètement l'épine dorsale en me disant que la guerre est bonne parce qu'elle permet de procurer de l'emploi aux chômeurs. Le conflit fait rouler l'économie et les gens vont avoir plus d'ouvrage grâce aux morts de la guerre. Quel cynisme! Quelle cruauté de pensée! Quel mépris envers la jeunesse! C'est ainsi qu'elle débute, la nouvelle décennie?

J'ai vu descendre de la gare tous ces beaux williams en uniforme, venant passer les fêtes dans leur parenté. Les mères ouvraient leurs bras à l'arrivée, puis pleuraient en les voyant repartir vers leurs camps militaires. Lors de ce départ, dès les premiers jours de janvier, je sors regarder ce cortège de larmes, pour m'assurer davantage que ma cause est juste. En me retournant, je tombe nez à nez avec Nylon, la tête basse et les yeux rougis. J'ai bien beau me dire qu'elle a cherché tous ces problèmes, que je l'avais avertie, je trouve quand même qu'elle fait pitié à voir. Ayant bon cœur, je l'invite à entrer au *Petit Train*.

« Écoute, Nylon. Il est parti, ton william en uniforme? Tu oublies cette histoire, tu reviens vers nous et on te pardonne ta faute. Tout le monde fait des erreurs. Je suis certaine que les disciples vont comprendre ça.

— Renée Tremblay, tu commences vraiment à m'embêter avec tes enfantillages!

— Ce n'est pas moi qui viens de pleurer parce que son amoureux soldat vient de s'en aller à l'autre bout du pays pour s'exercer à tuer d'autres williams!

— Jean-Luc reviendra. C'est certain.

— Peut-être sous forme d'un télégramme t'informant que le « private 10458 B-426 » est mort courageusement l'arme à la main. T'es assez intelligente pour comprendre ça, Nylon!

— Et cesse de m'appeler comme ça! Je suis Juliette Provencher et je suis amoureuse d'un soldat canadien et le vrai amour ignore les niaiseries que toi et tes amies pratiquez comme des enfants d'école! Tu vas finir vieille fille, Renée Tremblay! Ou folle, comme ta grosse tante! »

Exit, Nylon! Fini! Terminé! Je viens d'avoir ma leçon en essayant d'être compréhensive et amicale! Et moi qui pensais que Mademoiselle Minou y allait un peu fort à son endroit. Qu'elle ose seulement approcher de mon restaurant, la Nylon! Elle va voir de quel bois de patate je me chauffe! Je serai impitoyable! Et mon combat va se transformer en croisade! Avec ce que cette étrangère vient de me dire et avec ce que j'ai vu sur le quai de la gare depuis quelques jours, comment voulez-vous que je puisse avoir de la compassion pour toutes ces patates chaudes qui vont aller s'engager dans l'armée et pour toutes ces idiotes qui vont quand même les aimer? Zoot, je serai! Plus qu'une jitterbug : une zoot! Et je ne me contenterai pas de faire des grimaces aux soldats! *Je vais leur écraser les pieds pour mieux leur donner des coups de poing dans le ventre. Je prendrai leurs bérets pour en faire de la pelure de patates! J'irai voir leurs généraux et les chasserai de ma ville et de ma province à coups de pied au derrière! Et vite j'irai désinfecter le local qu'ils habitaient!*

Je remets ma chaînette à ma cheville et me presse pour confectionner mon manteau de zoot. Je vais m'habiller en foncé, comme les vraies de vraies de New York. Et quand je vais marcher dans les rues de Trois-Rivières, tout le monde va savoir que Caractère Tremblay est une zoot et que son combat est d'empêcher les williams de se faire envoûter par ces charlatans de l'héroïsme et du patriotisme. Chou et Mademoiselle Minou, en me voyant porter mon bel uniforme, applaudissent avec enthousiasme. Des disciples, ces deux-là sont celles qui sont les plus zoot. À chaque occasion, elles font les fanfaronnes autour des soldats, n'ayant pas crainte de leurs réactions. D'ailleurs, je dois avouer que je dois à Mademoiselle Minou l'idée de se rendre le plus souvent possible sur le boulevard du Carmel, le long des clôtures du terrain de l'Expo, où sont cantonnés les soldats. Nous prenons plaisir à leur faire des grimaces, alors que ces patates frites pensent que nous allons les voir pour les admirer. Chou aime leur jouer la grande scène d'amour. Elle se plante devant un soldat, les larmes aux yeux et les mains jointes, et leur dit : « Oh! mon Johnny! Dis-moi que tu ne partiras pas au front! Tu sais que je t'aîîîîme, mon Johnny! Je sais que tu aîîîîmes ta patrie et ton devoir, mais écoute mon pauvre petit cœur qui ne peut se passer de tôôôôa! » Ah! Ah! Encore plus idiot que Jeannette McDonald et Nelson Eddy!

Moi, je riais un peu de leur jeu, trouvant certes qu'elles faisaient preuve d'une audace admirable. J'avais peur pour elles qu'un soldat ne se fâche vraiment et leur fasse passer un mauvais quart d'heure. Mais nos interventions polies sont souvent perçues comme des invitations au flirt. Mademoiselle Minou, elle, a des photos de soldats accrochées au mur de sa chambre : elle s'en sert comme cibles pour jouer aux fléchettes! Chou, de son côté, a fabriqué un soldat mannequin avec des chiffons et je n'ose pas vous raconter les traitements qu'elle lui fait subir... *Mais je serai comme elles, maintenant! Ce sont ces braves amies qui donnent le bon exemple!* Je ne dois cependant pas perdre de vue que ce ne sont pas toutes les disciples qui peuvent faire preuve d'autant de hardiesse. Bien sûr, l'action pacifique ne sera pas écartée. *Mais s'il faut frapper, je vais le faire!*

Chez mes disciples, celle qui s'affiche le moins zoot est Gingerale. On lui pardonne avec compassion depuis cette histoire où son père avait couvert de honte son frère Réal, parce qu'il ne faisait pas le poids pour l'armée. Un peu avant Noël, je suis allée veiller chez elle et je me suis trouvée très embarrassée en entendant son père raconter par cœur toutes les histoires de guerre qu'il lit dans les journaux. Il a installé des photographies de soldats sur les murs du salon et ne perd jamais une occasion pour ridiculiser Réal et se plaindre de ne pas avoir d'autres garçons dans sa famille. Quel martyre doit vivre la pauvre Gingerale! Imaginons le drame si ce maniaque venait qu'à apprendre que sa fille va faire des grimaces aux soldats du coteau et passe son temps à encourager les williams à ne pas s'engager. Malgré ce climat familial insupportable, Gingerale est très dévouée à notre cause. Quand nous marchons en groupe, nous plaçons toujours Gingerale au milieu de nous, de façon à la camoufler si, par hasard, un parent ou un voisin la voyait parmi nous et allait raconter cela à son père.

En tant que chef des disciples, je ne dois pas favoriser l'une ou l'autre. Mais toutes savent que Gingerale et Sousou sont mes meilleures amies. Si Sousou me touche par son regard extraordinaire d'enfant émerveillée, Gingerale m'enthousiasme par son aspect pétillant, sa joie de vivre et par son immense amour pour le cinéma. Elle est la plus grande admiratrice de Ginger Rogers, d'où son surnom. Après avoir vu *Bachelor mother,* l'été dernier, Gingerale riait à s'en fendre l'âme. Elle est retournée voir le film quatre fois de suite, juste pour revoir le petit bout où Ginger Rogers parle anglais avec un accent suédois. « C'est le meilleur film de tous les temps, Caractère! » Habituellement, elle porte un tel jugement à propos de toutes les comédies de Ginger qui passent par nos salles. Un mois plus tard, elle s'est rendue voir sept fois *The story of Irene and Vernon Castle* parce que, pour la première fois, on voyait Fred Astaire embrasser Ginger. Les nouvelles disaient qu'il s'agissait du dernier film du célèbre couple. Gingerale a passé un mois à nous brailler : « Non, c'est impossible! Ce n'est pas leur dernier film! Ils ne peuvent nous faire ça! Qu'est-ce qu'on va devenir sans Fred et Ginger? » Gingerale a une mémoire phénoménale pour tous les films. Elle aime avant tout les productions avec des numéros musicaux, même lorsque cette patate en robe des champs de Deanna Durbin est en vedette. Puis elle rage quand notre bureau de censure coupe les scènes où les danseuses montrent trop leurs jambes.

Souvent, nos parents ne comprennent pas que nous dépensons autant pour le cinéma. C'est normal, car ils sont vieux. À leur époque, les films ne parlaient pas. C'était probablement beau quand même, surtout quand un orchestre complet accompagnait les images. Papa m'emmenait souvent à l'Impérial, à cette époque-là. Mais je pense que les films des dernières années sont bien meilleurs. Pour nous justifier, on dit à nos parents que les vues nous aident à comprendre la langue anglaise. Ça les calme un peu, car ils croient que ce n'est pas mauvais d'apprendre l'anglais. Mais pour nous, qu'on comprenne ou non les dialogues importe peu; les histoires sont faciles à deviner, les actrices sont si bien habillées et les acteurs sont, pour la plupart, merveilleusement beaux. Ce qui compte avant tout est que ces films nous emmènent ailleurs qu'à Trois-Rivières, le temps de quelques heures par semaine. Combien de pays différents j'ai visités grâce aux films? Et toutes ces beautés que j'y ai vues! Les parquets où dansent Fred et Ginger, c'est quand même plus esthétique que nos planchers de salle paroissiale! Et les toilettes de Carole Lombard, c'est un peu mieux que les robes en vitrine chez Fortin! Le cinéma nous apporte toutes ces merveilles! Et le rêve! Et l'aventure! Et la poésie! Quoi d'autre? Tout! Est-il possible de vivre sans cinéma?

Nous avons toutes nos styles de films favoris et nos salles préférées. La plupart du temps, les salles correspondent aux styles. Il y en a quatre à Trois-Rivières : le Capitol, l'Impérial, le Rialto et le Cinéma de Paris. J'aime beaucoup les films d'évasion du Capitol, qui est la salle la plus somptueuse de la ville, avec son grand escalier, ses tentures pourpres et son magnifique lustre de mille lumières. Ils présentent aussi beaucoup de comédies musicales. Sousou, Gingerale et Woogie sont mes acolytes du Capitol. Juste en face, il y a l'Impérial, le fief de Love, Divine, Broadway, Chou et Mademoiselle Minou. Ils projettent des films d'action. Les terrifiants Cagney, Bogart, Raft et E. G. Robinson sont les maîtres de l'Impérial. Et quand il y a une histoire d'amour, ils passent Bette Davis. Cette salle a l'avantage d'avoir quelques sièges doubles, permettant à nos williams de nous prendre les mains lors des séquences tristes. Un peu à gauche de l'Impérial, il y a le Rialto, les spécialistes des mauvais films. Mais, attention! Même les mauvais films ont leur charme! Poupée et Foxtrot ne jurent que par le Rialto, s'amusant aux dépens d'un western de seconde zone et cherchant les erreurs dans les productions à petits budgets. Le Rialto est le royaume du film de samedi après-midi, où des jeunes, ayant à peine l'âge d'entrer, vont manger des chips en hurlant « Attention! » chaque fois qu'un méchant tend un piège au héros de l'histoire. Ces trois salles se voisinent sur la rue des Forges. C'est facile pour nous de se réunir chez Christo ou au Bouillon à la fin de chaque soirée afin de parler de nos films, de s'informer sur les histoires et les costumes des vedettes. Ainsi, grâce à ces réunions, je peux décider d'aller voir un film d'action que Mademoiselle Minou a aimé, et Broadway peut organiser sa prochaine soirée au Capitol, sous les recommandations de Gingerale. La dernière salle, le Cinéma de Paris, est à quelques pas du *Petit Train,* sur la rue Saint-Maurice. Comme son nom l'indique, cette salle se spécialise dans le film français. J'avoue préférer les films américains. Mais rien au monde ne pourra m'empêcher d'aller tomber en pâmoison devant Jean Gabin, le william le plus beau de tous les temps, avec Cary Grant. Et Fernandel est si drôle! Et Gaby Morlay si merveilleuse! Puce est l'abonnée par excellence du Cinéma de Paris. Elle veut comprendre les mots, plus fascinée par le vocabulaire que par les images. Elle admire le beau langage de Louis Jouvet et l'accent curieux de la grosse Milly Mathis. Puce porte d'ailleurs la même coiffure que son idole, Josseline Gael. Puce s'y rend toujours en compagnie de Nylon. Heu... s'y rendait...

À la fin de janvier, avec mes parents, nous avons réussi à sortir tante Jeanne de la maison pour l'emmener voir un film français. Elle a pleuré tout le long. Pas parce que le film était triste, mais bien à cause du langage des comédiens, qui lui rappelait trop sa chère France. Jeanne avait même sombré dans un mutisme navrant, les jours suivants. Depuis le début de la nouvelle année, j'avais souvent parlé avec elle. La tante semblait reprendre quelques couleurs. Mais après ce film, plus rien! Elle recommence à me briser le cœur en se débarrassant de moi cavalièrement, par un geste ou une parole de dédain. Mais je garde bon espoir de devenir sa meilleure amie, car ce que j'ai vécu avec elle à Noël a été si fantastique!

Pour en revenir au cinéma, la grande question que tout le monde se pose à Trois-Rivières est quand pourrons-nous voir *Gone with the wind?* On dit que c'est le plus grand film d'amour de tous les temps. Chaque citoyen normal se le demande, sauf nous. Nous savons tout, car nous sommes amies avec les gérants de salles. Ils se pressent de livrer les plus grands secrets à des clientes aussi exemplaires que nous. Nous avons toutes visité la cabine du projectionniste, nous avons nos sièges favoris que le public ne touche jamais. Souvent, des gens nous arrêtent dans la rue pour demander des conseils sur le film à voir cette semaine.

Au début de février, Gingerale insiste pour que je l'accompagne à la projection d'un film pour enfants au Rialto, alors que je veux retourner voir *Le Bossu de Notre-Dame* au Capitol. « C'est le plus grand film de tous les temps! » m'assure Gingerale. J'accepte donc cette sortie pour *Wizard of Oz*, mettant en vedette Judy Garland. Patate! Les couleurs! La musique! La magie! Ces chansons! La danse! J'y retourne même le lendemain, avec Sousou, qui entre dans la salle avec son sac à main rempli de mouchoirs. « Moi, la couleur dans les films, ça me fait mal aux pleureurs. » Elle en verse des larmes, la Sousou! Tellement que c'en est beau! Elle ouvre tant ses grands yeux que je peux presque y voir le reflet de l'actrice Judy Garland. Et elle gonfle ses joues en apercevant la méchante sorcière au visage bleu et elle rit de bon cœur en constatant jusqu'à quel point le gros lion est un poltron. Et quand la grande machine du sorcier gronde, puis crache sa fumée de l'enfer, Sousou prend mon bras pour chercher ma protection. Tout ça pour vingt-cinq sous! Quelle honte de s'en passer! Sousou y retourne trois fois, juste pour le plaisir d'entendre la chanson de la finale. Je l'accompagne pour m'émerveiller de son émerveillement. Elle aime tant cette histoire qu'elle veut acheter un chien et le baptiser Toto, comme celui de Judy Garland.

« Gaston, il y a une chanson à la fin du film *Wizard of Oz* qui passe actuellement au Rialto. Elle s'appelle *Over the rainbow.* Voici des sous pour acheter la feuille de musique. Et apprends-la.

– Qu'est-ce que c'est, cette chanson?

– Je ne te demande pas d'enquêter. Je te demande de l'apprendre afin de la jouer à Sousou dans les plus brefs délais.

– Oh! Renée! Je n'ai pas le temps!

– Hein? Pardon? Qu'est-ce que tu viens de dire?

– Bon, bon, d'accord.

– Et dépêche-toi. »

Mon jeune frère Gaston a souvent besoin de se faire discipliner. Il devrait savoir que mon oreille ne ment jamais. J'ai un don pour déceler les mélodies qui seront à la mode. Cette chanson, bien qu'elle ne soit pas swing, est sentimentale et mélodieuse. Tous les publics vont l'adorer. Gaston se doit de l'avoir dans son répertoire. Deux jours plus tard, j'attends toujours l'exécution de mon frère. Menant mon enquête, ce petit irresponsable me répond bêtement que le marchand ne l'a pas en magasin.

« Et tu ne m'en as pas parlé?

– Non.

– Et tu n'as pas pensé à la commander?

– Écoute, Renée! Actuellement, j'ai des examens qui...

– Mais à quel genre d'avenir te prépares-tu si tu passes ton temps à me désobéir? Téléphone tout de suite et passe une commande!

– Bon, bon, ça va. Y a pas le feu.

– Et on ne répond pas! »

Parfois, Gaston chiale un petit peu, mais ce n'est pas trop grave, tant que je ne laisse pas la situation s'envenimer. Quatre jours plus tard, Gaston interprète *Over the rainbow* pour le ravissement de Sousou et de mes disciples. Il la joue aussi pour mes parents et le reste de la famille.

« C'est bien beau.

– Ah! qu'est-ce que je te disais?
– C'est bien beau, mais...
– Comment ça, mais?
– Oh, rien, rien...
– Va donc répéter au lieu de me faire perdre mes minutes.
– C'est que ce soir, Renée, je n'ai pas trop le temps et...
– Qu'est-ce que j'entends?
– Bon, bon, ça va, j'y vais...
– C'est pour ton bien. Tu me remercieras plus tard. »

J'oublie presque les étourdissements de Gaston, quand Woogie me surprend par une nouvelle qui me laisse complètement patate chips : il paraît que Gaston rencontre souvent une myrna de son âge. Horreur!

« Tu sais, Caractère, il va vers ses quinze ans, ton frère.
– Woogie? Comment veux-tu que Gaston se fasse engager par Glenn Miller s'il se laisse distraire par une myrna qui l'écarte de ses exercices?
– J'aurais dû me taire, moi... »

Après une enquête digne de William Powell, je retrace facilement l'ennemie. Une gamine! Une enfant! Un bébé! Elle a treize ans, la petite vipère! Et pire encore, elle se prénomme Juliette, comme Nylon la Judas! Ah! je lui parle, moi, à cette petite frite! Oh! je ne veux pas l'empêcher d'être amoureuse, même si je trouve bizarre l'idée qu'on puisse être amoureuse de Gaston. Je lui impose mes règles. *Elle semble pantoise d'admiration devant mon uniforme zoot. Elle sait qu'une de mes disciples a été évincée. Se sert-elle de Gaston pour infiltrer nos rangs?*

« Gaston, tu es mon frère, je suis ta sœur et...
– Malheureusement.
– Qu'est-ce que je viens d'entendre?
– Rien, rien...
– Laisse-moi te parler comme une sœur doit parler à son frère.

– Quel morceau veux-tu me faire apprendre?
– Vas-tu cesser de m'interrompre?
– Excuse-moi...
– Je veux te parler des choses de la vie. »

Que mon frère puisse avoir une amourette, je suis bien d'accord, tant que cela ne compromet pas sa future carrière. Mais c'est un william et ces bestioles doivent apprendre le respect des myrnas autrement que par les formules polies d'un manuel de bienséance. Les types qui ont écrit les livres de bienséance n'ont jamais dansé *I'm in the mood for love* tout près d'un william. Une myrna normalement constituée en apprend habituellement beaucoup sur la vie, dans ce temps-là. Se prendre la main, c'est joli. Embrasser proprement et aux bons endroits plaît toujours. Pas dans la rue ni sur une banquette arrière! Au salon, ça va. Et s'il y a un clair de lune, c'est encore mieux. Le baiser doit être délicat, partagé, et devenir un signe de respect. Jamais trop long non plus. Du moins, pas avant le sixième mois de fréquentation. Et un jeune william a le devoir d'apprendre que ses mains doivent être aussi bien éduquées que son cœur. Et pas d'excuse du genre : « Excuse, c'est par accident. » On le connaît depuis des siècles, le truc de l'accident! On en parle entre disciples, de leurs manies! Depuis toutes ces années, on en a vu passer plusieurs. *Il est certain qu'avec le prestige de mes disciples, tous les williams de Trois-Rivières rêvent d'être amoureux de nous. Combien y en a-t-il, chaque soir, à mon restaurant, le cœur rempli d'espoir?*

La plus chanceuse en amour est Broadway. Elle a le même william depuis deux ans. Il s'appelle Hector (ce n'est pas de sa faute, le pauvre). Pas spécifiquement un grand danseur, ni un séducteur. Il a vingt-deux ans et travaille à l'usine de pâtes et papiers de la Wayagamack. Depuis tous ces mois, Broadway a eu le temps de garnir un beau trousseau, que nous prenons plaisir à aller voir souvent. Il n'y a pas à dire, elle ne manquera de rien lorsqu'elle se mariera. Et même que le linge de son premier bébé est disponible dans les deux coloris! Hector ne parle pas de se marier. Broadway non plus. Mais je suis certaine qu'ils y pensent. Si tout va bien, ils vont se fiancer l'an prochain et se marier douze mois plus tard. Broadway continue de vivre sa jeunesse en s'amusant avec nous. Il imite ce principe en faisant partie d'une équipe de baseball. Hector a une automobile. À vingt-deux ans, sa propre automobile! Bien sûr, ce n'est qu'une vieille patate de 1923, mais il en est bien fier! Souvent, lorsqu'ils vont regarder les maisons neuves, le dimanche après-midi, Hector et Broadway nous permettent de les accompagner. Ce dimanche, c'est mon tour. J'attends leur arrivée, le nez à la fenêtre du salon en compagnie de tante Jeanne. Quand elle voit arriver le tacot d'Hector, les yeux de la tante s'ouvrent très grands.

« Diable... j'en ai eu une pareille...

— Ah oui? Mais... c'est vrai! Je me souviens de cette photographie où vous posiez fièrement à ses côtés!

— Une pareille... »

La tante Jeanne, en 1923, s'était acheté une automobile! Mon père m'en a parlé souvent, ainsi que ses anciennes amies. Imaginez cette toute jeune myrna qui se procure une voiture neuve avec l'argent économisé suite à la vente de ses toiles! Même un ouvrier expérimenté ne pouvait pas songer à posséder un jour une auto. Tante Jeanne avait baptisé l'automobile Violette. Flamboyante comme une vedette de cinéma, tante Jeanne écrasait le champignon en klaxonnant, saluant d'un coup de petit chapeau rond tous les bourgeois qui roulaient à quinze à l'heure à bord de leurs gros teufs-teufs. Tante Jeanne sort avec moi pour regarder de près la voiture d'Hector. Elle passe sa main dessus, un franc sourire décorant son visage ravi. Hector lève poliment son chapeau, pendant que Broadway se demande ce qui se passe.

« J'en ai eu une pareille...

— Vous voulez l'essayer, madame?

— Je n'ai plus mon permis depuis longtemps... »

Broadway propose de l'emmener en randonnée avec nous. Tante Jeanne hésite en serrant les lèvres. Je lui donne un petit coup de coude, suivi d'un clin d'œil, pour l'inciter à accepter.

« Est-ce que je peux emmener tante Jeanne en auto, daddy?

– En auto?

– Avec Broadway et Machin. Tu sais, son tacot, c'est le même modèle que la Violette de tante Jeanne. Elle l'a regardée comme un bijou. »

Papa va voir par la fenêtre. Il garde silence, se gratte les cheveux, puis sort rejoindre sa sœur.

« Jeanne, c'est l'automobile que tu avais lors de ta gloire de peintre. C'est la voiture dans laquelle tu te promenais avec ton amie Sweetie.

– Je sais, Roméo.

– C'est avec cette voiture que tu as eu cet accident à Shawinigan, ce qui a permis à Sweetie de te donner ce que tu souhaitais et qui t'a tant fait souffrir.

– Roméo, c'est toi qui me dis tout ça. Pas moi. Ce n'est qu'un véhicule vieux de quinze ans, c'est tout.

– Pourquoi tiens-tu tant à y monter, si ce n'est pour te rappeler des souvenirs qui vont te faire mal?

– Roméo! Laisse-moi donc respirer! »

Bravo, tante Jeanne! Bien dit! Loin de moi la pensée que mon père puisse avoir tort de tant la couver! Mais c'est vrai qu'il la suit pas à pas, la questionnant sans cesse, lui faisant la morale et la conseillant à tout bout de champ. Tante Jeanne va mieux. Elle est en lente guérison. Il faut que papa lui laisse un peu de liberté, lui fasse confiance davantage. Elle n'a pas cherché à retourner boire et prend soin de Bérangère comme une bonne mère.

Tante Jeanne s'installe sur la banquette arrière et je prends place à ses côtés. Et démarre, Hec! La vieille automobile hoquette un peu et a une crise de bougeotte sur place. Puis après un pouf! elle se met en route doucement. Hector dit qu'elle est encore excellente pour ses déplacements en ville, mais qu'il ne se risquerait pas à la conduire sur la route nationale. Voici une maison neuve, et une autre, et encore une. Le rêve de l'ouvrier des pâtes et papiers de Trois-Rivières de posséder un jour une maison bien à lui équivaut à croire aux miracles. Mais Hector et Broadway croient qu'il n'y a pas de mal à les regarder. Broadway ajoute à ce beau rêve inaccessible les descriptions des réceptions qu'elle tiendrait dans sa maison : « Aussi chic que dans les meilleurs films américains. » Et il y aurait dans la cour des arbres et des fleurs pour des enfants blonds conçus dans cet ordre : un garçon, une fille, un garçon, une fille, etc.

« Vas-y, Hec! Prends le boulevard et écrase ta patate au four!

– Je ne peux pas, Caractère! Si je fais plus de trente milles à l'heure, elle va tomber en morceaux!

– Je suis certaine qu'elle a encore un peu de ressources! Pas vrai, ma tante? »

Jeanne ne me répond pas. Elle n'a pas dit un mot depuis le départ, n'a même pas regardé les maisons. Après une demi-heure, elle se met à pleurer. Oh non... Je sais que lorsque ma tante pleure, elle peut aussi crier, perdre le contrôle de ses sens, frapper et se faire mal. Tante Jeanne pousse des gémissements vraiment repoussants. J'ordonne à Hector de retourner à la maison au plus vite. Mais le tacot râle avant de s'immobiliser le long du chemin. Hector se retient pour ne pas se fâcher, la tête sous le capot fumant, cherchant en vain à trouver le virus. Je m'éloigne avec tante Jeanne pour ne pas inquiéter Broadway. Comme à son habitude, la tante s'écrase dans la neige sans crier gare, refusant de se lever. Au lieu de perdre mon temps en bavardages et en provocations comme autrefois – déjà autrefois! – je l'imite en soupirant. Couchée dans la neige à ses côtés, je me demande tout ce qui a bien pu lui passer par la tête. Elle a probablement pensé à son amie Sweetie. Ou peut-être s'est-elle comparée à cette voiture, jadis jeune, belle, à toute épreuve, mais aujourd'hui à quelques mois de la ferraille. Tante Jeanne a-t-elle symbolisé sa déchéance par l'état de cette automobile autrefois si moderne? Papa m'a souvent dit qu'à l'époque de l'achat de son auto, Jeanne la considérait comme l'emblème de sa jeunesse et de son triomphe artistique. Aujourd'hui, les deux sont en piteux état.

Pourtant, je persiste à croire que tante Jeanne n'ira pas à la ferraille. Elle n'a pas quarante ans et ses yeux sont toujours jolis. Elle peut avoir encore beaucoup d'amour à donner. Il n'y a pas longtemps encore, je croyais qu'elle ne voulait plus vivre. Maintenant, j'ai changé d'idée, suite à la visite d'une de ses amies. Tante Jeanne avait plusieurs amies, que mon père se contente de décrire comme de simples connaissances. Aucune n'est venue saluer son retour, sinon une certaine Lucie. Je n'avais jamais vu une femme de trente-sept ans avoir l'air aussi vieille. Lucie a eu un paquet d'enfants et a passé la crise économique dans un taudis du quartier Sainte-Marguerite parce que son mari, ouvrier sans spécialité, n'a presque pas travaillé pendant toutes ces années. Un de ses enfants était un petit bandit. Toute la souffrance de cette femme s'était jetée sur son corps maigre et aux couleurs du désespoir. Il lui manquait deux doigts, happés par une machine à tisser de la Wabasso. Quand elle est venue rencontrer Jeanne, c'était pour revivre son jeune temps, mais j'avais l'impression, à l'entendre, qu'il s'agissait principalement d'une seule fin de semaine. Elle avait fait peur à Jeanne. Cette Lucie est dix fois plus effrayante que Jeanne, et ma tante le sait. Lucie a choisi la route traditionnelle : mariage, enfants et pleurs. Jeanne a opté pour la voie marginale : célibat, liberté et pleurs. Mais lorsque Jeanne finit de pleurer, elle retrouve sa liberté. Si jamais Lucie cesse un jour de pleurer, elle ne retrouvera que sa pauvreté, sa misère, sa vie perdue et le précieux souvenir d'un seul week-end passé au début des années vingt avec Jeanne Tremblay.

Je songe à tout cela quand soudain tante Jeanne me glace le sang par un cri horrible, suivi d'un évanouissement. Au loin, Broadway et Hector sursautent, puis accourent. « C'est la routine. Pas de panique. » Je suis habituée de la voir s'évanouir tout le temps et n'importe où. Après, elle ne s'en souvient même plus. Je m'enlève les fesses de la neige et fouille dans son sac à main pour trouver une cigarette que je grille en regardant ma montre et en sifflant un Bing Crosby de la grande époque. Puis, je confectionne une belle boule de neige et vise les épaules de tante Jeanne. Broadway s'arrache les cheveux en me voyant prendre Jeanne pour une cible, la confondre avec des bouffons de plastique dans un kiosque de tir à l'étalage du village forain de l'Expo. Une! Deux! Trois! Et à la quatrième boule, j'atteins son visage, récoltant le grand prix de son réveil et de sa colère.

« Diable! T'es folle!
– Ça va assez bien, merci.
– Pourquoi me fais-tu ça?
– Pour vous réveiller, ma tante. Vous aviez perdu connaissance.
– Moi? Mais t'es cinglée? »

Comme l'auto d'Hector refuse toute négociation, j'avertis Broadway que je vais rentrer à pied avec tante Jeanne. Je marche rapidement. Ma tante s'essouffle en tentant de me rattraper. C'est au moins un progrès : il y a trois mois, elle n'aurait même pas essayé. Elle passe son temps à me crier : « Où va-t-on? Où est-on? Où m'emmènes-tu? » Je m'immobilise, me tourne vers elle en lui lançant : « Et si on allait prendre une bonne bière, ma tante? » En moins de deux, elle me rattrape.

« T'es complètement malsaine et détestable, Renée Tremblay!
– J'ai de qui retenir depuis l'automne passé.
– Va au diable!
– Et où le cachez-vous, votre flacon, tante Jeanne?
– Je ne bois plus.
– Jusqu'à ce que ça craque, n'est-ce pas?
– Veux-tu me laisser tranquille? Tu es pire que ton père!
– On marche! Vite! On marche!
– Militairement, hein?
– Vous aussi, vous êtes détestable, tante Jeanne... »

Ainsi vont nos relations en dents de scie. Je garde précieusement en mémoire chaque instant semblable, en sachant qu'elle pourrait me bouder pendant les six prochains mois. Le soir, je la surprends en grande conversation intime avec mon père. Le lendemain, il me dit que Jeanne s'est comparée à l'état de la voiture d'Hector. Je suis contente d'avoir bien deviné.

Trois jours plus tard, Sousou la voit entrer chez Christo, chancelante et sentant le fond de bouteille. Elle semble essoufflée. Sousou se rend compte qu'elle est poursuivie par des voyous qui lui crient des vilains noms. « Qu'elle est laide, la grosse vache! » Elle qui a été la plus belle myrna de Trois-Rivières! Elle pour qui les williams auraient été prêts à l'humiliation, afin de passer une heure en sa compagnie! Perdue et prise de peur, tante Jeanne ne reconnaît pas Sousou. Ma disciple essaie de se présenter, de lui parler, mais la tante lui répond de façon odieuse. Elle boit quatre tasses de café en moins de dix minutes, fume six cigarettes, avant de repartir, après avoir vérifié si les malotrus sont encore dans les parages.

Je me souviens de l'avoir vue revenir ce soir-là. Elle s'est immédiatement enfermée dans la salle de bain, pour essayer de cacher à mon père toute la boisson qu'elle a consommée. Mais papa n'est pas dupe. C'est à ce moment-là que, pour la première fois, il parle de la ligue de tempérance. Jeanne l'écoute sans dire un mot. Le lendemain, elle vient vers moi, très souriante, me parlant de films et de jazz, comme si elle cherchait à se protéger de l'idée de mon père en ma compagnie. « Je vais très bien, tu vois, ma jolie Renée? Roméo exagère toujours. Je n'ai pas besoin de la ligue de tempérance, je suis certaine que tu comprends ça et que tu vas lui en parler. » Je propose plutôt que si nous sommes de si bonnes amies, elle va accepter de m'accompagner au cinéma.

Cinq minutes après le début de la projection, elle ronfle à pleins poumons, semant la panique dans les dix rangées autour d'elle. C'est un peu gênant pour moi. Mais au fond, je la comprends : quel film ennuyeux! Il y a pourtant Dorothy Lamour en vedette... Je secoue un peu tante Jeanne pour la faire changer de place. Si Jeanne veut dormir, elle ne dérangera personne au fond de la salle. Aussitôt assise, elle ronfle encore. Je demeure dans la lune en faisant semblant de regarder les images qui se reflètent dans mes yeux mouillés. Je suis sur le point de m'endormir à mon tour quand, soudain, une tempête éclate dans le film. Les vagues de la mer envahissent l'écran avec une force incroyable! Je secoue l'épaule de Jeanne.

« Hein? Quoi?
– Regardez ça, ma tante. »

Panique chez les indigènes! Ils se réfugient dans des arbres, sur des bateaux (ces idiots!). Le vent ne cesse de faire sonner la cloche de l'église. Les indigènes s'y cachent et prient. Une hutte s'envole. Les arbres cassent et écrasent les indigènes. La cloche sonne. La maison du gouverneur s'écroule. Tant mieux, car il était le vilain du film. La cloche sonne toujours. Les indigènes supplient Dieu. Un arbre géant craque comme un cure-dent. Des vagues gigantesques viennent se casser sur l'église. Une fissure laisse passer l'eau révoltée. Les dalles du toit s'envolent. La cloche sonne. Le prêtre demeure dans son église pour prier. Ses fidèles l'imitent. Les vagues sont de plus en plus énormes! Dorothy Lamour est toute décoiffée! Ça crie! Ça hurle! Ça se noie! Les fidèles prient. Le prêtre joue de l'orgue. Une vague enragée emporte l'église. Enfin la satanée cloche cesse de sonner!

« Patate! Ça, c'est de la tempête! Pas vrai, ma tante?
– Oui.
– Non, mais! Ce n'est pas à Trois-Rivières qu'on aurait une tempête semblable. Juste à Hollywood. »

Jeanne rit, puis sourit. Mon enthousiasme doit lui rappeler quelqu'un. Probablement elle-même à mon âge. Nous marchons côte à côte dans la rue des Forges. Elle me parle soudainement d'un film qu'elle avait bien aimé à l'époque du cinéma muet, le compare à la tempête du film que nous venons de voir. Ce film se termine si bêtement : tout le monde est mort, sauf Dorothy Lamour et le héros, qui vont reconstruire un paradis terrestre sur l'île voisine.

« Ce film, c'est l'histoire de votre vie, tante Jeanne.

– Comment?

– La tempête est venue détruire votre bonheur. L'orage va peut-être cesser bientôt, et après, vous pourrez construire un paradis avec Bérangère et ma famille.

– C'est ton idée.

– Et dire que mon père prétend que tous les films d'aujourd'hui ne veulent rien dire. »

Mars et avril 1940
Les kakis vont savoir qui mène dans cette province : les prêtres ou l'armée

Rocky m'est revenu voilà déjà un mois. En un sens, ce retour me fait plaisir : quel gâchis de perdre un aussi bon danseur! Il a emmené avec lui quelques amis qu'il s'est faits entre-temps. Ils portent le toupet long et le pantalon étroit. Plus on est de zoots, plus on rit. Et ainsi les kakis vont encore souffrir davantage. *Rocky a d'abord téléphoné douze fois, mais j'avais donné la consigne à mes parents de lui dire que j'étais absente. Il a aussi écrit des lettres d'amour passionnées, mais je les ai tout de suite mises dans le vieux poêle à bois servant à mon père pour chauffer son garage. Et puis, il est venu au* Petit Train, *se mettant à genoux devant moi, une boîte de chocolats dans la main gauche et des fleurs dans la droite, me suppliant de lui accorder à nouveau mon amour. Comme il y avait des clients dans le restaurant et que cette scène était embarrassante, j'ai accepté de lui pardonner, afin qu'il cesse de pleurer devant tous ces gens.*

Ses amis s'appellent Rico, Tom et Tony, c'est-à-dire Pierre, Jacques et Hubert. Je me demande où il a pu les trouver et comment il se fait que nous ne les ayons jamais vus dans le secteur. Maladroitement, il leur donne des ordres, *en essayant de m'imiter.* Ils sont swing et veulent bien manger du soldat. Ils sont arrivés dans mon restaurant comme des enfants face à un comptoir de bonbons, se léchant les lèvres devant mes disciples, s'informant si certaines d'entre nous étaient disponibles. Woogie accepte de dire oui à Rico. Avec leur présence, *Le Petit Train* se transforme en ballroom et le curé Bouchard intervient à nouveau. Nous sommes habitués, Maurice et moi. Rocky, lui, ne danse plus qu'avec moi. Nous venons de recevoir la pièce *In the mood*, de Glenn Miller. C'est sa meilleure composition! Glenn est peut-être moins jazz que le Duke ou que Benny Goodman, mais il est le roi incontestable des jitterbugs! Quel swing! Un don du ciel! Rocky met

In the mood six fois de suite au juke-box et nous le dansons sans pouvoir ni vouloir nous arrêter.

Mais ce que Rocky aime le plus, c'est lorsque je ferme le restaurant et que nous prenons un café dans la pénombre. Il me dit des compliments et nous nous embrassons proprement. Comme je peux l'aimer, mon zoot! C'est le mien! Comme Clark Gable est le william de Carole Lombard, ou comme Hector est l'idéal de Broadway. Après, il vient m'accompagner jusque chez moi en me tenant par la main. Nous arrêtons à chaque coin de rue pour nous donner un bec, cette parade couronnée par un plus gros baiser à ma porte. Alors, je rentre me coucher sur un nuage. Papa, de son côté, n'aime pas trop le retour de Rocky, prétendant qu'il exerce une mauvaise influence sur moi parce qu'il n'est pas sérieux. Mon père est vieux et il a du mal à comprendre que l'amour n'est plus ce qu'il était dans son temps.

En égrenant les jours nous menant à la présentation de *Gone with the wind*, nous sommes allés voir d'autre films. Au début de mars, toutes mes disciples et leurs williams se donnent rendez-vous au Capitol pour le plus précieux cadeau que l'on puisse imaginer : un nouveau film de la série *Thin man*! Patate! Cela faisait quatre ans que je rêvais au retour de Nick et Nora, sans oublier leur chien Asta. (D'ailleurs, le chien de Gingerale s'appelle Asta, ainsi que celui de Poupée et de Chou. Mais le chien de Divine s'appelle Fido, ce qui n'est pas trop grave parce qu'elle le surnomme Asta.) Habituellement, nos williams n'aiment pas toujours les films que mes disciples apprécient, préférant les films de gangsters et de cow-boys, levant le nez sur nos comédies musicales et nos histoires d'amour. Mais avec la série *Thin man*, tout le monde est d'accord : c'est un film policier avec des gangsters, qui est aussi une comédie et un film d'amour! Quel grand moment de bonheur! Mais notre joie est interrompue. Alors que nous attendons la bobine d'actualités et la caricature animée de la souris Miquette, le Capitol nous assomme avec un film documentaire sur le Canada en guerre. Rocky se met à huer. Mademoiselle Minou l'imite, et, bien rapidement, toute notre rangée proteste à grands coups de poing sur les dossiers des fauteuils. « Arrêtez ça tout de suite! » de nous ordonner un placier qui nous aveugle avec sa lampe de poche. Rocky lui montre sa grandeur afin de l'intimider, mais je le somme de se tenir tranquille. Nous sortons de la salle pour attendre dans le hall d'entrée. Je viens près de me fâcher en voyant Foxtrot le nez tourné vers la salle.

« Qu'est-ce que tu fais là? Tu n'as pas honte de regarder de telles cochonneries?

– Ben, je regarde juste pour vérifier jusqu'à quel point je déteste la guerre et l'armée.

– Foxtrot! Ici immédiatement! Au pied! »

Rocky semble vouloir s'en prendre au placier qui nous a éconduits. De nouveau je m'interpose, ne voulant pas que sa bêtise nous empêche de voir le film de Nick et Nora (et Asta).

« On paie pour se distraire sainement et ils nous montrent des films de propagande! Tu devrais en parler à ton père, Caractère.

– Pourquoi?

– Pour qu'il dénonce ce scandale dans son journal. »

De retour dans la salle, les jeunes derrière nous se mettent à nous reprocher notre attitude. Rocky se lève et... Je n'ai donc pas vu le nouveau *Thin man.* Quelle honte! Moi! Moi la meilleure cliente de toutes les salles de Trois-Rivières! Me faire mettre à la porte comme une fille de rien, parce que mon william a tendance à toujours vouloir se battre, appuyé vulgairement par Mademoiselle Minou.

« Je n'ai pas à m'ingérer dans la programmation des salles de cinéma, Renée.

– Patate, daddy! C'est toi qui viens de dire ça? Toi qui avais écrit des articles et un livre contre la guerre?

– Si le public ne veut pas voir ce genre de film, il n'a qu'à attendre dans la salle d'entrée ou arriver plus tard. C'est une façon plus saine de protester que tes comportements enfantins.

– Mais je n'ai rien fait!

– Non, mais tu as appuyé ton grand niaiseux.
– Papa! Je t'interdis d'insulter mon grand niaiseux! »

Quelle mollesse il a parfois, mon papa! Je sais que ce n'est pas très catholique de penser une telle chose de son daddy, mais on me l'a déjà décrit un peu plus fonceur! Et le petit papa de mon enfance était beaucoup plus drôle que celui un peu morose d'aujourd'hui. Lui qui a passé tant d'années à nous parler de la bêtise de la guerre, il ne fait rien contre elle aujourd'hui. Un client du *Petit Train* m'a même dit qu'il a vu papa saluer un commandant dans le parc Champlain, mais je refuse de croire une telle calomnie! Papa fait comme s'il ne se passait rien, se sentant sans doute en sécurité parce que Maurice est marié et père de deux enfants, et parce que Gaston est trop jeune pour être appelé sous les drapeaux. Et si elle dure longtemps, cette guerre? Gaston va grandir avec elle et le premier ministre va peut-être l'imposer, la conscription! Et il sera le candidat idéal, mon Gaston! Déjà que cet idiot préfère les fanfares et les marches au jazz!

Le régiment formé à Trois-Rivières se décide enfin à déguerpir. Je ne devrais pas être contente de ce départ en pensant à tous ces pauvres williams naïfs qui nous échappent et qui deviendront je ne sais trop quoi sous les ordres d'un commandant ontarien détestant les Canadiens français. Le jour de leur départ, ils sont tous en face du *Petit Train,* placés en rangs comme des pions d'un jeu de dames. Je ne sais plus trop quelle autorité fait un discours de bons souhaits. Je demeure dans mon restaurant avec Maurice et Simone. Nous fermons les stores et verrouillons la porte. Ce n'est pas comme dans un film, ce qui se passe en face du *Petit Train.* J'entends le sifflet de la locomotive et aperçois les femmes s'éloigner en pleurant. Puis je vois s'approcher mon père, avec son crayon et son calepin. Il a l'air un peu ébranlé, sans doute parce que cette scène de départ lui a rappelé le sien en 1914.

« Tu vas écrire un article sur le départ de ces soldats?
– Oui.
– Qu'est-ce que tu vas dire?
– Qu'hier matin, nos braves volontaires du district de

Trois-Rivières sont partis le cœur rempli d'espoir lors d'une scène pleine d'émotion et de fierté patriotique.

– Tu ne vas pas écrire une telle chose, papa?

– C'est mon travail, Renée. Et puis, en temps de guerre, la presse est censurée. Je n'ai pas le choix.

– Patate, daddy! Ce n'est pas ce que tu écrivais quand tu es revenu d'Europe en 1915!

– J'avais ton âge, Renée. Maintenant, j'ai quarante-six ans, des dettes, six enfants, une sœur et un père malades. Un jour, tu comprendras. »

Je voudrais ajouter qu'il me met en colère et me déçoit, mais je préfère me taire. Et je suis persuadée qu'il sait que je suis déçue. Que ces patates rôties de soldats débarrassent le plancher de Trois-Rivières! Qu'ils cessent de menacer de leur armure kaki nos myrnas influençables! Cela ne signifie pas pour autant que mon combat contre leur enrôlement est terminé. La guerre qui fait rage en Europe n'est pas qu'une petite affaire. On en entend parler tous les jours, sans pour autant craindre de voir débarquer un sous-marin allemand dans le port de Trois-Rivières. Il n'y a pas moyen de mettre la main sur un journal sans être embarrassée par des nouvelles de la guerre, étalées vulgairement en première page. Voilà pourquoi je décide de lire mon *Nouvelliste* en commençant par la fin. De toute façon, il n'y a que l'horaire des émissions de radio et ma bande dessinée du « gars de la marine » qui m'intéressent. Mademoiselle Minou, de son côté, connaît tout de la guerre. Je ne saurais lui reprocher de consulter les articles de journaux sur le sujet, puisqu'elle est notre informatrice des décisions du gouvernement canadien à propos du sort réservé à nos danseurs et à nos futurs maris. Elle nous parle aussi de politique, mais ça n'intéresse pas tellement mes disciples. On dit que Godbout va bientôt permettre aux femmes de voter. Tant qu'il ne m'empêchera pas d'aller au cinéma et d'écouter Glenn Miller, il peut bien décider ce qu'il voudra. Puis, un beau soir, Mademoiselle Minou arrive au *Petit Train* triomphante, brandissant son journal et nous parlant à toute vitesse d'un certain Bill que personne ne connaît, et, sautant du coq à l'âne, nous dit que nous pouvons voter. Contente, elle se cogne la poitrine et crie comme Tarzan apercevant un éléphant de son goût.

« Tu n'es pas majeure, de toute façon.
– Non, mais aux prochaines élections, je vais l'être. Tu comprends, Caractère, il ne faut pas que Duplessis revienne au pouvoir.
– Encore lui?
– C'est le seul effet que ça te fait d'être enfin une citoyenne à part entière?
– Tu veux dire qu'avant je n'étais qu'une demi-myrna?
– Ça veut dire que si Mackenzie King demande aux gens de voter pour ou contre la conscription, tu as maintenant le droit de voter pour lui dire que tu es contre! Avant, on n'avait pas ce droit.
– Mais Mademoiselle Minou, King, c'est pas à Ottawa où on avait déjà le droit de voter?
– Ne mélange pas tout! Il faut célébrer ce grand jour! Qui vote pour célébrer? »

Voulant lui faire plaisir, nous levons toutes la main en nous efforçant de ne pas bâiller. Mais Mademoiselle Minou n'est pas contente de notre décision. Elle doit organiser un vrai vote, avec des bulletins qu'il faut consulter à la cuisine avant de tracer une croix dans la case « oui » ou dans la « non ». Ensuite, il faut plier ce papier et le mettre dans une boîte de cigares. Le tout dure trente minutes, c'est-à-dire vingt-neuf minutes et cinquante-huit secondes de plus que notre vote à main levée. Si c'est ça, la politique, moi...

« Pour qui vas-tu voter, Puce?
– Je ne sais pas, Mademoiselle Minou. Je voterai comme mon mari, pour lui faire plaisir.
– Mais non, Puce! Il faut te faire ta propre opinion en lisant les journaux et en écoutant les discours à la radio ou dans des assemblées!
– Mon opinion, mon opinion...
– Tu as une opinion à propos de la guerre?
– Ah ça oui! Je pense comme Caractère!

– Mais non! Tu dois quand même avoir une opinion bien à toi!

– La guerre, c'est laid.

– Bravo! Tu vois que tu peux avoir une vraie opinion!

– Ah bon... »

Nos williams arrivent et Mademoiselle Minou se met immédiatement à les tartiner sur les politiciens. Ils rient en douce, étant au courant de la nouvelle à propos de notre nouveau droit de vote. Cet imbécile de Rico se met à nous glousser des moqueries sur les résultats de la prochaine élection. « Et dans dix ans, vous allez porter des culottes et nous des robes. » Comme punition, j'ordonne à Woogie de ne pas embrasser ce tubercule hideux pendant toute une semaine.

Mais nos petits conflits s'oublient vite quand le jukebox fait entendre son swing. Cela fait passer merveilleusement les jours en attendant *Gone with the wind.* Entre-temps, je suis allée voir un film trois fois avec Rocky. Ce film mettait en vedette Henry Fonda et racontait l'histoire de sa famille pendant la crise économique. Chassée de leur ferme, la famille partait sans le sou vers la Californie où on leur promettait du travail comme cueilleurs de fruits. Mais en réalité, ils n'ont trouvé que de la misère. Rocky a été très touché par cette production; elle lui rappelait l'histoire de sa propre famille. Ébranlé par le chômage, le gouvernement avait promis mer et monde à ceux qui iraient s'établir au Témiscamingue sur des terres de colonisation. En réalité, les familles n'ont trouvé que plus de souffrances. Rocky ne me parle pas souvent de ses parents, toujours installés dans ce coin perdu. Mais quand il fait un profit monétaire, il envoie de l'argent à son père.

« Qu'est-ce qu'on doit faire, Caractère? Qu'est-ce que le pauvre monde doit faire pour enfin avoir droit au bonheur? On travaille soixante heures dans leurs usines au milieu du bruit et de la poussière et pour un salaire de crève-la-faim. Comme on n'avait pas assez de malheurs, ils nous ont jetés à la rue à cause de la crise. Et maintenant que l'ouvrage commence à revenir, ils veulent nous mettre des fusils entre les mains pour tuer des jeunes Allemands de notre âge et qui ont probablement connu les mêmes privations que nous. Veux-tu bien me dire quand les supposés grands de ce monde vont se décider à nous laisser vivre avec un minimum de confort et le cœur en paix? »

Rocky demeure dans la lune, alors qu'une longue traînée de cendres se tient en équilibre au bout de sa cigarette. Il l'écrase et s'en allume une autre, en soupirant. Derrière le regard de Rocky, je vois celui de Mademoiselle Minou, dont la famille a été perturbée par la crise. Son père travaillait à demi-tâche et sa mère était obligée de faire des lavages pour les riches. Mademoiselle Minou remercie le bon Dieu d'avoir pu trouver un emploi dans la fabrique de cercueils de Girard et Godin, car elle a pu ainsi aider ses parents à nourrir les enfants. N'eût été de cette chance, sa famille se serait peut-être expatriée dans une région de misère, comme les parents de Rocky et ceux du beau Henry Fonda dans le film.

Et moi? Oh, moi, j'ai presque honte, en les écoutant. La crise n'a jamais rien enlevé de notre table de cuisine. Mais je me souviens d'avoir vu ma mère faire un peu plus de pots de confitures que mon père se pressait de donner aux œuvres de nos curés, pour aider les chômeurs. Papa se dévouait beaucoup pour eux. Je me demande même s'il ne se sentait pas coupable d'avoir un bon travail, pendant que la moitié de la population de Trois-Rivières souffrait de la faim et du froid. Papa a aidé financièrement tante Louise quand les choses allaient mal au *Petit Train.* Il lui a payé ses études à l'École normale, a dépensé pour les médicaments de grand-père Joseph. Mais il a mis son emploi en jeu en prenant ce long congé à ses frais pour aller chercher tante Jeanne à Paris. Maintenant, pour la première fois de sa vie, il dit qu'il a des dettes. S'il ne nous a jamais privés de rien, mon père a toujours eu beaucoup d'humilité face à sa situation financière stable. Je ne me suis jamais sentie fille de riche, sauf lorsque je voyais des myrnas de mon âge venant au *Petit Train* pour quêter des os à soupe.

Ce soir, Rocky me parle de son avenir souhaité : trois

repas par jour, un logement bien chauffé, des enfants en santé et un héritage à leur léguer. Un idéal tout simple qui est un trésor pour un fils d'ouvrier meurtri par la crise économique. « Les gars qui s'engagent dans l'armée sont attirés par le veau d'or. Ce sont souvent des gars qui n'ont pas travaillé au cours des dernières années, ou qui ont vu leur parenté vivre avec des bons de secours. L'armée leur donne un salaire. Ils sont logés, nourris, habillés et ils ont le prestige que leur vie de petits ouvriers ne pourra jamais leur donner. Sauf que c'est une façade cachant une autre misère. C'est comme les promesses faites à mon père par les politiciens qui parlaient de l'abondance des terres du Témiscamingue. Tout ce qui brille n'est pas or. Voilà pourquoi je veux combattre les gars qui veulent s'engager. Ce ne sont pas eux que j'insulte. C'est le veau d'or de l'armée. Au fond, les soldats, je ne leur en veux pas personnellement, même si parfois ils ont des attitudes qui font pitié à voir. »

Partis, nos volontaires! Mais un bureau de recrutement reste ouvert sur la rue Hart et je vois souvent des williams aux poches vides passer devant, regardant les belles affiches dans sa vitrine. Mes disciples et moi sommes toujours près de ce poste pour parler aux williams et essayer de les convaincre de ne pas pousser cette porte les menant vers la misère et la mort. Mais au moment où nous nous en attendons le moins, l'ennemi revient à la charge : une autre bande arrive d'on ne sait trop où pour envahir le terrain du coteau, dans le but d'exercer leur tir à la mitraillette.

« Mais c'est à trois pas de chez toi, Caractère!

– Non, c'est à deux pas de chez moi, Rocky.

– Mais ils sont malades! Et les gens qui habitent le coteau? Les enfants qui jouent dans le coin?

– Mais! C'est vrai! Ils sont malades, ces patates bouillies! »

Cette nouvelle fait sursauter mon père. Je suis très heureuse de le voir réagir à la venue de ces mitrailleurs dans notre entourage immédiat. Je l'accompagne jusqu'au bureau de la rue Hart où il dira aux autorités militaires qu'il a des enfants dans sa maison et un père âgé, ainsi qu'une sœur malade, et que les bruits des mitraillettes ne sont pas les bienvenus dans un tel cas.

« Croyez bien, mister Tremblay, que nous ferons these exercices avec la sécurité entière et que la population sera au courant de nos horaires. Sachez aussi que nos soldiers sont très dans la discipline et qu'ils vont suivre nos orders pour la security des civilians du quartier.

– Je vous crois, mais je parle plutôt du bruit qui, même dans votre système sécuritaire, risque de perturber ma famille et celles de mes voisins.

– Le bruit sera dans le lointain. Ces maisons sont assez far away de notre champ de tir.

– Je vous parle poliment, monsieur. Puis-je rencontrer votre supérieur?

– Mister Tremblay, vous ne ferez pas déménager la National Defense des places que notre government nous a indiquées. Surtout pas vous.

– Et pourquoi, pas moi? Parce que je suis journaliste pour la presse que vous contrôlez avec votre censure?

– No. Parce que vous avez caché des peureux et des traitors quand vous êtes revenu de l'Europe in 1915, et parce que vous avez dit aux French Canadians de ne pas servir leur pays et l'Angleterre. We know that. On nous a avertis de vous.

– Vos guerres m'ont fait perdre un frère, une partie de mon bras gauche et je ne vous laisserai jamais perturber ma sœur, mes enfants, ma femme et mon père avec vos bruits de barbares des temps modernes! Dites ça à vos supérieurs! Et dites-leur bien que Roméo Tremblay s'est jadis battu pour que nos jeunes hommes puissent vivre en paix au lieu d'aller se faire tuer pour le roi d'Angleterre à qui nous, Canadiens français, ne devons rien! Et dites-leur bien que je suis prêt à le refaire! Salut! »

En l'entendant, je reste d'abord estomaquée de surprise, puis, à la fin, je rajoute un « Bravo! » qui fait sursauter le kaki de sa chaise. Je prends fièrement le bras de mon père pour l'inviter à sortir, car il semble prêt à continuer pendant deux jours. Mon père, habituellement si calme, qui fait une sainte colère à un soldat aux épaules pleines d'ornements! Dans l'automobile, la fureur lui fait danser les oreilles. Il démarre avec un geste brusque.

« Quel sera ton plan?

– Mon plan?

– Oui, daddy. Qu'est-ce que tu vas faire contre eux? Est-ce que tu as besoin de l'aide de mes disciples?

– Renée! Va travailler! Je ne suis pas d'humeur à écouter tes fantaisies! »

Je m'empresse de raconter cette scène superbe à Maurice et à ma sœur Simone. Je rajoute un peu de sauce à mon récit quand je l'offre fièrement à Love et Foxtrot. Maurice ne semble pas trop me croire. « Papa fâché? Lui qui s'excuse quand il chasse une mouche qui lui tourne autour du nez? » Comme grand-père Joseph qui vit toujours dans le passé, j'ai vu le jeune Roméo Tremblay en colère, revenant de guerre en 1915. J'ai vu le jeune homme que tante Jeanne admirait et qui faisait battre le cœur de ma mère. J'ai hâte de terminer ma journée de travail pour le retrouver! Mais, le lendemain matin, je le vois changer d'idée, m'insultant avec une citation des pages roses d'un dictionnaire : la colère est mauvaise conseillère. Tu parles que j'ai le goût de lui tordre le cou à la colère, moi! Qu'est-ce qui fait qu'un être humain perd le feu sacré? Où est le papa de mon enfance qui se promenait partout, alors qu'aujourd'hui il se contente de son salon et de son bureau de travail?

Les soldats arrivent en rangs d'oignons deux jours plus tard. Il faut toujours qu'ils débarquent devant mon restaurant et qu'une dizaine de barbichettes les attendent avec des discours patriotiques! J'imagine ces kakis, dans deux mois, parcourant la rue des Forges, se prenant pour Cary Grant et sifflant toutes les french canadian girls. Pour l'instant, ils ont surtout paradé dans les rues, impeccables comme des vieilles filles, alors que les Trifluviens agitent des drapeaux britanniques et tapent du pied sur des airs de fanfare américains. Mon devoir est d'être avec mes disciples à cette parade, toutes les onze les bras croisés, sans un sourire, nos longs manteaux de zoot leur signifiant qu'ils ne sont pas les bienvenus sur nos terres. Comme nous sommes dangereuses à voir!

« Regarde celui-là, au bout de la ligne, Caractère. Il est beau, non? Il ressemble à Robert Taylor.

– Love! Mais tu deviens folle?

– Ben! Il a beau être un soldat, c'est un william quand même et moi je le trouve joli.

– Une semaine sans cinéma, Love!

– N'exagère pas!

– Et si tu oses me répondre une autre fois, je te prive de la première de *Gone with the wind*!

– Caractère! Tu ne me ferais pas un tel coup bas! »

La plus terrifiante à voir est Mademoiselle Minou, qui a du mal à garder les bras croisés tant elle a le goût de se jeter dans les rangs pour en griffer quelques-uns. Son épaisse crinière à la Stanwyck lui procure un air encore plus menaçant. Oh! ce qu'elle aurait donné pour les siffler et leur lancer des cailloux! Mais il ne faut pas déclencher une révolte. Il faut juste leur montrer notre présence boudeuse. Et je vous jure que les soldats ont pris note! Tout va bien jusqu'à ce qu'un citoyen nous traite de piètres patriotes, de mauvaises filles, de vauriennes. Alors rien ne peut retenir Mademoiselle Minou...

« J'aime mieux être une mauvaise fille qu'une fille à soldat! Vous n'avez pas idée de toutes les maladies que ça transporte, ces bestioles-là! Et fin prêts à les laisser en héritage aux filles de Trois-Rivières!

– Vous êtes une petite mal élevée, mademoiselle! Un mauvais exemple! De quelle paroisse êtes-vous? Je vais aller me plaindre de vous à votre curé! Où sont vos parents? Quel est votre nom?

– Minou! Mademoiselle, de mon prénom! Et avec deux majuscules!

– Vous êtes une insolente!
– Et vous un inconscient! »

Je pense que si Rocky et ses *mugs* avaient été avec nous, ils auraient appuyé Mademoiselle Minou et cet énergumène patriotique se serait déjà fait bousculer. Mais j'ai dit mille fois que je ne veux pas de bagarre. Sousou et moi, nous nous interposons entre l'homme et Mademoiselle Minou. Je devrai la gronder pour son attitude, qui, bien que formidable, n'est pas digne d'une disciple. Les soldats s'installent donc au terrain de l'Expo sans que mon père lève le petit doigt. Et ils sont toute une bande! Près de mille, paraît-il. Et les Trifluviens, dès le premier jour, passent devant chez moi pour aller les voir au travers de la clôture. La seule consolation que j'ai est de savoir que leur cantine est située dans la bâtisse où on installe les moutons et les bœufs pendant l'Expo. Ils ne seront donc pas dépaysés. Je n'étais pas à la maison quand ils ont commencé leurs exercices de mitraillette. Au retour, maman me déçoit en me disant que le bruit n'est pas trop dérangeant. Tante Jeanne avait dormi tout l'après-midi et grand-père Joseph croyait dur comme fer que l'on préparait un feu d'artifice sur le terrain de l'Expo et chialait parce que ma mère ne voulait pas le laisser voir.

Mes disciples et moi faisons du porte-à-porte pour inciter les gens à signer une requête contre le bruit, dans le but de la présenter à nos curés. Les kakis vont savoir qui mène dans cette province : les prêtres ou l'armée. Mais nous ne récoltons pas autant d'appui que prévu. Il y a même des vieilles patates pour prétendre que les soldats font leur devoir. De quoi vous dégoûter d'avoir bon cœur! Le premier samedi, des Trifluviens viennent en famille, afin de mieux les entendre. Mais après une semaine, les gens commencent à se lasser du bruit. Nous refaisons donc le même trajet pour trouver un plus grand appui. Une femme prétend que ces sons de haine pourraient nuire à la croissance de son futur bébé. Mais mon père demeure toujours immobile, ne s'occupe pas de la présence des mitrailleurs. Du moins jusqu'à ce que tante Jeanne se réveille en pleine nuit en criant le nom de l'oncle Adrien. Alerté, grand-père Joseph a la même réaction, croyant que les Allemands de 1918 sont à notre porte pour tuer Adrien. L'après-midi suivant, papa demeure silencieux, écoute le bruit de la mitraille. Soudain, je le vois trembloter, puis se cacher le visage entre les mains, avant de pleurer comme un petit garçon. Je n'ose pas imaginer les souvenirs d'horreur que ces bruits d'armes viennent d'éveiller en lui.

« Tu sais, la première fois qu'on nous a mis un de ces engins entre les mains, à notre entraînement à Valcartier, tous les gars étaient contents. Quand on a débuté les exercices, nous avons trouvé ça formidable, probablement comme ces jeunes d'aujourd'hui. Car quand tu tires, tu sens une puissance incroyable entre tes mains! Mais quand nous sommes débarqués en France pour approcher du front, nous avons commencé à avoir les mains mortes et nos fusils sont devenus très lourds. Puis quand le caporal Dubé m'a envoyé avec mes camarades ramasser les cadavres des victimes, je ne voulais plus jamais tenir de fusil... Je suis allé au combat les mains tremblantes, ne désirant tirer sur personne, mais tout en sachant que j'aurais à le faire si je me retrouvais nez à nez avec un Boche.

– As-tu déjà tué un soldat, papa?

– Non. C'est lui qui a tiré. Tu le sais trop bien, avec cette blessure à mon bras.

– Excuse-moi, papa...

– Sauf que ces bruits... ce sont les mêmes qu'à Valcartier! Mais quand t'es au front et que tu les entends, ça devient effrayant. Tout le monde avait peur, même ceux qui se vantaient de leur bravoure. Adrien, lui, a vécu là-dedans si longtemps... Il a tué d'autres hommes. Il me l'a écrit. Il en a même tué beaucoup. Et un soldat de l'autre camp l'a abattu. Renée, ma petite, si tu avais connu ton oncle Adrien... Je l'aimais tant. Il était mon héros, mon grand frère, mon géant...

– N'en parle pas si ça te fait mal, papa.

– Mets ton manteau, Renée, et on va aller demander audience à monseigneur Comtois avec ta liste de signatures. »

Enfin le daddy que je veux voir! Et de plus, il a le bras

long, mon père! Il connaît le maire, les députés et les hommes importants de nos industries! Il me jase de monseigneur Comtois comme je parle de Sousou! Monseigneur! Le patron de tous les prêtres de la Mauricie! C'est le représentant officiel du pape à Trois-Rivières, et le pape représente le bon Dieu! Et à ce que je sache, Dieu est plus important que Mackenzie King et son armée. Nous aurons notre rendez-vous dans cinq jours, ce qui nous donne le temps de préparer notre plan.

Papa, le samedi après-midi, décide de faire du porte-à-porte avec nous. Mes disciples sont ravies, sachant que la présence d'un homme de son âge aidera davantage notre cause que nos jolis minois roses. Le soir, nous sommes toutes à la maison autour de lui et nos williams l'écoutent raconter ses souvenirs de guerre, avec une attention presque religieuse. Ces histoires ne ressemblent pas à celles des journaux, des films ou des romans. Elles sont vraies et mon père a toujours été un raconteur extraordinaire. Papa parle de boue, de poux, de faim, d'insomnie, de peur, de froid, des ampoules aux pieds, des rats parcourant les tranchées. Et par-dessus tout, il insiste sur le mépris avec lequel les supérieurs anglais traitaient les Canadiens français. Son discours me donne le goût de me rendre jusqu'au terrain de l'Expo, de cogner à chaque porte de caserne et d'inviter tous ces soldats à venir l'entendre. Rocky, pour sa part, est très sérieux en l'écoutant. Sans doute que la sagesse de mon père l'impressionne et qu'il trouve soudainement que ses récits sont plus intelligents que la manie qu'il a de toujours narguer les soldats.

Puis papa nous cause d'Hitler. Il est terrifiant. C'est un fou furieux, un malsain, un dérangé, un danger, une patate pourrie. Daddy prétend qu'il faut le combattre, mais pas avec les armes : il faut le faire avec la politique. (Et Mademoiselle Minou qui s'exclame d'un « Ah! » bref, mais très sonore.) Mon père dit que face à ce barbare, il ne devrait pas y avoir une armée de williams, mais une armée de politiciens bien décidés à remettre ce mal élevé dans le droit chemin. « Mais la bêtise est souvent plus forte que l'intelligence. Ce que vous faites, c'est bien. C'est bien tant que vous ne tombez pas dans la désobéissance civile. Il ne faut pas combattre le chaos par le chaos. Si vous parlez aux jeunes pour essayer de les convaincre de ne pas s'engager, attendez-vous à vous faire traiter de tous les noms de l'enfer. Ne répliquez pas. Faites votre devoir poliment. »

Gingerale se lève pour lui demander : « Et si le gouvernement décide de la conscription obligatoire? Est-ce qu'on devra se plier à ce devoir? » J'aurais aimé qu'il réponde négativement, mais il fait « oui » dans un soupir, ce qui provoque nos murmures. « Mais est-ce que ça va arriver, monsieur Tremblay? » de faire Puce, telle une fillette effrayée par la venue prochaine de monsieur le curé à la petite école pour l'inspection du catéchisme. Tout le monde regarde mon père, attendant une réponse rassurante, comme si lui seul connaissait la vérité. Fermement, il répond : « Bien sûr que non! » alors que je devine qu'il n'en sait rien. Nous soupirons d'aise en souriant. Maman arrive avec ses verres de limonade, ses croustilles et ses gâteaux, et mes disciples veulent soudain savoir ce qu'elle pouvait penser pendant que mon père était au front, en 1915. Après son histoire, nous terminons la soirée en racontant des blagues, en parlant de nos films favoris, et, bientôt, la pile de disques réclame de se faire étourdir. Broadway et Hector se lancent dans un swing à l'emporte-pièce, imités par tous les couples, sauf Rocky et moi. Il regarde encore papa, qui tient ma mère par la main, nous observant avec leur air de dire que nous formons une belle jeunesse.

« Dansez donc, monsieur Tremblay! Montrez-nous ce que vous dansiez à notre âge! » Les disciples et leurs williams appuient la suggestion de Rocky. Mes parents ont droit de faire partie de notre fête, eux qui nous ont tant touchés ce soir. Mon père aime bien la musique. Il arrive souvent à la maison avec des disques de chansons françaises et il s'amuse à les apprendre par cœur, afin de pouvoir accompagner l'interprète. Je n'aime pas trop ce style, à part « Glou glou glou font tous les dindons et la jolie cloche fait ding dang dong ». Il se propose de chanter pour remplacer la danse réclamée. Il s'immobilise au milieu du salon et dit : « J'ai un seul souvenir heureux de la guerre. Il y avait en France une chanson très populaire chez les soldats et nous prenions un grand plaisir à la fredonner. » Et papa de nous chanter *La Madelon,* mais pas sur son rythme de marche militaire : comme une complainte des temps jadis, bien lentement, avec tout son cœur. Nous écoutons sagement et j'ai le goût de pleurer en sachant que j'ai cet homme merveilleux comme père. Dans le chant de papa, il y a la nostalgie de ses dix-huit ans et sa tristesse en pensant à la jeunesse qui s'en va combattre. Je vois la même tristesse chez tante Jeanne, restée discrète et à l'écart de notre réunion. Elle s'éloigne sans que personne s'en aperçoive. Papa me dit que, jadis, sa chère Jeanne ne pouvait pas passer une journée sans danser; elle se rendait souvent à Montréal pour s'amuser dans les salles protestantes, les seules à présenter du jazz. Dans le temps des fêtes, elle effrayait les vieux oncles en dansant le charleston et le shimmy. Mais ce serait ridicule d'aller chercher tante Jeanne pour lui demander de danser, comme me le suggère Rocky. Nous nous amusons fermement quand, soudain, je sens les pas de mon père au second étage, se dirigeant vers la chambre de tante Jeanne. Je monte comme une espionne et la vois verser de chaudes larmes. Mon père m'aperçoit et me fait signe de déguerpir. Je suis certaine que tante Jeanne a pleuré sur sa jeunesse disparue en voyant la nôtre en effervescence. Je baisse le son du tourne-disque et propose aux disciples de parler sagement au lieu de danser.

Le jeudi, j'accompagne papa à l'évêché. C'est impressionnant! Comme je me sens petite en entrant dans le bureau de monseigneur Comtois! Il est vrai que le décor est immense et ne donne d'autre possibilité aux visiteurs que de se sentir minuscules. Je ne sais pas si je dois lui embrasser la main, faire un signe de croix, m'agenouiller ou faire la révérence. Je fais un peu les quatre à la fois, trébuchant contre un de mes souliers. Jamais de ma vie je ne me suis sentie aussi ridicule! Papa lui parle comme à un grand homme, avec ses mots d'écrivain et une politesse protocolaire qui me donnent la chair de poule. Monseigneur lui répond au subjonctif plus-que-parfait, en employant le pronom « Nous » pour se désigner. En sortant, je ne sais toujours pas si Monseigneur va montrer notre pétition aux autorités militaires.

La semaine suivante, les pétarades de mitraille continuent. Maman met la radio en fonction toute la journée, elle qui a l'habitude de nous interdire de l'écouter sans son autorisation. Puis elle sort souvent avec grand-père Joseph, pour l'éloigner de ces bruits qui lui font trop penser à son fils Adrien. Les rafales viennent et repartent, comme une mouche collante d'un après-midi d'été. Je sors avec tante Jeanne qui marche comme Frankenstein en marmonnant des mots incompréhensibles. Bérangère nous suit, puis se lance dans la neige avec insouciance. Et soudain... Oh non! Revoilà la tante qui s'affaisse sur le pavé et la petite qui se remet à pleurer. Pourquoi ça n'arrive qu'à moi? Je la console du mieux que je peux quand, tout à coup, un soldat s'approche pour offrir son aide en anglais.

« C'est de ta faute, espèce de sac de patates! Toi et tes amis et vos satanés bruits de fusils!

– I'm sorry. I don't understand. Can I help you? Do you need an ambulance? A doctor?

– Tu ne comprends rien, hein? You don't understand any french?

– No. What's wrong with her?

– T'es un gros tas de fumier, une vieille crotte, une face de pet, une patate mal germée.

– Let me help you.

– Ne nous touche pas, microbe! Maladie honteuse! Poche trouée! »

En m'entendant, Bérangère se met à rire. Je le vois reculer de quelques pas et n'ai pas le temps de réaliser que tante Jeanne s'est remise sur pied et qu'elle fonce sur le kaki à toute allure. Il ne peut l'éviter et s'écrase contre la clôture, tombe sur son derrière, pendant que Bérangère s'étouffe de plaisir. Il s'éloigne en nous maudissant en anglais, alors que Jeanne balaie la neige de son manteau. Je ris tout autant que la fillette, puis saute au cou de ma tante pour lui donner un gros baiser sur les joues. Elle force un sourire qui se transforme en rire. Je viens enfin de voir la Jeanne Tremblay de vingt-deux ans, audacieuse et sans peur, prête à tout. Jeanne a retrouvé sa jeunesse le temps de cinq minutes! Que c'était merveilleux à voir! Elle avait l'air... d'une vraie zoot!

Mai à juillet 1940
Ce n'est ni drôle ni unique

C'est beau! Patate que c'est beau! Comme nous mouillons des mouchoirs en regardant *Gone with the wind* plusieurs soirées de suite. Et si une disciple n'a pas d'argent pour y retourner, ses camarades lui font cadeau de la somme de bon cœur, ne voulant pas priver une amie d'un spectacle aussi vital. Et de plus, à l'entrée, on nous donne une bouteille de Kist, ce qui n'est pas à dédaigner! Poupée, habituée aux films de cow-boys du Rialto, est tellement impressionnée qu'elle décide que son surnom serait maintenant Scarlet, du prénom de l'héroïne du film. Nous avons beau lui expliquer que si Scarlet O'Hara est belle et élégante, en réalité, elle est la pire sotte imaginable et qu'on ne peut qu'applaudir le beau Clark Gable de lui dire qu'il se fiche de ce qui peut lui arriver.

« Clark a dit ça?
– Oui, à la fin.
– Il a eu tort de parler ainsi à Scarlet! »

Évidemment, nos williams - quels imbéciles! - ont refusé de nous accompagner, tout comme la plupart des maris des spectatrices. Ils auraient eu pourtant beaucoup à tirer de cette histoire, car c'est aussi un film sur la sottise de la guerre.

« Scarlet. Je m'appelle Scarlet, à partir de maintenant.
– Tu sais ce que ça veut dire, Scarlet?
– C'est le nom du personnage. Tu me prends pour une idiote?
– Scarlet, ça veut dire écarlate. Tu veux vraiment qu'on te surnomme écarlate? »

Deux semaines plus tard, il lui arrive de tomber dans la lune et de se mettre à pleurer en pensant à une scène du film. C'est ainsi que notre disciple Poupée devient Écarlate, et non Scarlet. Nous avons toutes un peu vécu hors de ce monde suite à ce film, oubliant notre mission. Mais la réalité nous rattrape le seize juin. Comment oublier cette date? C'était mon anniversaire de naissance et les Allemands ont choisi ce moment pour s'emparer de la France et mettre leurs sales bottes dans les rues de Paris. Même s'il est vrai que je déteste la guerre, de savoir que le pays de mes ancêtres est devenu la propriété de cet Adolf pourri me dérange beaucoup.

« Salut, Hitler. Espèce de patate à moustache!

– *Salut, Caractère.*

– *Sais-tu, imbécile, que tu as envahi le pays de mes aïeux, le jour de mes dix-neuf ans ?*

– *Oui, je le sais très bien. J'ai regardé sur mon calendrier et je me suis dit que le jour d'anniversaire de naissance de Caractère Tremblay était un moment idéal pour s'emparer de la France.*

– *Mais quelle insolence! Quel mal élevé! Sais-tu au moins à qui tu t'adresses?*

– *Ça n'a aucune importance.*

– *Mais c'est donc vrai que t'es le pire imbécile de l'histoire de l'humanité. Tu vas me le payer! Je t'aurai averti!*

– *Aujourd'hui la France, demain Trois-Rivières!* »

Tante Jeanne est très ébranlée par cette nouvelle. J'ai toujours voulu qu'elle me parle de ses aventures à Paris, de ses succès comme de ses peines. J'ai souvent désiré qu'elle me dise si les Français sont aussi beaux que Jean Gabin et aussi drôles que Fernandel, et si la chansonnette se fait entendre dans les bistrots au son d'un accordéoniste triste. Ma tante n'a pas encore tout à fait quitté Paris. Tout le temps qu'elle a passé à Trois-Rivières dans les années vingt, elle rêvait d'habiter Paris, mais son amie Sweetie préférait notre ville parce que sa mère y était née. Tante Jeanne s'est enfin rendue au bout de son rêve en habitant Paris. Même si c'est là que sa vie a cassé, elle a tout de même eu le temps de vivre pleinement toute la poésie de cette ville légendaire. Elle a même exposé ses toiles dans une galerie d'art de bonne réputation. Mon père l'a arrachée à sa ville d'adoption. Pour son bien, c'est évident. Sans papa, elle serait peut-être morte à l'heure actuelle et Bérangère pleurerait sa situation d'orpheline. Or, il paraît qu'Hitler les croque au petit déjeuner, les orphelines. Si ma tante avait survécu à Paris, comment les Allemands auraient traité une grosse ivrogne au caractère impossible? Les Allemands n'aiment que les blonds qui les applaudissent. Pas les Juifs, les étrangers, les infirmes et les grosses ivrognes artistes. Quand tante Jeanne a appris cette nouvelle terrifiante, c'est curieux, mais on aurait juré qu'elle était encore là-bas. Sa tête s'est mise à virevolter, elle s'est rendue à la fenêtre, se précipitant vers sa fille pour la protéger.

« C'est probablement très difficile pour vous d'imaginer des soldats allemands assis à la terrasse d'un café, la mitraillette sous le bras et...
– Dis? Tu me laisses tranquille?
– Je veux juste vous consoler, ma tante.
– Je ne t'ai pas sonnée! »

Voilà! Au lieu de dire : « Je ne t'ai rien demandé », il faut qu'elle me confonde avec une cloche. Souvent, elle parle avec des expressions si parisiennes que nous n'avons pas à enquêter sur son amour pour cette ville. Et sa fille Bérangère s'exprime décidément comme une petite Française, ce qui effraie les autres enfants du quartier.

Sousou me téléphone trois fois pour savoir quelle sera ma décision concernant la prise de la France par la bande à Hitler. Divine vient à la maison avec Love pour la même raison. Puce, très inquiète, croit qu'il n'y aura plus de nouveaux films de France au Cinéma de Paris. Je commande une réunion pour ce soir au *Petit Train,* afin de leur communiquer mes vues concernant la France. Elles ont toutes avalé des commentaires de leurs parents sur la question. Tout le monde à Trois-Rivières a la même réaction face à la chute du pays de nos origines. Les disciples me parlent aussi de géographie, disant que la France est une porte ouverte vers le Canada. Woogie voit déjà des Allemands armés jusqu'aux dents se baladant dans la rue des Forges. Écarlate vient près de nous donner une crise du cœur en affirmant que, maintenant, il faut appuyer les soldats. Je n'ai pas le temps de la remettre à l'ordre que Mademoiselle Minou a déjà commencé à la sermonner. Écarlate s'excuse par des balbutiements gênés. Mon devoir est de gronder Mademoiselle Minou pour son attitude impulsive. Je suis certaine qu'Écarlate a parlé sans réfléchir. Je leur rappelle les discours de mon père, il n'y a pas longtemps, et du succès de sa démarche auprès de monseigneur Comtois : si les kakis exercent encore leur tir, ils se sont éloignés. Voilà une action pacifique qui a rapporté et qui vaut mieux que la panique. Je me lève pour leur dire que notre but ne doit pas changer : nous sommes contre la guerre et l'enrôlement de nos williams. Pour la France, il n'y a qu'à prier.

Satisfaites et apaisées, elles reviennent en trombe deux jours plus tard en me demandant ce qu'il allait advenir de nous parce que Mackenzie King a décrété la mobilisation nationale. Elles ont confondu cette expression avec la conscription. Moi aussi, d'ailleurs. Elles sont prêtes à s'arracher les cheveux quand mon père, arrivant à point, les informe sur le sens de la mobilisation générale. Ceci signifie que, dorénavant, toute la société doit faire son effort pour la guerre. L'économie doit être dirigée pour aider le gouvernement canadien dans ce combat. Les gens seront appelés à aider la machine à tuer les williams en donnant de l'argent.

« Ça ne nous regarde pas, monsieur Tremblay. Nous, on est contre. Ils n'auront pas un vieux sou noir de ma part. Pas vrai, Caractère?

– Oui, Mademoiselle Minou.

– Pour nous, rien ne change.

– Absolument, Mademoiselle Minou. Nous allons continuer notre action sans nous occuper des campagnes de financement, sinon pour encourager les gens à ne pas donner.

– Ce n'est pas vrai que rien ne change, Renée.

– Pourquoi, daddy? »

Papa nous fait part d'une longue liste de privations qu'il faudra endurer pour faire le bonheur de l'armée canadienne. S'acheter moins de vêtements, économiser les bouts de chandelles, ne pas utiliser l'électricité inutilement, faire attention à notre consommation de bois ou de charbon, manger moins. Manger moins? Les Trifluviens ne savent pas trop ce que signifient ces nouvelles règles. Informés à la va-vite, certains inventent des nouvelles en y ajoutant leurs fantaisies imaginaires. En général, tout le monde parle fort et brandit le poing. Après avoir vécu dans la misère pendant dix ans, les chômeurs, qui ont retrouvé des emplois dans les usines, se font dire qu'ils devront encore se priver. Si vous croyez qu'ils ont applaudi la nouvelle de Mac et de sa mobilisation nationale! Ceux qui nous traitaient de mauvaises patriotes nous regardent différemment, maintenant. Nous nous baladons par les rues avec notre air triomphant de : « Nous vous l'avions bien dit que la guerre n'apporte rien de bon. » Mais après quelques jours, la situation se calme un peu. Les gens acceptent la décision du premier ministre, surtout après que l'obéissance civile a été demandée par nos curés. Pourtant, je connais quelques vicaires qui sont contre la guerre.

Dans mon entourage immédiat, ma sœur Simone démontre un peu d'inquiétude. Elle a peur de la conscription qui emporterait son fiancé François dans les tranchées pour se faire trancher. Les ordres du premier ministre et la chute de la France sont pour elle des signes qu'il y aura une conscription, malgré la promesse de Mackenzie King de ne pas l'imposer. Simone commence à croire à l'urgence de se marier pour protéger François de l'armée, car ils n'appellent jamais les williams mariés. Maurice, lui, est inquiet des ordres concernant le rationnement. Dire qu'il est inquiet est un euphémisme. Il est plutôt en furie! Il gesticule! Il arrache sa chemise! Il fait les cent pas dans *Le Petit Train*. Simone et moi le regardons tourner sans oser dire un mot, de peur de le voir exploser comme une patate dans l'huile.

« Tu comprends ça, Simone? Peux-tu comprendre?
– Oui, Maurice. Je te comprends.
– On a passé les six dernières années à avoir une moi-

tié de clientèle à cause de la crise, et maintenant que les affaires commencent enfin à reprendre, un politicien anglais vient me dire qu'il faut se rationner! J'ai un restaurant, moi! Ce n'est pas un comptoir de la Saint-Vincent-de-Paul! Je dois gagner de l'argent pour vous payer, régler mes dettes aux fournisseurs et faire vivre ma famille! Et pour gagner cet argent, je dois préparer la meilleure nourriture à mes clients et ce stupide veut que je me rationne! On dirait que je fais plus d'argent avec le juke-box qu'avec mes repas! Qu'est-ce que tu en penses, Renée?

– Tu as tout à fait raison, Maurice.

– Certain que j'ai raison! »

Il ressemble à un automate dont le ressort est si tendu qu'il va jouer du tambour pendant trois heures consécutives. Aussi longtemps que le ressort est en état, il va continuer à chialer. Et je ne peux le blâmer! Si *Le Petit Train* est le centre de ma vie, il est aussi mon gagne-pain. Est-ce que mon propre frère va être obligé de me congédier parce que Mac a décidé que Maurice allait maintenant servir des sandwichs aux tomates sans tomates?

Comme si nous n'en avions pas assez de nous casser la tête avec ces nouveaux problèmes, voilà que le premier ministre récidive en passant une loi qui ressemble à la conscription, mais sans l'être réellement. Tout homme célibataire, âgé de plus de vingt et un ans après le quatorze juillet, sera appelé par l'armée. Ça y est! Le vent de panique! Mes disciples reviennent à la charge avec leur dose d'inquiétude à mon égard, parce que Rocky a plus de vingt et un ans. Elles ont peur de me voir, moi leur inspiration et leur modèle, amoureuse d'un zoot transformé en soldat par cette nouvelle loi de Mac.

« Il n'y a pas de danger. Mon *sweet* a les pieds plats et l'armée exige des beaux pieds réguliers.

– Rocky a les pieds plats? Un tel danseur?

– C'est la vie.

– Et comment sais-tu qu'il a les pieds plats?

– Il me l'a dit. Que vas-tu penser là, Gingerale?

– Rien, rien...
– On va faire une réunion dès ce soir. »

J'arrive à mon assemblée les yeux rougis et le cœur gonflé d'avoir tant vu pleurer Simone, obligée de se marier en toute hâte pour que François échappe à cette loi cruelle. Voilà que la guerre vient détruire les plus beaux rêves de jeunesse de ma sœur. Alors que j'explique ce scénario triste à mes disciples, elles m'arrêtent pour signaler l'absence de Broadway. Mais, patate! C'est vrai : elle est dans la même situation que Simone! Va-t-elle être obligée d'épouser Hector? Foxtrot et Divine me disent qu'elles ont été demandées en mariage l'après-midi même.

« Comment? Toi? On t'a demandée en mariage? Toi?
– Oui, moi.
– Mais qui donc?
– C'est un william avec qui j'étais allée à l'Impérial deux ou trois fois l'an passé. Tu te souviens de "Les oreilles"?
– Non! Pas "Les oreilles" qui t'a fait la grande demande?
– Et au téléphone, de plus. »

Le cas de Divine est assez semblable, sauf que son william était son tout premier amoureux, il y a des siècles de cela. Ah! les amourettes des petites myrnas de treize ans! Comme c'est un joli souvenir! Mais voilà que le william rapplique chez elle avec des fleurs et du chocolat, lui disant qu'il n'avait jamais cessé de l'aimer et qu'il veut la marier. Avant le quatorze juillet.

« Je pense qu'il est parti le demander à une autre, avec ses fleurs et son chocolat. Comme un colporteur.
– Pour qui nous prennent-ils?
– Pour ce que nous sommes, Caractère : des myrnas qui font tout pour que les williams n'aillent pas à la guerre.
– Je comprends, mais ceci, c'est exagéré comme une patate à moteur! »

Nous avons toutes rêvé au jour où une des disciples se

marierait, tout en sachant que Broadway était la candidate désignée, à cause de ses longues fréquentations avec Hector. Ils ont deux belles situations, lui à l'usine de pâtes et papiers de la Wayagamack, et elle comme vendeuse chez Fortin. Mais il est certain que Broadway, tout comme ma sœur Simone, préférerait un beau mariage à une cérémonie dictée par une loi gouvernementale. Deux jours plus tard, Broadway nous confirme son mariage, sans une trace de sourire sur son visage. Nous avons beau l'entourer de notre joie et de nos félicitations, Broadway demeure impassible devant notre sincérité.

« Tu comprends, Caractère, je voulais attendre d'avoir vingt ans.

– Oui, je comprends.

– Est-ce que je vais continuer à être amie avec les disciples?

– Bien sûr, Broadway. Surtout toi qui maries ton william pour l'empêcher d'aller à la guerre. Tu le vois à la guerre, Hector?

– Non. Et lui ne veut pas y aller non plus.

– Bien sûr que tu seras toujours notre amie et que tu pourras continuer à sortir avec nous.

– Il me semble que lorsqu'on se marie, on devient vieille d'un seul coup. »

Je suis prise entre sa morosité et celle de ma sœur Simone. « Comme je suis malchanceuse! Comme je suis malchanceuse! » braille-t-elle sans cesse. Papa déborde d'optimisme et, pour la réconforter, traite Simone comme une reine. François a acheté quelques meubles usagés qu'il a installés dans un loyer d'un troisième étage, dans le quartier du *Petit Train*. Je vais aider ma sœur à nettoyer, tout en faisant la même chose du côté de Broadway, qui ira habiter la même paroisse. Mais toute cette précipitation énerve les deux futures.

Dans la rue des Forges, nous pouvons voir les myrnas faire du porte-à-porte dans les boutiques de vêtements. La plupart des grands magasins affichent des robes de mariée en vitrine. De si belles robes qu'en les voyant, je reste hypnotisée par l'une d'entre elles, alors que Rocky me tire la main pour m'éloigner du beau rêve de me voir à la place du mannequin de plâtre. Les williams, eux, sortent des magasins de fer avec des pinceaux, des tuyaux de poêle et des cintres à rideaux. Quelle effervescence dans notre centre-ville! On dirait que tout Trois-Rivières ne vit que pour les mariages.

Moi qui avais ri en douce de savoir que deux inconnus avaient fait la grande demande à Foxtrot et à Divine, je fige quand mon deuxième voisin cogne à ma porte pour me proposer la même chose. Surtout qu'il est très vieux, à vingt-huit ans, et que nous ne nous connaissons à peu près pas du tout. « Depuis tout ce temps que je te vois aller et revenir de ton travail, Renée, voici venu le moment de t'ouvrir mon cœur. » Patate! Je me pense devenue Joan Crawford! J'esquisse un sourire, l'ignore et marche jusque chez moi sans en tenir compte, jusqu'à ce que je prenne mes jambes à mon cou en le voyant insister. Et Sousou voit son tour venir! Dans son cas, je peux mieux comprendre, car elle est la plus jolie de toutes et que son travail de serveuse chez Christo lui permet de rencontrer chaque jour une quantité appréciable de williams. Mais ma Sousou est plus attristée que flattée par cette demande. Curieusement, parmi les disciples, Sousou est la plus malchanceuse en amour. Ses attraits physiques n'attirent que les vaniteux et les aventuriers, alors qu'elle souhaite un amour véritable. Parce qu'elle est frêle et a de beaux grands yeux, les williams la prennent pour une victime facile, une myrna faible. Mais Sousou est très forte et ses convictions sentimentales indéracinables. Et de toute façon, le seul grand amour de sa vie est mon grand-père Joseph!

Parce que Simone se marie, grand-père devient encore plus confus avec la notion du temps, étant persuadé que c'est Jeanne qui va prendre époux. À tout bout de champ, il va voir Simone, lui prend les mains en disant avec attendrissement : « Ma petite, écoute les conseils de ton papa. » Mon père lui a acheté un bel habit et m'a donné des billets pour que je me procure une robe neuve. Il se démène avec optimisme pour laisser croire qu'il s'agit d'un mariage normal. Nous allons recevoir la noce et papa ne tient pas compte de la dépense. Mais Simone revient en pleurant de sa rencontre avec le curé Bouchard de Notre-Dame-des-sept-Allégresses, qui lui a confirmé qu'il y aura des mariages à la queue leu leu le quatorze juillet. François et elle ont cherché à éviter cette fatalité, mais il n'y a rien à faire. Alors qu'elle sortira de l'église, fraîchement devenue madame Bélanger, un autre couple va tout de suite entrer. Et il y en aura un autre derrière. Puis un autre. Le curé a beau lui assurer que ce sera un vrai mariage, Simone a l'impression qu'elle va participer à un spectacle de cirque. Papa dit que c'est partout pareil dans la province de Québec et que les gens de l'Ontario nous trouvent bien peu patriotiques de nous marier avant la date limite d'appel de Mackenzie King. J'essaie de convaincre Broadway et Simone que c'est unique, exceptionnel, un peu comme cette histoire de Tom Sawyer obligé de peindre sa clôture un jour de congé et qui réussit à se faire aider par tous les garçons qui rient de le voir travailler cette journée-là. Lorsque Broadway me confirme l'heure de son mariage, je garde un petit silence d'embarras en me rendant compte qu'il se déroulera en même temps que celui de Simone.

« Patate, Broadway! Tu te rends compte comme c'est original? Tu vas te marier en même temps que ma sœur! C'est fantastique!

– Caractère, ce n'est ni drôle ni unique. Arrête immédiatement de me chanter ça! Tu m'ennuies! On dirait que tu prends plaisir à mon drame!

– Ce n'est pas un drame, Broadway. C'est un mariage. C'est beau.

– Ce n'est pas un mariage! C'est une foire où tout le monde va attendre sur les perrons d'église avec son billet numéroté, tout comme lorsqu'on va voir une femme de cinq cents livres ou un nain à trois jambes dans les tentes du village forain de l'Expo! »

Il n'y a pas à dire, elle me cloue le bec et je sais reconnaître ma faute. Auprès de Simone, je dois avoir l'air autant d'un bouffon essayant de rendre tout drôle. Je me contente d'être l'amie de Broadway au lieu de jouer la carte de l'optimisme à outrance. J'adopte la même attitude envers ma sœur, qui pleure plus qu'elle ne sourit en songeant à ce quatorze juillet. J'ai toujours été attachée à Simone, bien que nous soyons de caractères différents. N'ayant que trois années de différence, nous avons toujours partagé nos jeux d'enfants. Elle est autant ma copine que ma sœur. Nous allions à la même école. Je me souviens que j'étais nerveuse lors de mon premier jour de classe. Simone m'avait réconfortée et tenue par la main en me présentant à la sœur directrice. Puis, quand la nature s'est manifestée, j'étais au courant de tout, car Simone m'en avait parlé, même si c'est péché de le faire. Quand ma tante Louise a rencontré des difficultés énormes avec *Le Petit Train,* Simone s'est portée volontaire pour l'aider gratuitement. Elle était excellente avec les clients et m'a donné beaucoup de conseils qui me servent encore dans mon métier. Les choses ont cependant un peu changé entre nous quand elle a rencontré François, à seize ans. Elle a tout de suite pensé au mariage et, de ce fait, est devenue beaucoup plus sérieuse que moi. J'ai l'impression qu'elle n'a pas « jeunessé », comme le dit si savoureusement mon grand-père Joseph. J'aurais tant aimé qu'elle se marie dans d'autres circonstances.

Le matin du grand jour, Simone oublie ses soucis des derniers temps. C'est le jour le plus important de sa vie et elle est seule au monde avec son amour. Elle rayonne sans dire un mot, même si, paradoxalement, elle a l'air inquiète. Maman l'aide à mettre sa robe blanche et je suis la première à voir Simone sortant de sa chambre, si merveilleusement vêtue. Je la félicite, mais elle me souffle à l'oreille qu'elle se demande si, devant Dieu, elle est digne de porter une robe blanche. Je l'embrasse sur le front pour lui faire oublier son inquiétude. Elle me fait un clin d'œil et un beau sourire complice, l'air de me signifier que bientôt mon tour viendra. J'aurais voulu être petite une dernière fois et partir avec elle dans la cour vers notre carré de sable. Je me serais jeté des grains dans les yeux pour pleurer, afin qu'elle me console une dernière fois. Mais Simone porte cette robe immaculée qui me fascine autant qu'elle m'effraie. Ce sera une nouvelle vie pour elle et je me demande souvent, malgré ses attraits indéniables, si le fait d'être mariée n'efface pas à jamais la jeunesse au profit des responsabilités, comme me l'a signalé Broadway. Tout dans la maison nous presse vers le grand moment : les enfants habillés en petits anges, ma mère vêtue magnifiquement, et même tante Jeanne est coquette, bien qu'elle semble tout à fait étrangère à nos émotions.

En arrivant à l'église, je ne sais plus où donner de la tête, car je vois mes disciples si belles, attendant l'arrivée de Broadway. Elles sont heureuses de voir la première d'entre nous faire le grand geste magique et j'ai presque un remords de devoir assister au mariage de ma sœur au lieu de celui de Broadway. Je n'entends même pas quand Simone dit le « oui » le plus important de sa vie. Il y a le mariage de Broadway dans la nef et cette situation m'étourdit. Il me semble que François et Simone se sont mariés quelques secondes avant mon amie, même si Broadway et Hector nous doublent pour sortir de l'église. Nous voilà deux familles entières sur le perron, essayant de photographier nos mariées, alors que d'autres couples entrent dans le saint lieu. La rue Saint-Maurice et les alentours de l'église sont remplis de curieux, attirés par le spectacle inédit de cette course au mariage. Tout ce qui manque à ce décor est un garçon, coiffé d'une casquette, et criant : « Coke! Patates chips! Hot-dogs! » Je m'échappe du giron familial quelques secondes, remonte les marches pour donner une bise à Broadway et serrer la pince à Hec. Je regarde ma montre, puis rejoins mes parents.

« Où étais-tu?
– J'ai félicité mon amie Broadway, papa.
– On n'a pas le temps. Tu nous retardes. »

Le devoir m'appelle auprès de Simone, même si je sais que j'aurais plus de plaisir avec mes disciples à la noce de Broadway. Mes parents ont travaillé fort pour organiser une belle réception. Rien ne manque! Nous nous amusons, jusqu'à ce que tante Jeanne se mette à manquer d'air, provoquant des interrogations dans la famille de François. Voir tous ces gens le verre à la main et être constamment surveillée par mon père a de quoi la faire craquer. Avant qu'il n'intervienne, je me saisis du bras de tante Jeanne et l'emmène à l'extérieur pour la calmer.

« Vous fumez trop, ma tante. Une n'attend pas l'autre. Ça n'a pas de sens.

– Laisse-moi tranquille.

– Vous voulez un verre?

– Pardon?

– Je vais vous arranger ça. »

Je n'ai aucune idée de la raison me poussant à faire cette proposition. Je me faufile dans la maison et lui remplis un verre d'un fond de cognac noyé dans beaucoup d'eau. Jeanne me l'arrache des mains pour le vider en un trait. Puis elle ferme les yeux et respire profondément. J'ai crainte de la voir en demander de nouveau et de l'entendre crier si je lui refuse sa dose. Mais elle ne fait rien de semblable.

« Vous auriez pu vous marier cent fois, ma tante. Mon père me l'a déjà dit.

– Je n'y ai jamais rêvé comme les autres filles. Et tu sais que ça ne m'intéresse pas.

– On peut changer.

– C'est minable.

– Vous trouvez que le mariage de Simone était minable?

– J'y suis allée pour faire plaisir à Roméo. Ça ne m'intéresse pas, ces foutaises. »

Comme papa m'a donné l'autorisation de m'absenter une heure pour aller saluer Broadway et Hector à leur propre noce, j'ai l'idée d'emmener tante Jeanne. Je ne sais pas pourquoi elle accepte de me suivre, sinon peut-être le goût de fuir notre parenté qui passe son temps à chuchoter : « C'est la sœur de Roméo. Tu sais l'artiste ivrogne qui a vécu en France avec une autre femme? Regarde-la. Elle paie pour son péché. » Tante Jeanne ne dit pas un mot le long du chemin. Mais quand nous entrons dans la maison des parents de Broadway, elle se met à parler avec tout le monde, souriante et joviale. Elle serre des mains, vante le beau mariage. Mes disciples la regardent en se demandant ce qui lui prend. Je ne tarde pas à connaître la réponse : elle veut qu'on lui offre à boire. Je ferme les yeux au premier coup, mais je sens que mon devoir est de l'empêcher de toucher au second verre. Quand je le lui arrache des mains, tante Jeanne veut me griffer et me hurle des gros mots de débardeur. Mademoiselle Minou et Love m'aident à la pousser jusqu'à l'extérieur, et pendant que je pleure à m'en fendre le cœur, tante Jeanne s'enfuit au loin, continuant à blasphémer et à donner des coups de poing dans le vide. Et tout le monde à la fenêtre qui me regarde... Un homme vient me donner un coup de main. Il réussit à la faire entrer dans son automobile et vient nous reconduire chez moi. Je ne veux plus arrêter de pleurer, tellement j'ai honte d'avoir gâché la noce de mon amie Broadway. Tante Jeanne monte en quatrième vitesse à sa chambre, sans se préoccuper des invités. Papa part à sa rescousse. Heureusement, Simone ne voit rien de tout cela. Elle s'avance vers moi, radieuse, pour me raconter des secrets sur ses sentiments pendant la cérémonie.

« Mais t'as pleuré, Renée?

– Oui.

– C'est à cause de Rocky qui t'a encore laissée?

– Oh! lui! Qu'il aille se perdre dans un champ de patates!

– T'as pleuré à cause de moi?

– Oui, des grosses larmes de crocodile. La vie est si étrange, tu ne crois pas?

– Comme tous ces mariages en même temps?

– Oui.

– Mais tu avais raison! C'était fantastique! Vraiment unique! Au fond, je n'ai pas été si malchanceuse! »

Simone ne voit rien d'autre que son bonheur et je ne peux lui en faire le reproche. Ce n'est pas le temps de lui dire tout le mal que tante Jeanne a fait depuis une heure, ni de lui expliquer pourquoi je l'aime malgré sa bêtise. *J'ai peint mes lèvres d'un rouge vif et collé mes faux cils. Ma robe est courte et mon décolleté profond. J'ai mis dans mon cou un collier de toc et me suis couvert le visage de fard. Pour me coiffer, je n'ai eu qu'à secouer ma tête, et mes cheveux à la garçonne se sont placés tout de suite. Puis, j'ai fait les cent pas devant la porte de ma maison en fumant cigarette sur cigarette. Enfin ma meilleure amie Jeanne Tremblay est arrivée dans sa belle automobile sport, qu'elle surnomme Violette, d'après le nom de la fleur préférée de sa poète favorite, une Française du nom de Renée Vivien. En chantant des airs de jazz à tue-tête, nous avons roulé jusqu'à Montréal en effrayant les promeneurs du dimanche et les pauvres cultivateurs qui n'en sont encore qu'à la charrette. Ensuite, nous avons envahi un hôtel de l'ouest de la ville, où toutes les autres flappers nous attendaient. Nous avons dansé le charleston toute la nuit, flirté tous les beaux Valentino, bu une douzaine de cocktails et sommes allées nous coucher pendant que ces imbéciles de laitiers commençaient leur journée. J'ai serré fort Jeanne Tremblay dans mes bras en sachant qu'avec cette amie extraordinaire, ma jeunesse serait éternelle.*

Août à octobre 1940
Être quelqu'un de plus au lieu de quelqu'un d'autre

Quand Simone s'est elle-même nommée madame François Bélanger, j'ai senti un drôle d'effet, tout comme de savoir que Broadway est madame Hector Chartrand. Lorsqu'on prend mari, on perd une famille, et cet amour si fort veut qu'on sacrifie notre identité de jeune fille. Il y a eu cent trente mariages de ce genre le quatorze juillet à Trois-Rivières. Autant de myrnas qui sont devenues madame et autant de williams qui ne seront pas soldats. Les kakis anglais, installés au terrain de l'Expo, ne l'ont pas trouvée drôle.

On les a d'abord vus surtout le soir et la fin de semaine dans la rue des Forges, profitant d'une permission pour voir un film, aller au restaurant ou visiter nos tavernes. Pour être polis et bien élevés, je dois avouer qu'ils le sont. Quand ils essaient avec une grande peine de nous rouler un compliment en français, nous leur tirons la langue en leur criant : « Get lost! Sucker! » Ils restent figés, mais toujours polis. Puis, peu à peu, ils commencent à prendre leurs aises, à parler plus fort et à nous insulter dans leur langue, croyant que nous sommes tous ignorants de l'anglais. Après la course aux mariages, leurs remarques deviennent plus grossières. Lorsqu'ils sont au centre-ville, ils vont souvent traîner leurs grandes carcasses au Bouillon, au Child's Café ou chez Christo. Mais ils viennent très rarement au *Petit Train.* Sousou m'a appris que leurs supérieurs leur recommandent de ne pas fréquenter mon restaurant, lieu de rassemblement des zoots trifluviens. Tant mieux! Je n'aurai pas à nettoyer à l'eau de javel après chacune de leurs visites!

Notre attitude fait en sorte que bien des jeunes de toutes les parties de la ville ont adopté *Le Petit Train.* Les myrnas, souvent plus jeunes que nous, essaient de copier notre style de vêtements et les williams veulent réellement avoir l'air de jitterbugs purs et durs. Même en pleine chaleur d'été, *Le Petit Train* rassemble les jeunes chaque soir de la semaine. Le juke-box chauffe et doit soupirer « Ouf! » à la fin des journées. Les disques les plus usés sont *Tuxedo junction* et *In the mood* de Glenn Miller, ainsi que *Frenesi*, de Artie Shaw, le plus cinglé des chefs d'orchestre swing. Mes disciples et moi prenons plaisir à sortir avec ces jeunes. Une fois, nous étions une bande de vingt-quatre à marcher dans la rue des Forges. En nous voyant, les soldats traînant dans le coin auraient aimé avoir leurs mitraillettes!

Broadway, de son côté, continue de vivre comme avant son mariage. Rien n'a changé, même si tour à tour nous sommes allés la voir en tête-à-tête pour qu'elle nous livre les secrets de sa nuit de noce. Mais elle est restée discrète sur ce sujet et nous n'avons pas insisté. Hector nous accueille avec joie. Ah, patate! Les soirs du mois d'août chez monsieur et madame Chartrand! Seize sur la galerie! Et Broadway qui joue à l'hôtesse en nous gavant de limonade et de biscuits qu'elle a cuisinés elle-même! « Se faire cuire un œuf, c'est facile. Préparer les repas pour son mari, c'est un peu plus compliqué! » Broadway me demande des conseils culinaires, comme si j'étais une experte. Mais entre les sandwichs, les frites du *Petit Train* et un vrai repas pour un travailleur des pâtes et papiers, il y a une marge que j'ai bien du mal à expliquer à Broadway. Elle aurait avantage à chercher ce conseil chez Love ou chez Foxtrot, connaissant mieux que quiconque la science du repas explosif qu'on n'oublie jamais. Mes disciples qui ont des amoureux depuis plus de six mois sont attendries par Hector et Broadway. Sans doute songent-elles à leur grand jour. C'est un peu normal, car nous approchons toutes de nos vingt ans. Un mardi après-midi, Broadway arrive en trombe au *Petit Train*, les yeux rougis et les mains agitées. Elle venait de passer sa matinée à préparer un pain de viande. Quand Hector est arrivé pour l'honorer, le chef-d'œuvre de Broadway a désenflé comme un pneu de bicyclette aussitôt que la fourchette s'est plantée dedans.

« Qu'est-ce que je vais devenir, Caractère?

– Tu vas probablement être marquée pour le reste de

tes jours. Tout Trois-Rivières va parler de toi comme de la femme incapable de préparer un pain de viande à son Hector d'amour. Tu vas être la honte de ta parenté et les gens vont changer de trottoir quand tu vas marcher dans ta rue.

– Ça va! Ça va! J'ai compris!

– Tu recommences. C'est tout. On apprend de ses erreurs.

– C'est que la moitié de notre viande pour la semaine était dans ce pain. Réalises-tu que je vais être obligée de faire des sandwichs aux tomates tous les midis?

– Une vraie honte.

– Caractère! Je te parle sérieusement et tu ris de moi!

– Personne ne t'oblige à te rationner, Broadway! Personne! Je ne vois pas pourquoi tu commences avant que les politiciens ne t'y obligent!

– Hector prétend que c'est mieux d'économiser tout de suite et d'en mettre plein notre garde-manger, avant que le rationnement devienne obligatoire. »

J'aimerais bien la sermonner en lui disant qu'elle fait un effort de guerre, mais je suis mal placée pour lui tenir de tels propos, car ma mère n'a jamais acheté autant de boîtes de conserve, comme beaucoup de Trifluviennes. Elle va les cacher dans le sous-sol, avec la stricte interdiction d'y toucher avant le rationnement que tout le monde pressent trop bien. Maurice fait pareil à mon restaurant. Il a enlevé les salières et les poivrières du comptoir et des cases, ce que je trouve très embarrassant quand un client cherche le sel. Alors j'apporte la salière et le client me demande pourquoi nous la cachons. C'est à cause de la guerre, monsieur. « C'est très patriotique de votre part. » C'est ça, *mug*! Mets moins de sel sur tes frites et Hitler va être assurément en déroute. Maurice entrepose toute la nourriture solide qu'il peut et sa femme Micheline fait de la compote de pommes à n'en plus finir. Mon frère me dit sérieusement que ce sera peut-être le seul dessert qu'on pourra offrir à notre clientèle.

Le dimanche, papa nous emmène à la campagne chez le cousin Albert, près du village de Champlain. Ce cousin est le seul cultivateur de la famille Tremblay. Malin, Albert a acheté plus de grain que quiconque, quelques mois avant le début de la guerre. Il a semé chaque parcelle de sa terre. Cette année, il roule sur l'or, se permettant de vendre à gros prix aux citadins qui le visitent. Le dimanche, les routes de campagne sont pleines d'automobilistes désireux d'acheter des produits de la ferme. Bon cœur, Albert ne vend pas trop cher à Maurice et à mon père. C'est pour le bien de la parenté. J'ai eu l'idée de faire une publicité clamant que les clients du *Petit Train* pouvaient emmener les restes de leurs repas chez eux. Patate! Ça fonctionne! La panse bien pleine, les clients nous demandent un sac de papier pour apporter à la maison un demi-concombre ou un bout de pain.

« On dirait que ça t'amuse beaucoup, Renée.
– Bien sûr, Maurice. T'as vu leur hystérie?
– Peut-être que tu riras moins dans deux ans.
– C'est pourquoi je ris pleinement aujourd'hui. »

Ce qui m'amuse un peu moins, c'est l'inscription obligatoire de tous les citoyens de plus de dix-huit ans. Voilà maintenant que nous serons tenus de nous balader avec une carte d'identification. Comme chez les communistes! Les disciples et moi avons discuté de la possibilité d'ignorer cette consigne, mais nous avons changé d'idée dès qu'il a été question d'un séjour en prison, si nous ne nous présentons pas. Staline doit être fier du Canada! Mais pour tout de même démontrer notre désapprobation, nous nous y rendons les dix en même temps, habillées en zoot.

« Votre nom?
– *Caractère Tremblay.*
– *Votre âge?*
– *C'est impoli de demander l'âge des dames, tête de patate.*
– *Je m'excuse. Votre occupation?*
– *Zoot et jitterbug.*
– *Je vous remercie.*
– *T'es vraiment laid, bave de crapaud! »*

En sortant, nous voyons quelques soldats dans la file d'attente. Chacune à notre tour, nous leur laissons une grimace bien dodue, ce qui provoque l'ire d'une espèce de vieux garçon nous traitant de mauvaises filles. Nous? Nous qui protégeons les williams de la ville? Ils nous en sont d'ailleurs reconnaissants! Pourquoi partiraient-ils, maintenant que les usines ont recommencé à engager? Mais il y en a encore qui se pressent au bureau de recrutement. J'en connais un, Luc Tessier, qui ne nous a pas écoutées. Deux jours plus tard, il se mordait les pouces, parce que ses chefs lui ont dit qu'il s'en allait dans l'Ouest canadien. Luc croyait naïvement qu'il s'installerait paisiblement dans une caserne du terrain de l'Expo et que, la fin de semaine, il retournerait coucher chez sa maman. Je l'ai vu partir. J'étais avec Gingerale et Puce au *Petit Train.* Ils étaient un petit groupe. Il n'y a pas eu de discours d'adieu, ni de fanfare. Ils sont entrés à la gare pendant que leurs parents et amis séchaient leurs larmes. De la fenêtre du restaurant, nous avons alors vu un gradé s'approcher de notre repaire.

« Ça y est, Caractère! On va se faire chauffer les oreilles!
– Du calme, Puce! Il faut, au contraire, leur montrer qui nous sommes.
– Qu'est-ce qu'on va faire? Mais qu'est-ce qu'on va faire? »

Puce est la plus peureuse de mes disciples. Curieusement, son métier enviable de garde-malade ne l'engage pourtant pas à être froussarde. Quand nous allons faire des grimaces aux kakis le long des clôtures du terrain de l'Expo, Puce demeure toujours derrière. Mais j'ai confiance en sa fidélité, principalement parce qu'elle a deux frères en âge d'être engagés et que pour rien au monde elle ne voudrait les voir partir. Quand cette grosse légume de l'armée entre dans mon restaurant avec son air de chien de garde, Puce se redresse, pendant que Gingerale et moi continuons à ruminer notre gomme à mâcher. Il s'installe au comptoir, mais je ne décroise pas les bras. « Une patate et un Coke! » m'ordonne-t-il, à ma grande stupéfaction. Un gradé canadien-français! La pire race de traître! Je vais lui cuire une platée dont son estomac va se souvenir longtemps! Un peu grillées en dehors, mais plutôt pâles en dedans. Pendant ce temps, Gingerale met un Artie Shaw au juke-box et danse avec Puce, à deux pas de lui. Je lui lance l'assiette comme une tenancière de saloon fait glisser un verre de bière sur un comptoir dans un western de Buck Jones. Je lui ouvre son Coca-Cola (tiède) que je dépose sèchement près de son assiette, si bien que le liquide pétille en bulles qui débordent gaiement du goulot. Gingerale soupire un minuscule rire moqueur. Je m'allume une cigarette et je le regarde droit dans les yeux.

« Un verre.

– On sert à la bouteille, maintenant, pour économiser le savon à vaisselle, comme notre premier ministre nous le demande.

– Du sel.

– Mackenzie King ne veut pas qu'on gaspille de sel. »

Il croque une frite et je le vois cligner des paupières. Gingerale rit. Il pousse l'assiette et croise les bras.

« C'est pas cuit. Recommence.

– On économise l'huile pour que nos braves et valeureux soldats puissent s'acheter des jeeps.

– Tu te penses ben fine, hein?

– Je fais mon devoir de bonne Canadienne.

– Plus je te regarde, moins je comprends pourquoi mes gars se plaignent de ta bande. Vous êtes laides comme des guenons, toi la première.

– C'est donc normal que tes gars nous courent après : ils ressemblent tous à des singes. »

Il donne un coup de poing sur le comptoir et grogne que ça ne se passera pas ainsi. Il sort de son sac tout ce qu'on dit à la caserne sur *Le Petit Train,* sur mes disciples et nos amis zoots. Je dessine des ronds avec ma fumée de cigarette, tandis que Gingerale reste de marbre derrière lui, avec Puce morte de peur. Il part sans payer, en claquant la porte. Je sors avec mes deux disciples et nous scandons : « Pan! Pan! Pan! T'es mort! » en pointant nos index en sa direction. Quand il disparaît de notre vue, nous nous enlaçons en riant. Mais Gingerale et Puce ne sont plus là quand, à cinq heures, une vingtaine de soldats entrent au *Petit Train,* réclamant à souper. Simone sursaute et court chercher Maurice. Je me sens un peu moins brave que ce midi... « Pas de grabuge ici. Allez-vous-en. C'est un restaurant de quartier. Allez manger ailleurs! » de faire courageusement mon frère. Un kaki se lève pour lui demander une explication, à deux pouces de son nez.

« Tu ne veux pas nous servir?

– Non. Et si vous commencez une bagarre ici, tu sais que tes supérieurs vont te taper sur les doigts. Alors, déguerpis avec ta bande.

– On ne veut pas se battre. On apprend la discipline, dans l'armée. Bien des citoyens, et surtout certaines jeunes citoyennes, auraient besoin de discipline. Comme on le dit par chez nous, un bon coup de pied au cul, ça ne fait pas de mal aux petites filles mal élevées.

– *Le Petit Train* ne sert pas de soldats.

– Quoi?

– Pas de soldats ici. Allez manger ailleurs! »

Ils se lèvent d'un bloc et marchent vers la porte en maugréant. Je saute au cou de Maurice pour l'embrasser. Quel cran! Quel courage!

« Alors, on va mettre un écriteau "Interdit aux soldats" dans la vitrine?

– Non.

– Comment ça, non?

– Ils vont finir par le savoir par eux-mêmes.

– Mais, Maurice...

– Tais-toi! Va travailler! »

Quand je raconte cette aventure à mes disciples, je rajoute un peu de piment pour faire plus cinématographique, mais l'essentiel correspond à la vérité. Elles semblent contentes, sauf Mademoiselle Minou, évidemment.

« En somme, tu as eu peur.

– Ben, patate! Ils étaient quarante-cinq! Avoue que ma sœur et moi ne faisions pas le poids.

– T'as eu peur, Caractère!

– Que je te voie au milieu de quarante-cinq kakis! »

Parfois, on dirait que Mademoiselle Minou envie ma place de chef et que, par ses bravades devant les autres, elle cherche à les convaincre qu'elle ferait mieux que moi. Sousou m'a déjà mise en garde contre elle. Mais je ne suis pas inquiète, car si en groupe Mademoiselle Minou griffe, en tête à tête, elle ronronne. Nous dansons et chantons *Rum and Coca-Cola* pour fêter l'événement. Mais Broadway reste à l'écart de notre fête, avant son départ à huit heures et demie. Hector termine sa journée de travail à neuf heures et ma disciple doit être chez elle pour l'accueillir. Depuis le début de l'automne, je sens que Broadway prend ses distances. Elle ne nous accompagne plus au cinéma. Nous pouvons comprendre qu'une partie de son salaire doit être consacrée à la nourriture de son foyer. Elle danse moins, rit plus rarement et, alors que nous nous réjouissons de faire un semblant de charivari face aux clôtures du terrain de l'Expo, Broadway soupire et refuse de se joindre à nous. Je sais qu'elle n'a pas changé d'idée, qu'elle est toujours convaincue de la sagesse de notre cause. Mais ce n'est plus comme avant, dit-elle. Le poids des responsabilités, la maturité acquise après quelques mois de mariage la changent. Ma sœur Simone vit la même situation.

Mes disciples commencent à faire la moue quand je leur propose d'aller veiller chez Broadway. Il est vrai que son mari Hector devient un peu boudeur face à nos nombreuses visites. Mais je continue à la voir en après-midi, ainsi que Divine, sa partenaire dans la troupe des Compagnons de Notre-Dame. Broadway a d'ailleurs refusé un rôle dans une prochaine pièce, prétextant que les exercices lui enlèvent du temps à passer près de son mari. Elle abandonne donc sa carrière, elle qui a un si grand talent de comédienne. Lorsque nous allons au cinéma, Broadway s'excite moins que les autres en regardant un film, analysant plutôt le travail des actrices. Le dernier film que nous avons vu, elle et moi, est *Mortal storm*, au Capitol. Cette œuvre a beaucoup impressionné Broadway. Ce n'est pas que le beau James Stewart y est meilleur que dans ses autres films, mais c'est le premier long métrage sérieux que nous voyons sur la guerre, plus précisément sur les années qui ont précédé la guerre et sur l'arrivée d'Hitler en Allemagne. Une belle famille unie, semblable aux nôtres, reçoit ses amis dans la cordialité. Mais quand Hitler propage ses idées de haine, la famille se déchire et se divise. Ce film nous présente la guerre sous un autre angle que les traditionnels « J'en ai tué trente à moi seul, mon commandant! ». J'y ai rêvé une nuit, songeant que je pourrais un jour mépriser mes amies si elles se mettaient à aimer la guerre. Broadway semble s'intéresser à tout ce qui se passe en Europe. « La guerre, c'est une bêtise, Caractère. Mais les nazis, c'est une bêtise encore plus grande. » Elle est maintenant une femme mariée, qui passe de temps à autre saluer ses amies d'adolescence. J'ai l'impression d'avoir perdu une autre disciple, mais ça me fait moins mal que dans le cas de Nylon. Est-ce que mes disciples vont toutes devenir comme Broadway, après leur mariage? C'est ça, le mariage? Faire une croix sur un idéal, sur sa jeunesse? Être quelqu'un de plus au lieu de quelqu'un d'autre?

Mars à mai 1941
Ne pas pouvoir s'évader de cette prison de mots

Broadway s'est mise à tricoter au mois de janvier. Toutes les disciples sont passées par chez elle pour lui faire des bises et la féliciter, croyant qu'elle accoucherait d'une poupée en porcelaine. Elle s'est contentée d'être polie à leur égard, même envers celles qui ont dit du mal dans son dos, parce qu'elle ne nous voit plus souvent et qu'elle ne cache pas son désir de voir nos soldats détruire les nazis. Broadway n'en demandait pas tant au mariage, et surtout pas si rapidement. Après avoir délaissé sa carrière d'actrice, voilà qu'elle doit démissionner de son emploi de vendeuse chez Fortin. « C'est normal que tu ne travailles plus. Ta place est à la maison, maintenant », lui a dit Woogie. Broadway refuse de riposter à sa remarque. Oh! elle n'a jamais rejeté son devoir féminin, mais elle l'imaginait arrivant plus tardivement. « On vient de donner un coup de poing à ma jeunesse, Caractère. »

Les disciples n'imaginent qu'un beau petit bébé poudré, pariant sur la nature de son sexe. Chou, qui lit dans les cartes, en vient presque aux coups avec Écarlate qui ne croit pas qu'un as de pique couplé avec un roi de trèfle va nécessairement apporter un garçon à Broadway et Hector. Elles ne voient pas la réalité un peu moins rose : le salaire du petit ouvrier des pâtes et papiers, habiter dans un loyer aux murs minces, le rationnement imposé par le gouvernement et... je devine trop bien le reste, après son aveu que l'amour est moins beau et romantique que nos rêves de jeunes filles. La situation de mon amie Broadway me donne le goût insensé d'oublier mon rêve de mariage. Je confie même à mes disciples que ce ne serait pas si bête de demeurer vieille fille jusqu'à trente ans. Elles poussent des hauts cris de dégoût et rigolent dans mon dos. J'apprends même que Mademoiselle Minou, qui m'énerve de plus en plus, dit que je veux tellement imiter ma tante Jeanne que bientôt je ne regarderai plus les williams. C'est à ce moment-là que Rocky décide de me revenir. *Je n'y tenais pas tellement. Mais il faisait tellement pitié à voir, pleurant sans cesse en criant mon nom, que j'ai décidé de lui accorder une autre chance, après lui avoir fait promettre de me respecter davantage et de cesser cette manie ridicule de toujours vouloir se battre chaque fois qu'il voit un soldat.* Le retour de Rocky fait taire Mademoiselle Minou, *qui a toujours convoité mon amoureux.* Mais j'ai bon cœur et je pardonne à ma disciple volcanique ses moqueries à mon endroit, surtout en ce qui concerne les comparaisons avec Jeanne.

Il est certain que ma tante était admirable d'audace, quand elle avait mon âge. J'ai grandi en m'identifiant à son allure, à ses actions, à sa jeunesse immortalisée par des photographies extraordinaires. Mais j'ai aussi ma propre personnalité. Si je suis parfois un peu casse-cou, jamais je n'oserais répéter toutes les bravades que Jeanne accomplissait dans les années vingt. Ses coups d'éclat me fascinaient parce qu'ils étaient dignes d'un vrai film de Hollywood. Ils étaient si spéciaux que je me dis qu'ils sont comme le scénario d'un film : c'est fantastique, mais pas réel. Jeanne vivait dans l'irréel. Comment reprocher à une petite fille de la prendre comme idole?

Je sais bien que les robes de Ginger Rogers ou de Joan Crawford sont chatoyantes! Mais elles ne représentent pas la réalité; personne à Trois-Rivières n'oserait se vêtir ainsi! Mais Jeanne s'habillait comme Clara Bow ou Colleen Moore, deux grandes vedettes du cinéma de son époque. Tante Jeanne porte toujours sa jeunesse dans le coin de ses yeux ou dans ses trop rares sourires. Bien sûr, elle a trente-huit ans. Mais ses jeunes jours se perpétuent dans certains de ses gestes, de ses propos. Mon père est ainsi fait, tout comme mon grand-père Joseph. En novembre dernier, Jeanne s'est mise à être très aimable et sociable. Je voyais venir le coup : sa gentillesse la préparait à aller prendre plus d'alcool qu'il ne faut. On m'a dit qu'elle a été épouvantable, que le patron du Green Pansy a dû faire appel à deux hommes pour la mettre à la porte, tout comme celui du bar de l'hôtel Caumartin. Se donnant en spectacle honteux dans la rue des Forges, elle a lancé un coup de pied au derrière d'un policier, tout en riant aux éclats. Papa a dû aller la chercher à la prison du poste de police. Je ne devrais pas applaudir un tel geste désolant et trop triste. Mais, à ses jours de flapper, Jeanne prenait un grand plaisir à provoquer les policiers, dans le seul but de passer une nuit en cellule. J'en ai souvent entendu parler. Des témoins m'ont dit qu'elle était aussi drôle que dans un film de Charlie Chaplin. Si elle a refait ce geste, c'est parce que sa jeunesse habite encore son cœur. Et même si elle a été malade et insupportable tout le mois suivant, j'ai vu un soupçon de moquerie dans ses yeux, destiné à mon pauvre père qui fait tout pour essayer de la contrôler. Qui pouvait contrôler Jeanne Tremblay? Qui peut encore contrôler Jeanne Tremblay? Et qui se vantera de pouvoir le faire?

Mon père doit de plus endurer les hauts cris de maman, lui réclamant d'aller faire suivre une cure à tante Jeanne. Mais un tel traitement ne la guérirait que momentanément de l'alcoolisme. Il y a un autre mal en elle et il s'est manifesté à mon grand embarras quand je suis sortie avec elle, au mois de décembre. Nous avions magasiné quelques cadeaux de Noël et je l'avais invitée chez Christo, où Sousou était de service. Avec ses grands yeux en billes, ses trois patates de hauteur et sa frange de cheveux à la garçonne, Sousou a soudainement plu à tante Jeanne, car elle devait lui rappeler Sweetie, sa pianiste américaine. De là à manifester ce goût publiquement dans le restaurant, il y a un pas que tante Jeanne n'aurait jamais dû franchir. J'ai eu très honte... Sousou, pourtant ma meilleure amie, a eu peine à me regarder pendant au moins une semaine, avant qu'elle ne me soulage par un « Ce n'est pas grave. C'est oublié ». Je voulais bien la croire sincère, mais moi, si une femme me prenait la main pour l'embrasser et me dire, dans un restaurant bondé de clients, que je suis belle, je ne voudrais pas oublier. Le refus très vif de Sousou a eu un effet monstre chez tante Jeanne. Alors que ma famille décorait gaiement notre maison en vue des fêtes, tante Jeanne s'est tellement saoulée qu'on l'a retrouvée baignant dans sa vomissure et son sang, sur un trottoir de la rue Saint-Georges. Elle est entrée à l'hôpital entre la vie et la mort, avant de s'évanouir dans un coma inquiétant. Triste! Triste Noël!

Mon père a vécu les premiers mois de 1941 sur le qui-vive, d'humeur massacrante, perdant le sommeil et l'appétit. Bérangère réclamait sans cesse sa maman et la mienne avait parfois un air triomphant qui me désolait, signifiant un « Je vous avais avertis » insolent. Puis, au mois de mars, tante Jeanne s'est réveillée. Nourrie sainement au tuyau pendant son séjour à l'hôpital, entourée de soins professionnels et de calme, elle a maigri comme un ballon de plage piqué par une abeille. Mon père n'a pu contenir sa joie et son émotion quand l'hôpital de Montréal a téléphoné pour nous apprendre la nouvelle. Sentant cette délivrance, son interlocuteur n'a pas osé dire à papa que Jeanne a repris vie avec une autre maladie du nom savant d'aphasie, ce qui signifie que ma tante Jeanne ne sait plus parler. Comme ça fait mal de voir son père tant pleurer...

Quand j'ai vu tante Jeanne pour la première fois, elle a ouvert la bouche et un son difforme en est sorti. Sa tête est retombée sur son oreiller, puis elle a de nouveau essayé de me parler. Suite à ce double échec, elle a fermé ses yeux, sa main gauche a vivement frappé le matelas. Quel effroi dans ses yeux de la voir incapable de dire tout ce qu'il y a dans son esprit! Un médecin a expliqué à mon père que Jeanne sait toujours parler, sauf que le contact entre les mots pensés et l'articulation de sa bouche ne se fait plus. Elle est comme prisonnière de ses pensées, qu'elle n'arrive plus à communiquer avec des mots. Ils ne peuvent la garder dans leur hôpital bien longtemps. Mon père fait des démarches dans différents asiles, mais je ne sais pas pourquoi il hésite à l'y inscrire. Quand je lui pose la question, il me fait signe de m'éloigner. Finalement, il lui trouve une clinique à Ottawa, où des spécialistes vont la soigner, tout en tentant de lui apprendre à s'exprimer de nouveau. Tout le temps que papa a fait ces démarches, il a oublié son travail et sa famille. Je l'admirais beaucoup de tant aimer sa sœur, et je me sentais proche de lui, même s'il refusait de m'ouvrir son cœur.

Au cours des trois mois de coma de tante Jeanne, j'ai souvent accompagné mon père à Montréal pour la voir. Après ces visites, papa m'emmenait dans un beau restaurant. Nous complétions la journée dans les magasins de la rue Sainte-

Catherine, ou dans une salle de cinéma. Avant tout, nous échangions comme des amis. Plus que jamais, il me parlait avec une grande nostalgie du talent de peintre de Jeanne. Au mois de novembre dernier, croyant réanimer la flamme éteinte, papa lui avait acheté des pinceaux, des tubes et une toile. Jeanne avait soupiré devant ce cadeau. Pour faire plaisir à mon père, elle avait essayé de dessiner, mais sa grosse main lourde tremblait en tenant le pinceau. Elle avait rapidement mis fin à cette tentative en jetant les tubes. Puis, nous avons commencé à la visiter à Ottawa. Si son corps est redevenu joli, c'était vraiment insoutenable de la voir essayer de nous parler. Quel drame de ne pas pouvoir s'évader de cette prison de mots! Une fois, en sortant, papa a soupiré : « Elle ne boira plus jamais. » Passer si près de la mort a dû lui servir de leçon, et je suis certaine que ce sont des remerciements qu'elle cherchait à exprimer à papa à chacune de ses visites.

Ces voyages n'amélioraient pas la condition de mon père. Il s'était mis à maigrir et à perdre le sommeil. Tout le monde à la maison essayait de le consoler, sans se rendre compte qu'il avait surtout besoin d'être compris. Mais c'est souvent difficile pour nous de comprendre tous les liens unissant papa à sa sœur. Ma mère m'a déjà dit que lors de leurs fréquentations, papa protégeait déjà tout autant Jeanne. Ma tante Louise refusait d'aborder le sujet, disant que je lui tapais sur les nerfs avec ces niaiseries. Même grand-père Joseph ne m'a jamais parlé avec précision de l'amour entre mon père et Jeanne. Pour lui, c'était normal qu'un grand frère s'occupe de sa sœur cadette. Mais je suis certaine que ceci cache quelque chose... Moi, par exemple, j'aime beaucoup Gaston et je m'occupe de lui en vue de sa future carrière de musicien swing. Mais quand il a la grippe, je ne perds ni le sommeil ni mes cheveux, au contraire de mon père au sujet de Jeanne. Puis, au moment où je semble oublier ces pensées, grand-père Joseph, vivant toujours dans le passé, me donne un indice intrigant. Je le vois, les yeux plissés et plus vides que d'habitude.

« Ça ne va pas, pépère?

– Hein? Quoi? Oh! bonjour, Louise!

– Non, pépère. Je suis Renée. Louise est chez les religieuses.
– Oui! Oui! Comment elle s'appelait la petite Juive, Louise?
– Quelle petite Juive?
– Celle que Roméo et Adrien se sont rendus chercher au vieux moulin. Tu le sais bien, Roméo ne mange plus et ne joue plus depuis qu'il l'a vue. »

Je me sens comme Nick Charles, investie d'une énigme impossible à élucider, s'étant déroulée il y a plus de quarante ans. D'abord, je me rends au vieux moulin, aux limites de la ville, de l'autre côté de l'usine St. Lawrence. À l'aspect sinistre et entouré de mauvaises herbes, ce moulin survit tant bien que mal aux intempéries et aux attaques des voyous, qui s'en servent comme cachette. Je regarde ce vestige de l'époque de la Nouvelle-France, et, comme un Sam Spade en jupons, j'écrase ma cigarette et ajuste son chapeau avant d'approcher et de regarder par une fenêtre, cherchant une trace du passé de mon père. Mais je demeure idiote comme une patate rouge devant ce moulin, craignant qu'un rat ne vienne zigzaguer entre mes pieds. Sur le chemin du retour, je rencontre quelques vieux et leur demande de me parler du vieux moulin au début du siècle. Peine perdue. Après quelques enquêtes infructueuses, je vais me reposer devant un thé chez Christo, où Sousou se voit inquiète de la raison profonde de mon casse-tête.

« Pourquoi tu ne lui en bouches pas?
– Parce que c'est moins drôle.
– T'es le genre bizarre, Caractère. »

Un monsieur, qui nous a entendues sans faire exprès, se met à bavarder un long discours sur les mystères du vieux moulin et les dangers qui y étaient rattachés autrefois. « Il y avait le diable, dans ce moulin, mademoiselle! » Puis il continue sans pouvoir s'arrêter, mais je retiens surtout que les parents interdisaient à leurs enfants de se rendre dans ce secteur. Il ne sait pas s'il y avait des Juifs au vieux moulin, mais « il y avait toutes sortes de monde dangereux, qui étaient de passage ». De retour à la maison, j'essaie d'interroger grand-père Joseph, mais il se situe maintenant en 1932, ce qui m'éloigne de son laïus de ce matin. Je tente de m'endormir en pensant à ce que Nick Charles et Sam Spade feraient avec un tel cas. Je me lève, dresse une liste et dessine des flèches entre les mots. Demain, j'irai voir les Trottier. Ce sont des anciens voisins de grand-papa, à l'époque où mon père était un petit william. Tiens! Le bonhomme Trottier, comme le vieux de chez Christo, me parle de va-nu-pieds, de « gypsies » et d'autres gens douteux qui s'installaient dans le vieux moulin pour une nuit. Il se souvient très bien que grand-père Joseph interdisait à mon père et à Adrien d'aller rôder dans ce coin.

« Mais c'est bien simple, Caractère. Tu veux que je t'en parole?

– Parole-m'en, Sousou.

– Ton père a désobéi à son papa et il a marché jusqu'au vieux moulin où il a yeux une petite Juive dont il est devenu amoureux. Et comme elle est partie comme tous les gens qui dodotaient là, ton père a eu un chagrin d'amour pour cette petite Juive. Puis ton père a donné tout cet amour au bébé Jeanne quand il est arrivé dans son berceau.

– Comme t'as de l'imagination, Sousou! Mon père devait avoir sept ans! On ne tombe pas en amour à cet âge!

– Mais oui, on peut tomber en amour quand on est enfant. Tu n'as qu'à lui en boucher, comme je te l'ai dit. Tu compliques tout, Caractère. »

Alors que je continue mon enquête, après avoir mis de côté cette théorie loufoque de Sousou, un souvenir lointain me revient en tête : il y a environ dix ans, lors d'une promenade en automobile, mon père avait ralenti en passant près du vieux moulin. Moi, derrière lui, je me demandais pourquoi il regardait tant cette antiquité remplie de couleuvres. Ce moulin signifie quelque chose de très spécial pour lui.

« Daddy? Qui était la petite Juive du vieux moulin?

– Quoi?
– Oh, patate! Ne me rends pas la vie plus compliquée! »

Il rit d'embarras, se retourne et m'ignore pendant deux jours. Puis, au moment où je vais fermer le livre, il s'approche et fait comme si dix secondes venaient de s'écouler.

« Qui t'a parlé de ça?
– Grand-père Joseph.
– Ah oui! Évidemment... »

Silence! Terminé! Exit! Livre clos? Non! Prière d'ouvrir de nouveau, cinq jours après, à la page de la dernière leçon. Papa vient de rendre visite à tante Jeanne à Ottawa. C'est l'heure de fermeture du *Petit Train,* alors que le juke-box décompresse, que le plancher respire et que la fumée de cigarette s'incruste au plafond. Il s'installe au comptoir et boit trois cafés de suite. Je remarque surtout qu'il semble avoir un peu bu de bière, ce qui est loin d'être dans ses habitudes. Je nettoie le comptoir quand il commence à me parler de façon étrange. « Le monde avance et tout devient un peu plus hors de contrôle. » Il évoque la guerre en Europe et le patriotisme des Canadiens anglais. Puis, il parle de la misère des chômeurs pendant la crise économique, régresse aux années vingt lors de ses premiers jours comme journaliste, puis souligne la grippe espagnole qui a tué sa mère et son petit frère Roger. Il continue sa marche à reculons jusqu'à sa participation à la Première Guerre mondiale. Il me parle de sa rencontre avec maman, du grand incendie de 1908 qui avait détruit Trois-Rivières et s'arrête enfin avec précision à l'année 1901. Il me parle de ses jours d'écolier, d'un frère enseignant costaud, de billes, de Roland son ami d'enfance, et puis, soudain, les yeux dans le vide, il soupire : « Anna... »

« Anna? Qui est Anna?
– La petite Juive du vieux moulin. Elle était très, très belle. »

Parti en expédition avec son frère Adrien sur les terres

au-delà des limites de Trois-Rivières, où grand-père Joseph leur interdisait d'aller, les deux frères avaient rencontré une famille juive qui se servait du vieux moulin comme d'un campement. Mon père avait été attiré par la petite fille de son âge. Il me la décrit avec précision, comme si ce souvenir ne datait que d'hier. Quelques mois plus tard, ma grand-mère s'est mise à devenir ronde. Joseph avait parlé à mon père de la venue prochaine des « Sauvages ». (À cette époque, ils parlaient de l'arrivée d'un bébé de cette façon. Quelle idiotie! Tout le monde sait maintenant que ce ne sont pas les Indiens qui apportent les poupons, mais bien les cigognes.) Alors, mon père s'était mis à rêver d'une sœur qui serait aussi belle que la petite Juive Anna. Quand Jeanne est arrivée, toute la parenté et le quartier Saint-Philippe clamaient qu'elle était le plus beau bébé du monde. Le vœu de mon père s'était réalisé : il pourrait continuer à aimer Anna par sa sœur Jeanne. Sousou avait deviné juste. Je ne crois pas qu'un homme aussi équilibré que mon père puisse être amoureux de sa propre sœur. Mais je pense qu'il l'aime plus que quiconque. Tout cela à cause d'une petite Juive.

« Pourquoi je te raconte toutes ces vieilles folies?

– Parce que je voulais savoir ce qui se cachait derrière ton amour pour tante Jeanne. Quand pépère Joseph a mentionné cette petite Juive, j'ai cherché à savoir. Il n'y a pas de mal à vouloir comprendre.

– Renée... Jeanne est ma petite sœur. J'ai perdu mes frères Adrien et Roger, sans oublier ma mère. Et Louise a toujours vécu dans son propre monde, différent du nôtre. Pour me rattacher aux beaux jours de mon enfance, il n'y a que mon vieux père malade et ma petite sœur dix fois plus malade. Toi? Que te reste-t-il de ton enfance? Ma sœur Jeanne. Il faut que tu gardes longtemps dans ton cœur cet être qui a rendu ton enfance merveilleuse. Ta tante Jeanne est le bijou de mon enfance et de ma jeunesse. C'est une femme extraordinaire. Dans les années vingt, quand elle venait à la maison dans un coup de vent de maquillage et qu'elle te donnait une poupée, je savais qu'elle t'impressionnait.

– Oui, c'est vrai...

– De son silence rejaillira celle qui nous a été si précieuse. Je te le jure. »

Mon père se met à réciter des chapelets comme jamais il ne l'a fait. Il a toujours été un catholique tranquille, qui, s'il va à la messe tous les dimanches et s'intéresse aux œuvres de charité, n'a jamais participé aux retraites fermées, ni aux grandes processions. Jamais mon père n'a obligé ses enfants à être de fervents catholiques. Quand nous étions jeunes, je me souviens qu'il nous disait qu'on devait avant tout parler au bon Dieu et non pas lui réciter machinalement des formules. Les prières devaient venir du cœur. Et le voilà à répéter des rosaires comme une vieille fille! Je crois à notre religion, car il y a tant de beaux principes et de justice. J'aime aussi les vicaires, qui sont plus jeunes et organisent des activités pour les enfants et les pauvres. Et puis, le sacrement du mariage, c'est si beau et précieux! Mais, comme mon père, je n'aime pas tellement les formules du petit catéchisme, ce livre qui a été le cauchemar de mon enfance car, dans nos écoles, nous devions l'apprendre par cœur de la première à la dernière ligne. Coup sur coup, papa nous emmène au Sanctuaire du Cap-de-la-Madeleine, à l'Oratoire Saint-Joseph de Montréal et à Sainte-Anne-de-Beaupré en nous demandant de prier pour la guérison de tante Jeanne. Parfois, mon père se paie une tournée de toutes les églises de la ville. Le même soir! Il privilégie l'église de Notre-Dame-des-sept-Allégresses, du quartier de sa jeunesse et de celle de Jeanne. Un début de nuit, je l'entends entrer dans la chambre déserte de tante Jeanne. Sur le bout des orteils, je m'avance pour l'espionner. Il est agenouillé devant le lit de sa sœur et prie. Soudain, il sursaute, devinant ma présence dans son dos. Je m'avance timidement.

« Je prie parce que je suis sincère, Renée.

– Je sais.

– Je prie parce que c'est le seul monde d'aujourd'hui qui n'est pas en guerre, où il n'y a que la paix et l'espoir.

– Je suis contente de l'entendre.

– Va te coucher.

– Est-ce que je peux prier avec toi?
– J'ai dit d'aller te coucher! »

Comme un chiot puni, je rampe jusqu'à mon lit en ayant le goût de pleurer. Sans doute a-t-il eu raison de m'ordonner d'aller me coucher en levant le ton, car je viens d'outrager son intimité. Puis, quinze minutes plus tard, j'entends ses pas s'approchant de ma porte. Il l'ouvre vivement, allume en vitesse et je sursaute en le voyant souriant, une boîte de carton sous le bras. Il la dépose avec fermeté sur mon lit en me disant de regarder le contenu. Je mets la main sur un vieux cahier d'écolière, rempli de très jolis dessins, représentant surtout des visages d'une grande beauté. Bien sûr, je reconnais le talent perdu de tante Jeanne. Mais je n'avais jamais vu ces dessins, que mon père doit garder égoïstement comme un trésor secret.

« Tu sais l'âge qu'elle avait quand elle a fait ça?
– Je ne sais pas trop... Seize ans?
– Huit, Renée! Huit! Tout ceci, c'est une partie des dessins de son enfance! J'ai presque tout gardé! J'avais treize ans et je l'admirais déjà! Et moi, dans mon petit coin, je travaillais avec ardeur à trouver les mots les plus justes pour évoquer ma grande joie de vivre près d'elle. Regarde celui-là! Elle avait neuf ans! Tu imagines une petite fille de cet âge donner un tel regard à un personnage?
– Patate!
– Comme tu dis! Ta tante Jeanne, Renée, était une très grande artiste! Dans cinquante ans, on va s'arracher ses toiles à gros prix. On va en parler dans les journaux et les encyclopédies! Comme Van Gogh!
– Ah oui... comme lui.
– Il y avait cette vie au bout de ses doigts, ces sentiments si puissants! Et son mal et l'alcool ont tout détruit. Mais j'ai bon espoir, Renée! À ma dernière visite, j'ai revu cette flamme au fond de ses yeux! De ses si beaux yeux! Tous ces mots pour me confier qu'elle désire créer à nouveau ne peuvent plus sortir par sa bouche. Alors, elle m'a regardé comme elle le faisait à huit ans, à seize ans, à vingt ans, à

vingt-cinq ans! Comme à l'époque où elle était une grande artiste! Comme elle me regardait avant qu'elle ne se mette à boire! Et cette force reviendra exploser sur des toiles! Tous ces mots qu'elle ne peut plus dire vont éclater au bout de ses pinceaux, car ce sera pour elle sa seule façon de parler!

– Mais, papa... est-ce que tu me dis que tu ne veux pas qu'elle retrouve la parole?

– Elle l'a retrouvée, la parole! Je l'ai vu au fond de ses yeux! Je viens de le réaliser à l'instant grâce à Dieu et à mes prières! »

Il m'enlace fermement et pleure comme un petit enfant. Je suis toute remuée en pensant que mon père est probablement amoureux de sa propre sœur.

Août à décembre 1941
Ça va saigner rouge en tabarouette

Rocky ne se débrouille pas si mal depuis six mois. Sa boutique commence à être connue, *surtout depuis qu'il m'a laissée m'en occuper un peu.* Le travail revenu dans les usines, beaucoup de gens ont acheté des appareils radio. Les ouvriers veulent entendre la guerre au lieu de la lire dans les journaux. C'est moins fatigant. Ils viennent donc prendre conseil auprès de mon *sweet* pour l'installation et l'entretien de leur nouveau jouet. Bien des citoyens visitent Rocky pour toutes sortes d'autres raisons : acheter du thé, du sucre, du café, de la farine, du savon et des boîtes de conserve, qu'il entrepose dans son sous-sol. En premier, j'ai eu peur de le voir se lancer dans un négoce aussi malhonnête. Je croyais que c'était pour lui une autre façon de se faire passer pour son satané Cagney, d'être aussi aventurier que ses idoles des films de gangsters. J'avais crainte qu'il se fasse prendre et qu'on l'envoie au cachot. Sauf que le marché noir a pris forme aussi rapidement qu'une épidémie. J'ai vu des femmes venir compléter leur épicerie chez Rocky. J'ai vu des hommes à l'allure respectable, dont un médecin très connu à Trois-Rivières, cognant à sa porte pour une livre de sucre. Le marché noir est une activité illégale, mais tolérée. La population en parle ouvertement. « Où prends-tu ton sucre? » de demander l'un, tandis que l'autre affirme que Machin vend moins cher que Truc, mais que Bidule offre de la meilleure qualité.

Je ne sais pas où Rocky déniche tous ces effets. Je ne le lui ai jamais demandé. Il décore cette activité d'une aura de mystère qui me fait penser à un scénario de film de Hollywood. Cela me donne l'impression d'être Ida Lupino aux côtés de Humphrey Bogart. Tout ce que je sais est qu'il fait ses emplettes le vendredi soir, très tard. Il allume une brune avec son briquet lance-flammes, ajuste son chapeau mou, épie les alentours et part d'un air méfiant après m'avoir saluée : « Salut! *Baby!* » Je le vois s'éloigner, conduisant sa vieille Ford, pendant que la pluie balaie l'asphalte de la rue Saint-Roch, et, en fermant les yeux, j'imagine l'inscription *The End* sous une fanfare de violons et de trompettes. Le lendemain, tout est en place dans son sous-sol. Il a les yeux fatigués d'avoir peu dormi, faisant semblant de réparer un appareil radio, alors qu'en réalité il attend ses clients du marché noir. Ils arrivent par la porte avant avec leur liste et repartent par la porte arrière, un paquet sous le bras. Mon frère Maurice traite avec Rocky. « Jamais les clients du *Petit Train* ne manqueront de sel pour leur soupe ou leurs frites », a-t-il juré. On trouve facilement tout ce que le gouvernement veut nous enlever. Si les grands patriotes mangent leurs pommes de terre sans sel, c'est leur affaire. Pas la nôtre.

« Je t'ai rapporté quelque chose, *dame.*

– Quoi donc?

– Embrasse-moi et je te le donnerai.

– Décolle-moi cette cigarette de ton bec, Cagney de pacotille! Peut-être qu'alors j'accepterai de t'embrasser, même si je trouve que ton attitude n'est qu'un vilain chantage.

– Ton *kisser* bouge trop, Caractère. Une *dame,* moins ça parle, plus ça me plaît.

– Non mais, t'as fini ton grand guignol, espèce de roi de la patate? Qu'est-ce que tu veux me donner? Du tissu?

– Ouais... du tissu.

– Du bleu marine?

– Non, du vert.

– Patate! Pas encore du kaki...

– C'est tout ce que j'ai pu trouver.

– Et mes bas?

– Ça viendra. Embrasse-moi, *darling,* c'est une urgence. »

Depuis le début de 1941, la nouvelle mode est aux couleurs de l'armée. Nous, les zoots, refusons de porter ce vert immonde. Mais je connais des myrnas qui tombent dans ce piège de propagande et qui sont en émoi devant les mannequins habillés de vert dans les vitrines de Fortin ou de Kresge.

Quelles patates fricassées! Mes disciples et moi sommes obligées de porter nos vieilles robes de l'an passé, car même sur le marché noir, le tissu de confection de bonne couleur est difficile à obtenir. Le plus idiot avec le rationnement est de voir se raréfier les bas de soie. Je n'aurais jamais cru que Mackenzie King allait s'attaquer à notre féminité! Certains magasins ont même établi des heures particulières pour vendre des bas. Mais nous préférons les acheter sur le marché noir, quand il y en a, car ce que nous offrent les boutiques n'est pas de belle qualité.

« Hé! Espèce de premier ministre de récolte de patates! C'est Caractère Tremblay qui te parle!

– *Bonjour, Caractère. Comme je suis heureux de t'entendre!*

– *Qu'est-ce qui te prend de nous enlever nos bas? Tu veux que les williams nous prennent pour des fillettes? Aller sans bas, c'est bas!*

– *Bien, je vais t'expliquer. Pour faire des bas, on a besoin de soie et c'est une matière qu'il faut importer. Or, mon gouvernement préfère investir dans l'armement au lieu de...*

– *La belle affaire! Tu trouves qu'une mitraillette, c'est plus beau que le charme féminin?*

– *Tu as encore d'excellents bas sur le marché, avec de la rayonne ou du coton.*

– *Mais t'es malade! Des bas de coton? Tu nous prends pour des myrnas russes? Des bas de coton! Ce sont des bas de grands-mères! Pas de bas de jitterbugs!*

– *C'est que, comme je te le disais, je...*

– *Ça suffit! Espèce de patate incolore! Tu vas importer de la soie tout de suite! Immédiatement! Sur-le-champ! Illico! Right now!*

– *Bon, bon, d'accord. Je vais y voir.*

– *Et que ça saute! »*

Depuis quelque temps, nous nous demandons pourquoi Écarlate ne vient plus au cinéma avec nous. Love nous apprend que la mère de notre amie l'oblige à porter des bas de coton. Honteuse, Écarlate refuse de sortir. Pauvre elle! Je vous assure qu'en moins de deux, les disciples et moi trouvons des vrais bas à Écarlate.

« Ce ne sont pas des bas de marché noir, quand même...
– Non.
– Tu me le jures?
– Écarlate, Rocky n'en a même pas pour moi, des bas de marché noir. Les disciples ont fait une quête et on t'a acheté ces trois paires au magasin.
– Vous êtes bien bonnes! Jamais je n'oublierai ça!
– Ça nous fait plaisir. Puis, on a besoin de toi, avec la nouvelle tuile qui nous tombe sur la tête. »

Non seulement faut-il être zélée auprès des williams attirés par l'armée, mais il faudra maintenant s'occuper de leurs myrnas! L'armée a décidé de former une section féminine de l'aviation et de l'armée de terre. Peut-on imaginer une myrna, une mitraillette à la main, le jupon dans la boue et osant tirer sur un être qu'une autre femme a enfanté? Le bureau de recrutement de la rue Hart a mis un mannequin féminin dans sa vitrine, avec l'uniforme de l'armée. Toutes les myrnas de la ville vont le voir. « C'est si beau! » miaulent-elles. « Si on entre dans l'armée, on pourra peut-être rencontrer un beau caporal. » On leur parle! On leur dit que la guerre, ce n'est pas une question de jupe, de béret ou de blouse! Et qu'elles perdent du temps à croire aux promesses de Mac sur l'exemple que les femmes canadiennes doivent donner. En entrant dans l'armée, elles vont plutôt laver les caleçons des soldats et frotter les planchers des casernes. Certaines répondent : « Tu penses? » tandis que d'autres sont plus sans cœur : « Vous savez toujours tout, toi et ta bande! Vous vous pensez toujours plus fines que les autres! » Elles imitent les réactions des williams : on nous écoute ou on nous méprise. Mais heureusement, cette histoire de femmes soldats ne dure que quelques semaines. En peu de temps, le mannequin disparaît de la vitrine et les myrnas oublient cette histoire. Sauf que je dois me préparer, si elle réapparaît un jour.

À la fin de l'été, nous sommes plutôt préoccupées par la naissance du premier bébé de Broadway. Une fille. Une qui n'ira pas à la guerre, si jamais elle s'éternise. Il ne faut surtout pas chercher de midi à quatorze heures les raisons poussant Broadway à être déçue par le venue de cette myrnanette : les maris veulent toujours un garçon pour leur premier enfant. Les disciples achètent des cadeaux à cette petite Émilienne, mais je devine que leur sympathie ne durera que le temps d'un soupir, car Broadway est de plus en plus éloignée de nous. Je sais que Broadway n'est pas heureuse en ménage, au contraire de ma sœur Simone. Que sont-ils devenus, tous ces jeunes couples de la course au mariage de juillet 1940? Combien d'erreurs irréparables commises en cette journée, à cause de la guerre? Combien de coups de dés qui ont mal roulé? Et combien de larmes pour les myrnas qui ont accepté d'épouser leur william dans le seul but de lui éviter l'armée? J'apporte le sel et le sucre à Broadway chaque semaine, en lui demandant un prix moindre, et je comble la différence à son insu. C'est une façon de la remercier sans qu'elle le sache. Son expérience me rend plus mature, ainsi que l'épreuve que notre famille vit à cause de la maladie de tante Jeanne.

J'ai eu vingt ans cet été, comme la plupart de mes disciples. C'est un âge où commence à se dessiner à l'horizon le spectre de la Sainte-Catherine. Le jour de mon anniversaire, maman m'a dit : « Vingt ans, Renée! Il faut devenir plus sérieuse et penser à te marier. » Maman ne voit pas jusqu'à quel point mes disciples et moi sommes des myrnas sérieuses, malgré notre aspect à la mode. La jeunesse doit se perpétuer dans notre vie adulte, chose qui, à ma grande tristesse, semble échapper à Broadway. Des jours naïfs de son pain de viande raté, Broadway est passée à la petite misère industrielle du quartier ouvrier. Mariée à un homme à tout faire non spécialisé, qui travaille dur pour un petit salaire, rentrant à chaque jour exténué en disant « Manger » à son épouse au lieu de l'embrasser. Broadway, comme toutes les femmes dans cette situation, est devenue la cuisinière de cet être qui était pourtant si gentil aux beaux jours de l'adolescence. Et après le souper, il n'y a rien d'autre entre eux que la sainte paix, d'où sont exclus les films, le swing, la danse et les amies de jeunesse. Maintenant, en plus, il y a un bébé. Et il fallait que celui-là soit plus braillard que les probables six suivants. Et les couches du bébé! Et la nourriture du petit ange! Et le médecin du poupon! Tout sur le petit salaire d'Hector. Broadway est devenue une femme d'ouvrier trifluvien. Et elle le sait.

Elle est un peu vache, ma Trois-Rivières, quand on la regarde de l'intérieur. Elle a fait signe, voici quarante ans, à de grandes industries anglaises de venir s'y installer. Tout le monde a trouvé du travail et des quartiers ont surgi des champs vides. Elle a exposé sa prospérité à pleines pages des journaux. La capitale mondiale du papier! Mais pas réellement du papier dollar pour ses ouvriers... Les hommes des usines habitent de hautes maisons sans soleil, aux escaliers en queue de cochon où six familles et une trentaine d'enfants s'entassent la nuit avant de s'enfuir, le jour venu, dans la cour ou à l'usine. Tout pour ne pas croupir trop longtemps dans ces maisons! Mais les mères de familles y restent, à faire le lavage, les repas, la couture et toutes ces tâches que nous rêvons d'accomplir au jour béni de notre mariage, mais quand le grand moment est enfin venu, l'histoire devient un peu différente... Ah! ces maisons! Celles du quartier Sainte-Cécile, en face de l'usine de textiles de la Wabasso, n'ont même pas vingt-cinq ans et elles paraissent déjà si vieilles et défraîchies, meurtries sous les privations des mères, les blasphèmes des pères et les pleurs des enfants. Broadway, si jolie et si fraîche, passionnée de théâtre et de belle lecture, prend la forme de ces tristes vieilles femmes de trente ans qu'on voit au centre-ville, un petit dans un landau, deux autres dans chaque main et des coupons de rationnement entre les dents.

Quelle vie et quelle ville! Cette ville que mon père m'a appris à aimer depuis que je suis petite. La Trois-Rivières héroïque et patriote, la cité moderne, nord-américaine, bâtie sur les cendres d'une vieille ville incendiée en 1908. Ah! quand papa me raconte ses souvenirs de cette Trois-Rivières disparue! Cette Trois-Rivières du Petit Carré et de la rue des Champs, ce temps où la famille Tremblay, avec pépère Joseph, Adrien et mon père, avait comme ennemis une famille composée de huit garçons Trottier. Des petits voyous qui aujourd'hui saluent poliment papa. Il y en a même un qui vient parfois à la maison. Les coups qu'ils faisaient me semblent plus sages que ceux de nos petits gangsters. Vous savez, ces gars de « l'aut' bord d'la track »? D'ailleurs, dans chaque ville, ils sont toujours de l'autre côté d'une voie ferrée. Les terribles de la rue Saint-Paul, les effrayants de Saint-François-d'Assise, les épouvantables du « Petit Canada » de Sainte-Marguerite et les innommables de La Pierre! Les bums de La Pierre! Je tremble juste à y penser! Personne ne sait trop de quoi ils vivent, mais certains d'entre eux font claquer des billets de dix dollars entre leurs doigts crochus et jaunis. Et ils persistent quand même à habiter des cabanes construites à la va-comme-je-te-pousse, recouvertes de tôle rouillée ou de toile des pâtes et papiers. Oh! il y a des pauvres, à La Pierre! Des vrais démunis qui font pitié et qu'il faut aider! Des gens malchanceux, pris de maladie ou d'infirmité. Mais leurs enfants... Voilà longtemps qu'ils ont passé l'étape du croc-en-jambe pour se spécialiser dans les poursuites menaçantes, le couteau à la main. Et je n'ose pas penser à ce qui peut arriver à la pauvre myrna qui s'aventure à La Pierre après le coucher du soleil.

Rocky est l'ami de l'un d'eux. Comme il avait du mal à garder comme copains ses candidats zoots tous plus jeunes que lui, il a déniché ce william de son âge, un parfait prototype du gars de La Pierre. Il l'a emmené au *Petit Train* à deux reprises. La première fois, mes disciples et leurs williams se sont enlevés rapidement de son chemin. Il portait une culotte trop courte, une vieille casquette sale, des bretelles rongées par les mites et une chemise usée, pleine de taches d'huile. Une énorme balafre au visage était le signe évident d'une bataille au couteau. Pire que Cagney, Bogart et Robinson réunis. « C'est un ami, Caractère. Il s'appelle Grichou. » En guise de satisfaction, Grichou m'a fait un sourire horrible, découvrant ses quatorze dents jaunes, et me tendant sa main gauche aux ongles noircis, pendant qu'avec sa droite, il se coinçait les... « N'exagère pas, Grichou. C'est ma *dame,* après tout. Donne-lui un Coke, Caractère. » Le monstre a fait non de la tête, insistant pour payer et sortant de sa poche une liasse de billets. En touchant l'un d'eux, j'ai deviné tout de suite qu'il ne contenait pas la bonne sueur ouvrière et catholique de Trois-Rivières. La deuxième fois que Grichou est venu à mon restaurant, les disciples ont de nouveau dégagé le plancher en le voyant entrer. Mais quand il s'est avancé pour inviter Sousou à danser, Mademoiselle Minou s'est interposée, devinant que la frêle Sousou allait s'évanouir si ce diable lui touchait la main. Ce fut sa seule danse de la soirée. Et encore, elle n'a duré qu'un demi-disque. Pourtant, Mademoiselle Minou ne donne pas sa place dans l'arrogance et le courage de carton-pâte. Mais j'ai vu l'air de dégoût dans le regard de ma disciple, quand Grichou a approché sa cicatrice de sa joue.

« T'aimes pas mon nouvel ami, Caractère?

– Pourquoi tu n'attires que des patates prises au fond du chaudron?

– T'es pas drôle, Caractère. Grichou a un cœur, comme tout le monde.

– Un gars de La Pierre! Aussi généreux et intègre que Gary Cooper et James Stewart?

– T'as des préjudices, Caractère.

– Des préjugés! Oui, j'en ai! »

Ce Grichou doit être parmi les fournisseurs de marchandise de Rocky. Je devine qu'on ne fait pas de marché noir en compagnie de chérubins. Cette semaine-là, Rocky m'invite à aller au ravitaillement avec lui, afin de me révéler enfin tous les mystères entourant son commerce illicite. Il regarde mes disciples une à une, et, tel un grand prince, accorde la permission à l'une d'entre elles de m'accompagner. J'imagine qu'il s'attendait à ce qu'elles lèvent rapidement les deux mains comme des enfants d'école en chantant : « Moi! Moi! Moi! » Mais elles gardent un silence embarrassé, brisé par Mademoiselle Minou qui s'avance de six pas en se cognant le thorax comme une Jane devant Tarzan. L'aventure débute vendredi après souper. Mademoiselle Minou et moi attendons comme deux patates au beurre dans son atelier, alors que Rocky visse un rictus à la Cagney sur son visage.

« Pourquoi il nous fait venir ici tout de suite, s'il faut attendre à neuf heures pour partir?

– C'est pour l'ambiance, Mademoiselle Minou. Pour le climat. Tu n'as pas la chair de poule?
– Non. J'ai surtout faim.
– Tu ne penses qu'à ta panse. »

Vers l'heure désignée, Rocky va mettre son imperméable, son large chapeau et colle une cigarette au bout de ses lèvres. Admirable! Mais Mademoiselle Minou, peu romantique, ne trouve qu'à lui dire : « Pourquoi mets-tu un imperméable s'il ne pleut pas? » Rocky prend sa cigarette entre ses doigts, après avoir projeté un nuage de fumée, puis nous invite à le suivre d'un bref coup de tête.

« Où va-t-on?
– *Don't talk, kitten.*
– Tiens! Il parle comme un contremaître de la Wayagamack!
– Veux-tu te taire, Mademoiselle Minou? On est là pour regarder, pas pour poser des questions! »

Rocky, avec les profits du marché noir, a pu se payer l'automobile de ses rêves : une Ford 1932, massive et puissante, comme dans les meilleurs films de gangsters de la Warner Brothers. Enfin, massive et puissante... je suppose qu'elle devait l'être le jour de sa naissance, car la bagnole a un mal fou à monter la côte du pont Lejeune. Mais il faut l'entendre hurler de joie dans les descentes! Nous roulons dans la rue des Forges, passons devant le rond de course. Rocky s'allume une nouvelle cigarette avec le mégot de la précédente. Les cailloux volent sous les quatre pneus. Il roule comme le Bogart de *High sierra.* Et puis, il ralentit devant La Pierre. Je l'aurais juré... Je ferme les yeux après avoir vu ces cabanes infectes. Mademoiselle Minou fait sa brave, jusqu'à ce qu'un voyou s'accroche à notre portière. Rocky klaxonne pour s'en débarrasser, alors que mon amie s'est promptement collée à mes flancs. Rocky arrête la Ford. Ça y est! Le voilà, le Grichou! Il sort d'une bicoque principalement constituée de vieux panneaux de publicité de Coca-Cola.

« C'est Grichou.

– Je le sais que c'est Grichou, espèce de patate en cube! Mais je t'interdis de le faire asseoir avec nous!

– Vous préférez son petit frère?

– Hein? »

Mais oui! Un petit william! Mais très sale! Mais si beau qu'on pourrait le confondre avec les statuettes comiques qu'on vend dans des boutiques de souvenirs : cheveux rouges et une cascade de rousseurs près de ses grands yeux joyeux. Poil de Carotte en personne! Ce petit ange s'installe entre Mademoiselle Minou et moi. Elle lui sourit et lui tapote la tête, mais il réagit en nous saisissant les jambes, criant à son frère : « Aie, Grichou! C'est laquelle que j'peux fourrer, à soir? »

– Pourri, laisse les petites filles tranquilles!

– Ben, Grichou! À veulent! Tu les voé pas, les cochonnes?

– Pourri! Tu te tiens tranquille ou je te bats avec ma ceinture!

– Maudit cave! »

Nous nous raidissons et regardons droit devant nous. Grichou emprunte le lance-flammes de Rocky pour allumer un mégot ratatiné qu'il a dû ramasser dans le chemin. Pourri réclame une cigarette en blasphémant comme le pire des charretiers. Quand il a enfin son bout de tabac, il remet vivement sa main sur nos jambes en la faisant monter aussi vite qu'un rat! Nous crions! J'ordonne à Rocky d'arrêter sur-le-champ en le sommant de mettre cette petite ordure à la rue! En moins de deux, Mademoiselle Minou et moi sommes collées à Rocky sur la banquette avant, pendant que Grichou et Pourri se prélassent sur le siège arrière. Pourri revient à la charge en tirant les cheveux de Mademoiselle Minou. Elle n'a pas le temps de réagir que déjà Grichou inonde son frère de vigoureux coups de poing au visage.

« Je pense que tu devrais faire un détour et venir nous reconduire au *Petit Train* le plus rapidement possible!

– Je ne peux pas, *dame*! J'ai un horaire à respecter et je suis bien prêt d'être en retard! »

Nous nous enfonçons dans le chemin des Forges, là où la civilisation nous quitte et où les loups règnent à chaque cent pieds. Pendant ce temps, Grichou et Pourri s'amusent à un concours de pets et de rots. De temps en temps, une vieille maison isolée, qu'on imagine abandonnée, nous surprend avec son air sinistre et une petite lumière de fanal laissant deviner de lugubres silhouettes à l'intérieur. Rocky dépasse le village près des ruines des Vieilles Forges. Nous continuons vers l'inconnu quand, soudain, Rocky ralentit, tourne dans un champ et pousse la voiture près d'un boisé. Nous descendons et Pourri en profite pour pincer les fesses de Mademoiselle Minou. Elle s'apprête à le corriger, quand elle est retenue par Rocky, qui ordonne le silence.

« Qui veux-tu qu'on réveille ici?

– J'ai demandé de te taire, *dame*!

– Et moi je te dis que si ce petit mal élevé ose encore me...

– Vas-tu fermer ton *kisser*, oui ou non? »

Le faisceau lumineux de nos lampes de poche creuse un chemin parmi les hautes herbes et les arbres. Cette jungle déchire un des bas de Mademoiselle Minou. Elle chiale, malgré l'interdiction répétée de Rocky. Je marche avec prudence, ayant peur qu'une couleuvre me glisse entre les pattes, qu'un putois me frôle, ou, pire encore, que Pourri s'approche de moi. Je pensais devoir marcher pendant une heure, mais après dix minutes, nous arrivons face à une cabane chancelante avec à sa porte un grand homme d'environ cinquante ans, portant un complet et une cravate, ce qui rend sa présence endimanchée quelque peu étrange dans ce décor de cauchemar.

« C'est qui, les deux guidounes?

– C'est ma *dame* et son amie. Pas de danger. Elles ne parleront pas.

– T'as besoin d'y voir, Rocky. »

Après avoir entendu un tel qualificatif répugnant nous concernant, Mademoiselle Minou allait lui dire sa façon de penser, quand elle se cambre parce que Pourri vient de glisser sa main sous sa robe. Grichou le calme en lui lançant toute une claque derrière la nuque. J'ai cru que sa tête allait rouler jusqu'à mes pieds. Nous n'avons pas le droit d'entrer dans la cabane. Rocky, Grichou et son frère en sortent avec des caisses sur les épaules. Il faut tout transporter jusqu'à la voiture. Je leur sers de guide, avec ma lampe de poche. Comme tout ceci est palpitant! Mais après le cinquième voyage, je commence à trouver le temps un peu long, surtout après avoir déchiré mes propres bas contre une branche. Chaque caisse est cachée sous les sièges de la Ford, dans le coffre arrière, dans chaque coin que l'on peut trouver, le tout recouvert de vieilles courtepointes. Rocky donne de l'argent à Grichou, qui à son tour en offre à l'homme étrange. Et je devine que celui-là doit en devoir à un autre.

« Mais d'où peut venir tout ça? Ce n'est pas arrivé en plein bois par un miracle du Saint-Esprit.

– Je ne peux pas tout dire, *honey*. Tu en as déjà assez vu. »

De retour dans l'auto, nos genoux se trouvent plus élevés, à cause de la présence de ces caisses sous les sièges. Rocky ne sait pas ce qu'elles contiennent, sinon les denrées habituelles. Il a l'habitude d'écouler le tout en moins d'une semaine et de faire un profit très appréciable, qu'il investit dans son commerce. « Venez *cheu* nous. Y a d'la bière pis des cigarettes. » Je n'ai pas le temps de dire à mon *sweet* que l'offre de Grichou ne nous intéresse pas que Rocky a déjà répondu affirmativement à notre place. Nous voilà les pieds dans la boue, devant le taudis de Grichou, craintives de voir surgir des souris. L'intérieur est répugnant : des vieux matelas jetés à même la terre battue, des caisses de beurre servant de meubles et du linge pas très propre pendant au plafond.

« Pourri! Va t'coucher!

– Tu veux dire qu'on a deux plottes icitte et qu'on jouera même pas aux fesses?

– Va t'coucher ou j'te tue!

– Maudit cave! »

Mademoiselle Minou et moi sommes près l'une de l'autre, grelottant dans nos manteaux d'automne. Grichou est habillé comme en été. Comment peut-il dormir dans ce froid? Et il n'y a que son frère et lui dans cette cabane? Et tous ces billets qu'il traîne dans ses poches? Pourquoi ne les utilise-t-il pas pour louer un logis décent? Il parle avec Rocky, mais je n'entends rien, tellement pressée de quitter ce trou pour mon lit chaud. J'ai juste remarqué qu'il a dit : « Ça va être prêt dans un mois. » Quel mauvais coup ce voyou prépare-t-il? Nous devons faire un détour par la maison de Rocky pour y laisser les caisses. Il a l'air pressé d'en voir le contenu. Mademoiselle Minou a patienté tout ce temps, anxieuse, comme moi, de savoir s'il y a...

« Des bas! Regarde, Caractère! Des bas!

– Patate! Des bas!

– Beaucoup de bas! »

Rocky hausse les épaules devant notre enthousiasme, ne pouvant comprendre la souffrance de notre privation. Mademoiselle Minou est si impatiente de les porter qu'elle ne se rend pas compte qu'elle fait la belle jambe à mon *sweet*. Après avoir reconduit ma disciple chez elle, Rocky ne semble pas pressé de me laisser descendre chez moi. Il a vu qu'il n'y a pas de lumière à la maison.

« T'es contente de tes bas?

– Oh oui!

– Essaie-les.

– Ici?
– *Yes, honey*.
– Mettre des bas, c'est un acte d'intimité féminine.
– Justement, nous sommes en intimité. Ton amie ne s'est pas gênée.
– Et je vais lui en parler, sois-en certain.
– *Come on*, Caractère!
– Jamais de la vie! »

Il me renverse et m'embrasse, mais je garde mes mains molles. Il me dit qu'il m'aime. Les williams font ces aveux-là avec toujours une vilaine pensée derrière la tête, surtout dans des moments qui les avantagent.

« Qu'est-ce qu'il cachait Grichou, quand il a dit que ce serait prêt dans un mois?
– Il pense qu'il aura assez d'argent pour s'acheter un dentier.
– Quoi?
– C'est le rêve de sa vie. Allez, *dame*! Mets tes bas! »

Un dentier! J'éclate de rire, sous les protestations de Rocky. Comment peut-on avoir idée de dépenser pour un dentier quand on habite entre quatre murs de tôle gondolée, sans eau courante, ni électricité?

« Tu penses vraiment que les gens qui habitent La Pierre le font pour leur plaisir? Grichou a perdu sa mère veuve pendant la crise, ainsi que sa sœur, morte de la tuberculose. Un propriétaire sans cœur l'a chassé de son logement de Sainte-Cécile et il est parti s'installer à La Pierre avec son frère parce que personne ne voulait les accueillir. Il n'y a jamais eu une maudite usine pour lui donner du travail!
– Ne te fâche pas, Rocky...
– Et tu sauras que moi aussi j'ai déjà habité une cabane sans eau courante, ni électricité, quand le gouvernement nous a envoyés dans le fond du Témiscamingue en nous faisant croire que la colonisation nous sortirait de la misère des villes! Les gens ont leur fierté, Caractère! Même les plus pau-

vres et les plus malchanceux. C'est certain que Grichou aimerait mieux vivre dans un beau loyer, mais sa cabane, c'est la sienne! Pas celle d'une crapule comme la plupart des propriétaires de maisons à ouvriers de Trois-Rivières! C'est à lui, sa cabane, et il n'y a personne pour le tenir à la gorge. Le marché noir lui permet de se vêtir, de se nourrir, et s'il rêve d'avoir un dentier afin de pouvoir ressembler aux autres gars de son âge, je l'applaudis à cent pour cent! Bon! Salut, Caractère! Bonne nuit! »

C'est la première fois que je vois mon *sweet* fâché. Je n'ai pas su comment réagir et suis rentrée chez moi la tête baissée, entendant à peine la cri d'alarme de mon père : « C'est à une heure du matin que tu rentres? » Je lui marmonne une excuse quelconque, monte à ma chambre, fais voler mes souliers et jette sur le lit mon sac de bas, même si je désirais tant être enfin seule pour enfiler une paire toute neuve et douce. Papa me tire du lit à sept heures, peu satisfait des excuses de la nuit dernière. Il a entre ses mains mon sac de bas et je le vois taper du pied. Je me retourne, ferme les yeux quelques secondes. Il me secoue en me tendant le sac sous le nez.

« Ce sont des bas pour mes disciples.

– Le marché noir de ton ami, n'est-ce pas?

– C'est ça.

– C'est du propre!

– Ben quoi, patate ? Tu en profites, toi aussi, du marché noir?

– Je t'interdis de me répondre sur ce ton! »

Il se lance dans un long discours sur la malhonnêteté du commerce de Rocky, sur son attitude arrogante, sur ses relations douteuses, sur les dangers qui me guettent parce que je suis amoureuse de lui. Je ne fais pas de drame, car je sais depuis le début que mon père ne veut pas que je fréquente Rocky. Je garde les yeux mi-clos, fais semblant de l'écouter et dis : « Je ne le ferai plus, papa. » Cette parole le satisfait. « Bon! Lève-toi et va aider ta mère, comme une bonne fille. » Maman en a long à me raconter, elle aussi. Particulièrement sur l'honneur de la jeune fille à marier, du danger de fréquenter un william qui a une automobile, de la menace constante d'être amoureuse d'un garçon habitant seul un loyer. Encore une fois, je connais la musique. C'est la même que celle de papa. C'est terrible de passer pour une dévergondée auprès de ses parents, alors que j'ai toujours su me tenir à ma place dans le plus strict respect des conventions sociales et des commandements de notre religion. J'aide ma mère à faire le ménage et le lavage, mais j'ai bien hâte de terminer, afin de m'en aller, que mes oreilles cessent de bourdonner et que la brise automnale me fasse oublier les deux heures de sommeil qu'il me manque. Un peu avant midi, je prends l'autobus jusqu'au centre-ville pour me rendre chez Christo voir mon amie Sousou et lui donner discrètement ses bas. Mais elle agrippe le sac, l'ouvre à toute vitesse et s'exclame : « Des bas! » alertant toutes les femmes du restaurant.

« Oui! Des bas! Pas besoin d'appeler les pompiers, patate!

– Wow! Des vrais bas! Combien je t'argent?

– Gracieuseté de la maison Rocky Gingras.

– Je vais les jamber tout de suite! »

Il faut vraiment que Sousou soit au comble de l'excitation pour quitter son comptoir et aller mettre ses bas dans la cuisine. Elle revient en tortillant le derrière sans s'en rendre compte. Une douzaine de femmes se lèvent pour lui regarder les jambes, puis elles portent leurs yeux vers moi.

« Ce sont des bas de marché noir.

– Oui, madame. Tout à fait.

– C'est pas très patriotique de porter de tels bas. Notre gouvernement a besoin de soie et...

– Et nos jambes aussi.

– Vous êtes une petite mal élevée, mademoiselle!

– Huit chances sur dix que le sucre que vous venez de mettre dans votre café provient aussi du marché noir! »

Les autres femmes ne disent rien. Elles se fichent bien

de l'armée et de Mackenzie King quand, chaque matin, elles doivent porter des vieux bas rapiécés, parce que ceux vendus dans les magasins sont hors de prix. Mais je ne m'attarde pas trop, car je veux porter des paires à Divine, au bureau du docteur Buisson. Divine fait paniquer la salle d'attente en criant : « Des bas! » Tiens! Je vais écrire à Hollywood pour proposer ces scènes en vue du prochain film comique de Katharine Hepburn.

J'aime bien la rue des Forges en fin d'avant-midi. Comme nous sommes samedi, elle est envahie par des gamins et des fillettes en congé d'école qui viennent flâner ou rêver devant la vitrine de People's ou le cow-boy de l'affiche du Rialto. En semaine, à l'heure de l'ouverture, il y a un calme inquiétant, brisé par l'arrivée du premier autobus, transportant un flot de magasineuses avec tout dans la tête et rien dans le sac à main. Elles font comme leurs enfants et rêvent devant la vitrine de Gasco ou de Clark Gable affiché à l'entrée du Capitol. Le soir, alors que les petits se préparent au dodo et que leurs mamans sont retournées au tricot, la rue des Forges devient le rendez-vous de la jeunesse. Les jitterbugs se mêlent aux ouvrières du textile et pas une vitrine n'attire leur attention, bien qu'elles s'attardent irrésistiblement devant l'une des trois salles de cinéma. Leurs rêves sont ailleurs, habituellement au détour d'un regard vif jeté sous le chapeau d'un beau garçon. Et la jeunesse se retrouve au café Bouillon, chez Ernest ou chez Child's, à dépenser quelques sous dans le juke-box ou à boire un Cola, prétexte pour connaître celui ou celle qui est face à soi. Et ils parlent de la guerre, d'Hitler, du rationnement, de l'aviation ou de la marine, ne se rendant pas compte qu'ils parlent avant tout d'amour sans se le dire. Que de mots superflus! Des façades pour masquer la gêne première de se dire qu'on se trouve de son goût.

Oh! cette rue des Forges! J'ai visité Montréal et sa grande rue Sainte-Catherine et je jure qu'elle ne peut battre notre rue des Forges. Mon père me dit qu'au cours de sa jeunesse, c'était la rue Notre-Dame qui lui faisait cet effet. Les temps ont bien vite changé : il n'y a que les gens qui veulent acheter qui vont dans la rue Notre-Dame. Quel jeune perdrait son temps dans cette rue? C'est bon pour les vieux snobs de

Corona Cigar! Et un centre-ville, est-ce vraiment fait pour magasiner? Je la connais tellement par cœur, ma rue des Forges! Du coin de Notre-Dame, jusqu'à la rue Royale. Tous ces grands édifices, la plupart construits en 1908 et 1909 après le grand incendie de Trois-Rivières, semblent pareils. Et pourtant, je les trouve si différents.

L'été, chaque commerce se coiffe d'un petit auvent multicolore qui fait penser à un parapluie, prêt à nous procurer de l'ombre en cas de chaleur, et pour nous protéger la tête d'une pluie inattendue. Et on est si bien sous cette ombrelle, immunisés de la hauteur de l'édifice et contre les gros mots des hommes qui chialent parce qu'ils ne trouvent pas à garer leur automobile devant le magasin où ils veulent acheter. Parmi nos commerces, il y a les gloires locales : Bergeron et ses bijoux, Labelle et sa peinture, Gasco et sa fourrure, Héroux et ses photographies, Caron et ses souliers, Loranger et ses clous. Tous des Trifluviens importants, ou qui croient l'être. Ils distribuent des cartes de visite et des sourires comme des politiciens en campagne électorale. Et ils plantent un cigare dans le bec de leurs meilleurs clients. Mais ils ne font pas le poids devant les grands magasins d'origine anglaise : F. W. Woolworth, Zellers, Kresge. Des vêtements! Des jouets! Des manteaux! Des disques et des livres! Des outils! Tout! Et sur un seul étage! Et ces grands espaces nous évitent les propriétaires, leurs cartes et leurs cigares puants. Et en prime, chaque magasin à grande surface a son comptoir-lunch!

Oh! je sais! J'ai mon *Petit Train* et je suis une habituée de Christo, à cause de Sousou. Mais déguster un Cola au comptoir de chez Zellers, c'est tellement différent! Il y a le bruit des caisses enregistreuses, le murmure des clients derrière nous, le grand miroir avec ses affiches claironnant que « Coke, c'est la vie », nos sacs sur le plancher qui nous empêchent de déposer nos pieds, et la pauvre serveuse obligée de tourner sans cesse dans un couloir trop étroit. Et les bavardages des magasineuses! Rien de plus délicieux que d'écouter ces femmes! « Chez Rennett, c'est moins cher qu'au Royal. T'as vu les tomates chez Dominion? Bien moins mûres qu'au marché aux denrées! T'as vu qui est sorti de l'hôtel Saint-Louis? Mais oui! La Duquette! On sait bien! Son mari n'est pas capable de la mener et ça va à la messe une fois sur trois! » Quelle drôle de musique que celle du comptoir-lunch de chez Zellers! Rien de pareil nulle part ailleurs. Il y a pourtant des commerces sur la rue Saint-Maurice, près du *Petit Train* et quand, en après-midi, des magasineuses viennent se désaltérer dans mon restaurant, j'entends juste des conversations dépourvues d'importance, mais sans ce soupçon de merveilleux propre à l'effet provoqué par l'abondance de la rue des Forges, par le bruit des automobiles et des autobus, par ces trottoirs que tout le monde foule depuis des années. La rue des Forges est Trois-Rivières! Quand un étranger descend d'un train et entre dans mon restaurant, il a souvent la tête en girouette avant de me demander : « Où est le centre-ville? », sachant que ce petit coin de la rue Champflour ne peut être Trois-Rivières. « C'est la rue des Forges, le centre-ville, monsieur. » Cinq fois sur dix, l'étranger en a entendu parler. Ce sont des gens de la Mauricie, de Shawinigan Falls, de Grand-Mère, de Nicolet. Ils ont leurs artères commerciales, là-bas, mais ils savent que rien ne vaut la rue des Forges.

Trois-Rivières est la deuxième ville de l'histoire du Canada, après Québec et avant Montréal. Papa dit que Trois-Rivières a longtemps été un village et que pendant des centaines d'années, sa population ne croissait pas. Maintenant, nous sommes près de 40 000, mais je pense que nous agissons encore comme des villageois. Mais c'est loin d'être péjoratif! Nos quartiers sont comme les rues d'un village, où tout le monde se connaît et s'entraide. Si je pars de l'extrémité est de la ville, je peux me rendre à l'autre bout en une demi-heure de marche. Même phénomène du nord au sud. Il y en a beaucoup de villes importantes de la province de Québec que vous pouvez traverser en si peu de temps? D'où mon idée de village, renforcée par notre bon voisinage.

Les gens des quartiers ouvriers habitent de hautes maisons avec un carré de sable en guise de cour et trois brins d'herbe servant de parterre. Et jamais les rayons de soleil ne viennent égayer leur intérieur. Dans ce cas, qu'est-ce qu'ils font, les ouvriers et leurs enfants? Ils sortent! Ils se servent de ces maisons pour manger et dormir. Ils passent le reste du temps à l'extérieur. Ils vont dans les parcs de leur quartier, à la terrasse Turcotte, dans la rue des Forges, au rond de course du coteau, à la pêche à la barbotte dans la rivière Saint-Maurice. Ils vont n'importe où en ville en peu de temps, car tout est proche! Et à force de tant sortir, ils finissent par connaître tout le monde, comme des villageois. Moi qui suis du premier coteau, je peux vous nommer des enfants du quartier Saint-Philippe dans l'ouest, leurs oncles de la rue Sainte-Cécile dans l'est, ou leurs grands-parents du centre Notre-Dame-des-sept-Allégresses. Je connais chaque petit restaurant de coin de rue et tous les raccourcis pour passer d'un point à l'autre. Et je ne dis pas cela pour me vanter, car chaque Trifluvien de souche peut faire pareil.

C'est une ville extraordinaire que j'aime de tout mon cœur et que jamais je ne quitterai! Autrefois, tante Jeanne voulait coûte que coûte déguerpir de Trois-Rivières, trouvant que sa ville était trop petite. L'an dernier, elle m'a dit : « Je ne suis pas d'ici. Je suis un être venu d'ailleurs. » Je ne pense pas comme elle, et, à son égard, je n'ai qu'un regret : celui de savoir qu'elle n'a pas utilisé son immense talent de peintre pour immortaliser des coins de sa ville natale. Rocky est né à Trois-Rivières. La crise économique l'a chassé, avec sa famille, vers des terres de colonisation du Témiscamingue et il est revenu bien vite. Il a d'abord étudié à Montréal. Il aurait pu rester dans cette grande ville! Mais il savait que son véritable foyer l'attendait : Trois-Rivières. Quand il écrit à ses parents, c'est pour donner des nouvelles de leur ville. Ils ne sont que des Trifluviens dans le Grand Nord, des déracinés, des Canadiens errants.

Bien sûr que le soleil semble plus beau quand il frappe les belles maisons des riches de la vieille rue Notre-Dame ou de la rue Bonaventure. C'est évident que le froid est plus tranchant dans les petites fenêtres des maisons cubiques des quartiers ouvriers. Et les produits chimiques utilisés par les usines des pâtes et papiers laissent dans l'air une odeur désagréable quand le temps est à la pluie. Mais quelle ville n'a pas ses contrastes et ses injustices? Et pour dire la vérité, moi, je trouve que l'odeur des pâtes et papiers me fait plus sourire que pleurer. Quand j'étais petite, papa me faisait étouffer de rire en me disant que c'était un ange géant qui venait de laisser échapper un gros pet. « Prout! Prout! Qu'il est gros, le pet de l'ange géant! » chantait-il, alors que je n'en finissais plus de rire. Mais quand les usines se sont mises à moins sentir, au cœur de la crise économique, les gens s'en inquiétaient. C'est un peu chaudron de patates à dire, mais à Trois-Rivières, plus ça sent, plus c'est signe de prospérité! La senteur revenue prouve que les hommes ont recommencé à travailler avec régularité. Bien sûr, les ouvriers ne sont pas toujours heureux du salaire et des conditions de travail, mais il fallait les voir si malheureux il y a cinq ans quand ils n'avaient rien et qu'ils devaient utiliser le secours direct ou se nourrir au comptoir d'aide de la Saint-Vincent-de-Paul.

J'aime bien l'idée que la population des États-Unis consulte leurs journaux sur du papier fabriqué à Trois-Rivières. J'appuie le maire Rousseau dans sa vantardise à propos de notre position de capitale mondiale du papier journal. Quand je passe sur le vieux pont menant au Cap-de-la-Madeleine, j'adore voir flotter les billots dans les eaux du Saint-Maurice. On les appelle les pitounes, un mot de notre patrimoine. Elles ont été coupées par des bûcherons de la Haute-Mauricie. De voir une pitoune dans le Saint-Maurice me fait rêver à mille histoires légendaires de chantiers. Mon père m'a montré des photographies de mon arrière-grand-papa Isidore, père d'une douzaine d'enfants, dont mon pépère Joseph était le plus jeune. Le bonhomme avait travaillé comme bûcheron dans les chantiers de la famille Baptist, dans les années 1870. La photo qui m'impressionne le plus est celle où on le voit au milieu d'une forêt, avec d'autres hommes qui ont tous l'air très rudes. À cette époque, ils ne fabriquaient pas du papier avec ces billots, mais, tout comme aujourd'hui, elles voguaient sur le Saint-Maurice, cueillies par les responsables de grandes scieries, alimentant les gens en bois de chauffage ou de construction. Elles sont toujours là, nos pitounes, guidées par des estacades jusqu'à leur point final de la Wayagamack ou de la Canadian International Paper. Et Jos Smith, de New York, lira ses résultats sportifs sur du papier né d'un billot que j'ai vu passer sous le pont. Quand il n'y aura plus de pitounes dans le Saint-Maurice, il n'y aura plus de Trois-Rivières. Tout ceci nous rend uniques : nous sommes des Trifluviens. Et quand, en peu de temps, je traverse ma ville de la rue des Forges jusqu'au *Petit Train,* je regarde chaque maison, chaque personne, et mes pas foulent le même sol que l'aïeul Isidore Tremblay.

« Dis donc, la sœur! T'as l'air en pleine forme!
– Oui, Maurice! Parce que je suis une Trifluvienne!
– Hein?
– Je suis de Trois-Rivières!
– Moi aussi. Et pour fêter ce grand événement, je t'invite à laver la vaisselle du matin. De la vaisselle achetée à Trois-Rivières qui trempe dans de l'eau de Trois-Rivières.
– Patate... »

Je passe un après-midi tranquille. Je peux faire tourner tous les disques que j'ai le goût d'entendre, tout en préparant le menu du souper. Il n'y a qu'Écarlate pour me déranger, arrivant à toute vitesse, poussée par la rumeur que j'avais enfin des bas. Je complète ma distribution le soir. Mes disciples ont l'air d'enfants recevant des cadeaux du père Noël du grand magasin Fortin. Nous avons la visite de Broadway, qui a réussi à convaincre Hector de garder le bébé. Elle a un « Enfin! » gravé au fond des yeux, mais je suis la seule à le voir. Les autres jacassent moins après son arrivée, sans doute gênées par la présence de cette femme mariée. Mais Broadway est au restaurant pour me parler dans l'intimité, ce que nous faisons un peu avant la fermeture.

« Ça ne va pas très bien, Caractère. J'avais vraiment besoin de changer d'air et Hector ne voulait pas me laisser aller. Mais ce soir, je suis sortie en claquant la porte. Si ce n'était du bébé, je crois que j'irais coucher chez toi. Mais ma place est auprès de ma fille. Je voulais m'amuser, mais je trouve que les disciples m'ont accueillie d'une bien drôle de façon. Qu'est-ce que je leur ai fait?
– Elles sont jalouses. Elles t'envient.
– De quoi?
– D'être mariée.

– Les imbéciles! Le mariage, c'est juste beau à la fin d'un film de Bette Davis ou dans les conseils de nos mères.

– Broadway, tu veux vraiment me parler de ce qui s'est passé entre Hector et toi, mais tu ne sais pas comment t'y prendre.

– Disons que je pense au sort que tu as réservé à Nylon.

– Nylon a trahi nos principes.

– Et si je les trahissais, à mon tour?

– Tu es pour la guerre et l'enrôlement des williams?

– Non, je suis contre. Mais pas Hector. Il a décidé de s'engager.

– Quoi? Mais c'est idiot! Vous vous êtes mariés pour qu'il ne se fasse pas engager! Et il a un travail stable! Et vous avez un enfant! Pourquoi voudrait-il faire une telle sottise?

– Parce que c'est payant. J'aurais une pension, de l'argent pour la petite, la moitié de sa paie. Il dit que s'il demeure ouvrier, il n'aura jamais assez d'argent pour élever une famille.

– Des tas d'ouvriers élèvent de grandes familles.

– Et dans les conditions que l'on sait.

– Évidemment...

– Je sais que ce n'est pas bien catholique de ma part de ne pas être d'accord avec lui. Je lui ai dit qu'il ferait une grosse bêtise en s'engageant. Il s'est fâché et a insulté les disciples et toi. Avant, quand nous n'étions pas mariés, on discutait ensemble. Mais maintenant que le mariage a fait de lui le chef, il a pleine autorité sur moi et la petite. Alors, il va partir et nous laisser seules et je vais mourir d'inquiétude, faire des cauchemars à l'idée que ma fille n'aura peut-être jamais connu son père et que je risque de me retrouver veuve à vingt et un ans. Les hommes sont des égoïstes, Caractère. Reste vieille fille, comme ta tante Jeanne. »

Elle est au bord des larmes. Trois mots de plus et elle se met à mouiller le comptoir. Pour l'empêcher de sombrer, je l'enlace et la console. Je voudrais bien voir les autres disciples dans sa situation! Peut-être qu'elles feraient moins les petites tranches de patates!

« Hector!

– *Tiens! Bonjour, Caractère!*

– *Tu vas m'arrêter ce manège immédiatement! Si ce n'est pas honteux! Abandonner ta femme et ton enfant pour aller jouer au cow-boy dans les prairies européennes pour quelques dollars de plus!*

– *Ben, c'est que...*

– *Tais-toi! Égoïste et cruel! Tu vas oublier cette idée tout de suite!*

– *Oui, Caractère...*

– *Et tu vas acheter des roses à Broadway pour te faire pardonner. Des roses tous les jours!*

– *C'est une bonne idée, Caractère.*

– *Et en passant, je vais te dire que j'ai toujours trouvé ta coiffure ridicule.*

– *Je vais la changer immédiatement, Caractère.*

– *Et que ça ne se reproduise plus! »*

Hector s'est engagé comme soldat. Broadway est obligée de quitter son logement et de retourner vivre chez ses parents avec son Émilienne. Non seulement Hector n'a pas écouté son avis, mais il lui a fait honte en lui enlevant son foyer de femme mariée. Les disciples ont oublié leur mauvaise attitude à son endroit et ont tout fait pour essayer de lui changer les idées, même si elles savaient que Broadway ne viendrait pas avec nous parler aux scouts, afin de les mettre en garde contre la guerre. Mais après une semaine, Broadway boude toujours. Quand elle vient au *Petit Train* après avoir couché Émilienne, ce n'est pas pour danser ou rire, mais bien pour nous regarder, comme un souvenir de sa jeunesse. Parfois, nos encouragements sont maladroits, comme cette gaffe de Love : « Tu verras! Avec Hector dans l'armée, la guerre ne durera pas longtemps. Il n'aura même pas le temps de traverser! »

Cette histoire rappelle de tristes souvenirs à ma mère. Papa avait fait la même chose en 1914. À peine marié, insatisfait de son travail, mon père s'était engagé, tentant cette aventure qui l'a depuis laissé amer. Maman attendait son premier bébé, mon frère Maurice. Si elle a pleuré après son départ, elle avait aussi applaudi la décision patriotique de papa. « On était plus naïfs, moins informés. Aujourd'hui, les jeunes, vous êtes plus au courant de la vérité. » C'est ce qu'elle prétend, et pourtant, les leçons du passé ne trouvent pas toujours résonance chez bien des jeunes williams, qui continuent de se présenter au bureau de recrutement.

Nos discours ont de moins en moins d'impact auprès d'eux. La guerre est belle au cinéma : Randolph Scott ne saigne pas quand il reçoit une balle dans le bras; prend son courage à deux mains, lève son fusil et invite ses braves à le suivre pour une riposte victorieuse. La guerre est palpitante en première page des journaux. Chaque jour, des mots élogieux vantent le courage des nôtres et soulignent la lâcheté des Allemands. On peut ainsi suivre le déroulement de la guerre chaque jour, en prenant du thé et des biscuits. Et la guerre se termine en tournant la page pour passer aux nouvelles locales. Le rationnement? Tout le monde a vécu pire pendant la crise. Et puis, les gens travaillent, maintenant. Alors, qu'est-ce qu'ils changent, les beaux discours de Caractère Tremblay et de ses disciples? Quand nous sentons le découragement nous envahir, mon père n'a qu'à offrir une de ses oraisons contre la guerre pour nous raviver. Mais Broadway reste étrangère à nos actions.

En décembre, je vais voir *Belle Star* au Rialto avec elle. Broadway s'amuse du ridicule de cette trop belle Gene Tierney, jouant aux héroïnes du far west. Après le film, devant un cola au Bouillon, elle me confie qu'elle a reçu une première lettre de son mari, cantonné dans un coin perdu d'Ontario. Il paraît qu'il en a plein le dos de se faire insulter par ses supérieurs anglais et par ses camarades qui s'en prennent continuellement à lui parce qu'il est catholique et parle français. « On n'est pas des leurs, nous les Canadiens français. On n'est pas de leur armée. Ils nous considèrent comme des moins que rien. » Broadway devrait normalement être triste de ces nouvelles, mais elle sourit, en sachant qu'Hector avait déjà entendu mon père dire exactement la même chose. « Je ris un peu, mais je ris jaune, Caractère. »

Bien que je ne le crie pas sur tous les toits, j'ai revu Nylon il y a quelques jours. Elle est venue au *Petit Train,* les bras chargés de paquets. Après dix minutes de silence réciproque, elle m'a dit ce qu'elle avait sur le cœur : « Vous aviez tort, toi et tes amies. » Puis elle m'a montré une photographie de son amoureux, torse nu, cigarette au bec, entouré de six camarades soldats attroupés près d'une jeep. Les Anglais ne lui causent pas de problème, car il est avec les fusiliers Mont-Royal, un des rares régiments composés de Canadiens français. Il est déjà en Europe, en Islande. J'ignorais qu'il y avait la guerre dans ce pays. Et pour dire la vérité, je ne savais pas ce qu'était l'Islande avant que Nylon n'en fasse mention. J'ai regardé dans mon atlas : c'est une île minuscule, tout en haut de la carte. « Il est heureux, il gagne un bon salaire, il va aller au combat, être décoré, revenir et m'épouser. » C'est tout juste si elle n'a pas tiré la langue en faisant « Na! ». Ah, patate! Si Nylon le dit! C'est sûrement vrai! S'il lui écrit et lui jure son amour, pourquoi en douterais-je? Mais je préfère la lettre amère d'Hector et l'attitude critique de Broadway. Depuis qu'elle s'est mariée, je découvre une nouvelle amie. Avant, Broadway n'était qu'une autre de la bande. Maintenant, elle est une vraie femme courageuse que j'admire beaucoup et que je voudrais protéger contre celles qui disent du mal dans son dos.

« Tu crois qu'Hector pourrait tuer un autre homme?

– Il n'est pas dit qu'il va traverser. N'oublie pas que bien des soldats doivent avant tout protéger les côtes du Canada.

– Il y en a qui ont traversé, Broadway. Et si ça durait longtemps? Si ça ne finissait plus? Si le gouvernement passait la conscription? Et si c'était la fin du monde?

– La quoi?

– La fin du monde. Une punition de Dieu, pas content parce que nous n'avons pas compris la bêtise de la guerre des années dix. Les hommes détruisent les hommes et tout va brûler. Le monde va être cuit comme une patate dans une poêle.

– Et si on perd? Tu les vois, les communistes, dans les rues de Trois-Rivières? » d'ajouter Foxtrot.

« Les communistes! » de s'écrier Mademoiselle Minou, les bras en croix, faisant les cent pas en disant tout haut que les nazis étaient les ennemis. « Oui mais, les communistes sont nos alliés. Qui te dit qu'ils n'en profiteront pas pour envahir le Canada et faire de nous des athées? Les communistes sont des hypocrites. Ils ont beau être nos alliés, il faut se méfier », de renchérir Gingerale. Broadway croit que les kakis canadiens vont combattre les Russes et les Allemands en même temps. Mademoiselle Minou lui explique la bonne couleur, alors que Love, Foxtrot et Gingerale sont autant étonnées de l'apprendre. Elles sont le reflet de bien des Trifluviens : si tous savent qu'Hitler est l'ennemi, huit sur dix vont aussi mentionner les Russes, les Italiens, les Polonais ou je ne sais trop qui. Certains parlent même des Juifs.

« Ça prouve jusqu'à quel point tout ça ne nous concerne pas.

– Ça prouve surtout qu'on lit mal les journaux.

– Mais qu'ils se battent contre n'importe qui n'a aucune importance. Ce qu'on veut, c'est qu'ils ne se battent pas.

– Oui! C'est juste des histoires des vieux pays. Ici, en Amérique du Nord, il n'y a jamais eu de guerre et il n'y en aura pas, parce que nous sommes civilisés. »

Nous rions de la situation, imitées par d'autres jeunes qui nous entendent malgré eux. Puis des kakis de l'école des mitrailleurs entrent au Bouillon et s'installent à deux rangées de nous. Ils se mettent à parler en anglais en faisant du bruit. « C'est contre l'Alberta qu'on devrait être en guerre », de marmonner Mademoiselle Minou. Si la plupart de ces soldats anglais se comportent poliment, il y en a toujours pour nous traiter de lâches ou de soupe aux pois sans penser que beaucoup d'entre nous comprennent leur langue. Nous savons aussi qu'ils ne s'installent pas près de nous par hasard. Ah! those beautiful french canadian girls et on espère bien leur laisser un souvenir (braillard) avant de repartir chez nous. Le plus grand - c'est toujours le plus grand - se lève et approche de Foxtrot pour lui demander un rendez-vous, qu'il a écrit en français avec l'aide d'un dictionnaire et qu'il a appris par cœur, afin de mieux le réciter à toutes les myrnas de la ville. Mes disciples ont depuis développé une technique très efficace face à cette situation : en comptant jusqu'à trois, nous leur faisons une grimace commune du meilleur effet. La victime, toujours étonnée, remet son béret et s'en retourne parmi les autres animaux de son espèce. Mais Mademoiselle Minou veut toujours en faire trop. Elle se lève pour se lancer dans une quelconque bêtise, quand je la retiens par le bras. Elle maugrée dix secondes, puis oublie. Il y a un mois environ, dans une situation semblable, elle avait tendu la jambe pour montrer sa chaînette de zoot, et les kakis avaient interprété ce geste comme une invitation plus que particulière. Après les rires et les aventures de cette soirée d'après-cinéma, Broadway rentre chez ses parents le cœur un peu lourd. Il se passera sans doute six autres mois avant qu'elle ne sorte de nouveau en notre compagnie. Elle a participé à la grimace au grand kaki, ce qui a étonné mes autres disciples. Après tout, l'épouse d'un militaire qui fait la grimace à d'autres soldats, ce n'est pas banal!

Le lendemain midi, j'ai la surprise de la voir arriver au *Petit Train* avec son bébé. Elle me dit qu'elle doit sortir, qu'elle n'aime pas l'idée d'Hector de l'envoyer chez ses parents pendant son absence. Elle aimerait travailler pour retourner en logement, avec des chambreuses. Habiter chez ses parents avec son bébé lui donne le sentiment de ne pas être mariée. Elle me confie Émilienne, pendant qu'elle va voir Maurice pour lui demander un emploi à mon restaurant. Malheureusement, je connais la réponse : avec Simone, moi, ma belle-sœur Micheline et lui-même, Maurice n'a pas besoin d'employée. Broadway reprend Émilienne en disant qu'elle trouvera ailleurs. En sortant, elle croise Grichou. Je me raidis derrière mon comptoir. En le voyant avancer, j'ai l'impression qu'un nuage de saleté le suit. Il s'assoit face à moi et me sourit, me montrant fièrement ses dents neuves.

« Un vrai miracle. T'es fier?
– Sont belles, hein?
– Te voilà devenu un william complet.
– Tu veux-tu rire de moé?

— Non, non, Grichou...

— L'mois prochain, Pourri pis moé, on va avoir un loyer dans l'quartier. Pis le p'tit maudit, y va aller à l'école, même si j'dois lui tordre le cou jusqu'à ce que l'sang lui pisse par les yeux.

— C'est très gentil de ta part.

— Comme ça, en étant dans l'quartier, j'vas pouvoir m' faire une blonde avec toutes les filles qui traînent icitte. J'vas m'acheter un beau *suit* neuf, avec un chapeau noir pis des souliers ben *shinés*.

— Je suis bien heureuse pour toi, Grichou.

— Y a pas à dire, l'marché noir, ça fait monter la valeur d'un gars.

— En patate.

— Salut, Caractère! J'm'en v'nais juste te montrer mes dents. Oh! en passant, tu sais-tu que les *States* viennent d'entrer en guerre? Ça va être encore meilleur pour l'marché noir. Salut!

— Hein? Quoi? Les États-Unis en guerre?

— Ouais! Leur premier ministre a annoncé ça parce que les Chinois ont coulé leurs avions, ou quelque chose comme ça. »

Gingerale me téléphone une demi-heure plus tard pour me dire que les Américains vont attaquer les Allemands. Foxtrot arrive pour m'apprendre que nos voisins du sud sont en guerre contre l'Angleterre et que, peut-être, ils vont attaquer le Canada si on ne se joint pas à eux. Écarlate et Chou se présentent après le souper en prétendant que Roosevelt veut effacer tous les communistes de la terre. Woogie a peur que le président américain impose la conscription obligatoire aux Canadiens. Sousou a les larmes aux yeux en songeant que nos acteurs favoris seront obligés de se joindre à l'armée américaine. Moi, je ne dis rien. J'attends Mademoiselle Minou, la seule qui peut nous informer comme il faut, vu qu'elle connaît la guerre et la politique mieux que toutes les autres.

« C'est contre le Japon qu'ils entrent en guerre.

– Le Japon? Pourquoi, le Japon?

– Parce qu'ils ont attaqué Pearl Harbour.

– C'est qui, celle-là?

– Ben non, idiote! C'est pas une femme! C'est le nom d'un général très important qui était en poste à Hawaii! Elle est maintenant totale, la guerre. Ça va saigner rouge en tabarouette. »

Janvier à mai 1942
Notre jeune vingtaine est si propice aux départs, aux changements, aux trahisons

Histoire de débuter l'année 1942 de bon pied, je réunis mes disciples pour un verre de vin à l'amitié et à l'entente. Nous le levons à notre cause et à la bonne résolution de toujours demeurer unies. Puis nous le déposons et dansons le *Chattanooga Choo Choo* avec nos williams. Gaston joue de la trompette, accompagné par Woogie au piano. Chou, Écarlate et Gingerale imitent les Andrews Sisters, Coca-Cola sans rhum entre leurs mains. Rocky fait le pitre avec quelques williams, dont deux qui connaissent très bien des numéros d'Abbott et Costello, les nouveaux comiques à la mode. Dans un coin de notre salon, ma jeune et toujours trop sage sœur Carole assume pour la première fois ses quatorze ans en participant à notre fête, un jeune william à ses côtés, habillé comme un dimanche d'été et avec les cheveux militairement en brosse. Je devine qu'il collectionne des papillons. Sans doute que Carole trouvera plaisir à lui révéler en latin le nom de ses bestioles épinglées sur un tableau de liège.

Comme mes parents sont partis avec Bérangère et grand-père Joseph pour visiter tante Jeanne à Ottawa, Simone et son mari François nous servent de chaperons, ce qui nous laisse un peu plus de liberté pour notre réception. Puce porte une robe longue, essayant d'être Carole Lombard. Sousou sert les boissons gazeuses dans des verres à champagne et Divine s'occupe du vestiaire. Jouer à vivre un film de Hollywood nous amuse. Comme nous ne savons pas ce qui se passera tout au long de cette nouvelle année, nous fêtons comme à la veille de la fin des temps. Les seules absentes sont Broadway, qui reçoit Hector en permission, et Mademoiselle Minou, qui n'aime pas l'idée « de se faire croire qu'on est des filles de riches » en participant à une réception au lieu d'une veillée du temps des fêtes. Qu'elle aille se perdre dans un champ de patates! Peut-être qu'en décembre prochain, certaines d'entre nous seront mariées. Au début de la vingtaine, nous avons toutes nos *sweet* officiels, sauf Sousou, Écarlate et Puce. Mes trois célibataires ont bien su résister aux avances des kakis en congé et des soldats trifluviens qui descendent des trains pour les fêtes et se précipitent vers tout ce qui porte jupon. Pour qui nous prennent-ils? Pour des poissons prêts à mordre à leur hameçon?

Sousou a préparé des amuse-gueule qu'elle surnomme « croquettes polynésiennes avec un soupçon de caviar de la grande Russie des Tsars ». Ça fait beau! En réalité, ce sont des biscuits soda avec du fromage fondu. Elle ne quitte pas son comptoir de délices, même pas pour accepter l'invitation d'un william pour danser. Tout va rondement jusqu'à ce qu'on sonne à la porte. Divine, responsable du vestiaire, ouvre puis sursaute en voyant Grichou (et ses dents neuves). « Y a une fête, que Rocky m'a dit? » Que pouvait-elle faire? Lui fermer la porte au nez? Un silence l'accueille. On le regarde avec crainte. Il part s'asseoir près d'Écarlate, qui se met à trembler des genoux.

« Pourquoi l'as-tu invité, Rocky?

– Parce qu'il est mon ami, qu'il a promis de se comporter comme il faut et qu'il est aussi contre la guerre, comme nous tous!

– Bon! Bon! Ne hurle pas!

– Toi et les préjudices.

– Préjugés! Et puis, je n'en ai pas! Mais j'ai toujours en tête ce samedi soir du 21 décembre 1941, à huit heures vingt-deux minutes, quand il a craché sur le plancher du *Petit Train* devant toutes mes disciples! »

Grichou reste tranquille à sa place et montre ses dents à chaque fois qu'une invitée passe devant lui. Sousou s'avance pour faire le service.

« Oh! des chips!

– Non, des croquettes polynésiennes.

– Ouais! *Marci*! »

Il s'allume une cigarette et je m'empresse de lui fournir un cendrier, pour l'empêcher de répandre sa cendre sur le plancher du salon.

« *Marci*! Y fait beau, hein?

– Comment va ton petit frère?

– Pourri? Y va commencer l'école après les Rois. Dans la vie, j'me dis qu'y faut au moins une troisième année pour réussir.

– C'est ce que je pense aussi.

– Pour faire marcher une machine dans un moulin de papier, ça en prend pas plus. Là, il est resté à la maison. Pour une fois, je ne l'ai pas attaché.

– Tu attaches ton frère dans la maison???

– Des fois, c'est mieux. »

Il mange ses croquettes et boit son nectar sud-américain (il s'agit de limonade dans un verre à cognac). Il ne cesse de sourire et tape du pied en nous regardant danser. Sousou l'observe avec curiosité. « Pauvre petit... Il ne sait probablement pas danser le swing. Ce n'est sûrement pas à La Pierre qu'il a pu s'initier au boogie. Je vais lui écoler la façon. » Grichou se laisse guider, alors que, comme la plupart de mes disciples, je me demande ce qui peut bien pousser la timide Sousou à essayer de faire danser l'ami de Rocky. Hélas! Peine perdue! Il ne semble pas avoir les dispositions nécessaires à devenir un bon jitterbug. Par contre, il connaît des chansons à répondre, ce qui enlève beaucoup de lustre à notre réception hollywoodienne. Et le contenu de ces chansons! Patate! Les cheveux se dressent sur ma tête! Glenn Miller bouscule Benny Goodman sur le tourne-disque, pendant que les Andrews Sisters et Jimmy Dorsey s'impatientent entre les mains de Love. À chaque fois qu'un disque se termine, les disciples et leurs williams réclament une autre chanson à Love.

Mais à dix heures, un coup de massue ralentit nos élans : mon père rentre. On ne l'attendait pas avant demain matin. Nous terminons la soirée plus paisiblement. Quelle belle fête! J'aurais aimé en parler à mon père, mais quand il revient d'une visite à sa sœur Jeanne, il est souvent taciturne pendant quelques jours. Papa demeure toujours vague sur les progrès de Jeanne. Cette fois, ma mère peut m'en parler. Elle me confie que la tante arrive, après beaucoup d'efforts, à prononcer quelques mots, mais qu'elle est incapable de formuler des phrases. Maman m'apprend aussi que Jeanne s'est remise à dessiner. On ne sait toujours pas quand elle pourra revenir parmi nous. Mon père souffre de ne pas la voir plus souvent. Ce serait mieux pour la santé de daddy qu'elle continue sa réhabilitation à la maison. Mon père engloutit beaucoup d'argent pour la guérison de tante Jeanne, s'absente très souvent de son travail au journal *Le Nouvelliste.* Malgré ses vingt ans à leur emploi, il semble ne plus progresser et on confie à d'autres la rédaction d'articles importants. Papa n'a pas l'esprit en paix et a du mal à se consacrer consciencieusement à son travail.

Après avoir questionné maman, je cherche à avoir d'autres renseignements auprès de Bérangère. Cette enfant est très secrète et mystérieuse. Elle ne parle pas beaucoup. Même après deux années à la maison, on sent qu'elle n'est pas encore des nôtres. Bérangère a maintenant six ans et fréquente la petite école du quartier, où les fillettes passent leur temps à lui tirer les tresses, parce qu'elle ne s'exprime pas comme elles. Bérangère est toujours une petite Parisienne parachutée dans un pays froid et habité par des gens différents. Elle ressemble beaucoup à sa mère, avec ses beaux yeux si pétillants et ses joues en forme de petits ballons amusants. Elle porte de longs cheveux noirs dans lesquels maman dépose toujours un ruban coloré. Elle obéit comme une enfant polie, joue sans faire de bruit, mais pleure pour tout et pour rien depuis que sa maman n'est plus là. D'abord, elle a accusé mes parents par des bouderies et des moues, mais depuis six mois, papa l'emmène avec lui à chacune de ses visites à Ottawa. Il les a prises en photographie : Bérangère tient affectueusement tante Jeanne par le cou. Sur ce cliché, ma tante ressemble énormément à la Jeanne flapper des années vingt. Elle a perdu près de soixante livres! Bérangère ne vit que pour elle.

« Bonjour, Bérangère! Comment va ta maman?

– Elle va bien.
– Est-ce qu'elle t'a parlé?
– Oui.
– Qu'est-ce qu'elle a dit?
– Des trucs. »

L'enfant met fin à ce dialogue en me montrant rapidement la poupée que Jeanne lui a fait acheter en guise de cadeau du jour de l'an. Après, Bérangère va vite retrouver mon petit frère Christian, le seul de la famille à vraiment communiquer avec elle. Tel un petit Roméo de neuf ans protégeant sa Jeanne, Christian est l'ange gardien de Bérangère.

« Qu'est-ce qui se passe de bon à Ottawa, daddy. T'as vu mon ennemi Mac?
– Pardon?
– Mac. Le premier ministre.
– Quand vas-tu apprendre à t'exprimer comme il faut? Et as-tu fini de tourner comme une girouette ce matin? Tu ne vois pas que tu déranges tout le monde?
– Et tante Jeanne? Elle va bien?
– Tu me l'as demandé hier. »

J'ai le goût de casser ma tirelire et de me payer un billet de train pour Ottawa pour en avoir le cœur net. Je me demande pourquoi j'hésite, car après tout, à mon âge, tante Jeanne faisait très souvent le trajet ferroviaire entre Trois-Rivières et Montréal. Moi, je ne suis jamais sortie de la ville sans mes parents. Je suis majeure, maintenant! « Tu peux enfin voter », comme me le dit sans cesse Mademoiselle Minou. J'ai des droits dont je ne me suis jamais prévalue, comme ouvrir un compte à la banque avant mon mariage ou me rendre dans une boîte de nuit pour entendre un véritable orchestre de swing.

Foxtrot, Love et Écarlate sont les seules à avoir encore vingt ans, tandis que Sousou demeure mon bébé avec ses dix-neuf ans. Toutes les autres ont profité de leur majorité. Nos vingt et un ans sonnent l'alarme de la menace de rester vieilles filles. Ainsi, depuis quelque temps, Foxtrot et Woogie préfèrent les amourettes au clair de lune en défaveur d'une bonne soirée au cinéma ou au *Petit Train*. Comme elles sont vieilles! Moi, je me sens si jeune. Quand un client de mon restaurant me dit « Merci, madame » j'ai le goût de lui sauter à la gorge pour lui faire savoir que je suis toujours jeune demoiselle. Je sais que les disciples ont fait des paris sur l'identité de la prochaine à se marier et que je suis en tête de leur liste. Après tout, cela fait près de deux ans – en oubliant quelques escapades de sa part – que Rocky a la chance de se mirer dans le fond de mes yeux. Il est plus âgé que moi, exerce un métier d'avenir et a l'assurance de ne jamais être appelé par l'armée, à cause de ses pieds plats. Pour les disciples, il n'y a aucun doute que Rocky est mon futur mari. Je ne dis pas que je détesterais cela. *Il m'en a d'ailleurs parlé très souvent.* Rocky met des gants blancs pour me confier qu'il est sage de prendre son temps. De longues fréquentations sont souvent gage d'un mariage heureux et solide. Comme il est drôle à entendre! Il me dit cela avec une grande douceur, pour ne pas m'attrister. Je le regarde patiner sur des mots bien pensés, et à la fin de son discours, je garde un silence volontairement embarrassant, avant de le délivrer par : « J'ai toujours été d'accord avec cette idée. » Je suis jeune de cœur et lui un fanfaron éternel : ce ne sont pas des bases très sérieuses pour un mariage. C'est pourquoi nous préférons attendre pour être certains de notre amour. Il a cependant tendance à vouloir prendre une avance sur notre future nuit de noce. Mais je suis une myrna propre qui sait arrêter ses ardeurs aux bons moments.

Souvent, j'ai peur pour lui. Peur que l'armée ne se décide à frapper un grand coup pour démanteler les réseaux de marché noir. Il irait assurément en prison! Et Rocky est, aux yeux des kakis, un candidat très idéal pour être le but d'une enquête. Cette manie de toujours les narguer pour tout et rien! Et avec ses vêtements zoots et ses longs cheveux, il a tout d'un suspect. Grichou est pire que lui et ose des gestes vers les soldats que même Cagney ne ferait pas dans ses films. Au milieu de janvier, nous nous promenions doucement sur les trottoirs de la rue des Forges quand ce cher Grichou a vu des kakis de l'autre côté. Il a traversé à toute vitesse pour aller cracher sur leurs bottes! Mais la victime a ignoré sa provocation. Revenu près de nous, Grichou a été accueilli comme un héros par Rocky et ses camarades, alors que mes disciples, je le sentais trop bien, l'ont jugé comme le pire imbécile que l'on puisse imaginer. « Pourquoi t'as fait ça? » avait demandé Foxtrot. « Ben! Y m'a regardé, ce bâtard d'Anglais! »

Les amis de Rocky sont surtout des williams des quartiers pauvres, des petits désœuvrés qui ont mal grandi. Ils vont et viennent, interchangeables, et il arrive souvent que certains d'entre eux passent si rapidement que nous n'avons pas le temps de savoir leurs noms. Et mes disciples ne cherchent pas réellement à être amies avec eux. Je crois ne pas me tromper en prétendant que mes copines en ont assez des facéties zoots de Rocky et de sa bande. C'est pourquoi nous nous habillons de moins en moins avec nos chaînettes et nos longs manteaux noirs. Nous voulons faire du bien et eux ne pensent qu'au mal.

Tout ce cirque est pour Rocky un déguisement public. Seul avec moi, jamais il n'agit de la sorte. Il est même souvent gentil, délicat et courtois. Quand nous sommes en groupe, il m'appelle *dame, kitten, darling, baby, sweetheart,* mais quand je me retrouve en intimité à ses côtés, je suis Caractère, et même de plus en plus sa Renée. Il m'invite à souper chez lui. Rocky fait très bien la cuisine, mieux que certaines femmes! Nous passons le reste de la soirée à écouter les meilleurs feuilletons de la radio ou nous allons nous promener au parc Champlain, main dans la main. Quand il rencontre une femme âgée, il lève son chapeau. Et il m'offre des fleurs et du chocolat! (De contrebande, le chocolat, mais bon, passons...) C'est ce Rocky que mes parents ne connaissent pas et ne peuvent imaginer, car même devant eux, il fait son guignol cinématographique. Comment voulez-vous, dans un tel cas, que ma mère me croie quand je lui dis que Rocky est doux et gentil? Comment voulez-vous que mon père ne se méfie pas de lui?

Pour en revenir à la liste de mes disciples à propos des futurs mariages, Foxtrot est leur second choix. Depuis un peu plus d'un an, elle fréquente un william de Shawinigan Falls du nom de Michel, mais qu'on surnomme Bob. Il faut que Bob soit vraiment fou d'elle : tous les jours, il prend le train afin de passer ses mains dans les cheveux à la Betty Grable de Foxtrot. « L'amour ne connaît pas les distances », a-t-elle philosophé, le petit doigt levé pour montrer sa fierté d'avoir trouvé un tel proverbe. Foxtrot ne se gêne pas pour parler de mariage et d'avenir, même si Bob a tout du Joseph-gagne-petit-canayen-français. « On ne mesure pas l'amour au salaire de son william », a-t-elle rajouté, sans cette fois trouver quelqu'un pour l'applaudir. Je la vois arriver à mon restaurant un mardi après-midi, ce qui m'étonne un peu, car elle a l'habitude de travailler sur l'horaire de jour de la Wabasso. Elle a un air inquiet et me demande une audience privée.

« Je pense au traitement qu'on a fait subir à Nylon et à Broadway et je me dis parfois que ce n'est pas fameux.

– Dans le cas de Broadway, c'est vrai.

– Caractère, il faut s'ouvrir les yeux et vivre avec son temps. Or, ce temps veut que nous soyons en guerre.

– Bob veut s'engager? C'est ce qui te tracasse?

– Jamais de la vie! Et s'il y songe, je vais le quitter!

– Je suis rassurée.

– Je ne voudrais pas qu'on me traite comme on a fait avec Nylon. Vous êtes mes amies de jeunesse. Je vous aime beaucoup. On a eu tant de plaisir ensemble.

– Pourquoi tournes-tu autour du pot? Qu'est-ce que tu veux me dire, Foxtrot?

– Je me suis trouvé un nouvel emploi. À Shawinigan Falls, pour être plus près de Bob. Je vais aller travailler à la Singapour.

– Qu'est-ce que c'est? Une usine de couture?

– Ils fabriquent des explosifs.

– Quoi? Tu veux travailler dans une usine de guerre?

– Oui.

– Mais c'est pire que tout, Foxtrot! Tu vas aller fabriquer des bombes? Pour qu'elles tuent d'autres hommes? Qu'elles détruisent des villes, des villages, des femmes, des enfants, des vieillards, des jeunes de notre âge et des salles de cinéma? Mais c'est dangereux, de plus! Si l'usine explose?

– Ils y ont songé et l'ont construite dans un champ, pour qu'elle soit éloignée des maisons. Mais il n'y a pas de danger et je ne pense pas à tout ça. Je vais gagner dix dollars de plus par semaine. Pas un, ni deux! Dix!

– Mais c'est horrible en patate, ce que tu me dis là! Tu vas aller faire la chose la plus affreuse que l'on puisse imaginer pour de l'argent?

– On sait bien! Pour toi, dix piastres, c'est pas beaucoup! Ton père est riche et tu travailles pour ta famille depuis des années dans un restaurant où tu doubles ton salaire en pourboires! Mais pour du monde comme nous, Caractère Tremblay, dix piastres de plus par semaine, c'est une fortune! On est huit à la maison et il n'y a que mon père, mon grand frère et moi qui travaillons! Ça compte, ça! Et si je veux me marier, ça compte aussi! Tu ne peux pas comprendre, toi!

– Je peux très bien comprendre que tu désires un meilleur salaire et tu peux finir par l'obtenir dans des entreprises honnêtes! Pas dans des usines bâties pour la destruction de tes semblables!

– S'il n'y avait pas la guerre, il n'y aurait pas de place pour les filles dans les usines! À part les usines de couture et de textile. C'est notre temps, Caractère! Il faut l'accepter! Nous sommes en guerre! Sans guerre, il n'y aurait pas de marché noir pour ton Rocky, il y aurait encore la crise économique et des gens vivant sur le secours direct. C'est comme ça que tout fonctionne aujourd'hui : avec la guerre! Et pour te dire franchement, si je viens qu'à apprendre qu'un des obus que j'ai fabriqués aide à tuer des Allemands, je vais être bien contente! Et de toute façon, je vais être à Shawinigan Falls près de Bob et ce que ta bande et toi pourrez penser de moi, je m'en fiche totalement!

– Tu viens de me dire le contraire il n'y a pas trois minutes.

– Ne change pas de sujet de conversation! Je suis venue te le dire comme une amie, et tu me traites comme une moins que rien! »

À Trois-Rivières, une seule de nos usines travaille pour

la guerre, sans compter la petite manufacture de douilles installée au Cap-de-la-Madeleine. Les patrons de la Canada Iron ont donc décidé d'engager des femmes pour accomplir leur tâche de complices d'assassins. J'étais très contente de savoir que mes disciples travaillant en usine avaient résisté aux offres d'augmentation de salaire offertes par la Canada Iron. Même qu'il n'y a pas longtemps, Divine, Love et Chou s'étaient installées à leurs portes pour convaincre les femmes de ne pas besogner à cette tâche honteuse. En annonçant la terrible décision de Foxtrot aux autres, le soir, je m'attends à les entendre gronder. Elles se regardent plutôt silencieusement, prouvant par ce fait qu'elles sont déjà au courant de ce drame. Écarlate tranche dans cet embarras par une phrase qui les trahit toutes : « Et de toute façon, elle s'en va à Shawinigan habiter chez sa tante. Elle sera loin de nous. » Ah? Elle va donc habiter chez sa tante? Heureuse de l'apprendre. Je les regarde en pensant à notre fête de la nouvelle année. Était-ce un adieu à notre jeunesse? Elles s'éloigneront de moi comme je m'éloignerai d'elles. Elles me visiteront de temps à autre. Peut-être en restera-t-il une ou deux pour demeurer fidèles à notre amitié. J'espère que ce sera Sousou et Gingerale. Mon père est devenu ainsi. Parfois, quand je me balade avec lui, il est arrêté par un homme avec qui il parle cinq minutes. « C'est un grand ami de ma jeunesse », me précise-t-il. Pourtant, cet homme ne vient jamais à la maison et mon père ne le reverra peut-être pas avant longtemps. Et papa le considère comme un ami. Est-ce ceci qui me guette? Notre jeune vingtaine est si propice aux départs, aux changements, aux trahisons.

Gingerale claque des doigts devant mes yeux en me demandant pourquoi je suis dans la lune. Je secoue la tête, me réveille pour me rendre compte qu'elles me regardent, attendant une réponse, un commentaire, comme elles faisaient à seize ans. Comme je ne trouve rien à dire, Mademoiselle Minou se lève, frappe le comptoir d'un coup de poing et se lance dans un discours essoufflant, ponctué des cris de ralliements des autres, me jurant la fidélité à nos principes. « Je propose qu'on sorte tout de suite jusqu'au manège militaire au cas où des williams s'y trouveraient! » Nous voilà huit dans la rue, marchant avec fermeté, riant et sifflant *In the Mood* comme des vraies jitterbugs. Tout pour faire semblant de ne pas savoir qu'une des nôtres vient de mourir au combat. Comme il n'y a personne devant le manège, nous décidons de nous rendre dans la rue des Forges et de nous éparpiller. Me voilà seule avec Sousou.

« Dis, Caractère? Tu penses qu'on va toutes faire comme Foxtrot et Nylon et devenir des Judas?

– Ça se pourrait.

– S'il n'en reste qu'une fidèle, ce sera moi. Je te le jure. Je ne veux pas d'un soldat qui s'en irait dans ces pays en me laissant morte avec mon inquiétude. Je ne veux pas travailler pour que des humains en tuent d'autres. Nous avons droit au bonheur et je désire le mien pur et beau, entouré de paix. Jamais je ne ferai comme Nylon et Foxtrot. Je suis prête à te le cracher.

– Pas sur mes souliers, en tout cas. »

Ah, patate! L'idéal de pureté de Sousou! En l'écoutant me faire cet aveu, j'ai l'impression de voir apparaître la Sainte Lumière autour de ses cheveux. Elle est tellement idéaliste que je pense qu'elle préférerait le célibat au lieu de se marier à un william ne répondant pas à ses rêves de bonheur. Elle met sa main droite sur mon épaule et je me sens comme une fidèle se faisant toucher par la myrna Bernadette après une apparition à Lourdes. Si la guerre dure des années, Sousou sera la seule survivante au milieu des ruines de Trois-Rivières, un sourire sur son visage d'ange. Les jours suivants allaient raviver ma foi en notre cause et ma confiance aux disciples. Mackenzie King demande aux Canadiens la permission d'avoir recours à la conscription, si nécessaire. Les premiers jours, il y a eu de la confusion, car les gens croyaient qu'il nous demandait de voter pour ou contre la conscription. Mais non! Mais oui! Il a dit : « La conscription si nécessaire, mais pas nécessairement la conscription. » Mais qu'est-ce que ça veut dire, au juste?

« Écoute, Mac! Tu pourrais pas parler plus clairement, non?

– Il me semble que c'est clair, Caractère.

– *Non! Espèce de patate à deux faces! C'est une question d'hypocrite!*

– *Si tu le penses, je suis désolé, Caractère. Je m'excuse.*

– *Je vais t'assurer d'une chose, Mac! À Trois-Rivières, mes disciples et moi on va tout faire pour que tes idées hypocrites ne passent pas! Salut!* »

Je n'ai rien à commander à mes disciples, mais elles ont rué tout de suite dans les brancards. Elles agissent dans la rue, à leur travail, sur les perrons d'église, dans leur parenté, auprès de leurs voisins, dans les magasins. Partout pour dire qu'il faut voter non à la proposition du premier ministre. Braves disciples! Mais tout le monde semble d'accord avec nous, même ceux qui ont applaudi l'entrée de notre pays dans cette guerre européenne. La guerre, oui! La conscription, non! Ce qui veut à peu près dire : « On veut bien faire la guerre tant qu'on n'est pas obligés de la faire! » Bizarre, bizarre... Vous avez dit bizarre?

Mon père m'apprend que « conscription » est le mot le plus tabou à prononcer dans la province, en souvenir d'événements qui se sont déroulés en 1918, à Québec. Le premier ministre d'alors, mister Borden, avait imposé la conscription obligatoire et les citoyens de la ville de Québec avaient vivement protesté contre cette décision et contre l'attitude honteuse des hommes de l'armée responsables de mettre la main au collet de ceux qui ne partageaient pas leurs idées. Il y avait eu quatre morts, beaucoup de blessés, et le premier ministre avait suspendu les droits civils et donné la permission aux soldats de faire la loi dans notre capitale. Papa dit qu'ils ne se sont pas gênés et se sont comportés comme des patates pourries. Pour les gens, c'était encore un affront des Anglais contre les Français. Les personnes qui ont vécu cela étaient tellement en colère qu'elles ont communiqué cette haine à leur descendance, à leurs amis et voisins, si bien que vingt ans plus tard, le mot « conscription » est synonyme de l'enfer de Lucifer, et du printemps 1918 à Québec. Quand les disciples et moi parlons contre la conscription, les gens de plus de quarante ans réagissent très vivement à notre démarche, nous encourageant à continuer, jurant que jamais ils ne voteront en faveur de la loi de Mac.

Écarlate a eu la bonne idée de nous broder des petits écussons clamant « Non » et que nous portons en tout temps sur nos manteaux d'hiver. Nous poussons même l'audace jusqu'à nous réunir devant les salles de cinéma qui projettent des films de guerre, nous invitons la population à faire demi-tour. Mais Puce la peureuse voit arriver les policiers au coin de la rue Royale et nous nous dispersons juste à temps. Nos bonnes actions se font au grand jour, sauf dans le cas de Gingerale qui préfère agir avec discrétion. Toujours frustré parce que son fils Réal a été refusé par l'armée, le père de notre amie est de plus en plus intraitable et insupportable. Gingerale passe ses journées à l'entendre parler favorablement de la guerre. C'est très difficile pour son moral. Ainsi lui a-t-il ordonné de cesser de nous fréquenter. Si un jour Gingerale nous annonce qu'elle ne peut plus participer à notre lutte, je suis certaine que les disciples vont comprendre et lui pardonner. Nous la trouvons bien courageuse de continuer à nous accompagner, malgré les interdictions sévères et les menaces de son père. Quand elle marche au milieu de nous, elle a toujours peur qu'un voisin ou un parent ne l'aperçoive. Je n'ai pas le droit d'aller chez elle. Il y a quelques semaines, son père a même poussé l'arrogance jusqu'à téléphoner au mien pour se plaindre de moi. Le pauvre a contacté le mauvais sujet au mauvais moment.

Depuis le retour de sa sœur Jeanne en 1939, mon père est passé de la page un à la page trois, puis à la page six du journal où il est employé. Ce dimanche-là, après le souper familial, il se lève pour nous annoncer qu'il a été congédié. Il reste droit, sobre, très digne. Mais prétendre que ça ne lui fait rien serait mentir, car être journaliste était son rêve d'enfance. On n'efface pas un désir de jeune garçon par une annonce après un souper. Cette nouvelle me fait mal, car depuis que je suis toute petite, je me vante du métier de papa. Il fait quoi, le tien? Électricien à la Wayagamack. Et le tien? Ouvrier à la Wabasso. Et toi? Moi? Eh bien, moi, mon papa écrit dans *Le Nouvelliste.* Ça fait plus prestigieux! Deux jours plus tard, il nous annonce qu'il veut se lancer dans le monde du commerce et ouvrir une librairie. Quoi? Vendre des livres à une population qui a à peine une cinquième année? « Offrir des livres de qualité et du matériel de bureau. Il y a de la place à Trois-Rivières pour un commerçant connaisseur », ajoute-t-il.

L'événement qui a poussé ses patrons à prendre cette décision de le mettre à la porte a été son refus de se rendre à l'inauguration de la deuxième campagne d'emprunt de la Victoire, afin d'en écrire un compte rendu. Ce qui l'a incité à refuser cet ordre a été la participation d'enfants à ce grand cirque militaire et patriotique. Une épouse d'un soldat déjà au front avait levé un drapeau et invitait la population à acheter ces bons servant au gouvernement canadien à financer une partie de la guerre. Or, cette cérémonie avait lieu à la place Pierre-Boucher, face au Flambeau. Papa ne pouvait concevoir qu'un monument comme le Flambeau, conçu par la jeunesse trifluvienne des années trente, puisse servir de lieu de rassemblement pour glorifier une action qui tue d'autres jeunes. Tout ce qui portait kaki en ville avait participé à la cérémonie, appuyé par la Philharmonie de La Salle et par les scouts. Pour mon père, mêler à cette bouffonnerie des jeunes musiciens et des scouts, symboles du civisme, était une aberration. « Et cette hypocrisie! » m'avait-il dit, perdant son calme. « Tous clament à vive voix qu'ils vont voter contre le projet de loi de Mackenzie King, mais tout le monde va aller voir la parade! Et le conseil municipal va les applaudir! C'est dire une chose et répéter le contraire deux minutes après! »

Or, les Tremblay étaient contre la guerre. Père, épouse, fils Maurice et fille Caractère! Et les Trifluviens l'ont appris sans détour quand Maurice a refusé de décorer *Le Petit Train* aux couleurs de l'Union Jack, comme demandé à tous les marchands de la ville. Ses confrères de la rue Saint-Maurice sont venus le rencontrer pour le convaincre de pavoiser le restaurant, situé sur l'itinéraire de la parade. Maurice leur a indiqué la sortie avec fermeté. Les portes et les vitrines de nos commerces étaient remplies d'affiches, de banderoles, de ballons, de drapeaux britanniques et de Sacré-Cœur. (Mais qu'est-ce que les gens ont pensé d'associer le Sacré-Cœur à la guerre?) Le grand magasin Fortin avait eu le chic de mettre en vitrine un Hitler en carton qui se faisait couper la tête par d'énormes ciseaux. Et les gens accouraient pour rire de cette scène vulgaire! *Le Petit Train* avait l'air un peu tout nu. Maurice m'avait juré qu'il fermerait ses portes à clef et qu'il baisserait les stores quand la parade s'approcherait du restaurant. Des gens étaient arrivés pour lui crier que c'était une vraie honte pour la ville de ne pas être patriote. Il avait haussé les épaules, sachant que ces accusateurs reviendraient deux semaines plus tard pour manger leurs patates frites et boire leur café. « Je ne suis pas un mouton! Je ne suis pas un suiveur! » Maurice faisait cela pour appuyer mon père. Il y avait ce souvenir de sa propre enfance, alors que maman l'élevait seul, parce que mon père était caché dans les bois pour aider les déserteurs. Le jour de la parade, mon restaurant avait autant l'air tout nu que cinq jours avant. Comme je me souviens de cette parade du 14 février 1942! Pour toutes sortes de raisons qui ont fait basculer mon existence de la jeunesse aux désillusions de la vie adulte. Je m'en souviens comme d'un événement d'aujourd'hui...

Mes disciples et moi, sauf Gingerale et Mademoiselle Minou, arrivons au Flambeau bien avant le début de la cérémonie, notre écusson « Non » en vue, parlant aux gens pour les dissuader d'acheter des bons de la Victoire.

« Pas besoin de me dire tout ça, mademoiselle. Je ne veux pas m'enrôler et personne ne m'y obligera!

— C'est bien! Dans ce cas, peux-tu me dire ce que tu fais ici?

— C'est beau, une parade. »

Patate! Combien pensent comme lui? Surtout qu'ils ont mis toute la gomme, en guise de parade! Voici d'abord les enfants avec leurs drapeaux. Puis la future veuve - pardon! - l'épouse du vaillant soldat canadien, levant le drapeau de la Victoire. Puis suivent des discours des kakis et des dignitaires municipaux. Enfin, la parade se met en branle avec ses tambours, ses trompettes, ses chevaux et un char d'assaut. Il y a aussi des zouaves, des motocyclistes, la Croix-Rouge, les scouts, et, bizarrement, le club de raquetteurs Laviolette et le club de ski de Trois-Rivières. Nous suivons la parade en tenant bien notre rôle. Au hasard d'un regard, j'aperçois mon frère Gaston avec une jeune myrna, et les deux semblent prendre bien du plaisir. Un traître dans la famille! Alors que maman, Carole et Christian restent à la maison avec papa et que Maurice barricade *Le Petit Train,* voilà Gaston qui tape du pied en écoutant la fanfare!

« Mais t'es malade dans ta tête de patate, Gaston?

– Tu me laisses tranquille! C'est fini le temps où tu dirigeais ma vie!

– Mais qu'est-ce que papa va dire quand il va apprendre que son fils bat le rythme d'une marche militaire et applaudit des soldats portant un drapeau qui n'est même pas le nôtre?

– Je suis musicien! Je suis ici pour écouter la musique et apprécier le talent de l'orchestre! Disparais de ma vue, collante! Tu me déranges avec tes grands airs de bonne sœur qui sait tout! »

La fumée me sort par les oreilles! Je m'apprête à le corriger comme il faut, quand retenue par Woogie et Sousou, puis bousculée par un inconnu. Je m'apprête à lui dire ma façon de penser, mais les disciples m'entraînent au loin. Elles ont raison : c'est moi qui leur demande d'être polies et je suis la première à tomber dans le piège de l'excès. Mais je suis tellement en colère! La queue de la parade nous dépasse et nous restons sur place à ne plus vouloir la rejoindre, comme si nous constations toutes en même temps que l'armée et son fard écrasent nos nobles sentiments. Nous nous rendons nous réchauffer au café Bouillon, aux murs salis par des banderoles et des affiches en faveur des bons de la Victoire. Avant de retourner chez moi, je passe par la rue Champflour pour m'informer auprès de Maurice de ce qui s'est passé quand la parade a défilé devant *Le Petit Train.* Il semble surpris par ma question. « Rien. Il ne s'est rien passé. Pourquoi se serait-il passé quelque chose? » À la maison, papa est au salon en train de lire un bouquin. Je m'empresse de lui parler de l'attitude de Gaston.

« Et alors?

– Ça ne te fâche pas?

– Gaston aime la musique de fanfare. Pourquoi je l'empêcherais d'en écouter?

– Parce que c'est néfaste!

– Et ton jazz bruyant, ce n'est pas néfaste?

– C'est de la musique! De la vraie! Un don de Dieu! Ce n'est pas de la musique associée à la guerre!

– Les mélodies de Sousa ont toujours été populaires, Renée. Même en temps de paix. Je trouve que tu as tendance à tout grossir, ma fille. Fais attention. Ça pourrait t'épuiser. »

Il s'en fiche que Christian joue avec des soldats de bois! « Comme tous les garçons de son âge, depuis toujours. » Cela ne le préoccupe pas de voir Carole s'habiller aux couleurs kaki! « C'est une couleur à la mode pour les vêtements féminins. Carole suit la mode, comme toutes les filles de son âge. » Et ma mère qui me demande si la parade était belle! Quelle atroce journée! Quelle désagréable sensation de se sentir incomprise! Je n'ai d'autre choix que de chercher une consolation chez Rocky, mais j'imagine qu'il va m'en vouloir de ne pas avoir lancé des cailloux à la tête des soldats. Les jours suivants, tous les Trifluviens parlent avec enthousiasme de la belle parade de samedi dernier, vantant le bon ordre des militaires, la jolie musique et les enfants bien habillés. Puis après, ils me jurent que jamais ils ne voteront en faveur de la loi de Mac. Le monde devient fou! Le goût de ne rien faire me prend. La lassitude m'envahit après deux jours de laisser-aller. À quoi bon convaincre des gens de voter contre le projet de Mac? La campagne des bons de la Victoire bat son plein. Il y a des affiches partout, ainsi que de la publicité criarde dans le journal. Des vieux politiciens et des jeunes ambitieux passent de ville en ville avec leur sac plein de bons mots à l'endroit des Canadiens français. Achetez des bons et votez non. Quelle farce!

J'attends Mademoiselle Minou avec son ordre de la suivre à une de ces réunions patriotiques. Je l'imagine s'excitant auprès des autres, parce que ce sera notre première occasion de voter. Mais elle ne vient pas. On ne la voit même plus pour danser et elle a même raté le nouveau film de Tarzan, elle qui se dit en état de « délicieux péché » à chaque fois qu'elle pense à la poitrine de Weissmuller. En fait, je ne l'ai vue que trois fois depuis deux mois. J'imagine que les autres disciples doivent me cacher la trahison de Mademoiselle Minou, comme elles ont fait pour Foxtrot. Pourtant! Elle! La grande gueule! L'impulsive! La seule qui trouve drôles les gestes provocateurs de Rocky et de Grichou. Qu'est-ce qu'elle a bien pu faire de mal pour nous ignorer? L'usine de guerre, comme Foxtrot? Je suis fermement décidée à me rendre enquêter, quand elle m'apparaît un mercredi après-midi au *Petit Train,* deux valises entre les mains et une vieille poupée de chiffon sous le bras droit. Elle s'installe au comptoir et mâche de la gomme comme un joueur de baseball mastique sa chique de tabac.

« Je vais m'ennuyer d'ici. Mais je vais revenir et me venger! On m'enfermera en prison pour cent ans ou on préparera la corde de la potence, mais je te jure que je vais m'être vengée! Je vais tuer un kaki, Caractère. T-U-E-R!

– Mais qu'est-ce qui te prend, Mademoiselle Minou? Où t'en vas-tu avec ces valises et cette colère effrayante?

– Je m'en vais chez ma tante Marthe à Saint-Godefroy. Est-ce que tu sais où ça se trouve, Saint-Godefroy? C'est loin en calvaire!

– Mademoiselle Minou! Tout de même!

– C'est dans la Gaspésie de la Baie-des-Chaleurs, Saint-Godefroy. Là où il fait froid tout le temps. C'est un village de douze habitants, de quinze chiens, de huit vaches et de quelques Anglais. Je m'en vais là neuf mois et je reviens tuer mon kaki. »

Elle cesse de mâcher, écrase sa gomme dans le fond d'un cendrier, allume une cigarette à toute vitesse en faisant valser sa tignasse à la Barbara Stanwyck. Elle m'explique qu'il était très beau sans son uniforme, qu'il ne savait pas un mot de français, qu'il lui a caché sa destination d'une base militaire, après lui avoir démontré qu'il était surtout très fort.

« Les femmes sont toujours les coupables aux yeux de tout le monde. Coupable d'avoir été provocantes, d'être la source de tous les péchés des hommes. Nous sommes toutes des Ève. Je n'ai d'autre choix que de me la fermer et de m'en aller à Saint-Godefroy, loin des regards des gens de ma ville natale et de ma paroisse. Lui, il ne le sait pas. Il ne sait rien. Juste un soldat anglais de passage qui a eu une bonne soirée avec une french canadian girl. Et même pas un bon soldat, de plus! Un qui ose profiter de sa permission pour enlever son uniforme, alors que quatre-vingt-dix-neuf pour cent des autres dorment avec! Je me la ferme et je m'en vais à Saint-Godefroy! T'as remarqué? Je suis seule. Mes parents ne se déplacent même pas pour me reconduire à la gare. Je suis venue en autobus. Ouais! C'est une chienne de vie, Caractère! Et tu sais à quoi j'ai pensé? Même si ce ne sera que de la pourriture de semence de soldat, j'ai pensé que si tout à coup je me mettais à l'aimer, mon bâtard? Tout à coup que je suis folle d'affection du résultat de mon péché d'un soir? Ils vont me l'enlever quand même! Les orphelinats sont pleins et les religieuses ne savent même pas à qui les donner, nos fruits des tentations de la chair! Et elles vont refuser le fait qu'une pauvre myrna aurait peut-être le goût d'essayer d'élever seule cet enfant, en attendant l'arrivée d'un bon mari compréhensif qui accepterait mon petit et m'aimerait comme je suis! Je ne t'écrirai pas, Caractère! Car on va se revoir quand je vais revenir tuer mon soldat. Mais dis bien aux autres que je n'ai pas trahi! Jamais! »

J'aimerais qu'elle pleure autant que j'ai le goût de verser des larmes infinies. Mais elle demeure telle que je l'ai toujours connue : une myrna d'apparence forte et qui fait semblant de ne pas s'apercevoir que j'ai compté le nombre de fois qu'elle a avalé sa salive pendant qu'elle me parlait. Elle me laisse son dernier paquet de cigarettes et aucun baiser en guise d'adieu. Elle est venue me voir dix minutes avant le départ de son train, ce qui l'a obligée à ne pas pleurer devant moi pour me prouver qu'elle est forte. Le moment de partir arrivé, elle prend ses deux valises et remet sa poupée sous son bras, mais la pauvre tombe. Mademoiselle Minou dépose ses valises et ramasse délicatement sa poupée, sans me regarder. En poussant la porte, elle me crie de ne pas oublier d'aller voter. Elle disparaît dans le ventre de la gare. Je vois l'express passer quelques minutes plus tard et je reste devant la porte du *Petit Train,* incapable de bouger. Je pense soudainement à avertir ma belle-sœur Micheline pour qu'elle garde le restaurant, car j'ai le goût de courir derrière le train pour crier à Mademoiselle Minou que je l'aime avec ses grands airs, ses discours sur la politique, ses bravades à mon autorité, ses boules de gomme, ses cigarettes et son beau sourire à jamais jeunesse éternelle. Mais le train doit être déjà loin et je m'en veux de ne pas avoir réagi à temps.

Un client entre et réclame du service. Je fais mon métier la gorge pleine de sanglots. Je ne sais pas si c'est par confiance en moi ou par honte que Mademoiselle Minou me laisse la tâche difficile d'annoncer aux autres sa malheureuse aventure et son destin cruel. En l'apprenant, les disciples perdent le goût de danser, de parler d'élection ou du nouveau film de Ginger Rogers. Elles sont consternées en tant qu'amies, mais surtout comme myrnas. On se dit toujours que ça n'arrive qu'aux autres, qu'aux mauvaises filles qui cherchent l'aventure, mais nous avons toutes un jour souffert de l'attitude d'un amoureux trop entreprenant. Moi la première avec Rocky. Certaines ont pleuré de désolation en voyant cet amoureux partir vers celle qui accepte ses avances, constatant qu'il ne nous aimait pas pour nos qualités, mais qu'il était avec nous dans le seul but de nous déshonorer avant le mariage. Beaucoup de myrnas ont vécu cela, certaines parmi mes disciples. Malchanceuse en amour parce que aucun william n'acceptait de se faire dominer par un esprit aussi distinctif que le sien, nous pouvons pardonner à Mademoiselle Minou d'avoir eu une faiblesse pour un étranger, tout en sachant qu'elle ne l'aurait même pas salué s'il avait porté son uniforme de sang et de souillure. Nous lui pardonnons, mais la société ne le fera pas. Rocky, Grichou et deux autres williams entrent au *Petit Train* à ce moment-là en claquant des doigts, en riant fort comme des crétins et en s'exclamant : « Salut, les poulettes! Voilà quatre beaux hommes pour une soirée que vous n'oublierez jamais! » Les sept regards que nous leur lançons les font reculer de huit pas.

« Qu'est-ce qu'il y a, *darling*?
– Toi et ta maudite race!
– Mais qu'est-ce que je t'ai fait, Caractère? »

Personne parmi mes disciples ne veut leur expliquer les malheurs de Mademoiselle Minou. Nous avons probablement songé en même temps que l'un d'entre eux nous répondrait que les myrnas cherchent souvent cela, et nous n'avons pas le goût d'entendre une sottise semblable. Je me couche en pleurant, après avoir regardé sur une carte où se trouvait Saint-Godefroy. Plus loin que le lointain, à l'écart de toute ville, de toute joie, entre une montagne et la mer grise et froide, quelque part où les gens vivent encore dans le siècle passé. On l'a vue, la belle Gaspésie, dans un film de l'abbé Proulx! Vous dire comme ça nous a effrayées...

Le plébiscite est passé au mois d'avril. Les Trifluviens ont voté contre, tout comme la majorité des Canadiens de la province de Québec. Mais notre victoire ne voulait rien dire, car les Anglais majoritaires des autres provinces ont voté en faveur du règlement permettant à Mackenzie King d'avoir recours à la conscription, si nécessaire. Les Anglais sont toujours à la merci de l'Angleterre et de sa couronne, alors que les Français n'ont d'autre patrie que ce Canada que les Anglais ont fait leur en 1760. Ils sont toujours plus forts que nous. Et nous sommes toujours aussi peureux. S'il le veut, le « si nécessaire » de Mac sera appliqué et il pourra envoyer tous nos williams en Europe dans la gueule d'Hitler, la mitraillette à la main, pour l'honneur d'une Angleterre qui nous a tout pris sans jamais rien nous donner. C'est une victoire canadienne qui a été un bouquet pour nos voisins de l'Ouest, des Maritimes et de l'Ontario. Mais personne n'a fêté dans la province de Québec.

Un long silence survit toujours au *Petit Train* depuis le départ de Mademoiselle Minou. Nous pensons à elle à chaque instant. Il y a quelques jours, Foxtrot est venue de Shawinigan Falls avec sa robe dernier cri, clamant que c'est très payant de travailler pour une usine de guerre et que nous sommes des imbéciles de ne pas en profiter. Dans mon restaurant, il n'y a que huit myrnas au début de la vingtaine, regardant ces murs où s'est déroulée notre jeunesse et se demandant si notre jeu en vaut réellement la peine. Il y a une guerre qui s'étend partout en Europe et dans le monde, une guerre qui cohabite avec notre quotidien, qui fait travailler nos chômeurs et nos femmes, qui chaque jour devient un fait normal et qui fascine nos jeunes, se voyant comme des héros de films américains. Je suis contre! Contre! Contre! Contre! Surtout depuis cette parade ce printemps, en plus du sort réservé à mon père, la désaffection de Foxtrot et le malheur de Mademoiselle Minou. Mais j'ai l'impression, au cœur du silence du *Petit Train,* que si une autre des disciples est attirée par je ne sais trop quoi à propos de la guerre, je ne saurais lui en vouloir. Qui sait? Cette personne pourrait même être moi.

Juin et juillet 1942
Dire la vie en chantant

Mon père ne m'a même pas avertie du retour de tante Jeanne, et ma mère ne savait pas la date précise. Papa en faisait une affaire personnelle. Un matin, nous trouvons un message sur la table de la cuisine, disant qu'il reviendrait ce soir avec sa sœur. Maman monte à la chambre de ma tante pour enlever les plastiques recouvrant le lit et les meubles, pendant que moi, comme une patate douce, je m'installe au salon pour attendre, même si je sais qu'elle n'arrivera qu'en fin de soirée. Je travaille le soir et Maurice refuse de me donner congé, ne comprenant pas ma hâte de revoir tante Jeanne, absente depuis plus d'une année. Quand je rentre enfin chez moi, elle est dans son lit et papa au salon. De nouveau, il donne des réponses vagues à mes questions, comme s'il voulait garder pour lui seul le destin de sa sœur.

Au réveil, tante Jeanne passe à mes côtés comme une ombre étrange. Elle est redevenue tellement mince que ses coudes paraissent squelettiques. Bérangère s'accroche à sa robe en la suivant jusqu'à la cuisine, où toutes deux aident ma mère. Je me sens embarrassée en approchant. « Bonjour, tante Jeanne. Comment ça va? » Comme je me sens patate de lui dire une telle banalité! Elle me regarde, hoche la tête et ne s'occupe plus de ma présence. Au déjeuner, elle pointe les aliments qu'elle désire, au lieu de les demander. Et puis soudain, elle me regarde, ouvre la bouche et produit un son étouffé. Je la vois forcer, plisser des yeux, puis abandonner en toute hâte, courant vers sa chambre pour pleurer. Mon père la suit, après m'avoir dit : « T'as vu ce que t'as fait? »

« Mais je n'ai rien fait, maman!

— Ta tante Jeanne est capable de parler, mais elle a juste honte de la façon dont elle devra le faire dorénavant. »

Maman sait de quoi il s'agit, car durant sa jeunesse, elle était bègue et avait souffert des regards moqueurs et des méchancetés des gens. Il lui arrive encore d'avoir des hésitations. Mais, avec les années, ma mère est devenue forte face à son défaut. Elle a aussi appris à en rire. Elle sait que Jeanne n'aura peut-être pas ce courage, surtout quand mon père la couve tout le temps comme un bébé. Tante Jeanne devra continuer à la maison ses exercices d'élocution. Le premier jour, papa s'enferme avec elle dans son bureau pour lui faire dire sa leçon. Je déjoue maman, qui m'interdit d'interrompre daddy, et je vais les espionner, l'oreille collée à sa porte. J'entends alors tante Jeanne parler de façon très lente, prenant deux minutes pour dire une phrase simple, le tout sur un ton lambin qui m'effraie beaucoup. Je comprends pourquoi mon père prétend que Jeanne va souffrir si elle s'exprime en public : les gens vont la prendre pour une attardée évadée d'un asile de folles, alors que dans tout son être, les idées sont claires et les phrases concises. Au souper, je constate que tante Jeanne a pleuré. Je compare sa physionomie à celle, sévère, de mon père, pour déduire qu'il est probablement très exigeant envers elle. Je pars travailler tôt : depuis le congédiement de papa, chaque heure compte puisque je dois donner une partie de mon salaire à ma mère pour aider à nourrir la famille. C'est la première fois que je vis une telle situation, à laquelle la plupart de mes disciples sont habituées.

Sousou arrive à mon restaurant, accompagnée par Écarlate et Gingerale. Mais personne n'a le goût de rire ou de danser. Nous parlons doucement, quand j'ai la surprise de voir tante Jeanne pousser la porte du *Petit Train.* Sousou sursaute et se sent mal de la voir, se croyant encore responsable de la virée alcoolique que ma tante a faite suite à son flirt contre-nature. Ce soir-là, tante Jeanne avait fait la chute qui lui avait enlevé l'usage de la parole. J'ai répété mille fois à Sousou que ce n'était pas de sa faute. Gingerale lui sourit, mais Jeanne l'ignore. Elle s'installe au comptoir et pointe une tasse à café du doigt. Elle sort de son sac à main un petit carnet noir et m'écrit un message. « Je suis capable de sortir. Je ne suis plus une enfant. Je viens de passer quinze mois enfermée et me voilà obligée de me sauver de ton père en cachette pour prendre l'air. » Elle dépose des sous sur le comptoir et montre le juke-box. Gingerale choisit un Miller, un Dorsey et un Andrews Sisters, et danse avec Écarlate. Jeanne les regarde en souriant et en tapant dans les mains. Puis, elle me commande un autre café qu'elle va prendre dans une case et se met à dessiner dans un cahier scolaire.

En la voyant faire, mon cœur bat plus rapidement. Elle a l'air si charmante et aimable! Elle ressemble à la jeune flapper que j'aimais tant! Et la voilà qui dessine à nouveau! Papa m'a affirmé qu'elle a passé beaucoup de temps à griffonner lors de son séjour à Ottawa, comme si son talent ressuscité était son seul moyen de s'exprimer clairement. Je ne l'interromps pas. Puce et Chou arrivent entre-temps. Tante Jeanne se lève, dépose son cahier sur le comptoir et s'en va. Je regarde, et mes disciples s'approchent rapidement : Jeanne a dessiné la danse de Gingerale et d'Écarlate. Quel beau croquis! Très simple et direct, ne ressemblant cependant pas aux splendeurs qu'elle créait voilà vingt ans. Mais je ne saurais exiger une telle chose d'elle - au contraire de mon père - car c'est mieux de la voir s'amuser à dessiner qu'à se morfondre douze heures par jour, comme elle l'a si souvent fait depuis son retour à Trois-Rivières.

« Sais-tu pourquoi elle a fait ce dessin, Gingerale?

– Non. Pourquoi?

– Elle ne veut pas que vous pensiez qu'elle est une malade mentale si jamais vous l'entendez parler.

– Pourquoi je penserais une telle chose?

– Attends de l'entendre parler... »

Je me demande où tante Jeanne est partie. J'ai l'impression qu'elle n'en a pas terminé avec moi. J'attends aussi l'arrivée de mon père en furie, mais il ne se présente pas, ce qui me prouve que ma mère a dû le gronder. Jeanne revient vers l'heure de fermeture. Elle a un paquet de chez Fortin entre les mains. Elle m'en montre le contenu : un jeu de construction pour Bérangère. Elle saisit son calepin pour se mettre à écrire un message, que j'intercepte en lui demandant d'essayer plutôt de me le dire. Elle fait un « non » très vif de la tête. Je n'insiste pas et la laisse poursuivre. Puis soudain, ma tante soupire et déchire le billet. Elle ferme les yeux, se concentre et me dit : « Aide-moi à... » Dix secondes plus tard, elle complète sa phrase avec une grande peine : « ...me protéger de Roméo. » Je me redresse en me demandant ce qu'elle veut signifier. Je lui tends le calepin. Elle m'apprend que papa est trop exigeant à son endroit lors des exercices, qu'elle le trouve menaçant et qu'elle a peur de trop pleurer. Elle me demande donc de consacrer un peu de mon temps à sa reconquête de la parole. Je me sens touchée par sa confiance et vais vite l'embrasser pour la remercier. Elle me plaque solidement contre elle et me serre très fort. Un son pleurnichard sort de sa bouche et me glace le sang. Maurice, alerté, arrive à toute vitesse dans le restaurant, croyant qu'une chatte en chaleur y est enfermée. Nous retournons à la maison bras dessus bras dessous. Tante Jeanne est d'excellente humeur et s'attaque à un poteau téléphonique, puis fait une pirouette à la Ginger Rogers, avant de donner un coup de poing à un panneau de signalisation. Voilà la Jeanne dont j'ai tant rêvé, celle de la légende, celle qui ne se gêne pas pour exprimer sa joie, sa liberté, son affection et sa peur. Et j'ai sa confiance dans la curieuse mission de la protéger de mon père.

Au matin, elle aide ma mère à préparer le déjeuner. Elle décoiffe Gaston et ferme le livre que Carole est en train de consulter. Ces deux-là doivent se demander quelle mouche la pique. Mon père a le sourire complaisant de la satisfaction en constatant sa bonne humeur. Elle coiffe Bérangère et lui lave le bout du nez, lui donne une tape sur les fesses avant son départ pour l'école. Puis, elle fait face à mon père qui lui ordonne de se rendre à son bureau pour ses exercices. Tante Jeanne me pointe du doigt.

« Je vais m'en occuper, papa.

– Renée, tu pourras peut-être le faire quand tu seras habituée au système.

– Je suis certaine que c'est facile. Je peux le faire.

– Je t'interdis de me répondre, Renée!

– Je suis majeure, patate! Et je te réponds que je vais m'occuper des leçons de tante Jeanne! »

Ma mère se joint à Jeanne et moi. Papa fait face à trois femmes déterminées à ne pas se laisser marcher sur les souliers. Ma mère ordonne à papa d'aller travailler. Il regarde de gauche à droite, désemparé, puis met son chapeau après avoir conclu : « Bon! Ça va pour aujourd'hui! Mais ne la retarde surtout pas dans ses progrès! Ce n'est pas un de tes jeux, Renée! » Jeanne fait « ouste » de la main. Nous nous installons au bureau. Jeanne est droite sur son siège et attend comme une petite fille devant sa maîtresse d'école. Je me souviens à peine de ce qu'il faut faire - mon père nous en a parlé il y a six mois - et j'ai un réflexe bien humain en appelant maman à l'aide. Elle n'a pas le temps d'arriver que tante Jeanne prend le relais, m'expliquant en gestes ma tâche. Elle est d'ailleurs très convaincante et précise. Je me demande si ce n'est pas là un héritage des centaines de films muets vus dans sa jeunesse.

Il y a un gros livre avec des phrases simples à faire répéter. Elles sont très syncopées. Jeanne doit apprendre à repérer les syllabes et à dire ces énoncés en pièces détachées. Pour y arriver, nous avons recours à un métronome. Mais j'ai l'impression qu'elle profite de mon inexpérience, car nous ne travaillons pas beaucoup ce matin-là, d'autant moins que je me sens très mal à l'aise d'entendre sa voix et de la voir prendre une minute pour dire un mot aussi simple que « fourchette ». Elle me donne l'impression que tout ceci ne l'intéresse pas vraiment, qu'elle le fait pour plaire à mon père. Après trois jours, je ne peux m'empêcher d'interrompre une leçon pour lui demander sincèrement si elle s'en fiche. Elle prend un air désolé, serre les lèvres et fait « non » avec sa tête. Elle se pointe du doigt, montre sa tablette à dessin, puis se lève et fait un gigantesque effort pour me dire : « C'est pour Bérangère. » Je sais alors qu'elle accepte de ne plus parler, mais qu'elle s'efforce uniquement pour sa fille. Et dire qu'il y a des Tremblay dans cette parenté pour prétendre que Jeanne n'est qu'un monstre d'égoïsme, qui ruine son frère Roméo et fait vieillir son père Joseph prématurément.

Pendant les cinq premiers jours, mon père nous laisse en paix et je sais éperdument que ma mère est à l'origine de cette attitude. Maman le secoue beaucoup pour lui dire de s'occuper de son futur commerce de livres. Après deux semaines, j'ai l'impression d'être très utile à Jeanne, même si je vois qu'elle n'est pas la meilleure élève du point de vue de l'effort. Mais je suis bien avec elle. Je la trouve si belle, douce et gentille. Mais mon caractère fonceur refuse ses balbutiements, tout en ne voulant pas être aussi exigeant que mon père. Je cherche donc une solution. Et je la trouve toujours! Je ne porte pas ce surnom de Caractère pour faire joli!

Je fais une croix sur l'appartement de travail austère de mon père comme lieu de rencontre. Je descends tout le matériel au salon. Jeanne refuse d'abord de me suivre, croyant que d'être exposée à mon petit frère Christian, à Carole et à Gaston l'intimiderait. Mais elle finit par mettre son nez prudemment dans le cadre de la porte en entendant les disques de swing que je fais tourner. En la voyant, je coupe sec en plein *Boogie woogie bugle boy* pour installer un disque de Maurice Chevalier. Puis, je me mets à chanter tout fort : « Quand un vicomte rencontre un autre vicomte, qu'est-ce qu'ils se racontent? Des histoires de vicomte! » Jeanne rit en m'entendant. Je sais qu'elle aime ces chansonnettes lui rappelant Paris. Si elle a vibré au jazz naissant dans sa jeunesse à Trois-Rivières, la Jeanne de France ne vivait que pour Mistinguet, Josephine Baker, Chevalier et Yvette Guilbert. Je remets le disque plusieurs fois de suite. « Quand un gendarme rencontre un autre gendarme, qu'est-ce qui les charme? Des histoires de gendarme! » Ma mère arrive en trombe pour vérifier si je ne deviens pas folle, au lieu de travailler sérieusement avec ma tante. Jeanne a surtout compris qu'elle veut que je la fasse chanter. Je lui précise plutôt qu'il vaut mieux travailler dans la joie et que les disques de chansons françaises, souvent syncopées, peuvent avantageusement remplacer le monotone métronome de mon père. Et sur n'importe quelle de ces chansons, on peut transposer les phrases de son manuel.

Jeanne accepte de se prêter au jeu et je sens des évidents progrès quand, tout à coup, mon père revient et m'apostrophe méchamment : « C'est ça, Renée! Je te fais confiance et tu tournes tout à la fête au lieu d'être sérieuse! Ton attitude ne fait que confirmer mes doutes! » Ah, patate! Je l'attends depuis deux jours, ce discours, et j'ai préparé une réplique ne respectant pas tout à fait le quatrième commandement de Dieu. Mais Jeanne me déjoue et s'approche de papa, le regardant dans les yeux pour lui chanter lentement : « Quand une bigote rencontre une autre bigote, qu'est-ce qu'elles chuchotent? Des histoires de bigote! » Papa reste stupéfait, puis l'enlace en la félicitant. Tante Jeanne me désigne du doigt et *mon père rampe à mes pieds en me présentant ses excuses.* Quand Bérangère revient de l'école, elle est accueillie par sa mère chantant l'air de Chevalier, accompagnée par une ronde pas très circulaire, tant la joie de ma tante est débordante. Le lendemain, je lui fais conjuguer le verbe être sur l'air de *In the Mood.* Puis, nous chantons une mélodie endiablée avec des formules de politesse, accompagnées au piano par Gaston. Après une semaine, Jeanne a hâte à chaque leçon. Moi aussi! Comme elle a l'air radieuse! Et elle danse le charleston d'une façon incroyable! Je comprends maintenant pourquoi cette danse idiote et démodée a pu provoquer des scandales à son époque!

Le problème vient de mon père : il entre à la maison chaque jour avec des disques français qu'il fait jouer à tue-tête en criant les paroles. Il a l'air ridicule. Moi et le petit cœur de Ninon et la guinguette qui a fermé ses volets... y a pas d'la joie! Papa veut que Jeanne se mette à chanter à tout bout de champ. Après une semaine insupportable où nous demeurons polies, il se rend compte qu'il embête tout le monde, Jeanne la première. Alors, il rajeunit de vingt ans en nous emmenant chaque dimanche en balade en auto, espérant que Jeanne s'écrie : « Oh! regarde le beau cheval, Roméo! » comme lorsqu'elle était petite. Puis, il la traîne jusqu'au Cinéma de Paris pour lui faire découvrir tous les vieux films français des années 1930 qu'ils passent sans cesse, parce que la guerre en Europe nous empêche d'avoir les nouveaux films du pays de Molière et de Fernandel. Jeanne a plus le goût de voir la superbe Veronica Lake dans *Sullivan's travel* – nous l'avons admirée trois fois – prouvant hors de tout doute que ma tante préfère encore les belles blondes et les lèvres des jolies actrices à la coiffure en brosse de Bogart et aux oreilles de Clark Gable.

Sur ce sujet, papa dit que Jeanne redevient belle et qu'elle pourrait plaire à un homme qui donnerait un nouvel élan à sa vie, qui ferait un bon père pour Bérangère. Et dire que c'est lui qui avait permis la fuite de Jeanne vers la France pour qu'elle retrouve l'amour contre-nature de la pianiste américaine! Je sais que lorsque Jeanne me serre contre elle, c'est une façon plus que particulière de manifester son affection. Je me sens alors honteuse et très embarrassée, mais je la laisse faire, car j'ai si longtemps souhaité qu'elle m'aime et m'accepte comme amie. Bref, mon père rêve en couleur. Jeanne ne parle pas beaucoup quand nous ne sommes pas en leçon, préférant traîner son crayon et son calepin. Je sais que dans sa tête, il n'y aura pas le grand amour souhaité par papa, ni de reprise de sa carrière de peintre.

Il y a maintenant devant nous une autre Jeanne. Pas la poupée de porcelaine de son enfance, pas l'adolescente portraitiste de ses seize ans, non plus que la flapper sans gêne de ses vingt-quatre ans. Et, heureusement, surtout pas l'ivrogne de ses trente ans, ni la désagréable et désabusée grosse femme de trente-huit ans. Juste une nouvelle Jeanne, au début de sa quarantaine, heureuse d'avoir échappé à la mort pour le seul plaisir de voir grandir Bérangère. C'est cette femme que je côtoie tous les jours, mais avec un peu de l'héritage de ses vies passées. Elle est aussi une demi-muette qui n'utilise des mots que pour la tendresse envers sa fille et pour demander du sel pendant le souper.

Papa la voit vendeuse dans sa boutique. Vendeuse! Elle a un mal fou à parler et lui l'imagine déjà au service de son commerce! « Plus tard », me précise-t-il. « Bien, bien, bien, bien plus tard... » que je lui réplique. Dans le local qu'il prépare rue Saint-Maurice, non loin du *Petit Train,* il garde un espace pour du matériel de peinture. Évidemment, il désire Jeanne comme responsable de ce département. Un soir, il arrive avec un chevalet, une palette, des solvants et des tubes de couleur. Pour stimuler tante Jeanne à créer de nouveau, il a dépoussiéré cette partie de notre grenier où elle peignait, lorsqu'elle était dans la vingtaine. Pour ne pas l'attrister, Jeanne ne proteste pas. Mais la remettre à cet endroit était peut-être tourner le fer dans la plaie. Je l'entrevois devant sa toile. Rien ne se produit. Elle tremble en tenant son pinceau. Après de grands efforts, elle barbouille un paysage trifluvien, qu'elle fait passer pour une œuvre en cours, question de satisfaire mon père. Elle préfère ses tablettes de papier. Elle dessine très rapidement n'importe quoi au fusain et au crayon à mine de plomb. Elle couche sur ce papier ses humeurs ou exécute des dessins simples pour faire plaisir à son entourage. Mais n'importe quelle apprentie dessinatrice peut en faire autant! La technique et l'âme de la grande peintre qu'elle a été jadis appartiennent à une autre époque.

J'ai surpris tante Jeanne devant son miroir, à donner des coups de brosse dans ses cheveux et à caresser ses cils un à un. La voilà de nouveau sensible à la coquetterie, elle qui avait sombré dans un laisser-aller pitoyable. Elle coiffe Bérangère comme une poupée vivante pour la rendre encore plus jolie. Quand elle a de l'argent, Jeanne le consacre à acheter des vêtements à sa fille. Sa fierté et son culte de la beauté sont revenus. Pour me faire un cadeau de remerciement, elle me donne des dessins des visages de chacune de mes disciples. Elle a changé un peu la coiffure de Gingerale, m'expliquant que celle portée par mon amie n'est pas à son avantage. Elle a fait ces dessins grâce à sa seule mémoire.

Les disciples, de leur côté, se renseignent sur la progression de Jeanne, heureuses de savoir que nous sommes enfin devenues amies. Elles me donnent aussi des nouvelles de la guerre et de la situation à Trois-Rivières. J'avoue que ma cause me préoccupe moins depuis que je prends soin de ma tante. Aider Jeanne à parler de nouveau est l'œuvre la plus édifiante de ma vie. Mon père, après ses premières inquiétudes, baisse les bras devant les résultats, constatant que j'y arrive mieux que lui. Pourquoi je négligerais cette tâche héroïque pour essayer de convaincre un william de ne pas s'engager, alors qu'en général ils s'imaginent en train de m'embrasser parce que j'ose les aborder dans la rue? Pourquoi me donner des maux de tête pour des gens qui votent contre le projet du premier ministre pour aller, le jour suivant, applaudir une parade militaire? Jeanne est plus importante. Elle est ma guerre à gagner.

Nous avons pris l'habitude d'aller magasiner dans les boutiques de la rue des Forges le vendredi après-midi. En marchant à ses côtés, j'ai l'impression d'être sa fille. Elle regarde les robes dans les vitrines et passe des commentaires par des gestes. Quand les vendeuses lui demandent si elle a besoin d'aide, Jeanne répond avec sa tête. En quelques expressions de ses mains et de son visage, Jeanne m'explique qu'elle n'aime pas les dernières modes féminines, qu'elle trouve trop sobres et sévères. Ce vendredi-là, elle me surprend en demandant une crème glacée à la serveuse du comptoir de F. W. Woolworth. Temps de l'opération? Environ quarante-cinq secondes. La première syllabe est très longue à sortir de sa bouche. Jeanne fait un grand effort, accentué par des plis sur son front. La serveuse lui lance un regard effrayé. Je la vois chuchoter quelque chose à sa compagne de travail. Jeanne baisse les paupières et a un air piteux quand l'autre dépose la crème glacée sur le comptoir, pressée de quitter notre entourage. Je n'ai pas le goût d'expliquer l'aphasie à cette myrna. C'est un mot qui, de toute façon, lui ferait peur. Elle le confondrait sans doute avec un terme de maladie honteuse. Pas envie non plus d'apporter des précisions. La serveuse doit penser que cette femme est une folle échappée d'un asile, que les infirmes devraient demeurer dans des hôpitaux, qu'elle est peut-être dangereuse. Tout ça pour le simple mot crème glacée. Jeanne souffre de cette anecdote et touche à peine son dessert. Elle sort son calepin et m'écrit : « Dans ma tête, j'étais certaine que c'était facile à dire. Mais quand j'ai ouvert la bouche, rien ne sortait. Il était trop tard pour reculer. Je connais la souffrance, Renée. Toute ma vie on m'a pointée du doigt et on s'est moqué de moi. Et tu sais quoi? Je ne peux pas m'y habituer. »

Je voudrais tant l'entendre parler de sa souffrance. Mon père, lorsqu'il me raconte sa participation à la guerre de 1914, adopte un air si triste que c'est facile de voir que ce mal de jadis est éternel. Quand les gens causent de leurs tourments, ils paraissent plus réels. C'est la sincérité à l'état brut. Mais je devine cette souffrance dont Jeanne ne me parle pas : celle de se faire pointer du doigt parce qu'elle habitait avec cette Américaine, comme un mari vit avec son épouse. Sa nouvelle souffrance aura la forme des réactions des gens quand elle essaiera de s'exprimer, tout comme elle vient de le faire. Quand des personnes voient une infirme, ils se tordent le cou pour ne pas regarder, ils sifflent un air ou changent soudainement de direction. Ces pauvres victimes ont le dos courbé, des mains crochues toujours en l'air, des bouches tordues, des pieds non alignés et ils parlent comme tante Jeanne. On ne les voit pas tellement, sauf pendant la neuvaine et les processions. Ils arrivent avec la foi de trois églises en espérant que la Vierge entende leur cri. Je suis certaine que ces gens ont le cœur plein de bonté et de gentillesse. Ils veulent aimer, donner à autrui. Mais rien ne change à leur situation et nous, les favorisés par la nature et le destin, continuons à les regarder comme des monstres. Jeanne est comme ces pauvres malheureux. Mais l'accueil de la serveuse lui fait réaliser sa nouvelle douleur. En partant, Jeanne dépose dix sous sur le comptoir et attend que la serveuse s'approche pour le chercher. Elle lui lance alors un gros baiser mouillé en riant. J'éclate de rire devant son scénario. La jeune flapper des années vingt vient de se manifester!

Mais en sortant du magasin, l'inquiétude la gagne de nouveau. Elle s'arrête, tape du pied en hochant la tête. Je m'approche et elle me fuit. Elle ne sait pas que je viens de voir ses lèvres mimer le mot crème glacée. Son manège terminé, Jeanne se remet en route, les yeux dans les nuages. Je sais qu'elle ne pense qu'à ce mot. De retour à la maison, elle parle un peu à Bérangère en lui montrant ses achats de la journée. Mais au souper, Jeanne demeure silencieuse et soucieuse. Le moment du dessert venu, elle dit crème glacée, mais avec autant de peine que cet après-midi. Je sens tout de suite le désarroi envahir son visage. Elle part comme une flèche vers sa chambre, mon père à ses trousses. Je le rattrape et le retiens par les bretelles, lui ordonnant de ne pas aller la voir. Je monte la garde devant la porte de la chambre de Jeanne et ne laisse personne approcher. Qu'elle pleure en paix! Je comprends ses raisons. Quand j'entends ses larmes diminuer, j'entre doucement. Assise sur le bout du lit, Jeanne sèche ses yeux. Je me penche et elle détourne son visage. Je me mets à chanter : « Quand un vicomte rencontre un autre vicomte... » Elle ne me trouve pas drôle et me pousse. Je frappe le rythme de la mélodie sur son matelas et change les mots : « Quand une crème glacée rencontre une crème glacée... » Elle rit et m'accompagne. « Qu'est-ce qu'elles se racontent? Des histoires de crème glacée! » Je saute comme un piston, tournoie telle une toupie en applaudissant fort. « Mais c'est formidable, tante Jeanne! Vous voilà obligée de dire la vie en chantant! Combien de gens vont envier votre chance? »

Août à octobre 1942
Une seule guerre à gagner

La guerre me rattrape quand j'apprends que les volontaires de Trois-Rivières vont se rendre en Europe. Ah, patate! Leurs dirigeants leur avaient pourtant promis qu'ils devaient défendre nos côtes à Terre-Neuve! Parmi ces jeunes futures victimes, les disciples et moi avons quelques souvenirs de certains williams que nous avons essayé de convaincre de ne pas se joindre à ce cirque. Ils doivent penser à nous, tandis que d'autres sont probablement contents d'aller au combat, de passer enfin à l'action. Ces williams et leur action! Ils ne pensent qu'à l'action, sans songer à l'inaction qu'elle pourrait apporter.

En apprenant la nouvelle, nous songeons tout de suite à Hector. Non, il n'est pas du groupe. Pas pour l'instant. Après s'être entraîné en Ontario et dans les Maritimes, il se retrouve maintenant en Saskatchewan. Il voit du pays, comme le veut l'expression populaire. Si elle s'ennuie beaucoup de lui, Broadway est cependant moins amère que lors de son départ. Le salaire qu'il lui fait parvenir est si bon qu'elle a pu retourner vivre dans un logement. Elle loue deux chambres à des midinettes de la Wabasso. Elles sont plus jeunes qu'elle, mais Broadway aime bien l'attention qu'elles portent à Émilienne. Comme ces myrnas s'offrent pour garder souvent la petite, Broadway s'est remise à sortir avec moi. Elle est maintenant une « célibataire mariée » qui ne craint pas de voir Hector « traverser ».

Arrivé dans l'Ouest, Hector était le seul parmi la trentaine de catholiques du campement à savoir servir la messe. Fier de cette perle rare, le curé a insisté afin que ce soldat joue ce rôle primordial pour le moral des kakis de notre confession. Broadway me dit qu'Hector risque de passer le reste de la guerre à servir la messe, ce qui l'assure de ne pas aller dans les tranchées européennes. Quand il est venu en permission, en juin dernier, il n'avait que deux jours à donner à Broadway, à sa fille et aux deux familles. Mais il avait eu la gentillesse de venir nous rencontrer au *Petit Train.* Il portait son uniforme avec fierté. Bien que nous soyons allergiques à ces couleurs répugnantes et à ce stupide béret, nous avons admis qu'il avait belle allure. « J'ai vite appris l'anglais. On n'a pas le choix. Mais ça peut servir, après », avait-il admis. Mais « après », ce pourrait être bien long. S'il y en a un. Hector était au courant de tout ce qui se dessinait en Europe. Nous l'avons bombardé de questions. « Est-ce que... Est-ce que tu penses que les Allemands vont envahir le Canada? » avait demandé la peureuse Puce, des trémolos dans le fond de la gorge. Hector avait répondu comme une publicité de l'armée : « Pas tant qu'on sera là! » Il nous parlait de tout, de sa vie, de ses camarades, et avait terminé son spectacle par une chanson du soldat Lebrun. Ça, j'aurais pu m'en passer trente fois! Surtout quand Divine et Écarlate ont décidé de chanter avec lui. Et on ose appeler ces myrnas des jitterbugs! Moi, je passais tout ce temps d'été avec tante Jeanne et je n'ai pas pu réellement voir jusqu'à quel point la visite d'Hector avait créé une impression favorable chez mes disciples. La saison estivale était belle et elles en ont profité comme n'importe qui, oubliant notre devoir. Puis, quand cette nouvelle du départ de nos kakis trifluviens est arrivée, nous nous sommes regardées sans dire un mot, puis nous avons décidé de parler du film américain de Jean Gabin avec Ida Lupino en covedette.

Mais quand la nouvelle du massacre de nos troupes canadiennes nous arrive, c'est la consternation et la honte. Sousou, avec ses journaux de Montréal, nous fait la triste lecture de cette actualité terrifiante. Il y a beaucoup de soldats canadiens-français parmi les victimes, puisque la troupe des Fusiliers du Mont-Royal faisait partie de cette tentative ratée d'envahir le continent trop bien gardé par les Allemands.

« Les fusiliers du Mont-Royal? Ce n'est pas le régiment de l'amoureux de Nylon?

– Je ne suis pas certaine, mais je pense que oui. »

On entend une mouche voler. Sousou continue sa lecture. Nous n'en parlons pas les jours suivants, sachant que ce régiment est bel et bien celui du soldat de Nylon. L'image rassurante de la visite d'Hector se mêle avec la description horrible rapportée dans les journaux, même si principalement ils parlent de nos « vaillants soldats tombés courageusement pour la noble cause de la justice ». Puis le souvenir des discours de mon père, décrivant sa tâche d'aller ramasser des cadavres de soldats en 1915, nous revient aussi en tête. Sousou et moi avons l'idée simultanée de rendre visite à Nylon, question d'en avoir le cœur net et de la consoler, si nécessaire. Nous ne sommes plus des gamines et il faut oublier nos différends quand le malheur nous frappe. Ce qui avait provoqué la défection de Nylon était cet amour pour ce soldat, et nous pouvons comprendre le sens véritable du grand sentiment. Nous sonnons à sa porte et elle nous répond. Elle recule d'un pas. Juste en voyant sa tête, Sousou et moi savons que son amoureux est mort lors de ce combat.

« Tu viens faire ta fine jusque chez moi? Avec ton grand air de vouloir me dire que tu m'avais avertie?

– Mais non, Nylon! Pourquoi me crois-tu si méchante?

– Et cesse de me donner ce surnom ridicule! Je m'appelle Juliette! O.K., Renée Tremblay? »

Nous n'insistons pas. Dans la soirée, nous apprenons qu'Écarlate et Divine ont été accueillies de la même façon, quelques heures plus tôt. Je suis sous le choc de la déception, et même les gestes affectueux de Sousou ne me touchent pas. Les semaines suivantes, les gens parlent sans cesse de ce carnage de Dieppe. Tous les curés en font mention dans leurs sermons. Les églises débordent de prieuses et les tavernes de patriotes attristés. Avant, on lisait des articles sur des défaites militaires, mais cette fois, tous ont l'impression d'être impliqués. Ce sont les nôtres qui sont morts! Pas des Smith ou des Fritz! Des Beaudoin! Des Dionne! Des Gauthier et des Tremblay! Mais à cette nouvelle de la guerre en succède toujours une autre et une autre. Après un mois, le souvenir est plus dans le cœur que sur les lèvres. Je suis vite retournée à tante Jeanne pour le reste de l'été. Rocky, pendant ce temps, me trouvait molle de ne pas m'occuper de mes troupes. Après l'avoir entendu dire une méchanceté sur le compte de Jeanne, *je l'ai quitté sans aucun regret.* Gingerale s'est dit bien triste de la fin d'un « si beau couple », mais elle a été la seule à exprimer un sentiment. Je crois bien que les autres en avaient assez des pitreries cassecou de Rocky et de Grichou. Et de plus, il ne nous trouvait plus de bas.

À la place, nous appliquions sur nos jambes une lotion imitant parfaitement la soie. Woogie était experte à cette tâche, si bien qu'elle peignait les jambes d'à peu près toutes les myrnas de la paroisse Saint-François-d'Assise. Quand la lotion était à point, Woogie nous dessinait une couture au crayon gras, ce qui nous assurait d'avoir une couture toujours bien placée. Mais ce crayon est vite devenu le cauchemar de nos mères, à cause de sa tendance à déteindre sur les draps. J'ai réglé ce problème en me faisant peindre juste pour les sorties. Le reste du temps, je laissais au soleil le soin de me brunir les jambes, une situation qui faisait hurler nos curés. Comme j'ai pu supplier Rocky! « Trouve-moi des bas! Vite! C'est urgent! J'en ai assez de me faire chatouiller les jambes par un pinceau! » J'ai même rencontré d'autres contrebandiers et leur ai offert un bon prix pour qu'ils me dénichent de vrais bas. Rien à faire! Et les bas de nos magasins étaient hors de prix, et pour rien au monde je n'aurais porté des bas de coton, comme me le suggéraient mes parents.

Le contenu des vitrines de nos magasins était de plus en plus désolant. L'austérité semblait dominer la nouvelle mode féminine. Ces couleurs sombres me donnaient le cafard! Nous achetions du tissu à la verge et nous confectionnions nous-mêmes nos robes, inspirées par celles portées par les grandes actrices de Hollywood. Je préférais imiter Katharine Hepburn que de ressembler à une Canadienne française terne se privant de belles parures à cause de la guerre. La guerre américaine ne semblait pas être la même que la nôtre. Au moins, eux combattaient pour leur propre pays! Leur aventure contre les Japonais était autant dans nos journaux que notre guerre. Le Capitol montrait leurs films d'actualités, comme si nous étions les citoyens d'un de leurs États. Mais j'avais tendance à comprendre de moins en moins tout cela depuis le départ de Mademoiselle Minou. Je savais juste que James Stewart et le beau Robert Taylor s'étaient joints à l'armée américaine, ainsi que Glenn Miller. La guerre d'Europe nous privait de nouveaux films et de chansonnettes françaises, mais il semblait que la guerre américaine ne freinait pas ces deux activités de nos voisins du sud. Les Andrews Sisters portaient l'uniforme et chantaient une histoire à propos d'un roi de la trompette jazz devenu clairon dans l'armée. Beurk, patate! J'imaginais que bientôt une foule de films de guerre allaient envahir nos écrans. Et dans la province de Québec, tout le monde fredonnait les ritournelles du soldat Lebrun. Tout le monde sauf moi.

Est-ce que la guerre allait durer éternellement? Selon mon père, les kakis allemands étaient terrifiants et les Alliés avaient un mal fou à les vaincre. Plus la guerre persistait, plus la menace de la conscription pesait sur nous. Qui sait si Mac ne fera pas appel même aux hommes mariés? Broadway a décidé, en septembre, de faire son effort de guerre. Personne parmi les disciples n'a poussé de hauts cris. Elle s'est mise à tricoter pour la Croix-Rouge. Broadway prétendait que cette activité n'était pas pour encourager la guerre, mais bien pour servir ceux qui étaient déjà en Angleterre. La Croix-Rouge lui donnait du tissu déjà taillé et elle n'avait qu'à coudre des courtepointes et des draps. Avec de la laine, elle tricotait des bas et des mitaines. « Ça m'occupe les mains », disait-elle, ajoutant qu'il était plaisant d'avoir enfin le droit de tricoter le dimanche. Moi, personnellement, je trouvais plus moral pour une myrna d'accomplir ce travail pour la Croix-Rouge que d'aller fabriquer des bombes en usine.

Peu après, Woogie et Chou m'apprennent qu'elles sont devenues marraines de guerre, invoquant, comme Broadway, que ce n'est pas une participation à la guerre, mais bel et bien un réconfort pour ceux qui ont fait la bêtise de s'enrôler. Je suis surprise par cette décision de Chou, la plus zoot des disciples. Elle me dit qu'elle écrit à ces soldats pour apprendre l'anglais. Son correspondant vient de la Nouvelle-Écosse et lui écrit en français, alors qu'elle lui répond dans la langue de Cary Grant. Woogie m'explique qu'elle aime bien son soldat parce qu'il fait pitié : il est enfant unique et il ne reçoit presque pas de lettres de son Lac-Saint-Jean natal. « Et de plus, il est beau. » Que l'une tricote pendant que deux autres écrivent des lettres à des kakis s'ennuyant en Angleterre ne me dérange pas. Je m'en fiche un peu. Je sais que j'ai peut-être tort de penser ainsi, mais je suis trop préoccupée par tante Jeanne pour me casser la tête avec les loisirs de mes disciples. Par contre, ce qui me dérange beaucoup, c'est la mesquinerie et l'hypocrisie. Je suis toujours la dernière à apprendre ce qui se passe dans mes troupes : Woogie et Chou écrivaient à ces soldats depuis déjà plusieurs mois. Je ne gronde pas mes deux disciples, mais la moutarde me monte au nez quand Woogie me dit avec désinvolture que Mademoiselle Minou avait menti à propos de sa mésaventure, prétendant que son soldat de passage était bel et bien en uniforme et qu'elle l'a trouvé trop séduisant pour être capable de lui résister. C'est trop facile de salir quelqu'un qui n'est plus là!

Je ne savais plus combien nous étions dans la bande. De temps à autre, nous nous téléphonions pour voir un film. Certaines continuaient à venir le soir au *Petit Train,* mais c'était surtout pour parler de banalités, et non pour s'amuser ou préparer un plan pour notre cause. Je me sentais comme tante Louise : l'appel d'un apostolat était devenu plus fort que les réalités terrestres. Je ne pensais qu'à aider Jeanne. Elle voyait très bien mon attitude et semblait touchée par ma dévotion. En conséquence, elle faisait de plus en plus d'efforts pour parler (ou chanter) à la maison, mais pas à l'extérieur. La famille s'était habituée à son élocution chaotique. Elle me faisait penser à un petit enfant dont les parents sont très fiers d'entendre les premiers mots, tandis que les visiteurs n'y comprennent absolument rien. Son ancienne amie Lucie, cette femme tellement vieillie, est venue la visiter dernièrement. C'était bien la première fois que tante Jeanne parlait à quelqu'un d'autre que nous. Habituellement, quand des étrangers viennent à la maison, Jeanne se terre et attend leur départ pour descendre de sa chambre.

Au début de l'automne, ma tante se remet à dessiner

beaucoup, sur une grande tablette que mon père lui a donnée. Peu à peu, je m'aperçois qu'elle illustre l'histoire de sa vie. Grâce à son crayon habile, je peux voir vivre et sourire un grand-père Joseph tout jeune et costaud. Je vois aussi en détail la maison où mon père est né, je découvre ma grand-mère que je n'ai jamais connue et je fais connaissance avec ce quartier Saint-Philippe d'antan. Tante Jeanne se met à cette tâche de façon très sérieuse. Ce ne sont pas des esquisses, mais bel et bien des dessins travaillés. Elle n'admet pas les erreurs et les imprécisions et ne compte pas à la dépense de papier. « Pourquoi faites-vous ces beaux dessins, tante Jeanne? » Elle me regarde furtivement, ne répond pas jusqu'à ce que je m'éloigne : « Hé... hé... hé... héri... rita... ge. » J'attendais surtout qu'elle me dise qu'elle dessine afin de clouer le bec à mon père, pour passer le temps, pour s'exprimer, mais jamais je n'aurais cru entendre le mot héritage. Voyant mon regard surpris, elle me fait signe d'approcher et m'écrit dans son calepin que dessiner est la seule chose de bien qu'elle a faite dans son existence et qu'elle désire laisser en héritage à Bérangère l'histoire de sa vie et de notre famille. Pour moi, le terme héritage équivaut à testament, mais je me garde bien de lui avouer une telle pensée. Papa est content de ce regain de créativité chez sa sœur. Il la félicite comme une petite enfant : « C'est beau, la Jeanne. Très beau! Je suis content! Continue! » En la voyant devant sa tablette, il abandonne son rêve de la voir se remettre à peindre de grands tableaux. Comme moi, papa croit que si Jeanne a du plaisir à dessiner son enfance, quelle sera sa réaction lorsqu'elle devra créer des scènes avec son amie la pianiste Sweetie? À moins qu'elle ne l'efface de sa vie...

Les souvenirs que j'ai de Sweetie ne sont pas du tout associés à de l'amour. Et d'abord, il faut dire qu'il n'a été question d'amour entre elles qu'à la fin de leur séjour à Trois-Rivières, vers 1929. J'étais trop petite pour réaliser ce qui se passait. Je me souviens d'elle comme de « ma tante Sweetie », qui, en arrivant à la maison, me prenait dans ses bras, me minouchait le nez et me grimpait sur ses épaules en disant : « Isn't she cute? » Elle était jolie et sentait bon. C'est fou comme je me souviens de son odeur! Elle souriait tout le temps, avait des yeux francs et pétillants, portait énormément de maquillage. Elle s'entendait bien avec mon père, qui parlait de toutes sortes de sujets différents avec elle. Sous son allure folichonne, tante Sweetie était très sérieuse. Pianiste exceptionnelle, elle passait quand même de longues heures à répéter et à écrire des partitions pour les films muets qu'elle accompagnait avec un petit orchestre au cinéma Impérial. Elle était une personne disciplinée, au contraire de Jeanne. Sweetie est toujours présente dans la mémoire de beaucoup de Trifluviens. Souvent, j'entends parler d'elle comme de l'ancienne vedette de l'Impérial. Patate comme je me souviens de toutes les fois où mon père m'emmenait entendre Sweetie à l'Impérial! Nous ne nous rendions pas voir le film! Non! C'était elle qu'il fallait regarder, avec des vêtements aussi beaux que ceux de la vedette de l'écran, ses longs colliers et sa façon de nous regarder un peu de haut en envoyant des bises. Puis, elle s'installait à son piano et rendait bien fades les performances de Charlie Chaplin ou de Douglas Fairbanks. À la fin, les spectateurs se levaient pour l'applaudir, puis ils approchaient pour connaître son horaire de la semaine, désirant l'entendre à nouveau. Il y avait même des gens qui lui demandaient des autographes! Et cette grande vedette adulée venait régulièrement dans ma maison! J'étais très impressionnée! Je me souviens aussi de son langage charmant. Elle avait gardé son accent anglais qui coulait avec limpidité, sans jamais heurter les oreilles. Mais il lui arrivait d'inventer des mots, de se tromper d'article et de confondre certains qualificatifs, ce qui produisait un effet amusant. Puis, elle comprenait mal certaines de nos expressions, les prenait au pied de la lettre. Par exemple, si on lui disait : « Aujourd'hui, je ne suis pas dans mon assiette », elle nous répondait : « Ton assiette? Mais on va souper juste dans deux heures. Pourquoi tu me parles d'assiette? » Et j'éclatais de rire en dansant autour d'elle!

J'ose me rendre près de tante Jeanne pour lui demander de me parler de son amie, et c'est moi qui lui raconte ces souvenirs d'enfance. Elle garde sa tablette sur ses genoux, m'écoutant distraitement, m'offrant un petit sourire de temps à autre. Ma tante dessine grand-père Joseph. Je comprends vite qu'elle ne veut pas que je parle de Sweetie. Elle continue à dessiner jusqu'à mon départ pour *Le Petit Train.* En rentrant, après onze heures, je suis étonnée de la voir à la même place, avec les mêmes vêtements, comme si elle n'avait pas bougé depuis la fin de l'après-midi. Et elle dessine encore. Je regarde le tas de feuilles à ses côtés et n'y trouve que des gribouillis difformes, comme ceux d'un enfant de deux ans prenant un crayon pour la première fois de sa vie. « Mais qu'est-ce que vous faites là, ma tante? » Elle sursaute, me regarde d'un air perdu, puis prend son temps pour me répondre qu'elle continue ses dessins sur son enfance. « Ça? » lui dis-je en désignant une des feuilles. Elle jette un coup d'œil, demeure perplexe, et, sans rajouter quoi que ce soit, monte se coucher. Je regarde les feuilles en me demandant si elle ne se met pas à perdre la mémoire, comme son père Joseph. Le lendemain, les feuilles sont encore au salon. En s'installant dans le fauteuil, devenu son coin de travail favori, Jeanne les aperçoit et se plaint que quelqu'un dans la maison a gaspillé son papier à dessin. Elle s'apprête à gronder Bérangère, quand je lui avoue que c'est elle qui a commis la faute. Elle hausse les épaules, se lève, met son manteau et va vers la porte, puis elle arrête et me regarde d'un air peiné, qui me demande de l'accompagner jusqu'au magasin de papa pour acheter de nouvelles feuilles. Sans ma présence, Jeanne sait que papa va essayer de la retenir à la boutique pour la faire travailler.

Le magasin de mon père a ouvert ses portes à la fin du mois d'août, et je suis certaine que ce n'est pas réellement le métier qu'il veut faire dans sa vie. Avec toutes ses connaissances, il pourrait travailler au journal *Le Bien Public,* où il a de nombreux amis. Mais après son congédiement du *Nouvelliste,* il a eu une réaction de haine envers son véritable métier. « Non! Non! C'est terminé! Il faut passer à autre chose! » clamait-il, cachant mal l'espoir d'un retour devant sa machine à écrire de journaliste. Si papa a pensé à Jeanne avec ce magasin, il a aussi songé à ma sœur Carole, qui y travaille souvent, entre deux cours et trois messes. Peut-être aussi a-t-il pensé à Christian ou à moi. Quoi qu'il en soit, ce magasin est destiné à l'un des enfants. Comme papa avait autrefois trouvé le nom du *Petit Train,* c'est lui qui a baptisé son commerce du vocable peu original de *La Librairie Moderne.* Carole et lui vendent des livres et du papier, mais la plupart du temps, Carole lit les livres et papa noircit le papier. La boutique est modeste, discrète. Pas très commerciale, je dois l'avouer. Il veut se bâtir une clientèle fidèle de lecteurs assidus qui lui demandent la perle rare. Autour de ces trésors, il y a des romans populaires et des livres religieux, nécessaires à la survie de toute librairie à Trois-Rivières, car ce sont ces ouvrages qui se vendent le plus. En plus des livres et de la papeterie, papa a aussi emménagé un comptoir de matériel pour peintres. Il voulait que Jeanne s'en occupe, passe les commandes, donne des conseils. Lui confier cette tâche l'aurait aidée à trouver un nouveau sens à sa vie, lui aurait permis un peu plus de liberté financière. Mais tante Jeanne est effrayée par l'idée première de mon père de la transformer en vendeuse. Elle refuse de se présenter seule à la librairie, de peur que mon père lui demande de garder le magasin « quelques minutes » pendant lesquelles le téléphone pourrait sonner et un client se présenter. Quand nous entrons ce matin-là, mon père est avec un visiteur. Tout de suite Jeanne détourne la tête et se lance vers un étalage pour faire semblant de bouquiner. Je prends la tablette à dessin désirée par ma tante. Le client parti, papa regarde sa sœur et lui demande sur ce ton enfantin, découpant chaque syllabe : « Puis? Comment vas-tu, la Jeanne? »

« Elle n'est pas sourde, papa. Elle a du mal à parler.
– Est-ce que je t'ai adressé la parole, Renée? »

Il répète sa question. Elle hoche la tête et répond : « Bien, merci », même si je sais qu'elle pense : « Tu m'emmerdes, Roméo! »

« Tu as déjà terminé ta dernière tablette? C'est bien. Je suis content de toi. Mais il ne fallait pas venir. Tu n'avais qu'à téléphoner et je te l'aurais apportée après souper.
– C'était urgent.
– Renée? Est-ce que tu as fini de répondre à la place de ta tante? Les progrès qu'elle a réalisés doivent servir en tout temps et en tout lieu.

– On a d'autres commissions à faire. Merci, papa. Bonne journée. »

Je marche rapidement vers la porte, entraînant Jeanne par la main. Puis, elle s'immobilise, regarde mon père, fait la révérence et dit moqueusement : « Merci, papa. » Je m'esclaffe. J'aime quand tante Jeanne a ces réactions moqueuses, héritées de sa folle jeunesse. Sauf qu'elle m'embarrasse en s'assoyant par terre contre un mur, déballant tout de suite sa tablette pour se mettre à l'œuvre. Je réussis à la convaincre de venir dessiner au *Petit Train,* mais rendue sur place, elle n'a plus le goût et ignore même la tasse de thé qu'elle a réclamée. Soudain, elle se lève et passe à la maison, monte dans son ancienne chambre, alors que ma belle-sœur Micheline se demande ce qui lui prend encore. Elle regarde cette chambre, aujourd'hui occupée par Céline, la fille de Maurice. Tante Jeanne joint les mains, baisse les paupières et se concentre pour me dire : « Il y avait... » Elle sait ce qu'elle désire dire, mais le reste de sa phrase ne veut pas sortir de sa bouche. Elle serre les lèvres, tape du pied et descend vivement au restaurant, sans s'occuper de personne, sort à toute vitesse, en oubliant sa tablette et son sac à main. Je la poursuis en criant son nom. Elle s'immobilise, je la rattrape et lui donne sa tablette. Elle pointe son majeur au ciel, puis regarde ses pieds. « Renée, je... » Dans un cas comme celui-là, les trois possibilités s'offrant à moi sont toujours humiliantes pour elle : l'aider à parler, patienter ou dire la phrase à sa place. Je la laisse faire et regarde ailleurs. Cinq minutes plus tard, elle arrive à exprimer sa pensée : « Renée, je veux exercer. » Ainsi se déroule mon quotidien depuis son retour d'Ottawa. J'oublie ma vie sentimentale et la guerre, néglige mes disciples. Je ne pense plus à la carrière de Gaston et ne me préoccupe pas de la présence de Carole et de Christian. Je me souviens à peine que ma sœur Simone fera de papa un grand-père une autre fois. Pire que tout, je vais moins au cinéma, commettant le grave péché de rater le nouvel Erroll Flynn.

« Caractère, il faut aller voir le nouveau film du Capitol. On dit que c'est le plus grand chef-d'œuvre de tous les temps.

– Tu dis ça de tous les films, Gingerale.
– Tu devrais venir. Ça te changera les idées. »

J'ignore que *Mrs. Miniver* est un film de guerre. Rien ne le laisse supposer. C'est l'histoire d'une bonne famille britannique vivant à Londres sous la menace des bombardements nazis. Comme j'ai pleuré en le voyant! Autant que Gingerale. Voilà enfin le vrai visage de la guerre, celle qui menace chaque jour les pauvres gens. Gingerale s'est rendue brailler ce film trois fois de suite. Elle sort de la salle complètement bouleversée et me confie ses difficultés de plus en plus grandes de devoir vivre auprès de son père, qui ne parle que de la guerre, et près de la déchéance de son frère Réal, parce que l'armée n'a pas voulu de lui en 1939. « Je voudrais tant me marier pour m'en aller! » Mais elle n'a pas d'amoureux et ne désire pas d'un candidat de l'armée. Très catholique, Gingerale ne veut pas déplaire à son père et cherche à l'honorer avec respect et obéissance, même si neuf fois sur dix, il l'énerve. Il ne faut pas chercher d'explication à mon attitude, mais c'est moi qui lui parle du recrutement féminin de l'armée. Elle me qualifie d'abord de folle, d'inconséquente, de traîtresse, mais je lui cloue le bec en lui disant qu'en s'engageant, elle s'en irait enfin loin de son père, tout en donnant à sa famille l'honneur que Réal n'a pas pu apporter. Gingerale disparaît pendant trois semaines, et je savais que ma suggestion germait dans sa tête.

Si le gouvernement recrute des femmes, ce n'est pas pour leur mettre des fusils entre les mains. Nous sommes trop intelligentes pour servir à une telle bassesse. C'est une façon de gagner un salaire régulier, d'apprendre un métier, de voyager, de se familiariser avec l'anglais. Qu'est-ce qu'elle fera dans l'armée, Gingerale? Laver les planchers et la vaisselle, ou devenir secrétaire? Je sais surtout que mon amie gagne un salaire de misère à la Wabasso, à travailler dans le bruit et la chaleur, qu'elle en a plein les oreilles d'entendre la sirène de l'usine l'appeler à tout bout de champ, qu'elle doit donner les trois quarts de cette maigre pitance à son père qui colle sur les murs de la maison tous les articles de journaux à propos de la guerre, traitant chaque jour son fils unique Réal de raté parce qu'il n'a pas le physique désiré par les forces armées. Si Gingerale s'engage, cela va calmer son père, délivrer Réal de ces vilains mots et l'éloigner de la Wabasso.

Je suis au courant de tout ce qu'ils exigent d'une myrna. *Je me suis informée par curiosité, pas parce que cela m'intéresse.* Gingerale a la taille requise, a complété sa septième année d'école, connaît les formules d'usage en anglais, et est une personne courageuse, à la discipline irréprochable. L'armée féminine fait de la publicité partout dans les journaux et dans les vitrines. Même nos curés en parlent, mais pour une raison contraire : le devoir d'une myrna est d'être à la maison. D'accord pour les mariées, mais pour les célibataires vivant dans le climat de tension créé par leur père, c'est une autre histoire. La publicité de l'armée est, je dois l'avouer, assez attrayante. Sur les affiches, toutes les myrnas ressemblent à Claudette Colbert. Elles portent des cravates minces, des jupes bien taillées et un petit chapeau carré. Et je devine qu'elles doivent enfiler des vrais bas, elles! L'armée dit que la présence des femmes dans leurs rangs peut servir à hâter le retour des maris et des fiancés, mais je ne comprends pas très bien ce qu'ils veulent dire par là. Malgré ce beau prestige affiché partout, beaucoup de gens croient que les couacs ne sont que des filles à soldats. Certains utilisent même des mots un peu osés, prétendant que les casernes féminines sont des... des... enfin! des ça! Quelles calomnies! Un soir, Gingerale entre promptement au *Petit Train* en me questionnant directement : « Pourquoi tu n'y vas pas, si t'aimes tant ça? »

« Moi, une couac? T'es tombée sur ta patate grillée? Je n'aime pas l'armée, ni la guerre. Tu devrais le savoir, depuis tout ce temps.

— Pourquoi est-ce que tu m'embêtes avec cette idée depuis trois semaines?

— Ça fait trois semaines que je ne t'ai pas vue! Et tu ne m'as même pas dit bonsoir en entrant!

— C'est parce que tu fais à peine cinq pieds. Ce doit être ça. Je suis certaine que c'est la raison! En fait, tu veux que j'y aille à ta place!

– Mais à quoi rêves-tu donc depuis trois semaines, Gingerale?

– Quoi? Qu'est-ce que tu veux insinuer? »

Sousou, à deux pas de moi, étouffe un rire. Elle devine que j'ai éveillé une flamme chez Gingerale et, de retour d'un dix heures de besogne à l'usine, elle devait être prise d'insomnie en pensant continuellement à mon idée. Avant de partir, Gingerale se retourne vers moi, me pointe du doigt et s'écrie : « C'est ça! C'est ça! Tu es trop petite, Caractère Tremblay! » Puis elle disparaît rapidement, ignorant Sousou qui la salue militairement. Sousou est la seule des disciples à se rendre compte, tout comme moi, que nous avons perdu notre guerre lors de la parade des bons de la Victoire, ce printemps. Elle a compris que Nylon veuve d'un soldat qu'elle n'a pas marié, que Mademoiselle Minou salie par un kaki, que Broadway mariée à un soldat et tricotant pour la Croix-Rouge, que Woogie et Chou écrivant avec ferveur à des soldats, que Foxtrot travaillant en usine de guerre, bref que toutes nos amies sont devenues des adultes au rythme de notre quotidien envahi chaque instant par les échos de la guerre. Nous avons perdu notre guerre idéaliste, en même temps que nous avons perdu l'illusion d'avoir pour toujours dix-huit ans. Je n'ai qu'une seule guerre à gagner : la résurrection de tante Jeanne.

Janvier à mars 1943
Qu'est-ce qu'on fait encore ici?

Gingerale est partie avec la bénédiction émouvante de son père et flattée par la fierté de toute sa parenté. Avant son départ, elle est venue me dire qu'elle était encore contre l'enrôlement des williams, mais je lui ai répondu de ne pas s'en faire avec cette idée. Les disciples qui restent ont sursauté en apprenant que Love a décidé d'imiter Gingerale. Déjà téléphoniste pour la compagnie Bell, Love rêvait d'une promotion et se voit déjà télégraphiste dans un camp militaire en Angleterre. « Tu comprends, Caractère, dans le privé, ça va me prendre des années avant d'être télégraphiste! Ils ne veulent pas des femmes! Mais dans l'armée, je peux y arriver en moins de douze mois! » Elle a mis tant de sel dans son discours qu'il est vite devenu indigeste.

Au début de 1943, toute la jeunesse du quartier Notre-Dame-des-sept-Allégresses et de Saint-François-d'Assise se donne rendez-vous au *Petit Train*. Sousou, Puce, Divine, Écarlate et moi avons l'air vraiment vieilles devant leur turbulence, si semblable à la nôtre, il y a cinq ans. Ils font avaler des quantités de sous à mon juke-box pour entendre la nouvelle chanson comique de Spike Jones, qui s'en prend à la tête d'Hitler. Il y a même des petits williams de quinze ans qui ne se gênent pas pour clamer : « Attends quand je vais avoir l'âge! Tu vas voir que c'est moi qui va aller lui raser la moustache, à Hitler! » Je regarde Sousou, qui observe Puce, jetant un œil à Divine, qui à son tour zieute Écarlate, et toutes pensons en chœur qu'il y a quatre ans, nous nous promenions en bande dans la rue des Forges en chantant gaiement aux jeunes : « Non! Ne vous engagez pas! » Et voilà que ce petit morveux, rêvant tout haut d'être soldat, remet le disque de Spike Jones pour une huitième fois de suite. Il finit par énerver la pourtant calme Puce. Elle s'avance comme une grande sœur pour lui dire que la guerre est une bêtise, que le sacrifice des soldats de Dieppe n'a apporté que des malheurs aux familles, que l'armée canadienne traite les williams de notre province des pires noms et qu'en qualité d'infirmière, elle peut lui assurer qu'une balle dans l'épaule, ça fait beaucoup plus mal que dans un film de Hollywood.

« Vous êtes une vraie garde-malade?

– Oui.

– Et pourquoi ne travaillez-vous pas pour l'armée? Il y a plein d'ouvrage pour vous. Notre armée a besoin de bonnes gardes-malades.

– Je prends soin et je donne du réconfort aux patients qui en ont besoin, Je ne veux pas soigner des jeunes qui ont couru après leur malheur.

– Si vous me le permettez, madame, je vais vous dire que si vous n'êtes pas une infirmière de l'armée, c'est parce que vous êtes une peureuse. »

Il lui tourne la tête pour regarder le juke-box. Je débranche l'appareil et hausse le ton. Ce petit soldat se tient au garde-à-vous devant moi, mais je le fais rompre facilement. En sortant, il lève le poing en nous criant qu'on va toutes devenir vieilles filles. Puce, en furie, lui court après et lui crie : « Et tu sauras, petit mal élevé, qu'il faut avoir vingt-cinq ans pour être infirmière dans l'armée! » En se retournant, elle se frappe le nez à nos quatre regards étonnés. Elle rougit, cherche les bons mots, avant de nous bégayer : « On en parle à l'hôpital. Il y a des filles qui ont essayé. C'est pour ça que je suis au courant. Comment? Vous croyez que j'ai fait des démarches? Vous êtes folles ou quoi? » Son explication ne nous convainc pas.

« Savez-vous qu'elles gagnent cent cinquante dollars par mois? Cent cinquante! Tu imagines? On n'en fait que quarante, ici! Mais je n'irai pas. C'est certain qu'ils ont besoin d'infirmières dans leurs camps d'Europe et même au Canada. Mais tu m'imagines au front, soignant des williams qui viennent de se faire déchiqueter par des obus allemands?

— Bien sûr que je t'imagine très bien dans ce rôle, Puce.

— Tu m'agaces, Caractère? C'est ça! C'est bien toi! Tu veux me faire fâcher! »

Je ris et mets ma main sur son épaule pour la délivrer de son embarras, bien que je sente parfaitement, tout comme les autres, que Puce a fait une démarche et que si elle avait l'âge requis, elle serait déjà en Europe. Pour confirmer ces doutes, elle ajoute même : « Puis ce n'est pas l'armée canadienne qui engage! C'est la Croix-Rouge! » Divine, ébranlée par la défection des autres, demande qu'on prête à nouveau notre serment. Sur ma paume chaude, je sens quatre mains tièdes qui tremblent en jurant que nous ferons tout pour empêcher nos williams d'aller à la guerre. Divine revient le lendemain soir, la crinière au vent, me regardant avec un air déterminé, avant de demander : « Bon! Qu'est-ce qu'on fait, Caractère? » Mais il n'y a qu'elle et moi au *Petit Train.*

« On pourrait aller au Cinéma de Paris! Tu ne sais pas? Ils repassent *Barnabé* avec Fernandel. C'est tellement drôle, ce film!

— Ce n'est pas de films que je veux t'entendre parler.

— Tu me demandes ce qu'on peut faire et je te réponds. Moi, en tout cas, je vais voir Fernandel avec ma tante Jeanne. Tout ce qui lui rappelle la France la rend heureuse.

— Caractère! Prends une décision! Qu'est-ce qu'on doit faire? »

Cette situation est la même depuis que je suis petite. Quatre gamines arrivaient dans ma cour, criant mon nom à l'unisson pour ensuite me demander : « À quoi joue-t-on, Renée? » J'ai grandi avec des amies ayant cette attitude et c'est pourquoi je suis le chef des disciples. Enfin, j'étais...

« Je ne sais pas quoi te répondre, Divine.

— Il faut faire quelque chose! Nous perdons nos amies qui deviennent molles et se laissent séduire par la guerre! T'as une part de responsabilité dans cet état de fait, Caractère Tremblay! Si t'avais pris plus de décisions, nous serions plus fortes! Woogie et Chou, par exemple! Jamais elles ne seraient devenues marraines de guerre si tu avais vu à ton affaire!

– T'es venue ici pour chercher des poux de patates, Divine?

– Non! Pour te réveiller! »

Tous les soirs, des jeunes myrnas passent en face de chez moi pour se rendre au terrain d'entraînement des mitrailleurs, dans l'espoir qu'un soldat les remarque. C'est encore plus frappant le samedi, alors que les écolières et les ouvrières sont en congé. Les kakis n'ont que l'embarras du choix pour avoir une petite *pea soup* pour la fin de semaine. Elles m'énervent! Elles énervent tout le monde : leurs parents, leurs curés, leurs prétendants et mes disciples. Même si les soldats ont l'ordre de bien se comporter pour ne pas ternir leur réputation, il leur arrive facilement de profiter de la naïveté de ces jeunes patates en robe des champs. Il n'y a pas eu que Mademoiselle Minou parmi leurs victimes. Je le sais plus que quiconque, moi qui travaille devant la gare. J'ai souvent vu ces pauvres myrnas s'en aller, valise à la main, vers une lointaine tante. Or, je pense qu'il est de notre devoir de grandes sœurs de protéger ces égarées contre les soldats. En étant courtisées par des williams de chez nous, il y a moins de chances de gâcher leur vie. C'est la mission que je propose à Divine.

« Tu n'es pas contente? Tu penses que ce n'est pas nécessaire?

– Oui, mais...

– Mais quoi?

– Je ne sais pas, il me semble que...

– Silence! Nous serons à notre poste samedi après souper! À six heures et demie chez moi et je ne veux pas de retard! Avertis les autres!

– D'accord, Caractère! Au fond, tu as raison! C'est notre devoir de protéger les jeunes contre ces rapaces! »

Écarlate se sent vieille fille face à l'idée de dire à des jeunes myrnas ceux qu'il faut fréquenter ou pas. Elles sont toutes les quatre chez moi à l'heure désignée. Ne sachant pas trop ce qui se passe, Jeanne réclame de nous accompagner, croyant que nous allons simplement en promenade. Divine me fait le mauvais œil, mais nous partons quand même avec la tante. Nous voici à marcher d'un pas décidé, pendant que Jeanne regarde de gauche à droite le paysage des maisons blanchies par une belle neige. Ma tante semble heureuse d'être en compagnie de jeunes femmes. Quand nous montons le grand escalier vers le terrain de l'Expo, Jeanne s'immobilise, croyant sans doute que nous sortions pour nous rendre au centre-ville ou au *Petit Train*. Je lui explique notre objectif. Elle hoche la tête et perd son enthousiasme. Mais elle nous suit quand même. Écarlate, polie, lui pose des questions, mais elle n'obtient que des signes de tête en guise de réponse.

Nous voyons des jeunes myrnas, alignées près de la clôture, comme des perdrix sur un fil de fer, attendant de se faire tirer par les mitrailleurs. Elles gloussent, rient, parlent en se tortillant le derrière. Comme elles m'énervent! J'en entends une vanter un grand blond qui ressemble à Erroll Flynn. Un blond! Flynn! Va-t-il falloir faire leur éducation cinématographique, en plus? Une autre glorifie les grosses mains d'un Johnny ontarien. Et dire que ce sont ces Anglais qui nous traitent avec le pire mépris, un grand sourire hypocrite sur leurs visages de patates brûlées! Je suis furieuse! Je peste! Je rage! Je voudrais mordre! Mais je demeure bienséante et exemplaire en avançant vers elles en compagnie de mes disciples, pendant que Jeanne reste derrière et détourne son regard. Nous saluons et demandons des nouvelles. Mais une grande rousse nous interrompt grossièrement : « Qu'est-ce que vous faites ici, bande de vieilles filles? Vous ne voulez pas qu'on sorte avec des beaux gars? Vous souhaitez qu'on se contente des peureux de la province de Québec? »

« Et sais-tu ce qu'ils désirent vraiment, tes beaux Anglais?

– Sortir avec une petite Canadienne française et passer du bon temps avec elle. C'est ce qu'on veut aussi. Alors, tu peux t'en aller, toi et tes enragées. On vous connaît, toi et ta bande du restaurant de la rue Champflour.

– On est ici pour vous prévenir des dangers de...
– Fais du vent, maudite morveuse!
– Écoute, je te parle poliment. Je ne veux pas de mal. Je veux au contraire prévenir le mal.
– On dirait une bonne sœur sortant de son corbillard! »

« Ouais! Ouais! » de grogner les autres, en mêlant les grimaces et les moqueries. La grande rousse me pousse. Je me redresse et elle me plaque, me tire les cheveux. D'un œil, j'ai le temps de voir Puce ramper jusqu'à la clôture, et de l'autre, j'aperçois tante Jeanne fonçant comme un boulet vers la grande. Ma tante lui donne un coup de coude dans les côtes. La rousse vole comme un papier au vent et n'a pas le temps de se relever que Jeanne est déjà par-dessus elle à lui administrer des grands coups de poing au visage! Effrayées, ses copines reculent, puis se vengent sur Divine, Écarlate et Sousou. Une assomme Sousou d'une pichenette et il n'en faut pas plus pour que tante Jeanne laisse sa victime et donne un coup de tête dans le ventre de cette ennemie. Je me lance dans la mêlée, tirant des cheveux pour protéger mes ouailles. On se pousse, on se cogne, on crie, pendant que Puce est morte de peur le long de sa clôture. Soudain, Puce voit arriver vers elle une ennemie et Jeanne se porte à sa rescousse à grands coups de pied! Je ne sais pas combien de temps cette bagarre a duré, mais des soldats sont arrivés, amusés par nos colères. Jeanne se dresse devant eux, les pointe du doigt et, pour une rare fois, les mots pensés sortent en un quart de seconde de sa bouche : « La ferme! » Ils se regardent, surpris, et reculent en la voyant grimper à la clôture. Mais un des soldats la fait tomber en poussant sur le grillage. Je me porte à son secours en les invectivant de calomnies. Pendant ce temps, nos ennemies se sauvent à toutes jambes.

Je prends Jeanne par les épaules et nous nous éloignons. Sousou pleure, Divine fait « ouille! », Écarlate regarde ses ongles cassés en reniflant et Puce claque toujours des dents, alors que Jeanne marche le poing levé, aveuglée par l'instant qu'elle vient de vivre. Elle force le pas et nous la suivons en tremblant. Ma mère m'a déjà dit que Jeanne la jeune flapper se battait souvent, mais mon père n'en parle jamais. Par ailleurs, j'ai déjà entendu des témoins m'affirmer que Jeanne Tremblay, pour l'audace de le faire, cognait sans crier gare et souvent pour des raisons futiles. Il lui arrivait de provoquer des hommes même si elle savait qu'elle perdrait. Ce n'est pas tellement mon genre, ni celui de mes disciples. Je ne me suis même jamais battue avec mes sœurs. Mais cette grande sotte a fait monter le rouge de mon thermomètre! Écarlate pleurniche encore, quand soudain Jeanne se retourne et la pointe du doigt, comme pour lui ordonner de cesser cet enfantillage. Comme Jeanne est belle, en ce court instant! Des éclairs dans le fond des yeux, ses cheveux noirs décoiffés, la flamme de l'agressivité rebelle sur tout son corps! Ce regard des photographies d'antan qui pour moi ne vieillissent jamais, cet air qui a hypnotisé mon père dès son plus jeune âge, cette manière d'être hors de notre monde et de nos petites joies si terrestres et si catholiquement organisées! Comme elle était belle le temps de ce court avertissement à Écarlate! Et les autres l'ont constaté aussi!

« Où va-t-on, Caractère? Chez toi?

– Ah non! Pas chez moi! Si mon père voit sa sœur comme ça, je vais me faire gronder comme un bébé patate!

– Il faudrait y aller, Caractère! Je vais enfler et saigner! »

Nous hâtons notre marche pour descendre le coteau jusqu'à mon restaurant, où nous pourrons panser nos plaies en toute tranquillité. Jeanne marche avec tant de fermeté que lorsque nous entrons au *Petit Train*, elle a déjà une tasse de café devant elle, servie par un Maurice à l'air très inquiet. Nous rions de notre frousse et vantons exagérément nos bons coups, ce qui a un effet dévastateur chez tante Jeanne : elle ne peut parler et n'a plus notre jeunesse. Elle sort du restaurant à toute vitesse, mais nous la rattrapons pour la ramener et la traiter comme la grande héroïne de la soirée! Jamais l'une de nous n'a vécu des moments aussi audacieux et palpitants! Grâce à elle! Jeanne sourit et se sent aimée. Je suis certaine qu'elle doit se penser à Montréal en 1925, chez les flappers anglaises. Je suis contente que mes disciples lui manifestent tant d'attention, qu'elles oublient la grosse femme répugnante d'il y a deux ans et qu'elles n'aient plus cet air de méfiance face à sa maladie. Nous passons la soirée au *Petit Train* parmi les jeunes de la paroisse, qui sont très étonnés de voir cette femme de quarante ans danser un Glenn Miller en championne! Après la fermeture, Jeanne et moi retournons à la maison, où mon père nous attend en tapant du pied. Il regarde sa sœur et, le temps de ces courtes secondes, il devine tout : « Tu t'es battue, la Jeanne. » Elle hoche fermement la tête.

« Bon Dieu, Jeanne! T'as plus vingt ans!

– C'est pas vrai, daddy! Tante Jeanne a vingt ans pour toujours!

– Toi, je ne te parle pas! Va te coucher tout de suite! »

Fâchée de me faire traiter comme une enfant par mon père devant Jeanne, je monte rapidement et enfile ma tenue de nuit. Puis je tends l'oreille vers le bas. Rien. Le silence. Je m'installe le bout du nez en haut de l'escalier pour voir mon père tenant sa sœur dans ses bras, comme un amoureux enfin soulagé d'avoir le salon pour lui seul. Je demeure interdite quelques secondes, ne sachant pas quoi penser de ce tableau surprenant.

En me couchant, je songe à l'attaque de Jeanne. En apparence peu convenable, elle est en fait le résultat de ses frustrations des dernières semaines. La grande rousse n'a été qu'un alibi lui permettant d'exprimer cette colère. Bérangère se fait tirer les couettes à la petite école et est de plus en plus isolée. Son français trop agaçant pousse les autres enfants à se donner comme mission de lui apprendre des nouveaux mots qu'elle répète à sa mère : guidoune et tapette. C'est que tante Jeanne a une réputation qui la suit encore, même plus de treize ans après la naissance des rumeurs de cuisine : « La fille de Joseph Tremblay, tu sais, l'artiste... avec son amie américaine! Je t'en parle pas! Ça ne se dit pas, un péché comme ça! » Non, ça ne se dit pas! Papa n'en parle pas, ma mère encore moins. Une fois, dans son calepin, Jeanne m'a écrit le vrai mot. Mais je n'ose même pas le répéter. C'était la première fois de ma vie que je le voyais. Mais les fillettes de l'école de Bérangère n'ont pas notre pudeur. Elles utilisent le mot courant au Canada français, même si elles ne savent pas trop ce que signifie tapette. Le deuxième mot qu'elles disent à Bérangère a son synonyme bien parisien. Il a fait bouillir tante Jeanne. C'est qu'une femme célibataire, revenant de France avec une petite bâtarde, doit nécessairement correspondre à ce terme. Surtout que nous vivons dans un monde où la famille est glorifiée et où la fille déshonorée avant son mariage, comme Mademoiselle Minou, doit se cacher et donner le fruit de son péché sans poser de questions. Mais voilà que Jeanne Tremblay a gardé cette mauvaise pomme. Et qu'elle a sept ans et comprend de plus en plus la méchanceté du monde qui l'entoure. Il paraît qu'en France, on fait moins de scandale d'un cas semblable. Ou du moins, ce n'est pas aussi préoccupant qu'au Canada français. Bérangère ne savait pas ce qu'était un papa, avant que les petites filles de l'école passent leur temps à lui crier : « T'as même pas de père! Tu vas aller en enfer direct! Et puis ta mère, en plus d'être une guidoune et une tapette, c'est une échappée de l'asile des folles! Au lieu de dire des vrais mots, elle fait gneu! gneu! gneu! »

Tout ce drame est sorti de la boîte de polichinelle il y a deux semaines. Mais Dieu sait si Bérangère, secrète et timide, n'en endure pas des pires depuis deux ans. Quand elle est revenue le nez ensanglanté et les genoux écorchés, Jeanne était prête à massacrer toutes les petites filles du quartier. Mon père a plutôt opté pour une colère civilisée. Il a enfilé son plus bel habit, déguisé Jeanne en dame respectable, et les deux ont pris le chemin de la petite école du coteau, afin de protester poliment auprès de la sœur directrice. Les deux ont été reçus froidement, la Fille de Jésus laissant entendre à mon père que Jeanne n'était pas le prototype idéal de maman. Dans notre province, si tu n'es pas mariée devant l'autel, si tu es protestante, juive, nègre ou artiste, tu ne peux figurer sur le grand tableau de notre normalité. Mon père s'est fâché. À sa manière, bien sûr, c'est-à-dire en utilisant des mots que personne ne comprend. Peut-être que le coup de pied au derrière imaginé par tante Jeanne aurait été plus efficace. Ma tante m'a raconté cette histoire de dix minutes en deux heures, terminant par un « Vive la France » très sincère.

Prétendre qu'elle en voulait véritablement à cette rousse ou aux soldats derrière la clôture serait une grande illusion. Elle avait surtout besoin de cogner quelqu'un. Je lui demande si elle est autant contre la guerre que moi, elle qui, adolescente, a souffert du départ de mon père pour le conflit européen et qui a pleuré la mort cruelle de son frère Adrien. Elle ne veut pas me répondre. Je construis moi-même cette réponse avant de la lui proposer. Tante Jeanne est toujours une Parisienne de cœur. Elle a passé sa jeunesse à rêver de Paris, à vouloir vivre dans cette ville où les artistes sont rois et reines et où le drapeau de la liberté flotte partout. À Paris, elle a connu d'autres peintres, des chanteurs, des danseuses, des poètes, « dont beaucoup de Juifs », a-t-elle souligné. Plus longtemps les Allemands seront à Paris, plus lointain deviendra son rêve d'un jour y retourner vivre avec Bérangère. Donc, si les Canadiens et leurs amis soldats réussissent à se rendre à Paris pour chasser les nazis, Jeanne sera bien contente. Ma tante est contre ma croisade. C'est un peu drôle de le réaliser! Mais que m'importe, car nous sommes enfin les meilleures amies du monde. Et maintenant, mes disciples l'admirent aussi! Comme ceci me rend heureuse!

Tante Jeanne cache son opinion face à la guerre. Elle n'a jamais applaudi une parade militaire – de plus en plus nombreuses – et ne s'est en aucun temps extasiée devant un soldat à l'uniforme impeccable. Je crois bien que ce jeu l'énerve, comme tous les Tremblay. Carole pense un peu comme moi, mais sans porter un étendard. « Ce n'est pas intelligent de se tirer dessus ainsi », dit-elle. Et, il n'y a pas longtemps, j'étais dans l'autobus avec mon petit frère Christian, en uniforme louveteau, quand un vieux monsieur tout souriant lui a mis la main sur la tête en disant : « Puis? Que vas-tu faire quand tu seras grand? Un soldat? Tu as déjà un bien bel uniforme! » Christian lui a répondu sèchement : « Surtout pas un soldat, monsieur! » Le vrai portrait de sa grande sœur! Christian n'est pas certain de vouloir devenir scout, à cause de la guerre. Il est agacé parce que ses amis de troupe participent aux parades militaires, et même s'il a plusieurs badges, s'il fait sa

B.A. chaque jour, Christian n'aime pas tellement la promesse scoute affirmant qu'il faut servir le roi et le Canada. Il en a parlé à son aumônier et il paraît que le prêtre lui a répondu que tuer un Allemand était une B.A. Patate! Où s'en va le monde si nos curés disent de telles atrocités aux enfants? Alors que les copains de son âge collectionnent les bandes dessinées du soldat belge, publiées dans le journal *Le Nouvelliste,* Christian a éliminé cette page de divertissement de ses lectures depuis qu'on y montre des soldats. Si on les laisse faire, bientôt Blondinette va porter l'uniforme et cet idiot d'Henri va se balader avec un casque sur la tête!

La radio aussi fait entendre le son de la guerre. Si papa écoute religieusement les informations en compagnie de Jeanne, il fulmine parce que C.H.L.N., notre station de Trois-Rivières, consacre une heure de chaque samedi soir à la glorification du recrutement. Puis *Jean-Baptiste s'en va-t'en guerre,* ça me fait brailler! Et pour clouer le cercueil, ils font même entendre de la musique militaire! Dire qu'ils pourraient utiliser ce précieux temps pour nous faire tourner les plus récents disques de nos big bands favoris! À part *La sauterie du samedi soir,* il n'y a presque pas de bonne musique américaine pour la jeunesse de la région. Ils préfèrent l'opérette, la chansonnette et les pitreries de Jos Thibeault. La radio est une invention moderne, mais on dirait qu'elle ne s'adresse qu'aux vieux. À la radio d'État, on peut entendre des saynètes et des mélodrames qui ne valent pas une vraie performance théâtrale ou un bon film. Après deux ans, je sais très bien que Séraphin nourrit mal Donalda; pas besoin de me le répéter chaque semaine!

À C.H.L.N., mon émission préférée est *L'heure récréative,* qui est diffusée chaque samedi après-midi de la salle Notre-Dame. Des artistes amateurs viennent chanter, jouer d'un instrument, réciter un poème ou une courte histoire. C'est souvent très drôle! Du temps où mon père travaillait au *Nouvelliste,* j'avais souvent des billets pour assister à *L'heure récréative.* J'y allais chaque semaine parce que l'émission était animée par un william excessivement beau, avec une voix grave qui me donnait la chair de poule. Il s'appelait Félix, comme le chat des caricatures animées. Maintenant, ils ont

Jean Laforest, qui est moins beau, mais quand même intéressant. Broadway est déjà passée, dans un sketch dramatique. À la fin de l'émission, tous les jeunes quittaient la salle Notre-Dame et accouraient au *Petit Train,* afin de se remémorer les instants qu'ils venaient à peine de vivre. Pendant longtemps, cette occasion était idéale pour mes disciples afin de convaincre les jeunes d'ignorer l'armée. Mais maintenant que le beau Félix n'est plus là, j'écoute *L'heure récréative* à la maison. Cette semaine, Sousou réussit à avoir des billets pour samedi. Elle me demande d'y emmener tante Jeanne, croyant lui faire plaisir. Mais ma tante reste de marbre pendant tout le spectacle. Nos amateurs trifluviens, ce n'est pas la grande culture de Paris! Quand le temps de partir arrive, nous devons lui signaler que la représentation est terminée. Nous nous rendons au *Petit Train* où ma tante s'installe dans son coin sans bouger. De retour à la maison, elle garde la même attitude. Je pense qu'elle était peut-être malade jusqu'à ce qu'elle s'agite après le souper, comme si l'après-midi n'avait jamais existé.

Quand une telle chose arrive, elle me fait penser à grand-père Joseph, comme si ma tante portait en elle le germe de la même maladie de mémoire affectant mon grand-papa depuis si longtemps. Et depuis l'année d'absence de Jeanne et son retour empreint de mutisme, pépère Joseph parle de moins en moins. Son grand livre des époques passées se ferme peu à peu. Lui qui était si solide et actif, le voilà maintenant près de la lenteur et de l'immobilité de la plupart des vieilles personnes. Il a soixante-treize ans et je crois que je suis la seule à s'apercevoir qu'il vieillit d'une année à tous les trois mois, comme un vieux matou. Et si tout à coup Jeanne souffrait du même mal? Ces choses-là arrivent souvent, dans les familles. Il n'y a pas longtemps, mon père avait demandé à Jeanne de se laver les mains avant de passer à table. Elle l'avait fait quatre fois de suite et mon père avait jugé cette attitude comme une bravade moqueuse. En subissant ses reproches, Jeanne avait regardé ses mains en fronçant les sourcils, comme si elle ne se souvenait plus de ses gestes.

La semaine suivant l'incident de la salle Notre-Dame voit Jeanne remonter la pente. Nous poursuivons nos exercices vocaux avec plaisir, bien que, souvent, je les sente inutiles parce qu'elle refuse de parler à l'extérieur de la maison. Les disciples insistent pour qu'elle nous accompagne à la pêche au petit poisson sur la glace de la rivière Saint-Maurice, près du vieux pont du chemin de fer. Elle accepte avec joie, mais aussitôt rendue sur place, elle se referme sur elle-même, devenant imperméable à nos rires et nos chants. À partir de cet instant, mes disciples cessent de réclamer la présence de Jeanne, réalisant qu'elle n'est pas de notre âge et de notre époque, que parfois elle devient très gênante. Après deux semaines, ma tante se demande pourquoi mes amies ne veulent plus la voir. Dans le but de la consoler, j'accepte de l'accompagner au Cinéma de Paris pour voir les films *César, Marius* et *Fanny*. Ça ne m'intéresse pas trop, ces mélodrames de la vieille France, mais Jeanne essuie de chaudes larmes sur le triste sort de cette idiote de Fanny qui est obligée d'épouser un vieux marchand, alors que le beau Marius est parti à l'aventure sur les mers (et pendant ce temps, César boit du pastis). « C'est chez moi! » de me dire fermement Jeanne, après la dernière séance.

Je préfère me consoler à l'Impérial avec le nouveau Ginger Rogers dans lequel elle se fait passer pour une petite fille, afin d'avoir une réduction sur un billet de train. Elle est tellement fantastique! Je me souviens en riant encore de ce film où Ginger, célibataire, devait s'occuper d'un bébé déposé à sa porte! Je me rappelle surtout des rires incessants de Gingerale, la plus grande admiratrice de l'actrice. « Caractère! C'est le film le plus drôle de tous les temps! Je te jure! » J'ai entendu cette chanson cent fois. Après le film amusant de Ginger, je reste triste sur mon banc en m'ennuyant de Gingerale, de Love, de Mademoiselle Minou.

Je n'ai reçu qu'une seule lettre de Gingerale et aucune des deux autres. Je sais qu'elles vont m'écrire. Une telle amitié ne peut rester sans courrier. Mais quand Foxtrot arrive de Shawinigan Falls pour dépenser son argent gagné en usine de guerre, elle vient toujours à mon restaurant pour me narguer et traiter les disciples d'idiotes de ne pas profiter de la manne qui passe. Woogie, qui n'a pourtant accepté que d'être correspondante de soldats, ne vient plus me voir, se croyant exclue des disciples. Chou, pour sa part, travaille maintenant pour l'usine de douilles d'obus du Cap-de-la-Madeleine. Tout ceci est si triste et tragique! Mais je sais que Gingerale va m'écrire. Cette deuxième lettre tant espérée, je la reçois au début de mars. Elle n'en dit pas plus que la première. Peut-être Gingerale a-t-elle honte de m'avouer qu'elle aime être couac? Le post-scriptum, cependant, m'enchante : « Je serai à Trois-Rivières le 19 pour le tatoo. »

« Est-ce que ça veut dire que l'armée tatoue les myrnas qui sont dans les couacs et que Gingerale s'en vient pour nous montrer ça?
– Exactement, Écarlate! Exactement!
– Oooh! Mais c'est épouvantable! »

Comme tous les mystères finissent par s'éclaircir, les Trifluviens ont vite compris ce qu'est un tatoo de l'armée : un spectacle! Alors, tout le monde a hâte au 19 mars. Il n'y a pas à dire, la guerre est vraiment délicieuse quand on la consomme en parades, en musique et en démonstrations publiques. On nous promet trois cents jeunes filles en uniforme. Parmi elles, notre Gingerale. Son père va être fier! On nous annonce aussi des exercices de précision, (passer le fil dans le trou de l'aiguille sans trembler?) et des chants de la caporale Raymonde Maranda (avec un nom comme celui-là, je ne m'attends pas à du Andrews Sisters) et enfin de la gymnastique suédoise. Qu'est-ce que c'est, de la gymnastique suédoise? Probablement bien différente de la gymnastique mexicaine. Mais le clou de ce tatoo sera l'allocution du lieutenant-colonel Dollard Ménard, héros de Dieppe. C'est-à-dire qu'il est probablement le seul rescapé de ce pique-nique nazi où les officiers d'Hitler tiraient d'une main en prenant un thé de l'autre.

« On va y aller, Caractère?
– Bien sûr qu'on y va, Écarlate.
– Ça va être magnifique! Toutes ces myrnas en uniforme! On a beau ne pas aimer l'armée, il faut dire que l'uniforme des couacs est vraiment extraordinaire!
– On y va pour dénoncer! Pour dire aux jeunes myrnas

de ne pas se laisser impressionner par les si beaux uniformes extraordinaires! On n'entre pas dans le Colisée!

– Ce ne serait pas chic de faire une telle chose à Gingerale, surtout que c'est toi qui lui as suggéré de devenir couac.

– Ne discute pas mes ordres. »

L'après-midi, Gingerale arrive au *Petit Train.* Quelle classe! Impeccable! Écarlate joint les mains en la regardant. Elle la confond avec une vedette de Hollywood. Pendant la demi-heure qu'elle demeure parmi nous, Gingerale n'a pas enlevé sa coiffe militaire, ni allumé une cigarette. Elle est couac jusqu'au bout des ongles, ne voulant pas donner le mauvais exemple en public. « C'est une vie très difficile », avoue-t-elle. Lever avant le soleil, propreté partout, discipline dictatoriale, corvées suite à un clignement de cils non conforme au règlement, exercices physiques exigeants, travail de chaque instant et le tout en anglais, évidemment. Et la gymnastique suédoise, dans tout ça? Quand je lui demande pourquoi Love n'est pas du spectacle, Gingerale me répond que notre amie doit récurer des chaudrons toute la fin de semaine, parce qu'elle est entrée cinq minutes après le couvre-feu.

« Patate! Mais c'est injuste!

– Non, Caractère. Ça forme de bonnes citoyennes.

– Mais est-ce que tu aimes ça?

– C'est mieux que la Wabasso. »

Voilà une réponse idéale pour les interprétations. Je la cuisine sur l'attitude des Anglaises, en écho aux expériences difficiles de mon père et d'Hector avec les hommes parlant cette langue. Elle hésite à me répondre, puis me souffle dans l'oreille que la défaite des plaines d'Abraham est plus cruelle qu'on ne nous l'enseigne à la petite école.

« Vous serez là, ce soir?

– Oui, mais à l'extérieur. »

Elle baisse les paupières et murmure qu'elle comprend. Mon premier désir était de l'emmener chez moi où elle aurait pu faire voler ses souliers, danser et rire, puis me dire la vérité. Mais sa famille lui a préparé une réception avec toute la parenté. Nous la laissons partir en paix.

« Caractère, on devrait faire une exception et aller voir le spectacle au lieu de nous geler les pieds dans le froid. Tu sais, ils vont chauffer le Colisée pour l'occasion.

– Je laisse tout ça à ta conscience, Écarlate.

– Mais si j'entre, est-ce que je vais être une traîtresse?

– Je laisse tout ça à ta conscience, Écarlate.

– Vas-tu finir par parler comme du vrai monde, Caractère Tremblay? »

Les couacs du tatoo sèment l'émoi en ville, en se promenant partout, à la recherche de monuments et de musées, ou d'une bonne aubaine dans un magasin de la rue des Forges. Les gens les regardent avec autant de curiosité que d'admiration. Elles répondent aux questions des locaux à la manière de Gingerale : plus que polie et en donnant le bon exemple. Ce n'est pas toujours le cas des soldats en permission ou des élèves de l'école des mitrailleurs. Elles sont presque toutes des Anglaises, mais certaines font l'effort de parler en français. Alors que je croyais Gingerale partie chez elle, je la retrouve une heure plus tard devant la vitrine de Gasco, entourée de six compagnes. Ce sont des Anglaises, très gentilles et courtoises. Je les accompagne un bout de temps. Gingerale leur sert de guide en leur traduisant tout ce qu'elles voient.

Mais voilà que de l'autre côté de la rue se manifestent ce mal élevé de Rocky avec son vaurien de Grichou. « Couac! Couac! Couac! » font-ils en bougeant les bras, imitant des canards. Puis ils chantent : « Elles ont du poil aux pattes, les couacs! » Elles ignorent ces espèces de patates brunes, tout comme moi. « Hé! Caractère! Te voilà prisonnière des ennemies? Tu en donnes un bel exemple à tes disciples, te montrant en pleine rue avec ces dindes! » Mais les couacs gardent la tête haute. Rien ne les affecte. Mackenzie King leur a demandé d'être de parfaits exemples de civisme. Une grande partie de leur rôle consiste à être la façade impeccable de la vie militaire. C'est pourquoi elles font souvent des tournées dans les villes, pour présenter un spectacle ou une parade.

Je laisse Gingerale et ses nouvelles amies. J'ai du travail à faire pour la soirée, devant préparer les arguments pour notre propagande. Nous nous habillons proprement, pour ne pas laisser croire que nous sommes de mauvaises personnes. Il est fini le temps de l'attirail zoot, qui donnait à notre œuvre un caractère négatif. Le terrain de l'Expo, où se trouve le Colisée, doit ressembler à une ville occupée de France : on y voit des policiers et des soldats partout, ainsi que du matériel de guerre. Un autobus emmène les gens du centre-ville jusqu'au lieu du spectacle. Puce grelotte en marmonnant : « Je n'aime pas ça être ici! Je me sens menacée avec ces soldats partout! » Divine, Écarlate et Sousou sont fidèles au rendez-vous. Les gens arrivent par groupes, désireux de voir les « soldates », comme ils disent. Il y a des personnes de tous les âges, et nous cherchons surtout à approcher les jeunes myrnas, si influençables par tout ce qui brille. Nous leur parlons avec gentillesse. Elles nous écoutent, hochent la tête et entrent dans le Colisée. Je me sens comme une protestante, bible à la main, sur un perron d'église catholique le dimanche matin. Notre action dure près de quarante-cinq minutes. Elle n'a pas d'effet immédiat. En réalité, nous avons surtout récolté de l'indifférence et des mauvais commentaires. Alors que tout le monde est entré, nous nous attardons à faire un bilan, quand soudain Écarlate éclate : « On gèle, Caractère! Il fait froid! Entrons au Colisée! Je ne regarderai pas, je te jure! » Je la laisse pénétrer. Je ne suis pas surprise, car depuis trois mois, son attitude fuit notre cause, surtout depuis que sa meilleure amie Woogie lui a affirmé être amoureuse de ce soldat avec qui elle correspond. En la voyant s'éloigner de nous, Divine me regarde avec tristesse avant de me confier : « C'est vrai qu'il fait froid. Je vais entrer me réchauffer et voir à ce qu'Écarlate ne regarde pas le spectacle. » Et il ne reste que Puce et Sousou...

« Et nous! Qu'est-ce qu'on fait, Caractère? de me demander Puce.

– On va aller prendre un Coke chez Christo ou au Bouillon, puis on revient pour la fin du spectacle avec en tête des améliorations à nos arguments.

– Bon. C'est bien. Mais si tu veux, moi, je vais m'en aller à la maison et je vous rejoindrai tantôt. »

Pendant que Puce s'éloigne, je soupire d'insatisfaction. Comme esprit de groupe, j'ai déjà vu mieux! Je soupire de nouveau, regarde Sousou en lui demandant : « Qu'est-ce qu'on fait encore ici? » Elle me prend par le bras, m'invitant à quitter le terrain.

« Nous allons boucher aux myrnas pour leur dire que toute la beauté du spectacle qu'elles viennent de yeux cache une vie difficile pour les Canadiennes françaises catholiques. Que ça camoufle aussi une participation à une guerre qui ne nous concerne pas et qui va faire tuer nos williams au nom de l'Angleterre qui est protestante et anglaise et qui depuis toujours fait souffrir nos pères, nos frères et nos cousins dans leurs guerres, comme en 1914 et comme dans la guerre des Boers autrefois. On va leur boucher aussi que la guerre est une industrie de riches qui se nourrit de la chair des pauvres, que le patriotisme de Mackenzie King est une autre façon de nous faire ah! ah! ah! en pleine figure. C'est ce que nous allons boucher aux myrnas dans deux heures. En attendant, allons gorger un café, il fait froid.

– C'est vraiment tout ce que tu veux leur dire, Sousou?

– Oui.

– Tu y crois?

– Bien sûr. Je te l'ai affirmé une fois, Caractère. Si un jour tu te retrouves seule, je serai à tes côtés. Je ne veux pas d'un mari avec une seule patte ou qui a tué un autre homme. Voilà ce que je ne veux pas que nos williams fassent. Tu n'y crois plus, Caractère?

– Bien sûr que j'y crois.

– Qu'est-ce qui te fait souffler, alors?

– La jeunesse qui s'en va...

– C'est de leur faute. Pas la nôtre. On y va, prendre ce café, au lieu de boucher sur des choses que l'on sait déjà? »

Avril à décembre 1943
Ma guerre! Et je vaincrai!

Écarlate m'a expliqué de long en large son histoire d'amour avec un soldat rencontré au tatoo des couacs, ce printemps dernier. Elle me jurait qu'il était le plus beau, le plus grand, le plus fort, le vrai. Que César et Cléopâtre, Roméo et Juliette, Dagwood et Blondinette, c'était du petit lait à comparer à ce grand amour qu'elle avait pour Alfred. Quelle idée patate de tomber amoureuse d'un william qui s'appelle Alfred! Elle me jurait que son kaki ne s'était pas engagé pour tuer d'autres hommes, mais pour défendre son pays. Lequel? L'Angleterre ou le Canada? J'ai enduré ses jérémiades pendant un mois, me faisant répéter cette saga sans cesse. Elle disait le nom Alfred environ huit fois en deux minutes. Aucune phrase ne pouvait être conçue sans ce mot. À bout de nerfs, j'ai explosé en lui criant : « Ce n'est pas de l'amour! C'est de l'esclavage! » Elle a piqué une sainte colère, partant en brandissant les mains et en me disant que Sousou, Puce, Divine et moi allions demeurer vieilles filles. Toujours cet argument après chaque trahison!

Nous ne sommes plus que quatre. Ou plutôt trois, car Puce, sans le dire, attend avec impatience ses vingt-cinq ans pour devenir garde-malade de l'armée. Donc, elle souhaite que la guerre se poursuive pendant trois ans. « Pourquoi ne te fais-tu pas fabriquer un faux baptistaire? » que je lui demande à brûle-pourpoint. Elle me répond instantanément que personne ne peut tromper l'armée et la Croix-Rouge. S'apercevant de sa parole traîtresse, elle met sa main devant sa bouche et me répète quinze fois : « Ce n'est pas ce que je voulais dire! » Puce est celle qui gagne le meilleur salaire, et elle en veut davantage. Je peux comprendre cela, quand nous avons grandi entourées de gens privés de tout pendant la crise économique. Et la guerre offre de bons salaires. Les privations d'aujourd'hui, on peut les contourner par le marché noir, mais les bons salaires, tout le monde les désire.

Dans mon quartier, un petit garçon passe à la porte de chaque maison pour ramasser les vieux chiffons et le métal que nos mères mettent de côté pour l'effort de guerre. Elles lui donnent un sou ou deux et cet enfant, au bout de la rue, s'est enrichi de cinquante cents. Il va porter son trésor au terrain de l'Expo, salué par des soldats amusés. Ce garçonnet s'en fiche des morts canadiens pourrissant sur les champs de bataille européens. S'il n'y avait pas de guerre, il n'aurait pas cet argent. La guerre se vend aussi en livres, en films, en disques, en affiches, en calendriers du pain Weston, en bandes dessinées et en je ne sais plus trop quoi! Et ceux qui ont la conscience trop pure pour accepter le marché noir font du trafic de coupons de rationnement tout en restant blanchis : c'est émis par le gouvernement, donc, c'est légal. Les enfants jouent à la guerre dans les parcs et sont prêts à en déclencher une vraie quand, pour une quatrième fois de suite, le hasard les désigne pour être Hitler. Pendant ce temps, les petites filles persistent à prouver la supériorité de leur intelligence en continuant à s'amuser avec leurs poupées.

Ce qui m'énerve par-dessus tout dans notre quotidien guerrier, c'est la peur que les autorités veulent installer en nous. Comme si nous n'avions pas assez des sifflets de nos usines, voilà que des sirènes militaires, installées aux quatre coins de la ville, font entendre leur beuglement sournois, et tous les gens, à ce signal, doivent s'abriter, rentrer à la maison. Ce ne sont que des exercices, mais bien des citoyens croient que « cette fois, c'est pour vrai! ». À l'aide! Voilà les nazis qui viennent magasiner dans la rue des Forges! Moi, quand cette calamité se met à hurler et que je marche sur un trottoir, je m'immobilise et regarde les petites souris courant vers leurs trous. Une fois, un homme était persuadé que l'aviation allemande zigzaguait dans notre ciel. Il m'avait pris violemment le bras, désireux de me sauver la vie. Je m'étais agrippée à un poteau téléphonique en l'assurant que je n'avais pas peur, que j'étais en état de grâce et qu'il me ferait plaisir de mourir pour la patrie.

Les affiches dans les vitrines et la publicité dans les journaux utilisent aussi beaucoup l'argument de la peur, particulièrement celles qui visent à nous faire dépenser nos économies pour des bons de la Victoire. « Privez-vous de nourriture et de vêtements pour mieux nous donner votre argent : on en a besoin pour construire des bombes! » Tu parles que si Joseph Gagne-Petit ne donne pas deux dollars au gouvernement, ils vont être obligés de cesser de construire leurs machines infernales! Dans la publicité, tout le monde est en guerre : le café Sanka et son « p'tit comic » pas drôle du tout; des soldats souriants, le verre de Coke à la main; les bons conseils de la bière Black Horse. La plus pomme de terre a été inventée par une compagnie de produits cosmétiques et s'adresse aux femmes travaillant en usine de guerre : « Je suis la mécanicienne aux douces mains blanches! » de clamer une idiote, un outil à la main. J'aurai tout vu!

Nous, les Tremblay, ne sommes pas assez dupes pour tomber dans ces attrape-nigauds. Ma jeune sœur Carole me demande de lui trouver un surnom pour qu'elle puisse remplacer Écarlate chez les disciples. Déjà, au couvent, elle milite pour la bonne cause. Mais je lui suggère plutôt de réunir des myrnas de son âge. Sa génération a connu une jeunesse au son des tambours, des parades militaires et a sans doute ses propres raisons de vouloir empêcher les williams de guerroyer. Mais dès le début des vacances estivales, Carole a trente livres à lire, disant : « J'ai du retard. Je lis tellement pendant l'année scolaire que je n'ai plus le temps de lire pour moi! » Brave petite! Je l'adore!

À seize ans, Carole est la plus mignonne des sœurs Tremblay. Pendant longtemps, j'ai craint que ce joli minois se perde à jamais sous le voile d'une novice, vu qu'elle admire tellement notre tante Louise l'ursuline et qu'elle voulait souvent être plus catholique que le pape. Mais heureusement, elle a décidé de répondre à l'appel de la nature. Depuis près de deux mois, elle fréquente son équivalent masculin, concurrençant en esprit et en connaissances avec lui. Carole doit connaître par cœur les livres de tous les temps! À la librairie de mon père, les clients lecteurs vont la voir de préférence à daddy. La guerre, Carole la connaît très bien : elle l'a lue. Elle peut analyser la grande guerre des années

1910 de A à Z, ainsi que d'autres guerres, comme celle qui avait vu les Américains du siècle dernier se déchirer à propos des esclaves, ou quelque chose de semblable. Elle m'a raconté toute la bataille dans laquelle notre père a eu cette blessure au bras. Lui nous la dit avec ses souvenirs d'horreur, mais Carole peut expliquer ses origines et ses conséquences. À seize ans! Aussi savante! Ce n'est pas rien! Parfois, elle dit des phrases bizarres que personne ne comprend. Puis, elle nous affirme qu'elle ne veut pas d'une carrière « en attendant de se marier ». Carole veut exercer un métier toute sa vie, tout en élevant ses enfants. Ce n'est pas ordinaire! Ma petite sœur est la fierté de mon père, qui la montre comme un bibelot quand ses invités de marque sont de passage. Si elle joue à la petite fille gênée devant l'abbé Tessier, quand elle lui tourne le dos, Carole me souffle à l'oreille qu'elle n'est pas d'accord avec la dernière analyse historique de l'abbé. Je réponds « Ah bon! », de préférence à « Pourquoi? », interrogation qui entraînerait une longue explication à laquelle je ne pigerais rien. À treize ans, elle était pire. Elle jetait de la poudre aux yeux, montrait son immense savoir avec vantardise, particulièrement en parlant latin. Maintenant qu'elle a connu ce william, elle sourit plus à la vie, essaie d'être une jeune myrna bien de son temps. Elle aime les films de Mickey Rooney et les disques de Harry James, qu'elle considère comme des « exutoires psychologiques insouciants ». Elle est enfin jeune! À treize ans, elle était beaucoup plus vieille. Parfois, elle me parle comme à une grand-mère : « Dis, Renée? Comment c'était, au début de la musique swing? » D'autres fois, je suis sa grande sœur à l'écoute de ses confidences sur les mystères de la féminité. Carole est une grande curieuse, veut tout savoir, qualité qui séduit les invités distingués de mon père.

Son *sweet,* un séminariste du prénom de Jean, est d'un ennui mortel. Pour lui faire une blague, je l'ai déjà accueilli à la maison par une grande tape dans le dos, lui postillonnant à la figure : « Salut, mon Johnny! » Cette purée de patate s'est retournée pour me dire, avec l'accent de Louis Jouvet : « Prenez bonne note, mademoiselle Tremblay, que mon prénom est Jean. » Johnny hésite entre la prêtrise et le métier de notaire. Comment cet idiot peut-il songer à devenir curé quand il a la chance de pouvoir embrasser une aussi jolie myrna que Carole? Le premier baiser reçu par Carole a effacé à jamais sa vocation religieuse. Elle m'en a parlé pendant une heure trente. Notre tante Louise la nonne a dû être atrocement déçue. Carole aime bien l'idée que Louise soit enseignante. Il lui arrive de se rendre à l'école Sainte-Angèle, où la vieille tante est au service des fillettes de la paroisse Saint-Philippe. Elle a découragé mon père en lui disant qu'enseigner aux enfants des ouvriers est un idéal d'une grande noblesse. Elle qui est si instruite! Elle qui peut devenir une avocate, une philosophe, une biologiste, une femme médecin! Elle songe à être maîtresse d'école avec un salaire de crève-la-faim? Peut-être que Carole a des aspirations populistes, qu'elle n'aime pas être savante. « J'ai juste dit ça à la bonne franquette. Papa en fait tout un drame. Il est certain que je veux réussir à l'université, Renée! » Les bouquins à lire pour l'été ne sont qu'une excuse pour ne pas former sa propre bande de disciples, car en réalité, Carole n'a pas d'amies. Qui veut devenir copine avec une première de classe qui en sait plus que son professeur? « Je ne sais pas pourquoi tout le monde veut me noyer sous des tonnes de qualités. Je ne fais qu'étudier. Je suis une fille comme une autre. » Pour prouver cette pensée, elle garde le bébé Antoine de Simone, même si elle n'aime pas tellement changer les couches.

Carole et moi, tout en étant différentes, sommes parfois semblables. La seule chose qui nous éloigne est l'admiration que je porte à tante Jeanne. Je crois que Carole ne l'aime pas, qu'elle a un peu peur d'elle. Carole n'a jamais cherché à la connaître, à l'approcher, et, depuis que notre tante est aphasique, les distances sont devenues de plus en plus grandes entre elles. C'est pourtant Carole qui sonne le signal d'alarme que mon père refuse d'entendre : « Tante Jeanne développe probablement la même maladie que grand-père Joseph. Il faudrait y voir, papa. » Mais autant notre grand-père était charmant avec ses discours sur le passé, autant les attitudes de Jeanne prennent souvent des tournures étranges. Les petits faits isolés et anodins se sont multipliés depuis une année. Par exemple, il n'y a pas longtemps, on l'a retrouvée la tête bien installée dans la glacière et on a dû se mettre à trois pour la sortir de là. Une autre fois, elle s'est mise à adorer un poteau électrique, à l'embrasser, à le caresser. Elle peut aussi répéter trois fois une même phrase, cinq minutes après l'avoir dite une première fois. Jamais ma tante ne se souvient de ses actes bizarres. Maintenant, on craint un peu de la laisser sortir, surtout depuis que le cinquième voisin est venu la reconduire à la maison. Elle pleurait comme une fillette, disant qu'elle ne retrouvait plus son chemin. Les dessins magnifiques de Jeanne prouvent à papa qu'elle est très saine et en bonne santé. Mais Carole arrive avec un mot si étrange que même mon père ne le connaît pas. Dans le cas de grand-père, papa parle de « maladie de vieux »; dans celui de Jeanne, Carole utilise plutôt le terme « schizophrène ». J'ai remarqué que les agissements étranges de Jeanne ont commencé à se multiplier quand, dans sa série de dessins sur sa vie, elle est arrivée aux années vingt et qu'elle s'est mise à dessiner à nouveau le visage de son amie Sweetie. J'avais un peu crainte de cette étape.

Mais tout comme Jeanne était à son zénith comme peintre durant ces années, ses dessins d'aujourd'hui prennent la même forme. Ils sont extraordinaires! Il y a un dessin, entre autres, qui a piqué ma curiosité, d'autant plus que Jeanne a passé plus de temps à y travailler. Il la représente en compagnie d'une myrna très maquillée, aux contours des yeux noircis, au décolleté épouvantable, et qui rit aux éclats en tendant un petit flacon de boisson à Jeanne. Les deux sont dans une salle de bain très chic, comme en font foi les lavabos et un grand miroir. Cette fille ressemble à une diablesse. Papa n'a aucune idée de qui il peut s'agir. Je questionne tante Jeanne à son propos, mais elle ne m'offre qu'un étrange sourire muet en guise de réponse. Je le lui demande plusieurs fois, et toujours elle refuse de parler. Papa n'en fait pas de cas; pour lui, ce dessin n'est qu'une représentation de ses nombreuses aventures alcoolisées dans l'ouest de Montréal. Mais je connais assez bien tante Jeanne pour deviner que le soin mis à ce dessin est révélateur d'un moment qui a été important autrefois. Tous ces dessins de jeunes flappers des années vingt me semblent aujourd'hui hors de ce monde. Je ne vois pas comment mes amies et moi pourrions être aussi osées, mais je comprends pourquoi tante Jeanne a été marquée par cette mode. Elle a toujours eu du mal à vivre dans le monde du quotidien, et ces filles et leurs habitudes sans-gêne correspondaient à sa personnalité.

Quand enfin mon père s'est décidé à se rendre à Montréal pour lui faire passer des tests, il a dû utiliser la force pour la traîner jusqu'à la gare. Déjà qu'il est humiliant pour elle d'être confondue à une folle à cause de son aphasie, c'est trois fois plus perturbant de devoir visiter une clinique psychiatrique. À son retour, papa a refusé de nous dire quoi que ce soit pendant cinq jours. J'ai noté que Jeanne a eu tendance à aider davantage ma mère à la cuisine et qu'elle évitait de croiser mon père. Je n'ai pas osé en parler à l'un ou à l'autre, mais Carole m'a fait remarquer que si on n'a pas gardé la tante à Montréal, ce ne doit pas être si grave.

Tante Jeanne se venge de mon père en s'appliquant encore plus à ses leçons d'élocution. Elle parle tout le temps. Elle devient bavarde, ce qui est parfois pénible pour nous. En plein milieu d'un exercice, elle se lève rapidement en entendant sonner le téléphone, pressée de dire : « Allô. » Comme le second mot ne veut pas sortir de sa bouche, elle lance violemment l'appareil contre le mur avant de se précipiter à l'extérieur. Maman arrive pour demander une explication à tous ces bruits. Elle m'ordonne d'aller à la poursuite de Jeanne. Elle ne peut être bien loin. Je trottine sur le trottoir, une brindille entre les lèvres, mais j'accélère le pas en ne la trouvant pas du tout. Quarante minutes plus tard, je la vois assise sous le grand escalier reliant le boulevard du Carmel à la Première Avenue. Je devine qu'elle a dû pleurer tout ce temps. En m'apercevant, elle s'agrippe à moi pour m'enlacer si fermement qu'elle me fait mal. Dans ses beaux yeux, il y a une bataille entre une solitude extrême et une peur gigantesque. « Bérangère! Bérangère! » crie-t-elle avec angoisse, en me cognant les épaules. Puis, elle avale des sanglots et fait un effort énorme pour ajouter : « C'est tout. » Je ne sais pas ce qu'elle veut signifier, mais je serais bien gauche d'enquêter. Délivrée d'avoir pu dire « C'est tout », tante Jeanne se mord le bras et j'ai un mal fou à l'empêcher de se meurtrir. Après ma victoire, elle a les lèvres peintes de son sang et répète : « Bérangère! C'est tout! »

Bérangère... c'est tout... puis elle se fait mal. Je garde pour moi ce secret terrible que Jeanne se méprise, déteste sa vie, mais s'y accroche à cause de Bérangère. Ce geste est la preuve que le médecin de Montréal a prononcé un diagnostic qui lui déplaît. Papa m'a finalement avoué que Jeanne souffrait du mal que Carole a deviné. Elle aura maintenant tendance à s'isoler dans un monde éloigné du nôtre, sans s'en rendre compte, tout comme grand-père Joseph. Quatre jours plus tard, malgré ses efforts à se concentrer et à commettre des gestes clairs, Jeanne s'assoit dans la cour de la maison et se met à compter, sans pouvoir s'arrêter, les piquets de clôture entourant notre terrain.

Au cours de l'été, papa a sorti sa sœur en laisse, tentant de lui faire plaisir en l'emmenant dans une exposition de peintures à Montréal, dans un musée à Québec, voir une grande pièce de théâtre avec des acteurs français, sans compter les multiples visites champêtres en Mauricie. Mais aussitôt revenu à la maison, il surveillait sans cesse la porte. J'avais l'impression que Bérangère avait plus de liberté que sa mère. Je suis souvent sortie avec elle au cours de la belle saison. En compagnie de Bérangère, nous nous rendions principalement dans les parcs de Trois-Rivières, chacune y trouvant son jeu et son espace d'indépendance. Bérangère s'empressait d'aller vers les balançoires et les glissoires, s'amusant avec des enfants qui ne la connaissaient pas. Jeanne dessinait sous un arbre et moi je lisais des livres recommandés par Carole, tout en surveillant les deux autres. Une fois, Jeanne s'est mise à jouer avec ses orteils. Je l'ai laissée faire. Je ne lui en ai jamais parlé, sachant qu'une telle révélation l'attristerait davantage. Je ne voulais surtout pas contester l'autorité de mon père, ni mettre en doute les compétences des médecins. Mais je me souvenais que Jeanne, à son retour d'Europe, était grosse, ivrogne et répugnante, et qu'après sa chute, elle est revenue à Trois-Rivières gentille, sobre et pleine de bonnes intentions. Elle a accepté la main que je lui ai tendue et ce geste a été le plus grand moment de ma vie. Que m'importe ce que disent les spécialistes de Montréal! J'aime Jeanne, surtout depuis que je sais qu'il y a tant de bonté en elle. À la fin d'août 1939, j'avais juré que je triompherais de ces embûches. Ma guerre! Et je vaincrai! Mes armes sont l'amour, la patience, le respect afin de la rendre heureuse. Mon alliée est Bérangère et toute ma vie tend vers cet idéal.

Jeanne appréciait beaucoup ces visites dans les parcs de la ville. C'est elle qui les réclamait. Elle aimait que je la laisse s'asseoir par terre, que je lui permette de se déchausser, que je la laisse faire ce dont elle avait envie. Une fois, je l'ai vue partir et je n'ai pas levé le petit doigt. Quelle ne fut pas ma surprise de la voir revenir cinq minutes plus tard avec trois cornets de crème glacée. Son immense sourire me révélait qu'elle avait probablement abordé le marchand en disant avec peu d'hésitations : « Trois cornets, s'il vous plaît. » En quelques instants, Jeanne me dessinait la scène qu'elle venait de vivre. Le talent perdu, caché par des années d'alcoolisme, était enfin revenu. Les formes qu'elle reproduisait étaient souvent rondes ou ovales, ce qui donnait à ses dessins un grand dynamisme. On jurerait que ses personnages étaient prêts à sortir de leur prison de papier pour venir nous serrer la main. Quand elle s'appliquait, tante Jeanne pouvait reproduire à la lettre une personne ou une nature morte. Nous pouvions aussi lui dire un sentiment et Jeanne l'imprimait sur le visage de son personnage.

« L'amour, tante Jeanne. Dessinez-moi l'amour. » Elle me sourit et son crayon trace un contour, puis des cheveux, un nez, une bouche et toujours les yeux en dernier. Elle vient de se dessiner à vingt-cinq ans. Mais elle chiffonne le papier. Elle recommence, puis laisse de l'espace près de son visage, afin d'y installer Sweetie qui l'embrasse. Je ricane de gêne. Combien de dessins semblables cache-t-elle? « Je ne comprends pas, tante Jeanne. Parfois, on entend parler d'hommes, dont on se moque. Mais jamais personne ne parle de femmes. Papa prétend que l'amour peut être si fort qu'il triomphe des conventions. C'est pour cette raison qu'il vous avait payé ce billet de bateau, pour que vous puissiez rejoindre Sweetie à Paris. Et là-bas, vous avez connu ce bonheur qui vous fait encore mal, parce que Sweetie n'en a pas voulu et... » Elle met sa main devant ma bouche et fait de grands signes négatifs avec sa tête, puis fait un effort pour me parler, mais comme les mots pressés de son cerveau n'arrivent pas à ses lèvres, elle gonfle les nerfs de son cou à force de vouloir tant s'exprimer. Elle fait voler ses cheveux et saute sur son calepin et son crayon. « Dans la province de Québec, la religion nous tient prisonnières. En France, c'est la liberté et personne ne pensait à nous condamner, Sweetie et moi. Si elle est partie, ce n'est pas à cause de la forme de notre amour. C'est seulement de ma faute, à cause de l'alcool. Si je n'avais pas bu, elle serait encore avec moi. Mais avec la guerre, les Allemands nous auraient enfermées dans leurs camps de prisonniers et nous serions mortes. Si Sweetie n'était pas partie, je n'aurais pas eu Bérangère. Son départ est un grand mal pour deux biens. Sweetie m'aimait, Renée. Et je l'aimerai toujours. »

Notre génération croit en l'amour sincère et véritable afin de s'assurer une base solide pour un mariage heureux et la fondation d'une famille saine. C'est pourquoi on ne parle pas de divorce, comme chez les protestants et comme dans les films de Hollywood. J'aime bien l'idéalisme sentimental de Sousou, qui attend son « vrai » william, tandis que d'autres font la bêtise de tout précipiter, comme beaucoup de nos parents – mais pas les miens – ont fait autrefois : mariage de raison, de convenance, union parce qu'il faut nécessairement se marier. Mais toujours des mariages sans amour. On les voit partout, ces pauvres femmes qui disent qu'endurer est le propre du mariage. Et il y a sûrement beaucoup d'hommes pour qui la plus jolie fleur de leurs seize ans est devenue un cactus après six mois de vie commune. Je ne voudrais pas blesser tante Jeanne en lui disant que tant qu'il y a de l'amour, il y a de l'espoir. Car après tout, ce genre de mariage n'existe pas entre femmes de son cas, pas plus que le divorce. Qui sait si plus tard, Sweetie, prise de remords, ne s'ouvrira pas les yeux face à cette Jeanne pas commode, mais qui a toujours été sincère, même dans ses pires coups? Je voudrais tant savoir ce qu'elle est devenue, lui écrire, aller la chercher pour lui dire que Jeanne l'attend! Je sais, autant que Jeanne, qu'il n'y aura pas d'autre amour semblable. De toute façon, ces « autres-là » ne courent pas les rues et ne s'affichent pas en vitrine. « C'est... C'est... » De nouveau, elle serre les lèvres. Je lui prends les mains et éloigne son crayon. Je veux qu'elle me parle. « C'est ma jeunesse et ma vie folle que j'aimais, que je ne voulais plus quitter, alors que Sweetie acceptait de vieillir. » Jeanne secoue sa tête, après avoir mis ses doigts sur ses yeux. « Maintenant, je n'ai plus de jeunesse que dans mes dessins. J'ai trop vécu. J'ai quarante et un ans, mais je suis usée comme une femme de soixante ans. Ma vie est dans celle de Bérangère. Je souhaite qu'elle ne vive pas en se cachant, en étant prisonnier. Mon grand rêve était de retourner en France. J'espère que Bérangère va le réaliser à ma place, dans ce pays où personne n'est prisonnière. Ici, tout est gris. Ce n'est pas une belle couleur pour Bérangère. Ces dessins, c'est ce que je veux laisser en héritage à Bérangère. Dieu, le vrai Dieu, pas celui des curés du Canada français, me donnera la force de compléter ces dessins sur ma vie. »

Je prierai Dieu pour qu'il lui laisse cette force. Je prierai comme mon père me l'a appris : avec mon cœur et non avec des formules. Je sais que le Divin est bon et qu'il pardonne aux Marie-Madeleine qui ont de l'amour plein le cœur, comme ma tante Jeanne. Elle a probablement essayé tous les péchés du catéchisme, et si on se donnait la peine de les répertorier, le pape lui-même demanderait probablement d'ajouter cent pages au livre. Mais je sais que ma tante Jeanne va aller au ciel quand même. Je suis certaine que lorsque j'arriverai au Paradis et que je demanderai à saint Pierre l'adresse de Jeanne Tremblay, il me la donnera avec un grand sourire. Et elle n'aura même pas passé par le purgatoire, car l'amour et la douceur qu'elle porte à Bérangère l'auront sauvée des flammes de Lucifer et que le bon Dieu aura cru en la sincérité de mes prières.

Parlant de sa folle jeunesse et de ses défauts, ces deux aspects se manifestent vers la fin de l'été, alors qu'elle et moi sommes au parc Champlain. Curieusement, Jeanne, en s'installant pour dessiner, cesse d'illustrer son petit monde de flappers à la faveur d'une foule devant le monument des braves, situé près du Flambeau. Elle arrête de dessiner, se lève, sort une cigarette de son sac à main, mais ne trouve pas d'allumette. Elle fait le grand effort de demander du feu à un vieux qui fume sa pipe, non loin de nous. Je ne sais pas ce qu'il lui a répondu, mais elle se met à frapper ce vieillard sans pouvoir s'arrêter! Je croyais bien qu'elle avait fait une de ses crises et qu'elle ne se souviendrait plus de rien deux heures plus tard, mais le lendemain, elle me confie que le bonhomme lui avait dit qu'il était scandaleux pour une femme de fumer dans un endroit public. De là à le frapper avec tant d'insistance... J'ose raconter l'anecdote à mon père, qui, regardant le dessin, me dit : « C'était l'inauguration du monument aux braves, en 1921. Jeanne avait été engagée par un échevin pour faire des illustrations de l'événement. Travaillant à ces dessins au parc Champlain, elle avait frappé un vieux pour la même raison. Elle vient de faire le même geste, au même endroit, mais vingt-cinq ans plus tard. » Patate! Tout comme grand-père Joseph qui dit des paroles du passé, confond les époques et répète avec précision des gestes d'autrefois. Est-ce la preuve qu'elle souffre de la même maladie que son père? Et de voir le pitoyable état dans lequel mon grand-père s'enfonce de semaine en semaine n'est guère encourageant pour l'avenir de Jeanne. Que faire si elle se met à répéter les frasques de sa vingtaine? L'enfermer et la priver de la présence de Bérangère? Les médecins de Montréal ont dit à papa qu'il n'y a pas de réel danger pour son entourage, à condition de toujours bien la surveiller.

L'automne fait surgir l'aspect violent du passé de Jeanne et atteint son zénith quand elle part en trombe vers la maison d'une fillette qui a bousculé Bérangère. Elle a lancé des roches dans les fenêtres! Elle était tellement décidée à tout casser, qu'elle a eu le temps d'en fracasser quatre avant que les gens à l'intérieur ne réagissent. Cette famille n'a pas voulu de l'arrangement à l'amiable proposé par mon père et ils ont porté plainte à la police, qui est venue enquêter. En entendant la voix de Jeanne, en sachant qu'elle a déjà un dossier judiciaire, les négociations n'ont pas été très aimables entre mon père et le constable. « Mais faites-la enfermer! Vous ne voyez pas, non? » Le problème est que les Tremblay ne voient qu'avec les yeux de leur cœur. Pendant ce tumulte, Jeanne était à sa chambre, dessinant paisiblement, ne se souvenant pas d'avoir cassé des fenêtres.

Cet automne a été terrible pour elle. Je l'ai vue se cogner les mains sur une porte en pleurant de ne plus se souvenir de ces périodes, tout en étant incapable de pouvoir exprimer en mots clairs ces terribles angoisses face à son état. Elle voyait aussi son père dépérir chaque jour. Grand-père Joseph devenait de plus en plus perdu dans ses pensées, tout en étant imprévisible. Il fallait toujours avoir un œil sur lui. Jeanne avait peur de devenir comme lui. Grand-père Joseph avait toujours été étonnamment fort et en bonne santé. Maintenant, il maigrissait beaucoup et la peau de son visage plissait à une grande vitesse. Le médecin venait souvent le voir pour lui prescrire des médicaments, afin de l'aider à dormir et pour éveiller son appétit. Pendant l'examen du médecin, Jeanne restait dans le cadre de la porte, effrayée par ce qu'elle entendait, croyant que le diagnostic s'appliquait aussi à elle. Cette situation affectait beaucoup papa : Jeanne et son père étaient les deux êtres qu'il aimait le plus en ce monde (en omettant ma mère) et il les voyait tous deux si mal en point. S'apercevant de ce malaise, Jeanne avait décidé de lui faire plaisir en se rendant travailler à sa librairie quelques heures par semaine, pour faire le ménage, étiqueter les livres. Mais aussitôt qu'un client entrait, elle se blottissait dans un coin en attendant son départ. Jeanne a aussi travaillé au *Petit Train,* le samedi, lavant la vaisselle et aidant à la préparation du souper des clients. Je restais près d'elle, avec la crainte de la voir s'enfoncer la tête dans un chaudron de soupe bouillante. Pendant ce temps, Bérangère jouait dans la maison adjacente au restaurant avec Céline et Joseph, les deux plus vieux enfants de mon frère Maurice. Ils étaient à peu près les seuls amis de Bérangère.

Un samedi, à l'heure du train, le restaurant se voit, comme d'habitude, envahi par des clients pressés de manger ou de boire un thé en attendant le prochain départ. Dans le brouhaha de leurs bavardages, les oreilles de Jeanne notent tout de suite l'accent français d'un homme et d'une femme. Je la vois surgir de la cuisine, la bouche entrouverte et les yeux exorbités. Je m'apprête à intervenir rapidement, quand soudain elle se précipite vers la maison pour chercher Bérangère. Moi, en deux secondes, j'explique la situation aux deux clients. Ces Français, aimables, caressent les cheveux de Bérangère en lui faisant des compliments. Bérangère se frotte contre la robe de la femme, comme si enfin elle retrouvait une partie de son pays natal. Bien que la plupart des clients autour ne comprennent pas ce qui se passe, ils sont émus par l'affection démontrée par la petite fille.

Jeanne reste à l'écart, hochant la tête et gonflant son cou, signes qui se manifestent quand elle veut absolument parler et qu'elle se concentre avec fermeté pour le faire. Quand les deux Français se lèvent pour partir, Jeanne laisse choir promptement les deux premiers mots : « Il faut... » Comme le reste ne veut pas suivre, elle se cache le visage et veut se réfugier à la cuisine, quand elle est interpellée par l'homme. « Vous êtes la mère de cette charmante gamine? Vous êtes française? » Jeanne fait un « oui » de la tête, sans se retourner. Il traverse derrière le comptoir et l'enlace, imité par son épouse. Jeanne essuie une larme et tente de continuer sa phrase : « ... gagner... » L'homme devine sa pensée : « Il faut que nos amis soldats canadiens et britanniques gagnent cette guerre afin que les Allemands quittent notre beau pays et qu'enfin nous puissions y retourner et vivre librement. » Jeanne approuve d'un geste de la tête. Ils s'étreignent de nouveau, et, à leur départ, Bérangère vient près de transformer tout le restaurant en un torrent de larmes en agitant sa petite main et en disant avec son plus bel accent parisien : « Au revoir, monsieur! Au revoir, madame! Au revoir! » C'est fou comme j'ai pu me sentir patriote...

Janvier à juillet 1944
Vous pouvez être fier de votre fille

Comme cadeau d'anniversaire pour ses dix-huit ans, en décembre dernier, Gaston a reçu des disques, des feuilles de partitions, une biographie de Mozart et sa carte de l'armée. Je m'en souviens trop bien parce que c'est moi qui ai ouvert la porte au représentant de l'armée. J'attendais Sousou et je me suis cogné le nez sur un grand kaki qui demandait mon père. Je suis restée à l'écart, bourdonnant devant la porte de son bureau avec le goût de m'y coller l'oreille. En sortant, le kaki a tendu la main à papa, qui est demeuré de marbre, tandis que Gaston ne savait pas quoi faire de ses dix doigts quand l'autre lui a tendu la pince. Le kaki est descendu et personne ne s'est déplacé pour le reconduire. Papa et Gaston étaient un peu pâles. Mon père passait son temps à soupirer et à se décoiffer avec sa main droite devenue lourde. Gaston n'arrivait pas à décoller ses yeux de son papier d'appel. Étant le seul Tremblay, avec Jeanne, à sympathiser avec la guerre, j'aurais cru que Gaston allait se mettre à chanter l'hymne national.

« Qu'est-ce qu'il veut dire, ton papier, Gaston?
– Que je suis sur la liste.
– Tu ne t'en vas pas?
– Pas tant qu'il n'y aura pas de conscription. Mais ils m'invitent à me joindre à l'armée et...
– Tu n'iras pas. Je te l'interdis. »

Gaston n'a pas répondu, mais le reste de sa phrase devait ressembler à « Pas pour l'instant ». Papa n'a rien dit pendant trois jours, jusqu'à ce qu'en plein souper, il donne un coup de poing sur la table en déclarant : « Déserteur, c'est laid juste dans leurs discours! » Gaston n'a pas réagi. Je croise son amoureuse le lendemain, devant la vitrine de Kresge. « C'est magnifique! Gaston pourrait être appelé! » Quelle mauvaise influence cette petite patate sans sel peut-elle avoir sur le caractère mou de mon frère! Il a toujours eu un très mauvais jugement sur le choix de ses myrnas. C'est pour être appelé par l'armée qu'il a passé son enfance à répéter son piano tous les jours? C'est pour cette raison que j'ai fait de lui un grand trompettiste? Quel est l'intérêt de savoir qu'il est sorti grand champion de l'école de musique de J. Antonio Thompson et qu'il est admiré par les chefs d'orchestre de toutes les unions musicales de Trois-Rivières et même de Shawinigan Falls? Pour qu'il devienne joueur de clairon sonnant la soupe pour une bande de kakis cantonnés dans les Maritimes? Toutes ces années d'effort paient bien Gaston. S'il n'est aujourd'hui que musicien d'orchestre, tout le monde sait qu'un jour il dirigera sa propre formation. Il a trop de talent et de connaissances pour végéter comme simple exécutant. Je pense qu'il a conscience de son pouvoir sur un avenir prospère, mais son maudit sens du devoir le cloue au silence. Si la conscription arrive, il n'obéira pas à mon père et refusera d'être déserteur.

Les williams de dix-huit ans, en bonne santé, ont ce cadeau d'anniversaire empoisonné. Mais depuis la fin de l'été, le gouvernement ajoute à sa liste les hommes mariés entre vingt-sept et trente ans. Ah! comme ils ont l'air patates tous ceux que s'étaient mariés en juillet 1940, pour se protéger de l'armée! Si la guerre dure encore quelques années, François, le mari de ma sœur, pourrait être appelé. Ça fera du joli si François part, laissant Simone avec des enfants en bas âge. Elle devra vivre comme Broadway, angoissée tout le temps. Ou comme Foxtrot, qui s'est mariée à Shawinigan Falls il y a une année? J'aime mieux demeurer vieille fille que de souffrir cette insécurité!

Un cousin de Puce, de son côté, est très content de recevoir sa carte, disant qu'il attend ce moment depuis l'âge de quinze ans. Il vient nous raconter toutes ces âneries au *Petit Train*. Puce et Sousou l'écoutent avec un air inquiet, devant penser qu'il est désolant d'entendre de telles paroles, après avoir tant lutté pour leur protection. Le cousin a l'air de se prendre pour un grand héros et un homme, un vrai de vrai. Il parle comme ces affiches publicitaires du gouvernement qu'on voit partout. Il nous raconte la façon dont il va graduer de simple soldat à capitaine. Ça ressemble à un résumé de tous les mauvais films de guerre qui passent à l'Impérial. Il tire une autre cigarette de sa poche, avant d'aborder un sujet plus grave : les femmes. Il prétend que les femmes n'aiment pas les peureux, les déserteurs, les lâches, les hommes qui fuient leur devoir, et qu'elles adorent les braves, les courageux, les disciplinés, les bilingues (les bilingues?), les responsables, les releveurs de défis, et que l'armée allait lui apporter toutes ces qualités qui attireront un parterre de myrnas à ses pieds.

« Ouais...

– Pas mal, hein?

– Ah! c'est certain en patate! Un beau cas!

– J'ai pensé qu'il t'intéresserait.

– Oh oui! Merci, Puce! Il faudrait l'enfermer dans une cage de verre, le mettre dans un musée avec une inscription révélant : jeune soldat, 1944. »

Puce rit de mes blagues, mais pas trop longtemps. Elle ne cache plus réellement son désir de se joindre au corps infirmier de la Croix-Rouge et de travailler pour l'armée, biffant au crayon gras chaque jour passé sur son calendrier. En attendant, on ne se voit à peu près plus, surtout depuis qu'elle est amoureuse d'un william de vingt-huit ans, qui travaille à l'usine de douilles d'obus du Cap-de-la-Madeleine. Je ne sais pas si je dois rayer Puce de ma liste ou si elle l'a fait elle-même. Ou peut-être que ceci est tout à fait normal : l'amitié est souvent plus fragile chez les filles.

J'ai des nouvelles des autres, de ces jeunes myrnas avec qui je faisais les quatre cents coups à seize ans et qui m'accompagnaient à l'automne 1939 sur les quais de Trois-Rivières pour intercepter les williams qui se rendaient flirter le bureau de recrutement, installé temporairement sur un bateau. Maintenant, nous avons trois bureaux militaires en ville. C'est le progrès! Nylon, à peine remise de son chagrin suite à la mort de son « héros » de Dieppe, a trouvé un autre petit caporal à l'école des mitrailleurs. Après deux mois de fréquentation, on l'a assigné à Terre-Neuve, avant de le faire traverser en Angleterre. Nylon a passé la guerre à pleurer près de sa boîte à lettres. Je vois souvent Broadway, même si nous n'avons plus beaucoup d'histoires à nous raconter depuis qu'Hector a profité d'une de ses rares permissions pour lui faire un autre bébé (un petit william, cette fois). Son loyer est devenu un véritable hôtel pour les jeunes ouvrières de la Wabasso et elle dirige le tout comme une maîtresse d'école. La guerre aura été très payante pour Hector et Broadway. Foxtrot, la nouvelle mariée, besogne toujours à son usine de guerre à Shawinigan Falls. Woogie l'a imitée. Même que c'est à cette usine qu'elle a rencontré son futur mari, ce qui ne l'empêche pas de continuer à écrire des lettres à trois soldats postés outre-mer. Chou, l'autre marraine de guerre, est amoureuse de son correspondant, même si elle ne l'a vu qu'en photographie. Écarlate est toujours amoureuse du soldat Arthur. Love et Gingerale m'écrivent souvent pour me vanter la vie de couac. Love a rencontré un kaki manitobain conforme à ses rêves de future maman. J'ai longtemps cru Mademoiselle Minou évaporée dans la nature primitive de la Gaspésie, écroulée sous un ciel de honte. Elle a attendu près de deux ans avant de m'écrire. Je suis très contente de savoir qu'elle s'est mariée avec un pêcheur veuf, déjà père de deux enfants. Elle a pu garder son bébé. Elle vit maintenant à Petite-Vallée, un village minuscule et très pauvre. Ses lettres ne sont pas tristes, mais j'ai du mal à reconnaître la myrna fonceuse et grande gueule que j'aimais tant, même si souvent elle m'énervait. Il ne reste que Sousou et Divine. Mais je vois cette dernière moins souvent. Divine est très préoccupée par son avenir, convaincue que la guerre est en train de la transformer en une vieille fille.

« Avoir vingt-deux ans et ne pas être mariée! C'est une véritable honte! Il faut que la guerre cesse, Caractère! Le plus vite possible avant qu'Hitler ne tue tous nos futurs maris!

– Je lui en parlerai.

– Tu imagines le paradis, après la guerre? Oui! Ce sera le paradis! On va enfin pouvoir vivre! Je n'ai jamais vécu normalement depuis mon enfance.

– Tu peux te fier sur l'humanité pour trouver d'autres bêtises.

– Ce sera le paradis, je te jure! »

Son argument est censé. Nous sommes les enfants nés après la grande guerre des années dix et avons grandi dans l'abondance des années vingt, alors que tous nos parents travaillaient dans les usines de Trois-Rivières. Puis, nous avons abordé la jeunesse en pleine crise économique avec son flot de privations, et maintenant que nous sommes au début de notre vie adulte, nous voilà qui travaillons de nouveau, mais tout en continuant à nous priver de tout. Si la guerre se termine, le paradis de Divine ressemblera à ceci : beaucoup d'ouvrage pour tout le monde, plus de privations, plus d'inquiétudes pour nos lendemains. Les hommes valides vont remplacer les morts et les mutilés dans les usines. Tout le monde aura de l'argent pour dépenser en petites ou grandes choses. Tous et chacun auront le droit de se rendre au marché et acheter ce qu'on verra, sans se soucier du rationnement. Nous pourrons nous vêtir selon nos désirs et nous divertir en tout temps. Quand Divine me raconte cette vision, elle marche de long en large en faisant de grands gestes avec ses bras. Sousou et moi n'avons guère d'autre choix que de rêver à ce bel avenir.

« Regarde Spaghetti, en Italie! T'as vu le parti que la population a fait à cette grosse tête? T'inquiète pas! Hitler va finir aussi mal! Les Allemands, les vrais Allemands, je veux dire les gens comme toi et moi, ils vont se rendre compte que ce fou leur fait du tort et les empêche d'être heureux. Ce sont les Allemands qui vont lui raser sa stupide moustache! Pas les Américains, ni les Anglais ni les Canadiens. Les Allemands vont faire le travail!

– Et les Japonais?

– Quoi, les Japonais?

– Contre les Américains.

– Ce sont juste des Japonais. Ils sont petits et jaunes. Ça ne durera pas.

– Ils sont peut-être jaunes, mais ils ne connaissent pas

la peur bleue. Et puis, en Italie, depuis qu'on a pendu Spaghetti, c'est Hitler le chef des Italiens.

– Mais non! C'est le pape! »

Depuis le départ de Mademoiselle Minou, notre spécialiste de l'actualité et de la politique, notre perception de la guerre varie beaucoup selon nos humeurs. Bref, on ne comprend à peu près rien à ces articles de journaux et à ces informations à la radio. Pour nous, il n'y a qu'un seul gros titre à saisir : « C'est terminé! » Mais il ne semble jamais arriver.

« Vous êtes d'accord avec moi, hein? Il faut que la guerre cesse?

– Surtout si on veut le paradis.

– Alors oublions toutes nos vieilles histoires! Nous ne sommes plus que trois! Toutes nos amies sont parties et celles qui restent refusent de nous parler! Participons à l'effort de guerre pour qu'elle cesse rapidement! Il le faut, si on veut vivre enfin au paradis! »

Je réagis sans doute mal devant cette amie fidèle. La colère n'est jamais bonne, mais après avoir vu mon frère recevoir cet avis comme un couteau dans les omoplates, je n'ai surtout pas le goût de collaborer! Même pas pour le paradis! Divine est partie en claquant la porte du restaurant et je ne l'ai pas revue pendant un mois. Sousou m'a appris que Divine s'est portée bénévole pour la Croix-Rouge, récupérant du tissu pour tricoter des courtepointes. Tant mieux si elle croit qu'une courtepointe envoyée dans un camp militaire d'Angleterre peut hâter la fin de la guerre. Divine est tombée dans le piège des petites activités patriotiques qui donnent l'illusion aux gens d'accomplir des actes d'héroïsme. Comme il peut s'en balancer, Mackenzie King, qu'une jeune Trifluvienne tricote pour les soldats, récupère du vieux métal dans sa paroisse ou ferme les lumières de sa maison au milieu de la soirée pour économiser l'électricité.

Au début du mois de mars, Divine revient au *Petit Train,*

me pointant du doigt et me parlant comme si elle avait quitté la veille : « Je suis contre la guerre et je fais quelque chose pour qu'elle cesse! » Et elle repart tout de suite. Il ne reste plus que Sousou et moi, comme elle me l'avait un jour prédit. Mais ni elle ni moi n'avons le goût de faire de la propagande antimilitariste. Il n'y a que deux grandes amies, côte à côte, ayant tant en commun, malgré notre différence d'âge et de mentalité.

J'ai rencontré Sousou à sa première journée d'école. J'étais déjà une grande de troisième année, et j'ai senti que mon devoir était de protéger une aussi petite fille contre les plus âgées. Tout de suite, nous sommes devenues des amies inséparables. Je la traînais partout en la tirant par la main, et mon père avait peur que je la casse, tant elle était maigre, pâle et fragile. Si l'âge lui a donné un peu de couleurs, elle a très peu grandi depuis ces jours lointains. Malgré sa taille, Sousou est très forte, ne souffre jamais de maladies. Depuis ce temps, nous partageons tout et c'est en me voyant travailler au *Petit Train* qu'elle a eu le goût de se faire engager dans un restaurant.

Sousou s'est mise à faire la prospection de williams, ce qui, dans son cas, devient une aventure hasardeuse, tant ses idéaux sentimentaux semblent hors de proportion. Elle prétend qu'avoir des amoureux nous ferait le plus grand bien. En qualité de serveuses de restaurants populaires, les occasions de rencontres ne nous manquent jamais. Elle et moi avons grandi dans un flot de propositions, dont beaucoup sont abjectes et honteuses. Un comptoir-restaurant n'est pas l'endroit idéal pour développer un grand amour. Mais beaucoup de williams ne se soucient guère de la place où nous travaillons, nous donnant rendez-vous de la même manière qu'ils commandent une patate frite, avec douze clients qui nous regardent et nous écoutent. Les « cœurs purs » ne vont pas dans les restaurants pour courtiser les myrnas. Je pense qu'on a dû avoir chacune une douzaine d'amoureux de restaurant. D'abord, ils avaient l'habitude de s'installer loin du comptoir, puis s'approchaient de semaine en semaine. Ils commandaient toujours la même chose et nous observaient pendant que nous ne les regardions pas. Puis, ils disparaissaient sagement, avant même d'avoir pu poser la question qui leur brûlait le cœur : « Qu'est-ce que tu fais, ce soir? » Ils étaient des timides pas trop beaux, des mauvais parleurs, des maladroits qui cachaient sans doute une grande bonté d'âme. Leur problème principal était leur âge : inévitablement ou trop vieux, ou trop jeunes.

Je suggère à Sousou d'aller voir dans une boîte de nuit. Peut-être y rencontrerons-nous l'homme idéal? Nous sommes maintenant majeures, après tout. Mais Sousou hésite avant d'accepter. « Marcher dans un club? Est-ce bien convenable pour une myrna célibataire? Pour qui va-t-on passer, Caractère? » Nous nous faisons belles pour cette grande première. Pas chic! Tout juste un peu swing, principalement parce que l'orchestre annoncé pour la soirée est un ensemble à la mode. Nous portons un peu de poudre, du rouge et plusieurs gouttes de parfum, nous donnons à nos robes une ligne impeccable et sortons nos bas des grandes occasions (pas ceux de la contrebande). Je pensais qu'une boîte de nuit devait ressembler à celles que l'on voit dans les films de Fred et Ginger : un placier tiré à quatre épingles nous accueille avec dignité, disant « Madame », nous invitant à le suivre jusqu'à notre table réservée et tirant nos chaises après une courbette polie. Un autre bonhomme distingué s'empresse de prendre notre commande, servie dans des verres à champagne. Un peu plus tard, une belle dame avec une robe longue s'installe face à un gros microphone et nous roucoule une romance enrubannée d'une tonne de violons. Pendant ce temps, des petites myrnas en jupettes passent entre les tables en sifflant : « Cigarettes! Cigares! Bonbons! », avant qu'un beau william, en habit de cent dollars, s'adresse à nous en des termes sophistiqués pour nous inviter à danser. Il est Fred. Je suis Ginger. Il me mène jusqu'au huitième ciel et la piste de danse, au parquet impeccablement ciré, se vide pour nous laisser tout l'espace voulu. C'est ainsi, à Hollywood.

Je pensais avoir au moins une version raisonnable de toute cette beauté. Après tout, le Green Pansy, de la rue des Forges, n'a pas la réputation d'être un nid de fripouilles. Mais le beau rêve s'estompe, alors que nous montons un long escalier sombre, poussant nous-mêmes une lourde porte et choisissant notre nid, derrière une colonne et loin de l'estrade de l'orchestre. Le parquet de danse est minuscule et on a du mal à circuler entre les tables. Il fait sombre et nous entendons des rires gras venant du comptoir bar. Sousou a peur et veut partir. Un serveur à demi chauve avance, cigarette au coin des lèvres et nous apostrophe d'un : « Vous avez l'âge? » avant même de songer à nous souhaiter la bienvenue. Sousou fouille nerveusement dans son sac à main pour chercher sa carte blanche, alors qu'il examine la mienne. « Ouais... Ça va. *Quessé* vous buvez? » Comment, *quessé*? Et mon serveur distingué et mes courbettes? Nous ne savons pas quoi lui répondre. Nous n'y avons pas réfléchi et ne connaissons pas la carte des rafraîchissements. Je prends l'initiative de commander du vin rouge. Les deux verres aboutissent sur notre table sans un « voilà » ou un « merci ». Il y a beaucoup de gens autour de nous, des personnes que je n'ai jamais vues de ma vie et qui semblent venir de la lune. Ils sont tous plus âgés que nous. Les hommes portent des vestons défraîchis et les femmes des robes très ordinaires. Elles sont beaucoup plus mal habillées que nous. Sousou et moi avons l'air de ce que nous sommes : des non-initiées.

« Je veux marcher ailleurs. Il n'y a rien pour nous ici. Ce n'est pas notre endroit.

– Attends au moins que je finisse mon verre de *Quessé-vous-buvez*. Et puis, on serait bien folles de ne pas attendre l'orchestre. Il y a une chanteuse. Elle va sans doute interpréter un succès des Andrews Sisters! »

Voici deux vieux de trente ans qui se fraient tant bien que mal un chemin entre les tables pour nous aborder avec le prévisible : « Vous êtes seules? » Comme si deux myrnas sortaient ensemble pour nécessairement attendre deux williams! Mais en fait, nous sommes là pour ça... Sauf que ce duo doit rêver à un tas de péchés bien dodus. Je les congédie sur-le-champ. « On sait bien, hein! » ripostent-ils. Avant d'entrer, je me suis dit que j'étais Jeanne en 1925, s'en allant avec Sweetie pour prendre un verre et danser le charleston. Mais cette Jeanne d'autrefois aurait déjà botté le derrière de ces deux malotrus, sous les applaudissements de Sweetie, sifflant avec les deux doigts dans la bouche.

« Tu yeux pour qui on vient de passer!

– À tort, Sousou. À tort.

– Je m'en vais avec mes pieds ailleurs!

– Laisse-moi au moins entendre une chanson et nous partirons. »

Je pensais qu'un roulement de tambour allait accompagner une chanteuse raffinée, annoncée par un présentateur à la diction radiophonique. En fait, j'ai vu partir la chanteuse du bar, après avoir écrasé son mégot, suivie de quatre musiciens récalcitrants pour attacher leurs cravates. Elle se met à chanter : « J'attôndrai le joûûûûr et la nûûûûit, j'attôndrai tôuuujôuuurs. » Comment? Pas de boogie woogie, ni de swing? « Pârlâi môa d'âmourre, reudîtes môa ces chôôôôses tôndrres. »

« Bon! Tu l'as eue ta chanson? Tu es bien punie? On s'en va!

– Attends un peu!

– Caractère, tu m'avais dit ta promesse avec ta bouche! »

Oh et puis patate! Elle a raison! Cet endroit n'est pas pour nous et la chance d'y faire une rencontre romantique est bien mince! Nous nous levons pour nous enfuir, quand soudain nous voyons approcher Rocky et Grichou, encore habillés en gangsters de cinéma.

« Tu te dévergondes, Caractère? Qu'est-ce que ton daddy dirait s'il venait qu'à apprendre que sa petite fille va dans les boîtes de nuit?

– Est-ce que je t'ai demandé l'heure, Rocky Gingras? »

Je l'ai revu souvent, cet énergumène. *Essentiellement par hasard.* Toujours une myrna différente au bras. *Oh, bien sûr, il m'assurait que ce n'était pas sérieux, qu'il était toujours fou de moi et qu'il regrettait ses paroles et ses gestes, mais je me faisais un devoir d'ignorer ses supplications.* Grichou, de son côté, vient souvent à mon restaurant, puisqu'il habite le quartier en compagnie de son épouvantable frère Pourri. Depuis qu'il a ses dents, Grichou s'est imprimé sur le visage un sourire permanent, ce qui lui donne un air de personnage de bande dessinée. Même s'il fait toujours peur à voir avec cette répugnante cicatrice dans le visage, j'ai appris à le connaître un peu mieux et il n'est pas si terrifiant qu'il voudrait le laisser croire. Comme Rocky, il aime à jouer à celui qu'il n'est pas. Les deux insistent pour nous payer une autre coupe de vin. J'allais refuser quand Sousou, à ma surprise, reprend place sur sa chaise. Un peu plus tard, nous dansons. S'il a appris quelques pas et est toujours malhabile, Grichou invite de façon respectueuse, ce qui n'est pas le cas de Rocky et ses demandes qui sont des ordres : « Tu danses avec moi, *kitten*! »

« Pis? Les nouvelles?

– Mon frère Gaston est inscrit sur la liste de l'armée.

– Ah! moé, si j'l'ai, ma carte.

– Tu ne vas pas aller à la guerre, Grichou?

– Non, j'va *jumper*. C'est tout' préparé. On a un camp équipé dans l'bois, dans un rang en haut d' Charrette. Rocky pis moé, on a tout organisé ça de première classe et y a au moins dix gars prêts à partir avec moé tu suite après que l'premier ministre va annoncer la conscription. »

Rocky renchérit, se vantant d'avoir tout prévu et d'être le chef du transport et du ravitaillement de ces futurs déserteurs. « En retour de pas trop cher. » Ah, patate! La voilà l'anguille sous roche! Il faut toujours que Rocky tire un profit monétaire de chacune de ses entreprises! Et s'il s'affiche contre la guerre, celle-ci lui a jusqu'ici beaucoup rapporté. Mon père aussi a aidé les déserteurs en 1918, mais par principe moral! Pas pour de l'argent! Rocky et Grichou nous invitent à voir leur cabane dans les bois.

« Mais t'es complètement patata, Rocky Gingras!

– Je suis quoi?

– Patata! C'est du latin! Tu ne vas donc jamais à la messe? Nous inviter, nous, deux myrnas, à aller avec deux williams dans une cabane dans le bois! Pour qui nous prends-tu?

– T'énerve pas le poil des jambes, Caractère! Je ne parle pas d'y aller ce soir. Demain après-midi, par exemple.

– Je n'ai pas de poil aux jambes! Et même en plein jour, je n'irais pas, car ce n'est pas convenable pour une myrna propre et honnête comme moi!

– Qu'est-ce qu'il ne faut pas entendre pour gagner son ciel... »

Le lendemain, nous sommes en route vers la cabane de Rocky, en compagnie de mon père, très intéressé, et d'un Gaston boudeur. Daddy en profite pour donner de bons conseils à Rocky et Grichou à propos des M.P. Ils écoutent plus par politesse que par intérêt. Pour eux, aider des déserteurs est avant tout une manière de continuer à vivre leur interminable film de gangsters. Et puis, les M.P. d'aujourd'hui sont probablement plus coriaces que ceux de l'époque de papa. Mais daddy continue de parler, sans pouvoir s'arrêter, se perdant dans des anecdotes savoureuses.

« Et vous en revoyez souvent, de ces anciens déserteurs, monsieur Tremblay?

– Très souvent! Beaucoup sont devenus cultivateurs et quand ils viennent au marché à Trois-Rivières, ils me saluent toujours. Ce sont tous de braves pères de famille. S'ils n'avaient pas déserté, ils seraient peut-être morts inutilement, comme mon frère Adrien.

– Il n'y a pas à dire, ça a beaucoup marqué votre vie, monsieur Tremblay.

– Oui, Roland. Et ma génération jurait qu'il n'y aurait plus jamais de guerre. Vois la bêtise humaine dans laquelle nous nous enfonçons depuis l'automne 1939. »

La cache de Rocky est très profonde dans les bois, loin de tout coin habité. Rocky et Grichou traînent deux carabines, au cas où ils rencontreraient des loups ou des ours.

Sousou et moi ne nous sentons pas pour autant en sécurité. Après trente minutes de marche, nous arrivons enfin au campement. C'est une belle cabane en bois rond, semblable à celles des anciens bûcherons de la Haute-Mauricie. Le bois a été coupé à deux milles de là, puis traîné jusqu'à l'emplacement. Rocky et Grichou ont investi beaucoup d'argent dans cette construction et ont payé des jeunes ouvriers fiables de la région du village de Charrette. À l'intérieur, il y a une douzaine de petits lits, une grande table, des meubles, des couvertures, des outils, des ustensiles de cuisine, des fanaux, etc.

« Mais c'est extraordinaire, Roland!

– Merci, monsieur Tremblay. On a mis près d'une année pour tout aménager, dans la plus grande discrétion. Et quand le temps sera venu, je m'occuperai d'apporter la nourriture et les nouvelles à nos gars. Même les gens du village ne sont pas au courant, sinon les trois jeunes qu'on a payés pour l'abattage des arbres et la construction. C'est bien caché, n'est-ce pas?

– Parfaitement! Dans mon temps, c'était plus improvisé. On travaillait à mesure. Toi, t'as tout prévu. C'est vraiment bien! Et tu demandes combien?

– Quinze piastres par mois. Nourris et informés!

– C'est très raisonnable! Vraiment! Je suis très content de toi, Roland! Qu'est-ce que tu en penses, Gaston? »

Cet idiot de Gaston répond par politesse, sans doute effrayé par l'idée de vivre comme un renégat, alors qu'en réalité le déserteur est un sage et un cadavre de moins sur la conscience de Mackenzie King. Rocky demande des conseils à mon père, flatté de lui répondre. Sousou suit Grichou, qui lui montre les armoires. Je regarde chaque détail et je suis forcée d'admettre que cet endroit est vraiment parfait. Il y a même un crucifix au mur!

« Je suis très fier de toi, Roland.

– Merci, monsieur Tremblay. Vous savez, avec le marché noir, j'ai enrichi mon commerce et Grichou a amélioré son sort et celui de son frère, mais on a surtout pensé aux autres en faisant ce camp. Cet argent, on aurait pu le garder pour s'acheter une automobile ou des beaux habits. Ce camp, c'est mon effort contre la guerre. J'ai travaillé dur contre la guerre depuis 1939, tout comme Renée. Vous pouvez être fier de votre fille. Je sais que bien des gars ne se sont pas enrôlés après l'avoir écoutée. »

Papa est si content qu'il invite Rocky et Grichou à souper à la maison. Mais Grichou doit rejoindre son frère. Je sais que Gaston aurait préféré ne pas voir mon ancien *sweet* autour de notre table, croyant que sa présence va inciter notre père à prendre une décision à sa place. Dans la tête de mon frère, son idée est très claire : un déserteur est un lâche. Si le gouvernement décide d'appeler tous les inscrits, Gaston va obéir. Rien ne l'oblige à répéter les actes passés de mon père. Ce sera à moi de le convaincre de meilleure façon. Entre jeunes, on peut mieux se comprendre.

Après le repas, Rocky et moi sommes seuls au salon, un peu gênés, à se dire des banalités. Il me demande des nouvelles de mes amies, sachant très bien qu'elles ont toutes trahi mes pensées contre la guerre. Il m'invite au cinéma. *J'accepte après une longue hésitation et devant son insistance pathétique.* Le lendemain, nous retrouvons Grichou et Sousou à l'Impérial, où il y a un film de guerre sur les infirmières. La semaine dernière, je suis sortie en plein milieu de *Guadalcanal Diary*. Je ne parle peut-être pas parfaitement l'anglais, mais j'ai vite compris que ce film de guerre était très haineux envers les Japonais. La guerre n'est pas une excuse pour l'intolérance et le racisme au cinéma. Une histoire d'infirmières, c'est peut-être différent, surtout quand la mystérieuse Veronica Lake côtoie Claudette Colbert et Paulette Goddard. Dans un coin, j'aperçois Puce, assise au bout de son siège, les yeux collés sur l'écran. Mais nous sortons encore avant la fin. Les films de guerre, ce n'est vraiment pas pour nous.

Nous nous rendons au *Petit Train* à pied, profitant doucement de la brise printanière, mais ne trouvant à peu près rien à nous dire. J'ai l'impression qu'il n'y a que nous sur terre, que nous sommes les quatre derniers survivants de

Trois-Rivières à croire que la guerre est une bêtise. Nous terminons la soirée à danser comme des fous, au son des disques de Glenn Miller et de Benny Goodman, nos idoles de toujours. Rocky redevient donc mon amoureux. *J'ai accepté de lui donner une dernière chance, car il faisait tellement pitié à voir à genoux devant moi à me supplier de l'aimer à nouveau.* Deux semaines plus tard, Sousou a passé trois heures à m'expliquer que Grichou n'était pas un mauvais william – « C'est lui qui a crucifié le crucifix dans le camp » – qu'il n'avait pas été chanceux dans la vie – « Tout ça est de la faute à la crise » – et que sa cicatrice lui donnait un certain charme – « Ce n'est pas de sa faute! Il a voulu se protéger de vilains qui voulaient lui faire du bobo! » Nous avons passé un beau printemps, toujours tous les quatre ensemble. Poliment, nous nous rendions en face du centre de recrutement de la rue Hart dans l'espoir d'intercepter les jeunes désirant devenir soldats. Rocky, pour cette action, portait même une cravate et un mouchoir bien plié dans sa poche de veston.

J'avais bien besoin de sa présence en ces jours difficiles où mon grand-père Joseph devenait de plus en plus malade, imité à un degré moindre par tante Jeanne. Au début du mois de juin, nous apprenons que les Alliés ont mis pied sur les côtes de France, lors d'une opération militaire spectaculaire, mais où des Canadiens et d'autres jeunes ont été piétinés comme des fourmis. Les Alliés avancent en France et les Allemands n'ont d'autre choix que de reculer vers leur pays, pendant que les Russes mettent aussi le cap vers le bunker d'Hitler. Rendus à Berlin, les nazis vont être écrasés comme des patates pilées. Tout le monde est content de cette nouvelle. Gaston s'est lancé dans les bras de mon père en pleurant de soulagement. Il n'y aura pas de conscription et nos williams vont revenir. Elle va enfin se terminer, cette guerre cruelle! Et peut-être qu'enfin nous aurons droit au vrai bonheur, au paradis de Divine.

Août 1944 à février 1945
La guerre perdue

La joie de Jeanne après le débarquement de Normandie a été de courte durée, car elle savait qu'elle ne retournerait jamais en France, que sa maladie l'en empêcherait. Depuis le début de 1944, elle ne s'étonne plus quand on lui dit qu'elle fait des gestes étranges. Elle s'en rend compte, surtout quand elle voit son père en faire des semblables. Papa a emmené grand-père Joseph voir des spécialistes à quelques reprises. Ils ont dit qu'il n'y a rien à faire, que c'était la nature qui faisait ses ravages et que nous n'avions qu'à garder son esprit bien éveillé. Pendant que nous essayons de lui faire construire des cabanes à moineaux – grand-père Joseph était un champion dans cet art –, tante Jeanne travaille intensément sa série de dessins, désirant garder son propre esprit occupé. Elle reproduit Paris et sa vie là-bas avec Sweetie. Un Paris dont on aimerait rêver tout le temps : la Seine, les ponts, les cafés d'intellectuels, les chanteurs de rues, un accordéoniste avec un béret, la boutique d'un boulanger, des vieux sur des bancs. Pas de tour Eiffel, ni de musée du Louvre. Un Paris comme dans un film de René Clair. Jeanne dessine le Paris qu'elle a aimé, le rendant autant merveilleux que mélancolique.

Elle essaie de parler beaucoup, avec tous les efforts et les souffrances que cela implique. Quand elle dit une phrase, elle la répète quinze minutes plus tard, comme si nous ne l'avions jamais entendue. Se rendant compte de cette situation, Jeanne observe le même rituel de désolation : baisser les paupières, serrer les lèvres, soupirer profondément. Puis, elle me regarde avec ses beaux grands yeux pleins de larmes, l'air de me demander : « Que suis-je devenue? » La manifestation de ce mal se présente toujours sous la forme de répétitions. Par exemple, jeudi dernier, Jeanne aidait ma mère à faire le ménage et elle s'est mise à nettoyer un même carreau de fenêtre sans pouvoir s'arrêter. Ceci peut paraître inoffensif, mais Jeanne est devenue terrifiée lorsque maman lui a pris le bras pour l'arrêter. Une autre fois, elle essuyait la vaisselle et a soudainement décidé de lancer une assiette sur le plancher. Elle en a cherché une autre tout de suite. Si nous n'avions pas été là, maman aurait pleuré longtemps son ensemble de vaisselle de mariage.

J'emmène souvent Jeanne travailler au *Petit Train*, même s'il ne s'agit que d'une excuse permettant à Bérangère de jouer avec les enfants de Maurice et de Micheline. Ma tante continue aussi de faire le ménage à la librairie de papa. L'an dernier, elle dépensait ses maigres paies pour des jouets et des vêtements à Bérangère. Maintenant, elle a décidé d'économiser en ouvrant un compte à la banque. Toujours pour Bérangère. Mon père a dû intervenir pour l'établissement de ce compte. S'y étant d'abord rendue seule, avec son carnet et son crayon entre les mains, les hommes croyaient qu'il s'agissait d'une farce, que la fêlée du quartier avait été dirigée là par un mauvais plaisantin. Mon père m'a recommandé de toujours accompagner Jeanne à cette banque, au cas où quelque chose clocherait. Je trouve touchant de la voir déposer un modeste vingt sous pour l'avenir de sa fille, mais les banquiers la remercient comme si elle était une enfant attardée.

Une autre fois, Jeanne a essayé de rencontrer la sœur enseignante de Bérangère, qui lui cogne les doigts parce que l'enfant écrit de la main gauche. Elle est revenue rapidement, prête à tout saccager sur son passage, hurlant que plus jamais personne ne ferait de mal à sa fille. Papa allait de nouveau intervenir, quand j'ai levé la main pour me porter volontaire. On m'a accueillie avec les mêmes briques que les autres fois : la petite fille sans père, née d'une femme reconnue comme une grande pécheresse et qu'il faut enfermer et bla bla bla. Les enfants ont besoin de l'instruction propagée par nos religieuses. Mais je pense que Bérangère serait plus heureuse sans école. Je me suis mise à la reconduire chaque matin et à me rendre la chercher à quatre heures, lui évitant ainsi les crocs-en-jambe que les écolières ont l'habitude de lui destiner. « Tu me dis tout, Bérangère. Si quelqu'un te veut du mal, même si c'est une sœur, tu le dis à tante Caractère. » Elle me répond : « D'accord » avec son bel accent français. À son arrivée à Trois-Rivières, cette fillette vivait dans la peur, ne parlait presque pas. Mais depuis le retour d'Ottawa de Jeanne, elle s'ouvre beaucoup plus à notre famille, sachant que nous aimons et protégeons sa mère. Nous ne la privons de rien, surtout pas de notre affection. En retour, elle nous rend service, comme une enfant bien élevée doit le faire. Malgré la vie chaotique menée par Jeanne depuis la naissance de cette petite, elle a réussi à inculquer à sa fille de belles valeurs de politesse et de respect.

Le dimanche après-midi suivant, Bérangère fabrique des poupées de papier avec Carole, pendant que mes parents la regardent travailler avec amusement. Elle se lève pour montrer le résultat à Christian, qui lui répond par un sourire approbateur. Je veux lui demander de me les montrer, quand soudain je croise le regard de Jeanne, à la porte du salon. Elle a un air de grande satisfaction se traduisant par un étrange sourire à mi-chemin entre le bonheur et la tristesse. Elle disparaît aussitôt. Je suis certaine que Jeanne nous lançait un message. J'aurais aimé penser à le décoder, si le malheur ne m'avait pas fait oublier ce projet.

Grand-père Joseph est mort pendant le souper de ce dimanche soir, juste sous nos yeux. Dieu ne l'a pas appelé pendant son sommeil, comme le souhaitent tous les vieux. Après une bouchée, je le vois pencher un peu vers l'arrière, puis tomber sur le côté. Nous croyons d'abord à un évanouissement, mais nous constatons bien rapidement qu'il est décédé. Bérangère et Christian sont effrayés; ce ne sont pas des images qu'il faut montrer à des enfants. Je vois mon père pleurer à chaudes larmes, consolé par Jeanne. Ma mère n'a même pas pu l'approcher. Il y avait toujours eu des liens particuliers entre papa, Jeanne et grand-père Joseph, des liens auxquels même ma tante Louise était étrangère. Jeanne, Louise et papa ont connu le vrai Joseph Tremblay. Ils m'ont raconté cette histoire cent fois, celle de cet homme orgueilleux, vantard, audacieux, casse-cou, mais avec un cœur plus grand que l'édifice Ameau. Cet homme qui, à tout prix, désirait être aussi important que les bourgeois de Trois-Rivières. Ce « patenteux » incroyable, inventeur d'objets extravagants, qu'il rêvait de vendre dans le monde entier. Je n'ai jamais connu ce Joseph Tremblay. J'ai plutôt grandi près de ce grand-père qui habitait avec la vieille fille Louise, celui qui n'était pas toujours de bonne humeur et qui manifestait du mépris pour la jeune Jeanne des années vingt. Un homme brisé par les morts presque consécutives de ses fils Adrien et Roger, et de sa femme. Un pépère pas toujours agréable. Les premiers signes de sa maladie sont apparus dans les années trente. Il est alors devenu bien différent de l'homme que j'avais connu au cours de mon enfance. Il était drôle, charmeur, délicieusement bizarre quand il vivait dans le passé. Il passait son temps à sculpter dans du bois des jouets magnifiques et des petits animaux. Cet homme qui, peu à peu, voyait le moment présent ne plus exister, mais qui, jusqu'à il y a deux ans, trouvait le moyen de faire rougir mes disciples avec ses compliments démodés.

Jeanne et papa ont pleuré pendant cinq jours. Moi, j'ai fait de l'insomnie, revoyant à chaque coucher cette scène terrifiante de sa mort. L'épreuve terminée, il y avait un grand vide dans la maison, même si nous savions que son départ était une délivrance, tant nous étions désolés de voir son état d'esprit se détériorer. Après deux semaines, papa se décide enfin à monter dans la chambre de grand-père Joseph pour vider les tiroirs. Je le suis du bout des orteils et le revois pleurer, une vieille cravate entre ses mains. Il sort de la chambre aussi rapidement que maman y entre. Elle m'ordonne de la suivre pour faire le ménage dans ces effets qui pourront profiter à des pauvres. Quand on est vieux, les tiroirs des commodes ne servent plus aux vêtements, mais au bric-à-brac des souvenirs. Autour d'objets précieux comme un vieil album de photographies, grand-père Joseph gardait des carnets de banque anciens de trente ans, des bilans financiers des premières années du *Petit Train* et toutes sortes de papiers semblables, poussiéreux et craquelés. C'est moi qui mets la main sur une boîte à cigares contenant des objets ayant appartenu à Jeanne : un bulletin scolaire, des rubans, des photographies que je n'avais jamais vues, une mèche de cheveux dans son écrin et même des poèmes. Je demande à ma mère la permission de garder cette boîte. Quand maman commence à descendre des poches de vêtements, papa s'y précipite pour en vérifier le contenu. Je transporte une caisse de vieux outils. Papa me l'arrache des mains sans parler, comme si j'étais le diable.

Papa a passé une partie de l'été sans dire un mot, à refuser de sortir. C'est moi qui me suis occupée de Jeanne. Avec Bérangère, Grichou, Pourri, Sousou et Rocky, nous l'avons emmenée au parc Belmont à Montréal, où ma tante s'est amusée comme une gamine. Sur le chemin du retour, la pauvre femme est tombée dans les limbes et a décidé soudainement de sortir de l'automobile en marche. Grichou l'a saisie in extremis. Nous avons dû arrêter un bout de temps, car je savais que Jeanne chercherait à sortir de nouveau. « Mais elle est vraiment malade, ta tante! » m'a fait remarquer Rocky. Pourtant, je lui ai expliqué maintes fois que Jeanne était très lucide dans ses pensées, qu'elle avait plus de moments de bonté et d'amour que d'attitudes étranges. J'ai dit souvent, en pensant à elle, que j'avais une guerre à gagner. La saison estivale 1944 a été une dure bataille, mais surtout pas une défaite.

L'automne venu, mon père s'échappe de sa coquille de deuil, et Jeanne, à son tour, se met à mieux se sentir, à agir plus normalement. Papa décide de sortir avec elle, l'emmenant dans des balades nostalgiques dans le quartier Saint-Philippe. Je les accompagne et m'occupe de Bérangère. À la place de la maison où grand-père Joseph les a élevés tous les deux, il y a un logis ouvrier. À l'une des fenêtres, je vois le regard inquiet d'une femme, qui se demande ce que ces deux-là peuvent bien regarder. Papa décide de se rendre jusque dans la cour, pointant du doigt l'endroit où grand-père Joseph avait installé son atelier. Je vois surtout la femme pousser sa porte, armée d'un balai. Elle crie un vulgaire « Chez vous, vous autres! » et rompt le charme nostalgique créé par mon père.

« Tu n'étais que bébé, la Jeanne, et les Trottier avaient caché ton carrosse derrière la petite école. Cet affront avait fait naître une grande guerre entre eux et notre famille. Quand je t'avais retrouvée dans la cour d'école, j'avais juré que je te protégerais à jamais, que personne ne te ferait de mal. » Jeanne approuve avec sa tête, l'embrasse sur la bouche et lui prend le bras. Ce n'est pas la première fois que papa invite sa sœur à un tel cérémonial. Je crois que Jeanne aime bien ce jeu, car elle se sent de nouveau une petite fille protégée par son grand frère. Inévitablement, cela se termine en face du *Petit Train,* où il lui parle de ce quêteux surnommé Gros Nez, qui habitait avec eux. J'aime mieux cette douceur du temps jadis que l'état misérable dans lequel papa a passé l'été. Je devine que lorsque je serai vieille, je deviendrai aussi nostalgique que mon père. Tiens! J'y pense! Je suis déjà nostalgique! Au début du mois d'août, Duplessis est redevenu premier ministre et je me suis ennuyée de Mademoiselle Minou qui nous avait expliqué toute la campagne électorale de 1939 de long en large. Comme elle détestait Duplessis! Je me demande ce qu'elle aurait à me dire sur la défaite de Godbout... C'est si bizarre, la politique! Selon moi, il a fait de bonnes choses, Godbout. Il a donné le droit de vote aux myrnas, il a rendu l'école obligatoire. Et voilà qu'on le chasse! On dit que c'est à cause de la conscription. Godbout avait dit que Mackenzie King ne ferait pas de conscription, mais, à ce que je sache, il ne l'a pas faite.

Nous ne sommes plus inquiets. La France a célébré sa libération à la fin de l'été. Jeanne était trop malade pour se rendre compte de cette grande nouvelle. Dans deux ans, j'irai en France avec Bérangère et Jeanne, afin que la petite pointe du doigt l'hôpital où elle est née. Tout ceci signifie que la guerre achève, qu'il n'y aura pas de conscription. Rocky a même songé à démonter son camp, mais il a décidé d'attendre. Il m'a alors expliqué que les Allemands pourraient se renforcer et rejeter les Alliés à la mer. J'ai cessé de sourire un instant, puis j'ai chassé ces sombres pensées de mon esprit. Tout ira bien! À vingt-trois ans, je pense avec bonheur à mon avenir. Je passe mon temps à explorer le coffre en cèdre de mon trousseau, caressant chaque couverture, chaque ustensile de cuisine si patiemment collectionnés depuis mes douze ans. Bientôt, je vais peut-être me servir de tout ceci. Après la guerre, mon mari sera de plus en plus prospère. Il n'y aura plus de contraintes financières et les gens pourront acheter des appareils de radio. Or, Rocky sera bien placé pour leur en vendre. Car c'est lui, mon futur mari! J'y ai rêvé! Et peut-être même que j'oserai lui en parler, car je suis certaine qu'il y a songé aussi. Les folies de jeunesse sont dans mon livre de beaux souvenirs. Je laisse à Christian et à Carole le soin d'être aussi fous que je l'ai été! C'est indispensable pour une saine jeunesse!

Le vendredi soir, Carole passe son temps à arpenter la rue des Forges avec ses consœurs du couvent, entrant au Bouillon pour entendre Dinah Shore ou Frank Sinatra au juke-box. Carole a décidé d'être biologiste. Tu parles d'une rareté! Peut-être que dans le nouveau monde sans guerre et sans crise économique, il y aura plus de place pour des femmes de carrière. Papa est certain que Carole a autant de chance que n'importe quel séminariste entrant à l'université. L'an dernier, Carole voulait être avocate. Mais toujours, dans son esprit, il y a ce rêve d'enfance d'être enseignante. Elle m'a même déjà exprimé le grand désir d'être un professeur de haut niveau, qui enseigne à la future élite dans les grands collèges. Mais pour songer à cette carrière, il faut passer par le noviciat. Et ceci, il n'en est pas question pour Carole! Ma sœur une sœur? Patate! Elle aime trop les williams pour y songer! Elle a perdu son Johnny depuis un bout de temps. Depuis, elle flirte et danse, mais, en général, ne réussit qu'à effrayer les candidats, surtout quand elle ouvre la bouche. Les williams n'aiment pas voir des myrnas plus intelligentes qu'eux et qui parlent comme un dictionnaire. Ceci m'avait causé bien des soucis avec Rocky, mais depuis, il m'accepte comme je suis.

Nous aimons parfois sortir ensemble, Carole et moi, malgré notre différence d'âge. Nous visitons les salles de cinéma de la rue des Forges, bien qu'elle préfère les vieux films français du Cinéma de Paris, parce que le vocabulaire des comédiens est plus riche. En sortant de cette salle ce mercredi soir, nous marchons tranquillement pour nous rendre au *Petit Train,* quand un chauffard, prenant de mauvaise façon la courbe de la rue Saint-Maurice, perd le contrôle de son véhicule et frappe Carole avant que nous ne puissions réagir. Je bondis sur l'aile, roule sur l'asphalte et m'y assomme. J'ai l'impression de me réveiller huit jours après l'accident, alors qu'en réalité il ne s'est passé que deux heures. Je vois les murs froids de l'hôpital et un gros crucifix devant mes yeux. Je suis toute raide, lève la main en faisant « ouille », touche ma tête enrubannée comme celle d'une momie et me rends compte que mon bras gauche est immobilisé par un plâtre. Puis mon cœur se serre en pensant à Carole : je suis certaine qu'elle est plus blessée que moi. Je crie à l'aide et une religieuse au visage de cire s'approche sans répondre à mes multiples questions. Elle se contente de me faire la lecture d'une feuille accrochée à mon lit.

« Une légère contorsion à l'épaule gauche et une petite ouverture au cuir chevelu. Il n'y a rien de trop grave, mademoiselle. Vous pourrez sortir demain. Remerciez le bon Dieu de votre chance.

– Oui, je sais tout ça, mais ma sœur Carole?
– Remerciez le bon Dieu.
– Tout de suite?
– Il ne vous en sera que plus reconnaissant. »

Elle regarde sa feuille sans dire un mot, puis disparaît. Quelques instants plus tard, c'est mon père qui arrive, l'air penaud. Il approche et me prend la main. C'est plutôt à ce moment que j'ai le goût de prier, tant il a une tête à m'annoncer un décès.

« Carole s'est fait frapper très durement, Renée. Ils l'ont opérée tout de suite, puis l'ont fait transporter à Montréal, pour d'autres examens. Elle a une jambe fracturée et...

– Patate! Je suis contente!
– Tu es contente?
– Je veux dire... Ce n'est que ça. Je croyais que...
– Je comprends. »

Trois semaines plus tard, Carole est parmi nous, la jambe

gauche prisonnière d'un plâtre immense, la confinant à un fauteuil roulant. Le bassin est très touché; les médecins n'ont pu faire de miracle et ma petite sœur gardera des séquelles de cet accident tout le reste de sa vie. Elle ne pourra marcher qu'en boitant. L'accident a surtout fait dégringoler son moral. Elle passe son temps à pleurer en répétant qu'elle est une infirme, que sa vie est gâchée, que Dieu n'a pas été juste à son endroit. À ces plaintes constantes se superpose la colère de mon père devant une si cruelle fatalité, et la tante Jeanne suit la même courbe d'humeur, ses dérapages à répétitions devenant maintenant choses courantes. Moi, je conserve mon optimisme. Je mets sous les yeux de l'une sa tablette à dessin et sous ceux de l'autre un grand livre de savoirs. C'est en combattant que l'on triomphe des épreuves et trop de gens dans cette maison ont déposé les armes.

« T'es toujours la plus intelligente, Carole! Tu as toujours ce grand avenir devant toi!

– Non, je ne suis qu'une infirme.

– Patate! T'es jeune, jolie et brillante! L'accident a préservé toutes tes grandes qualités.

– Je ne suis qu'une infirme.

– Prends l'exemple du courage de Peter Gray qui a réussi à être le meilleur joueur de baseball de Trois-Rivières, même s'il n'a qu'un bras.

– Fiche-moi la paix avec ton Peter Gray! Je n'ai pas le goût de rire!

– Et j'ai vraiment envie de m'amuser! »

Je lui saute dessus, lui chatouille les dessous de bras, me saisis du fauteuil roulant et cours à toute vitesse dans la maison, sous ses protestations criardes. Mais mon père met fin à mon jeu par un « Non! » qui fait trembler les murs. Je sors pour bouder en paix. Mais même le soleil accompagne l'humeur de papa et de Carole : grisaille, fine pluie et vent décoiffeur. Je marche jusqu'à la boutique de Rocky pour me changer les idées, et, finalement, mon principe demeure le même : si les Tremblay ont une année difficile avec la mort de grand-père Joseph, la maladie de Jeanne et l'accident de

Carole, il ne faut pas dramatiser. Ce n'est pas mon genre. Je décide de concentrer mes efforts vers mon père, sachant que les humeurs des deux autres dépendent souvent de la sienne.

Daddy est à la dérive, passe tout son temps à ne rien faire, se contente de besogner sans grand enthousiasme à son magasin. Sa librairie n'est pas un grand succès, surtout depuis que Carole n'y travaille plus. Alors, je m'impose pour la réussite de son commerce, mais il profite de mes arrivées pour préparer ses sorties, me laissant seule dans la boutique. Je ne sais pas où papa peut se cacher. Parfois, ma mère téléphone en pleurant parce que Jeanne fait une crise. Maman prétend qu'il faut absolument confier tante Jeanne à une maison de repos, sous la garde de médecins compétents. Comme mon père, j'ai toujours refusé cette idée, persuadée que tante Jeanne a surtout besoin de notre amour et de la présence de Bérangère. Mais depuis peu, je commence à appuyer l'idée de ma mère. Jeanne empire, et on dirait qu'il n'y a que maman pour réellement s'en rendre compte.

Juste au moment où ma famille a du mal à panser ses plaies, la conscription de Mackenzie King nous tombe dessus. Papa l'apprend alors que nous sommes tous deux à la librairie. Il sort à toute vitesse, sans prendre son chapeau, ni me demander mon avis. J'ai encore Rocky au bout du fil, puisqu'il m'a téléphoné en entendant la nouvelle à la radio.

« Écoute! Mes gars veulent tous partir en même temps! J'en ai deux pour ce soir et probablement deux autres pour cette nuit. Est-ce que tu veux m'aider?

– Demain, peut-être... Parce que j'ai mon frère Gaston! Tu comprends?

– Il y a une place pour lui.

– Je crois que mon père est parti régler ce cas-là. »

Gaston respirait mieux depuis la libération de la France. Personne n'attendait la conscription. Mais la guerre est sournoise. Mon frère avait repris les cours de solfège qu'il prodiguait à des enfants, tout en participant aux répétitions des trois orchestres dont il fait partie. Il avait enfin l'esprit libéré pour ne penser qu'à son métier. Quelle sera sa réaction quand papa le rejoindra? Comme je voudrais être avec lui! Mais je dois rester dans ce commerce, le nez à la vitrine, regardant la rue Saint-Maurice déserte, pendant qu'une vieille fille habillée de noir fouille les livres pieux depuis trente minutes.

« Mademoiselle! Mademoiselle!

– Hein? Quoi?

– Ça fait cinq minutes que j'attends pour payer.

– Ouais... Ouais...

– En voilà une façon impolie de répondre à la clientèle!

– Pardon? Oh! je m'excuse... C'est que le gouvernement vient de déclarer la conscription obligatoire et que mon frère est sur leur liste...

– Bonne sainte Anne, protégez-le!

– Il en a bien besoin.

– Ils ne comprennent donc jamais rien, les gouvernements? J'étais à Québec en 1918, quand ils ont fait la même bêtise. Mon doux Seigneur qu'ils ont donc fait souffrir nos pauvres petits catholiques! »

Tiens! Une bonne idée! Comme en 18! La foule se masse et prend d'assaut les bureaux de recrutement! Nos élites s'offusquent et même nos curés appellent à la désertion! Nous allons de par les rues leur montrer que nous ne voulons pas de leur machine à tuer notre jeunesse! Tremble, Mac! Car voilà le peuple canadien-français en colère contre toi, espèce de patate moisie qui trahit sa promesse deux fois! Mais la rue me semble encore plus déserte après le départ de la vieille fille. Je ferme à six heures, retourne à pied à la maison. J'ai l'impression d'être la seule survivante de Trois-Rivières. Chez moi, il y a tante Jeanne derrière sa tablette, Bérangère jouant à ses pieds, Carole broyant du noir, Christian marchant d'une pièce à l'autre, ma mère la tête entre les deux mains devant la table de la salle à manger pleine de nourriture que personne n'a le goût d'avaler. En la voyant, je viens de connaître la décision de Gaston, sans avoir à la demander à qui que ce soit.

« Où sont-ils, Carole?
– Papa l'a battu.
– Quoi?
– Tout comme dans les films. Et papa a dit des gros mots. C'était épouvantable à voir et à entendre, Renée...
– Mais où sont-ils?
– Je n'en sais rien. »

Je pars à la course dans les avenues encore désertes. C'est en approchant du bureau de recrutement de la rue Hart que je me rends compte que cette ville ne dort pas du tout, qu'elle est même très agitée et présente un mélange de peur et d'excitation. Et moi qui ai tant lutté pour que cette situation n'arrive jamais, je me retrouve seule, sans mes amies, tentant l'ultime effort pour gagner ma guerre : empêcher mon petit frère Gaston de partir. Je joue du coude, me perds en « excusez-moi » incessants pour finalement ne trouver personne. Un homme m'informe que les « M à Z » doivent se présenter au manège militaire de la rue Saint-François-Xavier. Le temps de m'y rendre, Trois-Rivières est redevenue déserte dans mon esprit. Pas de Gaston au manège. Et je n'ai pas le goût d'attendre au bout d'une longue file pour savoir s'il est venu présenter sa convocation. Je presse le pas jusqu'au *Petit Train* dans le but de téléphoner à la maison pour avoir des nouvelles, mais Maurice me cogne vivement à l'épaule.

« Il est venu, le petit imbécile! Avec son ordre de départ signé pour demain matin! Il voulait que je le cache pour la nuit. J'ai eu le goût de l'assommer. » Je repars à la course. Gaston n'est ni chez sa myrna ni chez ses amis musiciens. Un autre coup de téléphone chez moi : rien! Me voilà à perdre ma guerre. Je parcours les rues jusqu'à deux heures du matin. Toujours rien! Le cœur blessé, je retourne chez moi avec la ferme intention de le coincer au départ du convoi, demain matin. Puis, comme un mirage, je vois Gaston assoupi sur le parterre d'une maison de la rue Cartier, à quelques pas de la gare. Je le secoue avec mon pied.

« Il n'est pas trop tard, Gaston! Rocky a une place pour

toi. Il fait des voyages toute la nuit. On n'a qu'à aller chez lui et attendre son retour.

– Je ne suis pas un lâche! Je ne me cache pas!

– Si notre oncle Adrien avait été un peu plus lâche, il serait encore de ce monde! Si papa avait été un peu plus lâche, il n'aurait pas le bras gauche en bouillie comme depuis toutes ces années! Je n'ai vraiment pas envie de te raconter tout ça une autre fois! J'ai plutôt le goût de me trouver une pelle, de t'assommer et de te traîner par la peau du cou jusque chez Rocky! C'est par amour que je veux t'empêcher de partir! C'est parce que je t'aime, maudite patate niaiseuse!

– Est-ce qu'on peut parler comme du monde, Renée?

– Essaie toujours.

– Tu sais bien que la guerre achève! Ils n'auront même pas le temps de me mettre à l'entraînement qu'ils vont me confier à la section de musique, et si le guerre se poursuit, je risque de la passer à jouer de la trompette dans des fanfares. C'est la réalité que toi et papa ne voulez pas voir! Et j'aurai la tête haute parce que je n'aurai pas agi en lâche comme les déserteurs de ton Rocky!

– T'es pas du monde, Gaston Tremblay! Et bien naïf!

– J'en ai plein le dos de me faire marcher sur les pieds par toi! J'en ai plein mon casque de demeurer dans la même maison qu'une demi-folle et un petit singe savant en chaise roulante! J'en ai par-dessus la tête de tes discours et de ceux de papa! Je suis fatigué de cette maudite ville de Trois-Rivières où il ne se passe jamais rien! J'ai besoin d'air pour respirer, j'ai besoin d'aller voir ailleurs! »

Mon sang ne fait qu'un tour dans mes veines et je donne des coups de pied à mon frère. Il saisit ma jambe et me fait tomber, me colle les épaules au sol et me dit d'aller au diable. Je l'abandonne et boxe tous les poteaux de téléphone que je rencontre en retournant à la maison. Il y a pleine lumière. En entrant, tout le monde me regarde en me demandant si je l'ai trouvé. « Non, je n'ai pas vu Gaston. » Mais ils parlent plutôt de papa. Je monte me coucher et essaie en vain de m'endormir. Vers cinq heures, j'entends mon père qui marche doucement. Je l'intercepte.

« Tu l'as vu?

– Je l'ai cherché toute la nuit. Oui, je l'ai vu. Il dormait comme un clochard près de la rue Cartier.

– Tu ne l'as pas convaincu, hein...

– Je le cherchais pour m'excuser de l'avoir frappé. Je le cherchais pour me comporter comme un vrai père et lui souhaiter bonne chance, lui donner ma bénédiction. Tu sais, Renée, à l'été 1914, personne ne m'aurait convaincu de rester. Gaston veut aller voir ailleurs. J'ai fait pareil. Jeanne aussi. Et nous savons que ça n'apporte que du mal. Mais que peut faire un vieux comme moi devant la détermination d'un jeune comme Gaston?

– Papa...

– Va te coucher. Il y a de l'ouvrage pour toi demain. Et je vous aiderai. »

Je ne comprends pas tellement ce qu'il veut dire, tant je suis ébranlée par ses aveux. Je me couche avec la certitude de ne pas m'endormir, mais je me sens très reposée en me levant, à peine deux heures plus tard. Ma mère monte à ma chambre pour me demander si je veux l'accompagner à la gare avec Christian et Jeanne pour souhaiter bonne chance à Gaston.

« C'est déjà fait.

– Dans ce cas, lève-toi et viens manger. Tu aideras ton père. »

Après le départ de ma mère, il ne reste plus que Carole, papa et moi dans la maison. Je termine un troisième café en compagnie de daddy, quand Carole roule jusqu'à nous avec une tête tapant du pied.

« Vous me laissez seule pendant que vous partez à l'aventure!

– Maman va revenir d'ici trente minutes, Carole. Je suis certaine que tu peux survivre seule dans la maison.

– Et si j'ai envie de pipi? Qui va m'aider?

– Fais dans ta culotte. Ça te rappellera ton enfance.

– Idiote! »

Nous arrivons au magasin de Rocky vers huit heures. Il étire les bras, bâille à n'en plus finir et nous propose un café pendant qu'il fait sa toilette. Il sort de la salle de bain avec l'aspect impeccable qu'il faut pour conduire sur les routes avec à son bord un si précieux butin.

« Je suis désolé pour Gaston, monsieur Tremblay.

– C'est terminé, Roland.

– Je vous remercie de m'aider. C'est très courageux de votre part, après la dure épreuve qui vous touche.

– Je suis content de t'aider, Roland.

– Il y en a sept qui attendent.

– Où sont-ils?

– Dans mon sous-sol. »

Le sous-sol de la maison de Rocky est un caveau infect et humide, tout juste bon pour entreposer des pelles en été et des râteaux en hiver. J'imagine mal comment sept williams peuvent attendre cachés là-dedans, rongés de peur et d'inquiétude. « Mais où veux-tu que je les installe, Caractère? Dans mon salon? » Nous en faisons sortir deux. Comme ils ont l'air jeunes! Ils ont l'âge de Gaston, mais me paraissent beaucoup plus jeunes. Rocky leur donne un sandwich et une bouteille d'eau, avant de les faire sortir de la maison avec une grande précaution. Ils se lancent tout de suite vers le coffre arrière de sa voiture.

« T'as pas l'intention de les faire voyager enfermés là-dedans?

– Veux-tu qu'ils prennent place à mes côtés, alors qu'on a cent pour cent de chances de croiser des M.P.? C'est leur journée de fête pour coincer des déserteurs! Ne t'inquiète pas, ils seront très bien. Il y a des couvertures pour amortir les chocs et j'ai fait des trous pour qu'ils puissent respirer. »

Mon père semble au courant de cette méthode, puisqu'un autre jeune se précipite à la même vitesse dans le coffre de son automobile. Je vais me joindre à lui, quand il me dit qu'il serait préférable que je voyage avec Rocky. Nous prenons la route et je raconte à mon *sweet* toutes les péripéties de la nuit dernière. Il fait semblant de m'écouter. J'ai besoin de parler, de laisser fuir tous ces sentiments et je joins mes larmes à mes propos.

« Ne braille pas, *dame*! Ce n'est pas le temps!
– Il le faut! Et tu ne m'écoutes même pas!
– Je suis au courant de tout ça. Ton père est venu me voir cette nuit.
– Quoi? »

La route est mauvaise, mais quand nous nous enfonçons dans le rang de gravier, je ne peux m'empêcher de crisper les doigts en pensant à ces deux pauvres williams enfermés, qui doivent souffrir le martyre à chaque bosse. Nous arrêtons devant une ferme pour faire le reste à pied, car il ne serait pas prudent de stationner les voitures à la lisière du bois. Je me précipite vers le coffre arrière. Les deux williams en sortent comme deux diables d'une boîte à polichinelle. Je ne sais pas pourquoi, mais je les embrasse tout de suite. Rocky, de son côté, dégage des sacs de vêtements et de nourriture cachés sous les sièges. Mon père arrive à ce moment. Il semble avoir pleuré. Mais quand il sort son déserteur de sa cache, je vois sur son visage beaucoup de fierté. Il lui plante une cigarette entre les lèvres en disant : « Ça va, mon brave? » Tout au long de notre marche dans la forêt, papa raconte ses mésaventures de la Grande Guerre et ses exploits de protecteur de déserteurs. J'ai entendu ces histoires cent fois, mais je ne peux m'en lasser. Les jeunes écoutent avec intérêt. Ainsi, le trajet et ses embûches nous semblent moins longs. Nous arrivons enfin à la cabane, où Grichou nous attend en compagnie de six williams. L'un d'eux se jette dans les bras du protégé de papa : c'est son frère.

Sur le chemin du retour, je prends place dans l'auto de mon père, mais il n'a plus le goût de parler. Je suis certaine que, comme moi, il pense à Gaston. À cette heure, il doit être sur le point d'arriver à son camp, en Ontario. Nous imaginons mal comment Gaston pourra s'habituer à la discipline militaire, lui qui a été élevé dans la liberté des Tremblay.

Sans doute Gaston avait-il raison de prétendre qu'il sera musicien militaire. Il sera le *Boogie woogie bugle boy* de sa caserne et reviendra dans six mois. Nous lui pardonnerons et organiserons une fête. « C'est juste le fait qu'il me prenne pour un menteur qui me fait mal au cœur, Renée. » Mon père laisse tomber cette phrase comme un cheveu dans un chaudron de pommes de terre, sans chercher mon opinion, ni à ajouter quoi que ce soit. Mon silence le satisfait. Nous continuons à rouler en ne pensant à rien. Revenus à Trois-Rivières, nous prenons tout de suite à notre bord quatre autres williams. Cette fois, nous faisons le long détour par Shawinigan Falls, afin de ne pas éveiller des soupçons chez les gens nous ayant vu passer une première fois. Au dernier voyage, après le souper, le camp est plein de williams inquiets et apeurés. Pour eux commence une aventure dont ils se souviendront toute leur vie. Pour Rocky, le devoir de leur apporter de la nourriture régulièrement débutera, avec tous les dangers que cela comporte. Il me demande si je pourrai aller donner des nouvelles aux parents de ces jeunes. J'accepte avec joie, lui assurant le concours de Sousou.

Cette journée folle fait oublier à mon père le départ de Gaston, ce qui n'est pas le cas des autres membres de notre famille. Les jours suivants, il y a un vide dans la maison. Un très grand vide. On n'entend plus sa trompette venant du garage. On ne le voit plus avec ses partitions musicales à la main, en train de chercher un crayon. Son absence rattrape papa, qui se met à devenir de nouveau silencieux et inquiet. Plus personne ne parle. Il n'y a que le son de la radio, donnant des nouvelles d'Europe, que nous écoutons avec plus d'attention qu'auparavant. Puis, il y a le silence de la première lettre de Gaston qui n'en finit plus de ne pas arriver.

Au début de décembre, Carole est débarrassée de son plâtre. Elle est à Montréal avec papa quand les médecins lui tendent la canne dont elle devra se servir pour le reste de sa vie. Nous attendons tous son retour avec impatience. Quand je la vois descendre de l'automobile et prendre ce bout de bois pour s'appuyer, je détourne le visage et cours à la cuisine me servir un verre d'eau. Je demeure étrangère aux encouragements que maman, Simone, Maurice et Christian lui prodiguent. Jeanne me rejoint pour se servir du lait, mais sans pouvoir s'arrêter de verser. J'éponge son gâchis quand Carole se présente à moi, suivie du reste de la famille.

« Elle a renversé son verre de lait.

– Je ne suis donc pas la seule à avoir un handicap dans cette famille.

– Tu veux un croc-en-jambe?

– Et c'est de cette façon que tu m'accueilles? Comme tu es méchante!

– Tu m'excuseras, mais je n'ai pas de tapis rouge à ma disposition. »

Les jours suivants, j'essaie d'amuser Carole, de lui faire accepter sa situation, mais mon père s'oppose avec véhémence à mon humour, qu'il juge blessant. Aussi protecteur qu'avec Jeanne! Il ne me reste plus qu'à les sortir les deux à la fois. Comme autrefois Jeanne ne voulait pas quitter la maison de peur que les gens ne l'entendent, Carole refuse de sortir, par crainte de croiser des voisins ou des passants qui vont la pointer du doigt en disant que la pauvre petite infirme fait bien pitié. Mais elle doit s'exercer à marcher ailleurs que dans notre salon! Je mets trois jours à la convaincre d'aller en randonnée. Mais quand elle m'entend demander à Jeanne de s'habiller, Carole enlève tout de suite ses bottes.

« Pourquoi veux-tu l'emmener?

– Pour la même raison que toi : elle étouffe, ici.

– C'est deux fois plus gênant pour moi de sortir avec elle.

– Gaston, avant son départ, m'a fait une remarque semblable et je te jure qu'il a goûté à ma médecine! Tu veux une démonstration?

– Je ne veux plus sortir. »

Je saisis sa canne que je fais valser dans les airs. Elle proteste et pleure, alors que Jeanne attrape la canne au vol et la lui rend. Carole remercie, mais Jeanne l'ignore, marchant telle une somnambule jusqu'à la porte. Nous déambulons à pas de tortue. Je leur tiens les mains et j'ai l'air d'un scout faisant sa B.A. Carole s'immobilise, lorsqu'elle voit un piéton venant dans le lointain. Elles voudraient se cacher, je le sais trop bien. Mais mes mains serrent très fort les leurs. Carole marmonne : « C'est le vicaire... » Le jeune prêtre la salue gentiment en lui disant qu'il est heureux de la revoir en bonne santé, mais il ignore Jeanne. Les gens sont ainsi dans le quartier où une rumeur circule à l'effet que mon père refuse de faire enfermer sa sœur folle. « Ça va mieux, votre mal, mademoiselle Tremblay? » finit-il par lui demander, avec un air condescendant. En un quart de seconde, je revois la malice espiègle gagner les yeux de Jeanne. Elle tombe à genoux dans la neige, et, les bras en croix, décide de lui embrasser les chaussures. J'ai envie de mourir de rire en la relevant, tandis que Carole regarde ailleurs.

« Ça ne va pas si mal, monsieur le vicaire. Voyez? Elle est d'excellente humeur! Mais quand on ne lui donne pas un os cru, elle a tendance à devenir très méchante.

– Ma petite Renée, à votre place, j'irais au plus vite en confession pour vous laver de cette moquerie envers votre pauvre tante. Et vous passerez au presbytère où nous parlerons comme deux adultes. »

Il s'éloigne et Jeanne tombe de nouveau à genoux en joignant les mains. Elle se traîne à plat ventre jusque dans la neige et rit aux éclats, me faisant de grands signes de l'y rejoindre. Je laisse la main de Carole et me construis une grosse boule de neige destinée au visage de Jeanne. Malgré l'attaque, ma tante continue de rire en me tendant les mains. Je sais que si je n'y vais pas, elle va rester là pendant deux heures. Alors je m'agenouille et elle me tire contre elle pour m'embrasser. Je sens Carole dans mon dos, morte d'embarras. Je sais que tante Jeanne veut commettre le péché de me sentir fermement contre elle. Cela lui arrive quelques fois par année. Je la comprends. Après son étreinte, je perçois une grande tristesse chez elle.

« Aime... aime...

– Oui, oui, je sais, ma tante.

– Aime... B... B... Béran... gère... p p p pour tou tou tou jours. »

Son visage de grande tristesse provoque un lourd contraste avec son air de jeunesse d'il y a cinq minutes. Ces deux expressions hantent mes nuits quelques jours, alors que notre famille se prépare pour Noël, notre premier sans Gaston et grand-père Joseph. J'attends avec joie cette fête. J'ai acheté un beau miroir à Jeanne pour lui offrir en cadeau. Mais mon bonheur s'estompe quand j'apprends que Glenn Miller, mon Glenn, est mort en mission militaire en Europe. Je croyais que toutes mes amies allaient venir au *Petit Train* pour parler de cette immense tragédie, mais il n'y a que Sousou qui se présente et verse une larme sur ce symbole swing de notre jeunesse.

« Tout est tellement difficile, Sousou...

– Chaise-toi, on va en boucher.

– Oui, je vais me chaiser.

– Ta tante Jeanne? Elle va mieux? Et ses crayons? Ils vont bien? »

Les dessins de l'histoire de la vie de Jeanne deviennent un peu plus mauvais, après ceux réalisés sur la naissance de Bérangère. Je crois que je suis la seule à m'en rendre compte, comme si la boucle des moments importants de sa vie se terminait avec l'arrivée de son enfant. « Aime Bérangère, toujours. » Cette phrase de Jeanne fait surgir un souvenir du dernier été, alors qu'elle avait ce grand sourire de satisfaction en nous voyant entourer Bérangère d'affection au salon.

Le matin du 29 décembre, deux jours après avoir fêté ses quarante-trois ans, ma tante Jeanne n'est plus de ce monde. Maman fait la triste découverte en montant la réveiller. Je la vois complètement terrifiée à l'idée d'annoncer le malheur à mon père. J'ai la peur de ma vie en entendant papa se fendre le cœur d'un hurlement glacial et incessant, comme celui d'un animal agonisant. Je ne peux rester là à l'entendre. Je m'habille à toute vitesse, traîne Bérangère avec moi et essaie de la distraire en lui montrant les décorations de Noël des maisons avoisinantes. Mais le cœur n'en finit plus de me serrer et c'est en pleurant à chaudes larmes que j'annonce instinctivement à l'enfant que sa mère est morte. Bérangère me regarde longuement avant de se mettre à pleurer comme une petite fille, courant vers la maison en criant : « Maman! Maman! » À l'intérieur, ma mère a un mal fou à contrôler mon père, qui, bave aux lèvres, se frappe la poitrine à coups de poing, gonfle les nerfs de son cou, tire sur ses cheveux. J'entends Carole se rendre jusqu'à la pharmacie de la salle de bain pour chercher un calmant pour papa. J'aide maman à le lui administrer, pendant que Carole part à la rescousse de Bérangère qui pleure contre le cadavre de sa pauvre maman. Ensuite, Carole vient me voir et insiste pour un tête-à-tête secret. Elle ouvre sa main droite et me montre un pot de somnifères complètement vide.

« Je dormais mal, cette nuit. Je te jure que j'ai entendu tante Jeanne, un peu après minuit. Elle s'est rendue jusqu'à la salle de bain. Je suppose qu'elle a voulu prendre un somnifère et tu sais comment elle était, à toujours répéter les mêmes gestes. Tante Jeanne a dû avaler tous les somnifères sans s'en rendre compte.

– Oh! oui...

– C'est un accident. Elle s'est empoisonnée, la malheureuse... On aurait dû enlever tous les médicaments de la pharmacie. C'est trop stupide d'y penser après.

– Ce serait préférable ne pas en parler à papa.

– Ce sera notre grand secret. Mais il vaudrait mieux que tu passes à la pharmacie pour faire remplir ce bocal et le remettre à sa place, avant que papa ne s'en aperçoive. »

Les semaines passent. Et pendant que mon père s'enfonce dans le gouffre noir de la tristesse infinie, je vis avec la terrible pensée que Jeanne n'a pas fait ce geste par accident, tout en sachant que tout le laisse croire. « Aime Bérangère. Toujours. » C'était son dernier message et je passais tous mes instants à revoir ses yeux effrayés en me répétant cette phrase. Jeanne détestait sa vie, sa maladie, son aphasie. Elle voyait que notre famille apportait du bonheur à sa fille. Jeanne a laissé en héritage à Bérangère les dessins de l'histoire de sa vie, en cessant d'y travailler après ceux qui représentent l'arrivée de l'enfant. Jeanne haïssait son existence depuis le départ de son amie Sweetie. Si elle n'avait pas enfanté Bérangère, Jeanne aurait avalé ces pilules à Paris. Mais elle a prolongé sa vie, sachant que sa fille ne devait pas souffrir à cause de son chagrin d'amour. Je suis certaine que tante Jeanne préparait depuis longtemps sa sortie, mais personne dans la famille ne s'en est rendu compte. En février, Carole m'a encore parlé de « l'accident de tante Jeanne ».

Avant la fin de la guerre, Gaston est mort dans un accident de voiture à sa base militaire ontarienne. Mon père s'est encore plus enfoncé dans le chagrin, si bien qu'on a été obligés de le faire soigner. Le Canada, ou l'Angleterre, ou la France ou je ne sais plus trop qui, a gagné la guerre. Tout le monde a célébré dans les rues, sauf moi, car j'ai perdu la mienne à vouloir guérir Jeanne, à désirer garder à jamais la jeunesse de mes amies. Il y a tant de bons garçons qui sont morts à cette guerre épouvantable. Mais mon cœur, comme celui de mon père, ne voyait que Jeanne, Gaston et grand-père Joseph.

J'ai tenu ma promesse en m'occupant de Bérangère. Si elle a beaucoup pleuré, les premiers mois, sa tristesse s'est effacée au contact de mon amour pour elle. Quand je l'accompagnais au cimetière Saint-Louis, pour mettre des fleurs sur la tombe de sa mère, l'enfant déposait le bouquet avec un sourire, disant que sa maman était la plus belle du monde. Puis, nous descendions jusqu'au *Petit Train* où elle riait en se sucrant le bec avec une glace gigantesque décorée à son sommet d'une joyeuse cerise rouge.

Je me suis mariée avec Rocky en septembre 1945, et comme la maison familiale n'était plus un endroit idéal pour Bérangère, nous l'avons emmenée avec nous. Bérangère a grandi heureuse entre Rocky et moi, aimée par nos enfants. Bérangère a été une fillette heureuse, une belle adolescente, très forte et intelligente. Curieusement, elle a toujours gardé son accent français, malgré toutes ces années parmi nous. Elle s'est mariée en 1955 et a eu deux enfants, Sylvie et Jean-Marc. J'étais devenue sa mère, bien qu'elle ne m'ait jamais appelée « maman ». Mon père Roméo, de son côté, a bien dû prendre cinq ans avant de se remettre du décès de Jeanne. Les choses ont beaucoup mieux été pour lui quand il a repris son métier de journaliste, en 1950. Mais je sais qu'une grande partie de sa vie était disparue avec Jeanne.

J'ai eu trois rejetons : Lucie, Robert et Johanne. Chacun d'entre eux m'a fait de beaux petits-enfants. Rocky, qui a été un père exemplaire, a ouvert le premier atelier de réparation de téléviseurs à Trois-Rivières, ce qui a valu à notre famille un certain confort. Rocky est décédé en août 1969, lors d'une excursion de pêche. Aussitôt mes enfants devenus adultes, je suis retournée vivre avec mon père, très affecté par la mort de maman, en janvier 1972. Papa avait besoin de ma présence; il commençait à se faire vieux, bien qu'il ait gardé une très bonne santé et une mémoire phénoménale. Après la disparition de maman, j'étais loin de penser que mon père allait mourir centenaire, en 1996. Les dix dernières années de sa vie ont été fertiles en grandes joies, même s'il est devenu aveugle quelques mois après son centième anniversaire et qu'il avait du mal à se déplacer seul.

Sylvie, la première enfant de Bérangère, a donné naissance, le 27 décembre 1977, à une petite fille baptisée Marie-Lou. Elle est née la même journée que son arrière-grand-mère Jeanne. On aurait dit que tout le sang de Jeanne, coulant dans les veines de Sylvie et de Bérangère, s'est jeté dans celui de Marie-Lou. Elle était peintre, comme Jeanne, lui ressemblait de façon consternante, tant dans ses attitudes marginales que dans ses paroles à rebrousse-poil. Les premiers temps qu'elle venait à la maison, Marie-Lou avait peur de papa, qui ne cessait de la dévisager. Puis, en grandissant, Marie-Lou s'est beaucoup attachée à lui, découvrant, grâce aux récits de mon père et aux dessins et photographies, cette arrière-grand-mère Jeanne qui la fascinait. Papa lui racontait tout ce qui concernait Jeanne. Marie-Lou s'identifiait à Jeanne et a rendu la vieillesse de mon père merveilleuse. Quand Marie-Lou arrivait, je demeurais près d'elle pour m'abreuver des souvenirs de papa à propos de sa chère Jeanne. Je regardais l'adolescente en me disant : « C'est incroyable en patate! C'est Jeanne réincarnée dans ce corps! » Jusqu'à la fin de nos vies, l'esprit de Jeanne Tremblay nous a habités, et se promène encore dans les rues de Trois-Rivières sous les traits de la jeune Marie-Lou. Après la mort de papa, j'ai pris le relais et continué à raconter à Marie-Lou des histoires à propos de Jeanne. Mais je ne lui ai jamais parlé de la bouteille de somnifères du 29 décembre 1944.

Je suis morte le 31 décembre 1999. Quel dommage! J'aurais bien aimé voir ce fameux an 2000 dont tout le monde parlait. Me rendant en visite chez Sousou, la meilleure amie de toute ma vie, j'ai glissé dans son escalier et me suis cogné la tête contre un rempart de briques. Quelle façon patate de mourir! Mes enfants, Bérangère, Marie-Lou et un tas de Tremblay assistaient à mon enterrement. C'était un événement assez triste, mais j'étais quand même bien contente de tous les voir. Je suis montée immédiatement au Paradis. J'ai eu très peur, au départ, car j'avais réintégré le corps de mes vingt-deux ans. Saint Pierre - qui ressemblait étrangement à Cary Grant - m'a expliqué que, pour la vie éternelle, nous prenons la forme humaine du moment où nous avons fait le plus de bien dans notre vie. À vingt-deux ans, j'allais dans les parcs de Trois-Rivières avec Jeanne et Bérangère. C'est fantastique d'avoir vingt-deux ans pour l'éternité! Et de porter ma coiffure de jitterbug! Après cette joyeuse annonce, saint Pierre m'a emmenée à la maison Tremblay, où tous les miens, qui avaient mérité leur Ciel, m'attendaient avec le corps du meilleur moment de leur vie. Papa avait vingt-huit ans! Et maman treize! Et grand-père Joseph était de mon âge! Mais tante Louise était très vieille! Et ce petit Gaston de huit ans, une trompette jouet entre ses mains! J'ai enfin pu rencontrer ce fameux oncle Adrien, décédé pendant la Première Guerre mondiale. Il avait dix ans et portait une carabine pour aller chasser le lièvre. Je ne savais pas qu'il y avait un Paradis pour les lièvres. C'était formidable! Très beau! Et très bien organisé! Mais il manquait Jeanne. Il était certain qu'avec la vie qu'elle avait menée, ma tante n'avait pu entrer au Paradis... C'est du moins ce que je pensais jusqu'à ce que papa me dise : « Tu sais, Renée, les artistes peintres, ça vit souvent la nuit. Allons la réveiller! »

Elle était là! La tante Jeanne de ma petite enfance! À vingt-cinq ans, les cheveux à la garçonne, une robe courte, de grands colliers de pacotille descendant sur son décolleté, un petit chapeau de feutre cachant sa tête, ses grands yeux décorés de faux cils, ses bas en accordéon, trop de rouge sur les lèvres, une cigarette entre ses doigts et un long pinceau dans sa main gauche! Ma chère Jeanne flapper!

Comme c'est extraordinaire, le Paradis! Et Glenn Miller y donne un concert tous les mois! On peut même danser avec Fred Astaire! Mais la demande est très forte; j'ai mon billet pour dans quatre cents ans! Ce n'est pas grave! J'ai toute l'éternité, maintenant! Toute l'éternité avec Jeanne et papa! Dépêche-toi, Sousou, je t'attends!

transcontinental
IMPRESSION
IMPRIMERIE GAGNÉ

IMPRIMÉ AU CANADA